I0720955

ملاقات با یک معما

جمشید فاروقی

هیچ‌گاه تصورش را نیز نمی‌کرد که در ایام سال‌خوردگی بتواند عشق را تجربه کند. عشق به زندگی را. زمانی عشق به زندگی را کشف کرد که از تکه‌های بزرگی از دفترچه‌ی عمر خود خاطره ساخته بود. شادی کودکانه‌ای که در واپسین روزهای ایام سال‌خوردگی در خود می‌دید از حسرت عمر به گمان خود تباه شده‌اش بیشتر بود. او برای خود جهان جدیدی آفریده بود و این جهان جدید باید از او فرد دیگری می‌ساخت. او اکنون همچون هر آفریدگار دیگری، آفریدگاری بود آفریده‌ی آفریده‌ی خود. به‌پا خاسته بود تا ترانه‌سرود هستی را، حکایت این آفرینش شکوهمند را به گوش آنانی برساند که شیون و پرستش مرگ را از شادی و ستایش زندگی برتر می‌دانند.

بدون دوست داشتن زندگان، دوست داشتن زندگی توهمی بیش نیست!

فهرست

یک روز بسیار مهم

یاکوب گفت: «یک روز مهم از همان لحظه‌ی شروعش با روزهای دیگر تفاوت می‌کند.» با دست به ساعت دیواری اشاره کرد: «حتی به‌رغم حرکت یکنواخت و تکراری عقربه‌ها هم می‌شود پیام چنین روزی را متوجه شد.» قلب ساسان به تپش افتاده بود. حسی عجیب، حسی برخاسته از تردید و هیجان بر مضمون لحظه‌ها حاکم شده بود. ساسان در مهم بودن آن روز تردیدی نداشت. برخلاف یاکوب، به باور او، خیلی از روزهای مهم و حتی برخی از روزهای سرنوشت‌ساز نیز مثل روزهای دیگر آغاز می‌شوند. به یاد روز دستگیری‌اش افتاد. آن روز مثل روزهای دیگر آغاز شده بود. اما مثل روزهای دیگر به پایان نرسیده بود.

ساسان روی خود را به سوی یاکوب برگرداند و گفت: «مهم است ببینیم این روز چطور تمام می‌شود. باید صبر و تحمل داشته باشیم.» این را بیشتر خطاب به خودش گفته بود تا به یاکوب. او بود که صبر و تحملش را از دست داده بود. یاکوب لبخند تلخی زد و در پاسخ گفت:

- یک نکته را هرگز فراموش نکن! صبر و شکیبایی هیچ کس به اندازه‌ی ما نیست. مردگان خارج از زمان زندگی می‌کنند. ده‌ها سال است که بی‌آنکه انتظار بکشیم، منتظر فرارسیدن چنین روزی هستیم.

هانه‌لوره با تکان سرش سخن همسرش را تأیید کرد. «پسرم فقط زندگان اسیر زمان هستند. انسان‌ها پس از مرگ‌شان همه صاحب‌زمان می‌شوند.»

مینا مثل همیشه متوجه گفت‌وگوی ساسان و هم‌خانه‌ای‌های یهودی‌شان نشده بود. دیالوگ بی‌کلام همسرش را نمی‌شنید. گاهی او را می‌دید، غرق در افکار خود، پچ‌پچ‌کنان، سرگرم حرف زدن با خود است. ساسان گوشه‌ای می‌نشست، چیزی از خود می‌پرسید و

بعد به آن پاسخ می‌داد. مینا هیچ‌وقت متوجه نمی‌شد، موضوع بر سر چیست. اما او نیز در مهم بودن آن روز برای ساسان و البته برای زندگی مشترکشان کوچک‌ترین تردیدی نداشت.

- خودت را برای یک روز مهم آماده کن. برای یک روز سرنوشت‌ساز.

مینا این را گفت و آمد در برابر همسرش ایستاد. با هر دو دست پیراهن چین‌خورده‌اش را زیر کمربند مرتب کرد. هانه‌لوره، همان طور که روی مبل چرمی قرمز رنگ اتاق پذیرایی نشسته و زیرچشمی آنان را می‌پایید، نجواکنان به یاکوب گفت: «طفلکی هنوز تصوری از یک روز سرنوشت‌ساز ندارد.» ساسان سر خود را به نشانه‌ی تایید سخن هانه‌لوره تکان داد و لبخند پرمعنایی زد.

آن روز می‌توانست برای ساکنان آن خانه روز مهمی باشد، اما روز سرنوشت‌سازی نبود. اهمیت آن روز برخاسته از روزهای سرنوشت‌سازی بود که آنان پیش از آن در زندگی‌شان تجربه کرده بودند. هانه‌لوره و یاکوب در آشویتس و ساسان در اوین و رجایی‌شهر. روزهای تردید، روزهای وسوسه، روزهایی که پرسش ماندن یا نماندن، بودن یا نبودن، بر تارک لحظه‌ها می‌نشیند.

ساسان به سوی پنجره اتاق پذیرایی رفت. نگاهش را به آسمان ابری دوخت و بار دیگر در افکارش گم شد. پنداری همان‌جا خشکش زده باشد. مینا به رفتار همسرش خو گرفته بود. تقریبا هر روز شاهد چنین رفتاری بود. او پس از آزادی از زندان اغلب در خود فرو می‌رفت. ساکت و بی‌حرکت به نقطه‌ای نامعلوم زل می‌زد و زمین و زمان را از یاد می‌برد. گاهی حتی صدای مینا را نیز نمی‌شنید. صدای هیچ‌کس را نمی‌شنید. شاید حتی صدای ویولن یاکوب را هم نمی‌شنید. اغلب گمان می‌کرد که می‌شنود.

هانه‌لوره و یاکوب این حس ساسان را می‌شناختند. آنان را پیش از آنکه سوار قطار مرگ بکنند، از هم جدا کرده بودند. هانه‌لوره نگاه آن روز یاکوب را هرگز فراموش نکرد. هر بار که تنها می‌شد، هر بار که در اردوگاه با خود خلوت می‌کرد، به یاد آن نگاه می‌افتاد. نگاه عجیبی بود. سرشار از نگرانی و مملو از وحشت. هانه‌لوره در نگاه همسرش یک پرسش و چه بسا یک ابهام بزرگ دیده بود. شاید یاکوب با آن نگاهش از هانه‌لوره می‌پرسید: «آیا این آخرین دیدار ماست؟» آن روز هانه‌لوره لب‌هایش را غنچه کرده و در حین فرستادن بوسه‌ای برای همسر دل‌بندش، خطاب به خود گفته بود: «خدا نکند عزیزم! نباید امیدمان

را از دست بدهیم.»

اما آخرین دیدارشان بود. شاید نگرانی یاکوب برخاسته از پیش‌بینی چنین سرنوشت تلخی بود. آن دو، پس از آن، در خلوت خود بارها با یکدیگر سخن گفته بودند. دردِدل‌ها کرده و از تصور رنج آن دیگری رنج برده بودند.

ساسان مثل خیلی از زندانی‌ها علاقه چندانی برای صحبت کردن درباره‌ی خاطرات زندان نداشت. می‌گفت یادآوری آن خاطرات طعم لحظه‌ها را تلخ می‌کند. اما گاهی برای مینا و دیگران از تجربه‌ی زندان می‌گفت. از تجربه زندان می‌گفت و نه از خاطرات زندان. می‌گفت:

- تجربه‌ی زندان، تجربه‌ی عجیبی است. شبیه به هیچ تجربه‌ی دیگری در زندگی نیست. به‌خصوص تجربه سلول انفرادی. روزها، هفته‌ها و ماه‌ها تو هستی و دیوار. تو هستی و دیوارنوشته‌ها، چوب‌خط‌ها، نام‌ها، تاریخ‌ها، تردیدها، دلهره‌ها. و شاید مرگ.

می‌گفت در سلول انفرادی برای پر کردن لحظه‌ها باید به سراغ تخیل رفت. دانسته‌ها کمکی نیستند. شاید حتی باعث دردسر آدم بشوند. اما در آن تنهایی کش‌دار و کشنده، زندانی می‌تواند قدرت تخیل را کشف کند. همان تخیل کودکانه را. تخیلی را که جایی در ایام کودکی جا گذاشته است. فراموش‌اش کرده است. آدم در سلول انفرادی یاد می‌گیرد در یادنوشته‌های روی دیوار نانوشته‌ها را بخواند، در چوب‌خط‌ها سرنوشت‌ها را ببیند. در نام‌ها حکایت‌ها را بشنود. حکایت قلب‌های شکسته را، تمناها و دل‌دادگی‌های به ثمر ناننشسته را. و آنگاه در همه‌ی این داستان‌ها فرجام‌هایشان را بجوید. می‌گفت حکایت آن سوی دیوار زندان با این سوی دیوار خیلی تفاوت می‌کند.

- در سلول انفرادی سیل اطلاعات روی سر آدم آوار نمی‌شود که فرصت نکند هیچ کدام را با دقت ببیند. در سلول انفرادی تو هستی و چند یادنوشته روی دیوار. و به اندازه‌ی یک عمر، به اندازه‌ی ابدیت تنهایی و فرصت.

هانه‌لوره بارها مشابه چنین چیزهایی را از ساسان شنیده بود. یک بار اما به او گفته بود: «دوست من، فراموش نکن، ابدیت در سلول انفرادی با آن ابدیتی که مردگان می‌شناسند، خیلی فرق می‌کند. ابدیتی که تو از آن می‌گویی فقط یک حس است، ابدیتی که مردگان تجربه می‌کنند، عین واقعیت است.»

ساسان بی‌حرکت ایستاده و منتظر بود همسرش آراستگی به‌تاراج‌رفته‌اش را بازگرداند.

می‌دانست مقاومت کردن در چنین لحظاتی فایده و ثمری ندارد. از این رو ترجیح می‌داد به حریم مقدس نظارت بر نظم که از همان نخستین روزهای پس از ازدواج‌شان در قلمروی وظایف مینا قرار گرفته بود، تعرض نکند. اهمیت پایبندی به این اصل نانوشته، به‌ویژه در آن روزهای طوفانی افزایش یافته بود. روزهایی که اهمیت خیلی چیزها را جابه‌جا کرده بود. خیلی چیزها اهمیت‌شان را از دست داده بودند و چیزهای دیگر، به‌یک‌باره مهم شده بودند.

قرار ملاقات آن روز همه‌ی هوش و حواس ساسان را به خود مشغول کرده بود. اگر به ساعت مچی‌اش نگاهی می‌انداخت، انگیزه‌اش آگاه شدن از گذشت زمان نبود. می‌خواست بداند تا لحظه‌ی قرار چند روز یا چند ساعت دیگر باقی است. شمارش معکوس از دیروز آغاز شده بود. با گذشت هر ساعت، تب برخاسته از هیجان آن روز مهم در او فزونی گرفته بود. تبی که اکنون دو ساعت مانده به آن دیدار به اوج خود رسیده بود.

به‌رغم سرمای واپسین روزهای پاییزی، قطره‌های ریز عرق برخاسته از حساسیتِ نشسته در دل لحظه، بر جبین‌اش نشسته بود. نفس‌های عمیق می‌کشید و تلاش داشت با هر بازدمش، آن تب و هیجان را از شریان‌های جان خود براند. از جیب شلوارش دستمالی را درآورد و پیشانی‌اش را پاک کرد.

مینا پس از مرتب کردن پیراهن همسرش زیر آن کمربندی که ساسان برای پنهان کردن لایه‌های چربی شکمش تنگ‌تر از معمول می‌بست، به سراغ یقه‌ی پیراهن او رفت. در حالی که یقه‌ی پیراهنش را مرتب می‌کرد و با دست سرشانه‌ها را بالا می‌کشید، گفت: «شاید امروز مهم‌ترین روز زندگی‌مان در این چند ماهی باشد که به آلمان آمده‌ایم.»

آن روز، چنین روزی بود. روزی بود که می‌توانست آغازگر فصل جدیدی در زندگی‌شان باشد. شور و هیجان راه را بر خواب آسوده‌ی ساسان سد کرده بود. از آغاز پریشان‌خوابی‌اش یک هفته می‌گذشت. بیدارخوابی‌هایش در آن روزهای آخر به اوج خود رسیده بود. «فکر کردن درباره‌ی قرار امروز همه‌ی لحظات شبانه‌روزم را پر کرده است. برایم خواب و آرامش باقی نگذاشته است.»

ـ عزیزم! این را به چه کسی می‌گویی؟ بی‌خوابی مستمر تو، خواب و آرامش مرا هم برهم زده است. آرزو می‌کنم این همه صبر و انتظار عاقبت نتیجه‌ای هم داشته باشد.

مینا به سوی پنجره اتاق پذیرایی رفت. یاکوب که کنار پنجره ایستاده بود، با دیدن او

خود را کنار کشید. مینا نگاهی به بیرون و به آسمان ابری انداخت و گفت:

- چتر یادت نرود. هیچ چیز بدتر از آن نیست که خیس و آب‌کشیده به سر قرارت بروی. آن‌هم به سر قراری که این‌قدر برایت مهم است.

هانه‌لوره به ساسان گفت:

- البته این روز فقط برای تو مهم نیست. شاید برای کم‌ترکسی به اندازه‌ی ما اهمیت داشته باشد. ما بودیم که آن فاجعه را با پوست و گوشت خودمان تجربه کردیم. سال‌های سیاه حکومت نازی‌ها را.

یاکوب کنار پنجره اتاق پذیرایی ایستاده و مشغول نواختن ویولن بود. قطعه‌ای حزن‌انگیز از مندلسون فضا را از خود لبریز کرده بود. بی‌آنکه نواختن ویولن را قطع کند، با تکان دادن سر خود سخن هانه‌لوره را تأیید کرد. تکان دادن سر باعث شد بالشتکِ تهساز که بین شانه‌ی چپ و چانه‌ی او محکم شده بود، برای لحظه‌ای رها شده و تسلطش را بر ساز از دست بدهد.

هانه‌لوره عاشق این قطعه‌ی مندلسون بود. هر بار که یاکوب ویولن را از کیف درمی‌آورد و روی شانه‌ی چپش قرار می‌داد، دست از کار می‌کشید. چشمانش را می‌بست. در نوای سحرانگیز موسیقی شناور می‌شد. احساس می‌کرد مثل یک پر سفیدرنگ، چرخ‌زنان در باد، در حال رقص است. رقصی عارفانه که تنها به یک نوای حزن‌انگیز مثل همان قطعه‌ی مندلسون نیاز داشت. این قاعده، مثل هر قاعده دیگری بدون استثناء نبود. می‌گفت هر وقت در انتظار چیزی یا کسی است، کلافه می‌شود. «انتظار باعث می‌شود که از هیچ چیز و حتی از نوای دل‌نشین موسیقی هم لذت نبرم.»

یاکوب قطعه *مارش عزا* را زمانی در یک تک‌نوازی، در حاشیه یک ارکستر بزرگ در شهر کلن نواخته بود. آن روز، هانه‌لوره در بین تماشاچیان نشسته بود. نخستین اجرای بزرگ یاکوب و هنرنمایی فردی‌اش بود. استقبال گرم و تشویق طولانی تماشاچیان باعث شده بود تا سیل اشک از چشمان هانه‌لوره جاری شود. آن روز احساس غرور کرده بود. عشق او به یاکوب اکنون با حس افتخار به داشتن چنین همسری گره خورده بود. کنسرت که تمام شد، او را عاشقانه در آغوش گرفت. نیازی به گفتن هیچ واژه‌ای نبود. بوسه‌ای که بر گونه‌ی یاکوب زده بود، زیباترین واژه‌ای بود که می‌توانست در آن لحظه‌ی شورانگیز به همسرش بگوید.

موفقیت یاکوب اما دوام چندانی نداشت. در همان اوایل قدرت‌گیری نازی‌ها، او را از ارکستر اخراج کردند. آن روز، روز اخراجش، یاکوب ویولنش را برداشت و وادی هنر را به هنرمندانی وانهاد، که برای سازشان بیش از باور و اعتقادشان احترام قائل بودند. از که در که خارج شد، بی‌اختیار گریه کرد. نتوانسته بود جلوی خود را بگیرد. ویولن به دست و با چشمانی گریان همه مسیر را تا خانه‌شان دویده بود. پیش از آن روز با چیزی به نام نفرت بیگانه بود. فقط عشق را می‌شناخت. فقط شیفتگی را می‌شناخت.

- خیلی از اعضای ارکستر همانجا ماندند و به خدمت نازی‌ها درآمدند.

نگاهی به هانه‌لوره انداخت و در ادامه گفت: «شبی که شنیدم فریدریش هم به سر کار بازگشته تا صبح نتوانستم بخوابم. انتظار نداشتم که او هم حرمت سازش را به آن بی‌شرف‌ها بفروشد.» فریدریش بهترین دوست یاکوب بود. حتی یک بار با هم عهد بسته بودند که هیچ‌گاه بدون هم روی صحنه نروند.

- ولی همه که این‌طور نبودند. مثلاً کارل هرگز پس از اخراج تو حاضر نشد روی صحنه برود.

نگاهی به ساسان انداخت و گفت:

- اگر آن روزها کسی کارل را می‌دید، هیچ نمی‌توانست باور کند که این آدم کم‌حرف و خجالتی، چنین جنمی داشته باشد و این قدر شجاع باشد.

«می‌دانم. زندگی به‌خاطر وجود چنین افرادی است که ارزش زیستن پیدا می‌کند.» این جمله را یاکوب هفتاد و چند سال پس از مرگش گفته بود و ساسان این جمله را پیش از آنکه مرگ به سراغش بیاید، شنیده بود. هانه‌لوره به ساسان گفته بود:

- پسرم تو هنوز خیلی جوان هستی! سال‌های زیادی برای زندگی کردن در برابر توست!

ساسان با موهای سفیدش، با چین و چروک نشسته بر چهره‌اش به چهره جوان و شاداب هانه‌لوره نگاه کرده و از خود پرسیده بود، چه اتفاق شومی افتاده است که مادران جوان پیرمردانی چون او می‌زایند؟

یاکوب بدل شده بود به یک نوازنده‌ی خیابانی. این را خودش می‌گفت و هر بار پس از گفتنش، دریچه‌های روحش را روی غمی سنگین می‌گشود. در مجالس یهودیان، در

عروسی‌ها، جشن تولدها و در روش هشانا[1] یا در جشن سایه‌بان‌ها[2] ساز خود را درمی‌آورد و هنرنمایی می‌کرد. پس از آن، تنها برای دل خودش یا برای خشنودی هانه‌لوره می‌نواخت.

- وقتی می‌نوازی روحم به پرواز درمی‌آید.

- چه فایده‌ای دارد که نوازنده فقط برای دل خودش بنوازد؟

هانه‌لوره پاسخی برای این پرسش نداشت. هر بار چنین حسی به سراغ همسرش می‌آمد و طعم لحظه‌اش را تلخ می‌کرد، می‌گفت: «چشمانت را برای یک لحظه ببند. برای صدها نفری که در این سالن نشسته‌اند، بنواز.» یاکوب چشمانش را می‌بست و در تحسین و استقبال شورانگیز تماشاچیان غرق می‌شد.

ساسان نگاهی به هانه‌لوره انداخت. روی مبل چرمی و قرمزرنگ اتاق نشسته و مشغول بافتن یک کلاه پشمی آبی‌رنگ برای اریش بود. صدای گریه‌ی اریش تا همین نیم ساعت پیش همه‌ی خانه را پر کرده بود. اما اکنون به خواب رفته بود و به همین علت هم هانه‌لوره توانسته بود، به اتاق پذیرایی برگردد و به بافتن کلاه ادامه دهد. تند و شتابزده می‌بافت. کاموا را دور انگشت سفید و لاغرش می‌پیچید و با سرعت عجیبی گره بر گره، رج بر رج می‌بافت. صدای چکاچک برخورد میله‌های بافتنی در نوای ویولن گم می‌شد. هانه‌لوره متوجه نگاه حیرت‌زده ساسان شد. گفت:

- هیچ چیز بیشتر از انتظار کشیدن آزارم نمی‌دهد. یاکوب همیشه می‌گوید که وقتی خیلی عصبی هستم یا به انتظار رسیدن چیزی یا کسی نشسته‌ام، مشغول بافتن می‌شوم. راست می‌گوید. حتی بارها گفته که دیدن حرکات شتابزده‌ی انگشتانم موقع بافتن او را نیز عصبی می‌کند.

سپس لبخندی زد، روی خود را به سوی یاکوب برگرداند و گفت:

- مرا ببخش! دست خودم نیست. دست‌کم امروز دست خودم نیست.

مینا یک‌باره پرسید: «حالا اگر آقای نویسنده به درخواست تو پاسخ منفی بدهد، آن موقع تکلیف ما چه می‌شود؟» هانه‌لوره از تصور پاسخ منفی آقای نویسنده شوکه شد. کار بافتن کلاه را نیمه‌کاره رها کرد و میله‌های بافتنی را کنار کاموا روی مبل گذاشت: «باورم نمی‌شود. به دلم برات شده که آقای نویسنده به درخواست تو پاسخ مثبت می‌دهد.»

Rosh Hashanah[1] جشن سال نو یهودیان است.

Sukkot[2] یکی از جشن‌های یهودیان است.

ساسان به نشانه‌ی ناباوری، یا شاید عدم تفاهم سرش را تکان داد و گفت:

- اتفاقاً احتمال اینکه پاسخ منفی بدهد، خیلی هم زیاد است. درخواست بزرگی است. ما هم که چیزی برای جبران کارش نداریم.

هانه‌لوره با لحنی توام با تردید پرسید:

- ولی تو که همه‌ی تلاش‌ات را می‌کنی؟

- البته. این موضوع برای من هم خیلی مهم است. مثل یک بار بزرگ روی دوش خودم هم سنگینی می‌کند.

یاکوب نواختن ویولن را قطع کرد. پنداری از کوره در رفته بود. گرچه همیشه می‌گفت مردگان هیچ‌گاه دست‌خوش احساسات نمی‌شوند. روی خود را به سوی هانه‌لوره برگرداند و گفت:

- من از دست این خوش‌بینی‌های تو خسته شده‌ام. آن روزها هم که گزمه‌های گشتاپو، خیابان به خیابان جلو می‌آمدند، اصرار می‌کردی که با ما کاری ندارند. می‌گفتی ما که کاری نکرده‌ایم که بخواهند ما را آزار بدهند. من مانده‌ام که تو بعد از گذشت این همه سال، بعد از دیدن آن همه جنایت، چطور می‌توانی هنوز هم درگیر همان خوش‌بینی قدیمی باشی؟

هانه‌لوره نگاه معناداری به یاکوب انداخت. ترجیح داد سکوت کند. یاکوب پیام نهفته در این نگاه را خوب می‌شناخت. به سخنش ادامه نداد.

ساسان گفت: «حق با یاکوب است. انسان‌ها خیلی تغییر کرده‌اند.» سپس مکثی کرد و بعد سرش را به نشانه‌ی تاسف تکان داد و در ادامه گفت: «یا شاید باید گفت آنقدرها هم تغییر نکرده‌اند. همانی هستند که بودند.» گفتن این جمله لرزه‌ای بر اندامش انداخت. لرزه‌ای که از نگاه کنجکاو هانه‌لوره نیز به دور نماند. ساسان گفت:

- اینکه گفتم احتمال گرفتن پاسخ منفی خیلی زیاد است، تنها به این علت بود که برای خودمان روی نتیجه این قرار حساب زیادی باز نکنیم که بعد باعث سرخوردگی و یاس بیشترمان بشود. باید آمادگی آن را داشته باشیم که آقای نویسنده هم به درخواست‌مان پاسخی منفی بدهد.

در ادامه به یاد شعری افتاد:

- از دیو و دد ملولم و انسانم آرزوست.

یاکوب مثل همیشه پشت پنجره‌ی اتاق پذیرایی ایستاده بود. به گوشه‌ای از برج بلند کلیسای سنت سورین زل زده بود که از کناره‌ی ردیف خانه‌های بتنی و بی‌روح روبه‌رو دیده می‌شد. بی‌آنکه روی خودش را برگرداند، گفت:

- این را چه کسی گفته است؟

- رومی، یکی از شاعران برجسته‌ی ایران.

- اسمش را نشنیده بودم. ولی چقدر دقیق گفته است. ما هم در واپسین سال‌های زندگی‌مان اسیر دست یک مشت دیو و دد شده بودیم. کسانی که از انسانیت هیچ بویی نبرده بودند.

- متاسفانه هنوز هم سرنوشت انسان‌ها در دست همان دیو و ددها است. تنها چهره‌شان را کمی بزک کرده‌اند! فریب سخنان زیبای‌شان را نباید خورد. پلید هستند.

هانه‌لوره گفت:

- البته فراموش نکنیم که امید مرهم خوبی برای تردیدهای آدم است. به گمان من همه‌ی آدم‌ها مسافران یک کشتی طوفان‌زده هستند. اگر این کشتی طوفان‌زده تا این لحظه غرق نشده، به علت پایداری انسان‌هاست. شاید آقای نویسنده هم یکی از همین انسان‌ها باشد. یکی مثل کارل. کسی چه می‌داند؟

ساسان نیز همچون یاکوب علاقه داشت کنار همان پنجره اتاق پذیرایی بایستد و به برج خاکی‌رنگ کلیسای سنت سورین زل بزند. دیدن برج این کلیسا تنها چیزی بود که به او اطمینان خاطر می‌داد. اطمینان خاطر از اینکه ایام زندان سپری شده است. نوعی احساس امنیت. هر وقت دلش می‌گرفت، می‌آمد و کنار همان پنجره می‌ایستاد و نگاه خود را به دور دست‌ها، به آن بخشی از این کلیسا می‌داد که به‌رغم گذشت صدها سال هنوز کاملاً پشت خانه‌های روبه‌رو مدفون نشده بود.

صدای گریه‌ی اریش بار دیگر بلند شد. هانه‌لوره دست از بافتن کشید و سراسیمه به سوی اتاق خواب رفت تا فرزندش را آرام کند. «به‌نظرم گرسنه است. باید برایش شیر گرم کنم.» اریش از دل‌درد مزمنی رنج می‌برد. در دوران حکومت ناسیونال‌سوسیالیست‌ها تهیه مواد خوراکی برای یهودیان دشوار شده بود. یاکوب به ساسان گفت: «زندگی سخت شده بود. خیلی سخت. نه کسی چیزی از ما می‌خرید و نه کسی چیزی به ما می‌فروخت.» هانه‌لوره شیر گاو را خیلی رقیق می‌کرد و به فرزندش می‌داد. اغلب فقط می‌توانستند

شیر بی‌کیفیت بخرند و همین باعث دل‌درد اریش می‌شد. گاهی شب تا صبح بی‌وقفه جیغ می‌کشید. ساسان یاکوب را می‌دید که با حالتی عصبی از اتاق خواب به اتاق پذیرایی و از اتاق پذیرایی به آشپزخانه می‌رفت و این کار بیهوده را مرتب تکرار می‌کرد. آن‌قدر تکرار می‌کرد تا هوا روشن می‌شد و خواب و خوابیدن از موضوعیت می‌افتاد. ناآرامی یاکوب و صدای گریه‌ی اریش باعث بی‌خوابی ساسان می‌شد. در چنین شب‌هایی به اتاق پذیرایی می‌رفت و روی راحتی می‌نشست، به پنجره زل می‌زد تا صبح شود. مینا هم بدخواب می‌شد. می‌آمد نگاه سرزنش‌آمیزی به ساسان می‌انداخت و پس از آن به اتاق خواب می‌رفت و تنها روی تخت‌خواب وول می‌خورد.

ساسان به ساعت خود نگاه کرد:

- باید عجله کنم، می‌ترسم دیرم بشود.

- هنوز حداقل دو ساعت وقت داری!

- می‌دانم. مسیر را نمی‌شناسم. تازه قطار هم می‌تواند تاخیر داشته باشد. ترجیح می‌دهم زودتر بروم. اگر زود برسم، حتی می‌توانم کمی اطراف محل کار آقای نویسنده قدم بزنم و خودم را برای این قرار مهم آماده کنم.

- هر طور که ترجیح می‌دهی. نمی‌خواهی کراوات بزنی؟

- اتفاقاً کراوات خیلی مهم است. چطور می‌توانم در همان نگاه نخست به آقای نویسنده بفهمانم که حسابم از حساب دارودسته‌ی حکومتی‌ها جداست؟

مینا به نشانه‌ی تایید سرش را تکان داد و به اتاق خواب رفت. در این بین، هانه‌لوره بار دیگر به اتاق پذیرایی بازگشته و شروع به بافتن کرده بود. چند جرعه شیر باعث رضایت موقت اریش شده بود. لحظه‌ای بعد، مینا با دو کراوات در دست به اتاق پذیرایی بازگشت. پرسید:

- کدام یک؟

ساسان با دست به کراواتی اشاره کرد که بر یک سطح سرمه‌ای نقطه‌های آبی‌رنگ داشت. مینا آمد و هر دو کراوات را یکی پس از دیگری روی پیراهن ساسان امتحان کرد.

- نه! به نظرم این کراوات بنفش راه‌راه مناسب‌تر است.

ساسان برای لحظه‌ای بی حرکت به مینا نگاه کرد. هانه‌لوره نیز زیرچشمی آن‌ها را می‌پایید. کنجکاوی زنانه‌اش برانگیخته شده بود. مایل بود واکنش ساسان به تصمیم

همسرش را ببیند. اما ساسان یک‌باره به خود آمد و بدون اندک مقاومتی به تصمیم مینا گردن نهاد.

- موافقم!

در آن لحظه، در خود نه توان و نه انگیزه‌ای برای مخالفت با تصمیم همسرش می‌دید. بیشتر مایل بود، زودتر از خانه برود و خود را برای آن دیدار حساس و مهم آماده کند. به سکوت و تنهایی احتیاج داشت. به آن آرامشی احتیاج داشت که مدت‌ها از او سلب شده بود. آرزو می‌کرد آقای نویسنده با درخواستش موافقت کند. تنها از این طریق بود که می‌توانست آرامش خود را بازیابد. چند روز پیش این موضوع را به مینا گفته بود. مینا هم پاسخ داده بود:

- تو اصلاً آدم آرامی نیستی. هیچ‌وقت آرام نبوده‌ای. اما این موضوع را فقط من می‌دانم. هانه‌لوره لبخندی زده و نجواکنان گفته بود:

- من هم از بی‌قراری روح ساسان خبر دارم. ظاهرش آرام است و درونش بی‌قرار.

مینا یقه‌ی پیراهن ساسان را بالا کشید و با دقت و مهارت کراوات را بر دور گردن او گره زد. پس از آن، بی‌اختیار خود را در آغوش او انداخت. ساسان نیز عاشقانه همسرش را تنگ به سینه‌ی خود فشرد. رابطه‌شان پس از آمدن به تبعید، پس از آمدن به آن خانه، رو به سردی گراییده بود. مینا شب‌های بسیاری دل‌تنگ همسر خود می‌شد. روی تخت‌خواب مشترک‌شان به‌سوی ساسان می‌غلتید و دست او را به سینه‌های تب‌دار خود می‌چسباند. اما این تمنا در فضا رها می‌ماند. پاسخی نمی‌گرفت.

ساسان هیچ‌گاه درباره‌ی آن لحظات چیزی نمی‌گفت. نتوانسته بود به همسرش بگوید که او نیز در تبِ یک هم‌آغوشی شورانگیز می‌سوزد. اما چگونه می‌توانست به مینا در آن خانه، آن هم با حضور دائمی هانه‌لوره و یاکوب، عشق بورزد. مینا نیز، به‌مرور زمان فراگرفته بود که باید صبور باشد. باید منتظر باشد تا گذشت زمان همچون روزها و هفته‌های نخست پس از آزادی ساسان از زندان، زخم‌های مزمن و چرکی شده روح همسرش را اندکی التیام ببخشد. تبعید بار دیگر بر زخم‌های کهنه نمک پاشیده بود. زخم‌ها دهان باز کرده و مجدداً خون‌ریزی کرده بودند. مینا نسبت به عشق ساسان کاملاً آگاه بود. ساسان نیز همسرش را تا حد پرستش دوست می‌داشت. همین موضوع باعث شده بود که وابستگی‌شان به یکدیگر افزایش یابد. اما حضور هانه‌لوره و یاکوب و حتی آن مبل چرمی قرمزرنگ روی رابطه آن‌ها

سایه انداخته بود.

مینا بار نخستی که ساسان از مبل چرمی قرمزرنگ سخن گفته بود، بی‌اختیار به اتاق پذیرایی نگاه کرده بود. با آنکه تردیدی نداشت آن مبل را هرگز در آن اتاق ندیده است. سه راحتی تریاکی‌رنگ که اداره اجتماعی در اختیارشان قرار داده بود، همراه با یک میز چوبی، یک رخت‌آویز به‌شدت لرزان، یک کمد کوچک با دو کشو که با هر بار باز و بسته شدن، جیغ می‌کشید و یک تکه فرش ماشینی رنگ و رو رفته، مجموعه‌ی همه‌ی آن چیزهایی بود که در آن اتاق وجود داشت.

مینا نه مبل قرمز چرمی را می‌توانست ببیند و نه حضور هانه‌لوره و یاکوب را می‌توانست در آن خانه حس کند. او این حالات روحی همسر خود را ادامه کابوس‌های زندان می‌دانست. کابوس‌هایی که حتی پس از گذشت حدود دو سال از آزادی همسرش، هنوز دست از سر او برنداشته بودند.

غروب یکی از آن روزهای ابری و غمگین، دل به دریا زده و از ساسان درباره هانه‌لوره، یاکوب و آن مبل مرموز پرسیده بود. پاسخ‌های ساسان او را قانع نکرده بود. ساسان به او گفته بود که نه دچار توهم شده است و نه باوری به روح و پری دارد. از نگریستن به واقعیت از دریچه تخیل گفته بود. مینا چنین دریچه‌ای را نمی‌شناخت و افزون بر آن، گمان نمی‌کرد که برای فهمیدن واقعیت‌ها باید به تخیل پناه برد. گفته بود:

- هر چه می‌کشیم از دست همین تخیل است.

ساسان در پاسخ گفته بود:

- تخیل هم می‌تواند خطرناک باشد. اما توهم فهم واقعیت خطرناک‌تر است.

مینا از گفت‌وگوی آن روز به یک نتیجه مهم رسیده بود. متوجه شده بود که باید با صبر و حوصله، همراه همسرش از آن فصل طوفانی زندگی مشترک‌شان عبور کند. متوجه شده بود که تصور رسیدن به آرامش و رفاه در مهاجرت، ریشه در خوش‌باوری‌های ساده‌انگارانه‌اش داشته است. هیچ‌وقت گمان نمی‌کرد بهای آزادی در تبعید چنین گران باشد. او خیلی چیزها را پشت سر خود گذاشته و به آلمان آمده بود. خویشاوندان و دوستان خود را ترک کرده بود. خانه و زندگی‌شان را آنجا، پشت سر خود رها کرده بود. از کمد لباس‌هایش و از قفسه‌های کتاب‌هایش ناگزیر دل کنده بود. از حضور در محفل‌های ادبی، آن شب‌های خوش شعر و داستان‌خوانی پا پس کشیده بود. هویت و تعریف خود را در

زادگاهش جا گذاشته بود. اینجا طی این شش ماه دوستان زیادی پیدا نکرده بود. یکی دو بار در هفته با ساسان به یک کتاب‌فروشی ایرانی سری می‌زدند. اغلب درباره مسائل سیاسی ایران صحبت می‌کردند. اما گاهی مسیر گفت‌وگو به ادبیات و شعر هم کشیده می‌شد. اما آن گپ‌وگفت‌های روشنفکرانه نمی‌توانستند جای خالی همه آن چیزهایی را که از دست داده بود، پر کنند. نمی‌توانستند به او هویت و تعریف جدیدی ببخشند.

مینا چند ماه پیش هوس کرده بود، کار ترجمه آثار ادبی را از سربگیرد. «شاید این جوری حوصله آدم کمتر سر برود.» کتابی را هم خریده و سرگرم خواندن آن شده بود. چند صفحه‌ای را هم ترجمه کرده بود. اما زندگی پریشان، آینده‌ی مبهم، لحظه‌های به‌شدت بی‌معنا و از همه بدتر، روح و روان همسر آزار دیده‌اش مجالی برای چنین کاری به او نمی‌داد. «ترجمه کردن هم دل خوش می‌خواهد!»

به همین دلیل بود که برای نجات خود و همسرش از آن ایام تلخ به هر تغییر ولو کوچکی در زندگی‌شان امید بسته بود. آن تغییری که روی بدهد و از زهر و تلخی بزرگ‌ترین تغییر زندگی‌اش، دور شدن ناگزیر از زادگاهش، بکاهد. متوجه شده بود که سفری را که آغاز کرده‌اند هنوز فرسنگ‌ها از مقصد فاصله دارد. ساسان پرسیده بود:

- کدام مقصد را می‌گویی؟

اکنون مینا با تمام وجود آرزو می‌کرد، پاسخ آقای نویسنده به درخواست ساسان مثبت باشد.

- پاسخ مثبتش می‌تواند خیلی چیزها را تغییر بدهد.

همان‌طور که سر خود را به آرامی روی شانه‌ی ساسان نهاده بود، چشمان خود را بست و با صدایی بلند ادامه داد: «این بهترین هدیه‌ای است که می‌توانی با خود به خانه بیاوری. به این خانه‌ی غم‌زده.»

ساسان آرام دستان حلقه کرده خود را از دور کمر همسرش گشود. مینا نیز برخلاف میل خود، به تمایل همسرش گردن نهاد. ساسان کت خود را پوشید. دستکش‌های خود را از کشوی میز کوچک کنار در ورودی برداشت و با احتیاط در جیب پالتوی خود گذاشت. آمد و بوسه‌ای بر گونه‌ی مینا زد. قطره اشکی در چشمان مینا حلقه زده بود. هانه‌لوره نگاهی از سر هم‌دردی به مینا انداخت. او احساس مینا را خیلی خوب درک می‌کرد. ساسان در خانه را باز کرد. پیش از آنکه از در خارج شود، روی خود را به سوی هانه‌لوره

برگرداند و با تکان سر از او خداحافظی کرد. هانه‌لوره گفت:

- خدا نگهدار! یادت نرود که قول داده‌ای همه‌ی تلاش‌ات را برای راضی کردن آقای نویسنده به‌کار بگیری.

- مطمئن باش. برای حال و روز خودم هم که شده باشد، از انجام هیچ کاری چشم‌پوشی نمی‌کنم.

یاکوب با چند گام بلند به سوی او آمد. دست خود را با مهر بسیار روی شانه او گذاشت و گفت: «موفق باشی، دوست من!»

ساسان لبخندی زد و پشت در ناپدید شد. بار دیگر صدای حزن‌انگیز ویولن و مارش عزا در راه پله خانه پیچید.

بیست کیلومتر آن‌طرف‌تر زندگی حکایت دیگری داشت. در خانه‌ی بهزاد اثری از هیجان، سراسیمگی و انتظار دیده نمی‌شد. آن روز چون دیروز یا هر روز دیگر آغاز شده بود و قرار نبود به‌گونه‌ی دیگری پایان یابد. مدت‌ها بود که در زندگی‌اش تکرار نفس تغییر را بریده بود. روزها منطبق بر نظم تقویم دیواری آشپزخانه‌اش، یکی پس از دیگری می‌آمدند و سپری می‌شدند. گاهی حتی غفلتش باعث می‌شد که کادر پلاستیکی قرمزرنگِ تقویم دیواری همان جا روی یک روز سپری شده خشکش بزند. آخر هفته‌ها، اگر نگاهش از سر تصادف به آن تقویم می‌افتاد، لبخندی می‌زد و با یک حرکت دست از روی سایه‌ی چند روز می‌پرید. مدت‌ها بود که روزها بی‌آنکه اثری بر جای بنهند، در یکنواختی، در ملال برخاسته از بیهودگی دود می‌شدند.

آن روز صبحانه مختصری خورده بود. دوش گرفته، صورت خود را اصلاح کرده و به اداره رفته بود. به دربان گفته بود منتظر کسی است و ترجیح می‌دهد در کافه‌تریا منتظرش بماند. خواهش کرده بود که مهمان را برای آمدن به کافه‌تریا راهنمایی کند. کافه‌تریای اداره در ساعات نیمروزی اغلب خلوت بود. در گوشه‌ای از تریا یکی از همکارانش را دید. سرگرم گفت‌وگو با زن جوان و زیبارویی بود. آن زن را نمی‌شناخت. بهزاد برای همکارش دست تکان داد و او نیز با تکان سر به سلامش پاسخ گفت. زن جوان نیز نگاهی به بهزاد انداخت و پس از آنکه عطش کنجکاوی زنانه‌اش فروکش کرد، با بی‌اعتنایی از او روی برگرداند.

بهزاد سال‌ها بود که گمان می‌کرد کسی او را نمی‌بیند. مدت‌ها بود که حوصله گپ‌وگفت با دیگران را از دست داده بود. روزی به راینر، به رئیس‌اش، گفته بود: «این اواخر حس عجیبی بهم دست داده است. احساس می‌کنم به‌تدریج در حال نامرئی شدن هستم.»

راینر لبخندی زده اما ترجیح داده بود سکوت کند. دلش نیامده بود بگوید که نامرئی شدن مرحله پیش از ناپدید شدن است. نگفته بود که این آن حس عجیبی است که از آخرین پت‌پت کردن‌های شمع شورِ زندگی برمی‌خیزد. نگفته بود که اگر روزی این شور از زندگی رخت بربندند، حتی اگر مرگ هنوز فرانرسیده باشد، زیستن ارزش‌اش را از دست می‌دهد. راینر یک بار به او گفته بود پرداختن به جهان آشوب‌زده اغلب باعث می‌شود روزنامه‌نگاران آشوب‌های روحی خود را نبینند، انکارش کنند.

به سوی طرف دیگر تریا رفت و پشت میزی مشرف به باغچه‌ی کوچک و سرمازده‌ی اداره نشست. بخار نشسته بر پنجره از تصویر شفاف درختان باغچه یک اثر شگفت‌انگیز امپرسیونیستی آفریده بود. گاهی که پنجره‌ی بخار گرفته‌ای را می‌دید، بی‌اختیار به یاد آن شبی می‌افتاد که همراه با نسرین، با همسر سابقش، به آلمان مهاجرت کرده بود. سی‌وهفت سال از آن زمان می‌گذشت. آن شب در فرودگاه فرانکفورت بر بخار نشسته بر پنجره‌ی هواپیما دست کشیده بود. تصویری را که دیده بود، تصویری بود از آینده‌ای که نمی‌شناخت. آینده‌ای نشسته در بزم بخار و مه و ابهام. آن شب را هرگز نتوانست فراموش کند. نسرین سرش را روی شانه‌اش نهاده بود. نگاهی به درهم تنیدگی تابش نورها بر پنجره هواپیما انداخته و نجواکنان پرسیده بود: «بهزاد! چه چیزی در انتظار ماست؟» او نفسی را که در سینه حبس کرده بود، چون آهی بلند بیرون داده و در پاسخ گفته بود: «نمی‌دانم عزیزم!»

زندگی‌اش گرچه طی این سال‌ها سامان گرفته بود، اما چیز مرموزی در آن ابهام روز نخست وجود داشت که سایه‌به‌سایه به دنبالش آمده و ساحت زندگی‌اش را ترک نکرده بود.

لحظه‌ای به دویدن سبزی رنگ برگ‌های درختان کاج بر شاخه‌های بی‌برگ درختان دیگر نگاه کرد. به یاد قرار آن روز افتاد. از خود پرسید: «این غریبه به چه علت می‌خواهد مرا ببیند؟» دفترچه یادداشت کوچکی را که همیشه همراه داشت، از جیب کتش درآورد و نگاهی به برخی از دست‌نوشته‌ها انداخت. «ساسان کریمیان. دست‌کم خودش را این‌گونه معرفی کرده است.»

نام او را در گوگل جست‌وجو کرده و متوجه شده بود که سال‌ها در دانشگاه تهران استاد رشته‌ی تاریخ بوده است. اما برخلاف انتظارش، اطلاعات زیادی درباره او نتوانسته

بود گردآوری کند. حتی عکس مشخصی از او نیز نیافته بود. تنها موفق شده بود عکسی از یک کنفرانس در تهران پیدا کند که چند نفری را به‌عنوان سخنران کنار هم نشان می‌داد. در گوشه‌ای از متن گزارش نام او نیز کنار نام چند استاد دیگر آمده بود. از خود پرسیده بود کدام یک از آنان است؟ پرسشی که تنها یک پاسخ ساده داشت: «می‌تواند هر کدام‌شان باشد!»

دغدغه‌ای که در آن لحظه ذهن او را به خود مشغول کرده بود، ربط چندانی به چهره و شکل و شمایل آن غریبه نداشت. هیچ چیز درباره‌ی او نمی‌دانست. از خود پرسید: «جهانگرد است؟ یک پناهنده تازه‌وارد به جامعه آلمان است یا کسی است همچون خود او، کسی که ده‌ها سال پیش زادگاهش را ترک کرده و به زیر پوستین ضخیم غربت خلیده است؟»

این ابهامات باعث آن شده بود که به پرسه‌زدن در وادی گمانه‌زنی‌های بی‌فایده پایان دهد. آن غریبه هفته پیش زنگ زده بود. گفته بود کار مهمی دارد و از بهزاد خواهش کرده بود ولو برای چند دقیقه هم که شده به او وقت بدهد.

بهزاد از هر چیز غیرمنتظره‌ای واهمه داشت. می‌گفت دوست ندارد کسی یا چیزی او را غافل‌گیر کند. می‌گفت دوران غافل‌گیر شدن‌ها سپری شده است. «سال‌خوردگان را هیچ کس و هیچ چیز نمی‌تواند غافل‌گیر کند.» همکارانش به او می‌گفتند این موضوع یکی از نشانه‌های پنهان و خزنده پیر شدن است. موعد بازنشستگی روزنامه‌نگاری که به غرقاب بی‌تفاوتی افتاده باشد، فرارسیده است. اینکه گوشه‌ای بنشینی و هیچ چیز تو را برنیاشوبد. این خو گرفتن کسالت‌بار به روزگار و پناه بردن از دست یک تکرار به یک تکرار و از دست یک عادت به یک عادت.

بهزاد اصراری برای اثبات خلاف آن ارزیابی نداشت. می‌گفت دیگر نیازی به اثبات خود حس نمی‌کند. بارها از خود پرسیده بود: «چه تفاوتی می‌کند؟ هر چه دل‌شان می‌خواهد درباره‌ام بیاندیشند. ما را غمی نیست!» او را غمی بود. غمی برخاسته از ریزش آبشارگونه‌ی شادی و شادابی از روح تنها و آزاردیده‌اش.

دفترچه‌اش را بست. سرش را بلند کرد. همکارش را دید که به سوی او می‌آید. از جای خود بلند شد و با او دست داد. زن جوان کنار در تریا ایستاده و به آن‌ها زل زده بود. این‌پا آن‌پا می‌کرد. شاید عجله داشت. همکار بهزاد پس از خوش‌وبشی کوتاه، پیش از آنکه

او را با اندیشه‌هایش تنها بگذارد، گفت:

- خداحافظ تا فردا!

- فردا؟

- جشن کریسمس را می‌گویم!

بهزاد جشن سالانه کریسمس اداره را فراموش کرده بود. این اواخر اغلب چنین چیزهایی را فراموش می‌کرد. با دست‌پاچگی گفت:

- بله بله، البته!

همکار بهزاد رفت و به انتظار آن زن جوان و به انتظار او پایان داد. برخلاف گذشته، تمایل چندانی برای شرکت در چنین جشن‌هایی در خود نمی‌دید. اگر در چنین مراسمی شرکت می‌کرد فقط برای پنهان کردن خوره آن انزوایی بود که از مدت‌ها پیش به روح و جانش افتاده بود.

یاد شور و هیجان ایام جوانی‌اش که می‌افتاد، بی‌اختیار خنده‌اش می‌گرفت. خنده‌ای برخاسته از له شدن دانه‌های توهم در آسیاب سنگی واقعیت. دریافته بود که سال‌خوردگی جابه‌جا شدن ناگزیر وزنه‌ها در ترازوی سنجش ارزش‌هاست. در زندگی برای به دست آوردن بسیاری چیزها تلاش کرده بود که دست آخر از جنس حباب از کار در آمده بودند. حباب‌هایی که دیر یا زود در برابر چشمان توهم‌زده‌اش ترکیدند. زمانی جهان را دگرگون شده می‌خواست، امروز حتی یک دگرگونی ولو کوچک را نیز تاب نمی‌آورد. خطاب به خود می‌گفت آرامش از دل تکرار و عادت زاده می‌شود. ادعایی که گرچه خودش نیز باوری به آن نداشت، به باور به آن نیز خو گرفته بود. مدت‌ها بود که آرامش خود را از دست داده و از این‌رو تن به آرامشی کاذب داده بود. فرو رفتن در ورطه‌ی نوعی خودفریبی. خودفریبی یعنی فرار از دست واقعیت و پناه بردن به دروغی که دروغ بودنش آشکار است اما به فرمان غرور کتمان می‌شود.

هفته پیش، به‌رغم سال‌ها زندگی در پناهگاهِ امنِ عادت‌ها به آن غریبه وقت دیدار داده بود. غروب همان روز، در خلوت خود، از رفتار خودش دچار حیرت شده بود. از خود پرسیده بود که چگونه توانسته به استقبال یک ماجرا برود. ماجرایی که به هر حال، در ظرفیت عادت‌ها و حافظه‌ی تکرارها نمی‌گنجید. ماجرایی که می‌توانست نظم تکرارها را برهم بزند و شاید توان آن را داشت که غافل‌گیرش کند. با ناباوری خطاب به خود گفت: «مرا غافل‌گیر

کند؟ چنین چیزی ممکن نیست! نوشیدن یک فنجان قهوه با یک معما چیزی نیست که بتواند آرامشم را برهم بزند. می‌آید و من به حرف‌هایش گوش می‌دهم و سپس او به همراه موضوعش یک‌جا بایگانی می‌شود!»

یک داوری بی‌رحمانه که از دل تجربه‌ای تلخ و طولانی زاده شده بود. ملاقات با یک معما پدیده‌ای نبود که برای نخستین بار در زندگی تجربه می‌کرد. به مرور زمان دریافته بود که هر انسانی، معمایی است. خطاب به خود و دیگران گفته بود معما بودن انسان، غریبه و آشنا نمی‌شناسد. دریافته بود که حتی زندگی مشترک با یک نفر نیز نمی‌تواند به آدم این اطمینان خاطر را بدهد که موفق به گشودن گره به گره‌ی معمای وجودی او شده است. درست در همان لحظه‌ای که آدم فکر می‌کند موفق به شناخت فردی شده است، معمای پنهان شده از پشت رفتاری به‌ظاهر آشنا، سر برمی‌آورد و آدم را در کمال حیرت غافل‌گیر می‌کند.

همسرش را می‌گفت. یک روز صبح، پس از سال‌ها زندگی مشترک و به باور خودش حتی سعادتمند، چمدان‌هایش را بسته و برای همیشه از همراهی در سرنوشت او پا پس کشیده و رفته بود. بهزاد هیچگاه موفق نشد آن معمای بزرگ را برای خود حل کند. همیشه از خود می‌پرسید که چه اشتباهی در زندگی مرتکب شده است. یک روز، متوجه شد که نه تنها نتوانسته از معمای همسر سابقش رمز بگشاید، بلکه در گشودن رازهای سربه‌مُهر وجود خود نیز ناکام مانده است. به خود گفته بود انسان به‌راستی که معمایی است! در پی کشف راز کهکشان‌هاست، حال آنکه نمی‌تواند از وجود خودش رمز بگشاید.

پس از گذشت بیش از شصت سال از عمرش، هنوز نمی‌دانست در زندگی به دنبال چه بوده است. هنوز نتوانسته بود سرنخ کلاف سردرگم زندگی‌اش را پیدا کند. فقط متوجه یک نکته شده بود. در زندگی چیزهای زیادی را پیدا کرده بود. اما متاسفانه نتوانسته بود آن چیزی را بیابد که همیشه در جست‌وجوی‌اش بوده است. چیزی که خود او هم نمی‌دانست چیست.

یاد تماس تلفنی‌اش با آن غریبه افتاد.

- گفته بود کار مهمی دارد! اما این غریبه چه کار مهمی می‌تواند با من داشته باشد؟

پاسخ دقیقی برای آن پرسش نداشت. با خود اندیشید:

- طبیعی است که بگوید کار مهمی دارد. و الا چه الزامی داشت که من به درخواستش

پاسخ مثبت بدهم؟

تجربه‌ی زندگی به او آموخته بود که نمی‌بایست هر سخنی را جدی بگیرد. بارها به خود گفته بود که از هزار سخن شاید حتی یکی هم جدی نباشد. اما از خود تعجب می‌کرد که چگونه به‌رغم تجربه‌ی کمابیش تلخش، بار دیگر فریب واژه‌ی مهم را خورده است.

معمولاً از دیدارها و تماس‌های شخصی با افراد ناشناس پرهیز می‌کرد. اما آرامشی که همچون نسیمی فرح‌بخش از بین الیاف کلام آن غریبه می‌گذشت، کنجکاوی‌اش را برانگیخته بود. مودب بود و توام با احترام سخن می‌گفت. ادب و احترامی که به نظر ساختگی نمی‌آمد. از چیدمان واژه‌هایش متوجه شده بود که آن غریبه باید تحصیل کرده و بافرهنگ باشد. نتیجه جست‌وجوی نامش در گوگل نیز تاییدی بر گمانش بود. متانت و آرامش آن غریبه او را مجذوب خود کرده بود. وسوسه شده بود از راز آن آرامش پرده برگیرد. و همین وسوسه مانع از آن شده بود که به او نه بگوید. به خود گفته بود آرامش در زمانه‌ی پرغوغا چه متاع کم‌یابی است! خطاب به خود گفت:

- کشف راز این آرامش به چند دقیقه وقتی که برای نوشیدن یک فنجان قهوه با این غریبه صرف می‌کنم، می‌ارزد.

بسی بیش از آن می‌ارزید. اما او در آن لحظه این را نمی‌دانست. نمی‌توانست که بداند.

بارها خود را سرزنش کرده بود که چرا نمی‌تواند به همان سادگی که آری می‌گوید، نه بگوید. دو واژه با دو وزن کاملاً متفاوت. بگوید یک دنیا کار روی سرش خراب شده و فرصت و مجالی برای چنین دیدارهایی برای او باقی ننهاده است. بگوید که دفتر تقویمِ زندگی‌اش به آخرین برگ‌های خود نزدیک شده و او چاره‌ای مگر خویشتن‌داری، مگر صرفه‌جویی ندارد. به تقویم روی میزکار خود که نگاه می‌کرد، هر بار پس از کندن برگی از آن، سبکی آینده را در قیاس با گذشته‌ای حس می‌کرد، که هر روز فربه‌تر می‌شد. حسی که سرانجام به افسوس ره می‌برد. «یک برگ دیگر از دفترچه‌ی عمر را کندم!» به باور او تقویم بخشی از دفترچه عمر است که سالانه منتشر می‌شود.

آن بار هم نتوانسته بود نه بگوید. پاسخ مثبت داده بود و حال نگران و پشیمان شده بود. انبوهی تجربه بد پشتوانه‌ی این نگرانی و پشیمانی بود. اما این بار خودش می‌دانست که بازگشتی در کار نیست. حتی شماره تلفن آن غریبه را نگرفته بود که به او امکان بدهد در واپسین لحظه‌ها پایش را از آن بازی ناشناخته پس بکشد. تماس بگیرد، بهانه‌ای بیاورد

و پوزش بخواهد. راینر بارها به او توصیه کرده بود:

- نوشتن نام و ثبت دقیق راه‌های تماس! هرگز در کار حرفه‌ای‌ات از این دو غافل نشو!

و او غافل شده بود. خودش نیز به‌درستی نمی‌دانست چرا به آن ناشناس اعتماد کرده است. برای هفته‌ی بعد قرار گذاشته بودند. برای روز سه‌شنبه ۱۸ دسامبر، ساعت دوازده ظهر. و اکنون موعد دیدار فرارسیده بود. همان‌طور که از پنجره‌ی بزرگ کافه‌تریا به درختان بی برگ و سرمازده‌ی باغچه نگاه می‌کرد به خود گفت:

- دوست عزیز، حالا نیازی به بزرگ کردن ماجرا نیست؟ کدام اعتماد؟ کسی زنگ زده و از تو وقت خواسته و تو هم حالا به هر دلیلی که بوده، فرصتی برای این دیدار تعیین کرده‌ای. همین و بس! طوری از اعتماد حرف می‌زنی که گویا همه زندگی خود را در اختیار این غریبه گذاشته‌ای؟

آن روز از خواب که بیدار شد، می‌دانست که امروز با این فرد ناشناس قرار ملاقات دارد. در پریشان‌خوابی‌های سر شب نیز درباره علت آن دیدار غیرمنتظره کمی فکر کرده بود. نکته‌ای که برای خود او نیز جالب بود، این بود که حتی نام خانوادگی آن غریبه را نیز پس از یک هفته‌ای که از تماس تلفنی‌شان می‌گذشت، فراموش کرده بود. بعد به خاطر آورد که نام او را در دفترچه یادداشت کوچک خود نوشته است. هر چه سن او بیشتر می‌شد، نقش این دفترچه در زندگی‌اش افزایش می‌یافت. دفترچه‌ای که اغلب باعث مزاح و خنده همکارانش می‌شد.

به خود گفته بود چقدر بد است که آدم نام دیگران را فراموش کند. پاک شدن نام یک نفر از ذهن سرآغاز محو شدن، شروع ناپدید شدن اوست. پس از آنکه نام یک نفر از ذهن پاک شد، فضا برای فراموشی کامل او مهیا می‌شود. اگر جمله‌ای، خاطره‌ای یا تصویری هم از آن فرد در ذهن وجود داشته باشد، اندک اندک زیر تلی از غبار فراموشی فرو می‌رود. در نام یک فرد چیز مرموزی وجود دارد. نیرویی جادویی که می‌تواند آن تصویر، آن جمله و یا آن خاطره را کنار هم بچیند و به آن‌ها هویت ببخشد.

از این رو نخستین کاری که پس از ورود به کافه‌تریا کرده بود، ورق زدن دفترچه یادداشتش بود. دفترچه را ورق زده بود تا به غریبه‌ای که هر لحظه می‌توانست از در کافه‌تریا وارد شود، هویت ببخشد. نام آن فرد ناشناس را زیر لب زمزمه کرد:

- ساسان کریمیان.

پس از آن چشمان خود را باز کرد و غریبه‌ای را دید که در همان لحظه، در آستانه‌ی در کافه‌تریا ایستاده است تا او را غافل‌گیر کند. بهزاد از جای خود بی‌درنگ برخاست. نگاهی به او انداخت. خوش‌پوش و مرتب به نظر می‌رسید. چهره‌ی آن غریبه شبیه به آن تصویر و تصوری بود که او از یک استاد دانشگاه در ذهن خود داشت. تصویری که با چهره‌هایی که او در آن عکس گروهی دیده بود، تفاوتی جدی داشت. به خود گفت: «شبیه به هیچ‌کدام‌شان نیست.»

به تجربه دریافته بود که ایرانی‌ها به محض خروج از کشور، پوست می‌اندازند و شخصیت دیگری می‌یابند. لبخندی زد. لبخندی که تا لبخند ساسان امتداد یافت. نگاه آشنای دو غریبه با لبخندی که بر لبان‌شان نقش بسته بود، می‌توانست سرآغاز خوبی برای آن دیدار باشد. ساسان پالتوی خود را در حین آمدن به سوی بهزاد از تن درآورد. آن را با احتیاط روی صندلی کنار او گذاشت و به گرمی دستش را فشرد. خود را معرفی کرد و پس از رد و بدل کردن چند جمله‌ی کلی و هیچ‌مگو، نگاهش را در نگاه بهزاد گره زد، با تبسمی بر لب و تردیدی در کلام، با لحنی که هم‌زمان سرشار از شرم و از شور بود، پرسید:

- اجازه بدهید مستقیم بروم سر اصل مطلب.

بهزاد سرش را به نشانه‌ی توافق تکان داد.

- داستانم را می‌نویسید؟

آن پرسش عجیب و آن درخواست عجیب‌تر باعث حیرت بهزاد شد. چند دقیقه‌ای بیشتر نبود که همدیگر را دیده بودند. روبه‌روی او نشسته، سرش را کمی به طرف چپ کج کرده بود و از بالای عینکش به او نگاه می‌کرد. تمنا بار سنگین خود را روی شانه‌های لحظه انداخته بود. سکوتی که بین‌شان حاکم شده بود، لحظه به لحظه بیشتر باد می‌کرد و متورم می‌شد. انتظارِ شنیدن پاسخ بدل به دانه‌های ریز عرقی شده بود که بر پیشانی‌اش نشسته بود. ابتدا با پشت دست و سپس با دستمال عرق را از چهره‌اش برگرفت. سرفه‌ای کرد و به بهزاد زُل زد.

هنوز هیچ‌چیز درباره‌ی داستانش نگفته بود. حتی یک کلمه! بهزاد از خود پرسید این چه انتظار بزرگی است که یک فرد ناشناس از یک فرد ناشناس دیگر دارد؟ در برابر آن درخواست عجیب، زبانش بند آمده بود. نمی‌دانست چه باید بگوید. انتظار شنیدن هر چیز دیگری را داشت، مگر انتظار شنیدن چنین پرسشی را. شطرنج‌بازی را می‌مانست که

حریفش همچون یک نابغه یا شاید همچون یک بازیگر مبتدی او را با یک حرکت عجیب غافل‌گیر کرده باشد. نگاهی به آن غریبه انداخت. حال ساکت و آرام نشسته و به او زل زده بود.

بهزاد نه می‌توانست انگیزه‌ی آن غریبه را از آن حرکت عجیب متوجه شود و نه به‌درستی می‌دانست در سر او چه می‌گذرد. از خود پرسید:

- از زندگی من از چه می‌داند؟ از مشکلات زندگیم چه اطلاعی دارد که به خود اجازه داده وظیفه‌ای چنین سنگین را بر دوشم بگذارد؟ روی دوش کسی که نمی‌شناسدش.

بهزاد احساس کسی را داشت که چترش را در خانه جا گذاشته و در یک جاده‌ی فراموش شده، در تاریکی یک شب بی‌ستاره به انتظار اتوبوس، زیر رگباری از پرسش ایستاده باشد. زیر بارشِ پرسش‌هایی که پاسخ هیچ یک از آن‌ها را نمی‌دانست. از خود پرسید:

- کیست؟ چه قصه‌ای برای گفتن دارد؟ چرا باید داستانش را نوشت؟ قصه‌اش با قصه‌ی هزار ایرانی دیگر در خارج از کشور چه تفاوتی دارد؟ از همه‌ی این پرسش‌ها مهم‌تر، چرا من باید این قصه را بنویسم؟ مرا از کجا می‌شناسد؟ شماره‌ی تلفنم را از کجا پیدا کرده است؟

به‌رغم آنکه بهزاد حافظهٔ تصویری خوبی نداشت، مطمئن بود که او را هرگز پیش از آن ندیده است. ذره‌ذره‌ی نگاه پریشان خود را جمع کرد و مجدداً به چهره‌ی آن غریبه نگریست. آرام و موقر در برابرش نشسته و همچنان به او زُل زده بود. بهزاد هنوز نتوانسته بود خود را در موقعیت جدیدی که آن غریبه برای او ایجاد کرده، تعریف کند. مات و مبهوت به آن بیگانه نگاه می‌کرد. اگر او را ندیده بود، هرگاه وقار و متانت او را با چشم خود تجربه نکرده بود، شاید به خود می‌گفت، داشتن چنین انتظاری از یک بیگانه یا برخاسته از اختلال روحی است یا ناشی از خودشیفتگی. جلوه‌ای از آن خودشیفتگی که معمولاً از دل یک خودبزرگ‌بینی زاده می‌شود. اما، حکایت آن غریبه چیز دیگری بود. به خود گفت:

- با همه‌شان فرق می‌کند.

در زندگی بارها کسانی را دیده بود که از اختلالات روحی رنج می‌بردند و بارها با افراد متوهمی روبه‌رو شده بود که از شدت خودشیفتگی در حال انفجار بودند. افراد زیادی را دیده بود که خودبزرگ‌بینی‌شان ریشه در زخم‌های تحقیری قدیمی داشت و چهره خود

را به علت نداشتن اعتماد به‌نفس پشت تصویری دروغین پنهان کرده بودند. قاطعیت‌شان پرده‌ای را می‌مانست که تزلزل‌شان را می‌پوشاند. حرفه روزنامه‌نگاری به او امکان تماس با افراد بسیاری را داده بود.

بهزاد بار دیگر نگاه خود را روی چهره و پیکر آن غریبه سرازیر کرد. به خود گفت: - این ناشناس شباهتی به هیچ کدام از آنان ندارد. بدون آنکه آرامش‌اش را از دست بدهد، می‌تواند به چشمان دیگری نگاه کند. این نشانه‌ی خوبی است. کسانی که اختلال روحی دارند، معمولاً سعی می‌کنند نگاه‌شان را از نگاه آدم بدزدند. نمی‌توانند حتی برای چند ثانیه مستقیم به چشمان دیگری نگاه کنند.

وانگهی، آن ناشناس سنجیده و شمرده سخن می‌گفت. حرکات دست و پایش نیز کاملاً عادی و هماهنگ با آن آرامشی بود که در گزینش کلماتش دیده می‌شد. آن آرامش در کلام و آن متانت در رفتار از احتمال ابتلای او به روان‌پریشی کم می‌کرد. بهزاد در رفتار چنین افرادی نوعی اضطراب، نوعی دلهره و تشویش دیده بود. گونه‌ای ناآرامی که حتی ماهرترین بازیگران نیز قادر به پنهان کردن کامل آن نیستند. «حتی اگر بتوانند لرزش دستان‌شان یا تکان‌های غیرعادی زانوهایشان را کنترل کنند، پلک چشمان‌شان تند و نامنظم می‌زند. چشمان‌شان را کنترل کنند، گوشه‌ی لبشان می‌پرد یا مثلاً رگ شقیقه‌شان بی‌دلیل می‌جنبد.» اثری از هیچ یک از این علائم در رفتار و چهره‌ی آن غریبه دیده نمی‌شد.

از سوی دیگر، آن مهری که در نگاهش خیمه زده بود، آن هم در آمیزش با وقار و متانتی که در رفتارش دیده بود، بیشتر برخاسته از فروتنی بود تا خودبزرگ‌بینی. خطاب به خود گفت: «افراد خودبزرگ‌بین حتی اگر از آدم چیزی را بخواهند، در خواهش‌شان اثری از شرم و خجالت نیست. لحن‌شان حتی وقتی عاجز و ناتوان شده‌اند، بیشتر شبیه به فرمان دادن می‌ماند تا تمنا کردن.» در رفتار و لحن کلامش نشانه‌ای از خودخواهی ندیده بود. دست‌کم این تصور نخستین او از این بیگانه بود.

این مجموعه اطلاعاتی بود که در آن چند دقیقه و در سایه رد و بدل کردن همان چند جمله و آن چند نگاه به‌دست آورده بود. تصوری اولیه و در عین حال شتابزده از غریبه‌ای که با درخواست عجیب خود او را غافل‌گیر کرده بود. بهزاد برای تصمیم‌گیری درباره گام بعدی خود نیازمند آن تصور اولیه و شتابزده بود. آن شطرنج‌باز حرکت خود را کرده و

منتظر حرکت او نشسته بود.

او به تصور و ارزیابی نخستین خود از انسان‌ها باور داشت. باور داشت که می‌شود از نوع نگاه کردن افراد پرده از پستوی روح آن‌ها برگرفت. باور داشت که سلامت روح را می‌شود در برق نگاه انسان‌ها دید. معتقد بود هرگاه کسی با دقت به چینش واژه‌ها در گفتار انسان‌ها توجه کند، می‌تواند ناگفته‌ها را بشنود. باور داشت که ناگفته‌ها در فاصله‌ی بین سطرها، در مکث‌های کنترل نشده‌ی بین واژه‌ها پنهان شده‌اند. در آن زنجیره‌ی نامرئی که جمله‌ها را به هم پیوند می‌زند، به تجربه دریافته بود که گاهی اهمیت ناگفته‌هایی که بین واژه‌ها روی هم می‌لغزند، بیش از ارزش گفته‌هایی است که از نظم چینش آگاهانه‌ی واژه‌ها برمی‌خیزند. درستی این باور اما هر بار با روبه‌رو شدن با فرد جدیدی به چالش کشیده می‌شد. بارها به خود گفته بود در معاشرت با دیگران هیچ‌گاه آدم نباید پیچیدگی روح و روان انسان‌ها را فراموش کند. بارها به خود گفته بود همه‌ی انسان‌ها پیچیده‌تر از تصویری هستند که از خود نشان می‌دهند.

در آن لحظه، یکی از همان معماهای بزرگ در برابر او نشسته و با پرسش‌اش او را غافل‌گیر کرده بود. ساسان به بهزاد گفت:

- نوشتن این داستان، تنها خواست و آرزوی من نیست. مینا...

مکثی کرد و در ادامه گفت:

- همسرم را می‌گویم و حتی از مینا هم بیشتر، هانه‌لوره و یاکوب من را فرستاده‌اند تا رضایت شما را جلب کنم.

از بابت آنکه نام هانه‌لوره و یاکوب را بر زبان آورده بود، پشیمان شد. اگر بهزاد از او درباره‌ی آن‌ها می‌پرسید، چه می‌توانست بگوید؟ چگونه می‌توانست موضوعی چنین پیچیده را با چند جمله‌ی کوتاه توضیح دهد. کافی بود در ارزیابی بهزاد، بدل به فردی روان‌پریش می‌شد تا بر بستر آن داوری تلخ، ماموریت جلب رضایت به شکست می‌انجامید. باید خطای خود را تصحیح می‌کرد. پیش‌دستی کرد و شتاب‌زده گفت:

- هم‌خانه‌ای‌های ما هستند.

بهزاد هم پرسشی درباره‌ی آنان مطرح نکرد. در آن لحظه ظاهراً دل‌مشغولی‌های دیگری داشت. ساسان همان‌گونه که به بهزاد زل زده بود، پرسش خود را بار دیگر تکرار کرد:

- قصه‌ام را می‌نویسید؟

بهزاد غافل‌گیر شده بود و این دقیقاً همان چیزی بود که از آن سخت پرهیز داشت. باید تمرکز ذهنی خود را مجدداً به‌دست می‌آورد. تمرکزی که در اثر تازش این درخواست عجیب به‌شدت زخمی شده بود. به‌یک‌باره گفت:

- آنقدر درگیر گپ‌وگفت شدیم که الفبای میزبانی را پاک فراموش کردم. قهوه می‌نوشید؟

- با کمال میل.

- با شیر و شکر؟

- نه. لطفاً تلخ و سیاه!

بهزاد لبخندی زد و گفت:

- درست مثل خود من.

سپس از جای خود بلند شد. ساسان به منظره‌ی پشت پنجره زل زد. بهزاد پس از چند دقیقه بازگشت. فنجان‌ها را روی میز گذاشت و روبه‌روی ساسان نشست. ساسان فنجان قهوه را بلند کرد، اما پیش از نوشیدن نخستین جرعه، آن را زیر بینی خود گرفت و وجود خود را از بوی خوش قهوه لبریز کرد. «عاشق بوی قهوه هستم.»

ساسان تردید را در چهره‌ی بهزاد دیده بود. می‌دانست بهترین راه برای چیره شدن بر تردیدها، فرار از دست آن‌ها نیست، روبه‌رو شدن با آن‌هاست. انکار آن‌ها نیست، دست‌وپنجه نرم کردن با آن‌هاست. بنابراین پیش از آنکه موریانه‌های تردید بتوانند در خفا ریسمان این اعتماد نوپدید و کم‌رمق را بجوند و بدرند، باید خودش پیش‌قدم می‌شد. گفت:

- تردیدهای شما را کاملاً متوجه می‌شوم. شما نه مرا می‌شناسید و نه حتی می‌دانید موضوع داستانی که روایتش را از شما می‌خواهم، درباره‌ی چیست.

بهزاد گرچه ابایی از آشکار کردن تردیدهای خود نداشت، اما منتظر شنیدن چنین موضوعی از سوی آن غریبه نبود. آن را به حساب یک حرکت سنجیده‌ی دیگر آن شطرنج‌باز نهاد.

- حق با شماست. پرسش‌های زیادی مغزم را مشغول کرده است.

سپس سرفه‌ای کرد و در ادامه گفت:

- اجازه بدهید با هم شفاف و روشن صحبت کنیم.

- خواهش می‌کنم. من هم انتظار دیگری ندارم. هر چه شما تردیدها و پرسش‌هایتان را شفاف‌تر بیان کنید، با همان شفافیت می‌توانم به آن‌ها پاسخ بدهم. باور کنید همه‌ی تلاشم را به کار خواهم بست تا با شما صادق باشم.

بهزاد خود را روی صندلی جابه‌جا کرد. صاف‌تر نشست.

- باید اعتراف کنم که چون شما را نمی‌شناسم، صریح و بی پرده حرف زدن برایم کمی ساده‌تر است. راستش را بخواهید، پرسش‌های زیادی دارم. اما اجازه بدهید از مهم‌ترین پرسش شروع کنم...

ساسان سخنش را قطع کرد:

- جسارتم را ببخشید! می‌دانم مایلید بدانید داستانی که من روایتش را از شما می‌خواهم درباره‌ی چیست. اما بگذارید قاعده‌ی بازی را تغییر بدهیم. اجازه بدهید من با یک پرسش از شما، گفت‌وگو را شروع کنم.

بهزاد با صدایی نسبتاً بلند پرسید:

- پرسش از من؟

- بله. می‌دانم پرسیدن کار شما روزنامه‌نگارهاست. اما شرح داستان من وابسته به پاسخی است که شما به پرسش من می‌دهید.

بهزاد به نشانه‌ی ناباوری سر خود را تکان داد و با لحنی سرد گفت:

- ایرادی ندارد. بپرسید.

ساسان لحظه‌ای مکث کرد. بر آن بود تا بر تب برخاسته از کنجکاوی بهزاد بیافزاید. نگاهش را در نگاه بهزاد گره زد. لبانش را برای لحظه‌ای برهم فشرد. گرهی در ابروانش انداخت و گفت:

- اگر قرار باشد دو راه در برابر شما بگذارند، یک راه روشن و هموار و یک راه تاریک و سنگلاخ، شما کدام را انتخاب می‌کنید؟

بهزاد لبخندی زد و گفت:

- با این توصیفی که شما از این دو راه دادید، شرط عقل حکم می‌کند که آدم راه روشن و هموار را انتخاب کند.

ساسان فنجان قهوه خود را با تأنی روی میز گذاشت. لبخندی زد و گفت:

- بی‌آنکه از خودتان بپرسید قرار است این دو راه به کدام مقصد منتهی شوند؟ کسی

چه می‌داند، شاید آن راه روشن و هموار پای شما را به بی‌راهه بکشاند. شاید باعث گمراهی‌تان بشود.

این پرسش حرکت ماهرانه‌ی دیگر آن شطرنج‌باز بود. بهزاد دست و پای خود را گم کرده بود. انتظار شنیدن چنین پرسشی را نداشت. گفت شتابزده پاسخ داده است. ساسان پوزش خواست. گفت هدفش از طرح آن پرسش سنجش هوشیاری بهزاد نبوده است. حتی اعتراف کرد که خود او نیز، زمانی نه چندان دور به همین پرسش پاسخ مشابهی داده است. پس از لحظه‌ای سکوت در ادامه گفت:

– انتخاب راه روشن و هموار، دقیقاً همان انتخاب اکثر انسان‌هاست. اکثر مردم تنها به دنبال رسیدن به مقصد هستند. همه‌ی تلاش‌شان را به کار می‌گیرند که هر چه امن‌تر و هر چه سریع‌تر به مقصد برسند. ولی خیلی‌ها بعد از آنکه به مقصد می‌رسند، بازهم احساس کمبود می‌کنند. می‌دانید چرا؟

منتظر پاسخ بهزاد نماند.

– چون مقصدی که به آن رسیده بودند، مقصودشان نبوده است. اکثر آدم‌ها نمی‌دانند که در زندگی یک راه وجود ندارد. چندین و چند راه وجود دارد و هر راه هم چندین و چند مقصد. اما چون به همان راه روشن و هموار دل بسته‌اند، نه از وجود راه‌های دیگر مطلع می‌شوند و نه از مقصدهای دیگر. سرنوشت‌های بس متفاوتی بر سر راه انسان وجود دارد. اما انسان فقط یکی‌شان را می‌شناسد. همانی را که تجربه کرده است. همانی که کم دردسرتر است.

– متوجه نمی‌شوم... به باور شما، انسان باید راه تاریک را انتخاب کند؟

– چنین چیزی را نگفتم. این یک تصمیم فردی است. هر کس برای خودش تصمیم می‌گیرد. من تنها به این نکته اشاره کردم که نادیده گرفتن راه‌های دیگر و پناه بردن به همان راه آشنا، انسان را از دیدن و فهمیدن خیلی چیزها محروم می‌کند.

– مثلاً از چه چیزهایی؟

– ببینید درخواستی که من از شما می‌کنم، در واقع شما را بر سر یک دوراهی قرار می‌دهد. بر سر یک دوراهی که یک راهش ساده و کم‌هزینه است و یک راهش دشوار و با پیامدهای ناآشنا. این راه تاریک مثل وارد شدن به یک کوچه مرموز و خلوت است. برخلاف آن راه روشن، که راهی است ملال‌آور، نبض هیجان اما در این راه تاریک می‌زند. ممکن

است سخت و نفس‌گیر باشد، اما اصلاً ملال‌آور نیست.

ساسان فنجان قهوه‌اش را تا آخرین قطره سر کشید و آن را روی میز گذاشت و در حین نگاه کردن به چهره‌ی بهزاد گفت:

- راه روشن را که انتخاب کنیم، زندگی‌مان شبیه گذشته، به همان شکل و روال همیشگی ادامه پیدا می‌کند. به همین دلیل است که اکثر آدم‌ها برای پرهیز از دردسر این راه را انتخاب می‌کنند. اما انتخاب آن راه دیگر، آن راه تاریک، یا انسان را به بیراهه می‌کشاند یا در آن نیروی اسرارآمیزی وجود دارد که می‌تواند زندگی را از بن تغییر داده، کاشانه‌ی عادت‌ها را خراب کند و بر زندگی طرحی نو بزند. مثل یک قمار است. برد و باخت دارد. هم بردش می‌تواند کلان باشد و هم باختش!

پس از مکثی کوتاه در ادامه گفت:

- گاهی هم آدم‌ها تا نیمه‌های آن راه تاریک می‌روند و بی‌آنکه چیزی نصیب‌شان شده باشد، پشیمان در برابر توهمی که جذب‌شان کرده، تسلیم می‌شوند. از آن بیراهه برمی‌گردند. برمی‌گردند و احساس خستگی و سنگینی می‌کنند. اما اگر آن راه را در دل مسیر توهم نکشیده باشند، پای آنان را به جهانی باز می‌کند که برای‌شان ناشناخته بوده است. می‌تواند آنان را به جایی ببرد، زیباتر و شاید شایسته‌تر از جایی که در آن چادر زده‌اند و به آن دل بسته‌اند.

بهزاد سکوت کرده بود. نفسی را که در سینه حبس کرده بود، بیرون داد. مات و مبهوت به آن غریبه می‌نگریست. تیزبینی آن غریبه او را مجذوب خود کرده بود. ساسان از سکوتی که بین‌شان حاکم شده بود، استفاده کرد و از بهزاد پرسید:

- معذرت می‌خواهم. اینجا کجا می‌شود سیگار کشید؟

بهزاد با دست در شیشه‌ای کنار کافه‌تریا را نشان داد و گفت:

- از این در که رد بشوید، سمت چپ شما یک در شیشه‌ای هست که رو به باغ باز می‌شود. همان جا کنار در، زیر سایه‌بان یک زیرسیگاری گذاشته‌اند. آنجا سیگار کشیدن آزاد است.

- شما سیگار نمی‌کشید؟

- خوشبختانه سال‌هاست که ترک کرده‌ام.

- اجازه دارم شما را چند دقیقه تنها بگذارم؟

- خواهش می‌کنم. اتفاقاً امروز کارم کمتر از همیشه است. مایلم توضیح مختصری درباره داستان‌تان بدهید.

- با کمال میل.

سیگار بهانه بود. ساسان بر آن بود تا بهزاد را ایستاده بر سر آن دوراهی، در انتظار بگذارد. شطرنج‌باز حرکت ماهرانه‌ی خود را بازی کرده بود. بذر وسوسه‌ای در دل هم‌بازی خود نشانده بود. در همان نگاه نخست توانسته بود در چهره‌ی بهزاد آثار خستگی و ردپای ملالِ لخته بسته در وجودش را ببیند. از این رو، هیجان و ملال را در برابر هم قرار داده بود. می‌دانست که هیجان تنها چیزی است که می‌تواند شور سرکوب شده یک روح خسته را نیز شعله‌ور کند.

ساسان پالتوی خود را روی شانه‌هایش انداخت و پیش از رفتن لحظه‌ای کنار میز ایستاد و به بهزاد گفت:

- اکثر مردم فکر می‌کنند که واقع‌بینی یک فضیلت است. اما واقع‌بینی تسلیم شدن به فرمان زمانه است. اتفاقاً به باور من، ما باید از پوسته‌ی ضخیم واقعیت عبور کنیم.

گفت تلاش برای فهم واقعیت، تلاش شایسته‌ای است. اما هدف انسان‌ها نمی‌تواند صرفاً فهم واقعیت باشد، موضوع بر سر بازآفرینی آن است. لبخندی زد و آنگاه به سوی در شیشه‌ای رفت. در را با دست هُل داد. سپس روی خود را به سوی بهزاد برگرداند و گفت: «آیا زندگی واقعاً هیجان‌انگیز نیست؟»

بهزاد از پشت پنجره‌ی بخار گرفته نگاهی به باغچه انداخت. به دویدن تخیل در تصویر واقعیت. او بی‌حرکت آنجا نشسته بود، غرق در اندیشه‌های خود و در انتظار آمدن غریبه‌ای که بیاید و شرح مختصری از داستانش بدهد. ساسان پس از چند دقیقه آمد و داستان خود را تعریف کرد. داستانی که تکان‌دهنده بود. ماورای تصور روزنامه‌نگاری که در کلبه‌ی بی‌تفاوتی شب‌وروز را دوره می‌کرد.

ساسان آرام از پله‌ها بالا آمد. با خورجینی پر از امید، پر از تردید. شطرنج‌باز با چند حرکت بدیع آقای نویسنده را غافل‌گیر کرده بود. اما بازی تازه آغاز شده بود. فرجامش ناروشن بود. پاسخ روشنی نشنیده بود که رضایت خاطر او را سبب شود. با دستان خالی به خانه بازگشته بود. از آن هدیه‌ی آسمانی که مینا به آن دل بسته بود، خبری نبود.

صدای ویولن یاکوب فضای راه‌پله را از خود انباشته بود. گاهی حتی در خیابان هم می‌شد صدایش را شنید. آن‌قدر به آن قطعه مندلسون گوش داده بود، که خواسته یا ناخواسته، بدل به موزیک متن لحظه‌های زندگی‌اش شده بود. یاکوب فقط آن قطعه را می‌نواخت. ساسان علتش را نمی‌دانست. یک بار پرسیده بود:

- چرا فقط این قطعه را می‌نوازی؟ مگر قطعه دیگری را نمی‌شناسی؟

یاکوب ترجیح داده بود، سکوت کند. فقط نگاهی به او انداخته و لبخندی زده بود. اما هانه‌لوره به‌رغم خون‌سردی ذاتی مردگان، با لحنی کنایه‌آمیز در پاسخ گفته بود:

- این چه حرفی است که می‌زنی؟ یاکوب یک نوازنده حرفه‌ای است.

اما به‌رغم پرسش او، یاکوب همیشه فقط قطعه مارش عزا را می‌نواخت. این ملودی همه جا با ساسان بود. نوایش مدام در گوش او می‌پیچید. چه یاکوب حضور داشت و چه نه! مارش عزا پیام انکار شده‌ی خود را در گوش زمانه‌ای ناشنوا فریاد می‌کرد. زمانه‌ای که ساکنانش، غرق در کار، درگیر صد مشغله، در جست‌وجوی نان و بقل، خفته زیر سقف آن روزمرگی کسالت‌بار، به یک بی‌تفاوتی خطرناک تن داده بودند.

در آن سویِ در همه به انتظار او نشسته بودند. شاید صدای پایش را در راه‌پله شنیده بودند. شاید هم یاکوب آمدنش را از پشت پنجره دیده و به بقیه خبر داده بود. کسی چه می‌داند.

مینا در تمام مدت همان جا نشسته و چشم از ساعت دیواری برنگرفته بود. حتی فراموش کرده بود چیزی بخورد. تلفن همراهش را روی میز اتاق پذیرایی گذاشته و به آن زُل زده بود. به یاد روز آزادی ساسان از زندان افتاده بود. نوعی خوشی توام با ابهام لحظاتش را از خود انباشته بود. آمیزه‌ای از تردید و امید. آن روز هم خطاب به خود گفته بود:

- چقدر انتظار کشیدن سخت است!

سه سال و نیم انتظار کشیده بود. به انتظار فرارسیدن روزی نشسته بود که همسرش از چنگ بی‌عدالتی برهد و خود را به او برساند. ساسان، خسته و درهم شکسته از زندان رجایی‌شهر آزاد شده بود. آن روز، در آغوش ساسان گریسته بود. هق‌هق‌کنان گریسته بود.

انتظار آن روز مینا با انتظار برخاسته از سال‌های جدایی‌شان تفاوت داشت. هانه‌لوره می‌دانست گفت‌وگو با مینا فرجامی ندارد. منتظر نشسته بود تا ساسان بازگردد. همان شب به او گفت:

- انتظار کشیدن برای همه دشوار است. اما انتظار تو و همسرت از جنس آن انتظاری نیست که ما در آشویتس از سر گذراندیم. شما امروز منتظر پاسخ آقای نویسنده نشسته بودید. منتظر مانده بودید تا فصل جدیدی در زندگی‌تان آغاز بشود. اما ما به‌رغم عشق‌مان به زندگی منتظر رسیدن لحظه‌ی مرگ بودیم. گاهی حتی به استقبال مرگ می‌رفتیم. آرزوی مرگ می‌کردیم. هر روز با چشمان وحشت‌زده‌مان مرغ مرگ را می‌دیدیم که بر فراز سرمان در پرواز است. هر بار از خودمان می‌پرسیدیم که امروز قرار است بر سر چه کسی بنشیند؟

انتظار کشیدن بار دیگر طعم لحظه‌های مینا را تلخ کرده بود. حتی چند بار وسوسه شده بود تلفنش را بردارد و به ساسان زنگ بزند. اما بر آن وسوسه غلبه کرده بود. نمی‌خواست مزاحم گفت‌وگوی همسرش با آقای نویسنده بشود. باید صبور و شکیبا می‌ماند تا او بیاید. با صبر و انتظار در آن سال‌های سخت آشنا شده بود. به خود می‌گفت تحمل آن دردی که درمان‌پذیر نیست، از یک الزام برمی‌خیزد و نه از دل یک آرزو.

خانه حدود سه ساعتی در انتظار و هیجان فرو رفته بود. یاکوب نتوانسته بود لحظه‌ای آرام بگیرد. مرتب از گوشه‌ای از آپارتمان به گوشه‌ی دیگری می‌رفت. با بی‌حوصلگی ویولنش را برمی‌داشت و چند لحظه‌ای می‌نواخت. آنگاه رنج انتظار بار دیگر به سراغش می‌آمد. ویولن را مجدداً در کیفش می‌نهاد و باز کوچ کردن از اتاقی به اتاق دیگر شروع

می‌شد.

هانه‌لوره لحظه‌ها را ردیف به ردیف گره زده و رج به رج بافته بود. منتظر مانده بود ساسان از راه برسد. اما این مینا بود که به محض شنیدن صدای چرخش کلید در قفل از جای خود برخاست. شتاب‌زده خود را به همسرش رساند و پیکر سرد او را تنگ در آغوش گرفت. یاکوب همانجا کنار پنجره اتاق پذیرایی خشکش زده بود. هانه‌لوره هم از جای خود تکان نمی‌خورد. هر دو هاجووواج به ساسان و مینا نگاه می‌کردند. مینا پرسید:

- چی شد؟ چقدر طول کشید. عاقبت توانستی نتیجه‌ای هم بگیری؟

و این آن پرسشی بود که همه در انتظار شنیدن پاسخش نشسته بودند.

- نمی‌دانم! مطمئن نیستم.

نفس حبس شده خود را از سینه بیرون داد و در ادامه گفت: «به‌هرحال من سعی خودم را کردم. پس از آن بود که آقای نویسنده گفت احتیاج به کمی فرصت دارد. گفت باید درباره این موضوع بیشتر فکر کند.»

هانه‌لوره گفت:

- موضوع که خیلی روشن است. درباره‌ی چه چیزی می‌خواهد فکر کند؟

یاکوب لبخند تمسخرآمیزی روی لبان خود سراند و گفت:

- کار دنیا را ببین. واقعاً که مسخره شده است. می‌پرسم چگونه است هر بار که پای وظیفه به میان می‌آید، همه احتیاج به فکر کردن پیدا می‌کنند؟ اگر آدم‌ها واقعاً در مورد هر چیزی این قدر فکر می‌کردند، الان سرنوشت جهان بهتر از این‌ها بود.

مینا پرسید:

- خُب حالا تا کی فرصت خواسته است؟

- تا جمعه.

هانه‌لوره سر خود را به نشانه‌ی عدم تفاهم تکان داد و با ناباوری گفت:

- و لابد تو هم پذیرفتی؟

- مگر چاره دیگری هم بود؟

ساسان پس از لحظه‌ای مکث در ادامه گفت:

- البته، ما هم باید کمی انصاف داشته باشیم. نوشتن این داستان کار ساده‌ای نیست. این طور نیست که کسی بتواند به شکل تفننی یا چه می‌دانم تفریحی به آن بپردازد. شما

که خودتان بهتر می‌دانید. کافی است که آدم درگیرش بشود تا این داستان همه‌ی هوش و حواس او را به تصرف خودش درآورد. بدل به دغدغه‌ی ذهنی‌اش بشود.

مینا سکوت ساسان را که دید، پرسید:

- باز در عالم خیالات خودت غرق شدی؟

گپ‌وگفت با هم‌خانه‌ای‌هایش باعث می‌شد، ساسان اغلب سرنخ کلام را از دست بدهد. بین جملاتش فاصله می‌افتاد. گاهی پاسخ‌هایی می‌داد یا چیزهایی را می‌گفت که از نظر مینا بی‌ربط می‌نمود. مینا سر خود را به نشانه‌ی عدم تفاهم تکان داد و با ناباوری پرسید:

- اصلاً توانستی داستان را برای او تعریف کنی؟

- آره. ابتدا از من خواست موضوع داستان را در چند جمله شرح بدهم. ولی، این قصه را چگونه می‌شود در چند جمله تعریف کرد؟ بهش گفتم خلاصه کردن این داستان در چند جمله روح آن را از بین می‌برد. از آن یک توهم شاعرانه می‌سازد. باید چهره‌اش را در آن لحظه می‌دیدی. تعجب کرده بود. پس از آن از او خواهش کردم، فرصت بیشتری به من بدهد تا بتوانم داستان را آن‌گونه که باید و شاید، برایش تعریف کنم. می‌دانی بعد از شنیدن خواهشم، چه گفت؟

یاکوب پیش از اینکه مینا به پرسش ساسان پاسخ دهد، با لحنی سرد پرسید:

- نه! چه گفت؟

- گفت اگر پیدا کردن یک موضوع محوری برای شرح مختصر این داستان برایم دشوار است، شاید بتوانم موضوع آن را در یک کلمه بگویم. گفت گاهی یک کلمه گویاتر از یک پاراگراف است. پس از آن بود که از من پرسید اگر بخواهم احساس خودم را درباره‌ی آن داستان در یک کلمه بگویم، آن کلمه کدام است؟

هانه‌لوره از شنیدن این موضوع به وجد آمد. از خود پرسید مگر ممکن است یک واژه بتواند بیش از یک جمله، بیش از یک پاراگراف سخن برای گفتن داشته باشد؟ پس از آن با کنجکاوی پرسید:

- و تو چه جوابی به این پرسش دادی؟

- ابتدا کمی دست‌پاچه شده بودم. آقای نویسنده با این پرسش من را حسابی غافل‌گیر کرده بود. من‌ومن کنان و پس از کمی فکر کردن گفتم شاید بهترین کلمه شوک باشد. این قصه مثل یک تلنگر است. تلنگری است که می‌تواند خواب آدم را آشفته کند. می‌تواند

باعث بیداری‌اش بشود. بهش گفتم حتم دارم که شوک بهترین کلمه‌ای است که می‌توانم با آن احساس عمومی‌ام را از آن ماجرا بیان کنم.

یاکوب لبخندی زد و گفت:

- چه پاسخ هوشمندانه‌ای! البته دروغ هم نگفتی. چون واقعاً این داستان مثل یک شوک است. برای ما، منظورم برای قربانیان هولوکاست، این داستان روایت ماجرای یک فاجعه است. اما برای تو، برای آقای نویسنده و برای نسل شما بازگویی همین فاجعه می‌تواند مثل یک شوک باشد. دست‌کم ما به چنین چیزی امید بسته‌ایم. امیدواریم انسان‌ها زمانی آنقدر عاقل بشوند که بتوانند از تکرار چنین فجایعی جلوگیری کنند.

ساسان گفت: «خیلی امید ندارم. خرد هرگز نتوانسته مانع از میدان‌داری جنون بشود.» یاکوب سر خود را به نشانه‌ی مخالفت تکان داد. «تسلیم شدن در برابر جنون، خردمندانه نیست. باید تلاش کرد. نباید با جنون همراه شد. یا در برابرش سکوت کرد.»

هانه‌لوره با تکان سر سخنان همسرش را تأیید کرد. آنگاه روی خود را به سوی ساسان برگرداند و گفت:

- از لکنت‌زبان یاکوب خبر داری؟ گمان نمی‌کنم درباره‌ی آن چیزی به تو گفته باشم.

ساسان منتظر شنیدن چنین پرسشی نبود. آن پرسش نیز او را غافل‌گیر کرده بود. آن روز، روز غافل‌گیری بود. همه همدیگر را با پرسش‌هایشان غافل‌گیر می‌کردند. در آن لحظه قادر نبود از ربط موضوع لکنت‌زبان یاکوب با موضوع ملاقاتش با آقای نویسنده رمز بگشاید. با بی‌حوصلگی اما با لحنی حیرت‌زده پاسخ داد:

- نه! خبر نداشتم.

- خیلی هم شدید لکنت‌زبان داشت. شاید به همین دلیل هم رفته بود سراغ موسیقی. بی‌اختیار یاد آن روزها افتاد. یادی که لبخندی بر لبانش نشاند. در ادامه گفت: «موقع حرف زدن، به علت لکنت‌زبانش خجالت می‌کشید. طفلکی ده رنگ می‌شد تا یک جمله را به آخر برساند. اما موقع ویولن زدن، عالی بود. هر چه ناگفته در دلش وجود داشت را با موسیقی‌اش می‌گفت. با موسیقی‌اش فریاد می‌زد، شکوه می‌کرد، اشک می‌ریخت و می‌خندید. شورانگیزترین اجراهایش به بعد از اخراجش از گروه نوازندگان برمی‌گشت. نوای خشم فروخورده‌ی خودش را می‌نواخت.»

- ولی الان که لکنت‌زبان ندارد!

هانه‌لوره قاه‌قاه خندید و گفت:

- پسرم، آن جایی که ما زندگی می‌کنیم، جایی برای بیماری‌ها و معلولیت‌ها پیش‌بینی نشده است. خدا رو شکر همه سالم هستند. مرگ پایان بیماری‌ها و پایان رنج‌هاست. پایان شرم است.

هانه‌لوره با طرح موضوع لکنت‌زبان یاکوب مایل بود چیزی به او بگوید. به او و به آقای نویسنده بفهماند که حتی لکنت‌زبان هم نمی‌تواند مانعی برای گفتن ناگفته‌ها باشد. جسورانه سخن گفتن فقط نیاز به اراده دارد. مرگ پیروزی قطعی اراده و جسارت بر تردید و محافظه‌کاری است.

یاکوب بار دیگر به سراغ ویولنش رفت و شروع به نواختن کرد. پیش از این‌ها دوست نداشت کسی درباره لکنت‌زبانش چیزی بگوید. اما اکنون از این بابت خجالت نمی‌کشید. وانگهی لکنت‌زبانش هم خوب شده بود. هانه‌لوره نگاهی به یاکوب انداخت، میل‌های بافتنی‌اش را برداشت و به کار بافتن کلاه ادامه داد. هر دو به‌خوبی می‌دانستند که چاره‌ای نیست و باید چند روز دیگر از خود صبر و حوصله نشان دهند. هانه‌لوره نگاهی به کلاف کاموا انداخت و خطاب به خود گفت:

- ظرف این چند روز، کلاه که سهل است، حتی می‌توانم یک ژاکت هم برای اریش ببافم.

ساسان لبخندی زد. لبخندی که علتش را مینا نمی‌توانست متوجه شود. خطاب به مینا گفت:

- اجازه بده یک چیز بامزه برایت تعریف کنم. پیش از آنکه داستان را برای آقای نویسنده شرح بدهم، گمان کرده بود که من دچار توهم شده‌ام. فکر می‌کرد که من از او می‌خواهم داستان زندگی‌ام را بنویسد. حتی به زبان ایما و اشاره تلاش کرده بود به من بفهماند که خیلی از ایرانی‌ها در خارج از کشور دچار توهم مهم بودن شده‌اند. گفته بود این روزها هر کس را که ببینی می‌خواهد داستان زندگی‌اش را بنویسد.

لحظه‌ای سکوت کرد. نگاهش را در نگاه همسرش دوخت و ادامه داد:

- آقای نویسنده گفته بود خیلی‌ها را می‌شناسد که خیال برشان داشته و گمان می‌کنند که زندگی‌شان سرشار از درس‌هایی است که باید در اختیار نسل‌های آینده بگذارند. از کسانی گفته بود که گمان می‌کنند زندگی‌نامه‌شان مشعلی است که با تابش بر

خاطرات گذشته‌شان می‌تواند مسیر آینده‌ی دیگران را روشن کند. دچار این توهم شده‌اند که زندگی خود را وقف مبارزه برای مردم کرده‌اند و حالا از دیگران می‌خواهند با دیدن خاکستر آن جسم و روح سوخته، درس عبرت بگیرند و بیاموزند.

- البته افراد زیادی هم هستند که زندگی‌شان واقعاً حرف‌های زیادی برای گفتن دارد. نخبه در خارج کشور کم نداریم.

- آره! اما اشاره آقای نویسنده به آن دسته از نخبگانی بود که درباره خیلی مهم بودن خودشان دچار توهم شده‌اند. آن‌هایی که در سایه‌ی آن توهم حسابی قد کشیده‌اند.

شنیدن این موضوع باعث خنده هانه‌لوره شد. یاکوب برای یک لحظه نواختن ویولن را قطع کرد و پرسید:

- برایم خیلی جالب است بدانم تو چه پاسخی به آقای نویسنده دادی؟

- به او گفتم اصلاً دچار توهم نیستم. حتی گفتم که خودم هم به‌خوبی می‌دانم که فرد خیلی خاصی نیستم که کسی بخواهد داستان زندگی‌ام را بنویسد. درباره‌ی زندگی‌ام چیز زیادی برای گفتن ندارم. نه وزیر و رئیس بودم و نه ژنرال و سرهنگ. نه از اسرار فعالیت‌های هسته‌ای رژیم اطلاعی دارم و نه از بده و بستان‌ها و پرونده‌های اختلاس و فساد مالی‌شان. حتی گفتم که من یک آموزگار ساده بودم. یک فرد عادی متاهل با یک زندگی بی‌حاشیه.

ساسان کلمه بی‌حاشیه را با تاکید خاصی گفته بود و در حین گفتن آن به مینا نگاه کرده بود. مینا معنای این نگاه را خیلی خوب می‌شناخت. سر خود را به نشانه‌ی تایید تکان داد. به صداقت و پایبندی همسرش باور داشت. هانه‌لوره یک بار به یاکوب گفته بود:

- به این دو پرنده عاشق نگاه کن! چقدر این‌ها ما را به یاد خودمان می‌اندازند.

ساسان اندکی مکث کرد و آنگاه با لبخندی بر لب خطاب به مینا گفت:

- وقتی موضوع داستان را برایش تعریف کردم، وقتی گفتم که از او می‌خواهم تجربه عجیب این چند ماه را بنویسد، می‌خواستی چهره‌اش را ببینی. حسابی تعجب کرده بود. اصلاً باورش نمی‌شد. باورش نمی‌شد یک ایرانی از او بخواهد درباره هولوکاست، چه می‌دانم درباره کشتار یهودیان در دوران حکومت نازی‌ها بنویسد.

ساسان پس از گفتن این جمله سکوت کرد. هیجان باعث تشنگی‌اش شده بود. از جای خود بلند شد و به آشپزخانه رفت. با یک شیشه آب و دو لیوان به اتاق پذیرایی بازگشت.

مینا و هانه‌لوره همانجا بی‌حرکت نشسته بودند. آرشه روی تارهای ویولن یاکوب متوقف مانده بود. پنداری زمان از حرکت بازایستاده باشد. ساسان برای مینا و خودش آب ریخت.

مینا که طولانی شدن سکوت همسرش را دید، با لحنی شکوه‌آمیز گفت:

- خُب بقیه ماجرا را تعریف کن. واکنش آقای نویسنده به حرف‌های تو چه بود؟

- اصلاً انتظار شنیدن چنین چیزی را نداشت. حتی از بابت اینکه گفته بودم در ایران یک آموزگار ساده بوده‌ام، تعجب کرد. گفت می‌داند که من در ایران استاد رشته تاریخ بوده‌ام.

- معلوم می‌شود درباره‌ات تحقیق کرده است.

- آره. خُب این اولین چیزی است که این روزها به ذهن آدم خطور می‌کند. من هم در پاسخ به او گفتم آره استاد دانشگاه بودم. بعد به تاکید گفتم برای داستانی که مایلم برایش تعریف کنم، هیچ فرقی نمی‌کند چه کاره بوده‌ام. قصه‌ای که از او می‌خواهم روایت کند هیچ ربطی به زندگی خود من ندارد. مربوط به همین دوره کوتاه زندگی‌مان در تبعید می‌شود. قصه‌ی این شش ماهی است که به کلن آمده‌ایم.

هانه‌لوره نجواکنان با کنجکاوی پرسید:

- درباره ما هم چیزی به او گفتی؟

- راستش را بخواهی نه. البته اسم شما را بردم، اما توضیح بیشتری ندادم. چه توضیحی می‌توانستم بدهم؟ می‌ترسیدم مبادا فکر کند دچار اختلال روحی شده‌ام. اگر چنین فکری درباره‌ی من می‌کرد، کار کلاً خراب می‌شد. خُب نمی‌شود همه چیز را در همان نشست نخست گفت. آن هم به یک غریبه. فقط به او گفتم که هم‌خانه‌ای‌های ما هستید. و خوشبختانه او هم چیز بیشتری نپرسید.

مینا همیشه از سکوت ساسان و طولانی شدن فاصله بین جملاتش تعجب می‌کرد. ساسان این اواخر یک جمله خطاب به او می‌گفت، مدتی بی‌دلیل سکوت می‌کرد و پس از آن سخن خود را ادامه می‌داد. مینا نمی‌توانست علت این رفتار همسر خود را متوجه شود. نمی‌دانست که ساسان در آن لحظه غرق در گفت‌وگو با هم‌خانه‌هایشان شده است. نمی‌دانست ساسان پس از آزادی از زندان با هم‌بندی‌هایش در سلول انفرادی همچنان گپ‌وگفت دارد. دیالوگ با آن کسانی که فقط چوب‌خط‌هایشان را روی دیوار زندان دیده بود.

- مایل بود بداند که من به اسم و شماره تلفنش رسیده‌ام.
- خُب می‌خواستی به او بگویی که اسم و شماره‌اش را فرناز برایت پیدا کرده است.
- دقیقاً همین را به او گفتم. گفتم که شما یکی دو سال پیش برای یک سخنرانی به برلین رفته بودید و دخترم که در دانشگاه هومبولت روانشناسی می‌خواند، آن روز در جلسه‌ی سخنرانی شما حضور داشته است. گفتم دخترم آن روز خیلی تحت تاثیر سخنرانی شما درباره‌ی تاثیرات رشد گرایش‌های پوپولیستی در اروپا قرار گرفته بود. و در ضمن به او گفتم داستانی که من از او می‌خواهم روایتگرش باشد نیز به پدیده پوپولیسم و رشد گرایش‌های افراطی مربوط می‌شود.

سپس لبخندی زد و در ادامه گفت:

- اتفاقاً شنیدن این موضوع بیشتر کنجکاوش کرد.

یاکوب گفت:

- به نظر می‌رسد که گفت‌وگوی‌تان طولانی بوده است. این نشانه‌ی خوبی است. اگر تمایلی به شنیدن قصه‌ی ما نداشت، لابد خیلی زودتر بهانه‌ای می‌آورد و به گفت‌وگو پایان می‌داد.

پس از گفتن آن موضوع، بی اختیار به یاد روز اخراجش از گروه نوازندگان افتاد. به هانه‌لوره گفت:

- آن روز، تصمیم‌شان را گرفته بودند. حتی بهم اجازه ندادند یک کلمه در دفاع از خودم بگویم.

هانه‌لوره حکایت آن روز را بارها از یاکوب شنیده بود. اما یاکوب از تکرار آن خاطره‌ی تلخ خسته نمی‌شد. شاید تکرار بیان ماجرای آن روز باعث می‌شد کمی از رنجش کاسته شود. شاید به حس هم‌دردی همسرش احتیاج داشت. به دستان نوازشگر هانه‌لوره.

ساسان گفت:

- داستان را که تعریف کردم، به نظرم آقای نویسنده هم شوکه شد. انتظار شنیدن چنین داستانی را نداشت. فکر می‌کرد از او می‌خواهم راوی یک قصه ساده باشد. اما پس از شنیدن شرح مختصر داستان، متوجه اهمیت آن شد.

هانه‌لوره گفت:

- امیدوارم آقای نویسنده واقعاً متوجه اهمیت این قصه شده باشد.

- متوجه شده بود. درباره‌ی این موضوع ذره‌ای تردید ندارم. حتی گفت که این داستان را حتماً باید نوشت. ماجرایی است که باید حکایت کرد.

سپس مثل کسی که چیزی به خاطرش رسیده باشد، در ادامه گفت: «اما پس از آن، از من پرسید چرا خودم این داستان را نمی‌نویسم؟» یاکوب سر خود را به نشانه‌ی ناباوری تکان داد و گفت: «می‌دانستم یک جای کار لنگ می‌زند. شاید خواسته بود با گفتن این موضوع از زیر بار وظیفه روایت این داستان شانه خالی کند؟»

- شاید. کاش این طور نباشد. من به او گفتم خودم خیلی خوب می‌دانم که توان نویسندگی ندارم. گفتم این قدر تجربه در زندگی‌ام جمع کرده‌ام که بدانم چه کاری از دستم برمی‌آید و سراغ چه کاری اصلاً نباید بروم. گفتم که اگر من این قصه را بنویسم، شاید نتوانم همه‌ی آن چیزهایی را که در ذهنم می‌گذرد، به خواننده منتقل کنم. به او گفتم به همین دلیل بود که به دنبال یک نویسنده حرفه‌ای بوده‌ام.

ساسان به هانه‌لوره و یاکوب گفت:

- من این را به او گفتم، ولی مطمئن نیستم که آیا او از پس نوشتن این داستان برمی‌آید یا نه. نوشتن این داستان کار هر کسی نیست. اگر این داستان روایت یک شوک است، نویسنده باید بتواند این شوک را به مخاطبش منتقل کند. و تردیدی نداریم که این یک چالش است. یک چالش بزرگ!

یاکوب در پاسخ گفت:

- می‌دانم. ولی باید کسی آستین بالا بزند، کمر همت ببندد و این داستان را روایت کند. قرار نیست فقط یک روایت از این داستان وجود داشته باشد. داستان هولوکاست، صرفاً داستان ما نیست. داستان میلیون‌ها نفر است.

مکثی کرد. پس از آن در ادامه‌ی سخنش گفت:

- ولی امیدوارم حق با تو باشد و آقای نویسنده جسارت انجام چنین کاری را در خودش ببیند. شاید بقیه هم متوجه اهمیت این داستان بشوند و بخش‌های دیگرش را روایت کنند. پیش از آنکه داستان آنان فراموش بشود.

هانه‌لوره گفت:

- باید یک بار دیگر تکرار کنم. حتی لکنت‌زبان هم نباید مانع از حرف‌زدن کسی بشود! ساسان گفت چیزی نخورده است و به‌شدت احساس گرسنگی می‌کند. همراه با مینا

به آشپزخانه رفتند. یاکوب پشت پنجره اتاق پذیرایی ایستاد و در حین نواختن ویولن به برج خاکی‌رنگ کلیسا زُل زد. ساسان برای لحظه‌ای مجدداً به اتاق پذیرایی بازگشت. دست خود را با مهربانی روی شانه یاکوب گذاشت. دستش در هوا معلق ماند. گفت: «احساس خوبی دارم، اما نباید تاثیر تردیدها را فراموش کرد. من بذر وسوسه را در دل آقای نویسنده کاشتم. ولی در عین حال هم نباید از یاد ببریم که این روزگار لعنتی، بدل به زرادخانه‌ی تردیدها شده است.»

- می‌دانم. جنگ نفس‌گیر بین تردید و وسوسه را خیلی خوب می‌شناسم.

یاکوب چند بار پس از اخراجش و بارها در اردوگاه آشویتس، در آن شب‌هایی که ظرف زمان از هرگونه امیدی تهی می‌شود و گرد مرگ همه‌جا را می‌پوشاند، وسوسه شده بود به زندگی‌اش پایان دهد. اما تردید و وحشت از مرگ هر بار مانع از آن شده بود. همان‌طور که به برج کلیسا زل زده بود، آرشه را محکم روی تارهای ویولن سراند و آرزو کرد این بار وسوسه بر تردید چیره شود. خطاب به خود گفت:

- این وسوسه با آن وسوسه خیلی تفاوت می‌کند. آن وسوسه‌ی مرگ بود و این وسوسه‌ی زندگی است. وسوسه‌ای برای زنده ماندن. برای شایسته زندگی کردن!

ساسان برای لحظه‌ای کنار یاکوب ایستاد و به برج کلیسای سنت‌سورین زل زد. صدای مینا از آشپزخانه او را مجدداً به جهان واقعی بازگرداند.

بذر وسوسه‌ای که آن بیگانه در ذهن بهزاد نشانده بود، رهایش نمی‌کرد. همه‌ی لحظات آن روز را سایه‌به‌سایه همراه او آمده بود. قصه‌ای که او تعریف کرده بود مثل یک شوک بود. یک شوک بزرگ که نمی‌شد آن را نادیده گرفت. انکارش کرد. خطاب به خود گفت: «چه تجربه عجیب و تکان دهنده‌ای!»

ساسان از یک تلنگر سخن گفته بود. تلنگری که باید مانع از لم دادن آدم زیر سایه درخت پهناور بی‌تفاوتی می‌شد و چنین چیزی جسارت زیادی طلب می‌کرد. بهزاد دریافته بود که آن راه روشن و هموار را با خوره‌ی بی‌تفاوتی فرش کرده‌اند. آن بیگانه او را فراخوانده بود که از ادامه‌ی راه پیموده‌اش سر باز زده و مسیر جدیدی در زندگی‌اش در پیش گیرد.

برخی از ماجراها در زندگی از چنان قدرتی برخوردارند که می‌توانند زندگی را به پیش و پس از خود تقسیم کنند. چنین لحظه‌هایی را بهزاد بارها در زندگی خود تجربه کرده بود. روزی که زادگاهش را ترک کرد، چنین لحظه‌ای بود و پس از آنکه نسرین چمدان‌هایش را بست و رفت، زندگی‌اش چهره‌ای ناآشنا به خود گرفت. بسیاری چیزها در فصل جدید از زندگی تغییر می‌کنند. بازیگرانی از صحنه خارج می‌شوند و بازیگران جدیدی پا به داستان زندگی آدم می‌گذارند. کسانی که در فصل پیشین یا حضور نداشتند، یا آنجا بودند، بی‌آنکه نقش مهمی در زندگی ایفا کنند. افرادی که در نقطه‌ای فراموش شده در حاشیه سرنوشت انسان‌ها بودند، اما بود و نبودشان پیش از آن، رنگ چندانی بر بوم تابلوی زندگی آدم نمی‌زد.

آن غریبه که تا ساعاتی پیش، فقط یک نام و یک تماس بود، اکنون همچون یک بازیگر جدید پا به آن فصل از زندگی بهزاد نهاده بود. آمده بود افسار گذشت لحظه‌ها را در زندگی

او به دست بگیرد. آمده بود اتوبوس سرگردان زندگی او را به مسیر دیگری بکشاند. اما در آن لحظه، آنگاه که بهزاد سرگرم نوشیدن شراب بود، نمی‌دانست قرار است فصل جدیدی در زندگی‌اش آغاز شود. سال‌ها بود که گمان می‌کرد به صلحی پایدار با خود دست یافته است. خوش داشت، همانجا، در گوشه‌ای از این کاشانه خوشبختی توهم‌زده‌اش بنشیند، دریچه‌های روح خود را روی غروری فریبنده بگشاید و از اینکه اتوبوس زندگی خود را به مقصد نهایی رسانده، به خود ببالد.

سنکا زندگی را به یک پلکان بی‌انتها تشبیه کرده بود. گفته بود که زندگی یعنی بالا رفتن دائمی از این پله‌ها. پرسیده بود که اگر کسی روزی تصمیم بگیرد که روی یکی از آن پله‌ها بایستد، همانجا بماند و خیمه بزند، باید بتواند به این پرسش پاسخ بدهد که در پی یافتن چه چیزی بوده که حال گمان می‌کند به آن رسیده است؟ بهزاد این جمله سنکا را در جوانی خوانده بود. در آن سال‌های اخیر، هر بار که این پرسش به سراغ او می‌آمد و خوابش را پریشان می‌کرد، ترجیح می‌داد پاسخش را در یکی دو لیوان شراب بیشتر بیابد. دو لیوان شراب بیشتر، راه را برای جهش از فراز سایه‌ی چنین پرسش‌هایی در زندگی هموار می‌کند، بی‌آنکه گریبان آدم را از گزندشان برهاند.

مدت‌ها از رفتن همسرش می‌گذشت. بهزاد از همان فردای رفتن نسرین همه تلاش خود را به کار گرفته بود، تا او را از حافظه‌ی خانه‌ی خود و از حافظه‌ی غرورِ زخم‌خورده‌اش پاک کند. قاب‌عکس‌ها و آلبوم‌ها را به زیرزمین خانه برده بود. به گلدان‌ها بی‌مهری کرده بود. اما هیچ‌کس از دیدن افسردگی گل‌ها شاد نمی‌شود. یک روز همه گلدان‌ها را، یکی پس از دیگری از روی طاقچه کنار پنجره اتاق پذیرایی برداشته و در گوشه‌ای پنهان، در باغچه خانه‌اش نهاده بود. گوشه‌ای که بدل به قبرستان گل‌های پژمرده شده بود. اما جای خالی گلدان‌ها در اتاق پذیرایی باعث فراموشی آن‌ها نشده بود. او هر بار که نگاهش به پنجره‌ی اتاق پذیرایی می‌افتاد، گلدان‌ها را می‌دید. جای خالی آن‌ها، جای خالی قاب عکس‌ها و جای خالی لباس‌ها در کمد یادآور جای خالی نسرین در آن خانه بود و همین یادآوری ناخواسته باعث آزار بیشترش می‌شد. خاطره‌ای از نسرین در هر گوشه و کنار آن خانه، در هر گوشه و کنار روحش نقش بسته بود. به‌مرور زمان دریافته بود که خاطرات را نمی‌شود در زیرزمین خانه به بند کشید، زندانی کرد. برآمدنشان به میل و اراده‌ی کسی نیست. یک اشاره کوچک کافی است خواب خاطره‌ای را پریشان کند.

بهزاد پس از رفتن همسرش، زیر سایه‌ی آن تنهایی تحمیلی، خیلی تغییر کرده بود. دگرگون شده بود. نتوانسته بود به کس دیگری دل ببندد. نتوانسته بود حتی به کسی نزدیک بشود. دوست‌هایش را نیز یکی پس از دیگری از خود رانده بود. خودش از تنهایی و لذت بردن از آن تنهایی سخن می‌گفت. اما او گرفتار نوعی انزوا شده بود. انزوایی خزنده که لحظه به لحظه باعث رنج بیشتر او می‌شد. ساسان دقیقاً در یک چنین لحظه‌ای، با داستان عجیب خود پا به زندگی او گذاشته بود.

آن شب نیز، پس از شنیدن آن داستان تکان‌دهنده، تک و تنها، روی مبل اتاق پذیرایی نشسته بود و شراب می‌نوشید. هوس کرد به یکی از آواهای جادویی عُمر اکرم گوش بدهد. بی آنکه دلیلش را بداند، ناخودآگاه آلبوم *رها همچون یک پرنده* را انتخاب کرد. انتخابی که بر بستر وسوسه‌ای که به جانش افتاده بود، می‌توانست معنایی خاص داشته باشد. معنایی که رمزگشایی از آن برای او در آن لحظات شبانه ممکن نبود.

داستانی که ساسان شرح داده بود، از جنس داستان‌های دیگر نبود. یکی از آن ماجراهایی بود که می‌توانست فرمانروایی نیم‌بندش را بر زمان به چالش بکشد. صاعقه‌ای بود که فرود آمده بود تا آرامش آلونکش را برهم ریزد. آن غریبه برای داستان خود به دنبال روایتگر نبود. در جست‌وجوی بازیگر تازه‌ای برای آن داستان بود. این داستان آمده بود تا با پیوند خوردن با داستان زندگی بهزاد، داستان جدیدی برای ادامه زندگی او بیافریند. فصل جدیدی در زندگی او بگشاید. و او هیچ کدام از این‌ها را در آن لحظه نمی‌دانست.

لیوان شرابش را در پرتو آباژوری که کنارش بود،گرفت. آن را با احتیاط در فضا چرخاند و با شیفتگی به رقص نور در سرخی رنگ شراب نگریست. آنگاه لیوان را در برابر بینی خود گرفت و به بوی خوش توت وحشی اجازه داد همراه با نفسی عمیق راهی به درون سینه‌اش بیابد. چشمان خود را برای لحظه‌ای بست و از آمیزش لحظه با این رایحه اسرارآمیز سرمست شد. این دقیقاً تکرار همان رفتاری بود که ساسان آن روز با بوی خوش قهوه کرده بود. این چنین بود که حضور آن غریبه حتی در آن لحظه از شب نیز حس می‌شد.

همه تلاش او برای کاستن از تراوش آن وسوسه، بی حاصل بود. وسوسه‌ای که در وجود او رخنه کرده بود، در خفا در حال تکثیر سلولی بود. نه زل زدن به لیوان شراب از آن‌چنان توانی برخوردار بود که فراموشی برخاسته از آن سرخوشی بتواند هوشیاری او را بفریبد و نه گوش فرا دادن به نوای *رها همچون یک پرنده* توانسته بود، او را از کشش

مرموز آن وسوسه برهاند. چه می‌خواست و چه نه، پرنده ذهن او به اسارت آن داستان در آمده بود.

تا زمانی که آن بیگانه پا به زندگی او نگذاشته و تا لحظه‌ای که او از آن قصه و از آن ماجرا بی اطلاع بود، از آن شوک روحی و وسوسه ناشی از آن هم خبری نبود. اما آن غریبه وارد زندگی او شده و او قصه‌اش را شنیده بود. همین موضوع کافی بود که وسوسه نوشتن آن داستان را به جانش بیاندازد.

اسکار وایلد زمانی گفته بود تنها راه نجات از شر یک وسوسه، تسلیم شدن در برابر آن است. وسوسه یک ایده نیست که به ذهن کسی خطور کند، یک آزمون است. نه صرفاً آن آزمونی که مومنان از آن به عنوان معیاری برای سنجش خلوص باورهای دینی یاد می‌کنند. این آن آزمونی است که وقتی به جان آدم افتاد، وقتی زیر پوست آدم خلید، آرام و قرارش را سلب می‌کند. نیروی عجیبی در دل وسوسه نهفته است. بی‌اعتنایی به آن، از قدرتش نمی‌کاهد، تقویتش می‌کند. باعث جسارت بیشتر و بی‌پروایی‌اش می‌شود.

آن شب خوابش نمی‌برد. روی تخت نیم‌خیز می‌شد، جرعه‌ای شراب می‌نوشید، مجدداً دراز می‌کشید و فکر می‌کرد. ذهنش دوپاره شده بود: از یکسو اسیر آن وسوسه و از سوی دیگر مست لذت تن‌پروری در سایه‌ی یک زندگی بری از دردسر. دوست داشت در همان آلونک خوش‌خیالی بنشیند و گذر عمر را نظاره کند. برای قانع کردن خود یا شاید برای سرکوب آن وسوسه، همه‌ی مشکلات زندگی‌اش را کنار هم ردیف کرد. این توصیه مارک تواین بود. گفته بود بهترین دارو برای درمان ویروس وسوسه، دل‌شوره است. باید از پیامدهای گران گردن نهادن به آن وسوسه دچار وحشت می‌شد. دریافته بود که گرچه وسوسه از اراده قوی‌تر است، اما قدرتش به اندازه تاثیر ترس و وحشت در روح و روان آدم نیست. پدرش زمانی به او گفته بود انسان‌های پیر زودتر از جوانان از روبه‌رو شدن با ناشناخته‌ها دچار وحشت می‌شوند. تقویم زندگی‌اش که ورق خورد، با پوست و گوشت خود پیام سخن پدرش را دریافت.

باید بر وزن مشکلات زندگی خود می‌افزود و سعی می‌کرد با تلنبار کردن مشکلات، بذر آن وسوسه را پیش از آنکه در ذهنش بدل به درخت تناوری شود، در درون خود می‌پوساند و نیست و نابود می‌کرد. خطاب به خود گفت:

- کی می‌خواهی بپذیری که پیر شده‌ای؟ کی می‌خواهی بفهمی که توان و انرژی‌ات

کم شده است؟ درد مفاصلت را به همین زودی، به همین سادگی فراموش کرده‌ای؟ درد کمرت را؟ همان دردی را که پس از ساعتی نشستن از ستون فقرات بالا می‌رود و خود را روی همه‌ی جسم و جانت پهن می‌کند؟ یادت رفته است که آسمان چشمانت پس از چند دقیقه کتاب خواندن چقدر ابری می‌شود و تا نبارد دلش آرام و قرار نمی‌گیرد؟ مگر آدم چند ساعت در روز می‌تواند کار کند؟ مگر...

نیمه‌های شب بود که متوجه شد همه‌ی آن تلاش‌ها بی‌ثمر و بیهوده بوده‌اند. چاره‌ای نداشت و باید به توصیه اسکار وایلد عمل می‌کرد. برخی از آدم‌ها دنبال دردسر می‌گردند. هر بار به استقبال چالش جدیدی می‌روند تا از روزمرگی، از آن یکنواختی کسل کننده و ملال‌آور زندگی بگریزند و خرسندی روح سرکش خود را مجدداً سبب شوند. آرامش روحی خود را زمانی به دست می‌آورند که پیش از آن با دست خود آن را برهم زده باشند. از موفقیت‌های کوچک لذت می‌برند، ولی می‌دانند که لذت برخاسته از این موفقیت‌ها تنها لحظه‌ای کوتاه روح آن‌ها را می‌نوازد. از برخورد به مانع نمی‌پرهیزند. از جاده هموار در زندگی بیشتر می‌هراسند تا از عبور از لبه‌ی پرتگاه. این همان دوراهی بود که ساسان در برابر او نهاده بود. از او خواسته بود بین دو راه منتهی به ملال و هیجان یکی را انتخاب کند.

بهزاد دوست داشت به خود بقبولاند که صاحب یک روح یاغی و سرکش است و هر چه تلاش کرده آن روح عصیان‌گر را آرام و اهلی کند، نتیجه‌ای نگرفته است. اما خود نیز به‌خوبی می‌دانست که این تصویر کمابیش جلوه‌ای از آن خودفریبی شیرینی است که آدم آن را همچون ماسکی برای پنهان کردن ناتوانی خود در یافتن پاسخی برای چرایی خیلی از چیزها در زندگی بر چهره می‌کشد. اما مشکل خودفریبی این است که بخشی از مغز که خالق آن است، از کل ماجرا خبر دارد. آدم باید هر بار به آن بخش از مغز حق السکوت بپردازد. مست و سرخوش‌اش سازد تا پرده‌دری نکند. اما آن شب، همان بخش از مغزش به او نهیب زد:

- خیلی هم گرد و خاک به راه نیانداز، رفیق. نوشتن این قصه هر چه باشد، عبور از لبه‌ی پرتگاه نیست.

نوشتن آن قصه اما عبور از لبه‌ی پرتگاه بود. این موضوع را او در آن لحظه نمی‌دانست. باید از لبه آن پرتگاه عبور می‌کرد تا خود را به جایی امن برساند و از همان آرامشی بهره

ببرد که آن بیگانه به آن دست یافته بود. آرامشی برخاسته از بی‌قراری! آن آرامشی که از دل یگ آگاهی برمی‌خاست و نه از هم‌آغوشی با بی‌تفاوتی.

زیر جلد آن لحظه‌های کش‌دار شبانه تردید بزرگی خانه کرده بود. او نمی‌دانست تن دادن به وسوسه نوشتن آن داستان چه مسئولیت سنگینی بر دوش او می‌نهد. او ناخودآگاه آن تردید را سرکوب کرده بود. نمی‌دانست سرکوب یک تردید قاطعیت نمی‌زاید. گاهی به جسارتی میدان می‌دهد که انسان را به لبه‌ی آن پرتگاه می‌کشاند. پرتگاهی که عبور از لبه‌ی آن بیش از جسارت، گاهی به شهامتی آگاهانه نیاز دارد.

سراسر شب را روی تخت وول خورده بود. وول خورده بود تا صبح شود. صبح خیلی زود به ساسان زنگ زد. خواب بود. گرچه انکار کرد، اما از لحنش کاملاً روشن بود که او را در خواب غافل‌گیر کرده است. ساسان به او نگفت که این خواب سحرگاهی، پاداش بی‌خوابی چند شب گذشته‌اش بوده است. نیازی به معرفی کردن نبود. به محض شنیدن صدایش او را شناخته بود. بهزاد به او گفت باید او را ببیند. باید با او درباره قصه‌اش حرف بزند. بهزاد حتی او را با نام کوچک خطاب کرده بود.

– ساسان جان، باید هم‌دیگر را ببینیم.

این تلفن، این لحن و این صمیمیت برای ساسان پدیده‌ی عجیبی بود. انتظار آن را نداشت. بی‌آنکه علتش را بداند در دل آن صمیمیت ناگهانی ردپای پاسخی منفی را قرائت کرده بود. چند جمله‌ای بیشتر بین آن‌ها رد و بدل نشده بود. اما همین گفت‌وگوی کوتاه حیرت بهزاد را برانگیخته بود. رفتار آن غریبه همچون صاعقه‌ای بر روحش فرود آمده بود. خشکش زده و برای لحظه‌ای سکوت کرده بود. سکوتی که با سکوت ساسان درهم آمیخت. بار دیگر شطرنج‌باز با حرکتی عجیب، قاعده بازی را برهم زده بود. لحنش کاملاً تغییر کرده بود. همان آدمی نبود که روز پیش با او سخن گفته بود. بهزاد با نوسانات تند و پر دامنه‌ی روحی آدم‌ها آشنا بود. اما شدت و شتاب دگرگونی روحی آن ناشناس برایش تازگی داشت. در لحن او نه اثری از شادی بود و نه از اندوه. در جانِ کلامش رگه‌ای از آن شور و شیفتگی روز پیش دیده نمی‌شد. سرد و بی‌احساس به پرسش‌ها پاسخ می‌داد. بهزاد پرسید:

– ساعت ده صبح برایت مناسب است؟ مثلاً جلوی در ورودی اداره‌ی ما؟

– چرا که نه!

بهزاد بر آن بود که خداحافظی کرده و گوشی را بگذارد که غریبه مانع از آن شد.

می‌خواست نتیجه را در یک کلمه آری یا نه از زبان او بشنود. بهزاد گرچه تسلیم آن وسوسه شده بود و گرچه تصمیم به نوشتن قصه او گرفته بود، اما مایل بود درباره برخی نکات از پیش با او صحبت کند. برای نوشتن آن قصه شرط و شروطی داشت. باید مطمئن می‌شد که ساسان دست او را در نوشتن آن قصه باز می‌گذارد. در عالم نویسندگی هیچ چیز بدتر از آن نیست که نویسنده هدایت کلام خود را به دست کس دیگری بدهد. واژه‌های توسن تخیل را به کسی بدهند، اما افسار آن اسب سرکش در اختیار کس دیگری باشد. خطاب به خود گفت:

- هیچ نویسنده‌ای نمی‌تواند روایت کل داستان یا حتی بخشی از آن را به فرد دیگری بسپارد که جهان را به‌گونه‌ی دیگری می‌بیند. در جهان نویسنده‌ها فضا فقط برای یک نفر وجود دارد. اقلیمی نیست که حضور هم‌زمان دو پادشاه را تاب بیاورد.

بیش از آن، باید اطمینان حاصل می‌کرد که ساسان در آن سفر طولانی و پر ماجرا تا رسیدن به مقصد و مقصود با او همراه می‌ماند. نگران نتیجه کار بود و این نگرانی کاملاً طبیعی بود. پیش خود گفته بود نکند او وسط کار پشیمان بشود و حتی بدتر از آن، با انتشار کتاب مخالفت کند. این پرسش‌ها و این نگرانی‌ها را باید با او در میان می‌نهاد. اما این‌ها دغدغه‌های او بودند و آن غریبه در آن لحظه تنها به پاسخ یک پرسش می‌اندیشید و بی‌صبرانه منتظر شنیدن آن بود. مایل بود بداند از آن فرصتی که برای اندیشیدن در اختیار بهزاد گذاشته، چه نتیجه‌ای حاصل شده است. بهزاد در برابر اصرار او تسلیم شد و به گفتن این پاسخ کوتاه بسنده کرد:

- پاسخم مثبت است. من داستان را می‌نویسم.

یخی که بر لحن ساسان نشسته بود، یک‌باره ترک برداشت. فاصله‌ای که بین‌شان ایجاد شده بود، در چشم‌برهم‌زدنی محو شد. با آنکه بهزاد چهره او را نمی‌دید، احساس کرد که لبخندی بر لبانش نقش بسته است. یاد آن درخششی افتاد که روز پیش در چشمانش دیده بود. ساسان با خوش‌رویی گفت:

- حتماً! ساعت ده خدمت می‌رسم.

زمان خیلی سریع‌تر از آنچه بهزاد انتظار داشت سپری شد. شوقی که ساسان برای بازگویی آن قصه داشت به او هم سرایت کرده بود. بی صبرانه منتظر شنیدن کامل آن داستان بود. دلش می‌خواست هر چه سریع‌تر پشت میز بنشیند و نوشتن آن را آغاز کند.

اما آنچه او در آن لحظه نمی‌دانست و نمی‌توانست بداند این بود که پرداختن به این داستان، همه‌ی لحظات زندگی‌اش را تسخیر خواهد کرد. این آن سفر فرح‌بخشی نبود که آدم برای فرار از کار به آن پناه ببرد. این سفر نوعی دگردیسی بود. نوعی پوست انداختن و شاید کشف مجدد خود بود. نیچه زمانی گفته بود ماری که پوست نیاندازد، می‌میرد. معنای عمیق این گفته را او در آن لحظه نمی‌توانست متوجه شود. او در آن لحظه نمی‌دانست که برای گریز از ملال و رسیدن به آرامش باید از دل این طوفان عبور کند. باید خود را از نو بیافریند. باید پوست بیاندازد تا زنده بماند. آنچه در آن لحظه ذهن او را به خود مشغول کرده بود یک وسوسه بود و شیفتگی که آن وسوسه در ذهن او برانگیخته بود. لحظه از غوغا لبریز شده بود و او نمی‌دانست. هنوز نمی‌دانست.

خاک‌سپاری یک داستان

چند دقیقه پیش از موعد قرارشان، کنار در ورودی اداره منتظر ساسان ایستاده بود. او نیز چند دقیقه زودتر آمد. از دور به محض دیدن بهزاد برای او دست تکان داد و بر سرعت گام‌هایش افزود. نزدیک‌تر که آمد، می‌شد آشکارا لبخند رضایت را بر لبانش دید. چهره‌اش آرام‌تر از روز پیش به نظر می‌رسید. راه رفتنش نیز با روز قبل تفاوت کرده بود. با اعتمادبه‌نفس بیشتری قدم برمی‌داشت. دستکش‌اش را درآورد و دست بهزاد را به گرمی فشرد. دستش سرد بود.

بهزاد پیشنهاد کرد به کنار رود راین بروند و قدم‌زنان درباره برنامه مشترک‌شان، درباره روایت آن داستان گفت‌وگو کنند. پیشنهادی که ساسان را غافل‌گیر کرد. در حال باز کردن دکمه‌های پالتویش بود که بهزاد گفت او به پیروی از کی‌یرکگارد دوست دارد اندیشه‌هایش را بدود. گفت هنگام قدم زدن بهتر می‌تواند روی گفته‌ها و شنیده‌ها تمرکز کند. ساسان دکمه‌های پالتویش را مجدداً بست و یقه آن را بالا کشید و گفت:

ـ هر جور که شما صلاح می‌دانید.

ـ گمان می‌کنم قرار بود همدیگر را تو خطاب کنیم. این‌طور نیست؟

ـ حق با توست. مرا ببخش. گرچه این پیشنهاد خود من بود، ولی باید به آن عادت کنم.

ساسان آهسته و با تانی راه می‌رفت. بهزاد نیز ناگزیر سرعت قدم‌هایش را با او هماهنگ کرد. به خیابان اصلی که رسیدند، بهزاد با دست به سمت راست اشاره کرد:

ـ خواهش می‌کنم از این طرف.

سپس دست خود را دراز کرد و نقطه‌ای در دوردست را نشان داد و گفت:

ـ آنجاست. تا رود راین واقعاً راه زیادی نیست، چیزی در حدود چندصد قدم. هوا خوب

باشد، اغلب برای پیاده‌روی به اینجا می‌آییم.

بهزاد آن اواخر، حتی اگر هوا خوب بود نیز ترجیح می‌داد در اتاق کارش بماند و از پشت پنجره به راین بنگرد. خودش هم به‌درستی علتش را نمی‌دانست. نمی‌دانست که آیا این تغییرِ عادت ریشه در کهولت و تنبلی خزنده‌ی ایام پیری دارد یا ناشی از کاهش شور در روح و جانش است. در آن سال‌ها کم‌حوصله شده بود. کمتر چیزی در او شوری برمی‌انگیخت و شرری به جانش می‌نشاند.

ساسان لبخندی زد و بعد با لحنی دوستانه و صمیمی گفت:

- زودتر از آنچه فکر می‌کردم، به درخواستم پاسخ دادی. البته باید اعتراف کنم که پاسخت نه تنها مرا غافل‌گیر کرد، بلکه حتی باعث شد شرط را هم به مینا ببازم.

- مینا؟ کدام شرط؟

- همسرم را می‌گویم. فکر نمی‌کردم ظرف کمتر از یک روز درباره درخواستم و نوشتن این قصه تصمیم بگیری. صادقانه گفته باشم، یکی دو تجربه‌ی تلخ هم از خوش‌بینی‌ام درباره‌ی شنیدن یک پاسخ مثبت کم کرده بود. البته نمی‌خواهم بگویم که به‌طور کامل ناامید شده بودم. به همین دلیل هم به سراغ شما آمدم...

متوجه‌ی تکرار خطای خود شد.

- به سراغ تو آمدم. باید همه‌ی تلاشم را می‌کردم. چاره دیگری برایم باقی نمانده بود. چیزی برای از دست دادن نداشتم.

- تجربه‌ی تلخ؟

ساسان نفسی را که در سینه حبس کرده بود، بیرون داد و گفت:

- پیش از اینکه با تو قرار بگذارم، با دو نفر دیگر هم درباره‌ی این داستان صحبت کرده بودم. در همان اوایل طرح این داستان در ذهنم بود. هنوز تصمیم جدی در این باره نگرفته بودم. به‌رغم آن، موضوع را با آن‌ها در میان گذاشته بودم. یکی از آن دو نفر حتی مدعی بود که فعال حقوق بشر است. ابتدا، پس از شنیدن شرح مختصر داستان، خیلی استقبال کرد. اما به محض اینکه گفتم برای روایت این داستان پولی در بساط ندارم که به او بدهم، هزار بهانه سرهم کرد که پاسخ منفی‌اش را توجیه کند. آن یکی هم گفته بود چون به ایران رفت‌وآمد دارد، می‌ترسد روایت این داستان برایش دردسرساز بشود. از تو می‌پرسم، مگر نمی‌توانست کتاب را با نام مستعار منتشر کند؟

بهزاد لبانش را بر هم فشرد، سرفه خشکی کرد و سر خود را به نشانه عدم تفاهم تکان داد و گفت:

- نمی‌دانم چه باید بگویم؟ زندگی در خارج از کشور رفتار و منش خیلی‌ها را تغییر داده است. البته ما هم از مشکلات زندگی مردم اطلاعی نداریم.

- می‌دانم. به همین علت هم خیلی امیدوار نبودم که تو هم به درخواست ما پاسخ مثبت بدهی. به مینا گفته بودم که اگر آقای نویسنده تا روز پنجشنبه زنگ نزند، احتمالاً پاسخش مثبت است و اگر زودتر زنگ بزند، احتمال می‌دهم پاسخش منفی باشد. نمی‌دانم چرا مینا نسبت به پاسخ مثبت تو تا این حد خوش‌بین بود. بهم گفته بود اصلاً مهم نیست که آقای نویسنده کی و چه روزی زنگ بزند، پاسخش مثبت است. امروز صبح پس از آن که تماس تلفنی‌مان تمام شد، ماجرا را برایش تعریف کردم. باورش نمی‌شد. بعد که جدیت را در چهره‌ام دید، باور کرد. خیلی خوشحال شده بود. همه خوشحال شده بودیم.

بهزاد درباره تغییر رفتار برخی از ایرانی‌ها در خارج از کشور چیزهایی گفت که ساسان اصلاً نشنید. او بار دیگر در عالم خود فرو رفته بود. برای لحظه‌ای به یاد صبح آن روز افتاده بود، به یاد شادی مینا، به یاد درخشش قطره اشک شوق در چشمان سیاه و زیبایش، به یاد چهره‌ی حق‌به‌جانب هانه‌لوره و به یاد یاکوب که شورانگیزتر از همیشه ویولن نواخته بود.

در آن لحظه‌ای که بهزاد به او زنگ زده بود، مینا خواب بود. برای آنکه مزاحم خواب مینا نشود، تلفن را با خود به حمام برده بود. پس از پایان تماس تلفنی‌شان، لبخند بر لب آمده و بر لبه‌ی تخت، کنار مینا نشسته بود. لحظه‌ای به چهره او نگاه کرده بود. با دست موهای دویده بر چهره‌اش را پس زده بود. با مهر و محبت سر و صورتش را نوازش کرده بود. نوازشی که باعث شده بود مینا از خواب بیدار بشود. به محض بیدار شدن لبخندی بر لبانش نشسته بود. لبخند زیبایی بود. مدت‌ها بود که با دستان نوازشگر ساسان از خواب بیدار نشده بود. خیلی زود متوجه شده بود که چیزی باید تغییر کرده باشد. نگاهی از پنجره به بیرون انداخته بود. آسمان مثل دیروز ابری بود. او در چند کلمه خبر را به مینا داده بود.

- همان‌طور که حدس می‌زدی، آقای نویسنده به درخواست ما پاسخ مثبت داده است.

مینا با شنیدن این خبر، لحاف را کنار زده ، نیم‌خیز شده و همسرش را عاشقانه در

آغوش گرفته بود. هانه‌لوره و یاکوب هم شتابان به اتاق خواب آمده بودند. هانه‌لوره هیجان‌زده پرسیده بود:

- کی بود؟ آقای نویسنده بود؟ حاضر شده داستان‌مان را بنویسد؟

ساسان لبخندی زده و با تکان سر درستی آن خبر را تأیید کرده بود. آنگاه هانه‌لوره نگاه معناداری به یاکوب انداخته و گفته بود:

- گفتم که به دلم برات شده آقای نویسنده به درخواست ما پاسخ مثبت می‌دهد.

ساسان در واکنش به سخن هانه‌لوره گفته بود:

- البته تا شروع به نوشتن نکند، نمی‌شود مطمئن بود. گفت که مایل است با من درباره‌ی این داستان صحبت کند. شرط و شروطی برای این کار دارد. باید منتظر ماند و دید که چه شرط‌هایی برای نوشتن این داستان دارد.

مینا پس از شنیدن خبر نگاهی به ساعت روی پاتختی انداخته، مثل جن‌زده‌ها از جای خود بلند شده و بی آنکه دستی به سر و روی خود بکشد به آشپزخانه رفته بود. چای دم کرده و میز صبحانه را چیده و پشت میز به انتظار ساسان نشسته بود. او نیز در آن فرصت کوتاه دوش گرفته و لباس پوشیده و به آشپزخانه آمده بود. شعله‌ی هیجانی غیرقابل تصور در وجودش زبانه می‌کشید. مینا مدت‌ها بود که او را چنین سرزنده و شاداب ندیده بود. گویی درختی بود که در نخستین روزهای بهاری از خواب زمستانی برخاسته باشد. شوری به جانش افتاده بود و شرری به چشمانش. به محض ورود به آشپزخانه، مستقیم رفته و بوسه‌ای بر گونه‌ی مینا زده بود. به مینا گفته بود:

- زمان روایت این داستان فرا رسیده است.

یاکوب ویولن را زیر چانه خود قرار داده و شورانگیزتر از همیشه ویولن نواخته بود. قرار بود *مارش عزا* را دیگران هم بشنوند.

بهزاد متوجه شد که ساسان در عالم دیگری سیر می‌کند. با صدایی نسبتاً بلند گفت:

- درباره مینا می‌گفتی.

ساسان یک‌باره به خود آمد. لبخند تلخی زد. پیچ و تابی به پیکر خود داد. نگاهی به بهزاد انداخت و در ادامه گفت:

- آره. راستش در این مدت او را خیلی اذیت کردم. با بدخُلقی‌ها و بدخوابی‌های خودم آرامش آن بیچاره را هم برهم زده بودم. شاید آرزو می‌کرد که کسی پیدا بشود و این قصه

را بنویسد تا هم من راحت بشوم و هم او پس از ماه‌ها جنگ و عذاب روحی کمی روی آسودگی را ببیند. صادقانه گفته باشم، ما ایام خوبی در این مدت نداشتیم. اول کمپ پناهندگی و بعد هم این شوک.

- تقاضای پناهندگی داده بودید؟

ساسان نفس بلندی کشید. از جیب پالتوی خود پاکت سیگارش را درآورد و به بهزاد تعارف کرد. بهزاد با حرکت دست به او فهماند که سیگار نمی‌کشد. ساسان شتابزده دست خود را عقب کشید. از آن بابت پوزش خواسته بود که فراموش کرده بهزاد سیگار کشیدن را سال‌ها پیش ترک کرده است. سیگاری روشن کرد و گفت:

- آره. اما تصور ما از پناهندگی و زندگی در خارج از کشور با آنچه در این مدت تجربه کردیم، خیلی تفاوت داشت. نه اینکه در زندگی سختی نکشیده باشیم. سال‌های سخت زندان آدم را در برابر دشواری‌های زندگی مقاوم می‌کند. تازه، باور کن که کسی که چهل سال از عمر خود را در یک جامعه طوفان‌زده زندگی کرده باشد، حسابی پوست کلفت می‌شود. ولی، به‌رغم آن، باور ما از زندگی در خارج از کشور این نبود.

بهزاد با تعجب و با صدایی نسبتاً بلند پرسید:

- زندان؟

ساسان آه بلندی کشید و گفت:

- سه سال و پنج ماه و ۱۷ روز. ماجرای زندان من بی‌ربط به داستانی نیست که وظیفه روایتش را برعهده تو گذاشته‌ام. درباره ایام تلخ زندان باید یک بار مفصل صحبت کنیم. چیزهایی وجود دارد که تو باید به عنوان نویسنده داستان بدانی.

پک عمیقی به سیگارش زد و در ادامه گفت:

- موضوع پناهندگی را می‌گفتم. به‌رغم همه سختی‌ها، خوشبختانه خیلی زود با تقاضای ما موافقت شد.

لحظه‌ای به فکر فرو رفت. پس از آن گفت:

- چیزی کمتر از چهار ماه...

بهزاد سخنش را قطع کرد و پرسید:

- چطور موفق شدید با این سرعت پاسخ مثبت بگیرید. الان خیلی سخت جواب می‌دهند. یعنی بعد از سال ۲۰۱۵ در بررسی و پاسخ مثبت دادن به تقاضاهای پناهندگی

خیلی سخت‌گیری می‌کنند.

- می‌دانم. اکثر کسانی که با ما آمده بودند، هنوز هم در کمپ‌های پناهندگی زندگی می‌کنند. ما از سفارت آلمان در تهران توصیه‌نامه داشتیم. به علت آشنایی با زبان آلمانی و فعالیت‌های فرهنگی با سفارت آلمان در تماس بودیم. رفت‌وآمد به سفارت‌خانه‌ی یک کشور خارجی از نگاه سازمان‌های امنیتی جمهوری اسلامی شک برانگیز بود. همین موضوع را بارها در بازجویی‌ها هم مطرح کرده بودند. می‌خواستند بدانند که همسرم و من در جلسات سفارت آلمان چه نقشی داشتیم و آنجا چه می‌کردیم. گرچه نوع تماس ما با میشائیل اشترن‌برگ...

سرفه‌ای کرد و در ادامه گفت:

- سفیر آلمان در تهران یا با سایر کارمندان سفارت جنبه‌ی کاملاً فرهنگی داشت.

- آلمانی بلدی؟

- ما آلمانی را در ایران یاد گرفتیم.

لبخندی روی لبانش نقش بست و در ادامه گفت:

- البته من بدون معلم. آلمانی را پیش خودم یاد گرفتم و به همین دلیل هم خیلی خوب آلمانی حرف نمی‌زنم. اما مینا خوب آلمانی حرف می‌زند. زبان و ادبیات آلمانی خوانده است. مترجم است. کتاب‌های ادبی و داستان‌های کودکان را از آلمانی به فارسی ترجمه می‌کند. من هم چندتا کتاب به فارسی ترجمه کرده‌ام. به دلیل همین کارهای فرهنگی بود که با سفارت آلمان در تهران در تماس بودیم. وقتی قرار شد کشور را ترک کنیم، یکی از کارمندان سفارت محبت کرده و گفته بود که به مسئولان وزارت امور خارجه سفارش ما را می‌کند. در زندگی از این وعده‌ها زیاد شنیده‌ایم. به همین دلیل هم آن را خیلی جدی نگرفتیم. ولی سفارت به قول خودش عمل کرد. و به همین دلیل هم خیلی سریع با تقاضای پناهندگی ما موافقت کردند.

بهزاد در حین گوش سپردن به داستان زندگی ساسان، نگاهی به درختان بی‌برگ حاشیه راین انداخت. هوا آن روز بسیار ملایم بود. نه اثری از سوز سرما بود و نه از آب یخ‌زده در چاله‌چوله‌ها و گودال‌ها. برخلاف او، ساسان پیکرش را زیر پالتو جمع کرده بود. دکمه‌ها را تا بالا بسته بود. یقه‌ی پالتو را بالا کشیده بود. بهزاد پرسید:

- گفتی از زبان آلمانی کتاب ترجمه کرده‌ای. مثلاً چه نوع کتاب‌هایی؟

- بیشتر کتاب‌ها و مقاله‌های فلسفی. از جوانی شیفته اندیشه‌های فلسفی بودم. البته چند کتاب تاریخی هم ترجمه و تالیف کردم. تاریخ قرن نوزدهم و به‌ویژه تاریخ قرن بیستم آلمان را مردم ایران با علاقه نسبتاً زیادی می‌خوانند. چند مقاله و یک کتاب درباره شکل‌گیری دولت فدرال آلمان پس از جنگ جهانی دوم و دو جلد کتاب هم درباره جمهوری وایمار و تاریخ آلمان بین دو جنگ ترجمه کرده‌ام. کارهایی از این دست.

توجه ساسان به تاریخ آلمان برای بهزاد جالب بود. لب‌هایش را برهم فشرد و سرش را به نشانه‌ی تحسین تکان داد و گفت:

- درباره خودت می‌گفتی و درباره‌ی شرطی که با همسرت بسته بودی.

ساسان خندید و گفت:

- آره. شرط را باختم. البته باید به یک موضوع دیگر هم اعتراف کنم.

بهزاد نگاهی به چهره‌ی او انداخت. دستخوش هیجان شده بود. پرشور حرف می‌زد. گفت:

- دیروز از من پرسیده بودی که چرا خودم این داستان را نمی‌نویسم.

بهزاد با تکان سر سخنش را تایید کرد. ساسان در ادامه گفت:

- یک بار، پس از آنکه از آن دو نفر پاسخ منفی شنیدم، چاره را در آن دیدم که خودم قلم دست بگیرم و این داستان را بنویسم. چند صفحه‌ای هم نوشتم. ولی بعد متوجه شدم نوشتن این داستان کار من نیست. نوشتن داستان رنج و مشقت انسان‌ها کار دشواری است. حتی برای کسی مثل من که در زندگی‌اش رنج کم نکشیده است.

- حالا از کجا می‌دانی که من از پس این کار برمی‌آیم؟

- پرسش خوبی است. صادقانه گفته باشم، نمی‌دانم. نوشتن این داستان اصلاً کار ساده‌ای نیست. فقط این را می‌دانم که این داستان را باید نوشت. امیدم به این است که بتوانی از پس این چالش بربیایی. چیزی که برایم جالب است، اطمینان مینا به پاسخ مثبت تو و به توانایی‌ات در نوشتن این داستان است. او که تو را اصلاً ندیده و تو را فقط از روی آن چیزهایی می‌شناسد که من شب گذشته برایش تعریف کرده بودم.

لبخندی زد و در ادامه گفت:

- خیلی مطمئن بود که تو به درخواستم پاسخ مثبت می‌دهی.

ترجیح داد درباره یاکوب و باور او به اهمیت نوشتن آن داستان چیزی نگوید.

نمی‌بایست کنجکاوی بهزاد درباره هم‌خانه‌ای‌های یهودیش را برمی‌انگیخت. زمان مناسب برای پرده برگرفتن از این راز فرا نرسیده بود. لحظه‌ای سکوت بین‌شان حاکم شد. بهزاد نفسی را که در سینه حبس کرده بود، بیرون داد و گفت:

- شاید همان‌طور که گفته بودی، همسرت برای آرامش تو چنین چیزی را گفته است. البته باید بگویم که پاسخم می‌توانست منفی باشد. همین چندی پیش، یعنی حدود دو سال قبل، یک پیرمرد ایرانی از من تقاضای مشابهی کرده بود. حاضر بود پول خوبی هم بدهد. اما من به او پاسخ منفی دادم. البته پس از آن پشیمان شدم. نه به علت دستمزدی که تعیین کرده بود. پیرمرد بینوا سه ماه پس از دیدارمان فوت کرد. پشیمان شده بودم، اما کاری هم از دست برنمی‌آمد. به‌رغم آن، بار عذاب وجدان ناشی از آن پاسخ منفی هنوز روی دوشم سنگینی می‌کند. هر بار که یاد آن چهره آن پیرمرد می‌افتم، قلبم می‌گیرد.

لبخند تلخی بر لبان ساسان نشست. از سرعت قدم‌هایش کاست و با لحنی کنایی پرسید:

- ترسیدی مبادا این بار هم با دادن پاسخ منفی نعش یک عزیز دیگر هم روی دستات بماند؟ حالا داستانش چی بود؟

- مایل بود درباره زندگی‌اش بنویسم. سرهنگ فراری ارتش شاهنشاهی بود. پیر و فرسوده شده بود. در یکی از خانه‌های سالمندان در شهر بن زندگی می‌کرد. به محض ورود به اتاقش عکس بزرگ رضاشاه را دیدم که به دیوار نصب کرده بود. تنها عکسی بود که به دیوار اتاقش زده بود. یک قاب کوچک عکس هم روی پاتختی‌اش گذاشته بود. عکس یک زن مسن بود. نمی‌دانم عکس مادرش بود یا عکس همسرش.

ساسان سرفه‌ای کرد و سیگار دیگری آتش زد: پرسید:

- به خاطر عکس رضاشاه حاضر نشدی داستانش را بنویسی؟

بهزاد با دست مسیری را نشان داد و گفت:

- باید از این طرف برویم. این راه را برای دوچرخه‌سوارها پیش‌بینی کرده‌اند. مسیر مربوط به عابران پیاده آن یکی است.

پیش از تغییر مسیر سرش را برگرداند تا از نبودن دوچرخه‌سواری پشت سر خود مطمئن بشود. سپس در پاسخ گفت:

- نه! علت اینکه چرا درخواست نوشتن داستانش را نپذیرفتم، ربطی به عکس رضاشاه

نداشت. مدت‌هاست که از این نوع افکار فاصله گرفته‌ام. راستش از این مرده‌باد و زنده‌باد گفتن‌های بی‌حاصل و بیمارگونه خودم را خلاص کرده‌ام. علت اینکه نوشتن داستان آن خدابیامرز را نپذیرفتم، زندگی خود آن پیرمرد بود. داستان او با داستانی که تو تعریف کردی خیلی فرق می‌کرد. او از من می‌خواست داستان زندگی‌اش را بنویسم و تو از من می‌خواهی راوی یک تجربه‌ی عجیب باشم. خب داستان زندگی آن سرهنگ ارتش شاهنشاهی، داستان شخص رضاشاه و محمدرضاشاه که نبود. خیلی‌ها در خارج از کشور دل‌شان می‌خواهد کسی داستان زندگی‌شان را بنویسد. اما داستان همه‌شان بفهمی نفهمی شبیه یکدیگر است.

– اصلاً داستان زندگی‌اش را شنیدی؟

– آره. خیلی کوتاه و فشرده برایم تعریف کرد. ولی حرف زیادی برای گفتن نداشت.

ساسان لحظه‌ای سکوت کرد. آهی از سر افسوس کشید و گفت:

– نمی‌دانم. فقط این‌قدر می‌دانم که همه آدم‌ها در زندگی‌شان داستانی برای تعریف کردن دارند. اما چون خودشان نمی‌توانند داستان‌شان را روایت کنند و کسی هم حاضر نیست آن را بنویسد، داستان‌هایشان ناگفته می‌مانند.

پک عمیقی به سیگارش زد. در حین بیرون دادن دود سیگار، نگاهش را به نقطه‌ای نامعلوم دوخت و پرسید:

– حالا از کجا متوجه مرگش شدی؟

– یک بار کاملاً تصادفی، یعنی بدون هیچ‌گونه علتی تصمیم گرفتم تلفنی به او بزنم و حالی ازش بپرسم. خیلی تنها و درمانده به نظر می‌رسید. راستش دلم برایش می‌سوخت. کنجکاو شده بودم ببینم که آیا موفق شده است کسی را برای نوشتن قصه زندگی‌اش پیدا کند. گوشی را برنداشت. کمی نگران شدم. غروب چند روز بعد یک بار دیگر سعی کردم با او صحبت کنم. در خانه‌ی سالمندان همه از یک ساعتی به بعد به اتاق‌های خودشان می‌روند. قاعده زندگی در خانه‌ی سالمندان کمابیش شبیه به همان قاعده‌ای است که در بیمارستان‌ها هم وجود دارد. ولی آن روز هم هر چه منتظر ماندم که شاید تلفن را بردارد، فایده‌ای نداشت. بعدها از کسی که ما را به هم معرفی کرده بود، شنیدم که یک شب در خواب تمام کرده است. به همین سادگی.

– آره، به همین سادگی!

طعنه‌ای تلخ چاشنی لحن ساسان در گفتن آن چند کلمه بود. سرفه‌ای کرد و در ادامه گفت:

- به این ترتیب قصه‌اش هم مثل خودش به خاک سپرده شد.

بعد به فکر فرو رفت. نفس بلندی کشید و بازدم خود را همراه با بخاری که در سینه‌اش جمع شده بود، بیرون داد و با صدایی که کمی می‌لرزید گفت:

- راستش را بخواهی، واهمه‌ی من هم از همین موضوع بود. از آن واهمه داشتم که داستان من هم بدون آنکه کسی آن را روایت کند، فراموش بشود.

- این چه حرفی است که می‌زنی؟ تو هنوز خیلی جوان هستی. آن سرهنگ حدود ۹۰ سال سن داشت. به نظرم تو حتی از من هم جوان‌تر هستی. باید چیزی حدود ۵۲ یا حداکثر ۵۳ سال سن داشته باشی.

بهزاد باوری به این گفته خود نداشت. این را تنها برای خوشایند او گفته بود. موهای ساسان گرچه کاملاً سفید نشده بود، اما چین و چروک زیادی بر چهره‌اش نشسته بود.

ساسان لبخندی زد و گفت:

- لطف داری. من ۵۷ سال سن دارم. ولی مهم سن آدم نیست. مهم رنج‌ها و مشقت‌هایی است که انسان در زندگی‌اش متحمل شده است. سال‌های زندان مرا یکباره پیر کرد. راستش تحمل زندان خیلی سخت است. اما تحمل بی‌عدالتی و قربانی بی‌عدالتی شدن از خود زندان هم سخت‌تر و رنج‌آورتر است.

ساسان پس از گفتن این موضوع سکوت کرد. بی‌اختیار به یاد هانه‌لوره و یاکوب افتاد. بهزاد متوجه شد که او دوست ندارد درباره ایام زندانش چیزی بگوید. به نظرش می‌رسید که او دست‌کم در آن لحظه چنین تمایلی ندارد. مسیری را که رفته بودند، بازگشتند. بهزاد گفت باید گزارش کوتاهی بنویسد و چند تلفن اداری بزند. او را به کافه‌تریای اداره برد و خود به اتاق کارش رفت. قرار شد پس از نیم ساعت به او بپیوندند.

کافه‌تریا شلوغ‌تر از روز پیش بود. دیدن یک میز خالی کنار دیوار شیشه‌ای و تمام‌قد کافه شادی کودکانه‌ای در ساسان برانگیخت. پالتوی خود را روی صندلی کناری نهاد و پشت به رفت‌وآمد بی‌وقفه کارمندان و هیاهوی کافه‌تریا، روی صندلی مشرف به منظره بیرون ساختمان نشست. مجله‌ای روی میز قرار داشت. به نظر می‌رسید مجله داخلی اداره باشد. ابتدا با کنجکاوی و سپس با بی‌حوصلگی مشغول ورق زدن آن شد. هوش و

حواس‌اش جای دیگری بود. هنوز نمی‌توانست باور کند که بهزاد به او و به درخواست عجیبش پاسخ مثبت داده است. بی‌اختیار به یاد چهره‌ی خواب‌آلود مینا و لبخند زیبایش پس از شنیدن این خبر افتاد. تصور آن لبخند باعث شد، لبخندی نیز بر لبان او بنشیند.

بهزاد در چنین لحظه‌ای به کافه‌تریا آمد. در همهمه‌ی کر کننده کافه، مردی را دید که آرام و بی‌حرکت گوشه‌ای نشسته و به بیرون زل زده است. نزدیک‌تر که آمد لبخندی را بر چهره‌ی او دید و شاد شد. این اواخر کم پیش می‌آمد که غم و شادی کسی او را غمگین یا شاد کند. ساسان آن‌قدر غرق در افکار خود بود که متوجه آمدن بهزاد نشد. بهزاد پرسید:

- قهوه می‌نوشی؟ ساسان بی اختیار با شنیدن صدای بهزاد از جای خود بلند شد، دست خود را دراز کرد و با او دست داد. رفتاری که حکایت از دست‌پاچه شدنش داشت. از زمانی که بهزاد برای انجام کاری به اتاق خود رفته بود، مدت زمان زیادی نمی‌گذشت. بهزاد دست چپ خود را با مهربانی روی شانه او گذاشت و از او خواست که بنشیند. ساسان گفت:

- نیکی و پرسش؟ ممنون می‌شوم. راستش را بخواهی، حسابی تشنه هستم.

در حین گفتن این جمله، یک‌باره نیم‌خیز شد و گفت:

- لطفاً اجازه بده من حساب کنم.

اختیار داری. تو مهمان من هستی. تازه اینجا فقط با کارت پرسنلی می‌شود حساب کرد. یعنی پول نقد نمی‌گیرند. گفتی قهوه را با شیر و شکر می‌نوشی؟

ساسان مجدداً نشست. لبخندی زد و گفت:

- نه، اگر می‌شود مثل دیروز، سیاه و تلخ!

بهزاد با کف دست ضربه ملایمی به سر خود زد و گفت:

- البته. مرا ببخش. چه کنم پیری است و صد عیب ریز و درشت. همه چیز را فراموش می‌کنم.

هنوز از او فاصله نگرفته بود که شنید ساسان می‌گوید:

- به رنگ و طعم زندگی تبعیدی‌ها.

سخنی که بهزاد را غافل‌گیر کرد. ابتدا متوجه منظور او نشده بود. سر خود را برگردانده و با تعجب به او نگاه کرده بود. اما به محض آنکه فنجان قهوه را روی سینی نهاد، پیام آن

گفته را دریافت. بی‌اختیار لبخندی زد که هیچ معنایی نداشت. پس از چند دقیقه با دو فنجان قهوه بازگشت. ساسان با دیدن او، مجله را روی میز نهاد و با تکان دادن سر از محبت او تشکر کرد.

بهزاد پالتوی ساسان را با دقت روی صندلی دیگری گذاشت، صندلی‌اش را به صندلی او نزدیک کرد و کنار او و پشت به دیگران نشست. سر خود را به حالت تاسف تکان داد و در ادامه گفت:

- می‌دانم تو و همسرت شرایط سختی را تجربه می‌کنید. صادقانه گفته باشم، ما هم در زندگی کم سختی و درد و بلا نکشیده‌ایم. فشارهای ناشی از زندگی در مهاجرت و آوارگی را نباید ناچیز شمرد. سال‌های نخست مهاجرت برای ما هم خیلی سخت بود. آن قدر سخت بود که نسرین در همان سال‌ها بیمار شد. دچار افسردگی شده بود.

ساسان نخستین باری بود که نام نسرین را می‌شنید. بهزاد خیلی کوتاه به او گفت که از همسرش جدا شده است.

- موضوع به سال‌ها پیش مربوط می‌شود. الان مدت‌هاست که تنها زندگی می‌کنم.

مایل نبود توضیح بیشتری بدهد. اما ساسان متوجه غم و اندوهی شد که در دل همین چند کلمه نشسته بود.

بهزاد جرعه‌ای قهوه نوشید و برای تغییر مسیر صحبت گفت:

- می‌توانم چیزی را از تو بپرسم؟

- البته!

- راستش آرامش تو برایم بدل به معمایی شده است.

فنجان قهوه‌اش را مجددا روی میز گذاشت و گفت:

- منظورم این است که به‌رغم همه‌ی این سختی‌ها، به‌رغم سال‌های زندان و چه می‌دانم به‌رغم این شوک بزرگ، تو چطور می‌توانی این‌قدر آرام باشی؟

ساسان از پشت شیشه عینکش به بهزاد نگاه کرد. بهزاد پیکرش را روی صندلی بالا کشید و صاف‌تر نشست. پنداری سنگینی نگاه آن غریبه را روی چهره و پیکر خود حس می‌کرد. ساسان گفت: «آرامش پیش از طوفان را حتماً شنیده‌ای. همه درباره آرامش پیش از طوفان حرف می‌زنند. اما خوب که نگاه کنیم، متوجه می‌شویم که در هر دو طرف یک طوفان آرامش قرار دارد. آرامش امروز من، آرامش پس از فرونشستن طوفان است.»

لحظه‌ای سکوت کرد، نگاهی به بهزاد انداخت و گفت: «شاید باور کردنش برایت سخت باشد که طوفان بتواند باعث آرامش کسی بشود. اما این طوفانی که در زندگی من وزیده است، طوفان این شش ماه گذشته، طوفان ناشی از این شوک، پس از آنکه فروکش کرد، جای خود را به آرامش داد. درست عین هر طوفان دیگری.»

بهزاد دفترچه‌اش را از جیب خود درآورد و در حین نوشتن چیزی، نگاهی به ساسان انداخت و پرسید:

- می‌خواهم بدانم چه اتفاقی افتاد که این طوفان فروکش کرد؟ آیا علتش این بود که من پذیرفتم داستان را بنویسم؟

ساسان سر خود را اندکی کج کرد، لب‌هایش را بر هم فشرد، از بالای عینکش نگاهی به بهزاد انداخت و پس از مکث کوتاهی گفت:

- نه کاملاً. البته اینکه تو پذیرفتی داستان را بنویسی، کمک بزرگی است. این موضوع را خودت هم خوب می‌دانی. اما من فروکش کردن این طوفان را مدیون گفت‌وگو با فیلیپ هستم. از گپ‌وگفت با او خیلی چیزها یاد گرفته‌ام.

بهزاد گرهی در ابروان خود انداخت، سر خود را به نشانه تحسین تکان داد و گفت: - حالا این فیلیپ کیست؟

- یک مرد جهان‌دیده است، نوه یکی از قربانیان هولوکاست. چند روز پیش توانستم با او ملاقات کنم. داستان فیلیپ را باید برایت حتماً تعریف کنم. مثلاً از او یاد گرفتم که این آرامش پس از طوفان، از جنس بی‌تفاوتی نیست. آرامش برخاسته از بی‌تفاوتی هیچ‌وقت نمی‌تواند مانع از وزیدن طوفان بشود، تازه به شیطنت نشسته در دل یک نسیم مجال سرکشی و شرارت می‌دهد. اما اجازه بده، داستان فیلیپ را بسپاریم به فرصتی دیگر.

بهزاد آخرین جرعه قهوه‌اش را نوشید و در حین گذاشتن فنجان روی سینی گفت:

- ولی من هنوز متوجه نشدم که تو چطور به آرامش رسیدی.

- دوست من! فریب ظاهر را نباید خورد. تصویرها گاهی تصوری غلط در ما ایجاد می‌کنند. من اصلاً آدم آرامی نیستم. آرامشی که در این لحظه بر من حاکم است، از روحی آرام برنمی‌خیزد. زاده‌ی یک عصیان روحی است. از دل بی‌قراری سر برآورده است. به باور من این دو آرامش پیش و پس از طوفان با هم خیلی فرق می‌کنند.

مکثی کرد و پس از آن از بهزاد پرسید:

- می‌دانی فرق‌شان چیست؟

- تا به حال به چنین چیزی فکر نکرده‌ام. لطفاً خودت بگو.

- ما قدر آرامش پیش از طوفان را نمی‌دانیم. به آن آرامش عادت می‌کنیم. آن را حق خودمان می‌دانیم. حتی به اینکه همه چیز طبق روال همیشگی پیش می‌رود، دل می‌بندیم. نسیمی که می‌وزد را جدی نمی‌گیریم. حتی شاید همان نسیم بتواند باعث لذت‌مان بشود. تا اینکه، آن نسیم یک‌باره غافل‌گیرمان می‌کند و بدل به طوفان می‌شود.

بهزاد غرق در حیرت حرف او را قطع کرد و گفت:

- اما هر نسیمی که باعث طوفان نمی‌شود.

- آره. ما آدم‌ها فکر می‌کنیم که یک نسیم حتماً چیز خوبی است.

لبخندی زد و با لحنی طعنه‌آمیز گفت:

- راستش را بخواهی، همه‌اش تقصیر شما نویسندگان و شاعران است. معذرت می‌خواهم این را با این صراحت می‌گویم. شاعران و نویسندگان فقط نسیم‌های خوب را روایت می‌کنند. مدام از نسیم‌های فرح‌بخش سخن می‌گویند. اما در دل برخی از نسیم‌ها شیطنتی نشسته است. شیطنتی که در انتظار غفلت ما لحظه‌شماری می‌کند.

لحظه‌ای سکوت کرد و پس از آن در ادامه‌ی سخنش گفت:

- درست است که هر نسیمی به طوفان بدل نمی‌شود. اما طوفان‌های اجتماعی همیشه با یک نسیم آغاز می‌شوند. از دل یک نسیم فرح‌بخش که شاید باعث لذت آدم می‌شود. آن نسیم ابتدا بدل به یک باد ملایم می‌شود. اما از دل آن باد، یک‌باره طوفان زاده می‌شود و همه چیز را برهم می‌زند. این طوفان به روال عادی زندگی پایان می‌دهد و خیلی چیزها را ویران می‌کند.

- اما همه انقلاب‌ها که بد نیستند.

- هر انقلابی، چه خوب باشد، چه بد، یک طوفان است.

بهزاد هیچ‌گاه تا آن لحظه به رابطه طوفان و نسیم نیاندیشیده بود. از خود پرسید چگونه می‌توان طوفان را دید، اما از شنیدن زوزه‌ی طوفان در نوای شاعرانه و شورانگیز وزش یک نسیم ناتوان بود؟ پرسید:

- و پس از فرونشستن طوفان چه اتفاقی می‌افتد؟

- وقتی طوفان فرومی‌نشیند، ما می‌مانیم با ویرانه‌هایی که بر جای گذاشته است.

ویرانگری در ذات طوفان است. برای خوش‌آمد کسی در نمی‌گیرد. وقتی هم که درگرفت، به هیچ کس رحم نمی‌کند. دوست و دشمن نمی‌شناسد. آمده است که ویران بکند. پس از آنکه طوفان زهرش را ریخت و فروکش کرد، ما می‌مانیم و تلی از ویرانه‌ها. ما می‌مانیم و آرامشی که پس از آن ویرانگری وحشیانه حاکم شده است. نخست نمی‌توانیم عمق فاجعه یا تحول را بفهمیم. گرد و غباری که بلند شده مانع از دیدن ویرانه‌ها و خرابی‌ها می‌شوند. گاهی سال‌ها طول می‌کشد تا گرد و غبار برخاسته از طوفان فرو بنشیند. مثل سال‌های نخست پس از هر انقلابی. اما کافی است این گرد و غبار زمانی فرو بنشیند تا بتوانیم متوجه بشویم که چه اتفاقی افتاده است.

ساسان جرعه‌ای قهوه نوشید. از پشت دیوار شیشه‌ای کافه‌تریا به بیرون نگریست. شاید به نقطه‌ای نامعلوم زل زده بود. با لحنی آرام و شمرده گفت:

- تفاوت این آرامش با آن آرامش قبل از طوفان در این است که ما قدر این آرامش را بیشتر می‌دانیم. دست‌کم عقل سلیم این را از ما طلب می‌کند. به همین دلیل است که پس از هر جنگ و هر انقلابی کمتر کسی سنگ یک جنگ جدید یا یک انقلاب دیگر را به سینه می‌زند. سعی می‌کنیم در سایه این آرامش جدید زندگی‌مان را سروسامان بدهیم. سعی می‌کنیم بر بستر آن ویرانه‌ها، برای خودمان یک زندگی جدید بسازیم. این‌بار حواس‌مان به هر نسیمی هست. مراقبیم که یک نسیم فرح‌بخش از غفلت ما استفاده نکند و بدل به طوفان دیگری در زندگی‌مان نشود.

بهزاد سر خود را به نشانه تایید تکان داد و گفت:

- اما مشکل اینجاست که انسان‌ها کم‌حافظه هستند. خیلی زود همه‌چیز را فراموش می‌کنند.

- بخشی از بدبختی آدم‌ها هم از همین فراموشی‌ها ناشی می‌شود. به خاطر همین هم ما از تو خواستیم این داستان را روایت کنی. خیلی چیزها نباید فراموش بشوند.

بهزاد مجدداً چیزی در دفتر یادداشت خود نوشت و گفت:

- آدم بی‌اختیار یاد پریمو لوی می‌افتد. لوی گفته بود که به‌خاطرسپردن یک وظیفه است. گفته بود ما وظیفه داریم مانع از فراموشی بشویم.

- چقدر دقیق گفته است. دقیقاً همین وظیفه من را وادار کرده بود برای روایت این داستان دنبال کسی بگردم.

- و دقیقاً همین وظیفه است که مرا به‌رغم تردیدهایم واداشت، نوشتنش را برعهده بگیرم.

بهزاد این جمله پریمو لوی را بارها در سخنرانی‌هایش تکرار کرده بود. بارها از وظیفه به‌خاطرسپردن سخن گفته بود. اما احساس می‌کرد، آن روز برای نخستین بار معنای آن را متوجه شده است.

سکوت برای لحظه‌ای بین‌شان حاکم شد. شاید هر دو به این وظیفه می‌اندیشیدند و به زایش طوفان از دل یک نسیم. بهزاد سینی را بلند کرد و آن را روی مجله گذاشت. پس از آن دو دست خود را زیر چانه ستون کرد و پس از مکثی کوتاه گفت:

- برگردیم سر داستان تو. گفته بودی موضوع از چند تکه سنگ شروع شد. از آن چیزی که آلمانی‌ها به آن اشتولپراشتاینه می‌گویند.

- آره. از سنگ‌هایی برای سکندری خوردن!

- بهتره بگویم از سنگ‌هایی برای تامل ورزیدن.

ساسان سر خود را به نشانه تایید تکان داد و گفت:

- کلمه آلمانی اشتولپرن برام خیلی جالب است. این واژه هم به معنای تامل ورزیدن است و هم به معنای سکندری خوردن. این دو را به هم وصل می‌کند. آدم‌ها برای اینکه راجع به خودشان و درباره آینده‌شان فکر بکنند، ظاهراً باید پای‌شان به چیزی گیر بکند، باید سکندری بخورند و حتی شاید گاهی باید نقش بر زمین بشوند، تا بتوانند زوزه‌ی طوفان را در نوای دل‌نشین نسیم بشنوند.

ساسان گفته بود که چند روز پس از اسباب‌کشی به آپارتمان‌شان متوجه آن سنگ‌ها شده است.

- روزهای اول هیچ تصوری درباره‌شان نداشتم. مدتی طول کشید تا شوکه شدم. تازه به شهر کلن آمده بودیم. هفته‌ها و ماه‌های بسیار سختی را پشت سر گذاشته بودیم. در یک شرایط برزخی زندگی می‌کردیم. شرایطی که هنوز هم به شکلی ادامه دارد. یادم می‌آید دو سه روزی طول کشید تا در برابر وسوسه‌ی کشف راز این سنگ‌های عجیب تسلیم بشوم. خم شدم و نگاهی به این سنگ‌ها انداختم. حتی آن لحظه هم نمی‌دانستم که این سنگ‌ها با آن روکش برنجی‌شان قرار است چه طوفانی در وجودم به پا کنند.

ساسان از حال و هوای آمدن به شهر کلن و آغاز این داستان برای بهزاد گفته بود. از

داستانی که با ماجرای روبه‌رو شدن با این سنگ‌ها آغاز شده بود. با شرح این داستان، بهزاد را مجذوب آن کرده بود. شیفتگی را در پستوی پنهان روح شوریده اما سرکوب شده بهزاد دیده بود. اما به‌رغم این شیفتگی بهزاد برای روایت این داستان، شرط و شروطی داشت که باید در همان ابتدای راه با ساسان در میان می‌نهاد. او از جمله می‌خواست ساسان دست او را در نوشتن و پردازش این داستان باز بگذارد. ساسان لبخندی زد و گفت:

- وظیفه من گفتن این قصه است و وظیفه تو نوشتن آن. من حتی مایل نیستم نسخه کتاب را پیش از انتشارش ببینم. این داستان را بنویس و من را هم مثل خواننده‌هایت غافل‌گیر کن. من را هم یک بار دیگر شوکه کن.

سپس لبخندی زد و در ادامه گفت:

- یک بار دیگر بگذار سکندری بخورم، نقش بر زمین بشوم.

- باید مرتب همدیگر را ببینیم تا همه داستان را برایم تعریف کنی.

- با کمال میل! در این لحظه هیچ چیز دیگری برایم اهمیت ندارد.

بهزاد فنجان خالی ساسان را روی سینی نهاد. از جای خود برخاست، سینی را در بخش ظرف‌های کثیف که گوشه‌ای از کافه‌تریا واقع بود، نهاد و به سوی در خروجی رفت. ساسان هم به دنبال او به راه افتاد. بهزاد موقع خروج از کافه‌تریا برگشت و از اینکه جلوتر از او می‌رود پوزش خواست. ساسان در پاسخ گفت:

- خواهش می‌کنم. من که با چم و خم اینجا آشنا نیستم.

با هم به سوی در اصلی اداره رفتند. در کنار در، بهزاد در حین دست دادن با او بی‌اختیار گفت:

- ممنونم ساسان جان که وظیفه نوشتن این داستان را به من سپردی.

- ما از تو ممنون هستیم که نوشتن آن را پذیرفتی.

از هم خداحافظی کردند. بهزاد کنار در منتظر ماند تا ساسان برود. چند قدمی بیشتر از او فاصله نگرفته بود که برگشت و با مهربانی سری تکان داد. بهزاد هم برای او دستی تکان داد و وارد ساختمان شد. طوفان در گوش لحظه زوزه می‌کشید. بهزاد در آن لحظه هنوز زوزه‌ی طوفان را نشنیده بود.

این سخن ساسان که گفته بود هر انسانی داستانی برای گفتن دارد، بهزاد را رها نمی‌کرد. آن غریبه داستان تکان‌دهنده‌ای برای روایت کردن داشت. شنیده بود که ژان پل

سارتر با کنجکاوی تمام پای صحبت مردم می‌نشست و به داستان‌هایشان گوش می‌داد. سارتر نیز مثل آن غریبه به اهمیت داستانی که هر کس برای روایت کردن دارد، پی برده بود. خیلی از این داستان‌ها مثل داستان آن سرهنگ بی‌آنکه روایت شوند به خاک سپرده می‌شوند. به همین سادگی!

سنگ‌هایی برای سکندری خوردن

بهزاد از پنجره مترو نگاهی به بیرون انداخت. مترو شلوغ‌تر از همیشه بود. مثل هر سال، در روزهای پیش از عید کریسمس جنب‌وجوش عجیبی به جان شهر افتاده بود. اما سال‌ها بود که او در حاشیه این جنب‌وجوش زندگی می‌کرد. پابه‌پای ورق خوردن تقویم عمرش نیاز به خلوت کردن با خود در او افزایش یافته بود. نیازی که آن روز پس از گفت‌وگو با ساسان حتی قوی‌تر از پیش شده بود. این بار حتی از شرکت در جشن کریسمس اداره نیز چشم پوشیده بود. پس از شنیدن آن داستان تکان دهنده در خود توان و حوصله‌ی شرکت در چنین جشنی را نمی‌دید. دلش می‌خواست هر چه زودتر به خانه برسد و درباره‌ی آن داستان بیاندیشد.

پرسش‌های زیادی در طول مسیرش به سوی خانه به ایستگاه همراه او و آمده بودند. پرسش‌هایی برخاسته از گفت‌وگوی آن روزش با غریبه‌ای که یکباره در زندگی او حضور یافته بود. ساسان آن روز از تفاوت بین آرامش برخاسته از طوفان و آرامش ناشی از بی‌تفاوتی سخن گفته بود. اکنون بهزاد از خود می‌پرسید که آرامش خود او، این صلح درونی که به آن می‌بالید، این خلوتی که هر شب به آن پناه می‌برد، از جنس کدام یک از این دو آرامش است؟ برخاسته از فرونشستن طوفان است یا محصول چشم بستن روی پلشتی‌ها و فرزند حرام‌لقمه‌ی بی‌تفاوتی؟

ساسان گفته بود که چهل سال زندگی در جامعه ملتهب و تنش‌زده ایران باعث کلفت شدن پوست آدم می‌شود. خیلی چیزها دیگر نمی‌توانند باعث آزار آدم شوند. پوست‌کلفتی از حمیت آدم می‌کاهد. بهزاد اکنون از خود می‌پرسید که آیا ده‌ها سال کار روزنامه‌نگاری، ده‌ها سال شنیدن اخبار بد، ده‌ها سال پرداختن به جنگ و ترور، مشاهده همه‌روزه‌ی تصویر فاجعه‌های ریز و درشت، باعث پوست‌کلفت شدن ذهن آدم نمی‌شود؟ حساسیت او را و را

نسبت به مرگ و ویرانی از بین نمی‌برد؟ از قوه‌ی بینایی‌اش در دیدن بی‌عدالتی‌ها و رنج‌ها نمی‌کاهد؟

نقطه اوج این احساس‌مردگی روزی فرا رسید که تصویر آلان کُردی[1] را در ساحل دریای مدیترانه دید و دیدن جسد این کودک سوری، تکانش نداد و روحش را برنیاشفت. شب آن روز احساس شرم کرد و از خودش بدش آمد. حسی که در همان ساعات شبانه همراه جسد این کودک چال شد و فردای آن روز اثری از آن باقی نماند. پیش از این‌ها دیدن چنین عکسی خواب از چشمانش می‌ربود. آزارش می‌داد. بر خشمش می‌افزود. اکنون از خود می‌پرسید که بر او چه رفته است که قلمش تبدیل به لنز یک دوربین شده است؟ به یک دوربین بی‌احساس؟ دوربینی که نه از ثبت زیبایی طبیعت دچار شور و شادی می‌شود و نه از دیدن تصویر هولناک جنگ و خون‌ریزی، غم‌باد می‌گیرد؟

مترو در آخرین ایستگاه‌های پیش از مقصد سبک شده بود. بهزاد نفس خود را با صدایی نسبتاً بلند بیرون داد. نگاه از پنجره مترو برگرفت و چشمان خود را برای لحظه‌ای بست. داستان ساسان در روح او ولوله‌ای به پا کرده بود. بر غرور بی‌پایه‌اش ترک نشانده بود. صورتک خودفریبی‌اش را دریده بود. این داستان آمده بود تا غده‌ی چرکین و آماسیده بر پیکرِ آرمان فراموش شده‌اش را به او نشان بدهد. پانسمانِ فریب از زخم‌های روحی پنهان و مزمن‌اش برگیرد. از همان زخم‌هایی که در مشغله‌های روزانه، سال‌ها انکار شده بودند.

چند ماه پیش، همکار جوانی با شوق بسیار به دیدن او آمده و از هیجان حرفه روزنامه‌نگاری گفته بود. او نیز تایید کرده بود. اما خود او به‌خوبی می‌دانست که در این سال‌های آخر هیجان راهبر قلم او نبوده است. او بی‌آنکه با صدای بلند، حتی در دیالوگ با خود حاضر به اعتراف شود، مدت‌ها بود قلمی منجمد به دست می‌گرفت و با واژه‌های یخ‌زده گزارش می‌نوشت. خطاب به خود گفت:

ـ قلم منجمد و واژه‌های یخ‌زده‌ی یک روزنامه‌نگار پیر.

تصویری هولناک که رعشه‌ای به جانش نشاند. این تصویر را، داستان ساسان در برابر او ظاهر ساخته بود. تصویری که گرچه برای او آشنا بود، اما از باور و اعتراف به آن تن می‌زد. عهد و میثاق نخستین خود را فراموش کرده بود. او در همان روزها و هفته‌های

---

[1] Alan Kurdi

نخست فعالیت روزنامه‌نگاری‌اش با خود عهد بسته بود، بلندگوی کسانی باشد که صدای‌شان از دیوار بلند حاشا عبور نمی‌کند. از خود می‌پرسید که وظیفه به خاطر سپردن را چه زمانی فراموش کرده است؟ او توصیه پریمو لوی را هرگز فراموش نکرده بود. طوطی‌وار مرتب آن را تکرار می‌کرد. حال آنکه پیامش را فراموش کرده بود.

لحظه‌ای که بهزاد به خانه رسید، شب شده بود. شوق پرداختن به این داستان او را رها نمی‌کرد. این داستان او را واداشته بود به یاد تصویر جسد آلان کردی بیافتد. به قربانیان هولوکاست و به کسانی بیاندیشد که قربانی بی‌عدالتی شده‌اند. وسوسه و هیجان برخاسته از این چالش جدید سد تن‌آسایی ایام سالمندی را در هم شکسته بود. در او شوری برانگیخته بود که سال‌ها پیش بدون اطلاع پیشین از زندگی او رخت بربسته و هیچ بازنگشته بود. واژه‌های یک داستان ناگفته در مغز او دست به دست هم داده و به جداره‌ی شوره‌زده قفس اندیشه‌ای که برای خود ساخته بود، هجوم آورده بودند. او دیگر نمی‌توانست مانع از پرواز بی‌پروای واژه‌ها بشود. باید به این شور هستی مجال چهره‌نمایی می‌داد. باید پوست می‌انداخت. باید مانع از مرگِ زودرس خود می‌شد.

این هیجان روحی، این پرواز آزاد مرغ تخیل در نخستین پرده نمایش غم‌انگیز زندگی با مانعی روبه‌رو شد که نامش واقعیت بود. واقعیتی که بوی گندیدگی می‌داد. در خانه را که باز کرد، بوی ناخوشایندی به مشامش رسید. بوی تعفنی سوار بر ذرات تاریکی او را محاصره کرده بود. بویی که تنفس در آن خانه را ناممکن می‌ساخت. چراغ را روشن کرد. کیفش را همانجا کنار در گذاشت، پالتویش را روی رخت‌آویز کنار در ورودی پرتاب کرد و خود را شتابان به آشپزخانه رساند. این نخستین باری نبود که بوی تعفن پشت در خانه به انتظار او مانده بود تا غافل‌گیرش کند.

بوی پس‌مانده‌ها و غذای فاسد شده فضای آشپزخانه را پر کرده بود. نفسش را در سینه حبس کرد. برای لحظه‌ای احساس کرد تبدیل به مامور آتش‌نشانی شده که در سایه یک جان‌فشانی ستایش‌برانگیز، برای نجات هستی پا به درون خانه‌ای نهاده که طعمه شعله‌های آتش شده است. ابتدا کیسه زباله را محکم بست و سپس شیر آب را روی ظروف کثیفی که روی هم تلنبار شده بودند، باز کرد. پنجره آشپزخانه را کاملاً گشود. سپس به طرف اتاق ناهارخوری رفت و در آن را که مشرف به باغ بود، باز کرد تا جریان باد تعفن نشسته بر ذرات هوا را بشوید و همراه خود ببرد. به آشپزخانه بازگشت و سطل زباله را با چنان

سرعتی بلند کرد که با منطق برخاسته از تن‌آسودگی عضلات پیکرش ناسازگار بود. بسیاری از اندام‌های بدنش سال‌ها پیش از خود او به ایام بازنشستگی پا گذاشته و در برابر یورش رخوت و کاهلی تسلیم شده بودند. سطل زباله را در گوشه‌ای از باغچه‌ی خانه گذاشت و در را پشت سر تعفن بست. احساس عجیبی بر او مستولی شده بود. نمی‌دانست باید از این وضعیت شرمگین باشد یا باید به خود و زندگی خود بخندد.

بوی تعفنی که خانه را از خود لبریز کرده بود او را بی‌اختیار بار دیگر به یاد گفت‌وگوی آن روزش با ساسان انداخت. ساسان صبح همان روز، هنگامی که داستان خود را برای بهزاد روایت می‌کرد از تعفن گفته بود. از تعفنی چندش‌آور که از دل فراموشی زاده می‌شود. گفته بود فراموشی زمین بی‌تفاوتی را شخم می‌زند و بی‌تفاوتی باعث مسمومیت ذهن آدم می‌شود. گفته بود ذهنی مسموم دیر یا زود می‌گندد. گفته بود این بی‌تفاوتی تهوع‌آور است و کشیدن پرده سیاه و ضخیم تمدن روی بوی آن، مبارزه با آن نیست، فقط انکار آن است.

تعفنی که پشت در خانه به انتظار بهزاد نشسته بود، از جنس آن تعفنی نبود که ساسان از آن گفته بود. اما بوی چندش‌آور آن از چنان شدتی برخوردار بود که او را به یاد آن تعفن دیگر انداخت. او نیز روی ظرف‌های کثیف، روی پس‌مانده‌های غذا، روی سطل زباله خانه‌اش چشم بسته بود. آن‌ها را فراموش کرده و بی‌تفاوت از کنارشان گذشته بود.

داستان ساسان از رویارویی با چند تکه سنگ شروع شده بود. سنگ‌هایی که او پیش از آن نیز در گوشه و کنار شهر دیده بود، اما همچون بسیاری از دیگر ساکنان این شهر، این جامعه و این جهان از کنار آن‌ها گذشته بود. آن‌ها را دیده و در عین حال ندیده بود. این سنگ‌ها برای او و برای بسیاری از رهگذران صرفاً یک ایده بودند. بهزاد هیچ‌گاه پیش از آن درباره این سنگ‌ها و سرنوشت‌های حکایت نشده‌شان نیاندیشیده بود.

اکنون تجربه آن تازه‌وارد، آن غریبه، دست‌کم برای او، به این سنگ‌ها معنای جدیدی بخشیده بود. پس از این لحظه، انکار این ایده برای او ناممکن شده بود. این تجربه تکان‌دهنده داوری او را طلب می‌کرد. دیگر نمی‌توانست پیام نهفته در دل این سنگ‌ها را نشنود و نادیده بگیرد. آنچه او در آن هنگام نمی‌دانست و نمی‌توانست بداند این بود که کشف پیام پنهان این سنگ‌ها در را روی بزرگ‌ترین آزمون زندگی، یعنی درگیر شدن با معمای هستی خود او می‌گشاید. او نمی‌دانست داوری درباره این سنگ‌ها سرآغاز داوری درباره‌ی ارزش و مفهوم زندگی است.

پس از غلبه بر فراموشی، بر بی‌تفاوتی و بر تعفن نشسته در فضای خانه، پشت میز کارش نشست و درگیر حل معمای برگردان یک واژه شد. و این معما، ترجمه نام این سنگ‌ها به زبان فارسی بود. پیش از این هیچ‌گاه به برگردان فارسی عنوان این سنگ‌ها نیاندیشیده بود. اشتولپراشتاینه همچون خیلی از چیزهای دیگری که در این جامعه با آن‌ها آشنا شده بود، تنها در بافت فرهنگی و دایره واژگان این جامعه وجود داشت. پیش خود اندیشید:

- معمولاً نیازی به برگردان نام چنین چیزهایی به زبان مادری وجود ندارد. مگر آنکه آدم بخواهد درباره‌ی آن‌ها برای فرد تازه‌واردی به جامعه آلمان توضیحی بدهد یا مثلاً درباره‌ی آن‌ها گزارشی بنویسد.

این سنگ‌ها از همان روز نخست آشنایی با آن‌ها، برای او و اشتولپراشتاینه بودند. اما اکنون روایت داستان ساسان او را در برابر چالش برگردان نام این سنگ‌ها به زبان فارسی قرار داده بود.

بهزاد برای یافتن برگردانی مناسب برای این سنگ‌ها باید گام‌به‌گام پیش می‌رفت. باید لایه‌به‌لایه از پیچیدگی معمای اشتولپراشتاینه می‌کاست تا بتواند راهی برای برگردان آن به زبان مادری‌اش می‌یافت. پیش خود گفت:

- روشن است که این سنگ‌ها در واقعیت سنگ نیستند. توده‌ای سیمانی هستند با روکشی طلایی‌رنگ از جنس برنج. مکعب‌های کوچکی که بر کف خیابان‌ها و پیاده‌روها نصب می‌کنند. مکعب‌هایی به اندازه تقریبی ده سانت در ده سانت در ده سانت!

خطاب به خود گفت برگردان واژه به واژه نام این سنگ‌ها آن طور که ساسان همان روز گفته بود، به فارسی می‌شود *سنگ‌هایی برای سکندری خوردن*. اما در این نکته که این برگردان صحیحی برای این واژه نیست، تردیدی نداشت. حتی گفتن اینکه اشتولپراشتاینه سنگ‌هایی هستند که باعث سکندری خوردن آدم می‌شوند تا او را به فکر وادارند، نیز بیش از آن که معادل فارسی این واژه باشد، تعریف آن است. سر خود را به نشانه عدم‌تفاهم تکان داد و در ادامه به خود گفت:

- اگر کسی این سنگ‌ها را روی کف پیاده‌روها ندیده باشد، ممکن است اصلاً متوجه منظور آدم نشود. حتی بدتر از آن، ممکن است باعث کژفهمی بشود. فرض کنیم که کسی این رمان را پس از انتشار در ایران یا در کشور دیگری بخواند. ممکن است فکر کند در

آلمان کف خیابان‌ها و پیاده‌روها سنگ‌هایی را نصب می‌کنند که پای آدم به آن‌ها گیر بکند، پیچ بخورد و خدای ناکرده باعث شود که آدم نقش بر زمین بشود.

کامپیوتر خود را روشن کرد. در حین روشن شدن کامپیوتر برای آوردن دفترچه یادداشت خود به راهرو رفت. خانه سرد شده بود. پنجره باز آشپزخانه را بست. به اتاق بازگشت و پشت میزکارش نشست. خطاب به خود گفت:

ـ روشن است که این سنگ‌ها را برای سکندری خوردن آدم‌ها نصب نمی‌کنند.

در کار حرفه‌ای خود بارها با واژه‌ها و مفاهیمی روبه‌رو شده بود که می‌بایست برای آن‌ها معادل مناسبی در زبان فارسی می‌یافت. آزمونی حرفه‌ای که کمابیش توانسته بود در طول ده‌ها سال کار خود به عنوان مترجم و روزنامه‌نگار از پس آن با موفقیت برآید. اما این بار خود را با معمای برگردان فارسی نام این سنگ‌ها تنها و ناتوان می‌دید. ناگهان ایده‌ای به ذهنش خطور کرد. خطاب به خود گفت:

ـ برگردان نام این سنگ‌ها باید برای مترجمان زبان‌های دیگر هم معمایی بوده باشد. باید ببینم که مثلاً انگلیسی‌ها، فرانسوی‌ها یا اسپانیایی‌ها این سنگ‌ها را چگونه ترجمه کرده‌اند.

پاسخ این پرسش منطقی را خیلی زود در سایه یک گشت و گذار اینترنتی یافت. آن‌ها نام این سنگ‌ها را اصلاً ترجمه نکرده بودند. اشتولپراشتاینه واژه‌ای بود که کولی‌وار از زبان آلمانی به راه افتاده بود و به همان شکل در دیگر زبان‌ها خانه گزیده بود. تنها ایتالیایی‌ها آن را ترجمه کرده بودند. آن را واژه به واژه ترجمه کرده بودند و آن‌ها را سنگ‌هایی خوانده بودند برای سکندری خوردن! او این برگردان را نمی‌پسندید. برای برگردان صحیح نام این سنگ‌ها باید به نقش آن‌ها در بافت فرهنگی و سیاسی این جامعه می‌اندیشید. باید درباره آن‌ها مطالعه می‌کرد و از این طریق به درک درست‌تری از این سنگ‌ها دست می‌یافت. باید تصویر آن‌ها را در برابر چشمان خود می‌دید.

ساده‌ترین و سریع‌ترین راه برای رسیدن به این مقصود، یک جست‌وجوی ساده اینترنتی بود. نخستین ایستگاه در این گردش شبانه در دنیای دیجیتال، سایت ویکی‌پدیای آلمانی بود. شرحی نسبتاً جامع با چند تصویر درباره این سنگ‌ها پیدا کرد. تصویر بالای صفحه نظر او را به خود جلب کرد. تصویری بود از یکی از این سنگ‌ها، که در منطقه شارلوتنبورگ برلین نصب شده بود. او این منطقه را خیلی خوب می‌شناخت. چند سال

پیش برای دیدن کاخ باشکوه پادشاهان پروس و تهیه گزارش به آنجا رفته بود.

از خود پرسید که چرا نویسنده آن گزارش روی سایت ویکی‌پدیا از بین تصویر ده‌ها هزار پلاک فلزی نصب شده، این یکی را برگزیده است؟ اما چیزی در این تصویر وجود داشت که به آن ویژگی خاصی می‌داد و دقیقاً همین باعث جلب توجه او به این تصویر شده بود. تصویری از یک پلاک فلزی طلایی‌رنگ بود، در کنار یک شاخه گل رز پژمرده و چند برگ خشک فرو افتاده بر سنگ‌فرش خاکستری‌رنگ پیاده‌رو.

در همان ابتدای گزارش نوشته شده بود: اشتولپراشتاینه پروژه هنرمندی است به نام گونتر دمنیگ. پروژه‌ای که در سال ۱۹۹۲ آغاز شده و ادامه یافته است. در بخش دیگری از آن توضیح آمده بود که اشتولپراشتاینه سنگ‌هایی هستند برای بزرگداشت یاد قربانیان حکومت نازی‌ها. برای بزرگداشت خاطره‌ی همه قربانیان، صرف‌نظر از نژاد و باورهایشان.

بهزاد به خود گفت:

- این سنگ‌ها را در کوچه و خیابان‌ها نصب می‌کنند که آدم با دیدن‌شان به فکر فرو برود. به یاد روزهای سیاه تاریخ آلمان بیافتد. پلشتی نهفته در وجود خود را ببیند، شرمگین بشود و در سایه این شرم بر بدنهادی خود غلبه کند.

خطاب به خود گفت:

- شرم! چه واژه‌ی مقدسی!

آن شب برای نخستین بار به اهمیت واژه‌ی شرم پی برده بود. او هیچ واژه‌ای را مقدس نمی‌دانست. همیشه می‌گفت که واژه‌های مقدس تقدس خود را مدیون توهم انسان‌ها هستند. اما آن شب به تقدس نهفته در واژه‌ی شرم پی برده بود. گفت:

- شرم پادزهر جنون است. آن جنونی که دهانش را گوش‌تاگوش باز کرده تا روح آدم را ذره ذره ببلعد!

بهزاد پس از خواندن چند گزارش درباره این سنگ‌ها به خود گفت:

- این سنگ‌ها اصلاً برای سکندری خوردن نیستند. فراخوانی هستند برای تامل ورزیدن، برای بیدار کردن انسان‌ها. باید این سنگ‌ها مثل یک شوک یا یک تلنگر باعث بشوند که آدم نتواند زیر سایه درخت فراموشی چشمانش را ببندد و خود را به ندیدن بزند.

گشت و گذار اینترنتی او نیز نتوانسته بود کمکی به یافتن معادل مناسبی برای این واژه بکند. ساعت از نیمه شب گذشته بود. زمان تصمیم گرفتن فرا رسیده بود. پیش از

خاموش کردن کامپیوتر به خود گفت:

- بی‌تردید، نام این سنگ‌ها در زبان فارسی نیز همان اشتولپراشتاینه است. پایبند ماندن به پیام نهفته در دل این سنگ‌ها دقیقاً همان کاری است که مترجمان انگلیسی، فرانسوی و اسپانیایی انجام داده‌اند. این واژه را نمی‌شود ترجمه کرد.

این چنین بود که اشتولپراشتاینه، در ادامه‌ی سفرش، کولی‌وار وارد فرهنگ زبان فارسی شد.

بهزاد آن چنان غرق در اندیشه‌های خود بود که متوجه تازیانه‌های وحشیانه‌ی سرما نشد. سرما برای اثبات وجود خود لرزه‌ای به تنش انداخت. به خود آمد. شال را به دور گردن خود محکم‌تر پیچاند. دو انتهای شال را روی سینه خود جمع کرد و دکمه‌های پالتو را تا بالا بست و یقه‌ی آن را بالا کشید. او باید همه داستان را با همه جزئیات آن می‌شنید. از ساسان خواسته بود همه چیز را موبه‌مو برایش تعریف کند. گفته بود: «باید همه چیز را بدانم. هیچ اطلاعاتی اضافی نیست. قطعاً همه‌ی شنیده‌ها را نخواهم نوشت. اما باید از همه چیز مطلع باشم.»

برای دیدارشان کافه‌ای را در نزدیکی خانه ساسان انتخاب کرده بودند. ساسان پرسیده بود:

- منظورت آن کافه‌ی دنج نزدیک آشیانه‌ی طوفان است؟

گاهی خانه‌اش را چنین می‌نامید. آمدن به چنین کافه‌ای برایش خیلی راحت بود.

- تقریباً هر روز دست‌کم دو بار از کنار این کافه رد می‌شوم. ولی تا همین امروز هیچ‌وقت پایم را به درون آن نگذاشته‌ام.

بهزاد آن کافه را از سال‌ها پیش می‌شناخت. پاتوق ایام جوانی‌اش بود. برخی غروب‌ها با دوستان و همکارانش در آن کافه جمع می‌شدند و ساعت‌ها درباره‌ی کار، سیاست و جهان گپ می‌زدند. چند باری هم با نسرین به آن کافه رفته بود. اما از آخرین باری که به درون آن نهاده بود، سال‌ها می‌گذشت.

بهزاد زودتر از زمان قرارشان آمده بود. می‌بایست پیش از گفت‌وگوی خود با ساسان خانه‌اش را می‌دید. پس از خروج از اداره مسیرش را گونه‌ای انتخاب کرد که از کنار آن خانه بگذرد. آدرس خانه را از ساسان گرفته بود. فقط باید شماره پلاک آن خانه را در

دفترچه‌اش یادداشت می‌کرد. نیازی به نوشتن اسم خیابان نبود. او آن خیابان را وجب‌به‌وجب می‌شناخت. بارها با بی‌اعتنایی از کنار خانه‌ها و مغازه‌هایش عبور کرده بود. از کنار خانه‌های سیمانی که یادآور نخستین سال‌های قرن بیستم بودند. هیچ‌گاه تصورش را نمی‌کرد که این همه ناگفته در لابه‌لای این خانه‌های سیمانی و سرد پنهان شده باشند. ساسان دیروز از او پرسیده بود:

- چند سال است که در این شهر زندگی می‌کنی؟

بهزاد با خنده پاسخ داده بود:

- راستش حسابش از دستم در رفته است. چیزی حدود سی و هفت سال.

- پس باید همه جاهای این شهر را خوب بشناسی. اما برخلاف تو، برای من همه چیزهای این شهر جدید و تازه است. من از سکوی یک غریبه به این شهر نگاه می‌کنم، از دریچه‌ی نگاه یک تازه‌وارد.

پس از آن چیزی گفته بود که رعشه‌ای به تن بهزاد نشاند. انتظار شنیدن چنین چیزی را نداشت.

- نگاه آشنا به یک چیز آدم را از فهم عمیق‌تر آن چیز محروم می‌کند. گاهی بد نیست آدم‌ها برای فهم چیزهایی که اطرافشان وجود دارند، مثل غریبه‌ها کنجکاوی کنند. منظورم این نیست که آنچه درباره یک نفر یا یک چیز می‌دانیم را نادیده بگیریم و فراموش بکنیم. نه! منظورم این است که سعی کنیم، چیزهای بیشتری ببینیم. هر بار اندکی بیشتر از بار گذشته. فقط از این طریق است که می‌توانیم زندگی و زندگان را دوست بداریم. برای فهمیدن زندگی بهترین راه دقت کردن به گفته‌ها و ناگفته‌ها است، گفته‌ها و ناگفته‌های زندگان و مردگان به یکسان. باید زبان هستی را متوجه شد. مهم نیست که یک انسان با تو سخن می‌گوید یا یک غنچه!

خاطره‌ای از ایام زندان را تعریف کرده بود.

- در همان روز اول، به محض ورود به سلول انفرادی چوب‌خط‌هایی را دیده بودم که زندانیان روی دیوار زده بودند. اما چند روزی طول کشید تا با کنجکاوی بیشتری به آن چوب‌خط‌ها نگاه کنم. متوجه تفاوت فاحش بین‌شان شدم. بعضی از زندانیان چوب‌خط‌ها را محکم و عمیق زده بودند و بعضی‌ها سطحی. بعضی‌ها چیزی کنارشان نوشته بودند. برخی طرحی کشیده و نقاشی کرده بودند. کلی اطلاعات روی دیوار جمع شده بود. من

در تفاوت بین این چوب‌خطها و نوشته‌ها وحشت را دیدم. شهامت را دیدم. عزم و تردید را دیدم. پس از آن بود که با کنجکاوی بیشتری به آن چوب‌خطها نگاه کردم و هر روز توانستم نکته جدیدی درباره‌شان کشف کنم. پی به مدت اقامتشان در سلول انفرادی بردم و سرنوشت هولناک بعضی‌شان را توانستم از روی همان چوب‌خطها بخوانم. تازه آن روزها بود که متوجه شدم شناختم از انسان‌ها و حتی از خودم چقدر ناچیز و چقدر سطحی بوده است.

از ایستگاه مترو تا خانه ساسان راه زیادی نبود. بهزاد در طول مسیر بی اختیار به یاد نسرین افتاد. به یاد کسی که همیشه گمان می‌کرد او را در سایه یک زندگی مشترک و طولانی خیلی خوب می‌شناسد. خطاب به خود گفت:

- اگر من هم به نسرین گاهی مثل یک غریبه، مثل کسی که تازه با او آشنا شده‌ام، نگاه کرده بودم، شاید الان سرنوشتمان چیز دیگری می‌بود.

ساسان دیروز با گفتن موضوع دیگری ذهن بهزاد را به بازی گرفته بود. گفته بود جهان شبیه به یک نمایشگاه بزرگ است.

- شاید حتی بشود گفت جهان بزرگترین موزه‌ای است که بشر تا کنون ساخته است. همه چیزها را پشت ویترین‌های این موزه جمع کرده‌اند. آن‌ها را در برابر چشمان بازدیدکنندگان به نمایش گذاشته‌اند. می‌توانیم با بی‌حوصلگی از غرفه‌ای به غرفه‌ی دیگری برویم، نگاهی گذرا به همه چیز بیاندازیم، نفس عمیقی بکشیم و بی‌آنکه چیز زیادی دستگیرمان شده باشد از این موزه فرار کنیم. ولی می‌توانیم کنار تک تک چیزها بایستیم و سعی کنیم ناگفته‌هایشان را بشنویم و رازهایشان را کشف کنیم.

گفته بود در جهان چیزهای خیلی زیادی وجود دارد که آدم‌ها اغلب از دیدنشان غفلت می‌ورزند.

هانه‌لوره یک بار به ساسان گفته بود داشتن چشم الزاماً به معنای دیدن نیست.

- پسرم، دیدن اراده می‌خواهد!

ساسان این جمله را بدون بردن نام هانه‌لوره به بهزاد گفته بود. و بهزاد در پاسخ گفته بود:

- البته!

اکنون با نزدیک شدن به آن خیابان توانسته بود متوجه پیام این سخن بشود. جمله‌ای

که تنها در ظاهر بدیهی به نظر می‌آمد. به خود گفت:

- دیدن هم اراده می‌خواهد، هم کنجکاوی و شاید هم شهامت!

با ورود به آن خیابان احساس عجیبی به او دست داد. ضرب‌آهنگ قلبش شتاب گرفت. سوزشی روی پوست گردن خود حس کرد. زبریِ شال پوست گردنش را می‌خراشید. اما سوزشی که روی گردن خود حس می‌کرد، فقط ناشی از زبری شال نبود. به نظرش آمد که عرق کرده است. آن هم در سرمای واپسین روزهای پاییزی. همین چند دقیقه پیش از سوز سرما بر خود لرزیده بود. با دست پیچش شال بر گردنش را شل کرد. احساس کسی را داشت که برای شرکت در یک آزمون بزرگ و مهم پا به آن محل نهاده و پیکرش در هُرم برخاسته از هیجان آن آزمون می‌سوزد.

ساسان گفته بود که از همان نخستین روزهای ورودش به آن خانه، همه‌ی تلاش خود را به کار گرفته بود تا آن را بفهمد.

- در زندگی خیلی چیزها را تجربه کرده بودم. ولی هیچ‌گاه فکر نمی‌کردم که یک خانه بتواند این چنین سرنوشت آدم را به بازی بگیرد. این خانه‌ی پدری نبود که آدم با آن کلی خاطره داشته باشد. هر گوشه‌اش سرنخ خاطره‌ای باشد که تو را با خود ببرد. ببرد مثلاً به ایام کودکی، یا به وسوسه‌های عاشقانه‌ی دوران جوانی که خاطراتش را همانجا در گوشه و کنار باغچه‌ی خانه، از روی شرمی کودکانه، خاک کرده باشی. ما این خانه را برای نخستین بار می‌دیدیم. ما برای این خانه بیگانه بودیم و در حافظه‌ی این خانه، خاطره‌ای از یک زوج پناهنده ایرانی شاید هیچ‌گاه حک نشده بود. این خانه، مثل این خیابان، مثل همه‌ی این شهر برای ما بیگانه بود. هیچ چیز زندگی ما را به این شهر پیوند نمی‌زد و با هیچ کجای این شهر خاطره‌ای نداشتیم.

سرفه‌ای کرده بود و در ادامه گفته بود:

- به‌رغم این بیگانگی، این خانه مسیر زندگی ما را تغییر داد. باید اعتراف کنم که نیروی جادویی این خانه توانست نگاه و رویکردم را به زندگی دگرگون کند. به مهم‌ترین پرسش این سال‌هایم پاسخ دهد.

پس از ده‌ها سال زندگی در این شهر همه چیز برای بهزاد عادی شده بود. به همه چیز این شهر انس گرفته بود. سال‌ها بود که احساس یک پناهنده تازه‌وارد به این جامعه را از دست داده بود. مدت‌ها بود که از پشت پنجره به منظره‌ای ناآشنا نگاه نکرده بود. سال‌ها

بود که می‌دانست در انتهای این کوچه یا آن خیابان چه چیزی در انتظار اوست. حتی گاهی پیش خود فکر می‌کرد که این شهر هیچ راز ناگفته‌ای برای او ندارد. اما با ورود آن غریبه، و نگریستن از دریچه نگاه آن غریبه، همه چیز برای او بیگانه و ناآشنا به نظر می‌رسید.

اندکی پس از ساعت شش بعدازظهر بود. اما شهر و خیابان در تاریکی فرو رفته بودند. نگاه خود را به پیشواز پلاک خانه‌ها و مغازه‌ها فرستاد. پلاک‌ها یک‌باره معنا و مفهوم یافته بودند. سریع متوجه شد که خانه‌های با شماره فرد آن طرف خیابان قرار دارند. به هنگام عبور از لابه‌لای خودروها نگاهش بی‌اختیار روی خانه‌های آن‌سوی خیابان متوقف ماند. خانه‌ها را همچون کودکی که تازه حساب کردن آموخته باشد، با نگاه خود شمرد. به خود گفت:

- خانه‌ی شماره ۱۵ باید آن یکی باشد.

نور چراغ خیابان دیوار خاکی‌رنگ آن خانه را کمی روشن کرده بود. به نظرش آمد که آن خانه شروع به درخشیدن کرده است. اکثر خانه‌ها چهار یا پنج طبقه بودند. خانه‌هایی با دیوارهای سیمانی، خاکی‌رنگ یا خاکستری، رنگ‌هایی بی‌روح و ملال‌آور. خیابان بوی غمی کهنه می‌داد. غمی که اگر صدای خنده‌ی رهگذری هر از گاهی طنین نمی‌انداخت، از سراسر تاریخ این خیابان چکه می‌کرد.

از بین آن ساختمان‌های غرق شده در سرما و سنگ، اکنون یک خانه حساب خود را از مابقی جدا کرده بود. روح و هستی یافته بود. سکوتش را شکسته بود. بانگ برآورده و از او خواسته بود به حرف‌هایش گوش دهد. از بین آن همه ساختمان‌های خاکی‌رنگ و خاکستری، این ساختمان اهمیت خود را کشف کرده بود. او بارها از آن خیابان و بی‌تردید از کنار آن ساختمان عبور کرده و هیچ‌گاه متوجه اهمیت آن خانه نشده بود. از خود پرسید که آیا آن غریبه با داستان خود به این ساختمان اهمیت بخشیده یا آن خانه همیشه مهم بوده، و او متوجه اهمیت آن نشده است؟

قدم‌هایش شتاب گرفته بودند. نگاهش چون پروانه‌ای که شیفتگی هوش از سرش ربوده باشد، از روی پلاک‌ها، خانه‌ها و آدم‌ها پرواز کنان به دنبال مقصود خود بود. به دنبال شعله‌ی شمعی که آن خانه را روشن کرده بود. بهزاد همه‌چیز را می‌دید و از دیدن همه‌چیز عاجز بود. هیچ‌کس و هیچ‌چیز در آن لحظه برای او اهمیت نداشت. فقط آن خانه، خانه

پلاک شماره ۱۵ بود که اراده کرده بود، او را ببیند. نگاهش ققنوسی را می‌مانست که غافل از لحظه و مکان، در آتش کنجکاوی خود می‌سوخت. گمان می‌کرد همه چیز محو شده است. لحظه از یک جست‌وجوی مبهم، از عطش کنجکاوی سیری‌ناپذیر نگاه یک غریبه لبریز شده بود.

خانه آنجا بود. این خانه با همان سیمای خاکی‌رنگ و ملال‌آورش توان نویسندگی او را به چالش کشیده بود. ساسان را فرستاده بود تا پیام خود را به گوش او برساند:

ـ من ده‌ها سال است که اینجا هستم. منتظر آنکه کسی بیاید و به حرف‌هایم، به دردِدل‌هایم گوش بسپارد. بیاید و ناگفته‌هایم را بشنود. داستانم را روایت کند تا رهگذرانی که هر روز بی‌تفاوت از کنارم می‌گذرند، زوزه‌ی طوفان را پیش از آنکه بوزد، پیش از آنکه ویران بکند، بشنوند.

بهزاد لحظه‌ای همان‌جا کناره پیاده‌رو ایستاد و به آن خانه نگریست. سپس جلو آمد. تا یک قدمی سنگ‌ها، آنگاه خم شد و به آن سنگ‌های نصب شده بر کف پیاده‌رو با دقت نگاه کرد. با انگشتان دست روی یکی از سنگ‌ها را لمس کرد. تاریک بود و نمی‌توانست حروف حک شده روی روکش برنجی سنگ‌ها را تشخیص دهد. همچون نابینایی که با سراندن انگشتان خود روی خطوط بریل در پی رمزگشایی از یک نوشته است، سعی کرد از راز نشسته روی آن سنگ‌ها پرده برگیرد. تابش نور زرد و قرمز خودروها روی سطح طلایی‌رنگ این سنگ‌ها کمک چندانی به خواندن آن‌ها نمی‌کرد. بیشتر به آن سنگ‌ها حالتی پر راز و رمز می‌داد.

یاد چراغ تلفن همراه خود افتاد. رفت و آمد مردم را فراموش کرده بود. راه را بند آورده بود. خود را کنار کشید تا زنی با کالسکه از کنار او بگذرد. لحظه‌ای بعد سنگینی نگاهی را روی پیکر خود حس کرد. سر برگرداند. پیرزنی را دید که غرغرکنان به او زل زده است. اعتنایی نکرد. مردی به سوی او آمد و پرسید که آیا چیزی گم کرده است؟ بهزاد در پاسخ گفت که چیزی گم نکرده و همین موضوع باعث حیرت آن مرد شد. بهزاد مدت‌ها بود دنبال چیزی می‌گشت. تردیدی نداشت که چیزی را گم کرده است. اکنون شاید در جست‌وجوی آن چیز نامعلوم، آن راز نامکشوف، روی سنگ‌ها خم شده بود و با کشیدن دست بر سطح آن‌ها در پی یافتن گمشده خود بود.

نور تلفن همراه خود را روی سنگ‌ها تاباند. سنگ‌ها و سنگ‌نوشته‌ها کمابیش شبیه به

یکدیگر بودند. روی سنگ‌ها چند کلمه و چند عدد بیشتر نوشته نشده بود. نام و نام خانوادگی، تاریخ تولد، تاریخ انتقال به اردوگاه‌های مرگ، تاریخ و محل کشته شدن. این سنگ‌ها را بارها در کلن و در خیابان‌های برخی دیگر از شهرها دیده بود. اما هیچ‌گاه تا آن روز، این چنین با دقت به نوشته‌های حک شده روی این سنگ‌ها نگاه نکرده بود. او هرگز پیش از آن به رازی که این سنگ‌ها در دل خود پنهان کرده بودند، نیاندیشیده بود.

از خود پرسید تفاوت این سنگ‌ها با ده‌ها هزار پلاک فلزی دیگری که در شهرها و خیابان‌های آلمان و دیگر کشورها نصب شده‌اند، چیست؟ شب گذشته در وبگردی خود جایی خوانده بود که شمار این سنگ‌ها از مرز هفتاد هزار گذشته است. در نگاه نخست این سنگ‌ها با سنگ‌های دیگر هیچ تفاوت عمده‌ای نداشتند. همه حامل یک پیام بودند. تنها تفاوت آن‌ها این بود، که آن سنگ‌ها در برابر چشمان او قرار داشتند و کنجکاوی ساسان و او را به خاطر وجود آن خانه‌ی قدیمی و اسرارآمیز برانگیخته بودند.

یاد جمله‌ای از گونتر دمنیگ، همان هنرمندی افتاد که پروژه اشتولپراشتاینه را اجرا می‌کند. دمنیگ در مصاحبه‌ای گفته بود که فراموشی انسان‌ها از فراموشی نامشان آغاز می‌شود. خطاب به خود گفت نام که از یاد رفت، انسان تبدیل به عدد می‌شود. اشتولپراشتاینه از عددها مجدداً نام می‌سازد و اجازه نمی‌دهد که سرنوشت و هویت انسان‌ها در بی‌هویتی عددها محو شود.

بهزاد در کار حرفه‌ای خود، به عنوان یک روزنامه‌نگار تبدیل شدن غم‌انگیز انسان‌ها به عددها را هر روز تجربه می‌کرد. هر روز، در گوشه‌ای از جهان فاجعه‌ای روی می‌داد، بمبی منفجر می‌شد و عددها می‌مردند. می‌مردند بی آنکه حس همدردی کسی را برانگیزند. می‌دانست که هیچ‌کس به عزای مرگ عددها نمی‌نشیند. می‌دانست که عددهای بزرگ زودتر تاثیرشان را از دست می‌دهند. او نیز هیچ‌گاه در سوگ یک عدد اشکی نریخته بود.

در تابش نور تلفن همراه خود نام‌های روی این سنگ‌ها را خواند. هیلده‌گارد، یاکوب، آرون، هانه‌لوره و گوت‌لیبه. همه در سال ۱۹۴۱ به آشویتس منتقل شده بودند و همگی دو سال پس از آن، در همان اردوگاه به قتل رسیده بودند. به خود گفت:

- این قربانیان ۷۵ سال بی صبرانه منتظر این لحظه نشسته بودند. در انتظار آشنایی با غریبه‌ای مانده بودند که در سایه‌ی یک تصادف، از هزاران کیلومتر آن طرف‌تر به این نقطه از جهان پرتاب بشود. منتظر کسی بودند که بیاید و از دغدغه‌ها و از وحشت‌های

شبانه‌شان بگوید.

بهزاد پیش از این، به این سنگ‌ها به عنوان یک اثر هنری نگاه کرده بود. ایده هنرمندی آلمانی که با هدف زنده نگاه داشتن خاطراتِ تلخ فصل سیاهی از تاریخ آلمان بر کف خیابان‌ها نقش بسته است. اما، اکنون در این سنگ‌ها چیز دیگری می‌دید. به خود گفت که این سنگ‌ها نمی‌توانند صرفاً تجلی یک اثر هنری باشند. این‌ها فراخوان حس شرم سرکوب شده‌ی انسان‌ها هستند. فراخوانی که با پرتوافکنی بر تکه‌ای فلز، وجدان آدم را به چالش می‌کشد. با بازگویی یک خاطره، سدی را که غرور آدم بر سر راه شرم بنا کرده، در هم می‌شکند. اما شدت ضربه‌ی این تلنگر تنها به برانگیختن این حس محدود نمی‌ماند. از دریچه احساس به خرد او نقبی می‌زند. به همان خردی که زیر بار منطق سود و زیان و حسابگری‌های چندش‌آور خوش دارد قلمرو اندیشه را از ارزش‌های اخلاقی برهاند. از خود پرسید که او در آن سال‌ها در کجای این عالم سرگردان بوده است؟ خردش در آن سال‌ها مشغول چه چیزی بوده و حس شرم خود را در کدامین خیمه‌شب‌بازی زندگی از دست داده است؟

از آن سنگ‌ها و پیاده‌رو عکس گرفت. ابتدا نمایی بزرگ از همه‌ی سنگ‌ها و آنگاه از تک تک آن‌ها. سپس چند قدم از خانه فاصله گرفت و با احتیاط در گوشه‌ای از خیابان ایستاد و پس از گرفتن چند عکس از نمای کلی خانه به راه خود ادامه داد. سنگینی نگاه رهگذران را تنها زمانی متوجه شد که لحظه وداع با خانه فرارسیده بود. شاید هرگز کسی را ندیده بودند که روی آن سنگ‌ها خم شود. شاید هرگز کسی را ندیده بودند که از آن سنگ‌ها عکس بگیرد. شاید کسی را ندیده بودند که مدت‌ها به آن سنگ‌ها و به این خانه زل بزند. شاید از اینکه آن سنگ‌ها باعث سکندری خوردن یک رهگذر شده‌اند، حیرت کرده بودند. شاید از خود می‌پرسیدند که این بیگانه کیست و چرا از این خانه عکس می‌گیرد؟

تلفن همراه خود را مجدداً در جیب پالتویش گذاشت و شالش را دور گردنش محکم کرد. دکمه بالای پالتویش را مجدداً بست. هیچ‌گاه گمان نمی‌کرد یک خانه بتواند چنین نقشی را در زندگی یک نفر بازی کند. این یک تصادف محض بود. تصادفی که این چنین زندگی ساسان را زیر و رو کرده و او را به آن خانه پرتاب کرده بود. او نیز در افسار سورتمه‌ی زندگی بهزاد چنگ انداخته و آن را همراه خود کشیده بود.

نفسی را که در سینه حبس کرده بود بیرون داد. نگاهی به ساعت خود انداخت. باید عجله می‌کرد. با گام‌هایی بلند و سریع راه خود را به سوی کافه در پیش گرفت و رهگذران را با پرسش‌هایشان همان‌جا پشت سر خود نهاد. دلش گرفته بود. غمی ناآشنا بر دیوار روح او مشت می‌کوبید. به دگردیسی عددها می‌اندیشید. چند عدد از یک رقم میلیونی، از بین میلیون‌ها قربانی حکومت ناسیونال سوسیالیست‌ها، در این دگردیسی جادویی، برای او هویت یافته بودند.

برای نخستین بار دریافته بود که روایت داستان زندگی یک نفر زمانی ممکن می‌شود که حساب خود را از حساب عددها جدا کند، دهان بگشاید، سخن بگوید و فردیت و هویت بیابد. دریافته بود که برای روایت داستان زندگی باید به جست‌وجوی هویت‌های گم‌شده و پنهان در بین عددها گشت. به خود گفت که راوی باید از ناگفته‌های این هویت‌های گم‌شده غبارروبی کند. خطاب به خود گفت:

- تبدیل کردن انسان‌ها به عددها، توهین به زندگی است.

سر خود را به نشانه‌ی تأسف تکان داد. از اینکه روزنامه‌نگاری چون او در عددها غرق شده بود، احساس شرم کرد. خطاب به خود گفت:

- برای اقتصاد، ارزش انسان تا حد ارزش عدد کاهش می‌یابد. عددهایی که تنها به درد افزایش سود می‌خورند. برای سیاست ارزش انسان‌ها از این هم کمتر است. عددها فقط به درد نتیجه انتخابات می‌خورند و اگر زبان درازی کنند، شاید از دفتر آمار حذف شوند. روزنامه‌نگاران هم عمدتاً با همین عددها سروکار دارند.

او هر روز، بی‌آنکه قصد سرشماری انسان‌ها را داشته باشد، سرد و بی‌روح، درباره بالا و پایین رفتن اعداد و آمار می‌نوشت. مثلاً می‌نوشت: «جمعیت عراق امروز ۲۱ نفر کاهش یافت!» اما او یک نویسنده هم بود. خطاب به خود گفت:

- یک شاعر یا یک نویسنده حق ندارد، اساساً نمی‌تواند بین عددها پرسه بزند. داستان عددها را که نمی‌شود نوشت. شعر عددها را که نمی‌شود سرود. نویسنده باید بین انسان‌ها زندگی کند، حکایت‌هایشان را بشنود و آن‌ها را بنویسد.

همان روز نخست از ساسان پرسیده بود که چرا برای روایت داستانش به سراغ یک روزنامه‌نگار آمده است؟ ساسان در پاسخ گفته بود:

- من درباره تو تحقیق کردم. تو فقط روزنامه‌نگار نیستی. نویسنده هم هستی.

شب گذشته، پیش از آنکه بهزاد چراغ اتاق خوابش را خاموش کند و چشمان خود را ببندد، خطاب به خود گفته بود: «چه مسئولیت سنگینی!»

شب گذشته، پیش از آنکه بهزاد چراغ اتاق خوابش را خاموش کند و چشمان خود را ببندد، خطاب به خود گفته بود: «چه مسئولیت سنگینی!»

بهزاد پیش از ساسان به کافه رسیده بود. نگاهی به ساعت مچی خود انداخت. برای ساعت شش و نیم با هم قرار گذاشته بودند و او چند دقیقه‌ای زودتر رسیده بود. مستقیم به سوی میز کنار پنجره رفت، پالتوی خود را روی صندلی نهاد و غرق در اندیشه‌هایش از پشت پنجره‌ی کافه نگاهی به بیرون انداخت. به خود گفت: «اگر چهره‌ی رهگذری را که از روبه‌رو می‌آید، نبینی، لابد به زندگی کردن در بین عددها عادت کرده‌ای. انسان‌ها خیلی زود بدل به عددها می‌شوند.» می‌دانست نویسنده‌ای که کنجکاوی خود را از دست داده باشد، حرف چندانی برای گفتن ندارد. «زندگی در هیاهو، در غوغا روایت می‌شود و نه در سکوت، نه در سکون!»

سال‌ها سکوت کرده بود. هیچ نمی‌گفت. هیچ نمی‌نوشت. مدت‌ها بود که سوژه‌ای برای نوشتن نمی‌یافت. قلمش شکسته بود. ذهنش قفل شده بود. می‌نوشت، اما چیز باارزشی نمی‌نوشت. به نوشتن گزارش‌های خبری عادت کرده بود. بدل به ماشین ترجمه شده بود، به یک ماشین بی‌احساس و فرسوده.

دفترچه‌ی یادداشت و تلفن همراهش را از جیب در آورد. عکس‌هایی را که از سنگ‌ها گرفته بود را از نظر گذراند. نام قربانیان حک شده روی سنگ‌ها را در دفترچه‌اش یادداشت کرد. برخی از این نام‌ها برایش آشنا می‌آمدند. علتش را نمی‌دانست. هر چه به مغز خود فشار آورد، چیزی به ذهنش خطور نکرد. راه‌حلی برای آن معما نیافت. در چنین لحظه‌ای، ساسان به محل قرارشان رسید. بهزاد را از پشت پنجره کافه دیده و برایش دست تکان داده بود. اما بهزاد آن‌چنان غرق در اندیشه‌هایش بود که حتی ورود ساسان به کافه را هم متوجه نشد. صدای ساسان او را به جهان واقعی بازگرداند.

- سلام!

بهزاد همچون کسی که به‌ناگهان از خوابی عمیق پریده باشد، سراسیمه از جای خود بلند شد و با او دست داد. ساسان پالتویش را درآورد و روی پشتی صندلی گذاشت. شالش را نیز از دور گردن باز کرد و همان‌جا، روی پالتویش نهاد و روبه‌روی او نشست. لحظه‌ای نگذشته بود که گفت:

- نوعی خستگی در چهره‌ات می‌بینم. حالت خوب است؟

بهزاد پیکر خود را روی صندلی چوبی کافه جابه‌جا کرد و صاف‌تر نشست. دردی آشنا ولی بی‌دلیل در شانه‌ی چپ و ناحیه گردن خود حس می‌کرد. در حالی‌که با دست راست عضلات شانه چپ خود را می‌فشرد، لبخندی زد و در پاسخ گفت:

- راستش را بخواهی، امروز کارم زیاد بود. باید گزارش مفصلی درباره واکنش‌ها و پیامدهای خروج نیروهای نظامی آمریکا از سوریه می‌نوشتم.

ساسان سر خود را به نشانه‌ی تفاهم تکان داد.

خستگی بهزاد ربطی به نوشتن این گزارش نداشت و این را خود او به‌خوبی می‌دانست. این داستان عجیب ساسان بود که او را درگیر خود کرده و خواب و آرامش‌اش را سلب کرده بود. شب گذشته، پس از آنکه معمای برگردان فارسی نام اشتولپراشتاینه را حل کرده بود، به اتاق خواب رفته و سعی کرده بود بخوابد. تلاشی بود اما بی‌حاصل. امروز در اداره نیز احساس عجیبی به او دست داده بود. گزارش‌های خود را با دقت بیشتری نوشته بود. در برابر فرمان حرفه‌ای تبدیل کردن انسان‌ها به عددها مقاومت کرده بود.

قهوه سفارش دادند. ساسان نگاهی عمیق‌تر به چهره او انداخت. لبانش را بر هم فشرد و گفت:

- اجازه دارم چیزی ازت بپرسم؟

لبخندِ بهزاد را به حساب رضایتش گذاشت. لبخندی که مثل لبخند همیشگی او نبود. طعمی تلخ داشت. گفت:

- می‌دانم آن طور که باید و شاید با حالات روحی هم آشنا نیستیم و شاید این ارزیابی من اصلاً صحیح نباشد. اما احساس می‌کنم امروز کمی برافروخته هستی؟ همین که متوجه آمدنم نشدی برایم عجیب بود. گمان می‌کردم که روزنامه‌نگاران به علت حرفه‌شان توجه و دقت خاصی به پیرامون‌شان دارند.

بهزاد آه بلندی کشید. صدایش را صاف کرد و پس از لحظه‌ای سکوت با لحنی سرد

گفت:

- حق با توست! رفته بودم کنار خانه‌تان، برای دیدن سنگ‌ها. باید قبل از گفت‌وگو درباره این داستان، آن سنگ‌ها و آن خانه را از نزدیک می‌دیدم.

ساسان گرهی بر پیشانی‌اش انداخت و با لحنی توأم با حیرت پرسید:

- خُب پس چرا زنگ نزدی؟ می‌آمدی بالا یک لیوان چای با هم می‌نوشیدیم. این طور مینا هم می‌توانست با تو آشنا شود. خیلی دلش می‌خواهد تو را از نزدیک بشناسد.

- نخواستم مزاحم بشوم. آن هم این‌طور سرزده...

پس از مکث کوتاهی در ادامه گفت:

- حتماً یکی از این روزها زحمت خواهم داد. باید خانه را از داخل هم ببینم. باید از گوشه‌وکنارش عکس بگیرم.

- هر وقت اراده کنی. همه از دیدنت خوشحال خواهیم شد.

بهزاد با تعجب نگاهی به او انداخت. از خود پرسید ساسان از که سخن می‌گوید؟ ساسان آن بار هم ترجیح داد، چیزی درباره هانه‌لوره و یاکوب به او نگوید. گفت:

- حدس می‌زدم. البته حدس نمی‌زدم که پیش از آمدن به کافه برای دیدن سنگ‌ها رفته باشی. این موضوع را از کجا باید می‌دانستم؟ اما حدس می‌زدم که باید چیزی اتفاق افتاده باشد. چیزی که فکر و حواس‌ات را به بازی گرفته و درگیر خودش کرده است.

- امروز منظورت را از طوفان متوجه شدم. دیدن این سنگ‌ها می‌تواند باعث آن شود که ما پیام طوفان را در وزش یک نسیم ساده بشنویم. کافی است به همه چیز به گونه‌ی دیگری بنگریم.

گارسون فنجان‌های قهوه را روی میز گذاشت. ساسان منتظر ماند تا برود. پس از لحظه‌ای درنگ پرسید:

- خُب چه احساسی داشتی؟ منظورم این است که از دیدن این سنگ‌ها چه احساسی بهت دست داد؟

لحظه‌ای به فکر فرو رفت. پاسخ روشنی برای این پرسش نداشت. من‌من‌کنان گفت:

- یک احساس عجیب بود!

ساسان جرعه‌ای قهوه نوشید و گفت:

- نمی‌دانم اسمش چیست. فقط می‌دانم که بارها در زندگی دستخوش یک چنین

احساسی شده‌ام. احساس آن لحظه‌ای است که اگر شاعر باشی، می‌توانی آن را توصیف کنی و اگر نباشی، همراه خود آن لحظه سپری می‌شود.

سپس ابروانش را در هم کشید، لب‌هایش را جمع کرد، نگاهی به بهزاد انداخت و گفت:

- می‌خواهی بدانی احساس من از دیدن آن سنگ‌ها چه بود؟

- البته که می‌خواهم بدانم. این بخش مهمی از داستان توست. دانستن این موضوع که دیدن این سنگ‌ها چه احساسی در من برانگیخت، برای روایت این داستان اهمیت چندانی ندارد. اما دانستن احساس تو برای نوشتن آن خیلی مهم است.

تتمه حس سرما در وجودشان باعث شده بود که هر دو قهوه‌شان را خیلی سریع بنوشند. گارسون فنجان‌های خالی قهوه را از روی میز برداشت. نگاهی به ساسان انداخت و سپس نگاهش را به نگاه بهزاد دوخت و پرسید که آیا مایل به نوشیدن چیز دیگری هستند؟ ساسان سکوت کرده بود. با تکان دادن سر به بهزاد فهماند که مایل به نوشیدن چیزی نیست. عطش بازگویی خاطره‌ی روبه‌رو شدن با سنگ‌ها در آن لحظه برای او مهم‌تر از هر چیز دیگری بود. بهزاد به گارسون گفت:

- فعلاً نه!

گارسون لبخندی زد و رفت. ساسان گفت:

- تو از یک احساس عجیب گفتی. من آن را یک اتفاق عجیب می‌نامم. به هر حال باید چیز عجیبی اتفاق افتاده باشد که حس عجیبی به کسی دست بدهد.

بهزاد دفترچه خود را باز کرد و سرگرم یادداشت برداشتن شد. ساسان پس از مکث کوتاهی در ادامه گفت:

- همان‌طور که روی سنگ‌ها خم شده بودم، دستم را روی یکی از سنگ‌ها کشیدم. می‌خواستم گرد و غبار روی آن سنگ را پاک کنم تا بتوانم نوشته‌هایش را بهتر بخوانم. سطح پلاک برخلاف گرمای هوا، سرد و مرطوب بود. ظهر یک روز ماه ژوئن بود. اشتباه نکنم، حدود ساعت دوازده ظهر. چند روزی از آمدن‌مان به آن خانه می‌گذشت. با سرانگشتانم مشغول پاک کردن رطوبت روی آن سنگ بودم که آن اتفاق عجیب روی داد.

- اتفاق عجیب؟

- آره. یک اتفاق خیلی عجیب. احساس می‌کردم دیگر نمی‌توانم انگشتانم را از روی سطح آن پلاک فلزی بردارم. احساس می‌کردم انگشتانم به آن چسبیده‌اند. احساس

می‌کردم زیر انگشتانم لحظه به لحظه داغ و داغ‌تر می‌شود. از خودم پرسیدم مگر تا یک لحظه‌ی پیش سرد نبود؟ این گرما از کجا می‌آید؟

پس از آن، به شباهت بین آن سنگ‌ها و چوب‌خط‌های زندان اشاره کرد. گفت:

- این سنگ‌ها و آن چوب‌خط‌ها، همه حکایت ناگفته‌های قربانیان خشونت و بی‌عدالتی هستند.

گفت روزی که در سلول انفرادی‌اش دستش را روی چوب‌خط‌های دیوار زندان کشیده بود، حس مشابهی به او دست داده بود. حسی که پیش از آن تجربه نکرده بود. نمی‌شناخت.

- دستت آن موقع هم گرم شده بود؟

- نه! اتفاقاً برعکس. دیوار سرد بود. سردی‌اش لرزه‌ای به تنم انداخت. سرمای مرگ را آن روز توانستم حس کنم. احساس آن روزی به من دست داده بود که در بیمارستان دستم را روی پیشانی پدرم گذاشته بودم. چند ساعتی از مرگش می‌گذشت. پیشانی‌اش سرد بود. همان روز بود که متوجه سرمای مرگ شدم. مرگ برخلاف زندگی سرد است. خیلی سرد.

یادآوری آن خاطره، قطره اشکی بر گوشه‌ی چشمش نشاند. لب‌هایش را برهم فشرد، عینکش را برای لحظه‌ای از چشمان خود برگرفت و با گوشه انگشت اشاره‌اش، قطره اشک را پیش از جاری شدن بر گونه، مهار کرد. بهزاد از شنیدن این سخنان به‌شدت متاثر شده بود. خودکارش را روی میز گذاشت، دستش را با مهربانی روی شانه او نهاد و گفت:

- متاسفم!

- ممنونم. به هر حال باید پذیرفت که مرگ هم فصلی از زندگی است.

نفس خود را همچون آهی بلند بیرون داد. لبخند بی‌معنایی بر لبان خود سراند و در ادامه گفت:

- ماجرای آن روز را می‌گفتم. همان‌طور که دستم روی آن پلاک فلزی بود، لرزشی در پاهای خود حس کردم. باید چشمانم را می‌بستم و به آن پلاک فلزی اجازه می‌دادم، با همان گرمای سحرآمیزش در روح و جانم غوغا کند.

ساسان لحظه‌ای مکث کرد. عینک خود را برداشت و در پرتو شمعی گرفت که روی میز قرار داشت. در همان حال به تصویر مبهم و درهم بهزاد در شیشه عینک نگریست و گفت:

ـ به هر چیزی می‌شود از زوایای مختلفی نگاه کرد.

بهزاد متوجه منظور او نشد. به‌رغم آن ترجیح داد به سکوت خود ادامه دهد. ساسان در ادامه گفت:

ـ گمان می‌کردم وارد تونل زمان شده‌ام. می‌دانی تونل زمان کجاست؟

منتظر پاسخ بهزاد نماند و خود به این پرسش پاسخ داد و گفت:

ـ آن جایی است که مرز بین گذشته، حال و آینده به هم می‌ریزد. آن جایی است که هیچ لحظه‌ای باعث سپری شدن هیچ لحظه‌ی دیگری نمی‌شود. دالانی پر از لحظه‌های سپری شده، پر از لحظه‌های جاری و حتی پر از لحظه‌هایی است که هنوز از راه نرسیده‌اند.

ـ چه توصیف جالبی از تونل زمان!

بهزاد گاهی در خلوت‌های شبانه‌اش این تونل زمان را تجربه کرده بود. لحظاتی که گذشته، حال و آینده در هم می‌شوند. حضور یکی شان به حضور دیگری پایان نمی‌دهد. دغدغه‌های آینده با خاطرات گذشته در هم می‌آمیزند. زمان تعریف آشنای خود را از دست می‌دهد. به خود آمد. پس از مکث کوتاهی نگاهش را در نگاه ساسان دوخت و گفت:

ـ بی‌اختیار یاد جمله‌ای از نیچه افتادم. گفته بود که می‌خواهد تاریخ دویست سال بعد را بنویسد. گفته بود که مورخان تا به حال فقط تاریخ گذشته را نوشته‌اند. اما باید مورخی قدم پیش بنهد و تاریخ آینده را بنویسد.

ـ چه جالب!

پس از آن سر خود را به نشانه تایید تکان داد و گفت: «وقتی آدم می‌بیند که مردم چطور بازیچه دست یک مشت سیاستمدار پوپولیست می‌شوند، به اهمیت نوشتن تاریخ آینده بیشتر پی می‌برد. تاریخ گذشته را از جمله برای عبرت گرفتن مردم می‌نویسند. ولی تاریخ آینده را برای مانع شدن از فراموشی و تکرار مکرر خطاها باید نوشت.»

ـ تو خودت استاد رشته تاریخ بودی. بهتر از من می‌دانی که دیکتاتورها هیچ علاقه‌ای به روایت تاریخ واقعی کشورشان ندارند. به دنبال قرائت خاصی از تاریخ کشورشان هستند.

پس از لحظه‌ای اندیشیدن درباره آنچه بهزاد گفته بود، نگاهش را در نگاه او گره زد و گفت:

ـ چرا جای دور برویم. در همه‌ی نظام‌های ایدئولوژیک، فرقی هم نمی‌کند که کجای دنیا، حاکمان برای حفظ قدرتشان نیازی به شعور مردم ندارند. کافی است که مردم

اراجیف و دروغ‌هایشان را باور کنند، یا چنین وانمود کنند که باور کرده‌اند.

بهزاد با دست به گارسون علامت داد. پس از آن روی خود را به سوی ساسان برگرداند.

- هوس نوشیدن شراب کردم. یک لیوان شراب برایت سفارش بدهم؟

لبخندی بر لب ساسان نشست. گفت:

- به شرط آنکه پولش را من حساب کنم.

بهزاد به گارسون سفارش دو لیوان شراب داد و بعد نگاه مهرآمیزی به ساسان انداخت و گفت:

- فرصت زیاد است. دلم می‌خواهد بقیه داستان را برایم تعریف کنی.

با دست دفترچه‌اش را به گوشه‌ای از میز سراند و مساحت میز را پیش از آنکه گارسون بیاید، برای لیوان‌های شراب خالی کرد.

پس از رفتن گارسون، لیوان‌هایشان را به هم زدند. نگاه در نگاه هم دوختند و جرعه‌ای به سلامتی هم نوشیدند. ساسان با پشت دست، لبان خود را پاک کرد و گفت:

- همه چیز از آن روزی شروع شد که پا به درون آن خانه نهادیم. یک خانه‌ی کاملاً معمولی بود. از نوع همان خانه‌هایی که معمولاً با بی‌حوصلگی، چه می‌دانم، شاید با بدسلیقگی می‌سازند. در لحظه ورود اصلاً متوجه قدرت جادویی پنهان شده در خشت‌ها و دیوارهای سیمانی آن خانه نشده بودم.

- پیش از ورود به خانه سنگ‌ها را دیده بودی؟

- هم دیده بودم و هم ندیده بودم. در آن لحظات دغدغه‌های دیگری داشتیم. در تمام مدت به پایان دوران برزخی فکر می‌کردیم. یا شاید به پایانش امید بسته بودیم.

- برزخ؟

ساسان نفس عمیقی کشید و بازدم خود را همچون آهی بلند بیرون داد و گفت:

- در تمامی ماه‌هایی که در کمپ پناهندگی زندگی کرده بودیم، خودمان را در یک موقعیت برزخی می‌دیدیم.

از همان لحظه‌ی نخستی که پا به کمپ پناهندگی در برلین گذاشته بودند، حسی ناشناخته در آنان پدید آمده و روح و روان‌شان را از خود لبریز کرده بود.

- حسی بود که در ایران نمی‌شناختیم.

گفت مینا و او گمان می‌کردند این حس ناآشنا، این حس تلخ مربوط به زندگی در

کمپ پناهندگی می‌شود. مربوط به آن لحظه‌ای از زمان است که آدم در یک شرایط موقت و گذرا زندگی می‌کند. در یک شرایط برزخی با کوله‌باری از پرسش‌های قدیمی و توشه‌ای از ابهاماتی که دفتر آینده را خط‌خطی کرده‌اند.

گفت گمان می‌کردند که اگر دوره‌ی اقامت در کمپ پناهندگی به پایان برسد و زندگی کمی چهره عادی به خود بگیرد، آن حس تلخ نیز از بین می‌رود. می‌پنداشتند به‌رغم میل‌شان آن‌ها را به سفری نامعلوم فرستاده‌اند. گفت با آغاز زندگی در مهاجرت حس تعلق، حس آشنایی با زمین و زمان، آن حسی که در زادگاه خود می‌شناختند، جای خود را به حس تلخ بیگانگی داده بود.

بهزاد سر خود را به نشانه‌ی تایید تکان داد و گفت:

– این حس را خوب می‌شناسم. ما هم این روزها را تجربه کرده‌ایم. این حس، فصلِ مشترک داستان همه‌ی تبعیدی‌ها و همه‌ی مهاجرین دنیاست، رنگ، جنسیت، نژاد، دین و ملیت نمی‌شناسد.

ساسان و مینا گمان می‌کردند خارج از دیوارهای سیمانی و سرد کمپ پناهندگی، زندگی چهره دیگری از خود به نمایش خواهد گذاشت. به خود چنین تلقین کرده بودند که کافی است این دوره‌ی برزخی سپری شود تا همه چیز به روال عادی‌اش بازگردد. به آن امید بسته بودند که شروع یک زندگی عادی بتواند احساسات زخم‌خورده‌شان را التیام ببخشد و با نهادن مرهم بر زخم‌های روح، آرامش را به زندگی‌شان بازگرداند و ارابه زندگی را مجدداً به همان مسیری بکشاند که انسان برای ادامه‌ی عُمر خود آرزو می‌کند. گفت آن روز، در همان لحظه‌ی نخستی که کنار آن خانه ایستاده بودند، گمان می‌کردند، آن دوران برزخی به پایان رسیده است. با ناباوری از خود پرسیده بودند که آیا این خانه‌ی ماست؟ گمان می‌کردند که آن حس تلخ از زندگی‌شان پر کشیده و اکنون می‌توانند در سایه‌ی درخت آرامش، زندگی را از نو تعریف کنند.

– به محض ورود به آن خانه، برای یک لحظه قلبم گرفت. دچار نفس‌تنگی شده بودم. بوی نم همه جا را گرفته بود. اما مشکل بوی نم یا بوی کهنگی خانه نبود. مشکل آن جا بود که فهمیدم، هیچ چیز تغییر نکرده است.

گفت آن خانه نیز ادامه همان حس ملال‌آوری بود که در کمپ پناهندگی همچون همزادی، سایه به سایه با آنان نشست و برخاست داشت. بختکی را می‌مانست که آمده و

گوشه‌ای از زندگی آنان را از خود پر کرده بود و خیال رفتن هم نداشت. به بهزاد گفت:

- وارد خانه که شدیم فهمیدم عُمر آن دوره برزخی طولانی‌تر از عمر اقامت در کمپ پناهندگی بوده است. این حس تلخ و آزار دهنده آن جا هم ما را راحت نگذاشته بود.

- پس از ورود به خانه چه اتفاقی افتاد؟

- در پاگرد راه‌پله‌ی طبقه‌ی دوم به سوم برای لحظه‌ای ایستادم. احساس می‌کردم که نفسم سنگین شده است. هیچ‌وقت فکرش را هم نمی‌کردم در سن و سال من، بالا رفتن از پله‌های یک ساختمان برایم بدل به یک آزمون جدی، به یک چالش بشود.

وقتی به آن‌ها گفته بودند که آپارتمان در طبقه چهارم قرار دارد، اصلاً به موضوع پله‌ها فکر نکرده بودند. این را هم به آن‌ها گفته بودند که ساختمان قدیمی است و به تاکید گفته بودند که آسانسور هم ندارد. اما شنیدن هیچ کدام از این سخنان باعث نگرانی‌شان نشده بود. دل‌شان می‌خواست هر چه زودتر سر و سامان بگیرند. همان روز به مینا گفته بود:

- طبقه چهارم بالای قله‌ی توچال که نیست! مگر خانه‌ی خودمان در ایران طبقه‌ی چندم بود؟ طوری گفتند طبقه چهارم که انگار همه سختی‌های زندگی به خاطر چند تا پله است! بیچاره‌ها خبر ندارند ما در زندگی‌مان چه چیزهایی ندیده و چه رنج‌هایی نکشیده‌ایم.

در ایران خانه‌شان در طبقه سوم بود. آن روزها نه او و نه مینا هیچ‌گاه مشکلی با پله‌ها نداشتند. آن‌قدر مشکلات بزرگ و کوچک دیگر وجود داشت که کسی به مشکل پله‌ها فکر نمی‌کرد. اینجا، در این خانه‌ی قدیمی هم، مشکل پله‌ها نبود. مینا نیز همچون خود او پی برده بود که ورود به آن خانه، پایان آن دوره برزخی نیست. فصل دیگری از همان دوره است. او نیز همچون ساسان متوجه شده بود که خوش‌خیالی داروی درمان توهم نیست، خوراک رایگان آن است.

ساسان پیش از خروج از ایران به مینا گفته بود:

- خوش‌خیالی با امید تفاوت می‌کند. آدم نباید امیدش را در زندگی از دست بدهد. اما پنهان شدن پشت پرده‌ی خوش‌خیالی هم درد کسی را درمان نمی‌کند.

به‌رغم آن، پیش از خروج از ایران دچار خوش‌خیالی شده بودند. این را خودش به بهزاد گفته بود.

لحظه‌ای سکوت کرد. پنداری خاطره‌ی ترک برداشتنِ توهمِ پایان دوران برزخی ذهن

او را با خود برده باشد. روی خود را به سوی بهزاد برگرداند و پرسید:

- می‌دانی خانه‌ی ما چندتا پله دارد؟

بهزاد لبخندی زد و با تکان دادن سر به او فهماند که تصوری در این باره ندارد.

- با احتساب پله‌های کنار در ورودی خانه، مجموعا ۷۴ پله.

پس از لحظه‌ای مکث در ادامه گفت:

- البته تعداد پله‌ها را همان روز نخست نشمرده بودم. یکی دو روز پس از آن بود. پس از آن تقریبا هر بار که از پله‌ها بالا می‌روم، آن‌ها را می‌شمارم. درست مثل ایستگاه‌های مترو. غریبه‌ها چاره‌ای ندارند مگر آنکه ایستگاه‌ها را بشمارند.

ساسان لیوان خود را مجدداً به لیوان بهزاد زد، جرعه‌ای نوشید، صدای خود را صاف کرد و به بهزاد گفت:

- دوست من، راستش را بخواهی، آن سنگینی که به محض ورود به خانه در پاهایم حس کرده بودم، ربط زیادی به تعداد پله‌ها نداشت. مربوط به وحشت ناشی از روبه‌رو شدن با آینده بود. نمی‌دانستم ته این پله‌ها کجاست.

لحظه‌ای مکث کرد و پس از آن پرسید:

- نمی‌دانم آیا می‌توانی متوجه‌ی منظورم بشوی یا نه؟ منظورم خود خانه که نیست. خُب می‌دانستم که ته این پله‌ها به هر حال به یک آپارتمانی ختم می‌شود. منظورم ورود به آن فصلی از زندگی است که هیچ چیز درباره‌اش نمی‌دانی.

ایده شمردن پله‌ها ذهن او را با خود برده بود به خاطرات تلخ سال‌ها پیش. به همان روزی که او را از زندان اوین به زندان رجایی‌شهر برده بودند. به سالن شماره ۱۲ بند چهار زندان رجایی‌شهر. آن جا هم در راهروی آن سالن شروع به شمردن قدم‌هایش کرده بود. تا سلولش ۹۳ قدم فاصله وجود داشت.

- چیزی حدود ۴۶ یا ۴۷ متر!

به شمردن پله‌ها، شمردن قدم‌ها، شمردن روزها، ماه‌ها و سال‌ها در همان ایام زندان عادت کرده بود. گفت زمانی که در سلول انفرادی بند ۲۰۹ اوین زندانی بود، برای رفتن به بازجویی به او چشم‌بند می‌زدند.

- کسی که قادر به دیدن نباشد، شروع به شمردن قدم‌هایش می‌کند.

گفت این موضوع را هیچ‌گاه از یک فرد نابینا نپرسیده است، اما تردیدی ندارد که آن‌ها

هم بی اختیار قدم‌ها، ایستگاه‌ها و پله‌ها را می‌شمارند.

بهزاد لیوان خود را چند بار در هوا گرداند و پس از آن به لغزش قطره‌های زلال شراب بر جداره‌ی لیوان در پرتو شمع نگریست و گفت:

ـ از خودم می‌پرسم که آیا آدم‌ها لحظه‌های شیرین و خوب را هم محاسبه می‌کنند؟

ـ فکر نکنم. آدم‌ها از شمردن لحظه‌های شیرین غفلت می‌ورزند. وقتی مزه زمان تلخ می‌شود، آدم به یاد شمردن لحظه‌ها می‌افتد و وقتی فضا ملال‌آور می‌شود، آدم به فکر محاسبه فاصله‌ها می‌افتد.

بهزاد سکوت کرد و به فکر فرو رفت. به یاد خاطرات خود افتاده بود. او نیز قدر لحظه‌های شیرین را متوجه نشده بود. از شادی‌ها لذت نبرده بود. این لحظه‌های شیرین را همچون کودکی که یک آب‌نبات را مدت‌ها در دهان می‌گرداند و از ذره‌ذره آن لذت می‌برد، مزه‌مزه نکرده بود. به لحظه‌های تلخ مجال داده بود، خود را روی تارهای روح او پهن کنند و او را در خلوت و خفا بیازارند. اما این لحظه برای حساب‌رسی خطاهای گذشته، لحظه‌ی مناسبی نبود. به خود آمد و پرسید:

ـ هنوز متوجه نمی‌شوم چه چیزی در آن خانه برایت این قدر ملال‌آور بوده است؟ تو که تا آن لحظه خانه را ندیده بودی.

ـ به خاطر حس بیهودگی بود! بیهودگی‌قدم‌به‌قدم همراه ما به آن خانه آمده بود.

گفت حس بیهودگی مثل یک هم‌سفر از کمپ پناهندگی به آن خانه هم کوچ کرده بود. از بهزاد پرسید:

ـ می‌دانی حس بیهودگی چیست؟

طبق عادت منتظر پاسخ بهزاد نماند و گفت:

ـ این حس که در دنیایی به این بزرگی کسی هیچ نقشی برایت پیش‌بینی نکرده است. این احساس که بدانی تئاتر زندگی بدون حضور و نقش تو هم ادامه پیدا می‌کند. این احساس که کسی تو را نمی‌بیند. این احساس که تو همراه پاک شدن هویتت، ناپدید می‌شوی. نامرئی می‌شوی.

بهزاد به ساسان نگفت که او نیز در این اواخر احساس می‌کند، نامرئی شده است و کسی او را نمی‌بیند. اما بین نامرئی شدن او و ساسان تفاوتی وجود داشت. او شاید اراده کرده بود که نامرئی شود و کسی او را نبیند.

ساسان و مینا نامرئی شده بودند. کسی آن‌ها را نمی‌دید و اگر می‌دید، کمتر پیش می‌آمد که نگاه رهگذری که از کنارشان می‌گذشت، رنگی از مهر بر خود داشته باشد. در ایران هیچ‌گاه چنین حسی به او دست نداده بود. حضوری اجتماعی داشت و هرگاه اراده می‌کرد می‌توانست خود را تعریف کند. مثلاً بگوید که استاد رشته تاریخ دانشگاه تهران است. حتی در ایام زندان حس بیهودگی به او دست نداده بود. خود را یک زندانی سیاسی معرفی می‌کرد. اما، اکنون حس تلخ بیهودگی به زیر پوستش خلیده بود و آزارش می‌داد.

از زمانی که به آلمان آمده بودند، احساس وابستگی و دل‌بستگی به مکان را از دست داده بود. در روزها و هفته‌های نخست محو زیبایی‌های برلین شده بودند، محو آرامش حاکم بر این کلان‌شهر. مشاهده نظم حاکم بر زندگی در این شهر آن‌ها را سحر و جادو کرده بود. از اینکه می‌دیدند زندگی اجتماعی بدون حضور آشکار پلیس و مامور انتظامی بر محور قاعده و قانون می‌چرخد، لذت می‌بردند. این شیفتگی خیلی سریع‌تر از آنچه گمان می‌کردند، از بین رفت. خیلی زود متوجه شدند که نقش‌شان در این جهان جدید، نقش جهانگردانی نیست که برای دیدن شهر و کشور جدیدی به سفر آمده‌اند. آن‌ها به این نقطه از جهان پرتاب شده بودند. هیچ چیز آن‌ها را به این جامعه جدید پیوند نمی‌زد.

از بهزاد پرسید:

– گفته بودم که خانه را چه سالی ساخته‌اند؟

این موضوع را پیش از آن به بهزاد نگفته بود.

– به محض آنکه شنیدم این خانه را سال ۱۹۲۲ ساخته‌اند، بی‌اختیار به یاد جایزه نوبل فیزیک آلبرت انشتین افتادم.

ساسان گفت آشنایی با تاریخ آلمان باعث ایجاد خویشاوندی بین او و این جامعه نشده است.

– تاریخ آلمان، تاریخ جامعه من نیست. تاریخ یک جامعه‌ی دیگر است. تاریخ آن جامعه‌ای است که تا چند ماه پیش برایم، یعنی برای کسی که استاد رشته تاریخ بوده، تنها روی کاغذ وجود داشته است. الان که در این گوشه از جهان زندگی می‌کنم، احساس می‌کنم به نقطه‌ای از تاریخ بشر پرتاب شده‌ام که برایم بیگانه است. در تاریخ کشور من هیچ کس در سال ۱۹۲۲ جایزه نوبل نبرده بود. شاید حتی به استثنای چند نفر، هیچ‌کس آن روزها نمی‌دانست که جایزه نوبل چیست.

گفت از همان لحظه‌ی نخستی که تقاضای پناهندگی داده بودند، متوجه شده بود که این فقط ریسمان‌های تعلق به مکان نیستند که از هم گسسته و پاره شده‌اند. رابطه او و زمان هم دستخوش دگرگونی شده بود. هرگاه نگاهش به عقربه‌های ساعت مچی‌اش می‌افتاد، احساس می‌کرد که نبض زمان برای او نمی‌زند. برای دیگران می‌زند. حرکت عقربه‌ها را می‌دید، اما چرخش دائمی و یکنواخت عقربه‌ها روی صفحه ساعت مچی‌اش تاثیری بر زندگی او نداشت. او تغییر شب و روز را متوجه می‌شد، ولی حس می‌کرد خارج از بُعد زمان ایستاده است. صبح‌ها، اگر الزام انجام یک کار اداری پیش نمی‌آمد، انگیزه‌ای برای برخاستن از بستر در خود حس نمی‌کرد. روی تخت دراز می‌کشید و به زمان تهی از مضمون می‌اندیشید. خود او اما به‌خوبی می‌دانست که زمان از مضمون تهی نشده است. این لحظات زندگی او بودند که حال از ارزش و رونق افتاده بودند.

گفته بود که در این دوره برزخی، زمان، ماه، هفته، روز، ساعت و دقیقه همه معنای خود را از دست داده بودند. زمان از بیهودگی لبریز شده بود و حس بیهودگی را به او تزریق می‌کرد.

ـ حس بیهودگی ملال‌آور است، خیلی ملال‌آور است.

این حس بیهودگی، این حس رها شدن بی هدف در زمان و مکان، او را می‌آزرد. به الکل پناه برده بود. با نوشیدن الکل تلاش داشت تا از ملال شوره بسته بر دیوار لحظه‌ها بکاهد. اما خود او نیز می‌دانست که حق با مینا است و گریز از مشکلات کمکی به حل آن‌ها نیست. به بهزاد گفت:

ـ تعلق مثل یک ریسمان است. هر چه تعلق تو به کسی یا چیزی بیشتر باشد، آن ریسمان ضخیم‌تر می‌شود، و هر چه تعلق تو کمتر باشد، آن ریسمان نازک‌تر و به همین دلیل هم کم‌دوام‌تر. زندگی در تبعید یعنی دیدن ریسمان‌های گسسته.

بهزاد آخرین جرعه شرابش را نوشید. او نیز احساس بیهودگی می‌کرد. احساسی که ربطی به ماه‌های نخست زندگی در خارج از کشور نداشت. حس آزار دهنده‌ای بود که به‌تازگی، در این سال‌های آخر کارش تجربه می‌کرد. این بیهودگی همزاد ملال بود. اما او خوش نداشت درباره زندگی‌اش با دیگران سخن بگوید. می‌دانست که حس بیهودگی می‌تواند زیر ضربات چکمه‌ی بی‌تفاوتی انکار شود، اما انکارش فقط با فریب خود ممکن است. آن حس بیهودگی که باعث آزار او می‌شد، با حسی که ساسان از آن سخن گفته

بود، یکی نبود. این را می‌دانست. نگاهش را در نگاه ساسان گره زد و پرسید:

– ولی اثری از بیهودگی در رفتار و کلام تو نمی‌بینم. آرامش این لحظه تو با آن حس بیهودگی سازگار نیست. چگونه گریبان خودت را از شر آن حس موذی رها کردی؟

ساسان لبخندی زد و گفت:

– آن حس تلخ، آن بیهودگی لحظه‌ای تمام شد که با هانه‌لوره و یاکوب آشنا شدم.

– هانه‌لوره و یاکوب؟

– قصه‌اش طولانی است. داستان آشنایی‌ام با هانه‌لوره و یاکوب را موقعش که رسید، برایت تعریف می‌کنم.

گفت اکنون که به آن ایام می‌اندیشد، متوجه می‌شود خالق حس بیهودگی خود آدم است. بهزاد دفترچه‌اش را در جیب کتش گذاشت. با حرکت دست خود به گارسون فهماند که مایل است پول میز را حساب کند. اکنون متوجه می‌شد که چرا نام برخی از قربانیان حک شده روی سنگ‌ها برایش آشنا بوده است. پاسخ معمای خود را یافته بود، بی‌آنکه قادر به فهم آن شده باشد.

«اگر موافق باشی، تا آشیانه‌ی طوفان با هم قدم بزنیم.» این نخستین باری بود که بهزاد خانه‌ی ساسان را این چنین می‌نامید. آن را گفت و مسیر خانه‌ی او را در پیش گرفت. ساسان دست چپش را در برابر دهانش حائل کرد و سیگاری را آتش زد. همان طور که دود را از سینه بیرون می‌داد، گفت:

ـ به یک شرط! به شرط آنکه بیایی بالا.

بهزاد سرش را به نشانه‌ی مخالفت تکان داد و گفت:

ـ نه. دوست من. نه، امروز نه! دیروقت است. نمی‌خواهم این موقع شب مزاحم مینا بشوم. فقط تا دم در خانه‌تان. آن‌جا با هم خداحافظی می‌کنیم و هر کسی به راه خودش می‌رود. دلم می‌خواهد از همین فرصت کوتاه برای ادامه‌ی گپ‌وگفت‌مان استفاده کنم.

ساسان لبخندی زد و با لحنی کنایی گفت:

ـ صلاح مملکت خویش خسروان دانند.

ساسان نیز بر آن نبود مینا را با آن دیدار غیرمنتظره غافل‌گیر کند. شب‌ها معمولاً شام ساده‌ای می‌خوردند. یخچال خانه‌شان نیز دارونداش را با نیازهای تعریف شده‌ی دو تبعیدی هماهنگ کرده بود. ساسان به تجربه دریافته بود که عدم آمادگی مینا برای پذیرایی باعث نارضایتی‌اش می‌شود. به مشاجره‌ای بی‌مورد دامن می‌زند. این موضوع را بارها در ایران از زبان مینا شنیده بود. ساسان گفت:

ـ ولی در اولین فرصت باید برای شام به خانه‌مان بیایی.

ـ حتماً. گفته بودم که باید بیایم و از خانه‌تان عکس بگیرم. باید از ناگفته‌ها عکس بگیرم. تصویرها رقیب کلمات نیستند. اغلب مکمل آن‌ها هستند. این سخن بدیهی یکی از درس‌های مهم حرفه‌ی روزنامه‌نگاری است. می‌دانست که نانوشته‌های یک گزارش را

می‌شود با انتخاب یک عکس مناسب بیان کرد. گاهی تناقض بین عکس و نوشته از برخی از رازها پرده برمی‌گیرد.

برای لحظه‌ای سکوت کرد و سپس در ادامه گفت:

ـ وانگهی، باید به خانه‌تان بیایم، باید خودم آن بوی نم، آن بوی کهنگی را حس کنم.

پس از تبادل آن چند کلمه، برای لحظه‌ای بین‌شان سکوت حاکم شد. بهزاد سرفه‌ی خشکی کرد و ترجیح داد جای خود را با ساسان عوض کند. باد ملایمی می‌وزید و دود سیگار را مستقیماً به سوی او می‌آورد. در حین رفتن به سمت چپ ساسان، دست خود را با مهربانی روی شانه‌اش نهاد و گفت:

ـ می‌توانم چیزی را ازت بپرسم؟ شاید ربط چندانی به داستانت نداشته باشد. ولی نظرت را می‌خواهم درباره‌اش بدانم.

ساسان سر خود را به نشانه رضایت تکان داد و پک عمیقی به سیگارش زد. بهزاد پرسید:

ـ مدت‌هاست که به وحشت از مرگ فکر می‌کنم. دلم می‌خواهد بدانم که آیا تو هم از مرگ می‌ترسی؟

ساسان منتظر شنیدن چنین پرسشی نبود. گرچه این پرسش برای او چندان ناآشنا نبود، اما طرح ناگهانی آن، غافل‌گیرش کرد. او با مرگ زندگی کرده بود. در زندان و اکنون در کنار هم‌خانه‌ای‌های یهودی‌اش. در دوران حبس بارها به این پرسش اندیشیده بود. در ملاقات‌های زندان، نگرانی عمیقی را پشت لبخند مصنوعی مینا حس کرده بود.

مینا به او نگفته بود که با شنیدن هر خبری درباره‌ی اعدام، تنش به لرزه می‌افتد. شنیدن اخبار مربوط به اعدام در زندان رجایی‌شهر هر چند وقت یک بار تن او را می‌لرزاند. خبر اغلب مربوط به زندانیان عقیدتی بود. هر بار که در کردستان یا بلوچستان اتفاقی می‌افتاد، یا برخوردی روی می‌داد، زندانبانان عده‌ای از کسانی را که در زندان به گروگان گرفته بودند، اعدام می‌کردند. مینا نگفته بود صدای زنگ تلفن در ساعات نامتعارف، شب‌ها یا صبح‌های زود برای او و روح آزار دیده‌اش چه رعشه‌برانگیز است. از تماس تلفنی بدهنگام فرناز چیزی نگفته بود. دخترشان اختلاف زمان را فراموش کرده بود. دلش برای والدینش تنگ شده بود. نگران حال‌وروز پدر بود. نیمه‌شب به وقت ایران زنگ زده بود. از لحن و صدای مادرش متوجه‌ی نگرانی عمیق او شده بود. از بابت خطایش پوزش خواسته بود.

مینا در ساعات ملاقات همیشه لبخندی بر لبان خود می‌نشاند، تا مبادا همسرش پی به عمق این نگرانی ببرد. به‌رغم این تلاش‌ها، ساسان متوجه نگرانی مینا می‌شد. سال‌ها زندگی مشترک، بین‌شان زبانی مشترک پدید آورده بود. در پاسخ به او می‌گفت:

– عزیزم جای نگرانی نیست. من که جرمی مرتکب نشده‌ام. خیالت راحت باشد. زودتر از آنچه فکر می‌کنی، آزاد می‌شوم.

ساسان این موضوع را تنها با هدف کاستن از نگرانی همسرش نمی‌گفت. خود او نیز هیچ‌گاه خطر اعدام را در ارتباط با پرونده‌اش جدی نمی‌دید. او هیچ جرمی مرتکب نشده بود. به علت اتهامی واهی به زندان افتاده بود. اما در ایام زندان، در سلول انفرادی‌اش و پس از گفت‌وگو با سایر زندانیان در بندهای عمومی بارها درباره کسانی اندیشیده بود، که اعدام شده بودند. سعی کرده بود حدیث وحشت از مرگ را در چوب‌خط‌های نشسته بر دیوار بخواند. از کشوری می‌آمد که به قول شاعرش مزد گورکنش از بهای آزادی انسان بیشتر است. به خانه‌ای پرتاب شده بود که به رغم گذشت ده‌ها سال هنوز بوی مرگ می‌داد. بوی جنایت.

سیگارش را زیر پای خود پرتاب کرد و در حین خاموش کردنش، روی خود را به سوی بهزاد برگرداند و با لبخندی بر لب گفت:

– مرگ که ترس ندارد!

این پاسخ عجیب به آن پرسش عادی باعث حیرت بهزاد شد. پرسید:

– شوخی می‌کنی؟

– هم آره و هم نه. راستش شوخی کردن با مرگ، بهترین راهی است که بشر برای غلبه بر وحشتش پیدا کرده است.

گفت گاهی از زندگی بیشتر از مرگ می‌هراسد. توضیح بیشتری نداد. در چند قدمی خانه با یکدیگر وداع کردند و طبق قرارشان به راه خود رفتند، ساسان به سوی مینا و بهزاد به سوی خانه‌ی خود. خانه‌ای که پیش از دیدار و گفت‌وگوهایش با ساسان گاهی از آن به عنوان سلول انفرادی یاد می‌کرد. یک بار هم به ساسان این را گفته بود. همان لحظه‌ای بود که خبر پذیرش درخواست روایت داستان را تلفنی به اطلاع او رسانده بود. ساسان پرسیده بود که آیا از اداره زنگ می‌زند یا از خانه؟ و او در پاسخ گفته بود:

– نه. هنوز در سلول انفرادی خودم هستم.

ساسان همان روز، در حین دیدار و قدم زدن با بهزاد، خیلی مختصر و گذرا از ایام زندان خود تعریف کرده بود. از دوران حبس در انفرادی بند ۲۰۹ زندان اوین برای بهزاد گفته و از او خواسته بود، هر چیزی را درست و به نام خود بنامد. به بهزاد گفته بود خانه یک نفر، حتی اگر خانه‌ای طرد شده و متروک باشد، سلول انفرادی نیست.

ـ لطفاً مرا از بابت گفتن این موضوع ببخش. از گفتن آن قصد بدی ندارم. جسارتاً عرض می‌کنم که نباید فراموش کنیم خانه، خانه است و زندان، زندان. بین این‌ها خیلی فرق‌ها وجود دارد. نباید از خانه برای خودمان زندان بسازیم و بدتر از آن، نباید به زندگی کردن در این زندان عادت کنیم. نباید به زندگی کردن، به نفس کشیدن حتی به فکر کردن در یک قفس عادت کنیم.

آن روز پس از وداع با ساسان، در مترو، بار دیگر به یاد سخنان آن غریبه افتاده بود. ساسان گفته بود به هر چیزی می‌شود از زوایای گوناگونی نگاه کرد و خالق ملال خود خود ما انسان‌ها هستیم.

ـ زندگی ملال‌آور نیست. ما ملال‌آورش می‌کنیم.

بهزاد پرسیده بود:

ـ حتی اگه سرنوشت تلخی به آدم تحمیل بشود؟

و او پاسخ داده بود:

ـ موضوع بر سر خوش‌بختی یا بدبختی نیست. موضوع بر سر ملال است. ملال حتی می‌تواند تفاوت بین حس خوش‌بختی و بدبختی را از بین ببرد. می‌تواند کار را به آنجا بکشاند که ما در اوج خوشی احساس بدبختی بکنیم.

ترکش‌های سخنان ساسان تا پاسی از شب او را در این سفر به‌ظاهر بی‌انتها و بی‌بازگشت بدرقه کرده بودند. آن شب از آن شب‌هایی بود که به‌رغم خستگی تلنبار شده در جسم و جانش، فکر و خیال همچون پرنده‌ای بازیگوش از روی شاخه‌ای بر شاخه‌ای می‌پرید و آرزوی خواب را زیر آوار وسوسه‌ی اندیشیدن، زیر برآمد انبوه دغدغه‌های سرکوب شده دفن می‌کرد. او هرگز به خویشاوندی پنهان بین عدم و آینده نیاندیشیده بود. بهزاد آن روز متوجه شد که چیزی از جنس نیستی در آینده وجود دارد. ساسان گفته بود:

ـ آینده آبستن همه آن چیزهایی است که هنوز پدیدار نشده‌اند و باردار مرگ بسیاری از چیزهایی است که هنوز وجود دارند. نوعی روی هم لغزیدن هستی و نیستی است.

بهزاد در پریشان‌خوابیِ شبانه‌اش خطاب به خود گفت:

- جنون بشر اما می‌تواند در زهدان آینده از نطفه‌ی این نیستیِ بارور، کودکانِ مرده بزاید.

این همان پیام سنگ‌ها بود که اکنون او با کمک آن غریبه موفق به رمزگشایی از آن‌ها شده بود.

آباژور پاتختی خود را خاموش کرد. اتاق در تاریکیِ مطلق فرو رفت. متوجه شده بود که وحشت دائمی‌اش، این وحشتی که معمولاً شب‌ها به سراغ او می‌آمد، وحشت از مرگ بوده است. در عین حال می‌دانست که با ورق خوردن صفحه‌های تقویمِ زندگی، آدم به پرده‌ی آخر زندگی نزدیک می‌شود. دانستن این موضوع وحشت شبانه‌اش را پروار می‌کرد. او می‌دانست که دوران جوانی‌اش به سر رسیده است. مدت‌ها بود که برای فهم این موضوع نیازی به تقویم و محاسبه نداشت. کافی بود صبح‌ها نگاهی به چهره خود در آینه بیاندازد تا واپسین مقاومت‌های توهم جوان‌بودن در هم بشکند. به خود می‌گفت هیچ‌کس نمی‌تواند در یک دیدار سحرگاهی به آینه دروغ بگوید. این جمله را روزی از نسرین شنیده بود. آن روز صبح مشغول اصلاح صورت خود بود که نسرین آمد کنار او و در برابر آینه ایستاد و در حین کشیدن چین و چروک نشسته در زیر چشمانش گفت:

- به آینه که نمی‌شود دروغ گفت. پس چه اصراری است که به خودمان دروغ بگوییم؟

بهزاد با چشمان خود می‌دید که عفریت مرگ هر روز یک گام نزدیک‌تر می‌آید. بارها به خود گفته بود:

- وقتی آدم به دنیا می‌آید، زندگی مثل کوه است و مرگ مثل کاه. اما هر چه زمان بیشتر می‌گذرد، زندگی بیشتر و بیشتر تبدیل به کاه می‌شود و مرگ مثل کوهی در برابر چشمان آدم قد می‌کشد. گذران عمر به نوعی مصداق همان ضرب‌المثل از کاه کوه ساختن و از کوه کاه ساختن است. فرق‌شان تنها در این است که ما از کدام سو به آن‌ها می‌نگریم، از سکوی مرگ به تولد یا از سکوی زندگی به قبر.

اوایل فکر می‌کرد مرگ شبیه به یک پرتگاه است. پرتگاهی در حاشیه یک کوه یخ‌زده که در تاریکی شبانگاهی محو شده و کسی قادر به دیدنش نیست. تصویر این پرتگاه زمانی در ذهن او شکل گرفت که پای صحبت پناهجویی نشست، که خود را از راه ماکو به شهر وان رسانده بود. بهزاد در آن ایام برای تهیه گزارش از وضعیت پناهجویان ایرانی به ترکیه

سفر کرده بود. این پناهجو به او گفته بود:

- شب بود. همه جا تاریک بود. در حاشیه‌ی باریک کوهی در کردستان با یک خانواده بهایی هم‌سفر و هم‌سرنوشت شده بودم. یک جاده مالروی باریک در حاشیه پرتگاهی هولناک وجود داشت. در همان تاریکی نگاهی به قعر دره انداختم. اگر پای کسی می‌لغزید، اگر از آن بالا سقوط می‌کرد و روی آن صخره‌ها می‌افتاد، کارش تمام بود. اما خوش‌بختانه همه سالم به وان رسیدیم.

آن شب در اثر سقوط کسی جان خود را از دست نداده بود، اما تصویر آن پرتگاه مرگ‌بار در ذهن بهزاد باقی ماند.

در سالمندی متوجه شده بود که زندگی بیشتر به پرتگاه شباهت دارد تا مرگ. از همین رو، شنیدن سخن مشابهی از زبان ساسان باعث حیرتش شده بود. خطاب به خود گفت:

- جالب اینجاست که خیلی از آدم‌ها پرتگاه زندگی را در روشنایی روز می‌بینند و به‌رغم آن تلاشی نمی‌کنند تا مانع از سقوط خود بشوند.

آن شب در طول مسیرشان به سوی آشیانه طوفان، تصورش را از پرتگاه برای ساسان روایت کرده بود. ساسان گفته بود زندگی در یک جامعه تنش‌زده پر از پرتگاه‌های کوچک و بزرگ است. یک غفلت کوچک کافی است که انسان سقوط کند. به هایدگر اشاره کرده بود و به پرتاب شدن‌های دائمی انسان در زندگی.

- از بدو تولد تا آن لحظه‌ای که کسی پارچه را روی سر و صورت آدم می‌کشد، چراغ را خاموش می‌کند و در را پشت سر خودش می‌بندد، ما مرتب در حال پرتاب شدن هستیم. به این یا آن نقطه از زمان و مکان. عین پرتاب شدن ما تبعیدی‌هاست. پرتاب شدن به تبعید برای ما مثل یک خواب بود. چشم‌مان را بستیم و بعد که باز کردیم، دیدیم به یک فصل تکه‌پاره شده از داستان یک شخص دیگر پرتاب شده‌ایم. به داستانی که ادامه‌ی داستان زندگی ما نبود. داستان جدیدی بود. فصلی از زندگی که هیچ شباهتی به فصل‌های پیش از آن نداشت.

بهزاد گفته بود اندیشیدن درباره‌ی مرگ تبدیل به یکی از دغدغه‌های اصلی این سال‌های او شده است.

- این که پرسش درباره مرگ در چه لحظه‌ای از زندگی مطرح شود، از اهمیتش کم

نمی‌کند. مرگ دغدغه‌ی دائمی زندگی ما آدم‌هاست.

ساسان سر خود را به نشانه‌ی تایید تکان داده و گفته بود:

- می‌دانی به نظر من، زندگی مثل یک سفر است و مرگ ایستگاه آخر آن است. اسم این ایستگاه را حتی می‌شود گذاشت ایستگاه مرگ.

واژه‌ی ایستگاه مرگ را از یاکوب شنیده بود. یاکوب گفته بود:

- قطار که ایستاد، از هیچ‌کس صدایی در نمی‌آمد. حتی نمی‌دانستیم که کجا هستیم. نام اردوگاه آشویتس را پیش از آن شنیده بودیم. نمی‌دانستیم که پایان سفر ماست. همه سکوت کرده بودیم. مات‌ومبهوت به همدیگر نگاه می‌کردیم. ترس و وحشت را می‌شد در چهره‌ی تک‌تک مسافران قطار مرگ دید. صدای کشیده شدن چرخ‌های قطار روی ریل یخ‌زده رعشه‌ای به تن همه‌مان انداخته بود. می‌لرزیدیم، از سرما، و بیش از آن، از وحشت. قطار ایستاد. ترمز کرده بود. بدون آنکه لازم بشود کسی چیزی بگوید، با نگاه‌هامان از هم می‌پرسیدیم اینجا کجاست؟ ایستگاه آخر است؟ به مقصد رسیدیم؟ به ایستگاه مرگ؟

بهزاد اغلب شب‌ها پریشان می‌خوابید. پریشان‌خوابی‌های شبانه‌اش ادعایش درباره رسیدن به صلح با خود، رسیدن به آرامش درونی‌اش را از اعتبار می‌انداخت. به ساسان گفته بود:

- گاهی تصور می‌کنم که مرگ آن‌قدر پررو و بی‌چشم و رو شده که آمده و کنارم جا خوش کرده است. در همان بستر خودم می‌خوابد. جوان‌تر که بودم، از خودم می‌پرسیدم چرا افراد پیر از خواب و از خوابیدن واهمه دارند؟ پدر و مادرم را دیده بودم که از خواب می‌ترسیدند.

- روحشان شاد!

بهزاد لبخند تلخی زده و در ادامه گفته بود:

- گفته بودند وقتی که می‌خوابند، باید کسی حتماً در خانه بماند. یا من می‌ماندم یا نسرین. آن روزها نمی‌توانستم دلیل این کارشان را متوجه بشوم. اما همین که سنم بیشتر شد، زمانه پاسخ این پرسش را خیلی ساده، خیلی ارزان در اختیارم گذاشت.

آن شب، در طول راه، بهزاد در گفت‌وگویش با ساسان از وحشت خود از مرگ پرده برگرفته بود. اما از کابوس شبانه‌اش چیزی نگفته بود. نگفته بود نیمه‌های شب گاهی خیس عرق از خواب می‌پرد. اغلب خواب می‌دید که کنار مرگ روی تخت دراز کشیده است. آن

عجوزه را کنار خود می‌دید. گمان می‌کرد باهر تکانی که می‌خورد، بدنش با بدن آن عجوزه برخورد می‌کند. و این حس وحشتناکی بود. دست و پایش را پس می‌کشید. به آن عجوزه حتی پشت می‌کرد. اما عفریت مرگ از رو نمی‌رفت. دستش را دراز می‌کرد و روی سر او می‌گذاشت. آنگاه انگشتان بلند و خوف‌انگیزش را لابه‌لای موهایش می‌سُراند. قهقهه کر کننده‌ای سر می‌داد. با ناخن‌های تیز و بلندش پوست سرش را می‌خراشید و او خیس عرق، از صدای دل‌خراش کشیده شدن ناخن‌ها از خواب می‌پرید.

ساسان گفته بود مرگ یک لحظه است.

ـ گاهی به قد و قواره عُمر گفتن واژه بدرود، کوتاهست. می‌آید و همان‌جا هم تمام می‌شود. نقطه مرموزی است که آخر جمله زندگی می‌نشیند. بهت می‌گویند: نقطه، سر خط! و تو در کمال تعجب متوجه می‌شوی که برخلاف باور هندوها، جمله تمام شده است و اصلاً سر خطی در کار نیست. دقیقاً همان لحظه‌ای است که عزرائیل از راه می‌رسد، دهان متعفن‌اش را به گوش تو نزدیک می‌کند و با بی‌رحمی تمام بهت می‌گوید: رفیق، این آخر خط است. تازه آن موقع است که متوجه می‌شوی، بازی بی‌آنکه به پایان رسیده باشد، تمام شده است.

بهزاد آباژور روی پاتختی را روشن کرد. احساس تشنگی می‌کرد. جرعه‌ای آب نوشید. نگاهی به ساعت دیواری انداخت. چیزی به ساعت سه صبح نمانده بود. بارِ خستگیِ روزِ سپری شده روی دوش‌اش سنگینی می‌کرد. تصور اینکه تا چند ساعت دیگر یک روز کاری جدید فرا می‌رسد، بار روحی این خستگی را دو چندان کرده بود. اما راه گریزی نبود. شاخه‌های درختِ ذهن خود را در اختیار پرنده‌ی بازیگوش خیال گذاشته بود و خود تبدیل به نظاره‌گر این جست‌وخیزهای شبانه در ذهن خود شده بود.

چراغ را خاموش کرد. امید داشت که دیدن پیام عقربه‌های ساعت به بازیگوشی پرنده‌ی ذهنش پایان بدهد. اما از تکرار کابوس مرگ واهمه داشت. آن روز، دغدغه‌ی مرگ در خلوت شبانه‌اش و در گفت‌وگوهایش با ساسان به جانش افتاده بود. از خود می‌پرسید کدام یک وحشتناک‌تر است: ایستگاه آخر یا پرتگاه‌های دائمی؟ او از مرگ می‌هراسید. از نفس‌تنگی و از درد ناشناخته‌ای وحشت داشت که برخی از شب‌ها پیش از آغاز کابوس مرگ همچون نیشتری تیز و برنده در سینه‌اش می‌خلید.

ساسان گفته بود:

- من از مرده‌ها خیلی کمتر از زنده‌ها می‌ترسم. می‌دانم که وحشت از مرگ وقتی پا به صحنه بگذارد، مجال زیادی برای خرد و تعقل نمی‌ماند.

بهزاد هم تایید کرده بود. حتی ماجرایی را تعریف کرده بود که حکایت مشابهی را روایت می‌کرد. در چند قدمی خانه ساسان برای لحظه‌ای توقف کرده بودند. زمان وداع فرا رسیده بود. بهزاد خطاب به او گفته بود:

- بگذار خاطره‌ای را برایت تعریف کنم. یک روز که برای ماموریت به هامبورگ رفته بودم، نیمه‌شب در مسیر بازگشتم به هتل، در یک خیابان خلوت با جوانی روبه‌رو شدم که چهره و رفتارش حسابی باعث ترس و وحشت من شده بود. از آن جوان‌هایی بود که سرشان را تا ته می‌تراشند و کاپشن چرمی سیاه می‌پوشند. نگاهم برای لحظه‌ای روی سر و قیافه‌ی آن جوان متوقف ماند. دیدن خالکوبی‌های روی پوست سفید گردنش باعث ترس بیشترم شده بود.

لبخندی زده و در ادامه گفته بود:

- بازگشت ممکن نبود. خیابان خلوت و خالی بود. نفسم را در سینه حبس کرده بودم. قلبم تاپ تاپ می‌زد. به خودم گفتم فاتحه‌ات امشب خوانده است. در عین حال می‌دانستم که باید ترس و وحشتم را پنهان کنم. می‌دانستم که نمایش ترس و وحشت در چنین لحظاتی به جای آنکه ترحم برانگیزد، بر شهامت خشونت‌ورزیدن می‌افزاید.

آن شب بهزاد با اطمینان و اعتماد به نفس گام برداشته و از کنار آن برگ ناشناخته از سرنوشت عبور کرده بود.

- احساس می‌کردم که صدای ضربان قلبم حتی از تماس کفش‌هایم بر سنگ‌فرش خیابان بلندتر است. از آن واهمه داشتم که آن جوان صدای قلبم را بشنود و متوجه ترس و وحشتم بشود.

ترانه‌سرودی قدیمی را در ذهن خود زمزمه کرده بود تا شاید از سنگینی بار وحشت نشسته بر دانه‌های لحظه بکاهد. همان ترانه‌سرودی که در ایام جوانی و به‌هنگام شرکت در تظاهرات سیاسی همیشه زیر لب زمزمه می‌کرد. گفته بود:

- وقتی آن جوان از کنارم گذشت، تازه متوجه شتاب‌زده بودن داوری خودم شدم. پنداری آن جوان در چهره او، رد پای آن وحشتی را دیده بود، که او سعی در پنهان کردنش داشت.

- لبخندی زد و از کنارم گذشت. لبخندی که پیامش بیش از یک لبخند بی‌معنی دو رهگذر ناشناس بود.

ساسان سیگار دیگری آتش زده و منتظر شیندن مابقی ماجرا بود. بهزاد دست خود را روی شانه او نهاده و گفته بود: «پس از آنکه به هتل رسیدم، به‌شدت احساس شادی و سبکی می‌کردم. همان شب بود که پرسش عجیبی به ذهنم خطور کرد. از خودم پرسیدم که از چه کسی باید بیشتر بترسم، از هیتلر مرده یا از یک جوان زنده و مست با گرایش‌های افراطی در سکوت شبانه یک خیابان خلوت؟»

ساسان پک عمیقی به سیگارش زده و گفته بود:

- پرسش جالبی است. به همین دلیل می‌پرسم که اگر زنده‌ها ترسناک‌تر از مرده‌ها هستند، پس چرا باید از مرگ بیشتر از زندگی بترسیم؟

گفته بود رویارویی با هیتلر مرده اصلاً وحشتناک نیست، اما تراوش زهر جهان‌بینی مرگ‌بار و ویرانگرش در ذهن خام افراد باید باعث وحشت آدم بشود.

ساسان بی‌آنکه نامی از یاکوب ببرد، به نقل از او گفته بود:

- قبرستان اصلاً جای وحشتناکی نیست. ترس آدم‌ها برای پا گذاشتن به درون یک قبرستان، به خاطر ترس‌شان از مرگ است. اما ترس از مرگ باید باعث بشود که سر عقل بیایند و ارزش زندگی را بهتر بفهمند.

ساسان گفته بود:

- می‌دانستی که غلامحسین ساعدی هر بار که از زندان آزاد می‌شد مستقیماً به گورستان می‌رفت؟ شاید ساعدی هم با رفتن به گورستان می‌خواست بداند که آیا باید از مردگان بیشتر واهمه داشت یا از زندگان. از تجربه گفت‌وگو با زندگان آمده بود و به گفت‌وگو با مردگان پناه آورده بود.

گفته بود این نبض گردن یک انسان نیست که زیر تیغ گیوتین آشفته می‌زند، این گردن انسانیت است. بهزاد در پاسخ گفته بود:

- بدبختی اینجاست که وقتی جنون از راه می‌رسد، ترس انسان از مرگ هم می‌ریزد. جنون باعث می‌شود که آدم نه برای جان خودش ارزشی قائل بشود و نه برای جان دیگران.

تلاش بهزاد برای خوابیدن بی‌حاصل بود. از جای خود بلند شد. به آشپزخانه رفت. چای دم کرد و تکه نانی خورد. همان‌طور که سرگرم نوشیدن چای بود به خود گفت:

– مرگ هر قدر هم که وحشتناک باشد، وقتی سر برسد، پایان وحشت است.

تاثیرات سخنان ساسان ماندگارتر از حضور مادی خود او بود. این موضوع را بهزاد خیلی زود متوجه شد. در زندگی خود بسیاری را دیده بود که حرفی برای گفتن نداشتند و سایه‌ی کلام‌شان کوتاه‌تر از سایه‌ی خودشان بود. خروج چنین کسانی از لحظه با خروج‌شان از صحنه یکی است. اما حکایت آن غریبه چیز دیگری بود. از آن کسانی بود که آدم در حضورشان می‌آموزد و در غیاب‌شان به گفته‌هایشان می‌اندیشد.

بهزاد باید طرح داستان را روی کاغذ می‌آورد. ساسان گرچه فرد کم‌حرفی نبود، اما درباره‌ی زندگی‌اش کم سخن می‌گفت. ظرف این چند روز، از آن خانه قدیمی و از شوک دیدن اشتولپراشتاینه گفته بود ولی نه تنها درباره هم‌خانه‌ای‌های یهودیش سکوت کرده بود، بلکه حتی درباره‌ی خودش، درباره‌ی خاطرات زندان و زندگی‌اش در ایران نیز چیز زیادی نگفته بود. این چنین بود که بهزاد اطلاعات زیادی از زندگی شخصی او نداشت. شاید به این دلیل بود که از ساسان در ذهن خود همچنان به عنوان غریبه یاد می‌کرد. او حتی تا آن لحظه مینا را نیز ندیده بود. می‌دانست دختری دارند که در برلین تحصیل می‌کند. از خود پرسید:

ـ نام دخترشان چه بود؟

نامش را فراموش کرده بود. از جای خود بلند شد و از جیب پالتویش دفترچه یادداشت‌اش را درآورد. نگاهی به یادداشت‌های خود انداخت و از بابت یافتن پاسخی برای آن پرسش خرسند شد. خطاب به خود گفت: «فرناز! نامش فرناز بود. چه خوب که همه چیز را یادداشت می‌کنم.»

از پشت پنجره اتاق کار خود نگاهی به راین انداخت. در فاصله‌ای نسبتاً دور رهگذرانی را دید که در مه سحرگاهی در حاشیه‌ی رود سرگرم گردش بودند. پیش خود اندیشید که اگر جهان آن سوی پنجره برای لحظه‌ای از حرکت بازمی‌ایستاد، پرنده‌ای نمی‌پرید، بادی ولوله‌ای در شاخ‌وبرگ درختان نمی‌انداخت و اگر رهگذران همان‌جا خشک‌شان می‌زد، آنگاه تصویر نشسته در قاب پنجره، بدل به تابلویی شگفت‌انگیز می‌شد.

سوزشی در چشمان خود حس می‌کرد. سوزشی که از سال‌ها پیش در چشمانش خیمه زده بود. سوزشی بود ناشی از خشکی چشم در اثر زل زدن بی‌وقفه به مانیتور. داروی

مرطوب کننده‌ی چشمش را از روی میز برداشت و در هر چشم خود یکی‌دو قطره‌ای چکاند. چشمانش مرطوب شده بود. پنداری در خلوت خود گریسته باشد. شاید هم گریسته بود.

دو ساعتی را پیوسته کار کرده بود. حال خسته از کار، به پشت پنجره‌ی اتاقش پناه برده بود و به رفت‌وآمد مردم در حاشیه‌ی راین نگاه می‌کرد. این روزها هر بار که برای لحظه‌ای از کار و مشغله‌های روزانه فارغ می‌شد، دغدغه‌ی پرداختن به داستان ساسان به سراغش می‌آمد. خطاب به خود گفت:

ـ باید اطلاعات و دانسته‌هایم را از این ماجرا جمع‌وجور کنم.

پشت میز کارش نشست. کاغذی برداشت، دفترچه خود را ورق زد و هر آنچه درباره ساسان و آن خانه‌ی قدیمی می‌دانست، نکته به نکته، یادداشت کرد. نگاهی به دست‌نوشته‌ی خود انداخت. او باید اطلاعات بیشتری درباره‌ی ساسان، درباره‌ی گذشته او، درباره‌ی زندگی‌اش به دست می‌آورد. باید به پستوهای دور و نزدیک زندگی او پا می‌گذاشت و روح و روانش را می‌کاوید. خطاب به خود گفت:

ـ هیچ چیز بدتر از آن نیست که آدم در سفری ناآشنا هم‌سفرش را نشناسد.

اعتراف کرد که نه مقصد آن سفر را می‌شناسد و نه خلق‌وخوی یگانه هم‌سفرش را. بدون داشتن این اطلاعات نوشتن آن داستان ممکن نبود. این چیزی نبود که او نداند. هیچ نویسنده‌ای نمی‌تواند راوی داستانی سراسر مبهم باشد، داستانی پیچیده در هاله‌ی وهم.

کنجکاو شده بود خانه را از درون ببیند. توصیف خانه را از ساسان شنیده بود. از شرح و توصیف خانه حتی یادداشت برداشته بود. یادداشتی که اکنون در برابرش در این دفترچه قرار داشت. اما باید خود او حال‌وهوای آن خانه را تجربه می‌کرد. گوشه به گوشه‌اش را می‌دید. وانگهی باید با مینا آشنا می‌شد. آشنایی با مینا می‌توانست کمک بزرگی به شناختن خلق‌وخوی ساسان باشد. این شناخت می‌توانست از چهره‌ی یک غریبه، چهره‌ای آشنا بسازد و راه را برای یک دوستی پایدار شاید هموار کند. به تجربه دریافته بود که برای شناخت انسان‌ها، باید روابطشان را کاوید. انسان‌ها در موقعیت‌ها، در مناسباتشان با دیگران تعریف‌پذیر می‌شوند. دیدن رابطه ساسان و مینا می‌توانست پرده از بسیاری از ناگفته‌های زندگی آن غریبه برگیرد. به این ترتیب، او می‌توانست روایت سرگذشت ساسان

را از زبان همسرش بشنود. او به تجربه آموخته بود که ناگفته‌های بسیاری در تفاوت بین روایت‌ها وجود دارند.

همکار با تجربه‌ای داشت که همچون آموزگاری دل‌سوز از همان فردای آغاز فعالیت حرفه‌ای‌اش از او پشتیبانی کرده بود. بارها به او گفته بود:

ـ دوست من، روزنامه‌نگاری حرفه‌ای را نمی‌شود با شرکت در کلاس‌ها، با خواندن کتاب‌ها فرا گرفت. در این حرفه، هیچ آموزگاری توانمندتر از استاد تجربه نیست. این حرفه را باید در عمل آموخت و در عمل به کار بست.

به او توصیه کرده بود که در کار روزنامه‌نگاری هیچ‌گاه به شنیدن یک روایت از یک ماجرا اکتفا نکند. گفته بود واقعیت‌ها همیشه در سایه‌روشن‌های روایت‌های گوناگون از یک ماجرا پنهان شده‌اند. دیدن تفاوت بین روایت‌ها خیلی چیزها را روشن می‌کند. خیلی چیزها را فاش می‌گوید.

این توصیه داهیانه آن قدر بدیهی به نظر می‌رسید که با بی‌توجهی بهزاد روبه‌رو شده بود. سال‌های سال گذشت تا توانست به اهمیت این توصیه پی ببرد. توصیه‌ای که اگر او به‌موقع به آن توجه کرده بود، شاید می‌توانست از بار بسیاری از رنج‌هایش، حتی در زندگی خصوصی‌اش بکاهد. او روایت نسرین از زندگی مشترک‌شان را نشنیده بود و آنچه را شنیده بود، جدی نگرفته بود. به درستی روایت خود از زندگی مشترک‌شان باوری راسخ داشت. حاضر نشده بود به تفاوت بین روایت خود و روایت نسرین از زندگی‌شان توجه کند. اکنون بر آن بود، بر بستر آن تجربه، روایت مینا را از زندگی مشترکش با ساسان بشنود. باید با مقایسه روایت مینا با روایتی که از ساسان شنیده بود، از ناگفته‌های بیشتری پرده برمی‌گرفت.

ساسان دو روز پیش، در حین قدم زدن در کنار راین، در آن هنگامی که اندیشه‌هایشان را می‌دودیدند، از او پرسیده بود:

ـ از سر کنجکاوی هم که شده باشد، خیلی دلم می‌خواهد بدانم برای نوشتن یک داستان معمولاً چه مسیری را طی می‌کنی؟ مثلاً بدون داشتن نقشه‌ای از پیش، مثل یک شاعر به انتظار الهام از عالم غیب، قلم دست می‌گیری و شروع به نوشتن می‌کنی یا مثل یک معمار، یک مهندس باید همه چیز را از پیش محاسبه کنی، خشت‌های داستان را در سایه‌ی منطقی حساب شده و دقیق روی هم بچینی، تا بنای داستان عاقبت ریخته بشود؟

بهزاد در پاسخ گفته بود:

- هیچ‌کدام!

ساسان پس از شنیدن پاسخ منفی از آن دو نفر و پس از آنکه از سر ناچاری تصمیم گرفته بود، خودش روایت داستان را برعهده گیرد، راه دوم را برگزیده بود. شاعر نبود که بخواهد به الهام از عالم غیب امید ببندد. اما در پیش گرفتن راه دوم نیز، پس از چند روز تلاش بی‌فرجام به بن‌بست رسیده بود. از این رو مایل بود بداند، بهزاد کدام راه را برای روایت داستان‌هایش و به‌خصوص برای روایت آن داستان در پیش می‌گیرد؟

بهزاد لبخندی زده و گفته بود:

- اگر دو راه در برابر انسان قرار داشته باشد، یکی روشن و هموار و دیگری تاریک و سنگلاخ، کدام راه را باید انتخاب کرد؟

طرح این پرسش باعث خنده ساسان شده بود. بهزاد در ادامه گفته بود:

- پرسشی که آن روز مطرح کرده بودی، شب همان روز، وقتی با خودم خلوت کرده بودم، ذهنم را حسابی درگیر خودش کرده بود. همان شب بود که متوجه شدم طرح آن پرسش از ریشه خطاست. خیلی از انتخاب‌های زندگی بین یک راه روشن و یک راه تاریک نیست. موضوع اغلب پیچیده‌تر از آن است. هیچ راه روشنی الزاماً تا آخر مسیر روشن نمی‌ماند. هیچ راه تاریکی نیز قرار نیست تا ابد تاریک بماند. اغلب پس از برداشتن چند قدم متوجه می‌شویم که قاعده بازی به آن سادگی که گمان می‌کردیم، نبوده است. مثلاً هیچ بعید نیست که سروکله کسی به‌ناگهان پیدا بشود که حضورش در محاسبه ما پیش‌بینی نشده بود. همان فرد چراغ‌ها را ممکن است خاموش کند، یا چراغ‌های بیشتری را روشن کند. زندگی پر از تصادف است. پیامدهای تصادف‌ها را نباید از نظر دور بداریم.

بهزاد آن روز به ساسان گفته بود که داستان‌هایی که می‌نویسد از دل تخیل محض زاده نمی‌شوند. گفته بود برای نوشتن این داستان‌ها ممکن نیست گوشه‌ای بنشیند و به رویش واژه‌ها روی شاخه‌های درخت خیال دل ببندد.

- یک اثر هنری در عین حال یک مسئله ریاضی نیست که آدم بتواند با کمک خرد و منطق به آن بپردازد. برایش راه حلی بیابد. از یک نویسنده، از یک شاعر نمی‌شود انتظار داشت، مسئله‌ها را حل کند. نویسندگان یا اسیر واقعیت‌ها هستند یا در پی گریز از چنگ واقعیت‌ها، در تلاش برای فراتر رفتن از آن‌ها. هر نویسنده‌ای باید از همان لحظه نخست

شروع به کارش از خود بپرسد که در پی چیست؟ به دنبال شرح و توصیف یک واقعیت است یا در پی پرش از سایه‌ی آن؟

اکنون بهزاد از خود می‌پرسید که هدفش از پذیرش درخواست ساسان و قبول وظیفه نوشتن آن داستان چه بوده است؟ بازآفرینی واقعیت یا بازگویی‌اش؟ در مورد هولوکاست، در مورد جنایات ناسیونال سوسیالیست‌ها کتاب و داستان کم نوشته نشده است. داستانی که مسئولیت سنگین آن را برعهده گرفته بود، نمی‌بایست صرفاً بازگویی آن فصل تلخ از تاریخ آلمان باشد. افزون بر آن، نگریستن به اشتولپراشتاینه از دریچه نگاه یک غریبه، از نگاه کسی که خود قربانی بی‌عدالتی شده، ظرفیت آن را داشت که به آن داستان جلوه‌ای تازه ببخشد. اما خود او نیز می‌دانست گرفتن فانوس خیال در دست و نهادن پا در آن مسیر تاریک و سنگلاخ، وظیفه‌ی سنگینی است. آن وظیفه چنان سنگین بود که گرچه در او شوری برمی‌انگیخت، اما به تردیدهایش دامن می‌زد. او بر تردیدهایش غلبه کرده بود، بی‌آنکه به یقینی دست یافته باشد.

روایت آن داستان اما احتیاج به طرحی نخستین داشت. بهزاد باید همچون یک نقاش با قلم‌موی خود روی بوم یک خط کلی می‌کشید و سپس آدم‌ها و رویدادها را یک به یک روی این خط جادویی آویزان می‌کرد تا به پایان داستان می‌رسید. کودک که بود، از دیدن پهن کردن لباس‌ها روی طناب توسط مادرش غرق در لذت می‌شد. مادرش تشت لباس‌ها را بر می‌داشت و به پشت‌بام خانه‌شان می‌برد. او نیز به محض دیدن این صحنه بازی و درس و مشق‌اش را رها می‌کرد و پشت سر مادرش به راه می‌افتاد و به تماشای آویزان کردن لباس‌ها می‌نشست. زمانی که نخستین داستان خود را نوشته بود، بی‌اختیار به یاد آن طناب و آن چینش منظم لباس‌های رنگارنگ کوچک و بزرگ افتاده بود. خطی جادویی ترسیم کرده بود و شخصیت‌ها و رویدادهای داستانش را روی آن نقش زده بود.

قاعده عمومی کشیدن این خط سراسری روی بوم خام آن داستان اما این بار عمل نمی‌کرد. از خود پرسیده بود آغاز آن داستان کجاست؟ پایانش کجاست؟ این موضوع را بهزاد در بیدارخوابی‌های این چند روز متوجه شده بود. از آن طناب جادویی این بار خبری نبود. او همراه با آن غریبه پا به یک سفر ناآشنا گذاشته بود. مسیر تاریک و سنگلاخ را انتخاب کرده بود. داستان عجیب آن غریبه، او را به راوی به یکی از بازیگران خود بدل کرده بود. و چنین چیزی پیش از آن سابقه نداشت. به خود گفت:

- یا راوی یا بازیگر! باید انتخاب کرد!

اکنون که به یادداشت‌هایش روی آن کاغذ نگاه می‌کرد، متوجه شده بود که چنین انتخابی ممکن نیست. او نمی‌توانست رویدادها را روی یک طناب سحرآمیز آویزان کند، آستین بالا بزند و با خونسردی تمام، این داستان را روایت کند. روزی که به درخواست ساسان برای نوشتن این داستان پاسخ مثبت داده بود، هیچ گمان نمی‌کرد با چنین چالشی روبه‌رو شود. باور نمی‌کرد که موضوعی بتواند توان نویسندگی‌اش را به چالش بکشد.

ماجرای عجیب آن داستان، در هم تنیدگی گذشته، حال و آینده در آن خانه‌ی قدیمی بی‌اختیار او را به یاد شمشیرغار انداخت. چندی پیش گزارشی درباره آن غار عجیب در قندهار خوانده بود. از غاری جادویی حکایت کرده بودند، تودرتو، که در پهنای زمان باعث مرگ کسانی شده است که به قصد ماجراجویی پا به درون آن نهاده بودند. در افسانه‌ها آمده است که شمشیری از سقف آن غار آویزان است که می‌تواند سر هر ره‌گم‌کرده‌ای را از تنش جدا کند. اهالی منطقه از این تجربه‌ی مرگبار بسیار آموخته بودند. بسیاری دست از ماجراجویی کشیده بودند. عده‌ای نیز فقط پس از بستن یک ریسمان بلند به نقطه‌ای بیرون از آن غار، جسارت ورود به آن را می‌یافتند. ریسمانی که می‌بایست مانع از گمراهی‌شان می‌شد. ریسمانی که یگانه ابزار نجات از هزارتوی آن غار بود.

چه راوی، چه بازیگر، بهزاد به هر روی می‌دانست که نباید در این غار جادویی، در لایه‌لایه‌های آن داستان گم شود. حال که نتوانسته بود برای داستان خود یک طناب جادویی بر بوم نقاشی، بر پی‌رنگ آن، نقش بزند، خطاب به خود گفت: «باید یک ریسمان به بیرون این غار هزارتو وصل کنم و با کمک آن وارد این غار عجیب بشوم.»

بهزاد یک نقطه بیشتر برای بستن سر این ریسمان نمی‌شناخت. او می‌بایست سر این ریسمان را گوشه‌ای از پیاده‌روی مقابل آن خانه‌ی خاکی‌رنگ و پر رمزوراز می‌بست، به نقطه‌ای در نزدیکی سنگ‌ها. این تنها چیز روشن و آشنایی بود که در آغاز این سفر می‌شناخت.

- شرم برخاسته از یک شوک می‌تواند آغاز خوبی برای روایت این داستان باشد.

به خود گفت در برابر رود جنون از خشت‌های شرم باید سد ساخت، سدی به بلندای تصور پیشاپیش ندامت و پشیمانی. ساسان به او گفته بود:

- دوست من، ما از تاریخ باستان صحبت نمی‌کنیم. شوربختانه ردپای این صفحات

سیاه تاریخ را می‌شود در تقویم همین امسال، همین ماه و چه بسا همین امروز هم مشاهده کرد.

بهزاد مجدداً به سایه رهگذرانی که در مه سحرگاهی در حاشیه رود راین در رفت و آمد بودند، نگاه کرد. از خود پرسید در کدام سوی این پنجره فضا بیشتر مه‌آلود است؟ او در این غار جادویی گرفتار آمده بود. باید تصمیم خود را می‌گرفت. ممکن نبود بتواند در هر دو سوی داستان حضور پررنگی داشته باشد. ریسمانی که به اشتولپراشتاینه وصل کرده بود از او می‌خواست انتخاب خود را بکند:

– یا راوی باش، یا بازیگر!

چنین ریسمانی هم نتوانسته بود از دشواری روایت آن داستان بکاهد. غرق در اندیشه‌های خود بود که راینر با ورودش به اتاق او را غافل‌گیر کرد. پیش از ورود به اتاق از حاشیه شیشه‌ای در نگاهی به درون انداخته بود. بهزاد را دیده بود که صندلی خود را به سوی پنجره چرخانده است و به منظره‌ی بیرون نگاه می‌کند. ضربه‌ای با پشت دست به در زد و بی آنکه منتظر واکنش بهزاد بماند، در را گشود و وارد اتاق شد. پس از یک احوال‌پرسی مختصر پرسید:

– اصلاً معلوم است که آقا کجا تشریف دارند؟

بهزاد به نشانه تعجب سر خود را تکان داد و گفت:

– من که همیشه اینجا هستم!

گاهی شش روز در هفته به سر کار می‌آمد. از تنهایی رنج می‌برد. بلاتکلیفی آزارش می‌داد. راینر گفت:

– آره. می‌دانم. البته باید بگویم که هم هستی و هم نیستی. منظورم این است که با ما سرسنگین شده‌ای، حالی از دوستان نمی‌پرسی.

راینر نگفته بود که نگران او شده است. رفتار بهزاد این اواخر برای او و برخی از همکارانش نگران کننده شده بود. در جلسات عمومی معمولاً ساکت گوشه‌ای می‌نشست و به دیگران زل می‌زد. هرگاه راینر یا یکی از همکاران نظر او را درباره موضوعی جویا می‌شد، با بیان چند کلمه به گفت‌وگو پایان می‌داد. مرتب به ساعت تلفن همراهش نگاه می‌کرد و پس از پایان جلسه، اغلب در بین نخستین کسانی بود که از اتاق خارج می‌شد. بهزاد بی‌آنکه شهامت فاش گفتن آن را داشته باشد، آرزو می‌کرد نامرئی شود و دقیقاً همین

موضوع باعث نگرانی رئیس و برخی از همکارانش شده بود. این نگرانی این اواخر حتی افـزایـش یافتـه بـود. بـهـزاد نگاهی بـه رایـنـر انـداخـت و گفت:
- ممنون که حالم را می‌پرسی. حالم خوب است و جای کمترین نگرانی نیست. راینر به سوی سمت دیگر اتاق رفت و روی صندلی همکار بهزاد که آن روز مرخصی داشت، نشست و گفت :

- خوشحالم این را می‌شنوم. حقیقتش را بخواهی، از این بابت که به جشن اداره نیامدی، کمی تعجب کـردم. همیشه در چنین جشن‌هایی شرکت می‌کردی. پنداری چیزی به یاد آورده باشد، پس از مکث کوتاهی در ادامـه گفت:
- در همه‌ی این سال‌ها فقط یک بار پیش آمده بود که در جشن کریسمس شرکت نکنی. آن هم مربوط می‌شد به آن سالی که به علت خون‌ریزی معده‌ات در بیمارستان بستری شده بودی .

راینر حافظه خیلی خوبی داشت. هیچ چیز را فراموش نمی‌کرد. سابقه آشنایی‌شان به سال‌ها پیش بازمی‌گشت. حدود سی سال پیش، هر دو تقریباً به طور همزمان کارشان را در این موسسه آغاز کرده بودند. بر بستر این همکاری طولانی حتی نوعی دوستی بین آن‌ها شکل گرفته بود. به خانه‌ی هم رفت‌وآمد داشتند و هر از گاهی حتی شبی را در رستورانی گرد هم می‌آمدند. اما پس از رفتن نسرین، بهزاد تمایل خود را به نشست و برخاست با دیگران و از جمله با او از دست داده بو د.

چهره‌ی راینر از پشت مانیتور به‌خوبی دیده نمی‌شد. بهزاد صندلی‌اش را کمی جابه‌جا کرد تا بهتر بتواند چهره او را ببیند. گفت :

- جشن را فراموش نکرده بودم. کاری برایم پیش آمده بود و به همین علت نتوانستم خودم را به‌موقع به اداره برسانم .

این توضیح نه تنها باعث قانع شدن راینر نشد، بلکه بر کنجکاوی او افزود. پرسید :

- ایـن چه کـاری بـود که مهم‌تر از شرکت در جشن سالانه بـود؟ نکند... واژه‌ای که پیامش برای بهزاد روشن بود. سرش را به نشانه‌ی عدم تفاهم تکان داد و گفت:
- نه، از این خبرها نیست. مدت‌هاست که از این مسائل عبور کرده‌ام. مطمئن باش که این بار هم پای زنی در بین نیست!

گفتن این موضوع باعث خنده‌شان شد. پس از آن، بهزاد ماجرا را شرح داد. از ورود آن غریبه به متن زندگی خود گفت، از شوری که به جانش افتاده است، از داستان پرتاب شدن آن زوج ایرانی به خانه‌ای قدیمی در کلن و از شوک برخاسته از دیدن اشتولپراشتاینه بر کف پیاده‌رو. دهان راینر از حیرت باز مانده بود. پس از آنکه بهزاد ماجرا را به اختصار تعریف کرد، با لحنی هیجان‌زده گفت:

ـ داستان عجیبی است. شگفت‌انگیز است.

پس از مکث کوتاهی، گرهی بر ابروان خود انداخت و پرسید:

ـ خیلی تکان دهنده است. حالا به چه علت به زندان افتاده بود؟

ـ دقیقاً نمی‌دانم. شاید به علت رفت و آمدش به سفارت آلمان در تهران؟

راینر سر خود را به نشانه عدم تفاهم تکان داد و گفت:

ـ پاک مایوسم کردی! چطور نمی‌دانی علت زندانی شدنش چه بوده است؟

بهزاد نگاهش را از نگاه راینر برگرفت و به نقطه‌ای از میز زل زد. در پاسخ گفت:

ـ ساسان تمایلی به گفت‌وگو پیرامون خاطرات ایام زندانش ندارد. البته قول داده است که سر فرصت همه چیز را برایم تعریف کند.

این پاسخ تعجب بیشتر راینر را برانگیخته بود. او توانایی بهزاد را در مصاحبه کردن تحسین می‌کرد. همیشه می‌گفت دادن یک میکروفون آزاد به فرد مصاحبه شونده کار دشواری نیست. می‌گفت:

ـ مهم آن است که آدم بتواند دقیقاً آن چیزهایی را بشنود که آن فرد مایل به گفتن‌شان نیست.

راینر حتی نمونه‌هایی از مصاحبه‌های بهزاد را ضبط کرده و به‌رغم مخالفت خود او، برای انتقال تجربه در اختیار روزنامه‌نگاران جوان قرار می‌داد. بهزاد در برابر انتقاد راینر سخن چندانی در دفاع از خود بر زبان نیاورد. او نیز به‌خوبی به کاستی‌های کار خود ظرف آن چند روز واقف بود. او نقش چندان فعالی در شنیدن داستان ساسان ایفا نکرده بود. علتش را نمی‌دانست. برای رضایت خاطر خود می‌گفت که نمی‌خواسته است با پرسش‌هایش و با کنجکاوی بیش از حدش به اعتمادی که بین‌شان ایجاد شده، آسیبی برساند. اما خود او نیز نسبت به درستی این توضیح تردید داشت. این ساسان بود که او را برای روایت آن داستان برگزیده بود. چنین چیزی می‌توانست به جسارت بیشتر او و میدان

دهد.

راینر پس از شنیدن ماجرای آن خانه قدیمی به وجد آمده بود. گفت:

- این ماجرا می‌تواند ایده‌ی خوبی برای یک پروژه‌ی بزرگ باشد. مثلاً دبیرستان‌ها می‌توانند از دانش‌آموزان‌شان بخواهند درباره سنگ‌های نصب شده در کوچه، خیابان یا محله زندگی‌شان تحقیق کنند. درباره هویت قربانیان هولوکاست محله‌شان انشا بنویسند. یا مثلاً انجمنی یا رسانه‌ای می‌تواند از مردم بخواهد درباره هویت قربانیان محل زندگی‌شان گزارش‌های کوتاه بفرستند و آن‌ها این گزارش‌ها را هفته به هفته منتشر کنند و حتی به بهترین‌هایشان جایزه بدهند. چه می‌دانم، شاید حتی اداره مبارزه با یهودستیزی دولت آلمان بتواند در همین رابطه کارزاری به راه بیاندازد.

راینر به خاطر ایده‌های بکرش بارها تحسین همکارانش را برانگیخته بود. اکنون نیز پس از شنیدن داستان آشیانه‌ی طوفان چند ایده به گونه‌ای هم‌زمان به ذهنش خطور کرده بود. پرسید:

- راستی اسم مسئول این اداره چی بود؟ اداره مبارزه با یهودستیزی را می‌گویم؟

بهزاد با تکان دادن سر خود ابراز بی‌اطلاعی کرد. راینر تلفن همراهش را در آورد و پس از جست‌وجویی کوتاه در اینترنت گفت:

- بله! پیدا کردم. فلیکس کلاین را می‌گویم!

اشتولپراشتاینه به چند عدد هویت بخشیده بود تا ناگفته‌هایشان را از طریق بهزاد بگویند. راینر در این داستان ظرفیت بازگویی هویت بسیاری از قربانیان هولوکاست و حکومت ناسیونال سوسیالیست‌ها را دیده بود. گفته بود بهترین راه برای مقابله با فراموشی روایت دسته‌جمعی این جنایات است. بهزاد به یاد جمله‌ای افتاد که از ساسان شنیده بود. ساسان در همان دیدار نخست‌شان گفته بود:

- زندگی خیلی هیجان‌انگیز است. کافی است آدم تن به سفر بدهد. با من بیا!

«خوشحالم که می‌بینم عاقبت درباره‌ی ما سر صحبت را با آقای نویسنده باز کردی.» هانه‌لوره در حین ورود به اتاق پذیرایی این را گفت و طبق عادت رفت روی همان مبل چرمی قرمزرنگ نشست، میل‌های بافتنی‌اش را برداشت و شروع به بافتن کرد. ساسان گفت: «فقط یک اشاره ساده بود. هنوز زمانش نرسیده که درباره‌ی شما به طور جدی با بهزاد صحبت کنم.»

یاکوب نواختن ویولن را برای لحظه‌ای قطع کرد. بی‌آنکه به چهره‌ی ساسان نگاه کند، گفت:

- موضوع بر سر هولناک‌ترین جنایت تاریخ و سیاه‌ترین فصل تاریخ بشر است. اما تو در دیدارت با آقای نویسنده از آن موقعیت برزخی سخن گفته بودی که در تبعید گرفتارش شده‌اید. از پرتاب شدن‌تان گفته بودی. گفته بودی احساس می‌کنی که کسی برخلاف میل و اختیارتان، شما را سوار قطار سرنوشت کرده و به سفری نامعلوم فرستاده است.

سپس سر خود را به نشانه‌ی ناباوری تکان داد و در ادامه گفت:

- دوست من! ما در دو موقعیت کاملاً متفاوت قرار داریم. صادقانه گفته باشم، حتی تو هم قادر به فهم موقعیت آن روزگار ما نیستی!

در حالی‌که کنار پنجره‌ی اتاق پذیرایی ایستاده و به گوشه‌ای از همان برج کلیسا زُل زده بود، گفت:

- پرتاب شدن داریم تا پرتاب شدن! پرتاب شدن ما با پرتاب شدن شما خیلی فرق می‌کند. آیا فهم این تفاوت این قدر دشوار است؟

نگاهی به همسرش انداخت که ساکت روی آن مبل چرمی قرمز رنگ نشسته بود و به گفت‌وگوی او و ساسان گوش می‌داد. خطاب به او گفت:

– هانه تو بهش بگو. بهش بگو که پرتاب آن‌ها به برزخ بود، پرتاب ما اما به کوره‌ی آدم‌سوزی بود.

هانه‌لوره سرش را به نشانه‌ی تایید تکان داد. یاکوب روی خود را به سوی ساسان برگرداند و گفت:

– ما به اردوگاه آشویتس پرتاب شده بودیم و نه به این خانه‌ی قدیمی. ما را هم برخلاف میل‌مان سوار قطار کرده بودند. اما این همان قطاری نبود که ما را به پشت میز قمار زندگی حمل می‌کرد. مقصدش مرگ بود. قطار مرگ!

مکثی کرد، آنگاه نگاه نافذش را در نگاه ساسان گره زد و گفت:

– هیچ‌وقت در زندگی‌ات سوار قطار مرگ نشده‌ایی که بخواهی این موضوع را بفهمی!

ساسان تا آن لحظه به تفاوت بین پرتاب شدن خودشان و هم‌خانه‌ای‌هایش فکر نکرده بود. هانه‌لوره و یاکوب بارها از قطار مرگ گفته بودند، اما به‌رغم آن او تصور دقیقی از این قطار نداشت. بی‌اختیار به یاد محسن افتاد. چند ماه با محسن در زندان اوین هم‌بند بود. یک شب با صدای جیغ او از خواب پرید. جنون‌وار جیغ می‌کشید. فریادی بود برخاسته از یک کابوس هولناک. بیدار شد و رفت کنار محسن روی لبه‌ی تخت نشست. محسن خیس عرق بود. محسن آن شب برای نخستین بار از کابوس‌اش گفت. کابوسی که از دل توهم پریشان‌خوابی‌های شبانه زاده نشده بود. کابوسی بود از جنس واقعیت. اجرای مراسم یک اعدام نمایشی خالق آن کابوس وحشت‌آفرین بود.

گفت سحرگاه یک روز نفرین شده به او چشم‌بند زده و او را با خود به حیاط پشت زندان برده بودند. به او گفته بودند که روز آخر زندگی‌اش فرا رسیده است. گفت بی‌شرف‌ها به او گفته بودند که برایش خبر خوبی دارند. گفته بودند که آن روز قرار است همه‌ی دردها و غصه‌هایش تمام بشود. از او خواسته بودند، نفس عمیقی بکشد، سینه‌ی خود را از هوای پاک سحرگاهی پر کند و از ذره ذره‌ی آن هوای پاک لذت ببرد. به او گفته بودند که آن آخرین نفسی است که می‌کشد. فرمانده‌شان فرمان شلیک داده بود. نمایش اعدام را اجرا کرده بودند.

محسن آن روز با چشمان بسته شاهد آن نمایش وحشتناک بود. فرمانده پس از اجرای آن نمایش، پس از آن شکنجه‌ی روحی، جنون‌وار خندیده بود. قهقهه زده بود. قهقهه‌ای رعشه‌برانگیز که سکوت سحرگاهی حیاط اوین را جریحه‌دار می‌کرد. پس از آن او را مجدداً

به سلولش بازگردانده و به او گفته بودند که خیلی خوش‌بین نباشد. فاصله‌ی آن نمایش با واقعیت فقط یک امضا است. امضایی که هر لحظه می‌تواند پای حکم اعدامش بنشیند. این نمایش هولناک باعث آن شده بود که او پیش از آنکه بمیرد، طعم مرگ را بچشد. طعم تلخ مرگ هر چند شب یک بار، همچون پرده‌ای از یک کابوس طولانی و هولناک به سراغش می‌آمد. او با صدای جیغ و فریاد خود از خواب می‌پرید. کابوس‌ها و جیغ‌ها، فریادهای خفه‌شده در گلو، مشت‌های گره کرده از سر خشم، مضمون زمان در زندان است. ساسان آن ایام را هر روز و هر شب تجربه کرده بود.

به یاکوب گفت: «حق با توست. مقصد قطار سرنوشت ما با مقصد قطار شما یکی نبود. این خانه اردوگاه مرگ نیست. پناهگاه است. پناهگاه دو پناهنده ایرانی است که به این نقطه‌ی ناآشنا از زمان و مکان پرتاب شده‌اند. درست است که من مرگ را تجربه نکرده‌ام، اما با تصورش بیگانه هم نیستم.»

هانه‌لوره خطاب به یاکوب گفت:

- فراموش نباید بکنیم که برای ایجاد حس هم‌دردی نیاز به تجربه‌ی مشترک یک درد وجود ندارد. تصور یک درد برای داشتن حس هم‌دردی کافی است.

یاکوب در واکنش به سخن هانه‌لوره گفت:

- تصور یک درد با خود آن درد یکی نیست. نباید به خودمان دروغ بگوییم.

ساسان سر خود را به نشانه‌ی تایید و تاسف تکان داد. تفاوت عمیق بین برزخ و دوزخ را در گفت‌وگو با یاکوب متوجه شده بود. همان شب به یاکوب گفته بود:

- هیچ‌کس به میل خود برزخ یا دوزخ را برای زندگی انتخاب نمی‌کند.

یاکوب در واکنش به سخن او گفته بود که آشویتس با کوره‌های آدم‌سوزی‌اش همان دوزخ است. دوزخی زمینی. در ادامه گفته بود پایان ایام زندگی در برزخ اغلب به همت و اراده وابسته است. اما پای آدم به دوزخ که باز بشود، خروج از آن اغلب حتی با معجزه هم ممکن نیست. شایعاتی را می‌گفت که درباره‌ی پیشروی متفقین در درون اردوگاه دهان به دهان می‌گشت. شایعاتی که در هراس فراگیر مرگ به امید وقوع یک معجزه گاهی مجال تنفس می‌داد. معجزه عاقبت روزی اتفاق افتاد. اما برای بسیاری از ساکنان اردوگاه آشویتس دیر شده بود. معجزه زمانی روی داد که پیکر هانه‌لوره و یاکوب در آتش آن دوزخی خاکستر شده بود، که جنون بشر در یکی از پیشرفته‌ترین نقاط جغرافیای زمین

بنا کرده بود.

گفت‌وگو با یاکوب از بار غم غربت ساسان می‌کاست. او در گفت‌وگوهای خود با هانه‌لوره و یاکوب به ارزش زیستن پی برده بود. یاکوب پس از سخن گفتن درباره تفاوت بین دوزخ و برزخ آرام شده بود. قصدش مقایسه سرنوشت خودشان با سرنوشت این زوج پناهنده ایرانی نبود. باوری راسخ داشت که جنایت را نباید با جنایت مقایسه کرد. این موضوع را بارها به ساسان گفته بود. اگر از موقعیت متفاوت قربانیان هولوکاست سخن گفته بود، فقط بر آن بود به ساسان تفهیم کند که پرتاب شدن‌ها با یکدیگر تفاوت می‌کنند. گفته بود جنایات نازی‌ها را نباید با هیچ جنایتی در تاریخ مقایسه کرد.

ویولنش را بار دیگر روی بالشتک زیر چانه‌ی خود گذاشت و در حال نواختن همان نوای همیشگی از ساسان پرسید:

– آقای نویسنده کنجکاو نشده بیشتر درباره‌ی ما بداند؟

– البته که کنجکاو شده است. خیلی دلش می‌خواهد بداند که من چطور به آرامش رسیده‌ام. من در گفت‌وگو با بهزاد از آرامش پس از طوفان سخن گفته بودم. اما، ورود ما به این خانه‌ی قدیمی لحظه‌ی شروع وزیدن طوفان نبود. در آن لحظه‌ای که ما پا به درون این خانه گذاشتیم، حتی نتوانسته بودم تو و هانه‌لوره را هم ببینم. آن موقع نه تنها طوفانی در نگرفته بود، که حتی شاید نسیمی هم نمی‌وزید. یا اگر هم می‌وزید، من متوجه‌ی آن نشده بودم.

ساسان آمد و کنار یاکوب پشت پنجره‌ی اتاق پذیرایی ایستاد. دست خود را با مهر روی شانه‌ی او گذاشت. دستش برای لحظه‌ای در هوا معلق ماند. گفت درباره‌ی لحظه ورودشان به این خانه توضیحاتی کلی در اختیار بهزاد قرار داده است.

– بهش گفتم که آن روز هوای خانه گرم و تب‌کرده بود. بوی نم و کهنگی همه‌جا را گرفته بود. نمی‌شد نفس کشید. یادم است که موقع بالا رفتن از پله‌ها همه‌ی وزن بدنم را روی دست چپم انداخته بودم و با کمک نرده چوبی خودم را پله به پله بالا کشیده بودم. به بهزاد درباره پله‌های سیمانی خانه گفته بود. پله‌هایی که در اثر گذشت زمان سیاه و کثیف به نظر می‌آمدند.

– بهش گفتم، خلاصه به هر زحمتی بود، خودم را به طبقه چهارم رساندم. هاستن‌رات و مینا پیش از من پله‌ها را بالا آمده و منتظر من بالا ایستاده بودند.

لبخندی زد، نگاهی به هانه‌لوره و یاکوب انداخت و در ادامه گفت:

- بهزاد تا اسم هاستن‌رات را شنید، دفترچه‌اش را در آورد تا نام او را یادداشت کند. اسم هر کسی را که می‌شنود، یادداشت می‌کند. بهش گفتم لازم نیست اسم این بابا را بنویسی. این پیرمرد نقش زیادی در داستان ما ایفا نمی‌کند. در یک بنگاه معاملات ملکی کار می‌کند و به درخواست اداره اجتماعی گاهی برای نیازمندان و پناهنده‌ها خانه پیدا می‌کند.

هانه‌لوره سر خود را به نشانه‌ی تایید تکان داد و گفت:

- ما هم او را نمی‌شناختیم. چند هفته پیش یک روز با صاحب‌خانه آمده بود خانه را ببیند. نگاهی سرسری و گذرا به خانه انداخت. اتاق‌ها را با قدم‌هایش اندازه کرد، چیزهایی روی یک برگ کاغذ نوشت و رفت. حتی اندازه‌ی دقیق اتاق‌ها هم برایش چندان مهم نبود. البته صاحب‌خانه گفته بود که اطلاعات دقیق خانه را به اداره اجتماعی تحویل داده است.

مینا با دو لیوان چای به اتاق پذیرایی آمد. متوجه شد که ساسان بار دیگر در عالم دیگری سیر می‌کند. لیوان چای را روی میز گذاشت و روبه‌روی او نشست. پرسید:

- درباره‌ی چی فکر می‌کردی؟

- درباره‌ی همان روز اولی که به این خانه آمدیم. بهزاد خواسته است که همه چیز را خیلی دقیق و روشن برایش تعریف کنم. می‌خواهد همه چیز را بداند، درباره‌ی ما و درباره‌ی این خانه. البته تا این لحظه، خیلی چیزها را بهش گفته‌ام. بقیه را هم دارم در ذهنم مرور می‌کنم. مثلا بهش گفتم آن روز وقتی از پاگرد پله‌ها خودم را بالا کشیدم، هاستن‌رات را دیدم که در جیب‌هایش به دنبال کلید خانه می‌گردد. عرق از سرورویی‌اش می‌چکید.

- بوی عرقش کلافه‌ام کرده بود.

- بوی عرقش واقعاً خیلی تند بود. من که معمولاً متوجه چنین چیزهایی نمی‌شوم، آن روز متوجه‌ی بوی تند عرقش شده بودم.

مینا لبخندی زد و گفت:

- امیدوارم از دستم نرنجی. ولی بوی عرق خودت هم دست‌کمی از آن پیرمرد نداشت. هن‌هن‌کنان، خیس عرق از پله‌ها بالا آمده بودی. نفس‌ات در نمی‌آمد.

هانه‌لوره با شنیدن این جمله نگاه معناداری به یاکوب انداخت و خندید. ساسان ترجیح

داد درباره‌ی آن موضوع سکوت کند. از مینا پرسید:

ـ دقت کردی عدد ۱۳ را با چه لحنی گفته بود؟

ـ نه! آن لحظه آن‌قدر سرگرم دیدن خانه بودم که اصلاً به حرف‌هایش گوش نمی‌کردم. هاستن‌رات، مثل خیلی از سال‌خوردگان دیگر فرد پرحرفی بود. ساسان و مینا سرگرم نگاه کردن به در و دیوارهای طبقه چهارم بودند که هاستن‌رات گفته بود:

ـ هر طبقه سه واحد دارد و یک واحد هم در طبقه‌ی هم‌کف واقع است. پس آپارتمان شما می‌شود، واحد شماره ۱۳ این خانه.

ساسان در لحن هاستن‌رات نوعی بدجنسی حس کرده بود.

مینا گفت:

ـ دیدن رنگ‌های در و دیوار حسابی تو ذوقم زده بود.

رنگ دیوارها پوسته‌پوسته شده بود و می‌شد زیر آن‌ها آثار رنگ‌های سابق را نیز دید. معلوم بود که خانه ظرف این یک قرن بارها مرمت و نوسازی شده است.

ـ به بهزاد گفتم زیر هر پوسته‌ی رنگ جدید، سرگذشت نسلی پنهان شده است. کافی است که آدم چشمانش را برای دیدن باز کند.

ساسان برای لحظه‌ای سکوت کرد. پس از آن خطاب به یاکوب گفت:

ـ بهش گفتم که ما آدم‌ها، چه بخواهیم و چه نه، هر لحظه در تونل زمان زندگی می‌کنیم. تونلی که هم ما را به گذشته می‌برد و هم می‌تواند با کمک کمی تخیل ما را به نقطه‌ای از زمان ببرد که هنوز در حافظه‌ی تقویم و ساعت دیواری خانه‌مان ثبت نشده است.

مینا جرعه‌ای چای نوشید، لبخندی زد و گفت:

ـ آن لحظه‌ای که هاستن‌رات کلید را پیدا کرد، برایم جالب بود. قیافه‌ای گرفته بود که مثلاً چه کار مهمی کرده است. بهم گفت خانم من در تمام زندگی‌ام حتی یک بار هم چیزی را گم نکرده‌ام.

ساسان خندید و گفت:

ـ خوب یادم است. پس از آن گفته بود که در زندگی‌اش هرگز چیزی را هم پیدا نکرده است. گفته بود بفهمی نفهمی، حسابش با خدای خودش صاف و پاک است. خدا چیزی به او نداده که پس نگرفته باشد. با دست خودش را نشان داده و گفته بود درست است که

خدا به او جان داده است، اما آن را هم دیریازود پس می‌گیرد و دست‌آخر با هم مجدداً بی‌حساب می‌شوند.

ساسان به بهزاد گفته بود مینا برای دیدن داخل خانه از خود عجله نشان می‌داد. حتی با نگاهش این موضوع را به هاستن‌رات فهمانده بود.

- می‌خواستی قیافه‌اش را ببینی. مثل اینکه بدش نمی‌آمد یک ساعت درباره‌ی رابطه‌اش با خدا سخنرانی کند. خُب هوا خیلی گرم بود و پله‌ها و آن نم خانه نفس همه‌مان را بریده بود. من خیلی خوب می‌توانستم حال و روز مینا را بفهمم.

خانه را تقریبا خالی تحویل گرفته بودند.

- به بهزاد گفتم دو تا لوستر قدیمی، یکی در آشپزخونه و یکی هم در اتاق خواب نصب کرده بودند. چند تا کابینت چوبی و یک گاز قدیمی هم در آشپزخانه وجود داشت. همین و بس!

هانه‌لوره گفت:

- هیچ‌کدام از این‌ها مال ما نبود. نمی‌دانم بر سر اسباب و اثاثیه ما چه آمده است؟

آنگاه روی خود را به سوی یاکوب برگرداند و گفت:

- به‌خصوص مایلم بدانم چه بلایی بر سر قاشق و چنگال‌های نقره‌مان آمده است.

یاکوب در یکی از آن روزهایی که فشار مالی و تنگدستی زیاد شده بود، از هانه‌لوره خواسته بود با فروش برخی از چیزها موافقت کند. حتی تصمیم گرفته بود ویولنش را نیز بفروشد. هانه‌لوره مانع شده بود. می‌دانست که فروختن ویولن به معنای خاموشی آخرین بارقه‌ی امید در چشمان همسرش است. هانه‌لوره گفته بود که با فروش خیلی از چیزها مشکلی ندارد. حتی گوشواره‌های خود را همان لحظه از گوش‌هایش در آورده و روی میز گذاشته بود. خطاب به ساسان گفت:

- بهش گفته بودم آن‌ها را ببرد بفروشد، ولی لطفاً دست به این ویولن و به آن قاشق و چنگال‌ها نزند! یادگار مادرم بودند.

هاستن‌رات به آن‌ها گفته بود که در آلمان معمولاً خانه را خالی تحویل می‌دهند. گفته بود: «مستاجر قبلی ظاهراً نیازی به این کابینت‌ها و این اجاق نداشته و به همین دلیل هم آن‌ها را گذاشته و رفته است.» سپس لبخندی زده و گفته بود: «شاید از خوش‌شانسی شما بوده است. کسی چه می‌داند؟»

ساسان به بهزاد گفته بود:

- کلمه شانس باعث شده بود مینا حسابی از کوره در برود. کنترلش را از دست داده بود. با صدای بلند به من گفته بود که این‌ها نمی‌دانند ما در کشور خودمان در چه وضعیتی زندگی می‌کردیم. حتی گوشی‌اش را درآورده بود و می‌خواست یکی از عکس‌های خانه‌مان در تهران را به هاستن‌رات نشان بدهد. ولی من منصرفش کردم. بهش گفتم عکس خانه را به این پیرمرد نشان بدهی که مثلاً چه بشود؟ ما شاید این بابا را هیچ وقت در زندگی‌مان نبینیم.

هانه‌لوره گفت:

- روزی که شما برای اولین بار وارد این خانه شدید، ما همین‌جا بودیم. من روی همین مبل قرمز نشسته بودم و با دقت شما را می‌پاییدم. اما تو متوجه ما نشدی. من حتی به محض دیدنت سلام کرده بودم. یاکوب گفت:

- من هم مثل همیشه مشغول ویولن زدن بودم، با تکان دادن سر بهت سلام گفتم. ولی همان‌طور که هانه گفت، تو اصلاً ما را ندیدی.

هانه‌لوره روی خود را به سوی ساسان برگرداند و گفت:

- ما به این موضوع که کسی ما را نبیند عادت کرده بودیم. پیش از شما هم خیلی‌ها آمده بودند و بدون اینکه متوجه حضور ما بشوند، در این خانه زندگی کرده بودند.

سقف بلند خانه توجه ساسان را به خود جلب کرده بود. آپارتمان یک اتاق خواب و یک اتاق پذیرایی نسبتاً کوچک داشت. سرویس بهداشتی قدیمی و آبی رنگ آن از کهنگی و شاید از اصالت آن خانه حکایت می‌کرد. به استثنای حمام، اتاق‌ها پنجره داشتند. پنجره‌هایی کوچک با قاب‌هایی چوبی که در اثر گرم و سرد شدن هوا ترک خورده بودند. دیوار اتاق‌ها کمابیش هم‌رنگ دیوارهای راهرو بودند.

ساسان به بهزاد گفته بود:

- بوی نم داخل خانه هم حس می‌شد. مینا آن روز نمی‌دانست که آیا این بو، ادامه‌ی همان بوی راه‌پله است یا خود خانه هم بو می‌دهد. پس از آن بود که متوجه شد آن بوی نفس‌گیر بر همه‌ی خانه حاکم شده است.

یاکوب از ساسان پرسید:

- می‌دانستی رازهای ناگفته به مرور زمان کپک می‌زنند؟ خیلی‌ها گمان می‌کنند که

اگر رازی فاش نشود، به‌مرور زمان تاثیرش را از دست می‌دهد. اما، این واقعیت ندارد. هیچ رازی نه فراموش می‌شود و نه تاثیرش را از دست می‌دهد. حتی اگر تا ابد فاش نشود. بوی این خانه، بوی همه‌ی آن رازهایی است که فاش نشده‌اند. خیلی‌ها بعد از ما و پیش از آنکه شما به این خانه بیایید، اینجا زندگی کرده‌اند.

ساسان به یاکوب گفت:

- من از همان روز نخست ورودمان به این خانه، عاشق آن کلیسای قدیمی شدم. همان‌طور که با دست به رنگ پوسته شده‌ی قاب پنجره دست می‌کشیدم، به بیرون نگاهی انداختم. در نگاه نخست، سیمان‌ها، پنجره‌ها و رنگ‌های ملال‌آور دیوارها و پرده‌ها را دیدم. پس از آن، ناگهان نگاهم به گوشه‌ی برج آن کلیسا افتاد. از همان روز می‌دانستم که این کلیسا مونس خوبی برای لحظات تنهایی من است.

یاکوب سرش را به نشانه‌ی تایید تکان داد و گفت:

- این حس تو را می‌توانم خیلی خوب درک کنم. آن روز، با دیدن تو، خودم را لحظه‌ای کنار کشیده بودم تا بهتر بتوانی نگاه کنی. همان روز بود که متوجه‌ی شباهت روحی‌مان شدم.

نشان دادن خانه به مینا و ساسان اهمیت زیادی نداشت. از دیگران شنیده بودند که حق انتخاب چندانی ندارند و هاستن‌رات هم می‌دانست که تصمیم درباره‌ی سکونت در آن خانه پیش از بازدید آن زوج پناهنده، در همان اداره اجتماعی گرفته شده است و مابقی مسائل صرفاً جنبه‌ی تشریفاتی دارند. به آن‌ها گفته بودند که خیلی هم باید از بابت سکونت در یک آپارتمان مستقل خوشحال باشند. گفته بودند که اداره اجتماعی وظیفه‌ای در رابطه با پیدا کردن خانه برای کسانی که درخواست پناهندگی‌شان پذیرفته می‌شود، ندارد. به آنان اطمینان داده بودند که هم پاسخ سریع به درخواست پناهندگی‌شان و هم پیدا کردن آن خانه را باید به حساب توصیه‌نامه‌ای بگذارند که از سفارت آلمان در تهران دریافت کرده‌اند.

ساسان به بهزاد گفت:

- به هر حال سکونت در یک آپارتمان مستقل به‌مراتب بهتر از زندگی در کمپ پناهندگی است.

نه ساسان و نه مینا، هیچ‌کدام در این مورد کمترین تردیدی نداشتند. هاستن‌رات آن

روز به آن‌ها گفته بود که باید برای انجام کاری برود.

– البته شما می‌توانید کمی بیشتر بمانید و آپارتمان را خوب ببینید. فقط موقع خروج لطفاً در را ببندید.

گفته بود نیازی به قفل کردن وجود ندارد. مینا به ساسان گفت:

– وقتی یاد لبخند موذیانه‌اش می‌افتم، حال عجیبی بهم دست می‌دهد.

هاستن‌رات پیش از ترک آپارتمان به آن‌ها گفته بود:

– چیزی به دردبخوری در این خانه وجود ندارد که کسی بخواهد بیاید و ببرد. اما من حق ندارم، پیش از امضای قرارداد اجاره، کلید را به شما تحویل بدهم. کافی است که فردا، یا مثلاً روز دوشنبه به اداره‌ی اجتماعی مراجعه کنید، و پس از انجام امور اداری، کلید را تحویل بگیرید.

ساسان به بهزاد گفته بود خالی بودن آپارتمان باعث نارضایتی بیشتر مینا شده بود. اما هاستن‌رات گفته بود که وظیفه‌اش پیدا کردن مسکن است و انجام مابقی کارها برعهده اداره اجتماعی است.

هاستن‌رات با مینا و ساسان دست داده و رفته بود. مینا پس از آنکه با ساسان تنها شد، خود را برای لحظه‌ای در آغوش او انداخت. شاید نیاز به دلداری داشت. سپس به سوی اتاق خواب رفت و از همان آستانه در نگاهی به درون اتاق انداخت. نمی‌دانست که آیا باید از بابت آن آپارتمان مستقل خوشحال باشد یا نه. مینا یاد خانه‌ی خودشان در تهران افتاد. آپارتمان‌شان کمابیش نوساز و بزرگ بود. با سالنی که دست‌کم دو یا حتی سه برابر اتاق پذیرایی آن آپارتمان بود. یاد مبل‌های چرمی خانه‌شان و یاد اتاق کار ساسان با آن میزکار بزرگ چوبی‌اش افتاد. تصویر پنجره‌های بزرگ آن آپارتمان و منظره بالکن خانه‌شان در برابر چشمانش ظاهر شد. این خانه با آپارتمان‌شان در تهران خیلی تفاوت داشت. از همه بدتر بوی آن نمی بود که همه جا را فرا گرفته بود.

مینا گفته بود:

– آدم با هر چیز این خانه می‌تواند کنار بیاید به جز با بوی نمی که همه جا را پر کرده است. آدم را کلافه می‌کند.

ساسان به بهزاد گفته بود که پس از شنیدن شکوه و شکایت مینا، برای مطمئن شدن نسبت به رطوبت و نم خانه، دست راست خود را روی دیوار اتاق پذیرایی گذاشته بود.

- احساس عجیبی بهم دست داد. عین احساس آن باری بود که در سلول انفرادی دستم را روی دیوار گذاشته بودم. هیچ شباهتی بین آن خانه و آن سلول انفرادی وجود نداشت. اما، بی‌اختیار خاطره‌ی آن روز برایم تداعی شده بود.

به مینا گفته بود که خانه بوی کهنگی می‌دهد و نه بوی نم. خودش نیز نسبت به درستی ادعایش مطمئن نبود.

مینا غرق در سکوت به گوشه و کنار آپارتمان نگاه کرده بود. ساسان در نگاه پر تردید و سکوت مینا متوجه ناخشنودی او شده بود. احساس کرده بود که همسرش نیاز به دستانی نوازشگر دارد. نیاز دارد که همسرش بیاید و او را تنگ در آغوش بگیرد. بیاید و چند جمله پر مهر و امیدبخش بگوید. گرچه این مینا بود که اصرار به مهاجرت داشت، اما این سر پر شور او بود، که زندگی مشترکشان را به مخاطره انداخته بود. این زبان او بود که از گردن نهادن به فرمان برخاسته از منطق روزگار سر باز زده بود. این زندان و درشت‌خویی زمانه بود که باعث شده بود، عاقبت او دست از لجاجت بردارد و در برابر اصرار مینا به مهاجرت تسلیم بشود. ساسان دستانش را دور کمر همسرش حلقه زده و او را تنگ در آغوش گرفته بود. در همان حین گفته بود:

- مهم این است که بتوانیم در این آپارتمان زندگی جدیدی را آغاز کنیم. باید بپذیریم که اینجا کشور خودمان نیست. ما در این مملکت غریب هستیم.

مینا لحظه‌ای سکوت کرده و پس از آن آه بلندی کشیده و گفته بود:

- می‌دانم. خیلی هم خوب می‌دانم که کجا هستیم. این سرنوشت ما و سرنوشت نسل نفرین شده‌ی ماست.

عشق و نفرت

ساسان دود سیگارش را بیرون داد. دود با بخار نشسته در بازدمش درهم پیچید. برای ادامهٔ گفت‌وگو بار دیگر قدم زدن کنار راین را برگزیده بودند. در محوطه باز کنار ورودی ایستگاه مرکزی قطار شهر کلن منتظر بهزاد ایستاده و محو تماشای کلیسای قدیمی شده بود. کلیسایی که عظمت آن از این نقطه جلوه‌ی دیگری داشت و بسی بزرگتر می‌نمود. در آن چند ماه هر بار که فرصتی دست می‌داد، بی‌اختیار به سوی این کلیسا می‌آمد. مدتی بی‌حرکت کنار آن می‌ایستاد و محو عظمت سنگ‌های سیاه و خاکستری آن می‌شد. آن چنان غرق تماشای کلیسا شده بود که متوجه نزدیک شدن بهزاد نشد. این نخستین باری نبود که یک ساختمان هوش و حواس او را می‌ربود. ساختمانی که در آن زندگی می‌کرد، آن خانه‌ی محنت، آن آشیانه‌ی طوفان نیز روح و روان او را ماه‌ها مشغول به خود کرده بود.

بهزاد دستکش‌اش را درآورد و دستش را برای دست‌دادن به سوی ساسان دراز کرد. ساسان همچون کسی که از خواب پریده باشد، یک‌باره به خود آمد، شرمگینانه لبخندی زد و دست او را به گرمی فشرد. گفت:

- دیدن این کلیسا برایم خیلی شگفت‌انگیز است. چیزی جادویی در این کلیسا وجود دارد که هر وقت به نزدیکی‌اش می‌رسم، مرا به خودش جلب می‌کند. بارها از خودم پرسیده‌ام چه چیز مرموزی در این بنا وجود دارد که این‌گونه مرا شیفته‌ی خودش کرده است. برای این پرسش توانستم فقط یک پاسخ بیابم. این کلیسا عین آن خانه‌ی قدیمی یا مثل آن زندانی که چند سال از عمرم را در آن سپری کرده بودم، حرف‌های زیادی برای گفتن دارد. دلش پر از ناگفته‌ها است. ناگفته‌هایی که به این کلیسا نیز چنین قدرت مرموزی می‌بخشند.

- حالا چرا مرموز؟

ساسان سرفه‌ای کرد و آنگاه با دست دیوار کلیسا را نشان داد و در ادامه گفت:

- آن‌جا را نگاه کن! هیچ‌وقت به مجسمه‌های کوچک و بزرگ اطراف این کلیسا با دقت نگاه کرده‌ای؟ من گاهی می‌آیم و مدت‌ها فقط به آن‌ها زل می‌زنم. هم از نظر ساخت و هم از نظر شکل و اندازه با هم فرق می‌کنند. چهره‌ی برخی‌شان مهربان است، برخی دیگر خشمگین و غضبناک. برخی شکل‌وشمایل شیاطین را دارند، برخی دیگر سیمایی روحانی. از دیدن این همه تناقض و گوناگونی در این مجسمه‌ها دچار حیرت می‌شوم. از خودم می‌پرسم انگیزه کسانی که این مجسمه‌ها را کنار هم نصب کرده‌اند، چه بوده است؟ چه ارتباطی بین آن‌ها وجود دارد؟ کدام رازها را پنهان کرده‌اند؟ همین موضوع برایم تبدیل به معمایی شده است. معماها همیشه شگفت‌انگیز هستند. خواب کنجکاوی آدم را پریشان می‌کنند.

- باید اعتراف کنم هیچ‌وقت با دقت به این مجسمه‌ها نگاه نکرده بودم. ولی می‌دانم کتاب‌های زیادی درباره ساخت و ساز کلیسای جامع شهر کلن منتشر شده است. شاید از هر مجسمه‌ی این کلیسا رمزوراز گشوده‌اند.

سپس لبخندی زد و گفت:

- چرا اصلا جای دور برویم. در قفسه‌های کتاب‌خانه‌ام دست‌کم دو جلد کتاب درباره‌ی این کلیسا وجود دارد. اما باید اعتراف کنم که هیچ کدام‌شان را تا به امروز نخوانده‌ام.

از پله‌های محوطه جلوی ایستگاه قطار بالا رفتند. از فراز سایه‌ی پر ابهت کلیسا گذشتند و قدم‌زنان راه خود را به سوی راین پی گرفتند. در حین عبور از کنار کلیسا، بهزاد برای نخستین بار با دقت بیشتری به مجسمه‌های ریز و درشت کلیسا نگاهی انداخت. بی‌اختیار به یاد سخن چند روز پیش ساسان افتاد. ساسان گفته بود جهان بزرگ‌ترین نمایشگاه و موزه‌ای است که انسان تا کنون ساخته است. او هرگز پیش از آن به دیوارهای این کلیسا به عنوان یک موزه نگاه نکرده بود. دیوارهایی که به نظرش آشنا می‌آمدند. صدها بار آن‌ها را دیده بود، بی‌آنکه دیده باشد. سال‌ها بود که از دریچه‌ی نگاه یک غریبه به این کلیسا، به این شهر و به ساکنانش نگاه نکرده بود. صدایش را صاف کرد. دستش را روی شانه‌ی ساسان نهاد و گفت:

- اگر موافق باشی، به داستانت بپردازیم. گفته بودی ماجرا از لحظه‌ی نخست ورودتان

به آن خانه شروع نشده بود. آن شوکی که گفته بودی، دقیقاً کی به سراغت آمد؟

ـ سه روز پس از آمدن‌مان به آن خانه بود. آن روزها، همه‌ی هوش و حواس‌مان متوجه‌ی خود خانه بود. ایام سختی را در کمپ پناهندگی برانشوایگ گذرانده بودیم. نیاز به استراحت داشتیم. دل‌مان می‌خواست لحظه‌ای طعم آسودگی را بچشیم. ما از زمان خروج‌مان از ایران تا روزی که پای‌مان را در آن خانه نهادیم، حتی برای یک لحظه هم روی آرامش را ندیده بودیم. مزه‌اش را کاملاً فراموش کرده بودیم.

لبخند تلخی زد و در ادامه گفت:

ـ همان‌طور که خودت می‌دانی، آن خانه هم به جای آنکه باعث آرامش ما بشود، باعث نارضایتی بیشتر مینا شد و در روح‌وروان من هم طوفان به‌پا کرد.

ـ برانشوایگ؟ حالا چرا برانشوایگ؟

ـ مدتی در آن شهر بودیم. به محض رسیدن به آلمان، موقع دادن تقاضای پناهندگی از مسئولان خواسته بودیم ما را مستقیماً به کلن بفرستند. شنیده بودیم که ایرانی‌های زیادی در این شهر زندگی می‌کنند. اما چیز زیادی درباره برانشوایگ نمی‌دانستیم. مسئولان با تقاضای ما مخالفت کردند. گفته بودند تقسیم اولیه افراد به شهرهای مختلف در مرحله‌ی بررسی تقاضاها در حوزه اختیارات آن‌ها نیست. به همین دلیل هم ما را به یک کمپ پناهندگی در برانشوایگ فرستادند.

بهزاد با دشواریهای زندگی در کمپ‌های پناهندگی تا حدودی آشنا بود. برای تهیه گزارش از وضعیت زندگی پناهجویان بارها به چنین کمپ‌هایی رفته و با مشکلات زندگی در چنین اقامتگاه‌هایی آشنا شده بود. می‌دانست وضعیت زندگی در این کمپ‌ها به‌مرور زمان بدتر هم شده است.

ـ حتماً ایام سختی را پشت سر گذاشته‌اید؟ نمی‌خواهی کمی درباره‌اش صحبت کنی؟

ساسان سرفه خشکی کرد و گفت:

ـ روزها و هفته‌های خیلی بدی بود. ولی همان‌طور که گفتم، داستانم ربطی به زندگی ما ندارد. سخن گفتن در این باره بیشتر به دردِدل کردن می‌ماند. در کمپ احساس امنیت جانی نمی‌کردیم. مینا حتی مایل نبود از اتاق بیرون بیاید. من هم فقط برای آوردن غذا یا برای انجام کارهای اداری اتاق را ترک می‌کردم. در اتاق احساس امنیت می‌کردیم. بیرون اتاق اما حکایت فحشا، مواد مخدر و دعوا و کتک‌کاری بود.

گفت جهان مینا هیچ‌گاه به اندازه‌ی یک اتاق کوچک نشده بود. سلول زندان را از درون ندیده بود. حال، روزگار او را وادار کرده بود، خود را در یک اتاق زندانی کند. اما خود او در ایام زندان، در جهان بس کوچک‌تری زندگی کرده بود. در جهان رعب و وحشت، در جهان شکنجه و ضجه. ساسان ترجیح می‌داد درباره آن چهار ماه و ۱۸ روزی که در کمپ‌های پناهندگی برلین و برانشوایگ سپری کرده بودند، سخنی نگوید.

– خیلی از ایرانی‌ها چنین چیزهایی را خودشان تجربه کرده‌اند. به همین دلیل هم حرف تازه‌ای در این باره ندارم که بزنم.

بر اساس قراری ناگفته، مینا و او پس از آمدن به کلن تصمیم گرفته بودند، چیزی درباره‌ی آن روزها نگویند. خوش داشتند از فراز سایه‌ی آن فصل از زندگی‌شان بجهند. آن را از تقویم سپری شده‌ی زندگی‌شان پاک کنند. اما هر دو به‌خوبی می‌دانستند که از آن ایام تلخ مدت زیادی نمی‌گذرد که گذشت زمان بتواند روی آن‌ها غبار فراموشی بنشاند.

فرناز یک بار برای دیدن‌شان به کمپ پناهندگی برلین آمده بود.

– از خوابگاه دانشجویی تا کمپ پناهندگی فاصله‌ی زیادی نبود.

سرزده آمده بود. چیزهایی را دیده بود که در تیره‌وتارترین تصورش نمی‌گنجید. آن روز، به محض ورود به کمپ، بغضی در دلش ترکید. به اتاق که رسید، کنترلش را بر خود از دست داد. کنار مادرش مدتی روی تخت نشست و همراه او زارزار گریست. ساسان تحمل دیدن گریه‌ی مادر و دختر را نداشت. بی‌آنکه چیزی بگوید، اتاق را ترک کرده و ساعتی بعد با چشمان قرمز بازگشته بود.

در حین پایین رفتن از پله‌های پشت کلیسا ساسان نگاه خود را برای لحظه‌ای به بازار کریسمس و همچنین به رفت‌وآمد پرشور مردم داد. محوطه را چراغانی و تزئین کرده بودند. ساسان مایل به گفت‌وگو پیرامون صفحات کنده شده تقویم تبعید خود نبود. باید گفت‌وگو را به مسیر دیگری می‌کشاند. همان‌طور که به راین نگاه می‌کرد، گفت:

– چه منظره‌ی زیبایی. دیدن جنب‌وجوش مردم، دیدن این همه شادی و لبخند، بی‌اختیار آدم را به‌یاد روزهای پیش از نوروز می‌اندازد.

پرش بلند از موضوع روزهای سخت برانشوایگ به روزهای شاد ایام کریسمس و نوروز چیزی نبود که از توجه بهزاد به دور بماند. می‌دانست که همیشه ناگفته‌ای در پرش ناگهانی موضوع گپ‌وگفت وجود دارد. سال‌ها تجربه‌ی روزنامه‌نگاری صحت این گمان را تایید

کرده بود. به‌رغم آن، به تغییر موضوع گفت‌وگویشان گردن نهاد و گفت:

- من هم ایام کریسمس را خیلی دوست دارم. هیجان سال نو باعث می‌شود که چهره‌ی غم‌زده و ملال‌آور آخرین روزهای پاییزی یک‌باره محو بشود. مثل این می‌ماند که شهرها از نو پوست می‌اندازند. من به‌رغم آنکه آدم شادی نیستم، اما از دیدن شادی این مردم در این چند روز خیلی لذت می‌برم.

بهزاد باوری به گفته‌ی خودش نداشت. آن را فقط برای خوشایند ساسان گفته بود. مدت‌ها بود که در روزهای تعطیل، حتی در روزهای پیش از کریسمس، ترجیح می‌داد در خانه‌اش بماند. برای رضایت خاطر خود می‌گفت که بارها بازارهای کریسمس را دیده است. اکنون هیچ چیز دیگر برایش لطف سابق و تازگی بار نخست را ندارد.

ساسان سر خود را به نشانه‌ی تاسف تکان داد و گفت:

- کاش دیدن غم مردم هم باعث غم ما می‌شد.

بهزاد منتظر شنیدن چنین چیزی نبود. آیا باید آن را نوعی انتقاد تلقی می‌کرد؟ آیا او غم مردم را فراموش کرده بود؟ بی‌خیال مشکلات مردم کشورش شده بود؟ آیا گمان می‌کرد با نوشتن چند گزارش درباره‌ی گرانی و بگیروببندها وظیفه خود را به‌گونه‌ای رضایت‌بخش انجام داده است؟ این‌ها پرسش‌هایی بودند که او در آن لحظه یا برای‌شان پاسخی نداشت و یا ترجیح می‌داد از الزام پاسخ دادن به آن‌ها شانه خالی کند. سکوت‌شان طولانی شد. پس از آن، ساسان در حین روشن کردن سیگارش گفت:

- پیش از آنکه به شوک آن خانه بپردازم، باید نظرم را درباره‌ی موضوع دیگری بهت بگویم. درباره‌ی عشق و نفرت!

- عشق و نفرت؟

- آره. اگر نظرم را در این باره بخواهی بدانی، باید بگویم اغلب کسی بین عشق و نفرت دیوار چین نکشیده است. درک این موضوع برای فهم شوک آن روز من خیلی مهم است.

بهزاد به نشانه تفاهم سر خود را تکان داد. ساسان در ادامه گفت:

- عشق حس عجیبی است. نیروی محرکه‌ی زندگی است. به تنهایی به سراغ آدم نمی‌آید و آنگاه که انسان را ترک می‌کند، به تنهایی نمی‌رود. اما وقتی که رفت، انگیزه‌ی زیستن هم از زندگی رخت برمی‌بندد. عشق که بمیرد، امید هم می‌میرد. فضا برای نفس کشیدن آرزوها تنگ می‌شود. وقتی انگیزه‌ی زیستن در انسان کاهش بیابد، آنگاه که درخت

امید و آرزو آفت بزند، انسان بی‌خیال روزگار می‌شود. گونه‌ای بی‌تفاوتی به سراغ آدم می‌آید. روزی که بی‌تفاوتی حاکم شود، نفرت در پستوهای پنهان روحی آزار دیده، شروع به زادوولد می‌کند.

گفت در زندان گاهی حس تنفری شدید نسبت به بازجویان و زندانبانان بر او حاکم می‌شد.

– گاهی دلم می‌خواست گلوی بازجو را با دو دستم بگیرم و آن‌قدر فشار بدهم تا خفه شود. خوره‌ی نفرت چنان در من رشد کرده بود که باعث وحشت خودم می‌شد. تفاوت من با زندانبانان کم‌رنگ شده بود. مرگ‌شان را آرزو می‌کردم. چنین چیزی را نمی‌خواستم. اما دست خودم نبود. حس تنفر بر من غالب شده بود. شاید خشونت زندان از لطافت روحم کاسته بود. اما زمانی که به آلمان آمدم، پس از آن‌که به آن خانه‌ی قدیمی پرتاب شدم، دریافتم که اگر کسی نفرت بکارد، باید مطمئن باشد که عشق درو نخواهد کرد. هر کس هر چه بکارد، همان را درو می‌کند. پیام این جمله‌ی کاملاً بدیهی را چرا متوجه نمی‌شویم؟

بهزاد خود را در این تصویر تکان‌دهنده تنها حس می‌کرد. نگاه معناداری به ساسان انداخت و گفت:

– وقتی به خلق‌وخوی امروز مردم آلمان نگاه می‌کنم، نمی‌توانم تاریخ این کشور را بفهمم. باورم نمی‌شود که این مردم همان مردمی هستند که هفتاد هشتاد سال پیش خروار خروار کتاب سوزانده‌اند، شیشه‌ها شکسته‌اند، آزار رسانده‌اند، شکنجه کرده‌اند، ماشه چکانده‌اند و شیر گاز را روی اسیران باز کرده‌اند. از خودم می‌پرسم چگونه چنین چیزی ممکن است؟

ساسان در حالی که سیگار دیگری آتش می‌زد، نگاهی به چهره‌ی بهزاد انداخت و گفت:

– این مردم، همان مردم نیستند.

با دست به چهره‌های شاد کسانی که در حاشیه راین در رفت‌وآمد بودند، اشاره کرد و گفت:

– اما نفرت و نفرت‌پراکنی می‌تواند از همین مردم صلح‌طلب، همان مردمی را بسازد که آن جنایات را مرتکب شده بودند. پذیرش این موضوع برای خیلی‌ها اصلاً ساده نیست. غرور و نوعی اعتمادبه‌نفس کاذب مانع از پذیرش و اعتراف به این موضوع می‌شود. ولی اگر

زمانی علت این متامورفوز عجیب را بفهمیم، آنگاه است که دچار وحشت می‌شویم.

ساسان پک عمیقی به سیگار زد. دود سیگار را برای لحظه‌ای در سینه نگه داشت و سپس آن را با تانی بیرون داد. گفت:

ـ نفرت ورزیدن قلب آدم را سیاه می‌کند. میل به زیستن را در آدم می‌کشد. نفرت قانقاریای روح آدم است. به جان آدم که افتاد مثل یک غده سرطانی شروع به تکثیرسلولی می‌کند. قدم به قدم پیش می‌آید تا کار به آن‌جایی می‌رسد که انسان از خودش هم متنفر می‌شود. وقتی انسان از خودش متنفر بشود، همه چیز ارزش خود را از دست می‌دهد. نفرت راه را برای شرکت در ویرانگری، آزار رساندن، کشتن و حتی برای کشته شدن هموار می‌کند.

بهزاد زبانش بند آمده بود. نفس حبس شده در سینه خود را بیرون داد و با تکان دادن سر تاییدی نهاد بر سخن غریبه‌ای که از دل طوفان آمده بود. ساسان گفت:

ـ تردیدی ندارم که اگر روزی بذر عشق بکارند، شور زندگی بار دیگر از زیر خاکستر مرگ و ویرانی سر برمی‌آورد. شور زندگی به آن گیاهی می‌ماند که آدم گمان می‌کند سرمای زمستان را تاب نیاورده و خشک و فرسوده شده است. اما یک صبح، در کمال حیرت می‌بینی، میل به زندگی در گوشه‌ای از آن گیاه جوانه زده است. من به عشق آن جوانه، به عشق دیدن و بوییدن گلبرگ‌های تازه و شاداب حیات زنده‌ام.

تاریک شده بود. ساسان و بهزاد روی یکی از نیمکت‌های حاشیه راین نشسته بودند. ساسان پالتویش را به دور پیکر خود پیچانده و در آن کز کرده بود. با هر پکی که به سیگارش می‌زد، نور نارنجی‌رنگی چهره‌اش را روشن می‌کرد و دو نقطه نورانی روی شیشه عینکش می‌نشاند. یک کشتی بزرگ تفریحی در برابر چشمان‌شان لنگر انداخته بود. ساسان مدتی به سوار و پیاده شدن مردم بی‌وقفه به این کشتی نگاه کرد. بهزاد دست خود را با مهر روی شانه ساسان گذاشت و گفت:

ـ سرد شده است. برای گرم شدن باید حرکت کنیم. موافق باشی می‌توانیم کمی راه برویم و تو مابقی داستانت را شرح بدهی.

ساسان از جای خود برخاست. با تاریک و سرد شدن هوا، از تعداد کسانی که در حاشیه راین قدم می‌زدند، کاسته شده بود. ساسان گفت:

ـ با کمال میل. الان می‌توانم درباره شوک آن روز بگویم. یک روز گرم بود، یک

پنج‌شنبه‌ی خیلی گرم. آن روز را هرگز فراموش نمی‌کنم. روز ۲۸ ژوئن بود. چند روزی بود که از برانشوایگ به کلن آمده بودیم. کلید خانه را همان‌طور که هاستن‌رات گفته بود، روز دوشنبه همان هفته گرفته بودیم. چند روزی را می‌بایست صبر می‌کردیم تا کارهای اداری مربوط به تحویل آپارتمان انجام بشود. اداره اجتماعی هم در همان چند روز یک سری اسباب‌واثاثیه دست دو و کهنه برای‌مان تهیه کرده بود. موقعی که وارد خانه می‌شدیم، این سنگ‌ها را دیدم. ولی بی‌توجه از کنارشان گذشتم. در آن لحظه فرصتی برای کنجکاوی وجود نداشت. ابتدا فکر کردم، این‌ها شماره‌هایی هستند که معمولاً شهرداری‌ها کنار برخی از خانه‌ها نصب می‌کنند.

گفت کشف پیام این سنگ‌ها چند روز پس از ورودشان به آن خانه روی داده است. چند روز اول را صرف تمیزی و نظافت خانه کرده بودند.

ـ زمین و در و دیوار را شسته بودیم. مینا تمام روز مشغول ساییدن و تمیز کردن بود. وظیفه‌ی پاک کردن شیشه‌ی پنجره‌ها با من بود. باید داخل کمدها را دستمال می‌کشیدم و ضدعفونی می‌کردم. پیچ و مهره‌ی میز و صندلی‌های چوبی آشپزخانه را باید سفت می‌کردم. از قبیل آن کارهایی که معمولاً هر مستاجری در روزهای نخست ورود به یک خانه‌ی جدید انجام می‌دهد.

با دست راستش با مهر و ملایمت شانه بهزاد را به سوی خود کشید و او را متوجه دوچرخه‌سواری کرد که با فاصله‌ای کم از کنارش می‌گذشت. گفت:

ـ و اما بوی نم. بوی نم حسابی کلافه‌مان کرده بود. سرفه‌های مینا در طول شب حتی برای لحظه‌ای هم قطع نمی‌شد. شب‌ها نمی‌توانست آرام و راحت بخوابد. همه‌ی پنجره‌ها را کاملا باز کرده بودیم تا بوی نم یا آن بوی ماندگی و کهنگی از بین برود.

ـ برطرف شد؟

ـ بهتر شد، اما کاملاً رفع نشد. چه می‌دانم شاید هم به مرور زمان به آن بو عادت کرده‌ایم.

ساسان سیگار دیگری آتش زد. بیش از روزهای گذشته سیگار می‌کشید. بوی سیگار بهزاد را آزار می‌داد، اما به‌رغم آن نمی‌خواست محدودیتی برای او ایجاد کند. سعی کرد وضعیت روحی ساسان را متوجه شود. ساسان در حین بیرون داد دود سیگار در ادامه گفت:

- سه روز بعد، برای خرید از خانه خارج شدم. یخچال تقریبا خالی شده بود. هر چیزی که قابل خوردن و نوشیدن بود را در همان چند روز مصرف کرده بودیم. مینا خواسته بود برای خرید به فروشگاه بروم. سوپرمارکتی در خیابان اصلی قرار داشت که همان روز اول دیده بودیم.

- موقع خروج از خانه سنگ‌ها را دیده بودی؟

- در آن چند روز چند بار آن سنگ‌ها را دیده بودم. یعنی هر بار که برای سیگار کشیدن به خیابان می‌آمدم و برمی‌گشتم این سنگ‌ها را می‌دیدم.

لبخندی زد و گفت چون خانه بالکن نداشت، هزینه کشیدن یک سیگار پایین و بالا رفتن از پله‌ها بود. گفت هر بار که درخشش آن سنگ‌ها را در روشنایی روز یا در پرتوی نور خودروها و چراغ خیابان می‌دید، وسوسه می‌شد برود و نگاهی به آن‌ها بیاندازد.

- ولی حسی ناشناخته در وجودم در برابر وسوسه برخاسته از این کنجکاوی مقاومت می‌کرد. یا شاید ذهنم آن روزها خیلی مشغول عبور از آن ایام برزخی بود. مشغله‌های ذهنی آن روزهایم عمدتاً پیرامون آینده‌ی مبهم‌مان دور می‌زد. از خودم می‌پرسیدم که سرنوشت‌مان چه خواهد شد؟ آیا می‌توانیم کار مناسبی پیدا کنیم؟

سیگار خود را به سرپوش فلزی یک سطل زباله خیابانی مالید و پس از آنکه از خاموش شدن آن مطمئن شد، آن را در سطل انداخت، دست‌هایش را تکاند و در ادامه گفت:

- تبعید به یک جامعه جدید، تنها دور شدن از همه آن چیزهایی نیست که زمانی می‌شناختی و سال‌ها با آن‌ها زندگی کرده بودی. فقط قطع ارتباط با شناخته‌ها نیست، نوعی پرتاب شدن به دل ناشناخته‌ها هم هست.

- گفتی برای خرید به سوپرمارکت رفته بودی.

- آره. در مسیرم به سوی سوپرمارکت، چند صد متر دورتر از خانه‌ی خودمان متوجه سنگ‌های مشابهی بر کف پیاده‌رو شدم. بی‌اختیار سرم را برگرداندم و به پشت سرم نگاه کردم. جلوی خانه‌های دیگر چنین سنگ‌هایی وجود نداشت. به طرف‌شان رفتم، خم شدم و شروع به خواندن حروف و عددهایی کردم که روی‌شان حک شده بود. سه تا پلاک فلزی طلایی‌رنگ بودند که روی هر کدام‌شان نام کسی نوشته شده بود. تاریخ تولد و پس از آن...

صدایش به لرزه افتاد. پنداری یادآوری آن خاطره، شوک آن روز را به اکنون او پیوند می‌زد. آب دهانش را فرو داد. غمی که در گوشه‌ی چشمانش نشسته بود از نگاه بهزاد

پنهان نماند.

– ...و تاریخ کشته شدن‌شان!

گفت در همان لحظه پیرزنی به او نزدیک شده و چیزی در گوش او زمزمه کرده است. پنداری آن پیرزن از دیدن یک خارجی که روی آن سنگ‌ها خم شده و بر آن بوده تا از پیام پنهانی‌شان رمزگشایی کند، متاثر شده بود.

– اشک را در چشمان آن پیرزن دیدم. بهم گفت پسرم، این سنگ‌ها را به یاد کسانی اینجا نصب کرده‌اند که زمانی در این خانه زند گی می‌کردند.

پیرزن با دست خانه‌ای را نشان داده بود که آن سنگ‌ها مقابلش نصب شده بودند. خانه‌ای بود کمابیش شبیه به همان خانه‌ی خودشان. ساسان نگاهی به سنگ‌ها و نگاهی به ساختمان انداخته و همان‌جا خشکش زده بود. زبانش بند آمده بود. نمی‌دانست چه باید بگوید. حتی در آن لحظه نمی‌توانست درست بیاندیشد. رشته افکارش از هم گسیخته بود. نگاهش را در چشمان اشک‌آلود پیرزن گره زد و بی‌آنکه چیزی بگوید، از او دور شد. پیرزن همانجا بی‌حرکت ماند. شاید گریان و حیرت‌زده به غریبه‌ای می‌نگریست که از گشودن رمزوراز نشسته در این سنگ‌ها شوکه شده بود.

ساسان در همان تک لحظه‌ای که به چشمان پیرزن نگریسته بود، در نگاهش آثار غم و تاسفی را دیده بود که هیچ زبانی در جهان و هیچ شاعری قادر به بیان آن نیست. بهزاد نیز از شنیدن این داستان یکه خورده بود. خود را باخته بود. مات و مبهوت به ساسان نگاه می‌کرد و توان گفتن سخنی را در خود نمی‌دید.

به‌رغم آنکه شش ماه از آن لحظه می‌گذشت، روح ساسان هنوز از ترکش‌های یادآوری خاطره آن روز در امان نمانده بود. پنداری به یک‌باره رعشه‌ای به تنش افتاده باشد. لحظه‌ای لرزید، سر خود را تکان داد، هوای حبس شده در سینه خود را بیرون داد و گفت:

– در آن لحظه همه چیز را فراموش کرده بودم. باید هر چه سریع‌تر به خانه بازمی‌گشتم. باید نام‌های حک شده روی سنگ‌های کنار خانه را می‌خواندم. به خودم گفته بودم که اگر این سنگ‌ها را درست همان‌جایی نصب می‌کنند، که این بخت‌برگشته‌ها زندگی می‌کردند، پس سنگ‌های جلوی خانه‌ی ما هم...

آن روز ساسان غرق در اندیشه‌های پریشان خود به سوی سنگ‌ها رفته بود. دلیلش را نمی‌دانست، اما در طول راه، بی‌اختیار یاد چوب‌خط‌های نقش بسته روی دیوارهای بند

۲۰۹ زندان اوین افتاده بود. آخرین آثار نقش بسته بر دیوارها، از سوی کسانی که برای همیشه زندگان را پشت سر خود گذاشته و به آن سوی دیوار زندگی پرتاب شده بودند. مستقیم به چشمان بهزاد نگاه کرد و گفت:

- این سنگ‌ها از جنس همان چوب‌خط‌هایی هستند که زندانیان روی دیوار سوئیت ما زده بودند. عین همان چوب‌خط‌هایی که خودم هم بر دیوار اوین و رجایی‌شهر زده بودم.

بهزاد سخن ساسان را قطع کرد. برداشت دیگری از سوئیت داشت. پرسید:

- سوئیت؟ آن هم در اوین؟

ساسان لبخند تلخی زد و گفت:

- به سلول‌های چند نفره اوین سوئیت می‌گویند.

- چه طنز دردناکی!

- کسی که در این سلول‌ها زندانی باشد، معمولاً به چنین موضوعاتی فکر نمی‌کند. سوئیت‌ها سلول‌هایی کوچکی هستند با تخت‌خواب‌های دو طبقه. گاهی هم حتی، به علت کمبود جا، یک نفر نیز زیر تخت می‌خوابد.

در این چند روز کم پیش آمده بود که ساسان درباره زندان سخن بگوید. خاطره کشف راز این سنگ‌ها و یادآوری دیوارنوشته‌های زندان او را مغموم کرده بود. بهزاد متوجه بغض فروخورده ساسان شده بود، اما به‌رغم آن ترجیح داد سکوت کند. ساسان دستکش خود را برای لحظه‌ای در آورد. چهره خود را به سوی راین برگرداند. با دست خود عینکش را اندکی به بالا سراند و قطره اشکی را که در گوشه‌ی چشمش حلقه زده بود، پیش از جاری شدن مهار کرد. آنگاه نگاهی به بهزاد انداخت و گفت:

- من را پس از سه هفته حبس در سلول انفرادی به سوئیت برده بودند. آنجا، محسن، هم‌سلولی‌ام را می‌گویم، بعضی وقت‌ها کنار یکی از این چوب‌خط‌ها می‌نشست و زار زار اشک می‌ریخت. ردیفی از آن چوب‌خط‌ها را به من نشان داده و گفته بود که این‌ها متعلق به هنرمندی بوده که پیش از من در آن سلول زندانی بوده است. گفته بود که یک روز صبح زود، سحرگاه یکی از همان روزهایی که به‌ظاهر هیچ فرقی با روزهای دیگر ندارند، پیش از آنکه خورشید طلوع کند، آمده بودند و او را با خود برده بودند. گفته بود چوب‌خط‌زدن‌های آن هنرمند، همان روز با طلوع خورشید به پایان رسید. محسن بهم گفته بود که هر وقت آخرین چوب‌خط آن ردیف را می‌بیند، بی‌اختیار به یاد گفت‌وگوهای

آخرین شب‌شان می‌افتد. به یاد امید واهی آن هنرمند که عُمرش کوتاه‌تر از عُمر آن شب بود.

ساسان گفت که خود او نیز گاهی از شدت گریه هم‌سلولی‌اش به گریه می‌افتاده است. برای کسی گریه می‌کرده که او را تنها از روی چوب‌خط‌های نقش بسته بر دیوار می‌شناخته است. کسی که خاطره‌اش همچون آن سنگ‌ها تبدیل به خط‌ها، عددها و حروف حک شده روی زمین و دیوار شده است.

شاید همین شباهت عجیب باعث شده بود که او آن روز با دیدن آن سنگ‌ها به یاد آن چوب‌خط‌ها بیافتد. گفت احساس می‌کرده که یک کوره آتشین در وجودش شروع به زبانه کشیدن کرده است. آن روز پنجشنبه احساس می‌کرده دشنه‌ای سینه‌اش را شکافته و چیزی نمانده که قلبش از قفسه سینه بیرون بیافتد. بیرون بیافتد جلوی پاهایش، کنار آن سنگ‌ها، کنار چوب‌خط‌هایی که آن هنرمند آلمانی ده‌ها سال پس از جنایات نازی‌ها بر سنگفرش سرد و نمناک زمین زده است.

پیکر بهزاد از رویارویی با این تصویر هولناک به لرزه افتاد. توان نویسندگی‌اش آن تصویر را در برابر چشمان حیرت‌زده‌اش بازآفریده بود. ساسان را می‌دید خم شده روی سنگ‌ها، چشمان گریان آن پیرزن را می‌دید، چوب‌خط‌های زندان را می‌دید. از دیدن تصویر مرگ رعشه‌ای بر تنش افتاد. احساس تهوع به او دست داد. احساس رخوت عجیبی بر پیکرش چیره شد. لرزش گرفته بود. در آن لحظه هیچ نمی‌توانست بگوید. سکوت کرد و شرح ادامه این داستان را به ساسان سپرد.

ـ تپش قلب گرفته بودم. در تمام مسیر راه نه چیزی را دیده بودم و نه کسی را. احساس می‌کردم هنوز در زندان هستم. احساس می‌کردم هم‌سلولی‌ام در برابرم ایستاده است و از نام زندانی‌ها از روی حروف مخفف کنار چوب‌خط‌ها رمزگشایی می‌کند.

جنب‌وجوش مردم کنار موزه‌ی شکلات بیشتر شده بود. شادی برخاسته از طعم خوش شکلات را می‌شد در چهره کسانی دید که از موزه بازمی‌گشتند. اما هیچ‌کس در چهره‌ی ساسان و در چهره‌ی بهت‌زده‌ی بهزاد اثری از آن رنجی را ندید که چنگ در روح و جان‌شان کشیده بود. ساسان گفت:

ـ جلوی خانه‌مان کنار سنگ‌ها زانو زدم. نام‌های حک شده روی سنگ‌ها را خواندم. و پس از آن، سال انتقال‌شان به اردوگاه آشویتس و زمان کشته شدن‌شان را. پس از آن بلند

شدم و به خانه نگاه کردم. غمگین‌تر از همیشه به نظر می‌رسید. از خودم پرسیدم همه این‌ها در همین خانه زندگی می‌کردند؟

بین‌شان برای لحظه‌ای سکوت حاکم شد. ساسان منقلب شده بود. هر بار که یاد آن روز می‌افتاد، همین حس به او دست می‌داد. نگاهی به بهزاد انداخت. شاید منتظر بود نظر او را درباره آن خاطره بداند. شاید بر آن بود تاثیر گفته‌اش را در چهره دوست نویافته‌ی خود ببیند. بهزاد گفت:

ـ نمی‌دانم چه باید بگویم. روزی که برای اولین بار به سراغم آمدی و این داستان را تعریف کردی، همان‌طور که گفته بودی، مثل یک تلنگر تکانم داد. اما امروز تکان آن روز بدل به لرزه شده است. روحم را به لرزه انداخته است.

ساسان سیگار دیگری آتش زد. بهزاد برای نخستین بار در این سال‌ها هوس کرده بود، سیگاری بکشد. اما بر وسوسه آنی خود غلبه کرد. ساسان گفت:

ـ گفته بودم که دست زدن به سنگ‌ها مثل آن می‌مانست که انگاری وارد تونل زمان شده‌ام. در خانه را که باز کردم، حس عجیبی به من دست داد. خانه همان خانه‌ی چند دقیقه‌ی پیش نبود. به محض آنکه پایم را در راه‌پله گذاشتم، احساس کردم پا جای پای یاکوب و هانه‌لوره می‌گذارم. به خودم گفته بودم که هفتاد و اندی سال پیش، آن‌ها دقیقاً پای‌شان را روی همین پله‌ها، روی همین کاشی‌های قدیمی و ترک خورده گذاشته بودند. نگاهی به نرده‌های چوبی و قدیمی راه‌پله انداختم. دست‌هایم را که روی نرده گذاشتم، حس کردم این نرده چوبی دستم را به دست یاکوب، به دست گوت‌لیبه یا هیلده‌گارد رسانده است. گرمای دست هانه‌لوره را زیر دست خودم حس کردم.

نگاهی به بهزاد انداخت و در ادامه گفت:

ـ به نظرت عجیب نیست که یک تکه چوب بتواند خاطرات دو نفر را که هیچ‌وقت در زندگی همدیگر را ندیده‌اند، این چنین به هم گره بزند؟

بهزاد هرگز چنین چیزی را تصور نکرده بود. خیلی دلش می‌خواست بداند که آیا این حس عجیب تنها مربوط به ساسان می‌شود یا سایر ساکنان آن خانه قدیمی نیز، هر روز هنگام بالا رفتن از پله‌ها، هرگاه دست خودشان را روی نرده چوبی راه‌پله می‌گذارند، آن را حس می‌کنند؟

ساسان گفت:

- شوک آن روزم همانجا تمام نشد. حتی بیشتر هم شد.

- مگر چه اتفاقی افتاده بود؟

- چند شب بود که اصلا نمی‌توانستم بخوابم. این فکر که این افراد درست در همین خانه‌ی قدیمی زندگی می‌کردند راحتم نمی‌گذاشت. مینا هم حسابی نگرانم شده بود. بهم می‌گفت مگر ما مشکل در زندگی‌مان کم داریم که حالا تو داستان این سنگ‌ها را به آن مشکلات اضافه کرده‌ای؟ البته مینا هم شوکه شده بود. این‌ها را برای آرامش خاطر من می‌گفت. اما، مینا که چوب‌خط‌های زندان را تجربه نکرده بود. او که هرگز سعی نکرده بود در چوب‌خط‌ها سرنوشت‌ها را بخواند. طبیعی بود که نتواند حس آن لحظه‌ی مرا درک کند.

- این داستان مرا هم شوکه کرده است.

بهزاد هیچ‌گاه فکر نمی‌کرد یک پلاک فلزی، یک نرده‌ی چوبی، یک پله سنگی بتواند خواب گذشته را پریشان کند و این چنین به گذشته روح و جان ببخشد. احساس می‌کرد، قدم‌هایش لحظه به لحظه سنگین‌تر می‌شود. گفت:

- موافقی یک لحظه همین جا بایستیم؟

ساسان بی‌آنکه چیزی بگوید به طرف نرده فلزی حاشیه راین رفت و نگاه به لرزش پرتو نور یک کشتی باری بر سطح آب داد. او در آن لحظه درگیر همان حس عجیبی شده بود که از آن سخن می‌گفت. آه بلندی کشید و در ادامه گفت:

- شوک واقعی اما چند روز پس از کشف راز این سنگ‌ها اتفاق افتاد.

سخن‌اش باعث حیرت بیشتر بهزاد شد. انتظار شوک دیگری را نداشت. هنوز درد روحی برخاسته از تلنگر گذشته را بر روح خود حس می‌کرد. با تعجب و با لحنی نسبتاً بلند پرسید:

- شوک دیگر؟

- آره! یک شوک بسیار بزرگ‌تر.

سیگاری روشن کرد و در حین بیرون دادن دود آن گفت:

- مینا نگران من شده بود، نگران بی‌خوابی‌های شبانه‌ام. شاید نگران اینکه چرا ساعت‌ها بی‌حرکت گوشه‌ای می‌نشینم؟ نگران اینکه چرا این‌قدر کم اشتها و ساکت شده‌ام؟ به هر حال در آن ایام برای نگران شدن از وضعیت روحی و جسمی‌ام دلیل کافی وجود داشت.

حال‌وروز خوبی نداشتم. بی‌اختیار به یاد اعتصاب غذای زندان افتاده بودم. پس از چند روز از حال رفته بودم. گذشت ساعت و روز را از دست داده بودم. به هوش که آمدم، در درمانگاه اوین بودم.

گفت هنوز نیز گاهی صبح‌ها، وقتی از خواب بیدار می‌شود، به درستی نمی‌داند کجای جهان ایستاده است؟ در کدام فصل داستان آشفته و به‌هم‌ریخته‌ی سرنوشت خود زندگی می‌کند؟ زندانی است؟ استاد دانشگاه است؟ یا یک تبعیدی است؟

پک عمیقی به سیگارش زد و پس از لحظه‌ای سکوت در ادامه گفت:

- به علت این نگرانی‌ها بود که مینا به فرناز زنگ زد. ماجرا را برایش تعریف کرد. فرناز هم قول داده بود که فوراً به کلن بیاید و موضوع را پیگیری کند. خوشبختانه تعطیلات بین دو ترم تحصیلی بود و توانست خیلی سریع خودش را به کلن و به ما برساند.

نور چراغ کشتی باری در تاریکی محو شده بود. اما نگاه ساسان همچنان در نقطه‌ای نامعلوم از راین سرگردان بود. پرسید:

- چندتا بچه داری؟

بهزاد مثل همیشه خوش نداشت درباره‌ی زندگی شخصی‌اش حرف بزند. خیلی کوتاه و بدون هرگونه توضیحی گفته بود که فرزندی ندارد. ساسان لبخندی زد و گفت:

- رابطه‌ی فرناز و من، یک رابطه خیلی خاص و ویژه است. می‌شود گفت یک حس تعلق روحی به هم داریم. خیلی وقت‌ها اصلاً لازم نیست چیزی بگویم، فرناز با یک نگاه به چهره‌ام می‌تواند متوجه خیلی چیزها بشود. آن روز هم که مینا ماجرا را برای فرناز تعریف کرده بود، توانسته بود متوجه حالات روحی‌ام بشود. این موضوع را خودش بعد از اینکه به کلن آمد، برایم تعریف کرد.

- برای آرام کردنت به کلن آمده بود؟

- نه فقط. فرناز من را خیلی خوب می‌شناسد. گفته بود، موضوع را خودش هم دنبال می‌کند. می‌دانست تا من از همه ماجرای آن خانه، از همه‌ی ماجرای آن سنگ‌ها مطلع نشوم، دست نمی‌کشم. آرام و قرار نمی‌گیرم. به همین دلیل هم خودش با اداره مسکن و حتی با مرکز اسناد ناسیونال سوسیالیسم در کلن تماس گرفته بود.

پس از گفتن این موضوع ساسان ته سیگار خود را به درون راین پرتاب کرد و گفت: - و این آغاز آن شوک بزرگ‌تر بود.

بهزاد مرکز اسناد ناسیونال سوسیالیسم را می‌شناخت. چند سال پیش در هفتاد و پنجمین سالروز *شب بلورین*[1] یا *شب شیشه‌های شکسته* برای تهیه گزارش به این مرکز رفته بود. ساسان که عطش کنجکاوی بهزاد را متوجه شده بود، در ادامه گفت:

- فرناز در آن لحظه نه از نتیجه تحقیق و جست‌وجوی خودش چیزی می‌دانست و نه از تاثیرات ناشی از زمین‌لرزه روحی آن تحقیق اطلاعی داشت. اداره‌ی مسکن به فرناز گفته بود که هیچ تغییر مهمی در بنای آن خانه قدیمی صورت نگرفته و ساختمان صرف‌نظر از مرمت‌ها و بازسازی‌ها، همانی است که بوده است. در مرکز اسناد ناسیونال سوسیالیسم اما کشف کرده بود که دو نفر از پنج قربانی این خانه دقیقاً در همان آپارتمانی زندگی می‌کرده‌اند که الان ما ساکنش هستیم.

- در همان آپارتمان؟

- آره. در واحد شماره ۱۳. دو نفر به نام‌های یاکوب و هانه‌لوره. بچه‌ای هم به نام اریش داشتند که پیش از انتقال‌شان به آشویتس، موفق شده بودند نجاتش بدهند. یاکوب زمانی که در آشویتس به قتل رسید ۴۳ ساله بود و هانه‌لوره فقط ۳۹ سال سن داشت.

ساسان پس از آن گفت که حال خوشی ندارد و ترجیح می‌دهد زودتر به خانه‌اش برگردد. بهزاد هم اصراری نکرده بود. او نیز نیاز به لحظه‌ای تنهایی داشت. هنوز نمی‌توانست پیامدهای آن تصادف عجیب را متوجه شود، پیامدهای پرتاب شدن دو پناهنده‌ی ایرانی به خانه‌ای در آلمان که زخم‌های باز تاریخ این کشور را بر تن خود داشت.

---

[1] شب بلورین یا Kristallnacht نهم نوامبر ۱۹۳۸. شبی که نازی‌ها شیشه‌های خانه‌ها، مغازه‌ها و کنیسه‌های یهودیان را شکستند.

در مسیر بازگشت سکوت بین‌شان حاکم شده بود. پنداری هر یک غرق در اندیشه‌های خود بود. ساسان پاکت سیگارش را درآورد. نگاهی به آن انداخت، نفس حبس شده در سینه‌اش را به نشانه‌ی تاسف بیرون داد و آن را مجدداً در جیبش گذاشت. بهزاد بر آن بود تا با گفتن سخنی پرده‌ی این سکوت را بدرد. پرسید: «پشیمان شدی؟»

ساسان منتظر شنیدن چنین پرسشی نبود. برای لحظه‌ای متوجه‌ی منظور بهزاد نشد. حیرت‌زده پرسید:

ـ پشیمان؟

ـ سیگار را می‌گویم.

ساسان لبخند تلخی زد و گفت:

ـ آره. راستش را بخواهی، جیره‌ی سیگار روزانه‌ام تمام شده است. حتی برای فردا صبح هم سیگار ندارم.

آن را بخشی از هزینه‌ی زندگی در تبعید نامید. گفت زندگی در تبعید، زندگی در محدودیت‌ها است. طعم لبخندش تلخ‌تر شد. در ادامه گفت:

ـ باید اعتراف کنم که هم پله‌های خانه‌مان و هم کیف‌پولی‌ام این اواخر سخت نگران سلامتی‌ام شده‌اند.

لبخند هیچ‌مگویی بر لبان بهزاد نشست.

ـ به این می‌گویند طنز سیاه.

ـ نه! شاید هم بشود بهش گفت طنز بی دود! طنز بی‌خاصیت!

بی‌اختیار به یاد جیره سیگار روزانه‌اش در زندان افتاد. ناخودآگاه گفت:

ـ چه تشابه عجیبی!

سخنی که این بار حیرت بهزاد را در پی داشت. سرنخ گپ‌وگفت‌شان را از دست داده بود. ابروانش را در هم کشید و پرسید:

– تشابه؟

ساسان متوجه شد آنچه را که در ذهن خود می‌اندیشیده، بی‌آنکه بداند، با صدای بلند گفته است. مرغ ذهنش در پروازی ناخواسته به دوردست‌های زمان سفر کرده بود؛ سفری به ایام زندان. روزی به یاکوب گفته بود:

– بازگشت دائمی به زندان سرنوشت ناگزیر هر زندانی است. یک زندانی حتی سال‌ها پس از پایان دوران حبس‌اش، همچنان یک زندانی می‌ماند. یک بار پشت میله‌های زندان و یک بار پشت میله‌های خاطرات تلخ زندان. یک اشاره کوچک برای بازگشت زندانی به زندانش کافی است. بوی تعفن زندان هرگز از یاد و خاطره‌ی زندانی پاک نمی‌شود.

یاکوب در پاسخ گفته بود:

– رهایی از کابوس اردوگاه مرگ هم برای کسانی که آن را تجربه کرده‌اند، ممکن نیست.

آن روز نواختن ویولن را برای لحظه‌ای قطع کرده و گفته بود:

– حتی دیدن دوش حمام می‌تواند آن کابوس هولناک را از صندوقچه‌ی خاطرات تلخ بیرون بکشد.

این بار الزام جیره‌بندی سیگار ساسان را به یاد ایام زندان انداخته بود. لبخندی زد و پرسید: «می‌دانستی سیگار در زندان بدل به واحد پول زندانیان شده است؟»

– نه! نشنیده بودم.

– واقعیت دارد. مهم هم نیست که آدم سیگاری باشد یا نه، مبادله در زندان با این واحد پول صورت می‌گیرد. تازه اعتبارش هم از واحد پول کشور بیشتر است. ارزش‌اش را هیچ‌وقت از دست نمی‌دهد. فقط می‌تواند گران‌تر شود.

بهزاد لبانش را به نشانه‌ی تعجب بر هم فشرد. پس از مکث کوتاهی پرسید: «موضوع تشابه را متوجه نشدم. سخنت قطع شد. از کدام تشابه صحبت می‌کردی؟» ساسان نفس حبس شده در سینه‌اش را بیرون داد و در پاسخ گفت:

– در همه‌ی سال‌های زندگی‌ام فقط دو بار مجبور شده‌ام مصرف سیگارم را جیره‌بندی کنم. در سال‌های زندان و اکنون در دوران تبعید. خوب که به این دو نگاه می‌کنم، چیزهای

مشابه و مشترک زیادی بین‌شان می‌بینم. مثلاً مثل آینده‌ی مبهم، مثل فردای ناروشن، مثل حس حذف شدن، حس بیهودگی.

پس از لحظه‌ای سکوت پرسید:

- هیچ‌وقت شده در گذشته‌ات زندگی کنی؟ البته باید بگویم که با گذشته زندگی کردن همان در گذشته زندگی کردن نیست.

بهزاد با لحنی شیطنت‌آمیز و خنده‌ای بر لب گفت:

- نه! گاهی گذشته به سراغم می‌آید. ولی پشت در منتظرش می‌گذارم. در را روی‌اش باز نمی‌کنم. باز کنم که چه بشود؟ می‌دانم که برای آزارم می‌آید.

- در زندان ولی انتخاب با آدم نیست. انسان را با گذشته‌اش یک‌جا زندانی می‌کنند. در واقع شاید باید گفت که اغلب انسان را به علت گذشته‌اش به بند می‌کشند. هر دو را به درون یک سلول پرتاب می‌کنند و در را روی‌شان می‌بندند. تو می‌مانی و خاطرات گذشته‌ات. خاطرات تلخ و شیرینی که قرار است مضمون لحظه‌هایت را پر کنند.

بهزاد به‌رغم ادعایش، هرگز نتوانسته بود لحظات تنهایی‌اش را از گزند خاطرات تلخ گذشته‌اش برهاند. شب‌ها، هرگاه که مستی از بسترش رخت برمی‌بست، گذشته با استفاده از غفلت شبانه‌اش، پا به دورن خانه‌اش می‌نهاد و پیکر عظیم و فربه‌اش را روی لحظات زمان پهن می‌کرد. تنهایی جای خالی خانه را در اختیار خاطرات، به مالکیت گذشته می‌نهد. این چیزی نبود که او نداند. اما خوش نداشت درباره‌ی خودش، درباره تنهایی‌اش با کسی سخن بگوید. روزنامه‌نگاران، نویسندگان و شاعران اغلب پای سخن دیگران می‌نشینند. زندگی و سرگذشت آنان را روایت می‌کنند. اما کمتر کسی می‌داند در دل خود آنان چه می‌گذرد و دغدغه‌هایشان کدام است. ساسان گفت:

- بار اصلی چمدانی که انسان در تبعید به دنبال خود می‌کشد، تکه‌های گذشته است. انسان گذشته‌اش را با خود به تبعید می‌آورد.

نگاهش را در نگاه بهزاد گره زد و گفت:

- شاید نتوانی باور کنی، در زندان خاطرات گذشته‌های دور به سراغم آمده بود، از ایام کودکی‌ام، از حس پاک دل بستن به دخترهای محله‌مان. خاطراتی که ده‌ها سال بود فراموش کرده بودم. حتی گمان می‌کنم که در شرایط سخت و غیرعادی خاطرات گذشته و خیال در هم می‌تنند. نوعی همدستی عجیب و غریبی است بین خاطره و خیال برای

بازآفرینی گذشته. گذشته‌ای که پس از سپری شدن ده‌ها سال از زمانِ وقوع رویدادهایش، به‌درستی نمی‌دانی چقدر واقعی است و چقدر زاییده‌ی خیال. در آن لحظات بود که متوجه شدم، گذشته ممکن است پنهان بشود، ممکن است انکار بشود، تغییر شکل بدهد، اما هرگز پاک نمی‌شود. نابود شدنی نیست.

صدای بازدم ساسان چنان بلند بود که بهزاد روی خود را بدون اختیار به سوی او برگرداند. به نظرش همچون ناله آمده بود. شاید هم ناله بود. ساسان سرش را برای لحظه‌ای پایین انداخت. به سطح پیاده‌روی حاشیه راین که به زیر پوست شب خزیده بود، نگاه کرد و گفت:

- در آن چهار ماه نخست زندگی در آلمان، دقیقاً همین حس بهم دست داد. در کمپ پناهندگی، شب‌ها، وقتی که برای خواب به بستر می‌رفتم، خاطرات گذشته و حتی خاطرات تلخ ایام زندان به یادم می‌آمدند. آدم در یک چنین شرایطی، چه بخواهد و چه نه، مجدداً با گذشته‌اش درگیر می‌شود. به مزه‌ی تلخ لحظه نگاه می‌کند و از خود می‌پرسد که آیا راه دیگری وجود نداشت؟ آیا نمی‌شد مثل گذشته، به همان روال عادی زندگی کرد؟

ساسان گفت مهم‌ترین درس زندگی در ایران، عبور پاورچین پاورچین از لابه‌لای رویدادها، از بین سطرهای صفحه حوادث روزنامه‌هاست.

- عمری نعل‌به‌نعل مطابق این دستورالعمل نانوشته زندگی کرده بودم. تا اینکه زمانی رسید که حتی بستن چشم و گوش هم ناممکن شد. دیگر نمی‌شد خود را به ندیدن و نشنیدن زد. پناه گرفتن پشت سنگر بی‌تفاوتی هیچ دردی را درمان نمی‌کند. روزگار مجبورم کرد چشمانم را باز کنم، ببینم و درباره‌ی دیده‌هایم حرف بزنم.

بهزاد حرفش را قطع کرد و پرسید:

- چرا چهار ماه؟ آیا پس از آمدن‌تان به کلن سیروسیاحت کردن در رسوبات گذشته پایان یافته بود؟

- درگیر شدن با خاطرات گذشته برای یک تبعیدی موضوع روز و هفته و ماه نیست. شاید سال‌ها طول بکشد، شاید همه‌ی عمر. این موضوع را خود تو پس از ده‌ها سال زندگی در خارج از کشور باید بدانی. البته که آدم می‌تواند در را روی گذشته‌اش باز نکند. ولی خاطرات گذشته می‌توانند از لای یک باز پنجره وارد بشوند.

لحظه‌ی مکث کرد. سر خود را به نشانه‌ی تایید سخن خودش تکان داد. لب‌هایش را بر هم فشرد و در ادامه گفت:

- پرتاب شدن‌مان به آن خانه و درگیر شدن با سرنوشت هم‌خانه‌ای‌هایمان مجالی برای پرداختن به گذشته باقی ننهاده بود.

گفت کسی که درگیر طوفان است، فرصتی برای اندیشیدن به گذشته یا آینده پیدا نمی‌کند.

- در چنین لحظه‌ای تنها دغدغه‌ی آدم عبور از این شرایط طوفانی است. آدم تلاش می‌کند با چنگ انداختن به هر چیز ممکن، مانع از سقوطش بشود.

ساسان لحظه‌ای کوتاه ایستاد و به نورپردازی یکی از پل‌های راین زُل زد. سپس روی خود را به سوی بهزاد برگرداند.

- به آن پل نگاه کن!

بهزاد نگاه خود را به امتداد انگشت اشاره ساسان دوخت و گفت:

- منظورت پل دویتس است؟

- اسمش را نمی‌دانم. آن پلی را می‌گویم که به این زیبایی در تابش نورافکن‌ها در تاریکی شب می‌درخشد.

ساسان در همان تاریکی شب از پشت عینکش نگاه در نگاه بهزاد دوخت و گفت:

- شب‌های زیادی اینجا قدم می‌زنم، گاهی تنها و گاهی با مینا. هر بار، بهتر است بگویم هر شب که از کنار این پل عبور می‌کنم، از خودم می‌پرسم که اگر این نورپردازی نبود آیا باز هم ممکن بود بتوانیم این پل را با همه‌ی جزئیاتش، با همه‌ی ریزه‌کاری‌هایش ببینیم؟

بهزاد متوجه‌ی منظور ساسان نشده بود. سکوت کرد و رشته‌ی سخن را به ساسان وانهاد.

- گذشته مثل همین پل است. چراغ را که خاموش کنیم، در تاریکی فراموش می‌شود. اما کافی است نوری بتابد، تا این یا آن بخش از گذشته، از پشت دیوار حاشا، از پشت پرده‌ی انکار سر برآورد و در برابر چشمان‌مان علنی شود.

بهزاد به پرتوافکنی بر خاطرات گذشته نیاندیشیده بود. اما تجربه به او آموخته بود که فراموش کردن چیزی یا کسی فقط می‌تواند باعث ناپدید شدن آن بشود. ناپدید شدن نابود شدن نیست. گذشته برای بازگشت به حال، برای دردیدن جامه‌ی فراموشی، گاهی

فقط به یک ایما، به یک اشاره نیاز دارد. یک پرتو کوچک برای پدیدار شدن چهره‌ی فردی فراموش شده یا خاطره‌ای سرکوب شده کافی است.

ساسان صدایش را صاف کرد و در ادامه گفت:

ـ برای من مسیر زندگی شبیه به یک پل است. سال‌ها هن‌هن‌کنان از آن بالا می‌روی، وقتی به میانه‌ی پل می‌رسی، بی‌آنکه خواسته باشی یا اراده کرده باشی، می‌افتی در سراشیبی پل زندگی. تا وقتی به میانه پل نرسیده باشی، نمی‌دانی در آن سوی پل چه چیزی در انتظار توست. ولی به محض آنکه در سراشیبی افتادی، متوجه می‌شوی که خیلی از چیزهایی که در زندگی برای به دست آوردن‌شان تلاش کرده بودی، در این سراشیبی هیچ سود و ثمری برایت نداشته‌اند.

این سخن باعث تعجب و حیرت بهزاد شد. او نیز در خلوت خود به درک مشابهی از تلاش‌های بی‌حاصل دوران جوانی‌اش رسیده بود. پلی که ساسان از آن سخن می‌گفت با پلکانی که سنکا تعریف کرده بود، خیلی با یکدیگر تفاوت داشتند. میل به بالا رفتن از این پله‌ها مدت‌ها بود که در بهزاد انگیزه‌ای ایجاد نمی‌کرد. از بالا رفتن از این پله‌ها خسته شده بود. بی‌آنکه به پرسش سنکا درباره مفهوم زندگی پاسخی داده باشد، روزی، روی یکی از پله‌ها، از نفس افتاده بود. همان‌جا مانده بود. بی‌خیال آینده شده بود. حال خود را در سراشیبی پل زندگی می‌دید. نگاهی به ساسان انداخت و پرسید:

ـ می‌خواهی بگویی که زندگی با همه‌ی فرازوفرودهایش در یک مسیر صاف جریان دارد؟

ـ نه! به‌هیچ‌وجه. نمی‌خواهم چنین چیزی را بگویم. آدم‌ها با هم خیلی فرق می‌کنند. بعضی‌ها با شور و شوق از این پل بالا می‌روند، برخی با رنج و مشقت. برخی حتی خیلی زود در آن سراشیبی می‌افتند. بی‌آنکه از بالا رفتن‌شان لذتی برده باشند. انگیزه‌شان فقط بالا رفتن بوده است، بی‌آنکه بدانند چرا؟ حتی ممکن است آدم به هنگام بالا رفتن هزار بار زمین بخورد. هزار بار خوره تردید به سراغش بیاید، پشیمان بشود، سوگند بخورد، با خودش عهد ببندد، مذبوحانه بکوشد، راه طی شده را بازگردد. اما به هر حال از افتادن در آن سراشیبی گریزی نیست.

گفته بود دویدن برای رسیدن به ته پل کار خردمندانه‌ای نیست. اما ناخردمندانه‌تر از آن انکار ته پل است. برای دوست داشتن زندگی انسان نیازی به دلیل و توضیح ندارد. اما

هیچ نفرتی بی‌دلیل نیست.

بهزاد جوان‌تر که بود، مقصد را مهم‌تر از سفر می‌دانست. تا همین چندی پیش، همه‌ی عمر خود را صرف رسیدن به مقصدها کرده بود. اما پس از رسیدن به هر مقصدی متوجه شده بود که آن مقصد مقصودش نبوده است. سفرش بی‌آنکه بخواهد ادامه یافته بود، هر بار به سوی مقصدی جدید. تقویم زندگی‌اش که چند بار ورق خورد، همه چیز به‌یکباره تغییر کرد. انگیزه‌ای برای سفری دیگر در خود نمی‌دید. در پی رسیدن به مقصد جدیدی نبود. می‌گفت دیدنی‌ها را دیده است، شنیدنی‌ها را شنیده است و به هر آنچه می‌خواسته رسیده است. بدیهی است که چنین کسی دل به دریا نمی‌زند. مدت‌ها بود که سرنوشت خودش را به حرکت عقربه‌ها پیوند زده بود. بی‌آنکه بداند، شتابان به‌سوی آخر پل زندگی خیز برداشته بود. اما اکنون سفر دیگری آغاز شده بود. سفری غیرمنتظره که به پاهای خسته‌اش دگربار شوق رفتن می‌بخشید. از ساسان پرسید:

– آیا از روبه‌رو شدن با گذشته‌ات دستخوش نوعی هراس نمی‌شوی؟

– پرسش خوبی است. به نظرم، این گذشته نیست که باعث واهمه‌ی آدم می‌شود. گذشته‌ی بی‌مضمون صرفاً زمان سپری شده است. هنگامی که انسان از بالای پل به مسیر طی شده، به پشت سر خود نگاه می‌کند، دو چیز را می‌بیند، خاطراتش و پرسش‌هایش را. خاطرات می‌توانند طعم لحظه را شیرین یا تلخ بکنند، اما باعث هراس و واهمه کسی نمی‌شوند. اما پرسش‌ها، پرسش‌هایی که پاسخ قانع کننده‌ای نیافته‌اند، دست از سر آدم برنمی‌دارند.

لحظه‌ای سکوت کرد. پس از آن، دستش را روی شانه‌ی بهزاد نهاد و گفت:

– مشکل اینجاست که به این پرسش‌ها نمی‌شود در گذشته پاسخ داد. این پرسش‌های سمج پاسخ‌شان را از آینده طلب می‌کنند.

لبخند تلخی بر لبان بهزاد نشست. گفت:

– بنابراین می‌شود گفت که تبعید، زندان و خلوت شبانه را برای درگیر شدن با چنین پرسش‌هایی پیش‌بینی کرده‌اند.

ساسان صدایش را صاف کرد و در واکنش به سخن بهزاد گفت:

– دوست من، قبلاً گفته بودم. کافی است آدم به پیرامون خودش دقیق‌تر نگاه کند. چیزهای زیادی برای دیدن وجود دارد. شاید باید بهتر نورپردازی بکنیم. دیدن چیزها در

تاریکی ممکن نیست.

در حاشیه راین بدون ردوبدل کردن کلامی شروع به قدم زدن کردند. بهزاد ناخودآگاه سرش را برگرداند و به نورپردازی پل دویتس نگاه کرد. از خود می‌پرسید که آیا شهامت پرتوافکنی به پل زندگی‌اش را دارد. بر آن بودند تا به ایستگاه مرکزی قطار رفته و آنجا هر یک به راه خود برود. در خود توان آن را نمی‌دیدند بر سر مسائل جدی گفت‌وگو کنند. ساسان آن روز از ایام زندانش گفته بود. از اشتولپراشتاینه و از هم‌خانه‌ای‌های یهودی‌شان تعریف کرده بود. در صندوق‌خانه خاطرات گذشته را باز کرده و خواب پرسش‌های قدیمی را برآشفته بود. حال باید چیزی می‌گفتند تا بار زمان سبک‌تر شود، سهل‌تر سپری شود. ساسان به‌رغم تمام شدن جیره سیگار روزانه‌اش، سیگار دیگری آتش زد.

- بی‌خیال جیره‌بندی!

گفته بود که در طول زندگی‌اش و به‌ویژه در ایام زندان دوره‌های کوتاهی وجود داشته که از سر اجبار سیگار نکشیده است، اما هرگز اراده‌ای هم برای ترک آن نداشته است. بهزاد هم از تجربه‌اش در ترک سیگار گفته بود. هر دو برای کاستن از بار لحظه، به دامان روزمرگی پناه جسته بودند.

کنار در ورودی ایستگاه مرکزی قطار شهر کلن روبه‌روی هم ایستادند. لحظه وداع فرا رسیده بود. وداعی که پیامش پایان گفت‌وگوی آن روز بود. گفت‌وگویی که بهزاد را منقلب کرده بود. دلش می‌خواست این گفت‌وگو ادامه می‌یافت. به‌رغم تردیدهای نخستین‌اش، از این بابت که با آن غریبه در مسیری ناآشنا هم‌سفر شده بود، احساس رضایت و خشنودی می‌کرد. حسی ناآشنا که از پا گذاشتن به سفری ناشناخته زاده شده بود. هیجان ناشی از این سفر، شور و شیفتگی در او پدید آورده بود و آن شور باعث شده بود تا نشاط و سرزندگی به جانش باز گردد. حال او پیش از آنکه بمیرد، به اهمیت پوست انداختن پی برده بود.

به‌خوبی می‌دانست که آن غریبه نیامده است به لحظات زندگی‌اش رنگی شاد بزند. او از مرگ و نیستی سخن می‌گفت، از پیام‌های تکان‌دهنده و از ناشنوایی و نابینایی انسان. او با دست خود مانع از سقوط شتابان بهزاد در سراشیبی پل زندگی شده بود. وادارش کرده بود بایستد.

- لحظه‌ای همین‌جا بایست و به پشت سر خودت نگاه کن!

او را بر آن داشته بود که بر فصل‌های پیشین داستان زندگی‌اش، فانوس به‌دست، نوری

بتاباند و با رویی گشاده تیزی بُرنده پرسش‌های بی‌پاسخی را پذیرا شود که به زیر پوست زندگی‌نامه‌اش خلیده بودند.

یاکوب شبی از آن شب‌هایی که بی‌خوابی سرنوشت لحظه‌ها را رقم می‌زند، به او گفته بود درخواست‌شان از آقای نویسنده بازگویی قتل و جنایات نیست. حتی از او انتظار ندارند که از درد و محنت تصورناشدنی‌شان بگوید.

ـ بازگویی آن غم سنگین، آن غم ناشی از دیدن پلیدی و پلشتی در روح کسانی که می‌شناختی، ممکن است روح کسی را بنوازد، از بار رنجش بکاهد، اما درمان هیچ دردی نیست.

ساسان در پاسخ گفته بود:

ـ حق با توست! قرار به بازگویی صفحات سیاه تاریخ نیست. بسیاری آن‌ها را روایت کرده‌اند و مفصل بازگفته‌اند. موضوع بر سر فهم اهمیت عشق به زندگی است.

پس از آنکه بهزاد نوشتن داستان را پذیرفته بود، ساسان بی‌آنکه از یاکوب و هانه‌لوره نامی ببرد، به او گفته بود:

ـ به دنبال مرثیه‌ای برای مردگان نیستیم. داستان هم‌خانه‌ای‌هایم را به گونه‌ای بنویس که کمکی برای درمان درد مزمن زندگان باشد. مردگان به درمان دردهایشان نمی‌اندیشند.

نیاز بهزاد به ادامه‌ی این گفت‌وگو حتی فراتر از الزام برخاسته از روایت داستان آن سنگ‌ها، بازگویی ماجراهای آشیانه‌ی طوفان، روایت زندان و داستان دردناک زندگی هانه‌لوره و یاکوب بود. بهزاد در گفت‌وگو با آن غریبه توانسته بود، اندکی خود را بهتر بشناسد. او در تصویر ساسان از زندگی، خود گم‌شده‌اش را، ذره ذره، بازمی‌یافت، بازمی‌شناخت.

آن غروب، همان‌جا، کنار در ورودی ایستگاه مرکزی قطار، بهزاد در تب ادامه‌ی گفت‌وگو با آن غریبه می‌سوخت. اما برای ادامه گفت‌وگو باید بستری نو می‌یافت، بهانه‌ای برای آنکه اندکی بیشتر بمانند و به گفت‌وگوی‌شان ادامه بدهند.

ساسان دستش را با هدف فشردن دست دوستش دراز کرده بود. لبخندی بر لب داشت و بر آن بود تا وداع گفته و برود. در همان لحظه، نگاه بهزاد بی‌اختیار روی پیکر سنگی کلیسای جامع شهر کلن متوقف ماند. پیکر سیاه و سنگی کلیسا در تابش نورافکن‌هایی که در اطراف آن نصب کرده بودند، درخششی خیره‌کننده یافته بود. بی‌اختیار به یاد بازار

کریسمس افتاد. یاد بازارِ کریسمس خاطره‌ی بویِ خوش شرابِ داغ را بیدار کرده بود، خاطره‌ای از دفترچه‌ی خاطرات شیرین سال‌های سپری شده و دور. به‌درستی نمی‌دانست که آیا این حافظه شاعرانه‌ی اوست که بوی خوش شرابِ داغ را در فضا پراکنده است یا آن باد ملایمی است که می‌وزد و دانه‌هایش را به رایحه شراب می‌آلاید و این چنین وسوسه برمی‌انگیزد.

بهزاد دست سرد ساسان را با مهر فراوان در دست خود فشرد و با تردیدی آشکار درکلام پرسید:

- برای شنیدن یک پیشنهاد عجیب آمادگی داری؟

دیدن آثار حیرت دویده در چهره‌ی ساسان مانع از بیان پیشنهادش نشد. پرسید: «تا به‌حال شراب داغ نوشیده‌ای؟»

- شراب داغ؟

ساسان هرگز شراب داغ ننوشیده بود. حتی تصور اینکه شراب می‌تواند داغ باشد نیز به ذهنش خطور نکرده بود. چند باری در چند هفته‌ی گذشته همراه با مینا به بازار کریسمس رفته بودند. بی‌آنکه دلیلش را بداند، از بوییدن گرده‌های شادی شناور در فضا دل‌شاد شده بود. چشمانش را بسته و با چند نفس عمیق، دروازه روحش را روی ورود آن شادمانی فرح‌بخش، گوش‌تاگوش گشوده بود. احساس می‌کرد از سنگینی بار غمی که در چند ماه گذشته بر زندگی مشترک‌شان سایه انداخته بود، کاسته شده است.

- مگر شراب داغ هم وجود دارد؟ دیده بودم که مردم یک نوشیدنی داغ می‌نوشند، ولی فکر می‌کردم که قهوه است.

- اگر موافق باشی برای چند دقیقه هم که شده باشد، سری به این بازار کریسمس بزنیم.

ساسان از شنیدن این پیشنهاد غافلگیر شده بود. نگاهی به ساعت مچی خود انداخت. لحظه‌ای به یاد تنهایی مینا افتاد. اما وسوسه‌ی چشیدن طعم شراب داغ رهایش نمی‌کرد. بهزاد با انگیزه‌ی تقویت آن وسوسه افزود:

- می‌دانستی بازار کریسمس کلیسای کلن یکی از بزرگ‌ترین و محبوب‌ترین بازارهای کریسمس در آلمان است؟

ساسان این موضوع را نمی‌دانست. بهزاد در ادامه گفته بود که این بازار بزرگ تنها چند

روز دیگر برپا است و پس از فرارسیدن کریسمس آن را جمع می‌کنند.

- حیف است این موقعیت را از دست بدهیم. شراب داغ را هم مهمان من هستی!

ساسان در برابر آن پیشنهاد عجیب و غیرمنتظره تسلیم شد. این چنین بود که گپ‌وگفت‌شان ادامه یافت.

از پله‌های بزرگ و سیمانی محوطه جلوی ایستگاه مرکزی قطار بالا رفتند. منطقه زیر امواج پریشان انسان غرق شده بود. هر کس از سمتی می‌آمد و به سویی می‌رفت. از لابه‌لای جمعیتی که از پله‌ها سرازیر شده بودند، باریکه راهی برای بالا رفتن پیدا کردند. به بالای پله‌ها که رسیدند، لحظه‌ای ایستادند. در حالی که کنار کلیسا ایستاده بودند، ساسان مثل هر بار دیگر، محو تماشای آن شد. سرش را بلند کرد و در عظمت این کلیسا، عظمت انسان را دید.

یک درخت بزرگ کاج را در میانه‌ی میدان به شکل زیبایی چراغانی کرده بودند. صدها ریسمان نورانی متصل به آن درخت، سقفی از ستاره‌های کوچک بر فراز بازار ایجاد کرده بود. دکه‌های قرمز رنگ در آمیزش با نور طلایی لامپ‌ها فضایی گرم و دلنشین پدید آورده بود. بوی بادام‌سوخته، ماهی دودی، گوشت و سوسیس کبابی بزاق را در کام لحظه ترشح می‌کرد. هزاران نفر غرق در شادی و سرور، سرگرم شادنوشی بودند. ساسان گفت:

- چه بازار پررونقی!

- استقبال مردم از بازارهای کریسمس جداً که دیدنی است. شمار بازدیدکنندگان امسال بازارهای کریسمس کلن را حدود شش میلیون نفر برآورد کرده‌اند. این شش برابر کل جمعیت این شهر است!

بهزاد از ساسان خواست لحظه‌ای کنار میز یکی از دکه‌ها بایستد. خود او برای آوردن شراب داغ رفت و در انبوه جمعیت گم شد. ساسان نگاهی به پیرامون خود انداخت. صدها نفر در کنار دکه‌های بزرگ و کوچک بازار سرگرم نوشیدن شراب داغ بودند. بوی شیرین بادام‌سوخته، برای لحظه‌ای او را نشسته بر بال خاطره، به ایام کودکی‌اش برد. خاطره‌ی خوش تعطیلات نوروزی در خانه‌ی پدری‌اش را زنده کرد. او را به یاد تلاش گاه موفق و اغلب ناموفق دستبرد زدن به قوطی بادام‌سوخته‌ی سفره‌ی هفت‌سین خانه‌شان انداخت.

جُنب و جوش و هیاهوی مردم مانع از آن شده بود که در باغ خاطرات خوش ایام کودکی‌اش پرسه‌زنان به گردش خود ادامه دهد. در هم آمیختن صدای گفت‌وگو و خنده

سینه‌ی سکوت روحانی دامنه‌ی کلیسا را شکافته بود. ساسان لحظه‌ای به لبریز شدن شادی از قاب زمان نگریست. غمی که در وجود خود حس می‌کرد را در کنار مزه‌ی شادی آنانی نهاد که برای شادنوشی به بازار کریسمس آمده بودند. به هر دو چهره‌ی تئاتر زندگی در دل لحظه اندیشید. خطاب به خود گفت:

ـ فاصله‌ی بین این غم و آن شادی فاصله‌ی بین دو دنیا نیست. ذره‌ای جنون کافی است که آن شادی را به غم بدل کند. این موضوع ساده و صد بار تجربه شده را خیلی‌ها در این سال‌ها فراموش کرده‌اند. نمی‌دانند که تاریخ فقط انبار لحظه‌های سپری شده نیست.

بهزاد با دو لیوان شراب داغ و با لبخندی بر لب عاقبت موفق شده بود راهی برای عبور از بین انبوه مردم بیابد. لیوان‌ها را روی میز گذاشت. در آن بین، پیرزن و پیرمردی آلمانی هم آمده بودند و پشت همان میز گردی که ساسان کنارش ایستاده بود، جا گرفته و مشغول نوشیدن شراب داغ بودند. پیرزن به محض دیدن بهزاد، لبخند ملیحی زد و خود را کنار کشید تا او بتواند کنارشان بایستد. بهزاد به آن دو غریبه‌ای که کنار آن غریبه‌ی دیگر ایستاده بودند، سلام کرد. سپس روی خود را به سوی ساسان برگرداند و گفت:

ـ این هم آن شراب داغی که درباره‌اش گفته بودم.

سپس لیوان خود را به نشانه سلامتی بلند کرد، نگاهی به جمع غریبه‌ها انداخت و جرعه‌ای نوشید. پیرزن و پیرمرد هم لیوان‌های خود را بلند کردند، لبخندی زدند و بهزاد و ساسان را به بزم و ضیافت خود راه دادند. ضیافتی که بهزاد برای شرکت در آن اشتیاق چندانی نداشت. خوش داشت گفت‌وگوی خود را با ساسان پی بگیرد.

باد خنکی می‌وزید، اما هوا ملایم بود. ساسان به‌رسم ادب، همراه دیگران جرعه‌ای نوشید. اما خیلی مایل بود که از آن نوشیدنی جدید رمزگشایی کند. لیوان را مقابل بینی خود گرفت و رایحه گرم شراب را به درون وجود خود راه داد. این رفتار او برای پیرزن آلمانی جالب بود. ساسان سپس لیوانش را روی میز گذاشت. با دست آن را چرخاند تا نقش و نگارش را ببیند. روی لیوان، کنار کاریکاتوری از سورتمه بابانوئل تاریخ و محل بازار هم نقش بسته بود.

ساسان جرعه دیگری نوشید. جرعه شراب را این بار در دهان خود چند بار گرداند. در حین مزه‌مزه کردن طعم شراب داغ برای لحظه‌ای چشمان خود را بست. پنداری بر آن بود تا همه‌ی حواس خود را بر شناسایی طعم این نوشیدنی جدید متمرکز کند. بهزاد

متوجه کنجکاوی آن زن آلمانی شد. به ساسان زل زده بود. خطاب به او گفت که این نخستین باری است که دوستش شراب داغ را تجربه می‌کند. لبخندی بر لبان پیرزن نشست. ساسان در آن لحظه درگیر طعم شراب بود و توجهی به آنان نداشت. همان‌طور که شراب را مزه‌مزه می‌کرد گفت:

– طعم هل و دارچین را خیلی راحت می‌شود تشخیص داد. بوی وانیل را هم حس کردم. ولی چیزهای دیگری هم در این شراب وجود دارند که نمی‌توانم تشخیص بدهم.

بهزاد جرعه‌ای شراب نوشید و گفت:

– من از نوشیدن شراب داغ در ایام کریسمس خیلی لذت می‌برم. شاید برایت دانستن‌اش جالب باشد که این شراب را فقط در این ایام عرضه می‌کنند.

گفت طعم کلی شراب داغ را دوست دارد و هیچ‌گاه به طعم تک تک ادویه‌های آن توجه نکرده است. پرسید چه اهمیتی دارد که آدم سلول‌های مغز خود را درگیر فهم چنین مسائلی بکند؟

– دانستن این موضوع که مثلا در شراب داغ چقدر دارچین می‌ریزند، برایم بی‌اهمیت است. مثلاً چه اهمیتی دارد که بدانیم به غیر از دارچین، هل و وانیل چه چیزهایی دیگری هم در این نوشیدنی می‌ریزند؟ مهم این است که آدم از مزه‌ی ترکیب‌شان لذت ببرد.

ساسان سر خود را به نشانه‌ی مخالفت تکان داد، لبخندی زد و گفت:

– امیدوارم از دستم نرنجی. این چیزی که مایلم بگویم، ربط چندانی به سخن تو ندارد. می‌دانی توصیه گوته در این باره چیست؟

بهزاد اظهار بی‌اطلاعی کرد. نمی‌دانست ساسان درباره چه چیزی سخن می‌گوید. ساسان در ادامه گفت:

– گوته گفته است که اگر کسی بخواهد از طعم کلی چیزی لذت ببرد، باید خود را درگیر مزه‌ی تک تک اجزایش بکند. فقط وقتی که طعم تک تک اجزایش را متوجه بشود، می‌تواند آگاهانه از مزه‌ی کل آن لذت ببرد. این یک توصیه ساده است که بسیاری از انسان‌ها متاسفانه قادر به فهمش نیستند.

جرعه دیگری نوشید و در ادامه گفت:

– ما در زندگی خودمان را معمولاً با چیزهای کلی سرگرم می‌کنیم. چون داوری کلی درباره‌ی چیزی راحت‌تر از داوری درباره اجزای آن است. درباره‌ی زندگی و سیاست داشتن

یک برداشت کلی اغلب برای‌مان کافی است. پرداختن به جزئیات اغلب دردسرآفرین است. اما اتفاقاً فهم درست یک چیز از دل یک برداشت کلی ممکن نمی‌شود. باید به توصیه گوته توجه کنیم. باید توانایی آن را داشته باشیم که برای فهم زندگی، برای فهم مردم، حتی برای فهم سیاست، خودمان را درگیر ذره‌ها بکنیم.

گفت برداشت‌های کلی راه را برای فریب انسان هموار می‌کنند. خود انسان هم متوجه نمی‌شود در معجونی که به او داده‌اند، نقش پیش‌داوری‌ها، نقش باورهایی که آدم نمی‌داند کی و چگونه شکل گرفته‌اند، چقدر است؟ آن معجون را سر می‌کشد و سرمست از آن دست به عمل می‌زند. گفت برداشت‌های کلی بر آگاهی انسان از عمل خود نمی‌افزایند، فضا را برای تاخت و تاز جهل و جنون مهیا می‌کنند.

آنگاه نگاه خود را در نگاه بهزاد گره زد و پرسید:

– متوجه منظورم می‌شوی؟

بهزاد با تکان دادن سر خود به ساسان فهماند که متوجه شده است. سپس از خود پرسید که آیا واقعاً متوجه شده است؟

گرمای مطبوع شراب داغ در آن شب سرد بر وسوسه‌ی ادامه‌ی شادنوشی‌شان افزوده بود. ساسان آخرین جرعه‌ی شرابش را نوشید و لیوان را روی میز گذاشت. خطاب به بهزاد گفت: «این هم ناشناخته‌ای دیگر از جنس ناشناخته‌های دیگر مهاجرت.»

ـ اما یک ناشناخته‌ی فرح‌بخش و نشاط آور. این‌طور نیست!

ساسان سرش را به نشانه‌ی تایید تکان داد. بهزاد نگاهی به او انداخت. برای نخستین بار رد تبسمی شیرین را در چهره‌ی او می‌دید و همین موضوع شادی خود او را نیز برانگیخته بود. در حین برداشتن لیوان‌ها پرسید:

ـ نظرت درباره‌ی یک لیوان دیگر چیست؟

ساسان سرش را به نشانه‌ی موافقت تکان داد و گفت اراده‌اش فقط زمانی که هوشیار است، به وظایفش عمل می‌کند.

تاثیر شراب داغ بیش از آن چیزی بود که تصور می‌کرد. در آن لحظه، سرمستی ریسمان پیوند او را با زمین و زمان گسسته بود. مدت‌ها تشنه‌ی چنین لحظه‌ای بود. منتظر آن لحظه‌ای که کسی بیاید، دست او را به مهر بفشارد و او را با خود ببرد به آن جایی که از غم و غصه نشانی نیست. می‌دانست که چنین لحظاتی در آن ایام بسیار نادر و کم‌دوام هستند. به‌رغم آن در عطش گپ‌وگفت با یک دوست می‌سوخت. احساس غربت، احساس تنهایی می‌کرد. اگر یاکوب و هانه‌لوره را نیافته بود، اگر یاری چون مینا در زندگی‌اش وجود نمی‌داشت، روحش پیش از این‌ها در سرمای سنگین و کشنده‌ی تنهایی می‌پژمرد.

سخنش باعث خنده‌ی بهزاد شد. گفت:

ـ باز هم مایه‌ی بسی خوشحالی است. اراده‌ی تو به‌هرحال زمانی سروکله‌اش پیدا

می‌شود. اراده‌ی من سال‌ها پیش، همراه با همسرم خانه و زندگی‌ام را ترک کرد و رفت و پشت سر خودش را هم نگاه نکرد.

این نخستین باری بود که بهزاد اعتراف می‌کرد که نسرین او را ترک کرده است. ساسان بی‌آنکه چیزی بگوید، مدتی به او زل زد. بهزاد لب‌هایش را بر هم فشرد و ترجیح داد اندوه‌اش را پشت لبخندی مصنوعی پنهان کند. مستی باعث غفلتش شده بود. غفلتی که از آن پرهیز داشت. بارها به خود و به دیگران گفته بود که روزنامه‌نگاران هیچ‌گاه نمی‌بایست مهارشان را از کف بدهند. افسار کلام‌شان باید همیشه در دست‌شان باشد. اکنون، برخلاف تمایلش از یکی از ناگفته‌های زندگی خصوصی‌اش پرده برگرفته بود. آهی کشید. سرد و بی‌روح گفت:

- بگذریم!

ساسان پیام نهفته در این واژه را متوجه شد. نمی‌خواست با پرسش‌های خود روح دوستش را بیش از آن بیازارد. گفت مایل است این بار او پول شراب را حساب کند و این را با لحنی جدی و تحکم‌آمیز گفته بود. اما بهزاد مخالفت کرد. گفت فشارهای مالی ماه‌های نخست زندگی در تبعید را می‌شناسد. گفت او نیز این ایام را تجربه کرده است و از این رو مایل است پرداختن چنین هزینه‌های ناچیزی را برعهده گیرد. از ساسان خواهش کرد که اصرار نورزد.

- فرصت برای جبران زیاد است. این روزها تو مهمان من هستی.

نمی‌دانست که شنیدن چنین چیزی در این دوره‌ی برزخی برای ساسان چقدر می‌تواند آزار دهنده باشد. از کجا باید می‌دانست؟ ساسان سال‌ها بود که نسبت به واژه‌ی مهمان حساسیت پیدا کرده بود. حساسیتی که به نخستین بازجویی‌اش بازمی‌گشت. پس از دستگیری، او را به زندان اوین برده بودند. چند ساعتی در سلول انفرادی‌اش نشسته بود. پس از آن زندانبان آمده و او را با چشم‌بند برای بازجویی برده بود. در اتاق بازجویی، پشت به بازجو، با چشمان بسته، رو به دیوار نشسته بود. صدای بالا و پایین کردن ورق‌های کاغذ با صدای کوبیدن مستمر پای بازجو بر کف اتاق درهم پیچیده بود. آن روز بازجو با لحنی طعنه‌آمیز به او گفته بود:

- خوش آمدید آقای دکتر! پرونده‌تان خوش‌بختانه خیلی سنگین است. خودتان را برای یک مهمانی طولانی آماده کنید.

درگیر سبک‌وسنگین کردن واژه‌ی مهمانی بود که با فحاشی بازجو روبه‌رو شد. لحن بازجو به‌یک‌باره تغییر کرد. آن بازجوی مودب لحظه‌ای پیش بدل به یک بازجوی فحاش شده بود. آن بازجوی بددهن با خشونتی آشکار در کلام به او گفته بود:

ـ لعنتی، فکر می‌کنید ما از هیچ چیز خبر نداریم. سر کلاس هر چه دل‌تان می‌خواهد می‌توانید بگویید؟ می‌توانید دانشجویان را تحریک کنید؟ بلوا و اغتشاش به راه بیاندازید؟ بی‌آنکه مجازاتی در کار باشد؟ اینجا ما شما روشنفکران قلابی و بی‌پدرمادر را آدم می‌کنیم. خیال‌تان جمع باشد. خودتان را برای یک مهمانی طولانی آماده کنید. تازه اگر خیلی خوش‌شانس باشید، چند سالی مهمان ما هستید.

واژه‌ی مهمان همراه ساسان آمده بود، از همان روز بازجویی تا آن بازار کریسمس. چند ماه پیش از مهاجرت‌شان، در گزارشی خوانده بود که آلمانی‌ها به ترک‌ها، به ایتالیایی‌ها و یونانی‌هایی که پس از جنگ جهانی دوم برای کمک به بازسازی آلمان آمده بودند، کارگر مهمان می‌گویند. این موضوع باعث تعجب او شده بود. از خود پرسیده بود که این دیگر چه نوع مهمانی است؟ چه چیزی از این کارگران مهمان می‌سازد؟ این مهمانی شورانگیز قرار است کی تمام بشود؟

سخن بهزاد، گرچه از سر مهر بود، اما او را به یاد خودش و مینا انداخت. از خود پرسید:

ـ مهمانی فرح‌بخش ما قرار است کی به پایان برسد؟

ساسان سال‌ها، بلکه دهه‌ها در سرزمین محنت‌زده‌ی خود تلاش کرده بود شهروند بشود و روزگار از او مهمان ساخته بود. ابتدا در کشور خود، پشت میله‌های زندان و حال در تبعید. اما آن مهمان همچنان در تب شهروند شدنش می‌سوخت.

در آن بین، آن پیرزن و پیرمرد آلمانی نیز خداحافظی کرده و رفته بودند. بازار کریسمس آرام آرام خلوت می‌شد. فروشندگان و کارکنان دکه‌ها سرگرم تمیز کردن و نظافت محل کار و کسب خود شده بودند. حال او بهتر می‌توانست تصویر روشن‌تری از فضای آن بازار کریسمس به دست آورد. نگاه خود را همچون جهانگردی سرخوش راهی مسیر نسبتاً پهن بین ردیف‌های موازی دکه‌ها کرد. به چند نفری نگریست که از هیاهوی ساعتی پیش به جای مانده بودند. او سیل انسان‌ها را دیده بود. سیلی که از این بازار عبور کرده و پنداری آن را بلعیده بود. حال او با بهزاد و چند نفر دیگر، آخرین بازماندگان آن سیل بودند.

ساسان در سایه‌ی فراموشی زمان، زیر پوست شب خزیده بود تا طعم آن بازار از نفس افتاده را مزه‌مزه کند. او اکنون می‌توانست خستگی ناشی از کار مستمر و بی‌وقفه‌ی واپسین روزهای سال را در چهره‌ی صاحبان و فروشندگان دکه‌ها ببیند. می‌توانست در خمیازه‌هایشان، آثار تازیانه‌های بی‌حوصلگی را حس کند. آن بی‌حوصلگی که از دل تکرار برمی‌خیزد. او پدیده‌ی بی‌حوصلگی را خوب می‌شناخت. به آن عادت کرده بود. به خود گفت:

- بی‌حوصلگی من هم از جنس بی‌حوصلگی آن‌هاست. حسی برخاسته از آن تکرار ملال‌آور همیشگی که هر بار با لباسی مبدل و چهره‌ای از نو بزک کرده به زندگی آدم بازمی‌گردد. ملال ناشی از فهم این که مضمون لحظه‌ی بعدی زندگی‌ات عین مضمون لحظه‌ی پیش است، درست شبیه به لحظه‌ی پیش‌تر از آن.

به مینا گفته بود تکرار مضمون لحظه‌ها، شور زندگی‌اش را زخمی می‌کند. تبعید همچون راهزنی محله‌ی آشنای زندگی‌اش را از او ربوده بود. همچون یک قلاب‌سنگ جادویی او را از گوشه‌ای از جهان که می‌شناخت به نقطه‌ای از جهان که نمی‌شناخت، پرتاب کرده بود. زمان هم در سایه‌ی این پرتاب بلند لج کرده بود. شیطنتش گرفته بود و فقط لحظه‌های تکراری می‌زایید. او از ملال برخاسته از تکرار گفته بود. مینا گفته بود:

- ملال‌آورتر از آن این است که آدم ساعت‌ها روی صندلی چوبی آشپزخانه بنشیند یا از پنجره به برج یک کلیسای قدیمی زل بزند. تو خودت را در این خانه، در این اتاق زندانی کرده‌ای.

گرچه حق با مینا بود، اما این سخن او را آزرده بود. زندان او را منزوی کرده بود. این چیزی نبود که نداند. ساعت‌ها تنها گوشه‌ای می‌نشست و به نقطه‌ای زل می‌زد. به نقطه‌ای شناور بین دو سرنوشت که می‌بایست سرنوشت‌های دو فرد جداگانه باشند. اما اکنون او مالک هر دو سرنوشت از هم گسیخته شده بود. ساکت و بی‌حرکت، گوشه‌ای می‌نشست و به نقطه‌ای شناور بین دو جهان می‌نگریست. جهانی که از آن می‌گریخت و جهانی که به آن پناه آورده بود. به نقطه‌ای بین دو جهان که یکی او را رانده بود و دیگری از پذیرش او امتناع می‌ورزید. به نقطه‌ای بین دو جهان که او شهروند هیچ کدام‌شان نبود. مهمان‌شان بود.

ساسان ذاتاً آدم مغمومی نبود. غمگین شده بود. حسی تلخ به او دست داده بود. بارها

درباره‌ی یاکوب و هانه‌لوره به مینا گفته بود. از تنگی نفس‌اش در آن خانه شکایت کرده بود. گفته بود هر بار که در آینه می‌نگرد، احساس می‌کند، چهره‌ی یاکوب را پشت سر خود می‌بیند. روی برمی‌گرداند و اتفاقاً یاکوب آنجاست. کنار او ایستاده است و بی‌تابی می‌کند. آنجا ایستاده و همچون خود او به چهره‌اش در آینه می‌نگرد. شاید به او در آینه زل زده است.

به مینا گفته بود در آشپزخانه نیز بارها هانه‌لوره را دیده که سرگرم پخت و پز است. برای فرزند خردسال‌شان شیر گرم می‌کند. برای یاکوب سیب‌زمینی بار گذاشته است. گفته بود که در چشم هانه‌لوره غمی پنهان وجود دارد که دیدنش رعشه بر تن او می‌اندازد. گفته بود او هانه‌لوره را بارها در حال گریستن دیده است. حتی یک بار شاهد گریستن دسته‌جمعی‌شان بوده است. او را با یاکوب و اریش دیده که هر سه کنار هم روی مبل چرمی قرمزرنگ، زیر آن تابلوی بی‌روح نشسته و زار زار گریه می‌کردند. ساسان همیشه از آن تابلو بدش می‌آمد. از دیدنش افسرده می‌شد. تابلوی غم‌انگیزی بود، نمای یک درخت خشک زیر آسمانی خاکستری. یاکوب همان شب به او گفته بود:

- دوست من، خیلی دستخوش خیال نشو! مرده‌ها هیچ‌وقت گریه نمی‌کنند! هیچ‌وقت انتظار کشیدن باعث اضطراب‌شان نمی‌شود. دل‌شوره نمی‌گیرند، خشمگین نمی‌شوند، فریاد نمی‌زنند، لعنت نمی‌فرستند. این‌ها جملگی تصورهای توست. مرگ پایان درد، پایان هیجان و پایان انتظار است.

پس از لحظه‌ای سکوت با آرشه ویولن تابلو را نشان داده و گفته بود:

- این تابلو هم یادگار پدرم است. گاهی خاطره‌ای به چیزی ارزشی می‌بخشد که اغلب از نگاه دیگران پنهان می‌ماند.

ساسان همه‌ی این‌ها را بارها به مینا گفته بود. اما مینا قادر به فهم‌شان نبود. به صندلی‌های راحتی تریاکی‌رنگ و به تابلوی بوسه‌ی گوستاو کلیمت که به دیوار زده بودند، نگاه می‌کرد و می‌پرسید:

- معلوم است که از کدام مبل حرف می‌زنی؟ از کدام تابلو؟ این تابلو که خیلی زیباست!

مینا آرزو می‌کرد که همسرش عاقبت بتواند کسی را بیابد تا با روایت داستانش، او را از اوهامی که به آن‌ها گرفتار آمده است، برهاند. ساسانی که از زندان بیرون آمده بود، همان ساسانی نبود که می‌شناخت. ساسان گفته بود که ملالش از جنس وهم و خیال نیست.

گفته بود آرزو می‌کند که همه چیز عین یک خواب پریشان، شبیه به یک کابوس باشد. کابوسی که با بیدار شدن آدم به پایان می‌رسد. گفته بود از آن می‌ترسد که سحرگاه، وقتی از خواب بیدار می‌شود، ببیند جهانی که در آن زندگی می‌کند، ادامه همان کابوس شبانه‌ی اوست. سحر که از خواب بیدار می‌شد، می‌دید که خوابش بدل به واقعیت شده است. کابوس زندانی‌ها اغلب از جنس واقعیت است.

صدای نسبتاً بلند بهزاد او را به اکنون بازگرداند. هیچ‌گاه تا آن لحظه، بهزاد را چنین برافروخته ندیده بود. از آثار رُژ لب مانده روی لبه‌ی یکی از لیوان‌ها شکایت می‌کرد. فروشنده سر خود را پایین انداخته و سکوت کرده بود. ساسان آثار خستگی را در چهره آن دختر جوان دید. دختر فروشنده لیوان را خالی کرد، لیوان دیگری از سبد پلاستیکی ظروف تمیز برداشت. آن را در برابر نور گرفت تا از بابت تمیزی‌اش مطمئن شود. آنگاه با ملاقه از دیگ بزرگ شراب داغ، لیوان را پر کرد و آن را، کنار لیوان دیگر، روی پیشخوان گذاشت. بهزاد پول شراب‌ها را حساب کرد، سری تکان داد، چیزی گفت و لیوان‌ها را برداشت. لبخندی که بر لبان دختر نشسته بود، به محض دور شدن بهزاد محو شد.

بهزاد با دو لیوان شراب بازگشت. ناآرام و عصبی شده بود. زیر لب پچ‌پچ‌کنان چیزی می‌گفت که ساسان متوجه نمی‌شد. ساسان نمی‌دانست در آن لحظه در سر دوستش چه می‌گذرد. به باور او، موضوع آن چنان مهم نبود که گرد شادی را از تن لحظه‌هایشان بتکاند. تابش رنگارنگ نور لامپ‌هایی که بر بالای دکه نصب کرده بودند، به چهره‌ی بهزاد حالت مرموزی داده بود. او با تصویر دیگری از دوست جدیدش آشنا می‌شد. دوستی که می‌توانست آرام باشد، اما می‌توانست داد بزند و جیغ بکشد.

لحظه‌ای سکوت ذهن ساسان را دگربار به آشیانه‌ی طوفان کشاند. نگران مینا شده بود. همسرش این اواخر غمگین شده بود. خیلی کم حرف می‌زد. به‌رغم آن کاری از دستش برنمی‌آمد. او نیز مصاحب خوبی برای همسرش نبود. همه چیز در آن خانه‌ی قدیمی به هم گره خورده بود. گذشته با حال درآمیخته بود. ابهام آینده در دل لحظه جا خوش کرده بود. بار دیگر بی‌اختیار به یاد هم‌خانه‌ای‌های خود افتاد، به یاد چکاچک میل‌های بافتنی هانه لوره. شنید که هانه‌لوره می‌گوید:

ـ یک رج دیگر ببافم، بافتن این شال گردن هم تمام می‌شود.

هانه‌لوره را دید که روی خود را به سوی او برگردانده، با دست شال را باز کرده و جلوی

چشمان او گرفته و می‌گوید:

- این یکی را برای یاکوب می‌بافم. به محض سرد شدن هوا، خیلی سریع سرما می‌خورد. قشنگ نیست؟

بهزاد متوجه شد که ساسان بار دیگر زمان و مکان را فراموش کرده و در عالم خود فرو رفته است. لیوان شراب خود را به لیوان او زد و گفت:

- به سلامتی!

ساسان به خود آمد. لبخندی زد. لیوان خود را بلند کرد و با صدایی رسا گفت:

- به سلامتی این مهمانی بزرگ و بی‌پایان!

بهزاد هاج‌وواج نگاهی به او انداخت. دقیقاً نمی‌دانست سخن از کدام مهمانی است. با لحنی تردیدآمیز گفت:

- به سلامتی این مهمانی بزرگ!

سخن‌شان به درازا کشیده بود. سخنانی که گرچه بازگویی‌شان برای ساسان چندان فرح‌بخش نبود، اما برای روایت ناگفته‌هایش و داستان یاکوب و هانه‌لوره اهمیت داشت. ساسان پاکت سیگارش را از جیب پالتوی خود در آورد و سیگاری را گوشه‌ی لب خود گذاشت. حیرت را در چهره بهزاد دید. گفت:

- امشب شراب داغ فرمان اجرای قانون جیره‌بندی سیگار را لغو کرده است.

لبخند تلخی بر لبانش نشست:

- کسی که یک بار عهدش را بشکند، می‌تواند هر بار عهدش را بشکند. این را به تجربه می‌گویم. دانستن همین موضوع باعث وحشتم می‌شود.

توضیح بیشتری نداد. بهزاد نمی‌دانست که سخن از کدام تجربه است. از تجربه‌ی زندان؟ لحظه اما برای طرح چنین پرسشی مناسب نبود. ترجیح داد به سکوتش ادامه دهد. ساسان دود سیگار را چند ثانیه‌ای در سینه‌اش حبس کرد. برای لحظه‌ای چشمان خود را بست و دود را آرام و با تأنی بیرون داد. ظاهراً در اندیشه‌هایش غرق شده بود. پس از آن، روی خود را به سوی بهزاد برگرداند، عینکش را روی بینی‌اش جابه‌جا کرد و با لحنی متفکرانه از او پرسید:

- مادلین آلبرایت را می‌شناسی؟

پرسشی که بهزاد را غافلگیر کرد. ناخودآگاه پوزخندی زد. واکنشی که هم باعث

پشیمانی ساسان از طرح این پرسش شد و هم شرم و خجالت او را در پی داشت. ساسان متوجه‌ی خطای خود شد. نگاهی به او انداخت، دستش را با مهر روی شانه او نهاد و گفت:

- مرا ببخش. پرسش مسخره‌ای بود. می‌دانم. بدیهی است که یک روزنامه‌نگار حرفه‌ای مثل تو آلبرایت را می‌شناسد. حتی شاید صد بار بهتر از خود من.

بهزاد اندکی درباره دوره‌ی زمامداری آلبرایت در زمان بیل کلینتون سخن گفت. گفت مادلین آلبرایت نخستین زن در تاریخ آمریکا است که به عنوان وزیر امور خارجه فعالیت کرده است. با گفتن این مسائل شاید بر آن بود تا دانش سیاسی خود را به ساسان یادآور شود. پس از آن گفت:

- اگر با مباحث فلسفی زیاد آشنا نباشم، دست‌کم اطلاعات مختصری از سیاست بین‌الملل دارم.

سخنی فروتنانه که بر شرمندگی بیشتر ساسان افزود.

- جداً پوزش می‌خواهم. این چه حرفی است که می‌زنی؟ لطفاً این پرسش را بگذار به حساب هوش و حواس یک آدم کمابیش مست. اما هدفم از طرح این پرسش چیز دیگری بود. همین چند وقت پیش تصادفاً مصاحبه‌ای از آلبرایت خواندم. عالی بود. شاید باید گفت تکان دهنده بود. در همان لحظه‌ای که تو رفته بودی شراب بیاوری، بی‌اختیار به یاد آن مصاحبه افتادم. به یاد مرغ بنیتو موسولینی.

- مرغ موسولینی؟

- آره. آلبرایت موضوع این مرغ را به نقل از موسولینی روایت می‌کند. در آن مصاحبه گفته بود که راز قدرت‌گیری فاشیسم در ایتالیا را می‌شود با مثال این مرغ فهمید. به نقل از موسولینی گفته بود که کندن روزانه‌ی یک پر از این مرغ جاروجنجال زیادی به راه نمی‌اندازد. در مصاحبه‌اش گفته بود فاشیسم در ایتالیا نه در سایه‌ی وقوع یک انقلاب و نه به علت یک کودتا به قدرت رسیده است. همه چیز از کندن مستمر و بی‌سروصدای پرهای آن مرغ شروع شده است. هر روز آمده‌اند و یک پرش را کنده‌اند. شاید آن مرغ هم جیغ کوتاهی کشیده باشد. جیغی که به گوش کسی هم نرسیده است. برخی هم که شاهد کندن این پرها بوده‌اند، یا بی‌تفاوت از کنارش گذشته‌اند یا زیانی در این کار ندیده‌اند. چه بسا حتی از دیدنش لذت هم برده باشند. اکثر مردم هر روز از کنار آن مرغ گذشته‌اند، بی‌آنکه متوجه‌ی تغییر فاحشی بشوند. تا اینکه یک روز صبح، وقتی از خواب بیدار شده‌اند،

وقتی چشمان‌شان را باز کرده‌اند، به ناگهان متوجه شده‌اند که یک حکومت فاشیستی قدرت سیاسی را قبضه کرده است.

ـ حکایت جالبی است. اما صادقانه گفته باشم، ربط آن را با گپ‌وگفت امشب‌مان متوجه نمی‌شوم.

ساسان دود سیگارش را بیرون داد و به حل شدن تدریجی دود در نور چراغ زل زد و در ادامه گفت:

ـ به نظر من مرغ بنیتو موسولینی یک الگوی عالی برای تحلیل خیلی از چیزهاست.

از بهزاد اندکی فاصله گرفت، سر خود را برگرداند و سرفه خشکی کرد. در حین فرودادن آبی که از فرط هیجان در دهانش جمع شده بود، خطاب به او گفت:

ـ پس از خواندن آن مصاحبه خیلی درباره این مرغ فکر کردم. متوجه شدم که از این مرغ می‌شود برای فهم و توضیح خیلی چیزها استفاده کرد.

لحظه‌ای مکث کرد و سپس چنین ادامه داد:

ـ این هم چیزی است شبیه به همان حکایت بدل شدن نسیم به طوفان. مرغ موسولینی به ما می‌گوید که تغییرات طوفانی اغلب از دل تغییرات ریز و آرام و تدریجی زاده می‌شوند. گرچه این یک موضوع بدیهی است، اما متاسفانه ما معمولاً آن را در تحلیل‌هایمان فراموش می‌کنیم.

پک آخر را به سیگارش زد و آن را در یک زیرسیگاری که روی میز کناری قرار داشت، خاموش کرد و گفت:

ـ آن گاه که طوفان می‌وزد و شروع به ویرانگری می‌کند، دیدن طوفان کار چندان سختی نیست. برای دیدن این طوفان، انسان به بینایی خاصی نیاز ندارد. اگر کسی هم موفق به دیدن این طوفان بشود، نمی‌تواند منتظر دریافت مدال بصیرت بنشیند. بینا کسی است که بتواند وزیدن طوفان را از فرسنگ‌ها دور ببیند، زوزه‌اش را پیش از آن که به بوزد، در پچ‌پچ یک نسیم، یا در نجواهای یک باد ملایم بشنود.

ـ با این حساب باید حواس‌مان همیشه به پرهای مرغ موسولینی باشد.

ساسان جرعه‌ای شراب نوشید و لیوانش را روی میز گذاشت و گفت:

ـ دقیقاً! مگر حکایت به قدرت رسیدن جمهوری اسلامی چیز دیگری بود؟

بهزاد با تعجب نگاهی به ساسان انداخت و گفت:

ـ اما روحانیون که در ایران برخلاف فاشیست‌های ایتالیا، با یک انقلاب به پیروزی رسیده بودند.

ـ آره. مشکل می‌دانی کجاست؟ آنجا است که فکر می‌کنیم انقلاب‌ها یک شبه روی می‌دهند. ولی انقلاب‌ها هم با همان کندن تدریجی پرهای مرغ بنیتو موسولینی شروع می‌شوند.

سپس از جیب پالتو دستمالش را در آورد و لب‌های خود را پاک کرد. احساس می‌کرد که شراب داغ روی لبانش ماسیده است. در ادامه گفت:

ـ روحانیون سال‌ها آرام آرام هر روز یکی از پرهای این مرغ زبان بسته را کندند. آب از آب تکان نخورد. تا اینکه یک روز که مردم عاقبت چشمان‌شان را باز کردند، متوجه سیل شدند.

ـ متاسفانه خیلی‌ها حتی ده‌ها سال پس از انقلاب اسلامی هم از کندن پرهای مرغ موسولینی دفاع می‌کنند. خیلی‌ها تا همین امروز هم نه سیل را دیده‌اند و نه متوجه‌ی طوفان شده‌اند.

ـ شاهکارند! ظرف همین چند ماه با یکی دو نفرشان برخورد داشته‌ام. به نظر من آن‌هایی که طوفان را پس از وزیدنش دیده بودند، لزوما بینا نبودند، اما آن‌هایی که پس از گذشت ده‌ها سال هنوز متوجه‌ی ویرانگری این طوفان نشده‌اند، همه نابینا هستند.

بهزاد بارها در تحلیل و توضیح علت‌های وقوع انقلاب اسلامی مقاله نوشته و سخنرانی کرده بود. اما هیچ‌گاه به این انقلاب از منظر پرهای مرغ موسولینی نپرداخته بود. از گفت‌وگو با ساسان لذت می‌برد. شیفته‌ی نگاه عمیق او به مسائل مختلف و از جمله به زندگی شده بود. پیش از آن گمان می‌کرد که روشنفکران در ایران به علت محدودیت‌ها در جا می‌زنند. قادر به دیدن خیلی از چیزها نیستند. نگاهی ناپخته به مسائل دارند. اما اکنون متوجه‌ی خطای خود شده بود. ساسان یک بارگفته بود که عمیق‌ترین پدیده‌ها نیز به ساده‌ترین شکل خود را نشان می‌دهند. لبخندی زده و در ادامه گفته بود:

ـ عمق را که نمی‌شود به سادگی دید. پرسش اما اینجاست که چرا حاضر نیستیم سطح را درست و دقیق ببینیم. خیلی چیزها روی همان سطح برای دیدن وجود دارند!

بهزاد لیوان شراب خود را بلند کرد و به لیوان ساسان زد و گفت:

ـ مثل تلاش تو برای فهم اجزای این شراب داغ!

- دقیقاً. ما معمولاً عادت داریم به هویت مثل یک کل نگاه کنیم. ولی هویت کلی اصلاً وجود ندارد. فریبی است که دوست داریم باورش کنیم. هویت یک مجموعه است، مجموعه‌ی عجیبی از کنار هم نشستن هزار چیز ریز و درشت. اتفاقاً کنار هم نشستن این چیزهاست که زمینه را برای تعریف یا شناخت یک چیز آماده می‌کند. هویت ما مجموعه‌ی همه‌ی پرهای آن مرغ است. مرغی که چند تا از پرهایش را کنده باشند، همان مرغ قبلی نیست.

ساسان آخرین جرعه شرابش را نوشید، صدای خود را صاف کرد و گفت:

- آدم‌ها تصمیم‌های بزرگ را در یک فصل از زندگی می‌گیرند، ولی اغلب هزینه‌اش را در فصل بعدی یا فصل‌های بعدی پرداخت می‌کنند. گاهی نقدی و گاهی هم به اقساط.

گفت در زندگی هیچ تصمیمی بدون هزینه نیست. حتی ساده‌ترین تصمیم‌ها هزینه خودشان را دارند.

- اما هزینه‌ی بی‌تفاوتی و سکوت خیلی سنگین‌تر و گاهی کمرشکن‌تر از چیزی است که گمان می‌کنیم.

بهزاد بی‌حرکت ایستاده بود. پنداری در افکارش غرق شده بود. درباره‌ی هزینه تصمیم‌های زندگی‌اش می‌اندیشید. ساسان دستش را با مهر روی شانه‌اش نهاد، او را با ملایمت تکان داد و گفت:

- باید برویم. دیر شده است.

بهزاد به خود آمد. یک‌باره همچون جن‌زدگان از جای خود پرید. لیوان‌های شراب را برداشت و روی پیشخوان، مقابل دختر فروشنده گذاشت و منتظر ماند تا پول گرویی آن‌ها را پس بگیرد. نگاه ساسان بارها هنگام گفت‌وگو با بهزاد روی چهره آن دختر جوان متوقف مانده بود. به او نگاه کرده و محو آمیزش زیبایی و خستگی او شده بود. دختر کار نظافت دکه را تمام کرده و در واپسین دقیقه‌های کار روزانه‌ی خود، پشت پیشخوان ایستاده و به آن‌ها، یعنی تنها مشتریان خود، زل زده بود و به گفت‌وگوی آن‌ها گوش می‌داد. آن‌ها به زبانی سخن می‌گفتند که او متوجه نمی‌شد. از کل گفت‌وگوی آن دو غریبه شاید تنها یک کلمه را متوجه شده بود: مادلین!

ساسان پیش خود فکر کرده بود شاید این دختر با شنیدن نام مادلین از خود بپرسد که آن دو غریبه درباره چه موضوعی با هم این چنین پر شور صحبت می‌کنند؟ مادلین

کی است و چه نسبتی با آنها دارد؟

ساسان به خود گفت آنچه این دختر جوان نمی‌داند و نمی‌تواند بداند این است که مادلین تلنگری به کسانی است که به جای ایستادن در برابر وزش باد، خوش دارند پشت درختی پنهان شوند.

خیابان محنت

ساسان به محض پیاده شدن از قطار بی‌اختیار نگاهی به ساعتش انداخت. تاریک بود. مچش را کج کرد و ساعتش را زیر نور چراغ خیابان گرفت. باورش نمی‌شد که ساعت از یازده گذشته باشد. دیر شده بود. خیلی دیر. شراب داغ و گفت‌وگو با بهزاد او را با خود برده بود به آنجایی که زمان و مکان اغلب تا حد انکار شدن فراموش می‌شوند. از خود بی‌خود شده بود.

این نخستین باری نبود که زمان و مکان را فراموش می‌کرد. در روزها و هفته‌های نخست پس از آزادی‌اش از زندان، بارها غرق در ناباوری چشمانش را گشوده بود. نمی‌دانست در آن سوی پلک‌هایش چه چیزی در انتظار اوست. گاهی هم مستی شبانه هوش و حواس‌اش را می‌ربود و او در خماری سحرگاهی از خواب برمی‌خاست. برای لحظه‌ای نمی‌دانست که در کدام صفحه‌ی تقویم زندگی‌اش و در کدام نقطه از جهان چشمانش را می‌گشاید. این حس مستی را بارها در خانه‌اش تجربه کرده بود. در خیابان هرگز. این نخستین باری بود که مست به خانه بازمی‌گشت.

در مترو چشمانش را بسته و سر خود را به شیشه خنک پنجره چسبانده بود. کم مانده بود، ایستگاه خانه‌شان را از دست بدهد و مترو او را به نقطه‌ای دیگر از جهان پرتاب کند، به نقطه‌ای ناشناخته‌تر. تاثیر شراب داغ را دست‌کم گرفته بود. بوی وانیل و طعم دارچین فریبش داده بودند. به محض آنکه پاهایش به کف خیابان رسید، به محض آنکه سرما بر تن و جانش نشست، به تاثیر مانای شراب داغ ایمان آورد. هیچ‌گاه در این ماه‌های تبعید مینا را تا چنین ساعتی از شب تنها نگذاشته بود. آرزو می‌کرد مینا خواب باشد. خوش نداشت مینا او را در چنین حالتی ببیند. کوچکترین توضیحی برای این شادنوشی شبانه نداشت. پیام چراغ روشن اتاق پذیرایی‌شان اما چیز دیگری بود: حکایت زنی رنج‌دیده، غرق

در نگرانی‌های ریز و درشت، نشسته بیدار در آن سوی در، به انتظار. تصور نگاه نگران مینا لرزه‌ای به تنش انداخت.

پیش از ورود به خانه لحظه‌ای کنار سنگ‌های روبه‌روی خانه‌شان ایستاد. سر خود را به نشانه‌ی احترام خم کرد و به هم‌خانه‌ای‌های شوربخت خود سلام گفت. خیابان خلوت بود و خود را برای خواب شبانه آماده می‌کرد. رهگذری در آن سو، همچون سایه‌ای با گام‌هایی شتابان از او و از این خیابان می‌گریخت. روکش برنجی سنگ‌ها در تابش نور خفیف چراغ خیابان می‌درخشید. او از زمانی که راز نشسته بر دل این سنگ‌ها را کشف کرده بود، نمی‌توانست بی‌تفاوت از کنارشان بگذرد.

به بهزاد گفته بود شرارت‌ها اغلب از دل یک بی‌تفاوتی ظاهراً بی‌خطر زاده می‌شوند. حال آنکه بی‌تفاوتی درمان هیچ دردی نیست. راه نجات کسی از مهلکه نیست. حفر سوراخ دیگری در کف آن کشتی طوفان‌زده‌ای است که قرار است روزی انسان را به مقصدش برساند. بهزاد پرسیده بود:

– گفتی کدام مقصد؟

و هر دو خندیده بودند. ساسان آن روز به بهزاد گفته بود این سنگ‌ها ناگفته زیاد دارند. باید حرف بزنند، دردِدل کنند تا دل‌شان سبک شود. مثل یکی از آن شب‌ها که ناگهان وارد آشپزخانه شده و مینا را دیده بود که ناگفته‌هایش را زار زار می‌گرید. مدت‌ها بود که سخن دلش را با او در میان ننهاده بود. در خفا، شاید در خلوت شبانه‌اش، بی‌صدا گریه می‌کرد. گریه‌ای که ساسان تنها به یاری حدس و گمان از آن مطلع شده بود.

پیش از آنکه وارد خانه شود، سیگار دیگری آتش زد. بی‌اختیار به یاد گفت‌وگوی چندی پیش خود با هانه‌لوره و یاکوب افتاد. شب همان روزی بود که او مینا را گریان دیده بود. به هانه‌لوره گفته بود: «مینا زن قوی و خویشتن‌داری است. خوشش نمی‌آید در حضور دیگران از خودش ضعف نشان بدهد. کم پیش می‌آید جلوی کسی گریه کند. امشب انتظار نداشت که من ناگهانی وارد آشپزخانه بشوم. بیچاره غافل‌گیر شده بود.»

ساسان آن شب خاطره لحظه دستگیری‌اش را برای هانه‌لوره و یاکوب تعریف کرده بود. گفته بود روزی که ماموران سپاه شبانه برای بردن او آمده بودند، مینا جلوی جاری شدن اشک‌هایش را گرفته بود. نگاهی از سر خشم به ماموران انداخته و ترجیح داده بود، جلوی آن‌ها ضعف نشان ندهد. اما او و ماموران سپاه در پاگرد پله‌ها و هنگام خروج از خانه

صدای هق‌هق او را شنیده بودند.

- صدای گریه‌اش آن‌قدر بلند بود که یکی از ماموران هم سرش را بی‌اختیار برگرداند و نگاهی به بالای پله‌ها انداخت.

هانه‌لوره آن شب سرش را به نشانه‌ی تاسف تکان داده و گفته بود:

- من هم خیلی از شب‌ها، در آن لحظه‌ای که چراغ را خاموش می‌کردیم، در تاریکی و سکوت شبانه، در دلم هق‌هق‌کنان گریه می‌کردم. نمی‌خواستم یاکوب گریه‌ام را ببیند. آن روزها وحشت همه جا را فرا گرفته بود. روحیه همه ضعیف شده بود. پرده‌های شرم فرو افتاده بود. یک تلنگر کوچک کافی بود تا اشک از چشم آدم جاری بشود. پسرم! تحمل بارِ سنگین و دائمی هراس کار ساده‌ای نیست. هراس از روبه‌رو شدن با مرگ سایه‌به‌سایه و لحظه‌به‌لحظه همراه ما می‌آمد. آن روزها نمی‌خواستم یاکوب را آزار بدهم. مثل هر هنرمند دیگری، روح لطیف و آسیب‌پذیری دارد. خودش غم و غصه به اندازه کافی داشت. این بود که در خلوت شبانه گریه می‌کردم و روزها مرتب حرف‌های شیرین می‌زدم. بهش می‌گفتم اوضاع همیشه این گونه نمی‌ماند. می‌گفتم یاکوب محض رضای خدا هم که شده این قدر لعن و نفرین نکن. خدای ما هم بزرگ است.

هانه‌لوره نگاهی به همسرش انداخته و گفته بود:

- آن‌قدر حرف‌های قشنگ و شیرین زده بودم که یاکوب مرا متهم به ساده بودن و حتی به ساده‌لوحی کرده بود و به من می‌گفت که دچار نوعی خوش‌بینی ابلهانه شده‌ام.

سخن هانه‌لوره باعث تعجب یاکوب شده بود. گفته بود:

- این‌ها را من امروز برای نخستین بار از دهان تو می‌شنوم.

روی خود را به سوی ساسان برگردانده بود.

- باور کن، هانه‌لوره هیچ‌وقت درباره وضعیت روحی‌اش در آن ایام سخت چیزی به من نگفته بود. از گریه‌های پنهانی‌اش بی‌اطلاع بودم. همیشه فکر می‌کردم...

سپس حرفش را قطع کرده و گفته بود:

- نازنینم! مرا ببخش. ابله بودم که بزرگواری و بزرگی روح تو را متوجه نشدم.

یاکوب نگاهی به ساسان انداخته و گفته بود:

- مردگان ابایی از فاش شدن رازهایشان ندارند. از اعتراف کردن به خطاهایی که در زندگی مرتکب شده‌اند نیز نمی‌هراسند. این‌ها، جملگی آن فاش‌گویی‌ها و اعترافات

دیرهنگام هستند. درد کسی را درمان نمی‌کنند. آدم تا زنده است باید شهامت اعتراف کردن را داشته باشد. الان هم برای اعتراف من دیر شده است.

ساسان به دیوار خاکی‌رنگ خانه تکیه کرد. پک عمیقی به سیگارش زد و محو رقص دود در پرتو رنگ‌باخته‌ی نور چراغ خیابان شد. هانه‌لوره به ساسان گفته بود:

- چه خوب که می‌توانیم با تو حرف بزنیم. ده‌ها سال بود که یاکوب و من با کسی حرف نزده بودیم. یاکوب کنار آن پنجره می‌ایستد و ویولن می‌زند و من هم روی همین مبل می‌نشینم، میله‌هایم را برمی‌دارم و می‌بافم. موضوعی وجود ندارد که بخواهیم درباره‌شان صحبت کنیم. گفتنی‌هایمان را به هم گفته‌ایم. اما ناگفته‌های زیادی داریم که می‌توانیم به یک غریبه بگوییم.

ساسان دلش برای دیدار هانه‌لوره و یاکوب تنگ می‌شد. مهر آن‌ها به دلش نشسته بود. یاکوب در همان اوایل به او گفته بود:

- دوست من! نیازی به پنهان کردن هیچ رازی نیست. هر چه دل تنگت می‌خواهد می‌توانی به ما بگویی. مردگان برخلاف زندگان خیلی رازنگهدار هستند.

ساسان سیگارش را خاموش کرد. پیش از ورود به خانه نگاه دیگری به سنگ‌ها انداخت. نفسی را که در سینه حبس کرده بود، بیرون داد و وارد خانه شد. مینا آن شب به محض شنیدن صدای پای ساسان در راه‌پله و پس از مطمئن شدن از آمدن او، بی آنکه منتظر ورودش به خانه بشود، به اتاق خواب رفته بود. ساسان او را خیلی خوب می‌شناخت و به محض ورود به خانه متوجه رنجش مینا شده بود. می‌دانست که مینا هیچ‌وقت بدون خاموش کردن چراغ‌ها به اتاق خواب نمی‌رود. ساسان پس از ورود به اتاق خواب پرسیده بود:

- خوابی عزیزم؟

مینا نفس بلندی کشیده و ترجیح داده بود، چیزی نگوید.

ساسان صبح فردای آن روز به محض ورود به آشپزخانه مستقیم به سوی مینا رفت و او را تنگ در آغوش گرفت.

- عزیزم مرا ببخش.

مینا لحظه‌ای ساکت و بی‌حرکت در آغوش ساسان ماند. نمی‌دانست چه واکنشی باید از خود نشان بدهد. هیچ سخنی برای گفتن در آن لحظه به ذهنش خطور نمی‌کرد. ساسان

در گوش او نجواکنان گفت:

- دست خودم نیست. گاهی دلم می‌خواهد فریاد بزنم. از این همه ظلم و بی‌عدالتی شکایت کنم. هانه‌لوره و یاکوب در این خانه کسی را به غیر از من ندارند. دل‌شان خیلی پر است. دل‌شان مرتب برای اریش، برای کودک دل‌بندشان تنگ می‌شود. دل‌شان می‌خواهد همه‌ی آن حرف‌هایی را که هیچ‌گاه نگفته‌اند، از طریق من بگویند. یاکوب دیوانه‌وار هانه‌لوره را دوست دارد. بارها به من گفته است از اینکه نتوانسته آن طور که دلش می‌خواسته، عشقش را به هانه‌لوره بگوید، سخت پشیمان است. از من انتظار دارند هم ترس و وحشت‌شان را روایت کنم و هم عشق و مهرشان را. باید سرنوشت دردناک‌شان را به گوش کسانی برسانم که به‌رغم همه‌ی این تجربه‌های هولناک، واهمه‌ای از نوشیدن از چشمه‌ی جنون ندارند.

مینا سکوت کرده بود. با دهان باز به حرف‌های ساسان گوش سپرده بود. آرام دستان گره کرده ساسان به دور کمر خود را باز کرد. لحظه‌ای نگاهی به چشمان او انداخت. پس از آن به طرف اجاق رفت و در حین پر کردن لیوان‌های چای گفت:

- چشمه‌ی جنون همان جایی است که تو دیشب بودی!

ساسان عذرخواهی کرد. پوزش خواست. گفت که گفت‌وگویش با بهزاد طولانی شده است. زمان را از یاد برده است.

- من خیلی نگران شده بودم. گفتم حتماً چیزی اتفاق افتاده است. نکند بلایی به سرت آمده باشد. دست‌کم می‌توانستی تلفن بزنی و خبر بدهی. اصلاً معلوم است که کجا رفته بودی؟

این آن پرسشی بود که خود مینا پاسخش را به‌خوبی می‌دانست. همسرش کجا می‌توانست رفته باشد؟ می‌دانست که ساسان اهل هرزه‌گردی نیست. به او کاملاً اعتماد داشت. اعتمادی که از دل دهها سال زندگی مشترک زاده شده بود. اعتمادی که همچون یک نیروی محرکه‌ی قوی، همچون یک شور عاشقانه رابطه‌شان را از دل طوفان‌ها به سلامت گذرانده بود.

سکوت مینا حکایت از آن داشت که غلظت رنجش او بیش از آن چیزی است که پوزش ساده ساسان بتواند آن را پاک کند. سر خود را پایین انداخته و سرگرم آشپزی شده بود. نگاه خود را به پیازها داده بود. ساسان پیام این رفتار را خوب می‌شناخت. آمد و

بوسه‌ای بر پشت سر او زد. لیوان چای خود را برداشت و به اتاق پذیرایی رفت.

هانه‌لوره گفت:

- آدم از دیدن عشقی که بین شما وجود دارد، لذت می‌برد. رابطه‌ی ما هم مثل شما عاشقانه بود.

یاکوب مثل همیشه کنار پنجره اتاق پذیرایی ایستاده بود و به برج کلیسای سنت سورین در فضای مه‌آلود سحرگاهی نگاه می‌کرد. روی خود را به سوی هانه‌لوره برگرداند و گفت:

- من تو را می‌پرستیدم. خوب می‌دانم که تو خودت از عشق من خبر داشتی. این را در چشمانت دیده بودم، در نوازش دستانت حس کرده بودم.

شب‌ها، در آن ایامی که هنوز وحشت چهره‌ی خیابان را زخمی نکرده بود، پس از یک هم‌آغوشی، هانه‌لوره سرش را روی شانه‌ی یاکوب می‌گذاشت و با دستش سر و سینه‌ی تب‌دار همسرش را نوازش می‌کرد. یاکوب چشم‌هایش را می‌بست و در تاریکیِ بستر، سوار بر بال مهربانی پا به جنگل خیال می‌نهاد و از حس لطافت نسیمی وحشی که از میان شاخه‌های تودرتو و برگ‌های انبوه درختان می‌گذشت، غرق در لذت می‌شد.

هانه‌لوره پرسید:

- از چشمه‌ی جنون می‌گفتی. برایم جالب است. ممکن است کمی بیشتر توضیح بدهی؟

- درباره این چشمه خیلی فکر کرده‌ام. به خصوص در سال‌های زندان. بعد به این نتیجه رسیدم که اصلاً نیازی به جست‌وجو نیست. این چمشه همه جا وجود دارد. بین سطرهای روزنامه‌ها، در اخبار رادیووتلویزیون، میان حرف‌های به‌ظاهر بی‌ربط و کم‌آزار همسایه‌ها و در شبکه‌های اجتماعی. همه جا چشمه‌ی جنون جاری است. کافی است آدم غفلت کرده و از زهر این چشمه بنوشد تا جنون به درون اندیشه‌ها و باورهایش نفوذ کند. یک روز، وقتی انسان چشمانش را باز می‌کند، متوجه می‌شود که دقیقاً به آن چیزی بدل شده است که همه‌ی عمر تحقیر می‌کرده و از دستش می‌گریخته است.

او در آن لحظه مایل بود مضمون گفت‌وگوی شب پیش خود با بهزاد را برای هم‌خانه‌ای‌هایش تعریف کند. از پرسشی بگوید که بهزاد آن شب پیش از وداع مطرح کرده بود. پرسشی که در جست‌وجوی پاسخ خود، رهایش نمی‌کرد. بهزاد از او پرسیده بود:

- می‌دانستی در روزهای قدرت‌گیری نازی‌ها، سارتر در برلین زندگی می‌کرده است؟

ساسان به هانه‌لوره گفت:

- این را نمی‌دانستم. چه حادثه‌ی عجیبی! سارتر در آن زمان آن‌جا چه می‌کرد؟

بهزاد به او گفته بود که مایل نیست درباره همراهی هایدگر با نازی‌ها چیزی بگوید. اما به او گفته بود:

- می‌دانستی در آن روزهایی که اندیشه‌ی ویرانگر نازی‌ها کوچه به کوچه و شهر به شهر در حال پیش‌روی بود، بیش از ۱۴۰۰ فیلسوف و فلسفه‌دان در آلمان زندگی می‌کردند؟ تو خودت فلسفه خوانده‌ای. حتماً می‌دانی که هیچ ملت دیگری در جهان مثل ملت آلمان این‌قدر درباره آزادی و فلسفه آزادی نیاندیشیده و مقاله و کتاب ننوشته است.

ساسان به هانه‌لوره و یاکوب گفت:

- آقای نویسنده چیزی ازم پرسید که تکانم داد. پرسید آیا می‌توانم باور کنم که بذر تفکر فاشیستی بتواند در چنین زمینی رشد کند؟

بهزاد گفته بود درخشش اندیشه فلسفی در آلمانِ آن روزگار چنان بود که حتی نخبگانی چون سارتر را نیز مجذوب خود کرده بود. سارتر برای آشنایی با دیدگاه‌های هایدگر و هوسرل به برلین سفر کرده بود. زمانی وارد برلین شد که آلمان روز سیاه ۱۰ ماه مه ۱۹۳۳ را در تاریخ خود داشت. روز کتاب‌سوزان را! او در آلمان با انسان‌هایی روبه‌رو شد که در زمانی نه چندان دور برای آزادی اندیشه تلاش و پیکار کرده بودند، و اکنون برای مهار اندیشه و قتل اندیشمندان بسیج شده بودند. ناسیونال‌سوسیالیست‌ها به رهبری هیتلر از آزادی‌های جمهوری وایمار برای کسب قدرت خودشان استفاده کردند. با کمک همان آزادی، آزادی را از پای درآوردند.

ساسان سر خود را به نشانه‌ی تاسف تکان داد و گفت:

- آقای نویسنده می‌خواست بداند که آیا من از نظر سارتر درباره هفته‌های طوفانی پاییز سال ۱۹۳۳ خبر دارم یا نه. من روی تاریخ آن دوره‌ی آلمان کار کرده‌ام. حتی کتاب ترجمه کرده‌ام. ولی چیزی درباره نظر سارتر نشنیده بودم. اطلاعی نداشتم.

یاکوب نگاهی به هانه‌لوره انداخت و گفت:

- خُب ما آن روزها را خیلی خوب به یاد داریم. اما ما هم اسم سارتر را اصلاً نشنیده بودیم.

ساسان شنیده‌های خود از بهزاد را برای دوستانش روایت کرد. گفت:

- سارتر هم مثل خیلی از روشنفکران دیگر، رژه‌ی جنون را در خیابان‌های برلین دیده بود. اما همه‌ی آن‌ها فکر می‌کردند که این عارضه‌ی موقتی دوران بلوغ دموکراسی است. فکر می‌کردند که فاشیسم مسمومیت زودگذر دموکراسی نوپای آلمان است. دیر یا زود، جامعه استفراغ می‌کند، سم نشسته در وجودش را بالا می‌آورد، سبک می‌شود و مجدداً آرام و قرار می‌گیرد.

بهزاد آن روز به ساسان گفته بود:

- کمتر کسی در آن روزهای آفت‌زده فکر می‌کرد که کتاب‌سوزان مقدمه‌ای بر کشتار آزادی، کشتار اندیشه و کشتار انسان باشد. عمر اندیشه در بسیاری از مردم کوتاه‌تر از عمر خودشان است. برای بقا و برای ادامه‌ی زندگی‌شان تن به سکوت می‌دهند، اما نمی‌دانند که سکوت مانع از پلیدی نمی‌شود، دست جنایتکاران را بازتر می‌کند.

ساسان به هم‌خانه‌ای‌هایش گفت:

- حرف حساب زده بود. من هم در پاسخ گفته بودم که دیکتاتورها معمولاً با خود انسان‌ها مشکلی ندارند، مشکل‌شان با افکار انسان‌هاست. دشمنی با اندیشه‌ی غیرخودی باعث دشمنی و خصومت آن‌ها با کسانی می‌شود که می‌اندیشند، اما به گونه‌ی دیگری می‌اندیشند.

بهزاد پیش از وداع از ساسان پرسیده بود:

- می‌دانستی سارتر پس از دیدن مرگ فرهنگ و فرهیختگی بود که رمان تهوع را نوشت؟

ساسان این موضوع را نیز نمی‌دانست. او آن روز درباره احساس‌اش، درباره‌ی آن رنجی که در خشت خشت آن خانه نفوذ کرده است، با بهزاد سخن گفته بود. گفته بود که نمی‌تواند در برابر رنج ساکنان آن خانه بی‌تفاوت بماند.

- آقای نویسنده به من گفت که به نظر می‌رسد تو و مینا از سرزمین محنت به خیابان محنت کوچ کرده‌اید. من هم بهش گفتم کاش این طور بود. ما همه‌مان ساکنان موقت جهان محنت هستیم.

یاکوب سر خود را به نشانه تأیید تکان داد و مشغول نواختن ویولن شد. ساسان به آن‌ها گفت که بهزاد سرگرم جمع‌آوری اطلاعات درباره داستان آن‌ها و گوشه‌هایی از

داستان زندگی خود او است.

- از او پرسیدم که آیا شروع به نوشتن داستان کرده است. پاسخش منفی بود. گفت هنوز باید خیلی چیزها را درباره‌ی شما و همین‌طور درباره‌ی داستان من بداند.

هانه‌لوره با تعجب پرسید:

- درباره‌ی تو؟ داستان تو چه ربطی به داستان ما دارد؟

- آرزو می‌کردم، داستان‌تان یک داستان کهنه می‌بود. حکایت فصلی سیاه از زندگی انسان. داستانی که زمانی شروع شده و مثل خیلی از داستان‌های دیگر زمانی هم به پایان رسیده است. اما متاسفانه باید بگویم که داستان شما هنوز ادامه دارد. اتفاقاً همین موضوع باید باعث وحشت انسان بشود. متاسفانه تاریخ جنون‌زده به پایان نرسیده است. نفرت و جنون همچنان قربانی می‌گیرند.

یاکوب برای لحظه‌ای نواختن ویولن را قطع کرد و پرسید:

- برایم جالب است بدانم که آقای نویسنده چه چیزهایی را مایل بود درباره‌ی ما بداند؟

- درباره‌ی شما دیشب اطلاعات زیادی در اختیار آقای نویسنده قرار دادم. فرد کنجکاوی است. ساکت گوشه‌ای می‌نشیند و به حرف‌های آدم گوش می‌دهد. مرتب از شنیده‌هایش یادداشت برمی‌دارد. مایل است همه چیز را بداند. هم درباره‌ی من می‌پرسد و هم کنجکاو حال و روز شما شده است. من هم تقریباً هر چه را درباره‌ی شما می‌دانستم، به او گفتم.

ساسان با خود پیمان بسته بود هیچ چیز را از هم‌خانه‌ای‌های خود پنهان نکند. آن‌ها هم صادقانه درباره‌ی همه چیز با او سخن می‌گفتند. یاکوب به او گفته بود که مردگان از گفتن هیچ چیزی واهمه ندارند.

- نخستین درسی که مردگان می‌آموزند، کنار گذاشتن حساب‌گری‌هاست. سود و زیان در زندگی‌شان نقشی بازی نمی‌کند. از شکستن تابوها ابایی ندارند. حتی از حس شرم نیز اثری در آنان نیست. اما پشت دیوار گورستان، آن‌جایی که شما زندگی می‌کنید، شرم واژه بزرگی است.

ساسان در پاسخ گفته بود:

- یک بار عین این جمله را به آقای نویسنده گفتم. البته بی‌آنکه از تو نامی برده باشم. به او گفته بودم قبح پلیدی که بریزد، راه برای حکومت پلیدان هموار می‌شود. این یکی از

درس‌های بزرگ تاریخ است که اغلب فراموش می‌کنیم.

یاکوب و هانه‌لوره بدون پرده‌پوشی درباره‌ی تک‌تک لحظه‌های زندگی‌شان سخن می‌گفتند. از عشق، از شور و هیجان هم‌آغوشی‌های مستانه، از غم و شادی‌ها، از ترس‌ها و دلهره‌های شبانه، از وحشت شنیدن صدای کامیون‌هایی که در خیابان در تردد بودند، از صدای شکستن شیشه‌ی مغازه‌ها، از واهمه‌ی برخاسته از صدای شکافتن سکوت خیابان در اثر عبور یک جیپ نظامی، از اضطراب ناشی از صدای کوبش پوتین سربازان بر کف خیابان محنت. هانه‌لوره می‌گفت:

- از همه بیشتر از صداهایی که در راه‌پله خانه می‌پیچید می‌ترسیدیم. هر بار که یکی از این پله‌ها بالا می‌آمد، به‌خصوص شب‌ها، اسیر وحشت می‌شدیم.

ساسان آخرین جرعه چای‌اش را نوشید، لیوان را روی میز گذاشت و خطاب به هانه‌لوره گفت:

- دیشب برای اولین بار عکس‌هایتان را به آقای نویسنده نشان دادم.

یاکوب بار دیگر نواختن ویولن را برای لحظه‌ای قطع کرد، روی خود را به سوی ساسان برگرداند و با کنجکاوی پرسید:

- کدام عکس‌ها را می‌گویی؟

- همان عکس‌هایی که از مرکز اسناد ناسیونال سوسیالیسم گرفته بودم. آن‌ها را به آقای نویسنده نشان دادم. عکس‌های دیگری متاسفانه از شما وجود ندارد.

بی‌اختیار به یاد خاطره‌ای آن شبی افتاد که از مرکز اسناد ناسیونال سوسیالیسم به خانه بازگشته بود. هوای آن شب گرم و دم کرده بود. آن شب پس از رسیدن به خانه، همان‌جا کنار سنگ‌ها ایستاده و به آن‌ها زل زده بود. احساس تنگی نفس می‌کرد. نمی‌دانست علت سنگین شدن بازدم‌اش، گرمای نشسته بر تن تب‌آلود آن شب تابستانی بود، یا احساس عجیب ناشی از خاطره‌ی آن روز. همان شب از یاکوب پرسیده بود:

- می‌دانستی که دفتر مرکز گشتاپو الان بدل به موزه‌ی اسناد و مدارک ناسیونال سوسیالیسم شده است؟ حتی می‌شود از زندان‌های گشتاپو هم در زیرزمین این موزه دیدن کرد. ساختمانی با دو چهره‌ی متفاوت. شاید باید گفت با دو سرنوشت متفاوت.

یاکوب پس از لحظه‌ای سکوت گفته بود:

- نمی‌دانستم. خیلی جالب است. باورش ساده نیست. باور اینکه گذشت زمان تا چه

حد قادر به تغییر پیرامون ماست. آن روزها چه کسی فکر می‌کرد که مرکز گشتاپو می‌تواند روزی بدل به یک موزه بشود؟

- چرا اصلاً جای دور برویم. همین خانه را در نظر بگیریم. زمانی این خانه کانون ترس و وحشت بود و حالا تبدیل شده است به یک پناهگاه، به پناهگاهی برای دو پناهنده‌ی ایرانی.

ساسان آن شب، پس از بازگشت از مرکز اسناد ناسیونال سوسیالیسم، کنار سنگ‌ها ایستاده و با هیجان به هانه‌لوره و یاکوب گفته بود که اطلاعاتی درباره‌ی زندگی‌شان به‌دست آورده است. گفته بود حتماً دل‌تان برای پسرتان خیلی شور می‌زند. به هانه‌لوره گفته بود:

- جای نگرانی نیست. من امروز حتی توانستم درباره‌ی اریش هم اطلاعاتی به‌دست بیاورم.

سپس لبخندی زده و در ادامه گفته بود:

- حتی از دیدار چهارده سال پیش شما با پسرتان هم با خبر شدم. می‌دانم که موقع نصب این سنگ‌ها از آمریکا به اینجا آمده بود. آمده بود با مادر و پدرش دیداری تازه کند.

یاکوب گفته بود:

- اریش نمی‌تواند هیچ تصوری از ما داشته باشد. آن موقعی که از او جدا شدیم، خیلی کوچک بود. شاید موقع نصب سنگ‌ها آمده بود با ما خداحافظی کند. یک وداع دیرهنگام بین یک پیرمرد با چند سنگ و چند خاطره‌ی پرابهام.

ساسان گفته بود قطره اشک نشسته بر چشمان پسرشان را نیز در یکی از عکس‌ها دیده است. هانه‌لوره نگاهی به یاکوب انداخته و گفته بود:

- من هم توانستم آن روز گریه‌اش را ببینم. طفلکی آن بار برخلاف بچگی‌هایش، بی‌صدا، در دلش گریه می‌کرد. ولی چشمانش خیس بودند.

ساسان آن شب که از مرکز اسناد بازگشته بود، به هانه‌لوره و یاکوب درباره آشنایی‌اش با جوانی به نام ابراهیم باسالاما[1] خبر داده بود. ابراهیم یکی از همکاران مرکز اسناد بود. گفته بود ابراهیم با مهربانی عکس‌ها، نقشه‌های خیابان‌ها و اطلاعات مربوط به هویت قربانیان حکومت نازی‌ها را به او نشان داده است. گفته بود که ابراهیم حتی به او یاد داده چگونه از طریق اینترنت می‌تواند اطلاعاتش را درباره قربانیان حکومت نازی‌ها تکمیل کند. به هانه‌لوره گفته بود در این مرکز دست‌کم سی هزار عکس از جنایات ناسیونال

---

[1] Ibrahim Basalamah

سوسیالیست‌ها آرشیو شده است. از دفاتر بزرگی سخن گفته بود که نام افراد و آدرس گتوهای یهودیان در آن‌ها ثبت شده‌اند. از دفاتر بسیار قدیمی با کاغذهای کاهی و پوسیده‌ای گفته بود که گذشت ده‌ها سال را تاب آورده بودند. گفته بود در آن دفترهای بزرگ، هزاران داستان ناگفته منتظر روایت شدن‌شان هستند.

ساسان آن روز به هانه‌لوره و یاکوب گفته بود:

- می‌دانستید آشنایی‌مان از امروز وارد دوره‌ی جدیدی شده است؟ شما مرا در تمامی این مدت می‌دیدید. با من و مینا آشنا شده بودید. ولی من تنها اسم و تاریخ تولد شما را می‌دانستم. البته خبر داشتم که سال ۱۹۴۱ به آشویتس منتقل شده و دو سال پس از آن...

آن بار نیز نتوانسته بود جمله خود را به پایان برساند. گفته بود:

- ولی امروز برای اولین بار چهره‌تان را دیدم.

ساسان آن روز توانسته بود دو عکس از آنان را در مرکز اسناد ببیند.

- یکی از آن‌ها، عکسی بود از یک جشن بزرگ خانوادگی. با دیدن این دو عکس حس عجیبی به من دست داد. دیدن چهره‌ی شما برای من اهمیت زیادی داشت. از امروز من می‌توانم چهره‌تان را هم ببینم. گفت‌وگو با یک نام و یک عدد خیلی دشوار است. اما صحبت کردن با یک عکس اصلاً کار سختی نیست. خیلی‌ها در زندگی‌شان ناگفته‌هایشان را با عکس‌ها در میان می‌گذارند.

به‌رغم این گفته، او در آن لحظه از تاثیراتِ عمیق و مانای این دو عکس بر روحش اطلاعی نداشت. نمی‌دانست دیدن چهره‌ی هم‌خانه‌ای‌هایش چه طوفانی سهمگینی در روح او به پا می‌کند. این همان طوفانی بود که باید از آن عبور می‌کرد. یک چالش روحی جدید. در همان روزهای نخست پرتاب شدنش به سلول انفرادی با چالش مشابهی روبه‌رو شده بود. می‌بایست می‌ایستاد، سینه جلو می‌داد و از آن چالش ناآشنا سربلند بیرون می‌آمد. به خود گفته بود که طوفان درختان شکننده را از جا می‌کند و با خود می‌برد.

هانه‌لوره آن روز پرسیده بود:

- گفتی عکس یک مهمانی بزرگ بود؟ عکس یک جشن بزرگ خانوادگی؟

پس از مکثی کوتاه با هیجان گفته بود:

- یک چیزهایی یادم می‌آید. حس می‌کنم این عکس دارد کم‌کم در برابر چشمانم

ظاهر می‌شود.

سپس روی خود را به سوی ساسان برگردانده و پرسیده بود:

- ببینم گوشه‌ی سمت چپ آن عکس یک زن نسبتاً چاق ننشسته است؟ با بچه‌ای در بغل؟

ساسان در آن عکس آن زن چاق را دیده بود. ابتدا فکر کرده بود که این خود هانه‌لوره است. اما نمی‌توانست هانه‌لوره باشد. اریش در آن زمان هنوز به دنیا نیامده بود. پس از آن متوجه شد که هانه‌لوره لاغر بوده است، با اندامی کشیده. این را در عکس دوم متوجه شده بود. یک عکس دونفره بود. یاکوب روی صندلی در برابر دوربین عکاس نشسته بود و هانه‌لوره پشت سر او ایستاده و دست‌هایش را روی شانه او گذاشته بود. موهای بلندش را از پشت بسته بود و لبخند زیبایی بر لبان خود داشت. ساسان آن روز با هیجان بسیار به هانه‌لوره گفته بود:

- آره، دقیقاً سمت چپ این عکس زنی دیده می‌شود که بچه‌ای را بغل کرده است. کنار مردی نسبتاً پیر نشسته است.

هانه‌لوره روی خود را به سوی یاکوب برگردانده و گفته بود:

- این خاله آنیتا است. آن بچه هم همان ماکس کوچولو است.

لبخندی زده و از یاکوب پرسیده بود:

- ماکس را یادت می‌آید؟ چقدر شیطان بود.

پس از آن به ساسان گفته بود:

- باید ماکس را می‌دیدی. همه، ریز و درشت از دست این بچه کلافه شده بودند.

ساسان نم آن قطره اشکی را که می‌بایست بر گونه‌ی هانه‌لوره می‌نشست، روی چهره خود حس کرد.

ساسان در عکس‌های مرکز اسناد درباره روز مراسم نصب سنگ‌ها پیرمردی را دیده بود، درهم‌شکسته. پیرمردی که ساکت و مغموم گوشه‌ای ایستاده بود. از خود پرسیده بود:

- آیا این همان ماکس شیطان نیست؟

هانه‌لوره به یاکوب گفته بود:

- آن روزها چقدر جوان بودیم! یادم می‌آید آن روز یک پیراهن چهارخانه سرمه‌ای به تن کرده بودم و شال گردن قرمزی روی شانه‌ام انداخته بودم. تو هم کت‌وشلوار

شکلاتی‌رنگ‌ات را پوشیده بودی. همان کت‌وشلواری که برای عروسی گوستاو داده بودی برایت بدوزند.

عکسی که ساسان در مرکز اسناد دیده بود، سیاه و سفید بود. اما اکنون تصویر هانه‌لوره و یاکوب در این عکس سیاه و سفید، رنگ گرفته بود. بدل به یک عکس رنگی شده بود. بهزاد از ساسان پرسیده بود:

- نسخه‌ای از این عکس‌ها داری؟

- آره. با تلفن همراه خودم از روی این عکس‌ها و حتی از عکس‌های مراسم نصب سنگ‌ها و یکی دو سندی که ابراهیم بهم نشان داده بود، عکس گرفتم.

تلفن همراهش را درآورده و عکس‌ها را به بهزاد نشان داده و گفته بود:

- آن زنی که لباس چهارخانه سرمه‌ای‌رنگ پوشیده و شال قرمزی هم روی شانه‌هایش انداخته، هانه‌لوره است.

سپس با انگشت اشاره یاکوب را نشان داده و گفته بود:

- این یکی هم که کت‌وشلوار قهوه‌ای پوشیده یاکوب است.

بهزاد حیرت‌زده به عکس سیاه و سفید نگاه کرده بود. از خود پرسیده بود که ساسان چگونه توانسته رنگ لباس‌های یاکوب و هانه‌لوره را ببیند. خبر نداشت که ساسان پس از بازگشت رنگ به آن عکس قدیمی حتی موفق شده است زردی شعله شمع‌هایی را ببیند که در شمعدانی‌های نقره‌ای روی میز تریاکی‌رنگ گذاشته بودند. ساسان حتی سرخی سیب‌ها را نیز دیده بود.

در آن عکس، مهمانان با لباس‌هایی زیبا و نو کنار هم نشسته بودند. پشت آن عکس کاغذی نصب شده بود و هویت افرادی را که پس از دهها سال موفق به شناسایی‌شان شده بودند، بر اساس شماره گذاری ثبت کرده بودند. هانه‌لوره نفر چهارم از سمت چپ بود. کنار زن ناشناسی نشسته بود و لبخندی بر لب داشت. یاکوب هم با کت و شلوار و کراوات در همان ردیف روی صندلی یکی مانده به آخر نشسته بود. روی میز وسط سالن، چهار شمعدانی بزرگ، چند دیس بزرگ میوه و شیرینی، چند پیاله‌ی بلورین و یک کیک بزرگ گذاشته بودند.

ساسان از ابراهیم پرسیده بود:

- عکس مراسم عروسی است؟

ابراهیم سر خود را به نشانه‌ی نفی تکان داده و پاسخ داده بود:

- نه! این طور به نظر نمی‌آید. عکس متاسفانه تاریخ مشخصی ندارد. از نوع لباس‌ها و چیزهایی که روی میز گذاشته‌اند به نظر می‌رسد عکس مربوط به جشن سال نو یهودیان باشد. اما اینکه مربوط به چه سالی است را نمی‌شود با قطعیت گفت. فقط می‌دانیم که باید پیش از سال ۱۹۳۵ باشد.

ابراهیم در ادامه گفته بود آن عکس‌ها را یکی از خویشاوندان یاکوب از اسرائیل برای مرکز اسناد فرستاده است.

هانه‌لوره گفته بود:

- آره. حق با ابراهیم است. این مراسم جشن سال نو بود. نمی‌دانم جشن سال ۱۹۳۱ بود یا شاید هم سال ۱۹۳۲.

ساسان عکس را به هانه‌لوره و یاکوب نشان داده بود. هانه‌لوره گفته بود:

- دقیقاً همان عکسی است که می‌گفتم.

یاکوب گفته بود:

- چه چهره‌های خندان و شادی! هیچ کدامشان آن موقع نمی‌دانستند، چه سرنوشت تلخی در انتظارشان است.

ساسان گفته بود:

- سرنوشت عجیب و دردناکی است. آدم از خودش می‌پرسد که چگونه ممکن است، قطار زندگی میلیون‌ها نفر به همین سادگی از ریل خارج بشود و از روی یک پل بلند به قعر یک دره‌ی عمیق سقوط کند؟

ابراهیم گفته بود که عکس آن مهمانی بزرگ احتمالاً مربوط به مراسم جشن *روش هشانا* است. ساسان نام این جشن را یادداشت کرده بود. از ابراهیم اجازه خواسته بود از روی آن عکس و چند عکس و سند دیگر با تلفن همراهش عکس بگیرد. او نام هم‌خانه‌ای‌های خود را می‌دانست. اکنون با چهره‌ی آنان پیش از آنکه به اردوگاه مرگ فرستاده شوند، نیز آشنا شده بود.

یاکوب ساکت و بی‌حرکت پشت پنجره اتاق پذیرایی ایستاده بود و به فضای مه‌آلود بیرون نگاه می‌کرد. ساسان از جای خود بلند شد و به سوی او رفت. با مهربانی دست خود را روی شانه یاکوب گذاشت. دستش مثل همیشه در هوا معلق ماند. یاکوب روی خود را

به سوی او برگرداند و با لبخند خود به مهربانی او پاسخ داد. همان‌طور که به تصویر محو شده برج کلیسا نگاه می‌کردند، صدای هانه‌لوره را از آشپزخانه شنیدند که می‌گفت:

– ناهار آماده است.

ساسان به آشپزخانه رفت. مینا میز را چیده و پشت میز به انتظار او نشسته بود.

بهزاد آن شب پس از رسیدن به خانه احساس عجیبی داشت. هم احساس خستگی می‌کرد و هم احساس نشاط. آن روز ساعت‌ها راه رفته و ساعت‌ها در بازار کریسمس پشت میزی ایستاده بود. در پاهایش احساس کوفتگی می‌کرد. به‌رغم آن، از اینکه توانسته بود اطلاعات بیشتری کسب کند، خرسند بود. ساسان برای نخستین بار از ایام زندان خود گفته بود.

در تمام مسیر به مادلین آلبرایت، به هانه‌لوره و یاکوب اندیشیده بود. و به ساسان، به آن غریبه‌ای اندیشیده بود، که چند روز پیش با یک جهش پا به ساحت زندگی او نهاده و هاله‌ی آرامش وهم‌آلود او را از هم دریده بود. عطش پرداختن به داستان آن‌ها، اکنون که به خانه رسیده بود رهایش نمی‌کرد. با بی‌حوصلگی شام مختصری خورد و غرق در اندیشه‌های خود پشت میز کارش نشست. نگاهی به دفترچه‌اش انداخت. پرونده‌ای را از کشوی میزش در آورد و شروع به تکمیل اطلاعات کرد. دانسته‌های خود را درباره ساسان جدا از دانسته‌هایش از یاکوب و هانه‌لوره یادداشت کرده بود. اطلاعاتش درباره گونتر دمنیگ و اشتولپراشتاینه را نیز جداگانه نوشته بود. ثبت جداگانه این اطلاعات، او را بی‌اختیار به یاد سخن ساسان انداخت.

ـ بین داستان هانه‌لوره و یاکوب با داستان ما دیوار چین نکشیده‌اند.

بهزاد متوجه‌ی نوعی درهم‌تنیدگی در سرگذشت به‌شدت متفاوت آنان شده بود. روایت این داستان، پرداختن همزمان به هر دو داستان را به او تحمیل می‌کرد. او نمی‌توانست آن‌ها را از هم جدا کند. او ناگزیر بود از دریچه نگاه ساسان به داستان هانه‌لوره و یاکوب بپردازد و داستان ساسان را، حکایت زندان و ایام تبعیدش را در قاب داستان سرنوشت دو نفر از قربانیان هولوکاست بازگوید. او بی‌آنکه خود بخواهد باید از دل دو داستان متفاوت یک داستان جدید می‌ساخت. داستانی که راه را برای تولد گذشته در دل اکنون هموار

می‌کرد. این داستان زایش تاریخ از دل تقویم بود.

- فهم تقویم بدون فهم تاریخ ممکن نیست.

خطاب به خود گفت تقویم بدون تاریخ، ثبت روزها، هفته‌ها و ماه‌های سپری شده است. مضمونی ندارد. پیامی ندارد. تقویم دیواری آشپزخانه‌اش را می‌گفت.

- چنین تقویمی تنها از گذشت زمان حکایت می‌کند، بی‌آنکه چیزی گفته باشد.

چشمانش را برای لحظه‌ای بست و خطاب به خود گفت:

- اگر کسی هر روز تعداد پرهای کنده شده مرغ بنیتو موسولینی را روی تقویم می‌نوشت، فهم آینده، پیش‌گویی لحظاتی که در کمین سرنوشت انسان نشسته‌اند، راحت‌تر می‌شد. دیدن زیبایی پرهایی که هنوز به تن آن مرغ باقی است نباید فریب‌مان بدهد. بد نیست نگاهی هم به درون گونی پرهای کنده شده بیاندازیم!

عین این موضوع را ساسان به او توصیه کرده بود.

گرچه بهزاد به الزام درآمیختن این دو داستان گردن نهاده بود، اما تا آن لحظه، درباره پیوند منطقی بین آن‌ها نیاندیشیده بود. در داستانی که ساسان روایت می‌کرد، نمی‌شد مرزی بین تخیل و واقعیت کشید. ساسان به گونه‌ای درباره هانه‌لوره و یاکوب سخن می‌گفت که پنداری از ماجرایی سخن می‌گوید که همین دیروز روی داده است و هرگاه درباره خود چیزی می‌گفت، این حس به بهزاد دست می‌داد، که گویی ساسان از یک رویداد تاریخی بسیار قدیمی پرده برمی‌گیرد. ساسان به او گفته بود:

- دوست من، وقتی کسی پا در تونل زمان می‌گذارد، دیگر نمی‌تواند اسیر منطق ساعت دیواری و تقویم رومیزی بماند. ساعت و تقویمِ تخیل قرار نیست خودشان را با ساعت دیواری و تقویمِ رومیزی تنظیم کنند.

بهزاد نگاهی به دست‌نوشته‌هایش انداخت و از خود پرسید که چگونه داستان ساسان می‌تواند ادامه داستانی باشد که بی ارتباط با او، ده‌ها سال پیش از ورودش به این جامعه به پایان رسیده است. ساسان نه یهودی بود، نه آلمانی بود و نه زمانی که هولوکاست روی داد، پا به این جهان پرآشوب نهاده بود. دو حکایت متفاوت که ربط چندانی به یکدیگر نداشتند. دست‌کم در ظاهر!

پذیرش سکوت ساسان درباره‌ی پیوند بین داستان او و داستان هانه‌لوره و یاکوب برای بهزاد غیرقابل قبول بود. او برای روایت این داستان می‌بایست از این پیوند عجیب

رمزگشایی می‌کرد. تنها از این طریق می‌توانست از حرمت نویسندگی خود و از سهمی که به‌عنوان نویسنده در آفرینش این اثر برعهده گرفته بود، دفاع کند. از ساسان خواسته بود توضیح بیشتری درباره‌ی پیوند داستان خود با داستان هانه‌لوره و یاکوب بدهد و ساسان نیز تسلیم شده و توضیح خود را طبق عادت همیشگی‌اش با یک پرسش آغاز کرده بود. پرسیده بود:

- می‌دانی تفاوت یک داستان با یک ماجرا در چیست؟

- خب می‌شود گفت که یک داستان روایت یک ماجرا است.

ساسان پس از لحظه‌ای سکوت گفته بود:

- آره. اما اگر خوب نگاه کنیم، متوجه می‌شویم که داستان‌های کمی وجود دارند که فقط روایت یک ماجرا باشند. این‌ها قصه‌های ساده‌ای هستند که معمولاً پیش از خواب، با هدف سنگین شدن چشمان‌مان می‌خوانیم. اما داستان‌های دیگری هم وجود دارند. مثل داستان هانه‌لوره و یاکوب. داستان‌هایی که قرار نیست خواندن‌شان باعث خواب و خوش‌خیالی کسی بشود. موضوع این داستان‌ها اغلب پیرامون سرنوشت انسان‌ها دور می‌زند. این‌ها داستان‌هایی هستند درباره‌ی مرگ و زندگی، درباره‌ی عشق و نفرت.

بهزاد برای لحظه‌ای به نقطه‌ای از اتاق زل زد. جمله ساسان در عین سادگی و به‌رغم آنکه کاملاً بدیهی به نظر می‌رسید، حاوی نکته‌ی شگفت‌انگیزی بود. بهزاد از خود پرسید اگر انسان به زندگی و مرگ از سکوی عشق و نفرت می‌نگریست، آن موقع چه اتفاقی می‌افتاد؟ آیا سرنوشت انسان همانی می‌شد که هست؟ ساسان آن روز دستش را با مهربانی روی شانه بهزاد نهاده و گفته بود:

- داستان‌هایی که درباره سرنوشت انسان‌ها نوشته می‌شوند، ظرفیت آن را دارند که تاثیری ولو کوچک در نوع نگاه انسان‌ها به زندگی داشته باشند. شاید حتی بتوانند رویکرد ما را به زندگی کمی تغییر بدهند. این داستان‌ها روایت یک ماجرا نیستند. ماجراها را روایت می‌کنند. ماجراهایی را روایت می‌کنند که سپری شده‌اند. در عین حال اما، ماجراهایی را روایت می‌کنند که در حال شروع شدن هستند. ماجراهایی که پشت چراغ قرمز خیابان فاجعه به انتظار ایستاده‌اند. کافی است چراغ سبز شود. کافی است طوفان بوزد.

ساسان گفته بود این یا آن ماجرا قطعاً روزی به پایان می‌رسد، اما داستان آن ماجرا تمامی ندارد. بی‌پایان است.

ـ یک ماجرای عشقی را در نظر بگیر! می‌تواند عاقبتی خوب یا بد داشته باشد. به هر حال آن ماجرا روزی تمام می‌شود. اما داستان عشق هیچ وقت به پایان نمی‌رسد. پس از صد میلیون بار نوشتن داستانی عشقی و سرودن ترانه‌ای عاشقانه باز کسی می‌آید و شعر عشق می‌سراید و قصه‌اش را می‌نویسد.

گفته بود داستان آدم‌ها مثل زندگی‌شان درهم تنیده است. داستان زندگی انسان‌ها در حاشیه یکدیگر روی نمی‌دهند، درهم می‌دوند، درهم می‌آمیزند و چه بدانیم و چه نه، درهم‌برهم می‌شوند.

ـ داستان آدم‌ها مثل الیاف ریز و درشت از لابه‌لای هم رد می‌شوند و فرش سرنوشت مشترک انسان‌ها را می‌بافند.

بهزاد یکی از گفته‌های ساسان را در دفترچه‌اش یادداشت کرده بود. از او خواسته بود، جمله‌اش را تکرار کند و ساسان گفته بود:

ـ دوست من، نباید فراموش کنیم که ما به ماجراها برای روایت داستان‌ها احتیاج داریم، اما اشتباه است اگر داستان‌ها را فقط برای روایت ماجراها بنویسیم.

ساسان گفته بود که ماجراهای زندگی او هیچ ربط مستقیمی به سرنوشت قربانیان هولوکاست ندارد. اما داستان‌هایشان در هم تنیده است. از فرش سرنوشت انسان گفته بود:

ـ این همان فرش قرمزی است که در برابر همه‌ی ما پهن کرده‌اند. فرشی که الیافش را از گفته‌ها و ناگفته‌ها بافته‌اند. این فرش را فقط برای عبور اشخاص معروف و سرشناس پیش‌بینی نکرده‌اند. همه باید از روی آن عبور کنیم. این همان فرش قرمزی است که بین هستی و نیستی پهن کرده‌اند. باید هر کس از خودش بپرسد که این فرش قرار است در مسیر خود او را به کجا ببرد؟ به کدام ضیافت؟ به کدام ماتمکده؟ به لبه‌ی کدام پرتگاه؟

ساسان به بهزاد گفته بود که انسان‌ها دوست دارند داستان‌های خودشان را جدا از هم ببینند و روایت کنند.

ـ به همین دلیل است که نمی‌توانیم زوزه‌ی طوفان را به‌موقع بشنویم. هر کدام از ما درگیر داستان زندگی خودمان هستیم. اما کافی است متوجه بشویم که فهم داستان زندگی من بدون فهم داستان زندگی تو ممکن نیست. آن موقع است که می‌توانیم چیزهایی را ببینیم که پیش از آن ندیده بودیم. من برای فهم زندگی خودم به فهم زندگی هانه‌لوره و یاکوب احتیاج دارم. ماجرای زندگی هانه‌لوره و یاکوب در آشویتس به پایان

رسید. داستان‌شان اما متاسفانه همچنان ادامه دارد. داستان زندگی ما جدا از داستان هم‌خانه‌ای‌های یهودی‌مان نیست. حتی داستان زندگی همسایه ابله‌مان به داستان زندگی ما گره خورده است.

بهزاد موضوع همسایه ساسان و مینا را برای نخستین بار می‌شنید. پرسیده بود:

- چه کسی را می‌گویی؟

- پیرمردی را می‌گویم که در آپارتمان کناری ما، در آپارتمان شماره ۱۲ زندگی می‌کند. آدم مفلوکی است. هنوز نمی‌داند تنگی‌نفسش به علت نفس کشیدن دو پناهنده ایرانی که در همسایگی‌اش زندگی می‌کنند، نیست. نمی‌داند که کافی است آدم فقط برای یک ثانیه از روی همان نقطه‌ای که ایستاده بپرد و فقط یک سانتی‌متر از سطح زمین فاصله بگیرد، تا همه مرزهایی را که انسان‌ها روی زمین کشیده‌اند، از بین برود. نمی‌داند این خرد آدم‌ها نیست که بین ملت‌ها، دین‌ها، رنگ‌ها و نژادها مرز کشیده است. این مرزها را جنون کشیده است و حالا ما باید مکافاتش را پس بدهیم.

بهزاد سخن او را تایید کرده و گفته بود نمی‌داند چرا مردم حاضر نیستند از تاریخ کشورشان یا کشور همسایه‌شان بیاموزند. لبخند تلخی بر لبان ساسان نشسته بود. سر خود را به نشانه‌ی تاسف تکان داده و گفته بود:

- کافی است نگاهی به اطراف خودشان بیاندازند. به همان کوچه و خیابانی که در آن زندگی می‌کنند. لازم نیست برای فهم زندگی به جای دوری سفر کنند. زیر زرق‌وبرق همان کوچه و خیابان هم می‌توانند با کمی دقت جای پای جنونی را ببینند که زمانی از آن جا عبور کرده و فاجعه آفریده است. درست عین همان خیابانی که من و مینا در آن زندگی می‌کنیم. این همان خیابان است. فقط ساکنانش عوض شده‌اند.

- حق با توست! ردپای جنونی که از آن خیابان عبور کرده را می‌شود آشکارا با نگاه کردن به آن سنگ‌ها دید.

بهزاد کامپیوترش را روشن کرد. منتظر ماند کامپیوترش از خواب بیدار شود. این شب‌ها کامپیوترش نیز همچون خود او دچار بیدارخوابی‌های شبانه شده بود. نیمه‌های شب از خواب می‌پرید و شب را با بهزاد به صبح می‌رساند. بهزاد به صفحه‌ی مانیتور زل زد. نور چراغ مطالعه از چنان توانی برخوردار نبود که اتاق را کاملا روشن کند. رقص در هم تنیده‌ی سایه‌ی پیکرش با سایه‌ی اشیای ریز و درشت روی دیوار، تصویری وهم‌انگیز آفریده بود.

در آن لحظه اما تشخیص وادی وهم از جهان واقعی برای او کمترین اهمیتی نداشت. به خود گفت:

- مهم این است که بتوانم این داستان را تا به پایان روایت کنم.

پس از آن بی‌اختیار به یاد سخن ساسان افتاده بود. از خود پرسیده بود کدام پایان؟ اکنون می‌دانست که این داستان پایانی ندارد. او تنها می‌توانست ماجراها را روایت کرده، داستان را نیمه تمام رها کند و تصمیم‌گیری درباره سرنوشت مرغ موسولینی را به دیگران بسپارد، به مخاطبان خود.

باید اطلاعات خود را درباره سال‌های طوفانی پیش از جنگ جهانی دوم تکمیل می‌کرد. نیاز به اطلاعاتی درباره وضعیت زندگی یهودیان در آلمان و به‌ویژه در شهر کلن داشت. جایی خوانده بود که تاریخ سکونت یهودیان در کلن به قدمت تاریخ این شهر است. اما آنچه در این لحظه برای او اهمیت داشت پی بردن به حال و روز یهودیان در آن سال‌هایی بود که ناسیونال سوسیالیست‌ها خیابان به خیابان، کوچه به کوچه پیش‌روی می‌کردند و تخم وحشت و مرگ می‌پراکندند. چند کتاب سفارش داده بود که کتابخانه اداره‌شان برای او تهیه کرده بود.

آن شب بهزاد زودتر از کامپیوترش به خواب رفت. نیمه‌های شب ناگهان بیدار شد. سرش را کنار مانیتور روی کتاب‌ها گذاشته و خوابیده بود. عینکش روی میز ولو شده بود. کامپیوتر که در اثر بی‌حرکتی بهزاد به حالت خماری افتاده بود، با تکان مجدد او از خماری درآمد. نگاه بهزاد روی ساعت مانیتور متوقف ماند. ساعت سه و بیست و شش دقیقه صبح بود. سحرگاه روز یکشنبه ۲۳ دسامبر.

از جای خود بلند شد. تجربه‌ی سال‌ها پریشان‌خوابی به او فهمانده بود که تلاش برای خوابیدن در چنین لحظاتی ثمری ندارد. به خود تشر زد:

- پاشو. از خواب خبری نیست.

می‌دانست که خاموش کردن چراغ ادامه‌ی همان بدخوابی در بستر است و صرفاً باعث لج کردن عقربه‌های ساعت پاتختی‌اش می‌شود. به تجربه دریافته بود که وقتی عقربه‌ها لج بکنند، هر ثانیه و هر دقیقه را چند بار می‌شمارند و اصرار زیادی به تکان خوردن از سر جای‌شان نشان نمی‌دهند.

با پاشیدن آب سرد به سر و صورتش تلاش کرد غبار آن خواب نیم‌بند را از وجود خود

بتکاند. با بی‌میلی نگاهی به خود در آینه انداخت. زیر چشمانش گود افتاده بود. گودی و سیاهی زیر چشمانش ربط چندانی به بی‌خوابی‌های این چند شب او نداشت. سال‌ها بود که به این گودی و به این سیاهی خو گرفته بود. پیر شده بود. سال‌خوردگی دو پیام دارد. بهزاد هر دو پیام را می‌توانست آشکارا در آینه ببیند. پیام نخست به او می‌گفت که اگر دفترچه‌ی عمرش را از آخر به اول ورق بزند، عیار سنجش اهمیت خیلی از چیزها تغییر می‌کند و پیام دوم به او می‌گفت برای پرداختن به هر آنچه با ارزش است، فرصت زیادی باقی نمانده است.

همین دو پیام باعث شده بودند که در برابر وسوسه‌ی نوشتن این داستان تسلیم شود. ساسان به بهزاد گفته بود رنج انسان‌ها چهره‌ای ملی ندارد. گفته بود هم‌دردی یعنی عبور از مرزهایی که انسان‌ها بین رنج‌های خود و دیگران می‌کشند. زمانی که رنج آن دیگری، آن بیگانه، باعث رنج تو نشود، ادعای هم‌دردی‌ات از جنس دروغ و فریب است. این نوع‌دوستی نیست. ماسکی است برای پنهان کردن خودخواهی. تلاشی است برای کاستن از زهر آن عذاب وجدانی که انکار می‌شود.

شتابزده صورت خود را خشک کرد و به آشپزخانه رفت. دو تکه نان سوخاری برداشت و برای خود قهوه درست کرد و به پشت میزکارش بازگشت. نفس عمیقی کشید و شیشه عینکش را جلوی نور چراغ مطالعه گرفت. کوچک‌ترین تردیدی درباره‌ی کثیف بودن شیشه‌های عینک خود نداشت. اما به این کار نیز، مثل خیلی از کارهای دیگر عادت کرده بود. در حین تمیز کردن عینک یک‌باره یاد عکس‌هایی افتاد که از ساسان خواسته بود برای او بفرستد. عکس‌ها را روی تلفن همراه ساسان دیده بود. آن لحظه نیز متوجه تار بودن شیشه عینک خود شده بود. پرسیده بود:

- ممکن است خواهش کنم این یکی دو عکس را برایم با ایمیل بفرستی؟

ساسان هم در پاسخ به خواست او، عکس‌های هانه‌لوره و یاکوب و همچنین عکس‌هایی را که از مرکز اسناد ناسیونال سوسیالیسم در کلن تهیه کرده بود، برای او فرستاده بود.

بهزاد تصمیم گرفت پیش از ادامه‌ی یادداشت برداشتن نگاهی به عکس هانه‌لوره و یاکوب و عکس‌های مربوط به مراسم نصب سنگ‌ها بیاندازد. عکس‌ها را یکی پس از دیگری پیاده و ذخیره کرد. در حین نوشیدن جرعه‌ای قهوه نگاه دقیق‌تری به عکس‌ها انداخت. روز گذشته از ساسان پرسیده بود:

– نخستین بار تو این عکس‌ها را کی دیدی؟

– حدود دو هفته پس از کشف راز این سنگ‌ها بود. حتی می‌توانم آن را خیلی دقیق بهت بگویم. روز جمعه ۱۳ ژوئیه بود.

لبخندی زده و در ادامه گفته بود:

– می‌بینی؟ هنوز حافظه‌ام را کاملاً از دست نداده‌ام. البته باید اعتراف کنم که تلاقی یک روز جمعه با عدد ۱۳ باعث شده که تاریخ آن روز را فراموش نکنم.

به‌رغم این اعتراف، آنچه باعث شده بود او این روز را فراموش نکند، اهمیت آن روز بود. گفت‌وگوی آن شب خود را با هانه‌لوره و یاکوب نمی‌توانست از یاد ببرد. دیدن این عکس‌ها در روز جمعه سیزدهم یک ماه، آن شراره‌ای بود که به انبان هیزم دغدغه‌هایش افتاده باشد.

– پس از دیدن‌شان چه حسی بهت دست داد؟

– درست نمی‌دانم. وقتی لبخند هانه‌لوره را در آن عکس دیدم، چهره‌های خندان‌شان را در آن جشن، احساسی مثل احساس آن روزی به من دست داد که آن پیرزن دستش را روی شانه‌ام گذاشته و علت نصب این سنگ‌ها را برایم شرح داده بود. بی‌اختیار به یاد قطره اشکی افتادم که در چشمان آن پیرزن حلقه زده بود.

ساسان از گریه آن شب خود چیزی به بهزاد نگفته بود. آن شب، پس از خداحافظی با هانه‌لوره و یاکوب، چراغ‌ها را خاموش کرده، به اتاق خواب رفته و تا صبح به هم‌خانه‌ای‌های یهودی‌اشان فکر کرده بود. چهره جوان آن‌ها را در برابر خود می‌دید. یاد سنگ‌ها افتاده بود. یاد تاریخ انتقال آن‌ها به آشویتس و یاد روزی که مرگ بر در آپارتمان‌شان کوبیده بود. مجدداً به یاد محسن افتاده بود. به یاد چوب‌خط‌های هنرمندی که در نیمه‌راه رها شده بود. آن شب. مشت‌هایش را گره کرده، لب‌هایش را بر هم فشرده و از سر خشم در دل خود فریاد کشیده و تا سحر گریسته بود.

در ادامه به بهزاد گفته بود:

– مدت‌ها نمی‌دانستم که آیا باید از دیدن چهره‌ی هانه‌لوره و یاکوب خرسند می‌شدم یا مغموم. دیدن چهره‌شان باعث شده بود که پای آنان در زندگی ما باز شود.

ترجیح داده بود توضیح بیشتری ندهد. بهزاد هم برخلاف توصیه رئیس‌اش، دلیلی برای تحت فشار قرار دادن این روح آزار دیده نمی‌دید.

ساسان درباره هانه‌لوره و یاکوب خیلی چیزها را به بهزاد گفته بود و خیلی چیزها را نگفته بود. او در آن لحظه به بهزاد نگفته بود که حضور هانه‌لوره و یاکوب را در همه‌ی نقاط آن خانه حس می‌کند. به صدای دردِدل‌های شبانه آن‌ها گوش می‌دهد. اوج گرفتن صدای تپش قلب آن‌ها را در هراس برخاسته از زایش کابوس از دل خوش‌باوری می‌شنود. نگفته بود که گاهی شنیدن صدای پای کسی در راه‌پله‌ی خانه‌شان باعث می‌شود آرامش شبانه‌اش ترک بردارد. نگفته بود که گاهی شب‌ها با کابوس کوبیدن مشت ماموران بر در خانه بیدار می‌شود.

در حین نشان دادن عکس هانه‌لوره و یاکوب به بهزاد، از او پرسیده بود:

ـ نمی‌دانم چرا یهودی‌ها به موقع آلمان را ترک نکردند؟ بار اول نبود که از آلمان رانده می‌شدند. حدود نیمی از یهودیان در آلمان مانده بودند.

ـ شاید متوجه کندن پرهای مرغ موسولینی نشده بودند. شاید هنوز به آن چند پری که بر تن این مرغ مانده بوده، امید بسته بودند. شاید هم چاره دیگری نداشتند. لابد جایی نداشتند که بروند. شاید همه‌ی دارونداران‌شان اینجا بوده است. در زادگاه‌شان.

ساسان به بهزاد گفته بود کابوس‌های واقعی در زندگی یک شبه شکل نمی‌گیرند. جایی در همان پیله‌ی خوش‌باوری، گوشه‌ای از آن خوش‌خیالی کودکانه‌ی سالمندان نطفه می‌بندند و یک‌باره پیله را می‌شکافند و ظاهر می‌شوند.

ـ این کابوس‌ها سال‌ها پشت پرده سرگرم زادوولد هستند. اما تنها وقتی حباب خوش‌باوری آدم بترکد، در برابر چشمان‌مان ظاهر می‌شوند.

به بهزاد نگفته بود که گاهی شب‌ها صدای گریه اریش را هم می‌شنود. ناگهان از خواب بیدار می‌شود و می‌بیند که هانه‌لوره به اتاق خواب‌شان آمده و فرزندش را در آغوش گرفته است. نگفته بود که گاهی صدای چند رهگذر مست که در خیابان عربده می‌کشند، او را بی‌اختیار به یاد نعره‌های ماموران گشتاپو می‌اندازد. گوش تیز می‌کند. می‌شنود که هانه‌لوره وحشت‌زده از یاکوب می‌پرسد ممکن است به سراغ ما آمده باشند؟ در چنین لحظاتی شاهد آن است که یاکوب دست‌های هانه‌لوره را روی سینه خود گذاشته و در گوش او نجوا کنان می‌گوید:

ـ نگران نباش عزیزم. تا من اینجا هستم، هیچ اتفاقی نمی‌افتد.

ساسان هیچ کدام از این‌ها را به بهزاد نگفته بود. اماگفته بود که او همراه با قربانیان

هولوکاست و خویشاوندان آن‌ها رنج برده است، آزار دیده است، خشمگین شده است و این آزار و این خشم جلوه‌هایی از آن طوفان ویرانگری بوده که در لابه‌لای سلول‌های روح و جانش وزیدن گرفته است. طوفانی که هم ویرانگر بوده و هم پالاینده. پالاینده همه‌ی آن پلشتی‌هایی که آرام آرام در گوشه‌ای از جان آدم رسوب می‌کنند. گفته بود:

– دوست من، هیچ کس در برابر پلیدی و تباهی در امان نیست. به خودمان دروغ نگوییم و بهتر است خودمان را فریب ندهیم.

بهزاد عکس‌ها را یکی پس از دیگری باز کرد و سپس با دقت به تک تک عکس‌ها نگاه کرد. به‌ویژه به عکس هانه‌لوره و یاکوب در آن مهمانی بزرگ خانوادگی. روی میز چند ظرف شیرینی و کاسه‌های بلورین دیده می‌شد. ابراهیم از روی همین نشانه‌ها بود که به ساسان گفته بود این تصویر مربوط به مراسم عروسی نیست، بلکه تصویری از جشن روش *هشانا* است. بهزاد نام این جشن را یادداشت کرده بود.

نمایش عکس‌ها را روی مانیتور بزرگ کرد و به چهره جوان و مهربان هانه‌لوره خیره شد. شال تیره‌رنگی بر روی شانه‌هایش انداخته بود. ساسان رنگ قرمز شال را دیده بود. شال قرمزی که هانه‌لوره با رنگ سرمه‌ای پیراهن چهارخانه خود ترکیب کرده بود. بهزاد از اینکه نتوانسته بود رنگ‌های فراموش شده را به بازتاب این تصویر در خیال خود بازگرداند، احساس شرم کرد. به‌هر روی رنگ‌آمیزی یک عکس سیاه‌وسفید به یاری تخیل هنرمندانه‌ی او نمی‌بایست کار چندان دشواری باشد. به‌رغم آن موفق به آفرینش رنگ در آن عکس سیاه‌وسفید نشده بود.

ساسان از گفت‌وگوهای اوقات خلوت خود با هانه‌لوره و یاکوب برای بهزاد نگفته بود. تنها گفته بود که فهم واقعیت بدون یاری تخیل ممکن نیست. گفته بود دیدن واقعیت‌ها الزاماً باعث بینایی نمی‌شود. پافشاری بر زمین واقعیت، انسان را در تنگی خفقان‌آور لحظه‌ی حال گرفتار می‌کند. تخیل نه تنها حربه‌ی موثری در شکافتن هسته سخت واقعیت است، نه تنها ناممکن‌ها را از طریق پشت سر گذاشتن این اسارتگاه، ممکن می‌سازد، بلکه حتی می‌تواند زمینه‌های فهم آینده را نیز فراهم کند. لبخندی زده و در ادامه گفته بود:

– تشخیص تخیل از توهم کار ساده‌ای نیست. هر دو محصول فاصله گرفتن از واقعیت هستند. تخیل می‌تواند هم سازنده باشد و هم ویرانگر. اما توهم هیچ‌وقت سازنده نیست. جنون فربه شدن خود را مدیون توهم است. به همین دلیل هم نباید آدم از هر

فاصله‌گرفتنی از واقعیت استقبال کند. باید ببیند که این راه، چه روشن و هموار باشد و چه تاریک و سنگلاخ، قرار است ما را به کجا ببرد.

بهزاد نگاه دیگری به عکس‌ها و یادداشت‌های خود انداخت و خطاب به خود گفت برای روایت این داستان نباید زندانی واقعیت‌ها بود و بدل به نظاره‌گر منفعل رویش جنون در مزرعه‌ی جهل شد. باید با پرتوافکنی از منظر دنیای برخاسته از تخیل، زهر نهفته در کام لحظه را در برابر چشمان کسانی آشکار کرد که طوفان را برای دیگران می‌خواهند. به یاد گفته‌ای از ساسان افتاد.

ـ این پیرمرد مفلوک نمی‌داند که وقتی طوفان بوزد، خودی و دیگری نمی‌شناسد. صرفاً به قصد ویرانگری می‌وزد.

ساسان پک عمیقی به سیگارش زد و دود آن را با تانی بیرون داد. روی خود را به سوی بهزاد برگرداند و گفت: «چه خوب که سیگار نمی‌کشی. راستش را بخواهی من هم بارها سعی کرده‌ام ترک کنم. اما متاسفانه از سیگار کشیدن لذت می‌برم و این کارم را سخت می‌کند.» در ادامه گفت این تنها استدلال غیرمنطقی یک فرد سیگاری است که مخاطب در برابر آن چاره‌ای مگر سکوت ندارد. سپس یاد خاطره‌ای افتاد، چین‌های نشسته روی پیشانی خود را در هم کشید و گفت:

– البته، سیگار کشیدن همیشه هم برایم لذت‌بخش نبوده است. گاهی حتی به‌شدت زجرم داده است.

بهزاد متوجه تلخی نشسته در کلام ساسان شد. علتش را نمی‌توانست حدس بزند. ساسان جرعه‌ای شراب نوشید. لبانش را با پشت دستش پاک کرد. پرسید:

– می‌دانی بدترین سیگار زندگی‌ام را کی کشیده بودم؟

بهزاد پس از لحظه‌ای اندیشیدن در پاسخ گفت:

– نمی‌دانم. لابد مثل بقیه، آن موقعی که آدم اولین سیگارش را می‌کشد و پس از آن برای همیشه از کار آن روزش پشیمان می‌شود.

ساسان لبخندی زد. سر خود را به نشانه‌ی مخالفت تکان داد.

– نه! سیگار کشیدن را در نوجوانی با پک زدن به سیگارهای این و آن شروع کردم. به همین دلیل هم، هیچ خاطره‌ای از چیزی به اسم سیگار اول در ذهنم وجود ندارد. از آن گذشته، ممکن است که همه سیگاری‌ها از یکی دو پک اول لذت نبرده باشند، اما تجربه‌ی سیگارهای اول برای‌شان قطعاً لذت‌بخش بوده است. اگر چنین نمی‌بود که این همه سیگاری در جهان وجود نمی‌داشت.

سپس سر خود را به نشانه تایید گفته‌اش، چند بار به گونه‌ای پیاپی به بالا و پایین تکان داد و گفت:

– اولین پکی که به سیگاری زدم و اولین پاکت سیگاری را که خریدم، خوب به یاد دارم. ولی تصوری از اولین سیگارم ندارم.

پس از گفتن آن لحظه‌ای سکوت کرد، آه بلندی کشید و دود سیگارش را همراه با آن بیرون داد و به دودی زل زد که همچون هاله‌ای در برابر چشمانش قد کشیده بود. «بدترین سیگار زندگی‌ام را در اوین کشیده بودم.»

بهزاد احساس کرد ساسان در آن لحظه آماده است تا از برخی ناگفته‌های زندان پرده برگیرد. او چند بار در حین گفت‌وگوهایشان به سال‌های زندان اشاره کرده بود. اما تا آن لحظه، تمایلی به سخن گفتن پیرامون آن ایام از خود نشان نداده بود. بهزاد احساس می‌کرد که شراب داغ شهامت بازگویی خاطرات تلخ آن ایام را افزایش داده و حال او می‌تواند نگاهی به فصل دیگری از داستان زندگی ساسان بیاندازد.

بهزاد پیشنهاد کرده بود این بار به یکی از کافه‌های حاشیه‌ی راین بروند. گفته بود از قدم زدن در کنار راین و نشستن در کافه‌های خیابانی منطقه‌ی هوی‌مارکت لذت می‌برد. پشت میز دنجی زیر یک بخاری برقی بزرگ نشسته و سرگرم گفت‌وگو شده بودند. ساسان بار دیگر شراب داغ سفارش داده بود. گفت همه‌ی شب را درگیر مزه‌ی عجیب این شراب بوده است. اکنون تاثیر لیوان دیگری از همان شراب و نشستن در حاشیه‌ی امن رود راین آن سدی را در هم شکست که او در برابر خاطرات ایام زندان ساخته بود.

بهزاد پس از چند دهه سکونت در آلمان با فراز و نشیب‌های زندگی تبعیدی‌ها آشنا شده بود. اما تصور دقیقی از زندان نداشت. او سال‌ها درباره زندان‌های ایران گزارش نوشته بود. از زندان‌های اوین، کهریزک و رجایی‌شهر نوشته و با زندانیان سابق مصاحبه کرده بود. اما به‌رغم نوشتن همه‌ی آن گزارش‌ها، از آنچه در آن سوی میله‌های زندان می‌گذرد، از حس تنهایی یک زندانی در سلول انفرادی و از درد شکنجه اطلاع دقیقی نداشت. ساسان یک بار به او گفته بود:

– روایت شکنجه هر قدر هم که دردناک باشد، دردش خیلی کمتر از خود شکنجه است.

بهزاد برای روایت داستان آن غریبه باید با روح و روان او آشنا می‌شد. باید از آنچه بر

او در زندان گذشته بود، آگاهی می‌یافت. او باید زمانی شهامت آن را می‌یافت که پانسمان را از روی زخم‌های روحی آن تبعیدی کنار بزند و با کشیدن دست خود روی آن زخم‌ها، چرک‌شان را ببیند و عمق‌شان را حس کند. باید با او به راه می‌افتاد در کوچه پس کوچه‌های تاریک خاطرات گذشته‌اش. سردرآوردن از همه‌ی این ناگفته‌ها برای روایت داستان او الزامی بود. با مهربانی آشکاری در لحن خود از ساسان پرسید:

- ممکن است کمی درباره‌ی خاطرات آن ایام بگویی؟ مثلاً درباره‌ی ماجرای آن بدترین سیگار زندگی‌ات؟

ساسان سیگار خود را خاموش کرد و در ادامه گفت:

- آن موقع در حبس انفرادی بودم. راستش خیلی هوس سیگار کرده بودم. از روی عادت، چه می‌دانم از سر بی‌حوصلگی، از فرط هیجان برخاسته از بازجویی‌ها، از ناروشن بودن بازی سرنوشت در آن فصل تحمیلی زندگی و یا شاید از ترکیب همه‌ی این‌ها با هم، هوس کرده بودم سیگاری بکشم. بار سومی بود که مرا برای بازجویی برده بودند. در اواسط بازجویی سربازجو به ماموری که آنجا بود گفت یک نخ سیگار به من بدهد.

برای لحظه‌ای صدای ساسان به لرزه افتاد. مثل همیشه پرشور و شمرده سخن نمی‌گفت. تندتر از معمول نفس می‌کشید. بازدم خود را به گونه‌ای گسسته بین واژه‌هایی که بر زبان می‌آورد، جاری ساخته بود. طنین واژه‌هایش نارسا شده بود. بهزاد احساس کرد یادآوری خاطره‌ی آن بازجویی باعث رنج او شده و طعم لحظه‌اش را تلخ‌تر از پیش کرده است. خودکارش را روی میز، کنار دفترچه‌اش گذاشت. ترجیح داد به سخنان او گوش بدهد و از یادداشت برداشتن در یک چنین لحظه‌ای پرهیز کند. ساسان که نگاهش را به نقطه‌ای نامعلوم از میز دوخته بود، در ادامه گفت:

- با چشمان بسته، رو به دیوار نشسته بودم. آن مامور سیگاری آتش زد و به من داد. شنیدن کلمه‌ی سیگار و حس بویِ دودش برای یک لحظه هوش و حواسم را با خود برده بود. برای یک لحظه حتی فراموش کرده بودم که این سیگار را آن بازجو بهم داده است. با اشتیاق تمام دود سیگار را فرو دادم. اما با همان پک اولی که به آن سیگار زدم، آن اشتیاق اولیه بدل به یک حس مشمئز کننده شد. از خودم بدم آمد. با هر پکی که به این سیگار می‌زدم، حس انزجار از خودم بیشتر می‌شد. خاطره‌ی آن سیگار و اینکه آن را تا ته کشیده بودم، هیچ وقت از ذهنم پاک نمی‌شود.

بهزاد سکوت کرده بود. نمی‌دانست چه باید بگوید. ساسان سر خود را به علامت تاسف تکان داد، مستقیم به چشمان او نگاه کرد و گفت:

- این بدترین سیگاری بود که در همه‌ی عمرم کشیده بودم. شاید باور کردنش برایت سخت باشد. ولی حتی بعد از گذشت پنج سال از آن روز، هنوز طعم تلخ آن سیگار لعنتی آزارم می‌دهد. تصور اینکه آن مامور سیگار را گوشه‌ی لبش گذاشته، آتش زده و پس از آن به من داده است، باعث می‌شود نوعی حالت تهوع بهم دست بدهد. هر بار یاد آن روز می‌افتم، بدون آنکه خودم متوجه بشوم، سیگارم را خاموش می‌کنم.

بهزاد بی‌اختیار نگاهی به زیرسیگاری انداخت. ساسان سیگارش را پیش از آنکه تا به آخر کشیده باشد، خاموش کرده بود. خطاب به ساسان گفت:

- می‌دانم سخن گفتن درباره‌ی آن روزها کار ساده‌ای نیست. با اینکه هیچ‌وقت در زندگی‌ام حبس نکشیده‌ام، ولی می‌توانم حس‌ات را درک کنم.

در نگاه ساسان ردپای تردید را دید. تردیدی که خود را در قاب یک پرسش نشان داد. با صدایی نسبتاً بلند پرسید:

- می‌دانی شکنجه‌ی سفید چیست؟

بهزاد بی‌آنکه چیزی بگوید با تکان دادن سر خود به ساسان فهماند که شکنجه‌ی سفید را می‌شناسد. او چند گزارش درباره وضعیت روحی زندانیان در اوین نوشته و به پدیده شکنجه‌ی سفید هم پرداخته بود. اما به‌رغم نوشتن آن چند گزارش تصور دقیقی از این شکنجه نداشت. ساسان گفت:

- شکنجه سفید یعنی ساعت‌ها نشستن در تاریکی، ساعت‌ها پناه بردن به تنهایی، ساعت‌ها رنج بردن از همان تنهایی و ساعت‌ها زل زدن به در. ساعت‌ها منتظر ماندن برای اینکه دیوی بیاید و تو را از دست تنهایی نجات بدهد. شکنجه‌ی سفید یعنی ساعت‌ها گرفتن گوش‌هایت با هر دو دست برای خلاص شدن از شر صدای نوحه و آزار صدای شکنجه دیگران، ساعت‌ها به خود قبولاندن که بوی تعفن نشسته از تهوع زندانیان قبلی بر پتویی که بر دور خودت پیچیده‌ای، آن‌قدرها هم که فکر می‌کنی، آزار دهنده نیست. یعنی ساعت‌ها شکنجه شدن با اخبار دروغ.

جان گرفتن تصویر این صحنه در ذهن بهزاد رعشه‌ای بر جانش انداخت. یک بار در پاسخ به پرسش همکاری که می‌خواست حال و روز یک نویسنده را پس از دیدن یک

واقعه دردناک بدانند، گفته بود:

- هر حادثه و رویداد غم‌انگیزی می‌تواند دست‌کم سه بار نویسندگان و شاعران را آزار بدهد. یک بار وقتی از آن حادثه و رویداد مطلع می‌شوند، یک بار وقتی که آن حادثه و رویداد را در تخیل خودشان تصور می‌کنند و یک بار هم زمانی که درباره‌اش می‌نویسند. و شاید پس از آن، هر بار که آن نوشته‌ها و آن سروده‌ها را می‌خوانند یا درباره‌شان می‌اندیشند.

ساسان ادامه داد:

- بی‌شرف‌ها حتی گفته بودند که پدرم را هم دستگیر کرده‌اند. گفته بودند فردا صبح ما را با هم روبه‌رو می‌کنند.

دستمالی از جیب پالتویش در آورد، با دست راست عینکش را بالا زد و با دستمال گوشه‌ی چشم خود را خشک کرد.

- شاید نتوانی تصور کنی آن شب بر من چه گذشت. تصور آن موضوع که آن پیرمرد را هم گرفته باشند، زجرم داده بود. اعصابم را به‌هم ریخته بود. به در و دیوار ناسزا می‌گفتم. حتی کم مانده بود سرم را از شدت خشم به دیوار بکوبم.

بهزاد بی‌حرکت نشسته بود. پنداری روی صندلی همان جا خشکش زده بود. واژه‌ها همچون تازیانه بر روح و روان او فرود می‌آمدند و او تکان نمی‌خورد. مات و مبهوت در آن تصویری که در برابر چشمانش جان گرفته بود، سرگردان بود. ساسان گفت:

- می‌خواهی بدانی شکنجه سفید دقیقاً یعنی چه؟ یعنی اینکه چشمانت در تاریکی از کار بیافتند، گوش‌هایت از نوحه و بینی‌ات از بوی تعفن پر بشود، و دست‌هایت جز سردی و زبری پتو چیزی برای لمس کردن پیدا نکند. در یک چنین فضایی تو را پس از یک بازجویی طولانی به سلول انفرادیت برگردانند و تو خودت را برای بازجویی بعدی آماده کنی. برای ادامه‌ی شکنجه‌ی سفید، زیر رگبار پرسش‌ها، فحش‌ها و اتهامات.

- پدرت را دستگیر کرده بودند؟

- نه! فردای آن روز در بازجویی گفتند که حال پدرم در حبس خراب شده و ماموران او را به درمانگاه منتقل کرده‌اند. همه‌اش دروغ بود. دروغ‌هایی از جنس همان شکنجه‌ی سفید.

لحظه‌ای سکوت کرده و در ادامه گفته بود:

- پدرم همان روز برای ملاقاتم آمده بود. اما به او اجازه ملاقات نداده بودند. بیچاره پیش از آزاد شدن من، پیش از اینکه بتوانم یک بار دیگر او را ببینم، روزی دق کرد و مرد. به همین سادگی!

بهزاد رد تازیانه‌ی غمی جانکاه را در چهره او دید. ساسان احساس سرما می‌کرد. حال آنکه هوا خیلی سرد نبود و بخاری برقی که بالای سرشان نصب شده بود نیز گرمای مطبوعی داشت. سرمایی که در آن لحظه حس می‌کرد، از آزار و رنج ناشی از زخم‌های کهنه‌ی روحش برمی‌خاست. دست‌هایش را به دور لیوان شراب داغ حلقه زد و گرمای لیوان را به درون پیکرش کشید.

- لطفاً اگر برایت ممکن است، ادامه بده.

ساسان آهی کشید و گفت:

- آن روز هم، مثل دو بار پیش از آن، یکی از زندان‌بان‌ها آمده بود مرا به اتاق بازجویی ببرد. با لحنی تحکم‌آمیز گفته بود که چشم‌بند بزنم. اما در رفتارش و در نحوه‌ی برخوردش تفاوتی با بقیه زندان‌بان‌ها دیده بودم. به‌رغم شغلش، خشونتی در رفتارش نبود. حتی موقعی که چشم‌بند را دور سرم سفت می‌کرد، مهری در رفتارش دیدم. موقعی هم که من را از راهرو به طرف اتاق‌های بازجویی بند ۲۰۹ می‌برد، بازویم را با ملایمت گرفته بود. شاید با این رفتارش می‌خواست به من بفهماند که خودش هم قربانی همان حکومتی است که من و هزاران نفر مثل من را به بند کشیده است.

ساسان گفت در اتاق بازجویی صندلی او را رو به دیوار گذاشته و دوربین فیلم‌برداری را برای ضبط بازجویی روشن کرده بودند.

- بوی مشمئز کننده‌ای همه جا را گرفته بود.

گفت متوجه حضور دو نفر در اتاق شده بود. اما به علت چشم‌بند چهره هیچ یک را نمی‌توانسته ببیند. از اتاق بازجویی کناری سخن گفته بود و از اینکه صدای بازجویی آن اتاق را نیز به شکل گنگ و غیرقابل فهم می‌شنیده است.

- همیشه در اتاق‌های بازجویی را باز می‌گذارند؟

- نه! اما هیچ کارشان تصادفی هم نیست. گاهی این کار را عمداً و برای تضعیف روحیه زندانی‌ها می‌کنند.

- صدای شکنجه شدن کسی را می‌شنیدی؟

- آن روز، نه! صدای گفت‌وگوی سربازجو با یک زندانی به گوش می‌رسید. معمولاً موقع شکنجه کردن نوار روضه و عزاداری پخش می‌کنند. صدای دستگاه پخش صوت را هم آن‌قدر بلند می‌کنند که صدای ضجه فردی که شکنجه می‌شود، به گوش بقیه نرسد. اما چون زندانی‌ها از هم‌زمانی پخش صدای روضه و عزاداری با شکنجه خبر دارند، شنیدن صدای نوحه خودش نوعی شکنجه آن‌هاست. البته گاهی هم آگاهانه برای شکنجه روحی، نوار روضه و عزاداری پخش نمی‌کنند، یا صدای ضبط‌صوت را خیلی بلند نمی‌کنند تا بقیه زندانی‌ها صدای شکنجه را بشنوند. بی‌شرف‌ها از چهل سال تجربه زندان و شکنجه خیلی چیزها یاد گرفته‌اند.

ساسان گفت پس از آزادی از زندان نیز هر بار با شنیدن صدای روضه یا نوحه‌خوانی لرزه به جانش می‌افتد. حتی گاهی که به یاد خاطرات زندان می‌افتد، طنین خیالی اما گوش‌خراش آن نوحه و روضه سکوت لحظاتی که با خود خلوت می‌کند را از هم می‌درد و تارهای روحش را به لرزه می‌اندازد.

- آن روز تحملم تمام شده بود. طعم چندش‌آور آب دهان ماموری که سیگار را بهم داده بود، لحظه‌ای رهایم نمی‌کرد. حتی پرش نور لامپ مهتابی که بالای سرم نصب شده بود و من آن را از زیر چشم‌بندم می‌دیدم باعث آزارم می‌شد.

بهزاد لیوان نیمه پر شراب خود را بلند کرد و به لیوان او زد. شاید به قصد نوعی هم‌دردی و شاید از سر آشفتگی و پریشانی. ساسان در ادامه گفت:

- آرزو می‌کردم آن بازجویی هر چه زودتر تمام بشود. اما چانه‌ی بازجو تازه گرم شده بود. هنوز پرسشی را پاسخ نداده بودم، سئوال دیگری ازم می‌پرسید. من را به رگبار سئوال بسته بود. شاید با این کارش می‌خواست تمرکزم را برهم بزند یا من را وادار به گفتن چیزهایی بکند که یا واقعیت نداشتند یا اگر هم واقعی بودند، تمایلی به گفتن‌شان نداشتم. رگبار سئوال یک طرف و رگبار اتهام طرف دیگر. خیس عرق و خسته، رو به دیوار نشسته بودم و آرزو می‌کردم، آن روز لعنتی هر چه زودتر تمام بشود.

- بازجویی‌ات چقدر طول کشید؟

- دقیق نمی‌دانم. گمان می‌کنم چیزی حدود شش ساعت.

- شش ساعت؟

- آره. گاهی بازجویی‌ها حتی از این هم طولانی‌تر است.

- شکنجه هم شده بودی؟

- نه! دلیلی برای شکنجه کردن من وجود نداشت. من چیزی برای پنهان کردن نداشتم. افراد را برای شکنجه به زیرزمین راهروهای بند ۲۰۹ می‌برند. دلیلی نداشت که من را هم به زیرزمین ببرند.

سرفه‌ای کرد و در ادامه گفت:

- مثلاً یک استاد دانشگاه چه رازی دارد که بخواهد از کسی پنهان کند؟ هر چه پرسیده بودند را پاسخ داده بودم. کوچک‌ترین اثری هم از تناقض‌گویی در کلامم وجود نداشت. چون چیزی برای پنهان کردن نداشتم که لحظه‌ای غفلت باعث بشود به ضدونقیض‌گویی بیافتم.

- حالا چه می‌خواستند بدانند؟

- همه چیز را! می‌گفتند همه چیز را باید بگویی. گرچه هیچ چیز برای گفتن وجود نداشت. به‌ویژه می‌خواستند بدانند که رابطه‌ی مینا و من با کارمندان سفارت آلمان چه بوده و ما چه اطلاعاتی به آلمانی‌ها داده بودیم. من هم پرسش‌شان را با این پرسش پاسخ داده بودم که خُب یک استاد تاریخ اروپا مثلا چه نوع اطلاعاتی دارد که به درد اروپایی‌ها بخورد؟ اما گفتن این موضوع باعث شد که بازجو از کوره در برود. صدایش را بلند کرده و پرسیده بود که آیا دارم او را مسخره می‌کنم؟ پس از آن فحش بدی به مادرم داد و گفت ما از تو بزرگ‌ترها را هم وادار به حرف زدن کرده‌ایم.

بهزاد حرف ساسان را قطع کرد و پرسید: «اتهامت چه بود؟» سپس لبخندی زد و با لحنی توام با شرم گفت: «البته اگر اجازه داشته باشم، این موضوع را بپرسم؟»

ساسان از پشت عینک نگاهی به بهزاد انداخت. دست‌هایش را زیر چانه‌اش ستون کرد و گفت:

- باور کردنش ساده نیست. من را به اتهامات مسخره‌ای مثل جاسوسی، تبلیغات ضد حکومتی، اقدام علیه امنیت ملی کشور و ارتباط با گروه‌های معاند دستگیر کرده بودند.

این نخستین باری نبود که بهزاد می‌شنید که افراد را در ایران با زدن چنین اتهامات بی‌اساسی دستگیر و زندانی می‌کنند. اما این موضوع باعث حیرت او شده بود که چگونه یک استاد تاریخ می‌تواند علیه امنیت ملی کشور اقدام کند؟ جرعه‌ی آخر شراب خود را نوشید. به فکر فرو رفت. لیوانش را با احتیاط روی میز گذاشت و دستان سرد خود را به

جدارهی نه چندان گرم لیوان حلقه زد و با احتیاط پرسید:

- می‌توانم علت اصلی دستگیری‌ات را بپرسم؟

ساسان مشکلی برای پاسخ دادن به این پرسش نداشت. پس از مکث کوتاهی گفت:

- چرا که نه! من را به اتهام جاسوسی برای بیگانگان، به اتهام بهایی بودن و تبلیغ برای به قول خودشان فرقه‌ی ضاله‌ی بهاییت دستگیر کرده بودند.

بهزاد با تعجب پرسید:

- بهایی بودی؟

ساسان سر خود را به حالت نفی تکان داد و گفت:

- نه! مورخ بودم.

در ادامه گفت که مورخ بودن در جمهوری اسلامی جرم به‌حساب می‌آید. ساسان هم جرعه‌ی آخر لیوان شرابش را نوشید و گفت:

- راستش را بخواهی، من به‌رغم تحصیل در رشته‌ی تاریخ، حتی اطلاع خاصی از آیین بهایی نداشتم. حوزه‌ی کارم بیشتر تاریخ اروپا بود. چه می‌دانم، مثلاً انقلاب فرانسه، کنفرانس وین، جمهوری وایمار و مسائلی از این قبیل. در رجایی‌شهر، یعنی در سالن دوازده بند چهار بیش از ۳۰ بهایی زندانی بودند. دقیق‌تر گفته باشم، با من که به اتهام بهایی بودن به زندان افتاده بودم، مجموعا می‌شدیم ۳۴ زندانی. یعنی چیزی بیش از نصف تعداد زندانی‌های آن سالن. خُب این بهترین امکان برای آشنا شدن با نظر کسانی بود که مرا به اتهام تبلیغ برای آن‌ها به زندان انداخته بودند.

ساسان دستکش‌های خود را از جیب پالتویش درآورد و به دست کرد. سرمایی که یادآوری آن خاطرات در جان او نشانده بود، با گذشت هر لحظه بیشتر و بیشتر در پیکرش نفوذ می‌کرد. گفت:

- زندانیان سالن ده و دوازده بند چهار رجایی‌شهر یا زندانی سیاسی بودند یا زندانی عقیدتی. جالب اینجاست که من تا پیش از دستگیر شدنم نه فعالیت سیاسی داشتم و نه عقیده و باور دینی.

لبخندی زد و در ادامه گفت:

- می‌بینی جمهوری اسلامی با من چه کار کرد؟ جمهوری اسلامی با دستگیری و فرستادن من به زندان رجایی‌شهر، از من، هم یک زندانی عقیدتی ساخت و هم یک زندانی

سیاسی. در واقع جمهوری اسلامی با این کار خود باعث شد که من نزد هر دو گروه عزت و احترام پیدا کنم.

سیگار دیگری روشن کرد و در ادامه گفت:

– شاید برایت جالب باشد بدانی که آن‌ها با تاریخ انقلاب فرانسه و ژاکوبن‌ها حتی با انقلاب اکتبر و بلشویک‌ها مشکلی ندارند. اما اگر سر کلاس درباره موسولینی یا قدرت‌گیری نازی‌ها در آلمان چیزی می‌گفتم، فوراً به دفتر رئیس دانشگاه احضار می‌شدم. من هیچ‌وقت در کلاس‌هایم جمهوری اسلامی را با ناسیونال سوسیالیست‌ها مقایسه نکرده بودم. اصولاً به چنین مقایسه‌هایی در تاریخ باوری ندارم. به نظرم این مقایسه‌ها تنها باعث نوعی ساده‌نگری در بررسی‌های تاریخی می‌شود. اما آن‌ها خودشان این مقایسه را می‌کردند. فکر می‌کردند که اگر کسی مثلا درباره‌ی فاشیسم چیزی بگوید، حتماً منظوری داشته و می‌خواسته با رژیم و حکومت مخالفت کند.

بهزاد یقه پالتویش را بالا کشید و دکمه زیر یقه آن را بست. در همان حین گفت:

– اما تو خودت یک بار از شباهت‌های بین تاریخ معاصر ایران و آلمان در دوران نازی‌ها گفته بودی.

– آره. شباهت‌های زیادی بین همه‌ی حکومت‌های دیکتاتوری و توتالیتر وجود دارد. دیدن شباهت‌ها خوب است. اما ندیدن تفاوت‌ها است که باعث گمراهی‌مان می‌شود.

پک عمیقی به سیگار زد و در ادامه گفت:

– بگذار خاطره‌ای را برایت تعریف کنم. یک بار سر کلاس درباره‌ی کتاب‌سوزان سال ۱۹۳۳ آلمان توضیح می‌دادم و به نقش انجمن دانشجویی آلمان در ماجرای کتاب سوزان اشاره کرده بودم. یک ساعت بعد، رئیس دانشگاه من را به تبلیغات علیه انجمن اسلامی دانشگاه متهم کرده و بهم تذکر اداری داده بود. گفته بود مراقب حرف زدنم در کلاس باشم. گفته بود کافی است که کسی گزارشم را رد کند.

– عجب ماجرایی! ولی این ماجرا چه ربطی به اتهام بهایی بودن تو دارد؟

– راستش را بخواهی، هیچی. هیچ ربطی ندارد. گاهی سر کلاس مسائل دیگری مطرح می‌شد. مسائلی که ربط چندانی هم به تاریخ اروپا نداشتند. مثلا می‌شد که کسی درباره وضعیت زندگی یهودیان ساکن ایران بپرسد یا درباره بهاییان و بهاییت در ایران سئوالی مطرح کند. خُب من هم تا حد امکان و به عنوان یک مورخ به این پرسش‌ها سر کلاس یا

در گفت‌وگوهای خصوصی با دانشجویان پاسخ می‌دادم. شاید هم طرح این پرسش‌ها درباره بهاییت و یهودیت نوعی تله بود. تله‌ای مثلا برای سنجش عیار پایبندی استادان به اسلام و حکومت اسلامی!

بهزاد پول میز را حساب کرد. احساس می‌کرد که ساسان از بازگویی خاطرات ایام زندان رنج می‌برد. به‌سوی ایستگاه قطار حرکت کردند. ساسان در مسیر راه گفت که یکی از دانشجویانش درباره‌ی اظهارات او به مسئولان دانشگاه و انجمن اسلامی به‌گونه‌ای مرتب گزارش می‌داده است. به او اتهام بهایی بودن زده بودند. بهزاد پرسید:

– خُب چرا به آن‌ها نگفتی که بهایی نیستی؟

– گفتم. پاسخ دادند که حرفم را باور نمی‌کنند. گفته بودند برای اثبات حرفم باید دیانت بهایی را محکوم کنم. و این درست همان کاری بود که من نمی‌توانستم بکنم. درست است که من بهایی نبودم، ولی محکوم کردن بهاییت از من یکی هم مثل خودشان می‌ساخت. باعث فرورفتن در همان منجلاب فرهنگی و سیاسی می‌شد که در کشور به راه انداخته‌اند.

بادی ملایم ولی سرد در حاشیه رود راین وزیدن گرفته بود. ساسان شالش را زیر پالتویش مرتب کرد و یقه پالتویش را بالا کشید. برای لحظه‌ای ایستاد. دستش را با مهر روی شانه بهزاد گذاشت و گفت:

– یادت می‌آید درباره‌ی مرغ موسولینی چه گفته بودم؟

– چطور ممکن است کسی چنین چیزی را فراموش کند؟

ساسان بازدم خود را بیرون داد و گفت:

– بگذار یک چیز تکان‌دهنده‌تر برایت تعریف کنم. آن مرغ موسولینی تنها به درد توضیح و فهم تحولات برزگ سیاسی نمی‌خورد. چندی پیش احساس کردم که در وجود هر یک از ما آدم‌ها یک مرغ موسولینی زندگی می‌کند. مهم هم نیست که از کدام کشور می‌آییم و چه دین و مسلکی داریم. وقتی آدم در یک شرایط سخت گیر می‌کند، و نفس کشیدن، زندگی کردن دشوار می‌شود، روزگار هر روز یکی دو پر از این مرغ را می‌کند. گاهی هم خودمان برای خوش‌رقصی در برابر رئیس‌مان یا در برابر چشمان آن‌هایی که شمشیر و شلاق دست‌شان است، با دست‌مان یکی دو پر از این مرغ را می‌کنیم، تا شاید دل‌شان را به رحم بیاوریم، شاید مهرشان را برانگیزیم. اما یک روز که در آینه نگاه می‌کنیم،

دیگر خودمان را نمی‌شناسیم. از دیدن چهره‌ی خودمان منزجر می‌شویم. شروع می‌کنیم به خود دروغ گفتن و اجازه می‌دهیم غرورمان وجدان‌مان را سلاخی کند.

یاکوب و هانه‌لوره یک بار آقای نویسنده را دیده بودند. غروب آن روزی بود که بهزاد برای دیدن نمای بیرونی خانه و به‌خصوص دیدن سنگ‌ها آمده بود. آن روز هانه‌لوره به یاکوب گفته بود: «تردیدی ندارم که این خود آقای نویسنده است.» یاکوب با کنجکاوی نگاهی به او انداخته و با تکان سر خود گمان هانه‌لوره را تایید کرده بود. آقای نویسنده را دیده بودند که با دقت به سنگ‌ها نگاه می‌کند و از تک تک آن‌ها و از آن خانه‌ی قدیمی عکس می‌گیرد.

مینا تنها ساکن آن خانه بود که تا آن لحظه فرصت دیدن بهزاد را نیافته بود. همین موضوع باعث افزایش هیجان او شده بود. فهرستی از آنچه که باید می‌خریدند و همه‌ی آن کارهایی که برای پذیرایی باید انجام می‌شد، آماده کرده بود. قرار بود آن روز دوشنبه بهزاد برای شام به خانه‌شان بیاید. بهزاد به ساسان گفته بود:

- می‌دانستی روز ۲۴ دسامبر، روز غروب مقدس است؟ معمولاً خانواده‌ها در این روز دور هم جمع می‌شوند و با هم جشن می‌گیرند.

ساسان دستش را به گرمی فشرده و به او گفته بود:

- به نزد خانواده‌ات خوش آمدی.

موضوع آمدن بهزاد را ساسان شب پیش، به محض رسیدن به خانه، به مینا گفته بود. مینا غافلگیر شده بود. زبانش بند آمده بود. نمی‌دانست چه باید بگوید. با دهان باز هاج‌وواج به او نگریسته بود. پس از آن، بی‌اختیار کتابی را که مشغول خواندنش بود، کناری نهاده و شتابان به آشپزخانه رفته بود. در حین عبور از اتاق پذیرایی نگاهی به خانه انداخته بود. خانه خیلی مرتب نبود. در یخچال را باز کرده و متوجه کمبودها شده بود. از آخرین باری که ساسان برای خرید رفته بود، چند روزی می‌گذشت. هیچ چیز برای یک پذیرایی

شایسته، آن طور که مینا انتظار داشت و دلش می‌خواست، مهیا نبود.

مینا همان شب، پیش از خواب، همان طور که در برابر آینه حمامشان ایستاده بود، متوجه سفیدی ریشه‌ی موهای خود شد. با انگشتان دو دستش، گُله‌گُله موهایش را پس زد و فراوانی انکارناپذیر موهای سفید خود را دید. مدت‌ها بود که توجهی به سروقیافه خود نداشت. کسی به خانه‌شان رفت‌وآمد نمی‌کرد و ساسان آن چنان در خود فرو رفته بود که متوجه چیزی نمی‌شد. اما حال یک‌باره همه چیز تغییر کرده بود. قرار بود آقای نویسنده به خانه‌شان بیاید. چاره‌ای نبود و باید می‌جنبید. شبانه مشغول رنگ کردن موهای خود شد. می‌دانست که فردا فرصت انجام چنین کاری را نخواهد داشت.

هانه‌لوره همان شب به ساسان گفت:

– می‌دانی که فردا فروشگاه‌ها خیلی زود تعطیل می‌کنند. باید صبح زود برای خرید بروی.

ساسان صبح زود از بستر برخاست. سرپایی چای خود را در آشپزخانه نوشید، لیست خرید را از مینا گرفت و به سوپرمارکت رفت. از بابت آمدن بهزاد خیلی خوشحال بود. در این چند روز، بارها در کافه نشسته بودند و بهزاد به او اجازه نداده بود پول میز را حساب کند. اکنون فرصتی برای جبران محبت دوست خود یافته بود. حتی یک شیشه شراب گران‌قیمت نیز خرید. چند بار به بالا و پایین شیشه و اتیکت روی آن نگاه کرد. هیچ‌گاه در زندگی‌اش برای خرید یک شیشه شراب چنین پولی پرداخت نکرده بود. از روبه‌رو شدن با نگاه سرزنش‌آمیز مینا واهمه داشت. عاقبت شیشه را برداشت و بر تردیدهای خود غلبه کرد. به خود گفت: «یک شب که صد شب نمی‌شود.»

آن روز همه‌ی نگاه‌ها متوجه مینا بود. او نیز خواهش و تمنا را در نگاه ساسان دیده بود. ساسان بی‌آنکه سخنی گفته باشد، از او انتظار داشت، برای برگزاری این مهمانی سنگ تمام بگذارد. مینا سنگینی نگاه هانه‌لوره و یاکوب را حس نمی‌کرد، اما دستخوش دلهره و تشویش عجیبی شده بود. از خود پرسید: «این همه تشویش برای چیست؟ یک مهمان که بیشتر نداریم.»

پاسخی برای پرسش خود نداشت. یاد مهمانی‌های بزرگ‌شان در ایران افتاد. پیش از آمدن به آلمان، حتی یک مهمانی بسیار بزرگ ترتیب داده بود. دست‌کم سی نفر در آن مهمانی حضور داشتند. مینا برخلاف رسم این روزها، غذای همه‌ی مهمانان را به تنهایی

آماده کرده بود. تنها ننه نرگس برای کمک آمده بود، سبزی‌ها را پاک کرده و ظرف‌ها را شسته، دستی به سر و روی خانه کشیده و دست‌آخر مزدش را گرفته و رفته بود.

آن شب عده‌ای از دوستان و خویشاوندان را دعوت کرده بودند. از سر مصلحت گفته بودند که ساسان برای اجرای یک پروژه دانشگاهی به آلمان دعوت شده است. پروژه‌ای موقت برای مدت یک سال. گفته بودند که کار ویزا و اقامت آن‌ها هم انجام شده است. یکی از مهمان‌ها گفته بود:

- خوشا به حال‌تان! بلیت‌تان برده است. حالا اینجا چه خبر است که بخواهید برگردید؟ من اگر جای شما بودم تا وقتی ریش و قیچی در این مملکت دست این حضرات است، همان‌جا می‌ماندم.

مینا در پاسخ به آن مهمان گفته بود:

- آقا مگر می‌شود ساسان را راضی کرد. عاشق کار دانشگاهی است. به محض آن‌که پروژه‌اش تمام بشود، برمی‌گردیم.

آن روز مهمانان لبخندی زده، تبریک گفته و آرزوی موفقیت کرده بودند. اما تقریباً همه به‌خوبی می‌دانستند که موضوع پروژه دانشگاهی واقعیت ندارد. از زندان افتادن ساسان همه خبر داشتند و بسیاری از مهمانان می‌دانستند که او پس از آزادی‌اش از زندان، کار خود را در دانشگاه نیز از دست داده است.

مینا خطاب به خود گفت:

- آن مهمانی بزرگ، همین یک سال پیش بود. چیدن میز برای سی نفر که شوخی نیست.

به یادش آمد پس از خداحافظی آخرین مهمان ساسان او را تنگ در آغوش گرفته و از او برای برگزاری آبرومندانه جشن خداحافظی‌شان تشکر کرده بود. جشن خوبی بود و مینا این موضوع را در رضایت نشسته در نگاه تک تک مهمانان و به‌خصوص در نگاه ساسان دیده بود.

این بار وضعیت اما فرق می‌کرد. دچار تشویش شده بود. دلهره به سراغش آمده بود. آن شب پیش از خواب با خود عهد بست که این بار نیز مهمانی را شایسته برگزار کند. یک پذیرایی کامل و بی نقص برای مهمانی مهم و ارجمند. یک پذیرایی گرم و صمیمانه برای قدردانی از کسی که آمده بود با روایت داستان همسرش، به رنجنامه‌ی آنان در این

فصل از زندگی‌شان پایان دهد. گرچه مینا تا آن لحظه آقای نویسنده را ندیده بود، اما احساس می‌کرد او را می‌شناسد. ساسان عکس بهزاد را به او نشان داده بود. مینا آن روز با کنجکاوی عکس را نگاه کرده و پرسیده بود:

- چند سالش است؟

ساسان گفته بود سه چهار سالی از او مسن‌تر است. مینا سرش را به نشانه تعجب تکان داده و گفته بود:

- به نظر اما مسن‌تر می‌آید.

بهزاد چند روزی بود که به عضو نامرئی آن خانه تبدیل شده بود. به عضوی از خانواده‌شان. آن روزها کم پیش می‌آمد که ساسان چیزی بگوید که یا با نام بهزاد شروع نشود، یا با نام او پایان نیابد. شب‌ها، وقتی خواب حلقه چشمان بزرگ و شرقی مینا را کوچک‌تر می‌کرد، او می‌آمد و بوسه‌ای بر گونه‌ی ساسان می‌زد و به اتاق خواب می‌رفت. ساسان همان‌جا کنار هانه‌لوره و یاکوب می‌ماند و با آن‌ها درباره خُلق‌وخوی بهزاد و مضمون گفت‌وگوهای آن روزشان سخن می‌گفت.

- آدم توداری است! مایل نیست هیچ چیز درباره‌ی خودش و زندگی‌اش بگوید.

ساسان نفس‌نفس‌زنان پاکت‌های خرید را از پله‌ها بالا کشیده بود. در پاگرد پله‌ها هر بار پاکت‌ها را با احتیاط روی زمین گذاشته، نفسی تازه کرده و به راه خود ادامه داده بود. نگران شیشه‌ی شراب بود. باید آن را سالم به مقصد می‌رساند. به در آپارتمان که رسید حس نوعی شادی به او دست داد. احساس آن روزی را داشت که همراه با دوستانش موفق به فتح قله‌ی توچال شده بود. قله‌ی توچال او در ایام پیری و تبعید، آپارتمانی بود که در طبقه چهارم خانه‌ای قدیمی قرار داشت. با خوش‌رویی در را گشود و پاکت‌ها را با نگاهی ظفرمندانه روی میز آشپزخانه گذاشت. بوی پیازداغ خانه را پر کرده بود.

مینا به محض دیدن پاکت‌های خرید، شعله گاز را کم کرد و سرگرم جابه‌جا کردن آن‌ها در یخچال و کابینت‌ها شد. ساسان برای خود یک لیوان چای ریخت، شیشه شراب را برداشت و به اتاق پذیرایی رفت. هانه‌لوره را دید که روی مبل چرمی قرمزرنگ نشسته است. میل‌های بافتنی‌اش را کنار خود نهاد و خطاب به ساسان گفت:

- اجازه دارم چیزی درباره خودت بهت بگویم؟

ساسان در حین گذاشتن شیشه‌ی شراب در کمد کنار در ورودی، با تکان سرش ابراز

موافقت کرده بود. گرچه اصرار داشت به دیگران بگوید که نظر آن‌ها را می‌شنود، ولی حاضر نیست ساز هستی خود را بر اساس داوری دیگران کوک کند، اما نظر هانه‌لوره و یاکوب برای او بسیار مهم بود. او به صداقت نهفته در داوری مردگان باور داشت. یاکوب یک بار به او گفته بود که صداقت مردگان جایی برای تردیدی کسی نمی‌گذارد. هانه‌لوره گفت:

ـ احساس می‌کنم خُلق‌وخوی تو هم در این چند روز تغییر کرده است. به نظرم آرام‌تر شده‌ای.

ـ نمی‌دانم آیا اسمش آرامش است یا نه. می‌دانم که کمی احساس سبکی، شاید احساس نوعی سبک‌باری می‌کنم. احساس می‌کنم که کسی بار سنگینی را از روی دوشم برداشته است. مگر نه اینکه همه‌ی ما به این دل بسته‌ایم که کسی این داستان را روایت کند. خُب حالا کسی آستینش را بالا زده و این وظیفه را پذیرفته است. راستش احساس می‌کنم که اگر این داستان روایت بشود، می‌توانم به بخشی از وظایفم در قبال شما و هم‌بندی‌هایم در اوین و رجایی‌شهر عمل کنم. در زندگی شاید هیچ چیز خوشایندتر از این نباشد که آدم احساس کند، کاری را که مثل یک بار بزرگ روی دوشاش سنگینی می‌کند، به مقصد رسانده است.

ساسان پس از گفتن این موضوع دچار تردید شد. از خود پرسید:

ـ آیا واقعاً این بار به مقصد رسیده است؟

او فقط بخشی از داستان خود را روایت کرده بود. اما هنوز هیچ کس حتی جمله‌ای از آن را ننوشته بود.

هانه‌لوره نگاهی به یاکوب انداخت که با کنجکاوی به گفت‌وگوی آن‌ها گوش سپرده بود. خطاب به ساسان گفت:

ـ چیزی را که می‌خواهم بهت بگویم، یاکوب خوب می‌داند. دوست من، گاهی لازم است آدم در زندگی‌اش بین یک تصمیم داوطلبانه و یک وظیفه فرق بگذارد. تو تصمیم گرفتی این داستان را روایت کنی. هیچ کس تو را وادار به انجام این کار نکرده و هیچ کس هم وظیفه‌ای روی دوش تو نگذاشته است. خودت خواسته‌ای. تصمیم خود تو بوده است. اتفاقاً چون تصمیمی داوطلبانه بوده است، با ارزش است.

ساسان برای لحظه‌ای به فکر فرو رفت. پس از آن سر خود را به نشانه‌ی تایید تکان داد. هانه‌لوره در ادامه گفت دفاع از شان و منزلت خود و دیگری مثل عشق ورزیدن و

دل‌دادگی است و هرگز نباید به آن‌ها همچون وظیفه نگریست.

- به محض اینکه بدل به وظیفه بشوند، ارزش‌شان را از دست می‌دهند. حتی اگر ارزش‌شان را کاملاً از دست ندهند، ماهیت‌شان تغییر می‌کند. عشق اگر بدل به وظیفه شود، دیگر عشق نیست.

- حق با توست. ولی باید اعتراف کنم که روایت این داستان چیزی نبود که من بتوانم یا بخواهم درباره‌اش تصمیم بگیرم. کاری بود که باید می‌کردم.

یاکوب ساکت بود. به آن لحظه‌ای می‌اندیشید که برای نجات جان اریش حاضر شده بودند، از فرزند دل‌بندشان دل بکنند. تصمیم گرفتن درباره‌ی سرنوشت فرزندشان از آن‌ها سلب شده بود. باید از او جدا می‌شدند. بی‌آنکه بخواهند با او وداع می‌کردند.

- تصمیم گرفتن تنها آن زمانی معنی می‌دهد که انسان حق انتخاب داشته باشد. چاره‌ی دیگری نداشتیم. باید اریش را تا دیر نشده بود، نجات می‌دادیم. هانه‌لوره او را بغل کرده بود. آن قدر تنگ بغل کرده بود، که آدم فکر می‌کرد وجودشان در هم گره خورده و یکی شده است. نمی‌توانست یا نمی‌خواست ازش جدا بشود. وقتی اریش را از دستش درآوردم، چشمان‌شان پر از اشک بود. هانه‌لوره می‌دانست برای چه گریه می‌کند، ولی اریش گریه می‌کرد، بی‌آنکه علتش را بداند.

هانه‌لوره گفت:

- چه روز سختی بود. اما راستش را بخواهی، آن روزی که اریش برای مراسم نصب سنگ‌ها آمده بود، به محض دیدنش احساس خوشحالی کردم. حس می‌کردم پر درآورده‌ام. می‌خواستم از جای خودم بپرم و بروم یک بار دیگر او را در آغوش بگیرم. صورتش را پر از بوسه کنم.

یاکوب سر خود را به نشانه‌ی تایید تکان داد.

- می‌دانم. من هم همین حس را داشتم. چقدر بزرگ شده است. چه قدوقامتی بهم زده است.

ساسان همان روزی که از مرکز اسناد ناسیونال سوسیالیسم به خانه برگشته بود، از هانه‌لوره پرسیده بود:

- می‌دانستی اریش یک دختر دارد؟ می‌دانی اسم نوه‌تان را چه گذاشته است؟ اسمش را گذاشته است هانه.

آن شب ساسان به جای هانه‌لوره گریه کرده بود. یاکوب شب پیش هم خیلی ساکت بود. ساسان برای خودش لیوان شرابی ریخته و در اتاق پذیرایی کنار دوستان خود نشسته بود. مینا در حالی که حوله‌ای به دور سر خود پیچیده بود، شب به‌خیر گفته و به اتاق خواب رفته بود. گفته بود که فردا باید صبح زود از خواب بلند شود و همه چیز را برای پذیرایی از آقای نویسنده مهیا کند. ساسان گفته بود به محض آنکه شرابش را بنوشد او هم برای خواب می‌آید. اما قولش یادش رفته بود. در اتاق پذیرایی مانده و مثل هر شب مشغول گفت‌وگو با هانه‌لوره و یاکوب شده بود.

یاکوب شب گذشته پرسش عجیبی از او کرده بود. همان طور که کنار پنجره اتاق پذیرایی ایستاده و به پرتو چراغ‌های خیابان بر در و دیوار خانه‌ها و تابش نورافکن به برج کلیسای سنت سورین می‌نگریست، برای لحظه‌ای نواختن ویولن را متوقف کرده و بی‌آنکه روی خود را به سوی ساسان برگرداند، از او پرسیده بود:

- چطور توانستی به آقای نویسنده اعتماد کنی؟ منظورم برای روایت این داستان است.

این نخستین باری نبود که ساسان با این پرسش روبه‌رو می‌شد. این پرسش مدت‌ها ذهن خود او را نیز مشغول کرده بود. در پاسخ به یاکوب گفت:

- راستش خودم هم نمی‌دانم.

به او اعتماد کرده بود، شاید چون چاره دیگری نداشت. اعتماد کرده بود، شاید در نگاه بهزاد ردپای مهری را می‌دید که گرد پیری و ملال نشسته بر تن لحظه، آن را از نگاه دیگران مستور و پنهان کرده بود. به یاکوب گفته بود در همان نخستین ملاقات، دیدن ناآرامی حاکم بر روح بهزاد باعث تردیدش شده است. او سرگردانی بهزاد را دیده بود.

- احساس می‌کردم دنبال چیزی می‌گردد. چیزی که خودش هم نمی‌داند چیست. در دیدار نخست‌مان خیلی قاطع صحبت می‌کرد. طوری حرف می‌زد که آدم فکر می‌کرد، در زندگی‌اش بر همه چیز مسلط است. ولی من متوجه‌ی آن تردیدهایی شدم که او پشت ماسک آن چهره‌ی مصمم پنهان کرده بود.

یاکوب به یاد روزی افتاد که بهزاد کنار سنگ‌ها خم شده و رهگذری از او پرسیده بود که آیا چیزی گم کرده و او با دست‌پاچگی پاسخ داده بود نه! حال آنکه چیزی گم کرده بود.

ساسان دیشب به یاکوب گفته بود:

- به نظرم بهزاد روح بزرگی دارد. روح بزرگی که زیر آوار یک‌نواختی ملال‌آور زندگی له‌ولورده شده است.

سپس روی خود را به سوی هانه‌لوره برگردانده و پرسیده بود:

- تا حالا کسی را دیدی که روی یک کُره بزرگ از تردید ایستاده باشد و سعی کند تعادل روح لرزان خودش را حفظ کند؟

گفته بود بهزاد در پی یافتن آرامش و صلح درونی، در این پرسه‌زدن‌های شبانه در محلات آشنای خاطرات قدیمی، منتظر کسی بوده که بیاید و با پریشان کردن خوابش، به پریشان‌خوابی‌اش پایان دهد. منتظر بوده تا غریبه‌ای بیاید و با پرتوافکنی بر پلِ زمان، او را با خودش آشنا کند، با خودش آشتی دهد.

مینا نیمه‌های شب نگاهی به ساعت روی پاتختی انداخت و از نبودن ساسان در بستر تعجب کرد. سراسیمه به اتاق پذیرایی آمد. ساسان را دید که در کمال آرامش و خون‌سردی، لیوان شراب به دست، در تابش شعاع کم‌رمق نوری که از آشپزخانه می‌تابید، روی یکی از راحتی‌ها نشسته و به لحظه‌های شبانگاهی خود طعم گس شراب داده است. با تحکمی در لحن، خطاب به او گفت:

- عزیزم پاشو برو بگیر بخواب. فردا خیلی کار داریم.

ساسان که از حضور یک‌باره مینا غافل‌گیر شده بود، با سراسیمگی پاسخ داد:

- باشد عزیزم! همین الان می‌آیم.

مینا سر خود را به نشانه‌ی سرزنش تکان داد و به اتاق خواب بازگشت. ساسان پس از رفتن مینا بی‌اختیار نگاهی به ساعت مچی خود انداخت. حق با مینا بود. مابقی شراب را در یک جرعه‌ی پیوسته نوشید، لیوان را روی میز آشپزخانه گذاشت، چراغ را خاموش کرد و پاورچین‌پاورچین در تاریکی خود را به اتاق خواب رساند. پیش از ورود به اتاق خواب خطاب به هانه‌لوره و یاکوب گفت:

- من را امشب ببخشید. باید بروم. فردا روز مهمی است.

هانه‌لوره گفت:

- می‌دانم. سعی کن راحت بخوابی.

برخلاف آرزوی هانه‌لوره، آن شب را همه‌ی ساکنان آن خانه قدیمی ناآرام به صبح رساندند. مینا صبح خیلی زود از بستر بلند شد. ساسان هم بیدار بود و روی تخت وول

می‌خورد. روی خود را به سوی مینا برگرداند و گفت:

- دیشب بد خوابیدی؟

- آره. تقریباً همه‌ی شب را بیدار بودم. نمی‌دانم چرا بی‌خودی تشویش به جانم افتاده است.

- من هم نتوانستم بخوابم.

سپس از جای خود بلند شد و در حین مرتب کردن لحاف‌هایشان گفت:

- زندگی نشان می‌دهد که انتظار کشیدن و آسوده خوابیدن با هم جور درنمی‌آیند. انتظار کشیدن همیشه سخت است.

بی‌اختیار به یاد آخرین شب زندان خود در رجایی‌شهر افتاد. به او گفته بودند که فردا از زندان مرخص می‌شود. شادی جوانه زده بر نهال فردا با غم وداع با دوستانی که مهرشان را به دل داشت، در هم آمیخته بود. برای نخستین بار غم و شادی را این چنین کنار هم تجربه می‌کرد. در شب آخر ایام زندانش هم نتوانسته بود بخوابد. تمام شب را بیدار نشسته و به آن لحظه‌ی حساس بین دو فصل پاره شده از زندگی خود اندیشیده بود.

آن شب هم انتظار دیدار بهزاد مانع از آن شده بود که ساکنان خانه‌ی محنت بتوانند بخوابند. یاکوب صبح، به محض ورود ساسان به اتاق پذیرایی به او گفت:

- این طور که معلوم است شما دیشب اصلاً نتوانستید بخوابید. ما هم نخوابیدیم.

لبخندی زد و در ادامه گفت:

- برای ما خواب ده‌ها سال است که معنایش را از دست داده است.

آنگاه نگاهی به هانه‌لوره انداخت و خطاب به او گفت:

- زندگان به خطا فکر می‌کنند که مرگ نوعی خواب ابدی است! نمی‌دانند که مردگان هیچ‌گاه نمی‌خوابند. مرگ از جنس خواب نیست. نوعی بیداری ابدی است! زیر خاک گرچه آدم چشمانش را می‌بندد، اما تا ابد بیدار می‌ماند.

مینا صبح را با جنب و جوشی غیرعادی شروع کرده بود. او انتظار دیدار بهزاد را در شتاب ساعت ساعت دیواری خانه‌شان هم دیده بود. به نظرش می‌رسید که عقربه‌های ساعت دوپله یکی می‌کنند و لحظه‌ها را سریع‌تر از انتظار او می‌شمارند. همین موضوع باعث شده بود که حرکات و رفتار او نیز شتاب بگیرد. بی‌قرار و ناآرام شده بود. در ماه‌های زندگی در تبعید، کسی به دیدن آن‌ها نیامده بود و مهمان ناخوانده‌ای از راه نرسیده بود. او بود و

عشق دیدار دخترش و گفت‌وگو با همسری که درگیر طوفانی سهمگین شده بود. همسری که پیوسته از چیزهایی در آن خانه سخن می‌گفت که او نه می‌توانست ببیند و نه می‌توانست درک کند. اکنون قرار شده بود، کسی به خانه‌شان بیاید. یک مهمان ویژه. یکی از بازیگران اصلی اما بیگانه‌ی فصل جدیدی از داستان زندگی‌شان.

بوی آش‌رشته و نعنای تفت‌داده فضای خانه را پر کرده بود. مجالی برای خودنمایی بوی کهنگی و بوی نم ماندگار آن خانه نمانده بود. آن بوهای آزاردهنده در آمیزش با رایحه خوش غذاهایی که مینا پخته بود، محو شده بود. محو شده بودند، اما از بین نرفته بودند. مینا چند پیمانه برنج خیس کرد. در حین هم‌زدن آش، شروع به خواندن ترانه‌ای محلی کرد. مدت‌ها بود که ساسان ندیده بود مینا آواز بخواند و از آن بابت احساس شادمانی می‌کرد.

لحظه‌ای نگذشت که مینا با دستمالی نمناک به اتاق پذیرایی آمد و سرگرم گردگیری کناره‌های تنها پنجره‌ی اتاق پذیرایی شد. نگاهی از شیشه‌ی پنجره به خیابان انداخت. اثر انگشتان نشسته بر تن شیشه، تصویر برج کلیسا را در هاله‌ای از وهم فرو برده بود. با دستمال اثر انگشتان ساسان و بی آنکه خود بداند، اثر انگشتان یاکوب را از روی شیشه پاک کرد. مینا مثل همیشه متوجه حضور یاکوب نشد. یاکوب اما از همان نخستین لحظات سحرگاهی همانجا کنار پنجره ایستاده بود. با دیدن مینا، خود را کنار کشید و از دیدن آمیزش لطافت و شتاب در حرکات مینا به هنگام پاک کردن شیشه‌ی پنجره غرق در لذت شد.

مینا که رفت یاکوب طبق عادت ویولن خود را زیر چانه‌اش زد، رفت پشت پنجره‌ی اتاق پذیرایی ایستاد و شروع به نواختن همان قطعه‌ی حزن‌انگیز مندلسون کرد. مینا در حالی که سرگرم دستمال کشیدن بر میز اتاق پذیرایی بود، برای لحظه‌ای کوتاه چشمان خود را بست و گوش خود را تیز کرد. احساس کرد که نوای گنگ یک موسیقی ناشناخته در گوش او طنین انداخته است. نفسی را که در سینه حبس کرده بود، بیرون داد. چشمان خود را مجدداً گشود و مشغول کار شد. لحظه برای پرسه زدن در باغ ناآشنای خیال مناسب نبود. باید شام و خانه را برای نخستین مهمان تبعید آماده می‌کرد.

هانه‌لوره با موهای شانه کرده‌ی خود، روی مبل قرمز چرمی به انتظار آمدن بهزاد نشسته بود. همان لباس چهارخانه سرمه‌ای رنگ را بر تن کرده و شال قرمزش را به دور

گردن خود انداخته بود. روی مبل قرمز چرمی نشسته و برای مقابله با آزارهای برخاسته از انتظار، با میله‌های آهنی خود مشغول بافتن ژاکت دیگری برای یاکوب شده بود. یاکوب هم همان کت‌وشلوار شکلاتی‌رنگش را پوشیده بود.

ساسان مشغول جارو کردن خانه شده بود. مینا از اتاقی به اتاقی می‌رفت. به‌گونه‌ای مداوم بین آشپزخانه و اتاق پذیرایی در حرکت بود. می‌آمد و روی میز و صندلی‌ها، روی کمد کوچک کنار در ورودی دستمال مرطوب می‌کشید، به آشپزخانه می‌رفت، کوکوی سبزی را روی ماهیتابه برمی‌گرداند. کار آشپزخانه که سبک شد، با یک آب‌پاش پلاستیکی زرد رنگ به اتاق پذیرایی بازگشت و گلدان‌ها را آب داد.

هانه‌لوره به حرکات شتابزده مینا زل زده بود. یاد روزهایی افتاده بود که خود آن‌ها نیز منتظر مهمان بودند. یاد روزهایی افتاده بود که گذشت سریع زمان باعث تشویش او می‌شد، آرامش خود را از دست می‌داد. بارها آن روزها، آن روزهایی که منتظر مهمان بودند به یاکوب گفته بود:

- خب نباید اریش را هم فراموش کرد. نظافت، آشپزی و بچه‌داری! مگر آدم چندتا دست دارد؟

یاکوب هم در چنین مواقعی به اتاق خواب می‌رفت، کنار تخت اریش می‌ایستاد و با شکلک درآوردن باعث خنده فرزند خود می‌شد.

مینا همه‌ی تلاش خود را به کار گرفته بود تا مهمانی خوب و آبرومندانه برگزار شود. هانه‌لوره از دیدن تلاش خستگی‌ناپذیر مینا لذت می‌برد. ساسان به مینا گفت:

- خیلی نگران نباش عزیزم، بهزاد هم مثل مردهای دیگر خیلی چیزها را نمی‌بیند. نه گرد و غبار نشسته روی طاقچه را می‌بیند، نه متوجه لکه‌های روی شیشه پنجره‌ها می‌شود و نه می‌تواند ریزه‌های سبزی را کف آشپزخانه ببیند.

مینا نگاهی توأم با سرزنش به او انداخت و گفت:

- اتفاقاً خیلی چیزها از نگاه یک هنرمند دور نمی‌ماند. ممکن است درباره‌شان حرفی نزند، اما همه چیز را می‌بیند.

هانه‌لوره به ساسان گفت: «نمی‌دانم داوری مینا در این باره تا چه حد درست باشد. خُب یاکوب هم هنرمند بود. نمی‌خواهم از همسرم تعریف کنم. ولی صادقانه گفته باشم، یاکوب یک نوازنده حرفه‌ای بود. یک هنرمند واقعی. اما می‌توانم سوگند بخورم که او

هیچ‌وقت متوجه تمیزی و کثیفی خانه نشد.»

یاکوب گوش تیز کرده بود. کنجکاو شده بود بداند همسرش درباره او چه می‌اندیشد و چگونه داوری می‌کند. پس از شنیدن سخن او لبخندی زد و به نواختن ویولن ادامه داد. هانه‌لوره نگاهی به همسرش انداخت و گفت:

- ببینم، نکند تو همه چیز را می‌دیدی و به روی خودت نمی‌آوردی؟

یاکوب دست راست خود را همان‌طور که آرشه ویولن را با انگشتانش گرفته بود، به سوی لبان خود برد و بوسه‌ای برای هانه‌لوره فرستاد. این رفتار یاکوب باعث خنده ساسان و هانه‌لوره شد.

هانه‌لوره به ساسان گفت:

- مهم نیست که آقای نویسنده متوجه تمیزی و نظافت خانه بشود یا نشود. مهم این است که مینا متوجه نامرتب بودن و احیاناً کثیفی خانه می‌شود. دانستن همین موضوع برای آزار او کافی است.

این را گفت و مجدداً مشغول بافتن شد. ساسان سر خود را به نشانه تایید تکان داد، لبخندی زد و مجدداً مشغول جارو کشیدن خانه شد. در حین جارو کشیدن خانه، نگاهش برای لحظه‌ای روی عقربه‌های ساعت دیواری متوقف ماند. عقربه‌ها از او خواسته بودند که سرعت کار کردن خود را با سرعت حرکت آن‌ها تنظیم کند. مینا پیام عقربه‌ها را صبح زود متوجه شده بود.

بهزاد لحظه‌ای کنار خانه‌ی قدیمی ایستاد. خم شد و بار دیگر به سنگ‌ها نگاه کرد. پس از آن به نمای بیرونی خانه نگریست. دو سه قدمی عقب رفت، سر خود را به سمت بالا گرفت و به پنجره‌های طبقه‌ی چهارم نگاهی انداخت. همان‌طور که ساسان گفته بود، در هر طبقه سه پنجره وجود داشت. مطمئن نبود که کدام یکی‌شان پنجره‌ی خانه‌ی ساسان و مینا است. پنجره‌ی میانی نمی‌توانست باشد. «پنجره‌ی سمت چپ یا راست؟»

طبق عادت، چند دقیقه‌ای زودتر رسیده بود. سال‌ها بود که همیشه زودتر از موعد به سر قرار خود می‌رفت. راینر روزی که او دیر به سر کارش رسیده بود، دستش را با مهر روی شانه‌اش گذاشته، و با لحنی کنایه‌آمیز گفته بود: «خبرنگاری که دیر به محل برسد، قطعاً شغلش را اشتباه انتخاب کرده است. لحظه‌های حساس فقط یک بار روی می‌دهند.»

سایه‌ی بلند این جمله‌ی ساده هیچ‌گاه او را رها نکرد. ساسان همان صبح زنگ زده و اصرار کرده بود، زودتر بیاید و او پذیرفته بود.

- لطفاً قبل از تاریک شدن هوا بیا. این طوری هم می‌توانی خانه را بهتر ببینی و هم ما می‌توانیم پیش از شام، کمی صحبت بکنیم.

برای ساعت چهار بعدازظهر قرار گذاشته بودند. او صبح همان روز دسته‌گل کوچکی خریده بود. و اکنون با آن دسته‌گل در دست، کنار خانه ایستاده بود.

دسته‌گل را با احتیاط زیر بغل خود زد و شروع به باز کردن دکمه‌های پالتوی خود کرد. در همان لحظه متوجه باز شدن در خانه شد. باید از این فرصت استفاده می‌کرد. پیرمردی را دید که قصد خروج از خانه را دارد. بهزاد لبخندی زد و سلام کرد. پیرمرد از دیدن غریبه‌ای پشت در خانه یکه خورده بود. غریبه‌ای را دیده بود که کنار دیوار خانه ایستاده و مردد به نمای خانه می‌نگرد. بهزاد با حرکت سریع دست مانع از بسته شدن در

پشت سر پیرمرد شد. پیرمرد چین و چروک نشسته بر پیشانی خود را در هم کشید و با لحنی سرد و خشک پرسید:

– با کسی کاری داشتید؟

بهزاد که منتظر شنیدن چنین پرسشی نبود، دست پاچه شد. حتی برای لحظه‌ای نام خانوادگی ساسان را فراموش کرده بود. دسته‌گل را دست‌به‌دست کرد و نگاهی به زنگ‌های خانه انداخت و با دیدن نام نوشته شده بر بالاترین ردیف زنگ‌ها گفت:

– بله! با آقای کریمیان!

پیرمرد غُرغُرکنان گفت:

– طبقه‌ی چهارم!

پس از آن خود را کنار کشید و به او اجازه داد وارد خانه شود.

در خانه پشت سر بهزاد با صدایی خشک بسته شد. بهزاد از خود پرسید که آیا این همان پیرمردی بدعنقی نیست که ساسان درباره‌اش گفته بود؟ سر خود را به نشانه‌ی بی‌تفاوتی تکان داد. «چه فرقی می‌کند؟»

لحظه‌ای در راهروی ورودی خانه ایستاد. او از جهان محنت پا به خیابان محنت نهاده بود و حال خود را در خانه‌ی محنت بازمی‌یافت. عجله‌ای برای بالا رفتن از پله‌ها نداشت. باید همه چیز را می‌دید. همه چیز را می‌بویید. همه چیز را حس می‌کرد. و همه چیز را به خاطر می‌سپرد. خانه در نخستین نگاه مانند اکثر آن خانه‌های قدیمی بود که بارها در آلمان دیده بود. با سقفی بلند، راهرویی نسبتا وسیع در کنار در ورودی و صندوق‌های حلبی رنگ‌ورو رفته‌ی پست و یک مشت روزنامه و آگهی تبلیغی که اینجا و آنجا روی زمین ولو شده بودند. به‌هم‌ریختگی راهرو حکایت از مشغله‌های روحی ساکنان آن خانه داشت. به نظر می‌رسید که نظافت راهرو کوچک‌ترین مشکل ساکنان خانه‌ی محنت است. حتی برخی از ساکنان به‌رغم تعطیلی آن چند روز، صندوق‌های پست‌شان را خالی نکرده بودند.

خانه سرد و بی‌روح به نظر می‌رسید. بهزاد به محض ورود به خانه دلش گرفت. «چه خانه‌ی غم‌انگیزی!»

اما به‌خوبی می‌دانست، آنچه قلب ساسان را به درد آورده و بر رنج و غم او افزوده، این دیوارهای سرد، سیمانی و رنگ‌ورو باخته نیست، بلکه آن داستان‌هایی هستند که بر

خشت‌های این دیوارها نقش بسته‌اند. همان داستان‌هایی که زیر رنگ‌های پوسته شده پنهان شده‌اند. زیر آن رنگ‌هایی که هر چند سال یک بار به قصد بزک کردن سال‌خوردگی، به قصد انکار چین و چروک دیوارها، بر چهره و پیکرش زده‌اند.

بهزاد برای یک لحظه چشمان خود را بست و سعی کرد آن بوی کهنگی و نمی را که ساسان درباره‌شان گفته بود، حس کند. نفس عمیقی کشید. لحظه‌ای نگذشته بود که احساس خفگی کرد. بوی نم و کهنگی در هم تنیده بودند. هوای راه‌پله سنگین بود. سپس چشمان خود را گشود و به کاشی‌های کهنه و فرسوده و به پله‌های سنگی و سیمانی خانه نگریست. زیر راه‌پله دو در به چشم می‌خورد. در ورودی یک آپارتمان و یک در چوبی با شیشه‌ای شکسته که بی‌تردید به انبارهای زیرزمین راه می‌برد. کنار در زیرزمین کالسکه کهنه بچه‌ای قرار داشت. بی‌اختیار به یاد بچه هانه‌لوره و یاکوب افتاد. به خود گفت زندگی در این خانه به‌رغم داستان‌های غم‌انگیزش، به‌رغم تازیانه‌های جنون و جنایت به راه خود ادامه داده است.

به سوی راه‌پله حرکت کرد و دست خود را روی نرده چوبی قدیمی گذاشت. نرده‌ای چوبی که محل تلاقی دست همه کسانی بود که در صد سال گذشته پا به درون این خانه گذاشته بودند. ارتفاع پله‌ها زیاد بود. «چگونه ممکن است کسی برای حفظ تعادل خود، بی‌آنکه دستش را روی این نرده بگذارد، از این پله‌ها بالا برود؟»

ساسان راه‌پله را با آن نرده‌ی چوبی‌اش خیلی خوب شرح داده بود. تصویری که بهزاد در برابر چشمان خود می‌دید، شبیه به همان روایت ساسان از پله‌ها بود. احساس عجیبی به او دست داده بود. گمان می‌کرد پیش از آن نیز پا در خانه‌ی محنت نهاده است. علتش را درست نمی‌دانست. شاید شباهت آن خانه به همه‌ی آن خانه‌های قدیمی بود، که می‌شناخت. شباهتی که چنین حسی را در او برانگیخته بود.

پله‌ها را با تانی بالا رفت. به طبقه چهارم که رسید نفسش کاملاً بنده آمده بود. ضرب‌آهنگ قلبش شتاب گرفته بود. پاهایش از رمق افتاده و سنگین شده بودند. مدت‌ها بود که از این همه پله بالا نرفته بود. اما احساس می‌کرد که سنگینی نشسته بر عضلات پاهایش بیش از آنکه ناشی از خستگی باشد، برخاسته از سرپیچی پاهایش از فرمان مغزش بوده است. واهمه در برابر هیجان قد کشیده بود. «کدام واهمه؟»

پاسخش روشن بود. این واهمه‌ی روبه‌رو شدن با ناگفته‌های آن خانه بود که در برابر

تب هیجانی که از دل کنجکاوی برمی‌خاست، سینه سپر کرده بود. راینر یک بار گفته بود:

- درست است که روزنامه‌نگاران نان شب‌شان را مدیون روایت اخبار بد هستند، ولی کمتر روزنامه‌نگاری را می‌شود پیدا کرد که از شنیدن اخبار بد لذت ببرد.

چند روز پیش از ساسان پرسیده بود:

- آیا این خانه باعث آزارت نمی‌شود؟ منظورم نوعی آزار روحی است. مثلاً وقتی که از پله‌ها بالا می‌روی؟ یا موقعی که در را باز می‌کنی و وارد آپارتمان‌تان می‌شوی؟

ساسان در پاسخ گفته بود:

- نه! این خانه هیچ‌وقت باعث آزار من نشده است. آنچه اذیتم می‌کند، دیدن آن نفرتی است که در نگاه همسایه‌ی دیوار به دیوارمان موج می‌زند. پیرمردی که حتی در واپسین روزهای زندگی‌اش هیچ چیز از آن طوفان ویرانگر تاریخ کشورش نیاموخته است. چه بسا به انتظار وزیدن یک طوفان ویرانگر دیگر نشسته است. طوفانی که شاید در لحظه‌ای بوزد که خود این پیرمرد مرده باشد، به آغوش مردگان، به آغوش سرنوشت ساکنان شوربخت این خانه شتافته باشد.

ساسان گفته بود نفرت این پیرمرد از کسانی که نمی‌شناسد، برخاسته از نفرتی است که از خود دارد. کسی که در زندگی طعم مهر و عشق را نچشیده باشد، مهرورزی را نمی‌شناسد. چنین کسی هرگز عاشق خوبی نخواهد شد. بهزاد گفته بود انسان‌ها خیلی پیچیده هستند و عشق و نفرت‌شان هم می‌تواند علت‌های متفاوتی داشته باشد.

- تو خودت فلسفه خوانده‌ای، باید بهتر از من بدانی که حتی ساده‌دل‌ترین انسان‌ها هم تعریف ساده‌ای ندارند.

ساسان ترجیح داده بود سکوت کند. خود او نیز پیچیدگی روح و روان انسان‌ها را در زندگی و به‌خصوص در ایام زندان تجربه کرده بود.

بهزاد برای لحظه‌ای در همان پاگرد راه‌پله طبقه چهارم ایستاد. آن خانه برخلاف ساسان او را آزار می‌داد. فضای حاکم بر آن نفس‌گیر بود. از خود پرسید که آیا شهامت آن را دارد پوستین ضخیم تمدن بشری را کنار بزند؟ شهامت دیدن مرداب را دارد؟ جسارت بوییدن تعفنی را که در لایه‌های تاریخ تمدن بشر روی هم تلنبار شده است؟ تاریخی که فقط پیروزی‌هایش، کامیابی‌هایش و دست‌آوردهایش را جار می‌زنند. ساسان یک بار به نقل از نیچه گفته بود که غرور باعث تضعیف حافظه می‌شود.

- به نظر من، غرور روی خیلی چیزها می‌تواند سایه بیاندازد. می‌تواند باعث ضعف بینایی آدم‌ها بشود. حتی می‌تواند قوه‌ی شامه‌شان را از کار بیاندازد. غرور اگر ترمز ببرد، می‌تواند آدم‌ها را بفریبد. به کژراهه بکشاند.

- ولی اگر غرور نباشد، آدم توسری‌خور می‌شود.

سخنش باعث خنده‌ی ساسان شده بود.

- به همین دلیل هم می‌گویند هر چیزی به اندازه‌اش خوب است. باید مانع از ترمز بریدن غرور شد.

تشخیص آپارتمان ساسان و مینا از بین سه گزینه‌ی ممکن کار چندان دشواری نبود. نام‌های نوشته شده بر در یا بر زنگ دو آپارتمان دیگر، مسیر او را به سوی آخرین آپارتمان آن طبقه کشاند. نامی روی در یا زنگ دیده نمی‌شد. لحظه‌ای درنگ کرد، اما پس از آن با اطمینان زنگ خانه را فشار داد. «تنها یک بیگانه اصراری بر نوشتن نام خود روی در و دیوار ندارد.»

بهزاد نگاهی به دسته‌گل انداخت. زرورق‌اش را کمی صاف کرد. آنگاه آن را با احتیاط زیر بغلش گذاشت و با هر دو دستش کتی را که زیر پالتو پوشیده بود، مرتب کرد. نفس حبس کرده در سینه‌اش را بیرون داد و دسته‌گل را مقابل خود گرفت. مدتی منتظر ماند. انتظارش بیش از حد طولانی شد. گوش تیز کرد. متوجه‌ی جنب و جوش خانه شده بود. از درون خانه صدای ظرف و ظروف می‌آمد. به‌رغم آن کسی در را باز نکرده بود. چند لحظه‌ای صبر کرد و مجدداً زنگ زد. اکنون می‌توانست صدای گفت‌وگوی ساسان و مینا را نیز به وضوح بشنود. انتظارش حاصلی نداشت. لحظه‌ای دچار تردید شد. «شاید زنگ در خانه‌شان خراب است؟» تصمیم گرفت که با پشت دست خود چند بار تقه‌ای روی در بزند.

هانه‌لوره پیش از بقیه متوجه شده بود که کسی در می‌زند. بی اختیار به ساسان نگاه کرد. ساسان دچار تردید شده بود.

- به نظرم آقای نویسنده است. پاشو در را باز کن!

در آن لحظه، ساسان روی راحتی اتاق پذیرایی به انتظار مهمان‌شان نشسته بود. برای برخاستن از جای خود نیم‌خیز شده بود که صدای کوبیدن در این بار بلندتر از بار پیش به گوش رسید.

- من که گفتم آقای نویسنده پشت در منتظر ایستاده است!

ساسان با چند گام بلند خود را به در ورودی رساند و در را باز کرد. بهزاد پشت در منتظر او بود. سلام کرد، لبخند مهرآمیزی زد و دسته‌گل را به ساسان داد. ساسان با تکان سر از او تشکر کرد، او را در آغوش گرفت و بر گونه‌اش بوسه‌ای زد. این نخستین باری بود که آن دو یکدیگر را بغل می‌کردند. بهزاد احساس می‌کرد که این داستان، روح آن دو را به هم نزدیک کرده است. رابطه‌شان طی آن چند روز چنان پیوندی خورده بود که پنداری سال‌ها یکدیگر را می‌شناسند. ساسان در همان آستانه‌ی در با صدای بلند گفت:

− مینا جان، بهزادخان آمده است.

مینا بی‌درنگ از آشپزخانه به استقبال بهزاد آمد. لبخند ملیحی بر لب داشت. همان‌گونه که با پشت دستانش موهای خود را مرتب می‌کرد، به سوی آن‌ها رفت. دستانش را با پیش‌بندش خشک کرد و در حین دست دادن با خوش‌رویی گفت:

− خیلی خوش آمدید. صفا آوردید. ببخشید که سرووضعم نامرتب است.

آنگاه نگاهی به دسته‌گلی که دست ساسان بود انداخت.

− چرا زحمت کشیدید. چه گل قشنگی!

− خیلی ممنون از دعوت‌تان. آن هم درست در روز غروب مقدس.

آنگاه لبخندی زد.

− بعضی از روزها آدم بیشتر احساس تنهایی می‌کند. مثل همین ایام کریسمس یا مثل شب سال نو! سنگینی بار تنهایی در چنین روزهایی دو برابر می‌شود. کسی که تنهایی نکشیده باشد، نمی‌تواند متوجه سنگینی بار رنج تنهایی در چنین روزهایی بشود.

مینا لبخند تلخی زد و پاسخی نداد. به آشپزخانه رفت. گلدان شیشه‌ای را آب کرد و گل‌ها را با سلیقه در گلدان کنار هم چید. به اتاق پذیرایی بازگشت و گلدان را روی میز گذاشت. بهزاد از آنچه در دل مینا می‌گذشت، بی‌اطلاع بود. مینا سه بار سر سفره‌ی هفت‌سین تنها نشسته بود. تنها نشسته بود و به ماهی کوچک قرمزی که در تنگی بلوری دیوانه‌وار به دور خود می‌گشت و یا به رقص شعله‌های دو شمع کنار آینه زل زده بود. مینا رنج تنهایی را می‌شناخت. بار تنهایی را سال‌ها بر دوش کشیده بود.

ساسان پالتوی بهزاد را به رخت‌آویز لرزان کنار در آویخت و با دست بهزاد را به سوی راحتی‌های سالن هدایت کرد.

− خواهش می‌کنم، راحت باش. کلبه‌ی درویشی است. احساس کن در خانه‌ی خودت

هستی.

بهزاد نگاهی گذرا به اطراف خود انداخت، لبخندی زد و روی یکی از راحتی‌ها نشست.

مینا پیش از آنکه بار دیگر به آشپزخانه برگردد، پرسید:

ـ چای میل دارید؟

ـ اگر زحمتی نباشد، با کمال میل. هیچ چیز در این هوای سرد بیشتر از چای داغ نمی‌چسبد.

مینا به آشپزخانه رفت. یاکوب از نواختن ویولن دست کشیده بود و به آقای نویسنده نگاه می‌کرد. هانه‌لوره هم پس از آنکه انتظارش برای رسیدن مهمان‌شان به پایان رسیده بود، ژاکتی را که برای یاکوب می‌بافت، کنار خود روی مبل گذاشته و به او زل زده بود. رمزگشایی از روح و روان آن غریبه، از کسی که روایت داستان‌شان را برعهده گرفته بود، برای او در این لحظه اهمیت زیادی داشت.

بهزاد همان‌طور که نشسته بود، نگاه خود را همچون پرنده‌ای بازیگوش از این گوشه به آن گوشه‌ی اتاق به پرواز در آورد. پرنده‌ای که لحظه‌ای روی لبه‌ی طاقچه پنجره اتاق پذیرایی، همان جایی که یاکوب ایستاده بود، نشست و لحظه‌ای روی کمد کوچک چوبی کنار در ورودی. آنگاه نگاهی به تابلوی بوسه گوستاو کلیمت انداخت. تابلویی که بارها پیش از آن دیده و هر بار از دیدنش لذت برده بود. همان‌طور که به درودیوار خانه نگاه می‌کرد، گفت:

ـ این هم آن خانه‌ی قدیمی که این روزها مرتب درباره‌اش صحبت کرده بودیم!

آنگاه نگاهی به سقف بلند خانه انداخت.

ـ ساسان جان، نمی‌دانی از اینکه می‌توانم این خانه را از درون ببینم، چقدر خوشحالم.

ـ خوشحال؟

بهزاد دست‌پاچه شده بود. می‌دانست که واژه را صحیح برنگزیده است.

ـ شاید منظورم را بد ادا کردم. حتی اگر راستش را بخواهی، پیش از ورود به خانه دچار نوعی واهمه شده بودم. دیدن این خانه البته باعث خوشحالی من نشده است. از آن بابت خوشحالم که حالا می‌دانم ماجرا چیست و قرار است درباره‌ی چه خانه‌ای بنویسم.

سرفه کوتاهی کرد.

ـ تو یک بار از پرتاب شدن به این خانه گفته بودی. امروز احساس می‌کنم که یک

قوه‌ی نامرئی و مرموز من را هم به این خانه پرتاب کرده است. یا شاید تو هم در لحظه‌ی پرتاب شدن‌ات، در وجود من چنگ انداختی و مرا هم همراه خودت کشیدی.

بهزاد گفت لحظه‌ای که دست خود را بر روی نرده چوبی گذاشته بود، احساس عجیبی داشت.

– از خودم پرسیدم آیا باورت می‌شود که یک قرن از عمر این پله‌ها، این نرده‌ی چوبی می‌گذرد؟

– من که بهت گفته بودم، خیلی چیزها برای دیدن وجود دارد. کافی است که فقط باریکه نوری بتابد تا ما بتوانیم حضور گذشته را در امروزمان ببینیم.

مینا با سینی چای و قندان به اتاق پذیرایی آمد. در این فاصله دستی به سر و روی خود کشیده و پیش‌بندش را باز کرده بود.

– خیلی از دیدن‌تان خوشحالم. در این چند روز لحظه‌ای نبوده که ساسان از شما حرفی نزند.

بهزاد لبخندی زد.

– امیدوارم فقط بدی‌هایم را نگفته باشد.

– این چه حرفی است؟ ساسان را شیفته خودتان کرده‌اید.

ساسان مثل کسی که ناگهان به یاد موضوعی افتاده باشد، روی خود را به سوی بهزاد برگرداند.

– ببینم، خیلی پشت در منتظر مانده بودی؟

بهزاد لحظه‌ای مکث کرد. مکثی که پیام آن را همه متوجه شدند.

– نه! یکی دو بار زنگ زدم و چون کسی در را باز نکرد، حدس زدم، باید زنگ در خانه‌تان خراب باشد.

آنگاه چین و چروک نشسته بر پیشانی‌اش را در هم کشید و نگاهی به ساسان انداخت.

– حالا چرا زنگ در را تعمیر نمی‌کنید؟

مینا سر خود را به نشانه‌ی تاسف تکان داد و با لحنی سرزنش‌آمیز گفت:

– خدا از دهان‌تان بشنود. حرف دلم را زدید. بارها بهش گفته‌ام باید زنگ در را تعمیر کنیم.

نگاه پرمعنایی به ساسان انداخت.

- اما این آقای فیلسوف ما حتی نمی‌تواند یک لامپ را عوض کند.

لبخند تلخی بر لبان ساسان نشست. لبخندی که مانع از ادامه‌ی سخن مینا نشد.

- چند بار حتی بهش گفته بودم که اگر خودت نمی‌توانی تعمیرش کنی، به مسئول اداره‌ی اجتماعی اطلاع بده. آن‌ها حتماً کسی را برای تعمیر می‌فرستند. اما ساسان می‌گوید ما که کلید داریم، فرناز هم که کلید دارد و مهمانی هم که به این خانه نمی‌آید. پس چه نیازی به تعمیر زنگ در داریم؟

مینا بلند شد و سینی چای را جلوی بهزاد گرفت. بهزاد لیوان را برداشت. ترجیح داده بود سکوت کند و به گفت‌وگوی ساده‌ی این زن و شوهر گوش کند. لحن مینا ناگهان تغییر کرد. پنداری یادآوری خاطره‌ای باعث رنجش شده باشد.

- من از اینکه کسی روی در بکوبد متنفرم.

مینا ماجرای شبی را تعریف کرد که ماموران اطلاعات سپاه برای دستگیری ساسان به خانه‌شان آمده بودند.

- آن شب، بی‌شرف‌ها وحشیانه روی در مشت کوبیده بودند.

- زنگ خانه‌تان در ایران هم خراب بود؟

پرسشی که باعث خنده‌ی ساسان شده بود.

- نه، دوست من! این شیوه‌ی کار آن‌هاست. برای غافلگیر کردن فرد مورد نظرشان زنگ خانه‌ی دیگری را می‌زنند. آن بار زنگ خانه‌ی یکی از همسایه‌هایمان در طبقه‌ی دوم را زده بودند. پس از ورود به خانه، آرام و بی‌صدا پله‌ها را بالا آمده بودند. اما به محض آنکه به در آپارتمان ما رسیدند، شروع کردند به مشت کوبیدن روی در. با این کارشان می‌خواهند ایجاد وحشت کنند.

مینا سر خود را به نشانه تاسف تکان داد، لب‌هایش را در هم کشید.

- اصلا انتظار چنین چیزی را نداشتیم. هر دو شوکه شده بودیم. من تپش قلب گرفته بودم. احساس می‌کردم که کسی با دو دستش قلبم را گرفته و فشار می‌دهد. ساسان رنگش پریده بود. مشت کوبیدن وحشیانه ماموران سپاه حتی برای یک لحظه هم قطع نمی‌شد. پشت سر هم مشت می‌کوبیدند. به ساسان گفتم برو در را بازکن، والا این‌ها الان در را از جای‌اش می‌کنند.

ساسان آه بلندی کشید. دستانش را پشت گردنش حلقه زد.

- عجب شبی بود. حتی صدای یکی از همسایه‌ها هم در آمده بود. در خانه‌اش را باز کرده و بی خبر از همه جا فریاد زده بود که آن موقع شب آنجا چه خبر است؟ چرا روی در می‌کوبید؟ یکی از ماموران سپاه از همان بالا فحش رکیکی داده و به او گفته بود که خفه شود. آن بدبخت هم از ترس در را پشت سر خودش بسته بود.

بهزاد احساس کرد که یادآوری آن خاطره در همان ابتدای دیدارشان، باعث آزار آن‌ها شده است. احساس کرد که مینا تمایلی به بازگو کردن خاطره‌ی آن روز ندارد. سر خود را به نشانه تفاهم تکان داد.

- احساس شما را خوب می‌توانم متوجه شوم.

مینا در حین تکان دادن سر خود به نشانه‌ی تاسف گفت:

- همین موضوع باعث شده که وقتی کسی روی در می‌کوبد، دلم فرو بریزد و بی‌اختیار به یاد آن شب بیافتم.

پس از گفتن این جمله، جرعه‌ای چای نوشید. لیوان را روی میز گذاشت. با انگشت اشاره‌اش دیوار خانه‌شان را نشان داد.

- مثل آن باری که آن پیرمرد احمق روی در کوبیده بود.

- پیرمرد همسایه‌تان را می‌گویید؟

- آره. همسایه دیوار به دیوارمان. تردیدی ندارم که با خارجی‌ها مشکل دارد. در طبقه اول یک خانواده ترک زندگی می‌کنند. آن‌ها هم از این بابا دل خوشی ندارند. این موضوع را خودشان به من گفته‌اند.

پس از آن نگاهی به ساسان انداخت.

- یک بار ساسان صدای تلویزیون را بلند کرده بود. خیلی هم بلند نبود. آن عوضی آمده بود و با مشت روی در کوبیده بود. نعره‌ای کشیده بود که همه‌ی همسایه‌ها متوجه شدند. بیچاره ساسان آن روز هر چی عذر خواست و سعی کرد با ادب و احترام ساکتش کند، نتیجه‌ای نداشت. هر بار صدایش را بلندتر کرده بود. باور کنید، کم مانده بود سکته کنم.

- صدای نعره‌های این پیرمرد مرا بی‌اختیار به یاد بازجوهای اوین انداخت. در تمام زندگیم هیچ کس این طوری سرم داد نزده بود. لحن این پیرمرد حتی از لحن بازجوها هم بدتر بود.

رنگ رخسار بهزاد از شنیدن این ماجرا سرخ شده بود. روی خود را به سوی مینا برگرداند. نگاهش را در نگاه او گره زد و با لحنی توام با شرم گفت:

- خواهش می‌کنم خانم از بابت اینکه من هم روی در کوبیدم، مرا ببخشید. هیچ اطلاعی از این ماجراها نداشتم.

سپس سرفه‌ای کرد و صاف‌تر نشست.

- خُب چاره دیگری هم نبود. زنگ در خراب بود. ولی باور کنید، اگر از حساسیت شما خبر داشتم، هرگز به خودم اجازه نمی‌دادم روی در بکوبم.

ساسان نگاهی به مینا انداخت. این آغاز خوبی برای میزبانی از تنها مهمان تبعیدیشان نبود. ترجیح داد وظیفه پاسخگویی را بر دوش او بنهد. به هر روی او این بحث را آغاز کرده بود و درست آن بود که خود او به این بحث خاتمه دهد. مینا با دست‌پاچگی گفت:

- خواهش می‌کنم منظورم را بد نفهمید. انتقاد من اصلاً متوجه شما نبود. باور کنید، اصلاً شما را نمی‌گفتم. شما که خیلی آرام روی در تقه زده بودید. آن‌قدر آرام که حتی کسی هم صدایش را نشنید. منظورم، کوبیدن دیوانه‌وار روی در بود. منظورم این بود که وقتی زنگ در را تعمیر نکنند، این اتفاق هر لحظه می‌تواند تکرار بشود.

ساسان حیرت‌زده گفت:

- عزیزم! من هم از اینکه کسی روی در بکوبد اذیت می‌شوم. ولی نمی‌دانستم که حساسیت تو این‌قدر زیاد است. پس چرا تا این لحظه این موضوع را به من نگفته بودی؟

- نیازی به گفتن خیلی چیزها در زندگی نیست. این را خود تو هم خیلی خوب می‌دانی. همان شبی که آن پیرمرد آمده و روی در کوبیده بود، کافی بود نگاهی به من می‌انداختی تا متوجه لرزه‌ای بشوی که به جانم افتاده بود.

آنگاه روی خود را به سوی بهزاد برگرداند.

- آقا باور کنید اصلاً اغراق نمی‌کنم. بدنم همین‌طور می‌لرزید.

بهزاد در زندگی خود بارها تجربه کرده بود که برخی از رویدادها توان آن را دارند که خواب خاطره‌ای را پریشان کنند. خاطره‌ای را به نام بخوانند و از آن بخواهند از میان صدها و هزاران خاطره ریز و درشت خفته در پستوی روح، انگشت خود را بلند کرده و به ساحت لحظه گام بنهد. اما هیچ‌گاه بیدار شدن خاطره‌ای رعشه بر تن او نیانداخته بود. تلخ‌ترین خاطره‌های زندگی او و در برابر خاطره‌ای که مینا تعریف کرده بود، رنگ می‌باخت. اما

خاطره‌ای که همان شب هانه‌لوره برای ساسان تعریف کرد، بسیار هولناک‌تر بود.

آن شب، پس از آنکه بهزاد خداحافظی کرد و رفت، هانه‌لوره گفت:

- چه تشابه عجیبی!

حیرت را در نگاه ساسان دید.

- مشت کوبیدن روی در را می‌گویم. من خیلی خوب می‌توانم احساس مینا را درک کنم. ما خودمان هم چنین شب وحشتناکی را تجربه کرده بودیم.

آن شب مینا احساس خستگی می‌کرد. حتی توان شستن ظرف‌ها و مرتب کردن آشپزخانه را در خود نمی‌دید. ساسان پس از رفتن بهزاد، او را در آغوش گرفت و با مهر بوسه‌ای بر گونه‌ی او زد. بوسه‌ای برخاسته از حس قدرشناسی. مینا برای لحظه‌ای بی‌حرکت در آغوش ساسان ماند. دلش می‌خواست ساعت‌ها در آغوش همسرش بماند. انتظاری که فرجامی نداشت. پس از آن، دست‌های ساسان را از دور کمر خود گشود، نفس حبس کرده در سینه‌اش را بیرون داد و به اتاق خواب رفت. ساسان در پایان یک روز طولانی، برای خودش کمی شراب ریخت، به اتاق پذیرایی بازگشت و پای صحبت دوستان خود نشست.

یاکوب تمام شب پشت پنجره ایستاده و به آن‌ها زل زده بود. کمتر از همیشه ویولن زده و بیشتر ترجیح داده بود، به سخنان مهمان‌شان، به گفته‌های راوی داستان‌شان گوش دهد. هانه‌لوره گفت:

- آن شب ما صدای چکمه‌های سنگین ماموران اس‌اس را از راه پله شنیده بودیم.

نگاهی به یاکوب انداخت. یاکوب ویولن به دست بی‌حرکت گوشه‌ی اتاق ایستاده بود و هیچ نمی‌گفت. پنداری خشکش زده بود. مات و مبهوت به خاطره‌ای می‌اندیشید که یادآوری هرباره‌اش لرزه به روح و جانش می‌افکند.

- وحشت کرده بودیم. من خودم را در آغوش یاکوب انداخته بودم. هر دو سکوت کرده بودیم و به صدای پای ماموران گوش می‌دادیم. اینکه چند نفر بودند را متوجه نشدیم. صدای پاها اما زیاد بود.

سپس گفت در تاریکی اتاق پذیرایی همان‌طور که در آغوش یاکوب بوده، نگاهی به چشمان او انداخته است.

- برای لحظه‌ای احساس کردم، صورتم خیس شده است. سرم را بلند کردم و نگاهی

به چشمان یاکوب انداختم. می‌خواستم ببینم که چشمانش خیس است یا نه.

گفت هنرمندان روح حساسی دارند و او بارها گریه‌ی یاکوب را دیده است.

- ولی آن شب گریه نمی‌کرد. صورتش خیس عرق بود. دست‌هایش را دور کمر من حلقه زده بود و من هم آرام و بی‌حرکت بغلش کرده بودم. قلبش تند می‌زد. تپش قلبش را روی سینه‌ام حس می‌کردم. دست‌هایم را دور گردنش حلقه زده بودم و می‌توانستم جریان خون در رگ‌های گردنش را هم حس کنم. خون دویده بود به صورتش. رنگش سرخِ سرخ شده بود.

یاکوب سکوت خود را شکست.

- شب تلخی بود.

سپس با دست به نقطه‌ای پشت در اشاره کرد.

- همان‌جا همدیگر را بغل کرده بودیم. حسابی ترسیده بودیم. معنی صدای چکمه‌ها برای‌مان روشن بود. حتی حس می‌کردم که ترس و وحشت‌مان از بدن یکی به بدن آن یکی منتقل می‌شود.

هانه‌لوره سخن یاکوب را قطع کرد.

- من می‌توانستم وحشتی را که بر روح و جان یاکوب چنگ انداخته بود، به‌خوبی حس کنم و همین باعث وحشت بیشترم می‌شد.

ویولن به دست چپ یاکوب آویزان بود و آرشه آن به دست راستش. همانجا کنار پنجره، چون مجسمه‌ای مغموم ایستاده و به روایت خاطره‌ی تلخ آن شبِ سرنوشت گوش سپرده بود. هانه‌لوره با دست به در ورودی خانه اشاره کرد.

- درست آن‌جا ایستاده بودیم و به صداها در راه‌پله گوش می‌کردیم. سکوت کرده بودیم. چیزی برای گفتن وجود نداشت. تا اینکه اتفاق عجیبی افتاد.

ساسان حیرت‌زده پرسید:

- اتفاق عجیب؟

- آره. ناگهان صدای چکمه‌های ماموران اساس اساس قطع شد. ماموران همان‌جا مانده بودند. در طبقه‌ی دوم و یا شاید در طبقه‌ی سوم. برای یک لحظه هر دو نفس راحتی کشیدیم. یادم می‌آید که من زیر گوش یاکوب زمزمه کردم که انگار ماموران سراغ کس دیگری رفته‌اند. احساس می‌کردیم که از مخمصه جان سالم به در برده‌ایم.

ساسان گفت:

- مثل این می‌ماند که آدم مجدداً متولد شده باشد.

- آره، دقیقاً مثل این بود که به ما یک شانس جدید برای زندگی کردن داده باشند. اما لحظه‌ای طول نکشید که دلمان برای بقیه سوخت.

هانه‌لوره گفت در آن لحظه، در همان لحظه‌ای که صدای چکمه‌ها قطع شده بود، یاکوب به من گفته بود بیچاره گوت‌لیبه.

پس از آن نگاهی به یاکوب انداخت. یاکوب ساکت و بی حرکت همان‌جا ایستاده بود. هانه‌لوره احساس کرد که از انتهای یک دست یاکوب یک ویولن روییده است و از انتهای دست دیگرش، یک آرشه. احساس کرد هر دو دست یاکوب به زمین رسیده است. سر خود را به نشانه تاثر و افسوس تکان داد، آنگاه روی خود را به سوی ساسان برگرداند.

- گوت‌لیبه در همین خانه زندگی می‌کرد. تماس ما با گوت‌لیبه بیشتر از بقیه بود.

سپس مثل کسی که چیزی را به خاطر آورده باشد، گفت:

- او را هم همراه ما، در همان روز به آشویتس منتقل کردند. بارها او را در اردوگاه دیده بودم. دو هفته قبل از ما...

نیازی به آن نبود که هانه‌لوره جمله‌اش را به پایان برساند. ساسان نام گوت‌لیبه را روی یکی از سنگ‌های کنار خانه دیده بود. کنار نام او تاریخ انتقال و قتل او نوشته شده بود. هانه‌لوره گفت:

- اما احساس اطمینان آن شب‌مان دوامی نداشت. پس از چند دقیقه بار دیگر صدای چکمه‌ها به گوش رسید. دیگر تردیدی نداشتیم که ماموران این بار به سراغ ما آمده‌اند. یاکوب و من محکم‌تر از پیش همدیگر را بغل کرده بودیم. احساس می‌کردم، وجودمان در هم تنیده و یکی شده است.

گفت سرنوشت از خمیره‌ی جان‌شان موجود واحدی پدید آورده بود. وقتی ماموران گشتاپو با مشت روی در کوبیده بودند، احساس می‌کردند که نمی‌توانند از هم جدا شوند. به هم چسبیده بودند. در هم ذوب شده بودند. احساس می‌کردند که قادر به تکان خوردن نیستند. هانه‌لوره گفت:

- صدای کوبیدن وحشیانه‌ی در حتی برای یک لحظه هم قطع نشد.

یاکوب سکوت خود را شکست.

- وحشت‌مان چند برابر شده بود. لبانش را بوسیدم و به او گفتم این پایان ماجرای ماست.

یاکوب و هانه‌لوره در آن لحظه نمی‌دانستند که مرگ در انتظارشان است. فقط متوجه پیام شوم کوبیدن مشت روی در خانه شده بودند. در آن لحظه ساسان نمی‌دانست که چه واکنشی باید از خود نشان می‌داد و چه باید می‌گفت. نگاهی به چهره هانه‌لوره و یاکوب انداخت. در چهره‌ی آن‌ها اثری از وحشت دیده نمی‌شد. یاکوب به او گفت:

- دوست من، هیچ چیز باعث وحشت مردگان نمی‌شود.

پس از مکثی کوتاه ادامه داد.

- می‌دانی در آن لحظه‌ای که ماموران با مشت روی در می‌کوبیدند، یاد چه چیزی افتاده بودم؟

ساسان با تکان دادن سر به او فهماند که نمی‌داند.

- یاد سمفونی شماره پنج بتهوون. یاد قطعه‌ی سرنوشت بر در می‌کوبد!

ساسان سر خود را به نشانه تاثر تکان داد.

- قرار نبود که این سرنوشت هیچ کدام از ما باشد. این سرنوشت نبود که روی در مشت می‌کوبید. جنون بود. نفرت بود.

هانه‌لوره آن روز متوجه پیوند داستان خودشان با داستان این زوج پناهنده ایرانی شد. متوجه شد که جنون و نفرت، دست در دست هم همچنان روی در خانه‌ها مشت می‌کوبند.

زایش خورشید

مینا مایل بود در اتاق پذیرایی بماند و پای صحبت بهزاد بنشیند. نظرش را درباره‌ی داستان بشنود. مایل بود بداند که آقای نویسنده چه طرحی برای روایت آن در نظر گرفته است. خود او به عنوان مترجم با آثار و سبک‌های ادبی آشنا بود. بارها از ساسان شنیده بود که این داستان بهزاد را نیز مجذوب خود کرده است. حال مایل بود بداند که آیا واقعاً آن طور که همسرش می‌گوید، آن داستان تبدیل به دغدغه‌ی ذهنی بهزاد شده است؟ این‌ها پرسش‌هایی بودند که او در تب دانستن پاسخشان می‌سوخت. اما انگیزه‌اش برای برگزاری بی‌کم‌وکاست آن مهمانی چاره برای او باقی ننهاده بود. باید از آن اتاق می‌رفت. باید شام را آماده می‌کرد. به آن دل خوش کرد که شاید پس از صرف شام فرصتی برای چنین گفت‌وگویی فراهم شود. پوزش خواسته و به آشپزخانه رفته بود.

بهزاد هم مایل بود با مینا درباره تصورش از زندگی صحبت بکند. بر آن بود که در گفت‌وگو با او، به پیچ و تاب‌های روح آرام و در عین حال سرکش ساسان پی ببرد. روایت او را از سنگ‌ها بداند. از خود می‌پرسید که آیا آن سنگ‌ها خواب او را نیز برآشفته‌اند؟ آیا او نیز، همچون ساسان توانسته در زمزمه‌ی نشاط‌آور یک نسیم یا یک باد ملایم، زوزه‌های طوفانی احتمالی را بشنود؟ آیا او نیز نگران پرهای مرغ موسولینی در این روزگار آفت‌زده شده است؟ پرسش‌هایی که او برای روایت دقیق‌تر آن داستان به پاسخ‌هایشان نیاز داشت. اما او نیز می‌بایست همچون مینا به آن امید می‌بست تا شاید پس از آماده شدن شام یا پس از صرف آن، فرصت و مجالی برای طرح این پرسش‌ها فراهم شود.

ساسان با لحنی مهربانانه از بهزاد پرسید: «مایلی چیزی بنوشی؟» آنگاه با دست به کمد کوچک کنار در ورودی اشاره کرد و گفت یک شیشه شراب ناب دارد. شرابی که

ساکت اما بی‌قرار منتظر فرارسیدن چنین مناسبتی، تمام روز در آن کمد لحظه شماری کرده است. بهزاد در این سخن ساسان بی‌قراری خود او را به نوشیدن شراب حس کرده بود. به‌رغم آن، لبخندی زد و گفت که ترجیح می‌دهد یک لیوان دیگر چای بنوشد.

– حتماً! اما لطفاً بی‌قراری شراب را فراموش نکن!

سپس به آشپزخانه رفت تا برای مهمان خود چای بیاورد.

سکوتی که در اتاق حاکم شده بود، باعث شد یاکوب به خود بیاید و شروع به نواختن ویولن بکند. هانه‌لوره با کنجکاوی به آقای نویسنده و رفتارش نگاه می‌کرد. دلش می‌خواست بداند، وقتی او تنها در اتاق نشسته است، به چه چیزهایی توجه می‌کند. نگاه بهزاد برای لحظه‌ای روی مبل چرمی قرمزرنگ متوقف ماند. درست همان جایی که هانه‌لوره کنار کاموا و میل‌های بافتنی‌اش نشسته بود. هانه‌لوره بی‌اختیار برای او دست تکان داد. بهزاد بی‌آنکه واکنشی نشان دهد، به نقطه دیگری از اتاق نگریست. هانه‌لوره تردیدی نداشت که بهزاد هم مثل بقیه کسانی که پا به درون آن خانه می‌گذارند، قادر به دیدن آن‌ها نیست. روی خود را به سوی یاکوب برگرداند.

– حساب ساسان را باید از بقیه جدا کرد.

هانه‌لوره هنوز درگیر این پرسش بود که آیا یک مرد هنرمند، چون یک مرد است، خیلی چیزها را نمی‌بیند یا چون یک هنرمند است، چیزهایی را می‌بیند که معمولاً از نگاه مردان دیگر به دور می‌مانند. ساسان همان روز صبح گفته بود یک مرد هنرمند به هر حال یک مرد است. یاکوب سر خود را به نشانه مخالفت تکان داده و گفته بود هنر می‌تواند روایت مردانه یا زنانه داشته باشد، اما هنر جنسیت ندارد.

– هنر نژاد هم ندارد، ایدئولوژی هم ندارد. هنر فاشیستی سوءاستفاده‌ی فاشیست‌ها از هنر است.

گفته بود که هنر هیچ‌گاه مانع از نواختن او در ارکستر بزرگ شهر کلن نمی‌شد. آنچه باعث اخراج او شد، هنر نبود، فاشیسم بود. «تنها چیزی که برای آن‌ها اصلاً اهمیت نداشت، توانایی من در نواختن ویولن بود. فقط دین و مذهب برای‌شان مهم بود.» پس از آن گفته بود که تاریخ هنر پیش از آنکه تاریخ هنر باشد، تاریخ رابطه انسان با هنر است. جمله‌ی ساده‌ای که معنایش اغلب در فهم بسیاری از مردم نمی‌نشیند.

بهزاد دکمه‌های کت خود را باز کرد. گرمای بیش از حد خانه در آمیزش با بوی نم

تنفس را دشوار کرده بود. بوی آش‌رشته گرچه بوی نم و کهنگی را به حاشیه رانده بود، اما نتوانسته بود مانع از تنگی نفس او بشود، نتوانسته بود از خفه بودن فضا بکاهد. از همان لحظه‌ی نخست ورود به خانه بوی نم آزارش داده بود. احساس نفس‌تنگی در راه‌پله این جا نیز او را رها نمی‌کرد.

ـ ساسان و مینا هم در این خانه زندگی می‌کنند. نباید خیلی سخت گرفت. اگر آن‌ها به این بو عادت کرده‌اند، پس تو هم می‌توانی کم‌کم به هوای این خانه عادت کنی.

اکنون که تنها شده بود، متوجه می‌شدکه به این هوا عادت نکرده است. احساس خفگی او حتی لحظه به لحظه شدیدتر شده بود. بی‌اختیار از جای خود بلند شد و به طرف پنجره اتاق پذیرایی رفت. یاکوب خود را کنار کشید و گوشه‌ای بی‌حرکت ایستاد. بهزاد پنجره اتاق را باز کرد. هانه‌لوره از این رفتار ناگهانی او غافل‌گیر شده بود. اما او چاره‌ی دیگری نداشت. برایش نفس کشیدن سخت شده بود. باد ملایمی که پشت پنجره کمین کرده بود تا راهی به درون خانه بیابد، با بهره جستن از این فرصت، فضای اتاق را از خود سرشار کرد. نفس عمیقی کشید.

نیاز بهزاد به هوای تازه اما بیش از آن بود. سر خود را به بیرون خم کرد و چند بار پیاپی نفس کشید. چشمان خود را بست و سینه خود را از هوای سرد، ولی تازه انباشت. هر بار نفس خود را لحظه‌ای در سینه حبس می‌کرد و بازدمش را آهسته بیرون می‌داد. چشمانش را به گونه‌ای تدریجی و آهسته گشود. نگاهش ناگهان به سنگ‌های کف پیاده‌رو افتاد. یکه خورد. چشمان خود را کاملاً گشود و در این هوای ابری و غم‌زده به سنگ‌ها خیره نگریست. او هیچ‌گاه سنگ‌ها را از این فاصله ندیده بود. این سنگ‌ها از این فاصله تبدیل به لکه‌های زرین نقش‌بسته بر تن سرد خیابان شده بودند. رمزگشایی از سنگ‌ها از آن فاصله ناممکن بود. نگریستن از دور به این سنگ‌ها، روایت دیگری از آن‌ها را ممکن ساخته بود. «هر چیزی، بسته به سکوی نگرش آدم، چندین روایت دارد. مشکل اینجاست که ما یک روایت را می‌پذیریم و روایت‌های دیگر را انکار می‌کنیم.» این یکی از درس‌هایی بود که او در ایام سالمندی از گپ‌وگفت با ساسان آموخته بود.

در آن لحظه‌ای که برای نخستین بار در تاریکی غروب با نور چراغ تلفن همراه‌اش از رازهای نشسته بر آن سنگ‌ها پرده برگرفته بود، این سنگ‌ها در نظرش همچون ایده‌ای هنری جلوه یافته بودند. این روایت نخست او از این سنگ‌ها بود. اکنون که با فاصله‌ای

نسبتاً زیاد و از سکوی پنجره‌ی اتاق پذیرایی خانه‌ی محنت به آن‌ها می‌نگریست، به نظرش آن‌ها از ایده‌ای هنری به اثری هنری تبدیل شده بودند. این روایت دیگری از همان سنگ‌ها بود. او عین این روایت را از زبان ساسان نیز شنیده بود. یک بار از او پرسیده بود که آیا این سنگ‌ها یک اثری هنری هستند یا صرفاً ایده‌ای هنری؟ مکعب‌هایی برنجی با شکل و ظاهری کمابیش یکسان. در جست‌وجوی اینترنتی دریافته بود که ده‌ها هزار از این مکعب‌های فلزی در گوشه و کنار جهان نصب شده‌اند. از ساسان پرسیده بود:

- پس تکلیف یگانه بودن، یکتایی یک اثر هنری چه می‌شود؟ چیزی که ده‌ها هزار بار تولید شده باشد، چگونه می‌تواند یک اثر هنری باشد؟

گفته بود که به باور او این یک ایده هنری است. ایده‌ی آن هنرمندی است که پا پیش نهاده است شرم بکارد تا شاید آگاهی درو کند. ساسان در پاسخ به او گفته بود:

- به نظر من، اشتولپراشتاینه صرفاً یک ایده هنری نیست. این سنگ‌ها در عین حال یک اثر هنری هستند.

این را به نقل از گونتر دمنیگ گفته بود. آن روز به بهزاد گفته بود:

- هرگاه ما تنها یک قطعه از این سنگ‌ها را ببینیم، شاید متوجه عظمت این اثر هنری نشویم. هر پلاک، فقط ذره کوچکی از این اثر هنری است. فرض کن یک نقطه از تابلوی مونالیزا را در برابر تو بگذارند. تو در آن نقطه، در آن تماس قلم‌موی داوینچی با بوم، فقط شاهد یک نقطه‌ی کوچک و بی‌روح خواهی بود. نقطه‌ای که در آن نه اثری از لبخند ژوکوند وجود دارد و نه اثری از راز پنهان آن لبخند. یک اثر هنری، حال مهم نیست نقاشی باشد، شعر باشد یا یک داستان، همه از کنار هم قرار گرفتن نقطه‌ها، ذره‌ها و واژه‌ها پدید می‌آیند.

بهزاد همان‌طور که به سنگ‌ها از پنجره خانه نگاه می‌کرد به یاد سخنان آن روز ساسان افتاد. ساسان گفته بود این اثر هنری، این یادبود خاطره قربانیان هولوکاست، یک نقاشی بزرگ است که از کنار هم قرار گرفتن همه‌ی این سنگ‌ها پدید آمده است. گونتر با قلم‌موی خود نقطه نقطه‌ی این نقاشی را بر بوم این کوچه و آن کوچه و بر بوم این خیابان و آن خیابان، نقش زده است.

بهزاد هرگز به این سنگ‌ها از این زاویه نگاه نکرده بود. هر یک از سنگ‌ها را جدا و مستقل از دیگر سنگ‌ها دیده بود. اما اکنون درمی‌یافت که این اثر هنری از کنار هم نشستن این سنگ‌ها زاده می‌شود. ساسان گفته بود:

- گونتر دمنیگ در این جهان پرآشوب، در تعقیب ردپای جنون، مثل یک کولی عاشق این اثر هنری را خلق کرده است. این اثر هنری زنده است، نفس می‌کشد، هر روز رشد می‌کند و هر بار تکمیل می‌شود. اثری که صرفاً یادبود قربانیان هولوکاست نیست. ثبت قدم به قدم عبور ویرانگر جنون از کوچه پس کوچه‌های زندگی است.

نگاه کردن به آن سنگ‌ها از پنجره اتاق پذیرایی به بهزاد امکان داده بود معنای پنهان در سخن آن روز ساسان را متوجه شود. خطاب به خود گفت:

- این روایت دیگری است. روایتی از زخم‌های نشسته بر تن جامعه‌ای غره به خود.

ساسان با سینی چای به اتاق آمد. صدای بسته شدن در آشپزخانه بهزاد را متوجه آمدنش کرد.

- در همان لحظه‌ای که رفته بودی چای بیاوری، از سر تصادف نگاهم از این بالا به این سنگ‌ها افتاد.

پنجره را بست.

- هیچ‌وقت به سنگ‌ها از این بالا نگاه کرده‌ای؟

- صدها بار! گاهی حتی چند بار در روز.

ساسان لحظه‌ای با سینی چای به سوی او آمد، نگاهی از پشت پنجره‌ی اتاق پذیرایی به بیرون انداخت. نگاهش برای لحظه‌ای به برج کلیسای سنت سورین در این غروب مقدس گره خورد.

- به‌خصوص در همان روزهای نخست بارها این سنگ‌ها را از این بالا دیده بودم. تابستان بود. هوا آن‌قدر گرم بود که ما همه پنجره‌ها را باز می‌گذاشتیم. کافی بود که کسی سرش را از این بالا به طرف خیابان خم کند تا این سنگ‌ها را ببیند.

یاکوب نجواکنان در گوش ساسان گفت:

- من هم هر روز این سنگ‌ها را از این بالا نگاه می‌کنم. این سنگ‌ها، آن عکس‌ها تنها چیزهایی هستند که از ما به یادگار مانده‌اند.

آنگاه روی خود را به‌سوی هانه‌لوره برگرداند.

- به یاد داری که ساسان پرسیده بود چرا من فقط قطعه‌ی *مارش عزا* را می‌نوازم؟

هانه‌لوره سرش را به نشانه تایید تکان داد. یاکوب نگاهش را در نگاه ساسان دوخت.

- می‌خواهی پاسخ این پرسش را بشنوی؟ من هر روز از این بالا به این سنگ‌ها نگاه

می‌کنم و برای ساکنان این خانه ویولن می‌زنم. برای تو، برای پسرمان که نمی‌دانیم زنده است یا مرده، برای گوت‌لیبه و برای آرون و هیلده‌گارد که در این خانه زندگی می‌کردند. اتفاقاً خیلی دلم می‌خواست یک ترانه‌ی شورانگیز، یک نوای فرح‌بخش بنوازم. خیلی دلم می‌خواست با نواختن یک آهنگ شاد از غم و اندوه شما عزیزانم کم کنم. اما، صادقانه گفته باشم، آن سرنوشت دردناک فقط یک چنین نوای حزن‌انگیزی را طلب می‌کند.

ساسان سینی چای را روی میز گذاشت.

- آن روزها، پس از آنکه راز نشسته در دل این سنگ‌ها را کشف کردم، نیازم به دیدن‌شان، دیدن هر روزه‌شان بیشتر شد. هر وقت از خانه خارج می‌شدم، یا به خانه بازمی‌گشتم، یا هر وقت سرم را از پنجره به بیرون خم می‌کردم، آن‌ها را می‌دیدم. باید می‌دیدم.

بهزاد همان‌طور که از پشت پنجره بسته به منظره بیرون نگاه می‌کرد، لبانش را بر هم فشرد.

- با دیدن این سنگ‌ها از این بالا، احساس عجیبی بهم دست می‌دهد. آدم از این بالا که به این سنگ‌ها نگاه می‌کند، آن‌ها را مثل لکه‌هایی طلایی روی سنگ‌فرش سرد و خاکستری کف پیاده‌رو می‌بیند.

سپس لبخندی زد.

- دیدن این لکه‌های زرد تنها یک روایت از این سنگ‌ها است. آن‌ها را که از این بالا نگاه می‌کردم، بی‌اختیار یاد نقل‌قولی از پیکاسو افتادم.

صدایش را صاف کرد.

- می‌دانی پیکاسو درباره‌ی خورشید چه گفته است؟
- نه.

بهزاد لیوان چای را از روی میز برداشت و در حین نشستن گفت:

- پیکاسو گفته نقاشانی وجود دارند که می‌توانند خورشید را به یک لکه‌ی زرد فروبکاهند و نقاشانی هم وجود دارند که می‌توانند از یک لکه‌ی زرد، یک خورشید بیافرینند.

- چه مثال زیبایی! زایش خورشید از یک لکه‌ی زرد. یک پلاک فلزی یا حتی این پنج پلاکی که روبه‌روی این خانه نصب شده‌اند، به تنهایی نمی‌توانند عمق فاجعه را نشان بدهند. شاید حتی نتوانند کسی را شوکه کنند. وظیفه زایش خورشید، وظیفه‌ای فردی

نیست. باید پای وجدان بقیه هم به این ماجرا کشیده بشود. همه باید تلاش کنند از سنگ‌های نصب شده در این یا آن کوچه و خیابان، یک خورشید بزرگ بسازند. در آن لحظه‌ای که خورشید بتابد، دیگر کسی نمی‌تواند چهره‌اش را در تاریکی، پشت دیوار غرور پنهان کند.

مینا با یک سینی وارد اتاق شد.

ـ اگر موافق باشید، می‌توانیم با یک کاسه آش‌رشته‌ی داغ شروع کنیم.

بهزاد گفت مدت‌ها است آش‌رشته نخورده و هربار آش‌رشته می‌خورد، به یاد شب‌های سرد زمستان تهران و به یاد مادرش می‌افتد. خیلی کم درباره خودش سخن می‌گفت. ساسان یک بار در سایه‌ی جسارت ناشی از چند جرعه شراب از او درباره سکوتش پرسیده بود.

ـ از خودت و از زندگی‌ات خیلی کم حرف می‌زنی. علتی دارد؟

ـ قرار نیست که کسی درباره‌ی داستان زندگی من چیزی بنویسد!

با این سخن بر آتش کنجکاوی ساسان آب پاشیده بود.

مینا سینی را جلوی بهزاد گرفت. بهزاد کاسه آش را برداشت و به بینی خود نزدیک کرد و گفت چه حس خوبی. بوی نعنای تفت داده. مینا پس از آنکه کاسه‌ای را به ساسان داد، رفت و روی راحتی روبه‌روی بهزاد نشست.

ـ تا برنج دم بکشد چند دقیقه‌ای می‌توانم از مصاحبت‌تان لذت ببرم.

بوی خوش آش‌رشته باعث شده بود سکوت برای لحظه‌ای بین‌شان حاکم شود. مینا پس از خوردن یکی دو قاشق، کاسه‌ی خود را در سینی گذاشت و با گوشه‌ی دستمال کناره‌ی لبانش را پاک کرد.

ـ خُب درباره چه موضوعی صحبت می‌کردید؟

ساسان گفت: «درباره‌ی خورشید!» مینا متوجه منظور همسرش نشد. گمان کرد که آن‌ها واقعاً درباره‌ی آسمان ابری و سرمای زمستان آلمان گفت‌وگو کرده بودند. در این چند ماه متوجه شده بود که سخن گفتن درباره‌ی هوا در این جامعه پدیده‌ای کاملاً عادی است.

ـ گاهی فکر می‌کنم که خدا به این آلمانی‌ها همه چیز داده است اما خورشید را از آن‌ها گرفته است.

سخنی که باعث خنده‌ی ساسان شد. «چه معامله‌ی خوبی! ای کاش خدا با مردم ایران هم همین معامله را می‌کرد!»

بهزاد با دست‌پاچگی گفت:

- خانم این سخن ساسان را بگذارید به حساب شوخ‌طبعی همسرتان. داشتیم درباره سنگ‌ها صحبت می‌کردیم.

آنگاه کاسه خالی‌اش را روی میز گذاشت.

- عالی بود. دست‌تان واقعاً درد نکند. ساسان از دست‌پخت شما تعریف کرده بود. اما باید بگویم دست‌پخت‌تان شاهکار است.

- کاری نکرده بودم. لطف دارید. قابلمه پر است. مایل هستید یک کاسه‌ی دیگر برای‌تان بیاورم؟

ساسان، لبخند بر لب، نگاهی به بهزاد انداخت.

- البته من توصیه نمی‌کنم. از لوبیاپلوی مینا هم نباید غافل شد.

بهزاد لبخندی زد و سکوت کرد. ساسان لبخند رضایت را بر چهره‌ی هانه‌لوره هم دید. همان صبح ردپای دلشوره را در چهره‌ی او دیده بود. پنداری دلشوره مینا به او هم سرایت کرده بود. یاکوب همان لحظه، سرش را به نشانه‌ی مخالفت تکان داده بود.

- دوست من. این فقط تصور توست. تصوری که هیچ ربطی به مردگان ندارد. این موضوع را بارها به تو گفته‌ام. مردگان هیچ‌وقت دچار دلشوره نمی‌شوند. از هیچ چیز وحشت نمی‌کنند و هیچ چیز در این دنیا نمی‌تواند باعث آزارشان بشود. هیچ چیز نمی‌تواند نگران‌شان بکند.

ساسان دچار هیجان عجیبی شده بود. کاسه آش خود را پیش از آنکه تا به آخر بخورد، روی میز گذاشت.

- گفته بودم که فرناز در آن دو هفته‌ای که برای دیدار ما آمده بود، کمی هم درباره‌ی اشتولپراشتاینه تحقیق کرده بود. اما چیزی که نگفته بودم، این بود که فرناز شماره تلفن گونتر دمنیگ را هم برایم پیدا کرده بود.

خوره‌ی کنجکاوی به جان بهزاد افتاد. با لحنی هیجان‌زده پرسید:

- چه جالب! آیا تلاشی هم کردی با او تماس بگیری؟

- آره. البته باید بگویم که پیدا کردن شماره تلفن گونتر دمنیگ کار خیلی سختی

نیست. این موضوع را فرناز به من گفته بود. در این چند ماه، دو سه بار تلفنی با او تماس گرفته بودم. تا اینکه از طریق ابراهیم باسالاما، همان جوانی که در مرکز اسناد در کلن کار می‌کند، مطلع شدم که گونتر اوایل ماه دسامبر به این منطقه می‌آید. قرار بود روز پنجم دسامبر چند پلاک جدید در زیگبورگ نصب کند. ابراهیم حتی بهم گفته بود که زیگبورگ از شهر کلن خیلی دور نیست.

مینا نگاهی به بهزاد انداخت و گفت:

– ساسان آقای دمنیگ را با اسم کوچکش صدا می‌کند.

– گونتر آدم خون‌گرمی است. نسبتاً زود با دیگران صمیمی می‌شود.

لحظه‌ای سکوت کرد. پنداری بر آن بود تا داوری خود را درباره این هنرمند آلمانی سنجیده‌تر بیان کند.

– مثل خیلی از آلمانی‌های دیگر خودش تلاشی برای نزدیک شدن به آدم نمی‌کند. کم‌حرف و شاید هم بشود گفت کمی خجالتی است. معمولاً پس از نصب سنگ‌ها به گوشه‌ای می‌رود و در حاشیه‌ی مراسم می‌ایستد. اهل سخنرانی و خودنمایی نیست. اما اگر کسی قدم اول را در رابطه با او بردارد، آماده است که به آدم نزدیک شود. سر ذوق بیاید، خیلی چیزها برای تعریف کردن دارد.

ساسان گفت قرار دیدارش با آقای دمنیگ را تلفنی هماهنگ کرده است. برای روز چهارم دسامبر با یکدیگر قرار گذاشته بودند. قرار شده بود یکدیگر را در سالن غذاخوری هتل محل اقامت او، در نزدیکی ایستگاه قطار مرکزی زیگبورگ ملاقات کنند.

ساسان همیشه با علاقه درباره‌ی این هنرمند آلمانی سخن می‌گفت. مینا خطاب به او که از خوردن آش غافل شده بود، گفت:

– بخور عزیزم. سرد می‌شود.

– آش‌رشته سردش هم خوش‌مزه است.

سپس به موضوع دیدارش با آقای دمنیگ بازگشت.

– آن‌جا، در سالن غذاخوری هتل نشسته و مشغول شام خوردن بود که من رسیدم. سالن غذاخوری تقریبا خالی بود. چند عکس از گونتر در اینترنت دیده بودم. از این رو پیدا کردنش در یک سالن غذاخوری نسبتاً خالی کار سختی نبود. همان لباسی را پوشیده بود که در عکس‌ها دیده بودم. یک جلیقه خاکی رنگ و دستمال سرخی که به دور گردنش

بسته بود. حتی کلاه شاپوی خودش را با یک مجله روی میز کناری‌اش گذاشته بود.

– آن روز را خوب به یاد دارم. ساسان نگران شده بود که مبادا نتواند او را از بین مشتریان هتل راحت پیدا کند. اما من بهش گفتم نگران نباش، پیدا کردن چنین فردی، با جلیقه و کلاه شاپو و دستمال گردن قرمز این روزها نباید کار خیلی سختی باشد. بهزاد لبخندی زد. سر خود را به سوی ساسان برگرداند.

– درباره علت قرار هم چیزی بهش گفته بودی؟

– در تماس‌های تلفنی‌مان مختصری درباره داستان‌مان گفته بودم. اما امکان اینکه برایش توضیح بیشتری بدهم، از پشت تلفن وجود نداشت. به همین علت هم، آن روز پس از سلام و احوال‌پرسی‌های معمول، و البته پس از معرفی خودم، سعی کردم تصویر روشن‌تری از این داستان به او بدهم. کمی درباره‌ی ایام زندان، اتهام جاسوسی و بهاییگری و پناهندگی به آلمان برایش گفتم. سپس ماجرای پرتاب شدن‌مان به این خانه‌ی قدیمی را برایش شرح دادم.

– چه واکنشی از خودش نشان داد؟

ساسان صدای خود را صاف کرد. پیکرش را روی راحتی کمی بالا کشید و گفت:

– موضوع را که برایش تعریف کردم، ابتدا لحظه‌ای درنگ کرد و سپس گفت که داستان‌های زیادی درباره‌ی سرنوشت‌ها و ناگفته‌های وابستگان این سنگ‌ها شنیده است. سرفه‌ای کرد و در ادامه گفت:

– ما آن شب درباره خیلی چیزها صحبت کردیم. اما آن چیزی که روی من تاثیر زیادی گذاشت، بازگویی برخی از حکایت‌هایی بود که گونتر در این سال‌هایی که مشغول نصب این سنگ‌هاست، شنیده بود. او شاهد رنج‌ها، اشک‌ها و لبخندهای کسانی بود که ده‌ها سال پس از آن جنایات هولناک دور این سنگ‌ها گرد هم می‌آیند تا خشم‌شان را در دل فریاد بزنند، اشک بریزند و عهد ببندند.

بهزاد بازدمش را با صدایی نسبتاً بلند بیرون داد. لبانش را بر هم فشرد و سر خود را به نشانه‌ی تاسف تکان داد. ساسان پس از مکث کوتاهی گفت:

– اما پس از آنکه گونتر داستان ما را شنید گفت که این ماجرا برایش تازگی دارد. داستان یک زوج ایرانی پناهنده که به این خانه‌ی قدیمی، به خانه‌ی محنت پرتاب شده است. داستان درهم تنیدن سرنوشت قربانیان هولوکاست با سرنوشت یک زوج پناهنده.

ساسان گفت که ماجرای عجیب آن خانه را برای گونتر شرح داده است. خانه‌ای که دو سرنوشت به‌شدت متفاوت و هم‌زمان به‌شدت مشابه را به هم گره زده است. خانه‌ای که راه را برای جاری شدن رود گذشته در دل نیزار حال هموار کرده است.

- به هر حال ماجرای یک زن و شوهر مسلمان ایرانی که به اتهام بهایی‌گری مجبور به ترک کشورشان شده‌اند و به یک کشور مسیحی پناه آورده‌اند و پس از آن به آپارتمانی پرتاب شده‌اند که ساکنانش یهودی بوده‌اند، موضوعی نیست که هر روز و هر جا اتفاق بیافتد.

هانه‌لوره به ساسان گفت:

- تا حالا به این موضوع از این زاویه نگاه نکرده بودم. این را شاید بشود تقاطع ادیان نامید. نوعی درهم شدن خونین و مرگبار باورهای دینی مردم. سر آن چهارراهی که عده‌ای به نام دین خاصی راه‌ها را بند می‌آورند تا پیروان ادیان دیگر را بیازارند و چه بسا به قتل برسانند.

آنگاه روی خود را به سوی یاکوب برگرداند و پرسید:

- چرا انسان‌ها نمی‌خواهند به باورهای هم احترام بگذارند و در صلح و صفا کنار هم زندگی کنند؟

- اوایل فکر می‌کردم که ریشه این موضوع در کم دانستن، در بی‌سوادی انسان‌هاست. اما بعدها متوجه شدم که نه، ریشه همه‌ی این‌ها در نادانی است. نادان هستند، حتی اگر استاد دانشگاه باشند.

بهزاد همچون کسی که ناگهان متوجه چیزی شده باشد، گفت:

- گفتی گونتر دمنیگ را روز چهارم دسامبر دیده بودی؟

ساسان سرش خود را به نشانه تایید تکان داد. بهزاد در ادامه گفت:

- چقدر جالب! یعنی حدود دو هفته پیش از آشنایی ما با هم.

- دقیقاً دو هفته قبل از نخستین دیدارمان بود. اتفاقاً علت تماسم با تو و همین‌طور با فیلیپ به نوعی مربوط می‌شد به دیداری که با گونتر داشتم.

- فیلیپ؟

- چه زود یادت رفت! همین چند روز پیش درباره‌ی دیدارم با فیلیپ گفته بودم. گفته بودم که فیلیپ نوه‌ی یکی از کسانی است که در آشویتس کشته شده است.

بهزاد به خاطر آورد که نام فیلیپ را در دفترچه‌اش یادداشت کرده است. ساسان در ادامه گفت:

- حتی خوب به یاد دارم که بهت گفتم که دیدار و گفت‌وگوی من با فیلیپ تاثیر عمیقی بر نگاه و رویکردم به زندگی داشته است. باید موضوع دیدارم با فیلیپ را برایت تعریف کنم. هنوز چیزهای زیادی برای گفتن باقی مانده است. بهزاد گرچه کنجکاو شده بود ماجرای دیدار ساسان و فیلیپ را بشنود، اما در آن لحظه چاره‌ی دیگری نداشت مگر به انتظار نشستن.

هانه‌لوره نگاهی به یاکوب انداخت.

- من معتقدم که باید به جنایات نازی‌ها مثل فیلیپ برخورد کرد. نفرت‌پراکنی تنها باعث تکرار داستان رنج و ملال انسان‌ها می‌شود. باعث آن می‌شود که جنون همچنان قربانی بگیرد.

ساسان شب آن روزی که از دیدار با فیلیپ بازگشته بود، ماجرا را برای هم‌خانه‌ای‌هایش بازگفته بود. خیلی دلش می‌خواست نظرشان را درباره آنچه فیلیپ گفته بود، بداند. گفته بود مصاحبت با فیلیپ چشمانش را برای دیدن نور در آن سوی تونلِ تاریکِ سردرگمی‌ها گشوده است. همان شب هانه‌لوره نگاه فیلیپ به جنایات نازی‌ها را تحسین کرده بود. یاکوب هم گفته بود که او نیز خواستار نفرت ورزیدن و نفرت پراکنی نیست. اما در عین حال حاضر هم نیست جنایات نازی‌ها را فراموش کند. و هانه‌لوره در پاسخ به او گفته بود:

- قرار نیست چیزی فراموش بشود.

یاکوب هم در پاسخ گفته بود:

- منظورم زنده‌هاست. والا مرده‌ها هیچ چیزی را فراموش نمی‌کنند. حتی اگر اراده کنند هم قادر به فراموشی چیزی نیستند.

مینا همان جا نشسته بود و به شرح دیدار همسرش با گونتر دمنیگ گوش داده بود. ساسان پیش از آن نیز چیزهایی درباره گونتر به او گفته بود. اما این بار نکات تازه‌ای مطرح شده بود. روایتی که او برای نخستین بار می‌شنید. همین موضوع باعث شده بود که همه چیز را فراموش کند. به یک‌باره از جای خود بلند شد. با عجله کاسه‌های خالی بهزاد و خودش را روی سینی گذاشت. پوزش خواست و گفت باید سری به آشپزخانه بزند. در آشپزخانه بسته بود. به‌رغم آن عطر خوش برنج از زیر در آشپزخانه راهی به اتاق پذیرایی

یافته بود. بهزاد به نشانه‌ی احترام نیم‌خیز شد.

ـ راحت باشید. خانه‌ی خودتان است.

بهزاد از ساسان پرسید:

ـ من هنوز یک موضوع را متوجه نمی‌شوم. گفت‌وگوی تو با آقای دمنیگ چه ربطی به تماس تو با من داشت؟

ساسان سر خود را چند بار به بالا و پایین جنباند و در پاسخ به پرسش او گفت:

ـ باید اعتراف کنم که هم‌زمانی تماسم با تو و با فیلیپ اصلاً تصادفی نبود. همه چیز به همان روز مربوط می‌شود، به روز چهارم دسامبر. روزی که من با گونتر درباره این داستان صحبت کرده بودم.

پس از لحظه‌ای سکوت، گفت: «گفت‌وگو با گونتر پایان تردیدهای جدی من بود.» این سخن باعث تعجب و حیرت بهزاد شد. در این چند روزی که با ساسان آشنا شده بود، اثری از تردید در او ندیده بود. او را فردی مصمم می‌دانست. فردی ایستاده بر سکوی خرد که می‌داند باید چه انتظاری از زندگی و زندگان داشته باشد. شناخت ساسان از انسان‌ها در گفت‌وگوهای این چند روزشان بارها تحسین او را برانگیخته بود. پرسید:

ـ تردیدها؟

ـ آره. باید اعتراف کنم که دیدارم با این هنرمند به تردیدهایم پایان داد.

در حین گفتن این موضوع از جای خود بلند شد و به سوی رخت‌آویز کنار در ورودی رفت. بهزاد با کنجکاوی رفتار او را دنبال می‌کرد. هانه‌لوره و یاکوب هم مایل بودند بدانند که او چه منظوری از این کار خود دارد. ساسان کیف پول خود را از جیب پالتویش در آورد. پس از جست‌وجو در آن، تکه کاغذی را بیرون آورد و کیف را مجدداً در جیب پالتو گذاشت. سپس به سوی بهزاد آمد و پیش از نشستن، آن تکه کاغذ را به او داد.

ـ این شماره به نظرت آشنا نمی‌آید؟

بهزاد تکه کاغذ را گرفت و با تعجب نگاهی به آن انداخت و گفت:

ـ خُب البته که برایم آشناست. این شماره تلفن محل کارم است.

ـ خوب به این تکه کاغذ نگاهی بیانداز: به نظرت در چه وضعیتی است؟

بهزاد نگاه دقیق‌تری به آن انداخت. به نظرش آمد که کاغذ بارها تا خورده و چه بسا مچاله شده است. به‌رغم آن ترجیح داد چیزی نگوید.

- این شماره را فرناز در همان روزهایی که به کلن آمده بود، به من داد. الان ماه‌هاست که این شماره تلفن در کیف پولی‌ام قرار دارد. من این تکه کاغذ را در این مدت همیشه همراه خودم به این طرف و آن طرف کشیده بودم. بارها، به‌خصوص شب‌هایی که دلم می‌گرفت، یا اینکه غم و غصه‌ام می‌شد، می‌رفتم و این کاغذ را درمی‌آوردم و به آن نگاه می‌کردم. حتی یکی دو بار وسوسه شده بودم باهات تماس بگیرم. ولی هر بار پشیمان شده بودم. از کجا می‌توانستم بدانم که جواب تو هم مثل آن دو نفر دیگر منفی نیست. حتی بیشتر از آنکه از شنیدن جواب منفی از سوی تو واهمه داشته باشم، درباره‌ی عزم و جدیت خودم برای روایت این داستان تردید داشتم.

بهزاد نگاهی به پشت این تکه کاغذ انداخت. یک شماره تلفن دیگر هم آنجا نوشته شده بود. نگاه خود را از این تکه کاغذ گرفت و به چشمان ساسان زل زد.

- و این یکی شماره تلفن؟

- آن یکی شماره تلفن فیلیپ است. خیلی چیزها را باید درباره‌ی دیدارهای ماه دسامبر تعریف کنم. گفته بودم که روایت این داستان درست مثل شنیدنش شهامت می‌خواهد.

- و نوشتنش؟

- به شهامت بیشتر!

بهزاد گرچه به اهمیت روایت و نوشتن این داستان پی برده بود، اما نیاز به داشتن شهامت برای نوشتن این داستان را حس نمی‌کرد.

- تا خودت قلم دست نگیری و شروع به نوشتن این داستان نکنی، متوجه منظورم نمی‌شوی. وقتی داستان را نوشتی و چاپ کردی، اگر خوب نوشته باشی، می‌توانی خواننده‌هایت را هم درگیر این داستان بکنی. اما برای اینکه مخاطبانت متوجه حساسیت ماجرا بشوند، باید بتوانی با کلامت آن‌ها را شوکه کنی. و این ممکن نیست مگر اینکه خودت پیش از نوشتن شوکه شده باشی.

گفته‌های ساسان او را به یاد یادداشت‌های پریمو لوی انداخت. ساسان گفته بود برای رسیدن به آرامش واقعی باید از دل طوفان گذشت. گفته بود آرامشی که ریشه در بی‌تفاوتی داشته باشد، حبابی است که دیر یا زود می‌ترکد. لوی هم پس از رهایی از اردوگاه آشویتس، در مسیر خود به سوی تورین در تب روایت و نوشتن آنچه با چشمان خود دیده بود، می‌سوخت. لزوم روایت این داستان خواب و آرامش ساسان را مثل پریمو لوی پریشان

کرده بود. او هم مثل لوی تب کرده بود. مثل او گمان می‌کرد آرامش خود را تنها از طریق عبور از این طوفان می‌تواند به دست آورد. ساسان از او خواسته بود، این داستان را بنویسد. از او خواسته بود، تب کند، شوکه شود و به خفتن در حاشیه آن رود آرامی که در کنارش جاری است، پایان دهد. به او گفته بود آرامش این رود، فریبی بیش نیست. باید نگران طغیانش بود.

برای لحظه‌ای سکوت بین‌شان حاکم شد. یاکوب ویولن خود را زیر چانه‌اش زد و شروع به نواختن همان قطعه همیشگی کرد. بهزاد متوجه شد که یادآوری خاطره‌ای ساسان را با خود برده است. شاید بار دیگر به ایام زندان می‌اندیشید. به پلشتی روح برخی از انسان‌ها. پس از آن نگاهی به بهزاد انداخت و گفت:

- روزگار برای همه ما در بازی سرنوشت نقش‌هایی را پیش‌بینی کرده است. ولی قرار نیست که ما همان نقش‌ها را بازی کنیم. انتخاب نقش این بار با خود بازیگران است.

مکث کوتاهی کرد.

- در زندان رجایی‌شهر، یکی از زندانیان بهایی چیزی گفته بود که هیچ‌وقت فراموش نمی‌کنم. گفته بود با انسان‌های شرور نمی‌شود جهان بهتری ساخت. بنابراین خوب است که آدم نگاهی به دوروبر خودش بیاندازد و ببیند در این سفر مشترک کنار چه کسانی ایستاده است.

یاکوب برای لحظه‌ای نواختن ویولن را قطع کرد.

- اینکه در این سفر چه کسی کنار ما ایستاده است را شاید نتوانیم در همان لحظه‌ی نخست متوجه شویم. ولی یک موضوع را خوب می‌دانیم و آن اینکه با شرارت فقط می‌شود جهنم ساخت. عین آن جهنمی که میلیون‌ها انسان را در شعله‌ی آتش کوره‌های آدم‌سوزی تبدیل به خاطره و خاکستر کرد.

بهزاد در برابر تکرار پیشنهاد نوشیدن شراب تسلیم شد. ساسان از کمد کوچک کنار در ورودی شیشه‌ی شراب را بیرون آورد. دربازکن را نیز از کشوی همان کمد برداشت و شیشه‌ی شراب را با دقت باز کرد. شرابی که به گفته‌ی ساسان در شیشه‌ای زندانی شده بود، به یک‌باره شروع به نفس کشیدن کرد. ساسان دربازکن را در کشو گذاشت و آن را بست. کشو مثل همیشه جیغ کشید. هانه‌لوره به یاد حرف مینا افتاد. بارها از ساسان خواسته بود کشوهای کمد را روغن‌کاری کند. صدای نعره‌ی کشو چنان بلند بود که بهزاد بی‌اختیار به پشت سرش نگریست. ساسان در حین پر کردن لیوان‌ها لبخندی زد و گفت: «رنج کشیدن در این خانه فقط به ساکنانش محدود نمی‌شود. این کمد و آن صندلی آشپزخانه هم طعم درد و محنت را چشیده‌اند.» آنگاه با صدای بلند مینا را صدا زد: «مینا جان، بیا یک جرعه شراب به سلامتی بهزاد بنوشیم.»

لحظه‌ای نگذشت که مینا شتاب‌زده به اتاق پذیرایی آمد. بار دیگر پیش‌بندش را پوشیده بود. دستان خود را طبق عادت با گوشه‌ی آن خشک کرد، نگاهی به بهزاد انداخت، لبخندی زد و گفت: «با کمال میل! چه از این بهتر؟»

لیوان شراب را از دست همسرش گرفت و منتظر ماند ساسان به بهزاد نیز شراب بدهد. بهزاد هم از جای خود بلند شد. دور میز کوچک اتاق پذیرایی حلقه زدند. ساسان لیوانش را بلند کرد.

– به سلامتی بهزاد!

– به سلامتی شما عزیزان! به سلامتی ساکنان خانه‌ی محنت!

نگاه خود را به نوبت در نگاه یکدیگر دوختند و لیوان‌های شراب‌شان را به هم زدند و

جرعه‌ای نوشیدند. مینا لیوانش را مجدداً روی میز گذاشت، پوزش خواست و گفت که باید به آشپزخانه بازگردد. به هنگام خروج از اتاق گفت که شام به‌زودی آماده می‌شود. بهزاد هم در پاسخ گفت که دلیلی برای عجله کردن وجود ندارد. «شب دراز است!»

بهزاد لیوان شرابش را چند بار بر محوری کمابیش ثابت چرخاند و از دیدن رقص آزادی شراب در لیوان غرق در لذت شد. لیوان را به سوی بینی خود برد و به رایحه سرمست کننده‌اش اجازه داد وجودش را تسخیر کند.

ـ شراب خوبی است. فقط باید کمی هوا بخورد.

همان‌طور که به رقص شراب در لیوان نگاه می‌کرد، به یاد سخن ساسان افتاد. به یاد روایت آزاد شدن شراب، به یاد حس رهایی شراب از فضای تنگ و خفقان‌آور زندانش. صدای بیرون کشیدن چوب‌پنبه از آن زندان شیشه‌ای، پیام‌آور آن آزادی بود. او از غوغای واژه‌هایی چون زندان، آزادی و هواخوری برای کسانی که فصلی از عمرشان را در زندان‌ها سپری کرده‌اند، بی‌اطلاع بود. نمی‌دانست که هر کدام از این واژه‌ها به خاطره‌ای زنجیر شده است. ساسان بی‌اختیار به یاد ساعات هواخوری در زندان افتاده بود. به یاد روز آزادی‌اش. «هوای این طرف دیوار با هوای آن طرف یکی نیست.»

مینا پیش‌بندش را در آورده بود. رُژ لبی بر لبانش و شانه‌ای بر گیسوانش زده بود. در اتاق پذیرایی را با دست باز کرد و در همان آستانه‌ی در، با صدایی نسبتاً بلند و لحنی اندکی تحکم‌آمیز گفت: «شام آماده است. لطفاً تا سرد نشده بیایید!»

عطر پلو که پشت در پنهان شده بود، با بهره‌گرفتن از این فرصت طلایی، خود را روی دانه‌های هوا پهن کرد. مینا از چیدن میز شام در آشپزخانه پوزش خواسته بود. بهزاد گفت که سال‌هاست در آشپزخانه غذا می‌خورد. این را برای خوشایند او گفته بود. این موضوع صحت نداشت. او پس از رفتن نسرین، در هر کجای خانه‌اش غذا می‌خورد، گاهی در اتاق پذیرایی، اغلب مقابل تلویزیون یا شب‌ها در اتاق خواب و پشت میزکارش.

مینا همان‌طور که ساسان انتظار داشت، سفره‌ای رنگین آراسته بود. هانه‌لوره هم پیش از بقیه سری به آشپزخانه زده و نگاهی به پیش‌غذاها و پلو انداخته بود. او نیز راضی و خرسند به نظر می‌رسید. ساسان رضایت را در چهره‌ی هانه‌لوره دیده بود. بهزاد به محض ورود به آشپزخانه گفت:

ـ خانم! چقدر زحمت کشیده‌اید. مرا جداً شرمنده می‌کنید. برای یک نفر مهمان این

همه غذا درست کرده‌اید؟

ـ اختیار دارید. کار خاصی نکردم. یک پلو ساده است با کمی مخلفات.

دور همان میزی نشستند که پاهایش لق می‌زد و ساسان روی آن صندلی نشست که جیر جیر می‌کرد. سرگرم خوردن شام شدند. به هنگام صرف شام یا سکوت کردند، یا درباره‌ی پیش‌پاافتاده‌های زندگی گفتند. درباره‌ی طعم پلو، درباره‌ی لذت خوردن غذای خانگی، درباره‌ی گرانی سرسام‌آور مواد خوراکی در ایران و مسائلی از این قبیل. بهزاد پس از خوردن شام، دستمال را برداشت و در حین تمیز کردن دهانش نگاهی ابتدا به مینا و سپس به ساسان انداخت و پرسید: «اجازه دارم، چیزی را بپرسم؟» مینا با تکان سر خود ابراز موافقت کرد. بهزاد پرسید: «دلم می‌خواهد بدانم که آیا در این خانه احساس راحتی می‌کنید؟»

پرسشی به‌ظاهر ساده و هیچ‌مگو که جرقه‌ای به انبانِ هیزمِ مشاجره‌ای قدیمی انداخت. مینا برای این پرسش پاسخ روشنی داشت. دلش می‌خواست فریاد بزند و از وضعیتی که در آن گرفتار آمده‌اند، شکایت کند. دلش می‌خواست صورتکی را که بر چهره‌اش زده کنار بزند و خشم و ناخشنودی خود را از این شرایط آشکار سازد. اما، ترجیح داد سکوت کند و وظیفه پاسخ به این پرسش را به همسرش وانهد. ساسان گفت این خانه نتوانسته است آن آرامشی را برای‌شان فراهم کند که در کمپ پناهندگی برانشوایگ آرزویش را داشتند. گفت این بوی نم و کهنگی نیست که آن‌ها را می‌آزارد. این تصور رنج ساکنان این خانه‌ی محنت است که آرامش‌شان را برهم زده است.

ـ چطور می‌شود بی خیال و بی تفاوت از کنار این رنج، از کنار این جنایات هولناک گذشت و آسوده زندگی کرد؟

گفت خواب و آرامش او و در نتیجه خواب و آرامش مینا در این ماه‌ها کاملاً برهم خورده است. مینا سکوت کرده بود. اما احساس خود را با بیرون دادن نفسی که در سینه حبس کرده بود، نشان داد. نگاهی به گودی سیاه حاشیه‌ی چشمان ساسان انداخت و یاد سیاهی نشسته بر پیرامون چشمان خود افتاد. یک بار، در همین آشپزخانه مشغول برداشتن ابروی خود بود که قطره اشکی کمین کرده در گوشه‌ای پنهان از روح آزار دیده‌اش، با بی‌پروایی جاری شده بود. مینا آن روز نگاهی به چهره خود در آینه کوچکش انداخته و به ساسان گفته بود:

- احساس می‌کنم ظرف همین چند ماه، ده سال پیرتر شده‌ام.

ساسان او را در آغوش گرفته و دلداری داده بود. هر دو به‌خوبی می‌دانستند که گرد پیری نشسته بر روی رخسارشان، تنها به این چند ماه محدود نمی‌شود. می‌دانستند که این درد تاریخی قدیمی‌تر دارد و به سال‌های زندان برمی‌گردد. ایام دردناکی بود. هر دو رنج برده بودند. یکی این سو و دیگری آن سوی میله‌هایی که جنون به جای درخت، در خاک سرزمین‌شان کاشته است. سرگذشت دردآوری که در ادامه‌ی راه خود به رنج‌های برخاسته از زندگی در غربت پیوسته بود. به پرتاب شدن به خانه‌ی محنت.

ساسان نگاهی به بهزاد انداخت و گفت:

- اوایل خیلی سعی می‌کردم داستان زندگی‌مان را از داستان زندگی هانه‌لوره و یاکوب جدا کنم.

گفت بارها تلاش کرده به خود بقبولاند که یک تصادف ساده باعث شده دو سرنوشت کاملاً بی‌ربط کنار هم قرار گیرند. اما هر بار که نگاهش به آن خانه افتاده، به آن خانه‌ی خاکی‌رنگ، به آن خانه‌ی مغموم، به آن شاهد ساکت سرریز شدن جنون و به آن راوی صامت شوربختی‌های افراد بی‌گناه، جام کریستال خودفریبی در برابر پاهایش نقش بر زمین شده و هزار تکه شده است. گفت نوشیدن می از این جام خودفریبی تنها می‌تواند لحظه‌ای هوش آدم را برباید. هوشیاری که بازگردد، تو می‌مانی و این جام شکسته!

ساسان یک‌باره از جای خود بلند شد. به طرف در ورودی رفت. این حرکت ناگهانی او باعث حیرت بهزاد شد. پالتوی خود را پوشید و گفت: «خواهش می‌کنم چند دقیقه‌ای مرا ببخشید. باید بروم پایین و سیگاری بکشم. شما لطفاً به گفت‌وگوی‌تان ادامه بدهید. خیلی زود برمی‌گردم.»

منتظر پاسخ مینا و بهزاد نماند. در را پشت سر خود بست و از پله‌ها پایین رفت. مینا به این رفتارش عادت کرده بود. اما بهزاد غافل‌گیر شده بود. حتی پس از رفتن او، مدتی مات و مبهوت به نقطه‌ای از اتاق پذیرایی زل زده بود، که از لای در آشپزخانه دیده می‌شد. «اگر موافق باشید به اتاق پذیرایی برگردیم.» مینا گفت صندلی‌های آشپزخانه راحت نیستند و افزود که نمی‌داند ساسان چگونه می‌تواند ساعت‌ها روی این صندلی‌ها بی‌حرکت بنشیند.

هر دو به اتاق پذیرایی رفتند. مینا روبه‌روی بهزاد نشست و بدون هیچ‌گونه مقدمه‌ای

از وضعیت روحی ساسان گفت. پنداری مدت‌ها منتظر چنین لحظه‌ای بود. منتظر آن لحظه‌ای که سفره‌ی دل را در برابر بیگانه‌ای بگشاید و از دردهایی سخن بگوید که تحمل بارشان سایه‌ای بلندتر از توان روحی او دارند. دردهایی که حتی به نزدیک‌ترین دوستان و به خویشان خود در ایران نیز نتوانسته بود بگوید. برادرش در پاریس نیز تصور دیگری از وضعیت زندگی آن‌ها در آلمان داشت. به او گفته بود:

- اینجا همه چیز عالی است. ساسان سرگرم کارهای پژوهشی‌اش شده و من هم مجدداً شروع به ترجمه کتاب‌های کودکان کرده‌ام.

تابلوی زیبایی که در برابر چشمان برادر خود نقش زده بود، از جنس رویا بود. رویایی که قرار بود، چهره‌ی کابوس را از نگاه دیگران پنهان کند. همان رویایی که آن‌ها را به آلمان پرتاب کرده بود. برادرش قول داده بود به‌زودی به دیدن‌شان بیاید و همین موضوع مینا را نگران کرده بود. ورود به آن خانه کافی بود تا جام بلورین آن دروغ مصلحتی ترک بردارد و رازها یکی پس از دیگری فاش شوند.

مینا برای آنکه پای این بیگانه را به ساحت غم‌انگیز زندگی خود بکشد، باید او را در حکایت آن دردها و آرزوی درمان‌شان شریک می‌کرد.

- شاید شما خودتان متوجه نشده باشید که با پذیرش درخواست ساسان برای نوشتن این داستان چه کمک بزرگی به او و به من کرده‌اید؟ روحیه‌ی ساسان پس از دیدار و گفت‌وگو با شما، از این رو به آن رو شده است. حتی بی‌خوابی‌های شبانه‌اش هم کمتر شده است.

سپس جرعه‌ای شراب نوشید..

- همین پریروز صبح بود که من او را از خواب بیدار کردم. اصلاً باورم نمی‌شد. از یک خواب سنگین بیدار شده بود. چنین چیزی در این چند ماه کاملاً بی‌سابقه بود.

گفت پیش از آن، هر بار که از خواب بیدار شده است، ساسان را دیده است که با چشمانی باز به گوشه‌ای از سقف یا دیوار اتاق زُل زده است. «اما صبح آن روز، برای اولین بار در این مدت، وقتی چشمانم را باز کردم، با تعجب دیدم که چشمانش بسته است.»

ساسان آن روز صبح، پس از بیدار شدن و پس از آنکه رنجش مینا از بازگشت دیرهنگام او کاهش یافته بود، گفته بود که خواب عمیق آن روزش را مدیون شراب داغ بوده است.

مینا هم در پاسخ گفته بود: «مهم نیست تاثیر چه چیزی بوده است. مهم این است که

یک شب را تا صبح آسوده خوابیده بودی.»

بهزاد لبخندی زد.

ـ به‌نظر می‌رسد که ساسان پریشان‌خوابی خودش را به من منتقل کرده است. درست در همان شبی که شما تعریف کردید، من تا صبح نتوانستم بخوابم.

هانه‌لوره و یاکوب از اوضاع روحی ساسان مطلع بودند. ساسان رازی را از آن‌ها پنهان نمی‌کرد. اما آن‌ها اکنون برای نخستین بار امکان آشنایی با آقای نویسنده را یافته بودند. می‌توانستند نگاهی به آن سوی پرچین روح و روان نویسنده‌ی احتمالی داستان‌شان بیافکنند. بهزاد گفته بود که آن داستان خواب او را برهم زده است. اما این را نیز گفته بود که پیش از شنیدن آن داستان خواب چندان آرامی نداشته است. این را گفته بود تا باعث عذاب وجدان مینا نشود. و بیش از آن، گفته بود که مدت‌ها به دنبال چالشی جدید بوده است.

ـ آدم‌ها در زندگی‌شان بارها مرتکب اشتباه می‌شوند. اشتباهاتی که می‌توانند باعث پشیمانی آدم بشوند. ولی من مطمئنم که تصمیمم درباره‌ی نوشتن این داستان، تصمیم کاملاً درستی بوده است.

پیکر خود را روی راحتی کمی جابه‌جا کرد و صاف‌تر نشست.

ـ حتی باید بگویم که پذیرش وظیفه نوشتن این داستان از واهمه‌ام برای نگریستن به گذشته‌ام کاسته است. شهامت آن را یافته‌ام که نگاه در نگاه گذشته بیاندازم و به خطاهایم اعتراف کنم.

یاکوب روزی خطاب به ساسان گفته بود:

ـ روزی که ما را به آشویتس می‌بردند، از شکاف بین دو در بزرگ واگن قطارِ مرگ نگاهم به‌طور تصادفی به دهقانی افتاد که گاوآهن سنگینی را با سر و سینه خودش می‌کشید. مشغول شخم زدن زمین بود. چه می‌دانم شاید گاو نداشت یا شاید گاوش مرده بود. اما برای اینکه بذری بکارد و محصولی درو کند، باید زمین را خیش می‌زد. همان روز بود که از خودم پرسیدم چرا هیچ‌کس به فکر شخم زدن زمین اندیشه‌های خودش نمی‌افتد؟ خیلی علف‌هرز لابه‌لای اندیشه‌هایمان، در داوری‌هایمان رشد کرده است. مگر شخم زدن زمین اندیشه‌ها خیلی دشوارتر از شخم زدن آن خاک خشک است؟ چرا همه منتظرند که کسی بیاید و اندیشه‌هایشان را شخم بزند. اگر آن دهقان لهستانی هم منتظر

می‌ماند که کسی که بیاید و زمینش را شخم بزند، تا به حال از گرسنگی مرده بود.

- می‌دانی مشکل ما آدم‌ها کجاست؟ از روبه‌رو شدن با بوی تعفن در آن لجنزاری واهمه داریم که به اسم تمدن برای خودمان ساخته‌ایم. از ترس بالا زدن بوی این تعفن است که کمتر کسی حاضر است زمین تمدن را زیرورو کند.

هانه‌لوره گفته بود متاسفانه هزینه‌ی پذیرش زندگی کردن با زخم‌های وجدان برای انسان‌ها نازل‌تر از آن بهایی است که باید برای درمان غرور زخم‌خورده‌شان بپردازند.

مینا لیوان شراب بهزاد را پر کرد و برای خود نیز شراب ریخت. سپس نگاهش را از او برگرفت. شاید بر آن بود که رد آن تاثری را که در چشمانش نشسته بود، از نگاه مهمان‌شان پنهان کند.

- مدت‌هاست که نگران پریشان‌خوابی‌های ساسان شده‌ام. وضعیت روحی‌اش خیلی آشفته است. می‌دانستید که سال‌ها در زندان بوده است؟

- چیزهایی درباره‌ی دوران حبس‌اش در ایران گفته است.

- زخم‌های روحش هنوز درمان نشده‌اند. ساعت‌ها پشت پنجره‌ی اتاق پذیرایی می‌ایستد و به نقطه‌ای نامعلوم زل می‌زند و یا در آشپزخانه مدت‌ها ساکت و بی‌حرکت می‌نشیند. این رفتارش برای من تازگی ندارد. پس از آزادی‌اش شاهد چنین رفتارهایی بودم. ولی الان، پس از آمدن ما به این خانه، این رفتارهایش تشدید شده است. بیش از پیش در خود فرومی‌رود.

مینا گفت نگران افسردگی ساسان شده است.

- اما خودش حاضر به پذیرش این موضوع نیست. مدام از تخیل و واقعیت صحبت می‌کند. نمی‌خواهد وضعیت روحی خودش را باور کند. اما مگر نه اینکه، این سکوت طولانی، این پناه بردن به نوعی انزوا، نشانه‌های افسردگی هستند؟

بهزاد با دقت به سخنان مینا گوش سپرده بود. مینا گفت:

- باید به فکر چاره می‌بودم. باید کاری می‌کردم. حدود دو سال از آزادی‌اش می‌گذرد. چاره‌ی دیگری برایم نمانده بود. با فرناز تماس گرفتم و از او کمک خواستم.

هانه‌لوره گوش تیز کرده بود. مایل بود بداند مینا در غیاب ساسان به بهزاد چه می‌گوید. روی خود را به سوی یاکوب برگرداند و از او پرسید: «آیا به نظر تو گشودن سفره‌ی دل در برابر یک غریبه کار درستی است؟» یاکوب شانه‌هایش را بالا انداخت. به او فهماند که در

آن لحظه پاسخی برای این پرسش ندارد.

مینا در ادامه گفت:

- اوایل که به این خانه آمده بودیم، یعنی در همان روزهایی که ساسان متوجه شد، پیش از ما کسانی در این خانه زندگی می‌کرده‌اند که در اردوگاه آشویتس به قتل رسیده بودند، دچار نوعی پریشانی روحی شده بود. گاهی احساس می‌کردم با خودش حرف می‌زند. بعدها متوجه شدم که حرف زدن با خودش بدل به عادتش شده است. به‌خصوص شب‌ها وقتی من به اتاق‌خواب می‌روم، همین‌جا، روی همین راحتی می‌نشیند و یکریز با خودش حرف می‌زند.

بهزاد هم عادت داشت با خودش حرف بزند. نوعی دیالوگ با خود بود. به باور او یک روح سرکش آنگاه که شنونده‌ای نیابد، به خود پناه می‌برد. به آن شنونده‌ی مطیعی که در گوشه‌ای از روح او زندگی می‌کند. تنها که شده بود، میل به گفت‌وگو با خود در او افزایش یافته بود. با تصویر خود در آینه سخن می‌گفت. با سایه‌اش حرف می‌زد. گاهی نقش مجرم را بازی می‌کرد و گاهی قاضی می‌شد. پس از رفتن نسرین، پس از تنها شدن گاهی لب به سرزنش او می‌گشود، ولی اغلب خود را سرزنش و ملامت می‌کرد. اما در آن لحظه ترجیح داده بود سکوت کند. درباره‌ی خودش چیزی نگوید. از فرصتی که دست داده بیشترین بهره را ببرد و اجازه دهد مینا از روح و روان ساسان پرده برگیرد.

- پس از دیدن عکس این قربانیان موضوع حرف زدن با خودش تشدید هم شده بود.

مینا با لحنی تردیدآمیز پرسید: «نمی‌دانم آیا ساسان این موضوع را هم به شما گفته است یا نه؟» مکثی کرد و در ادامه گفت: « موضوع گفت‌وگو با هانه‌لوره و یاکوب را می‌گویم. مدعی است که می‌تواند با هانه‌لوره و یاکوب حرف بزند.» آنگاه چشمان خود را کوچک کرد، لب‌هایش را در هم کشید، گرهی به ابروانش انداخت و گفت: «باورتان می‌شود؟ گفت‌وگو با کسانی که حدود ۸۰ سال از مرگ‌شان می‌گذرد؟»

این پرسش را مینا در غیاب همسرش مطرح کرده بود. در آن لحظه هیچ کس انتظار شنیدن چنین چیزی را نداشت. نه هم‌خانه‌ای‌های یهودی‌شان و نه مهمان آن شب. هانه‌لوره با دهانی باز به یاکوب نگاه کرد. یاکوب هم خشکش زده بود. بهزاد با تعجب پرسید:

- گفت‌وگو با هانه‌لوره و یاکوب؟

مینا از گفتن این موضوع پشیمان شده بود. قرار نبود در این باره با آقای نویسنده

صحبتی بشود. این خود او بود که به ساسان توصیه کرده بود، مبادا درباره گفت‌وگوهایش با هانه‌لوره و یاکوب به کسی و به‌خصوص به آقای نویسنده چیزی بگوید. ساسان بارها از حضور هانه‌لوره و یاکوب در این خانه برای مینا تعریف کرده بود. اما مینا این موضوع را به حساب پریشانی روحی همسر خود گذاشته و از این بابت نگران شده بود.

سکوت درباره‌ی این موضوع توصیه مینا بود. ساسان هم به این توصیه عمل کرده بود. در همان روزی که برای نخستین بار به دیدار بهزاد می‌رفت به مینا گفته بود: «حق با توست. راز خانه‌ی محنت را نمی‌شود به کس دیگری گفت. این راز در این خانه می‌ماند.» اکنون مینا آن راز را فاش کرده و از کرده‌ی خود پشیمان شده بود. هدف او تنها این بود که بگوید زندگی کردن در این خانه باعث رنج و آزار روحی همسرش شده است. آرامش او را سلب کرده است. قصد نداشت با گفتن چنین چیزی بر رخسار ساسان چنگ بکشد. بهزاد سکوت کرده بود. نمی‌دانست چه باید می‌گفت. مینا چاره‌ای نداشت و اکنون که راز آن خانه قدیمی را فاش کرده بود، باید مابقی ماجرا را نیز تعریف می‌کرد. اما خوش نداشت این موضوع را در حضور همسرش به بهزاد بگوید. باید فشرده و سریع موضوع را می‌گفت. ساسان هر لحظه می‌توانست برگردد. گفت:

- در آن روزهای نخست این موضوع را حتی به من هم نگفته بود. من خیلی اصرار کرده بودم. به او گفته بودم می‌دانم چیزی در این خانه باعث آزارت می‌شود. رنجت می‌دهد. گفته بودم اگر آن را به من نگویی، به همسرت، می‌خواهی به چه کسی بگویی؟

با دست به گوشه‌ای از اتاق پذیرایی اشاره کرد.

- ساسان از یک مبل چرمی قرمزرنگ صحبت می‌کند. مبلی که گویا آن جا قرار دارد. مبلی که معمولاً هانه‌لوره روی آن می‌نشیند.

سپس پنجره اتاق پذیرایی را نشان داد.

- مدعی است که یاکوب هم تقریبا همیشه کنار آن پنجره می‌ایستد و ویولن می‌زند. گاهی هم خودش می‌رود دم آن پنجره می‌ایستد، به برج یک کلیسا خیره نگاه می‌کند و با خودش حرف می‌زند. می‌گوید حتی می‌تواند صدای گریه‌ی بچه‌شان را بشنود.

بهزاد بی‌اختیار به یاد رنگ لباس هانه‌لوره و یاکوب در آن عکس سیاه‌وسفید افتاد. ساسان در آن عکس همه‌چیز را رنگی دیده بود. برای لحظه‌ای بین‌شان سکوت حاکم شد. در همان لحظه، ساسان در خانه را باز کرد و با لبخندی بر لب از طولانی شدن غیبتش

پوزش خواست. در حین درآوردن پالتوی خود گفت هزینه پایین و بالارفتن از چهار طبقه برای کشیدن یک سیگار ، هزینه‌ی سنگینی است.

ـ به همین دلیل هم گاهی دو تا سیگار را پشت‌سرهم می‌کشم.

ورود ساسان به خانه باعث شد که سخن مینا نیمه‌تمام بماند. بهزاد سکوت کرده بود. فرصت نکرده بود چیزی بگوید. حتی اگر چنین فرصتی را هم می‌داشت، شاید نمی‌دانست چه باید می‌گفت. چه می‌توانست بگوید؟

ساسان پیش از نشستن لیوان شراب بهزاد و مینا را پر کرد و برای خود نیز شراب ریخت. سکوت مینا و بهزاد باعث حیرتش شده بود. نگاهی به مینا انداخت.

ـ درباره‌ی چه موضوعی صحبت می‌کردید؟

مینا دست‌پاچه شده بود. بهزاد گفت: «درباره‌ی این خانه.» آنگاه ابروان خود را در هم کشید و پرسید: «موضوعی که باعث تعجب من شده، این است که اگر در این خانه احساس آرامش نمی‌کنید، چرا دنبال خانه‌ی دیگری نمی‌گردید؟»

مینا سر خود را به حالت تاسف تکان داد.

ـ این را باید از ساسان پرسید.

گفت او بارها از همسرش خواسته که خانه‌شان را عوض کنند. به جای دیگری کوچ کنند. اما ساسان مخالفت کرده است. «حتی من از او خواسته بودم که اجازه بدهد خودم دنبال یک خانه‌ی دیگر بگردم. برای من حتی این موضوع که این خانه چقدر بزرگ باشد یا کوچک یا مثلاً کجای شهر واقع شده باشد، در این موقعیت کمترین اهمیتی ندارد. فقط دلم می‌خواهد از این خانه بروم. از بوی کهنگی این خانه فرار کنم و در را روی خاطراتی که در گوشه و کنار این خانه پنهان شده ببندم.» گفت به‌رغم اصرار او، ساسان هیچ‌گاه با چنین خواستی موافقت نکرده است.

ساسان بی‌آنکه چیزی بگوید رشته کلام را به او سپرده بود. از رنج مینا در آن خانه مطلع بود. شاید در آن لحظه نیاز او را به درددل کردن با بهزاد درک می‌کرد. مینا جرعه‌ای شراب نوشید و گفت: «حتی بهش گفته بودم که حاضرم خودم شخصاً با اداره اجتماعی یا با هاستن‌رات درباره این موضوع صحبت بکنم. فرناز هم یک بار تلفنی به پدرش توصیه کرده بود که به حرف من گوش بدهد. اما، ساسان حاضر نیست قبول کند.»

بهزاد نگاهی به ساسان انداخت. منتظر بود که او چیزی بگوید. متوجه شده بود که

موضوع تغییر خانه، موضوع جدیدی نیست. دریافته بود که مینا و ساسان بارها در این باره با یکدیگر گفت‌وگو و چه بسا مشاجره داشته‌اند. اما، دانستن پاسخی که ساسان هر بار به مینا داده بود، برای او و برای روایت این داستان اهمیت داشت. اما ساسان سکوت کرده بود. آنجا نشسته بود و به شکست نور چراغ در جام می خیره شده بود. هانه‌لوره آمد و در گوش ساسان گفت که راز خانه‌ی محنت فاش شده است. یاکوب از نواختن ویولن دست کشیده بود و هاج و واج به هانه‌لوره نگاه می‌کرد. هانه‌لوره روی خود را به سوی او برگرداند و خطاب به او گفت: «باید این موضوع را بهش می‌گفتم. ما حق نداریم، چیزی را از هم پنهان کنیم.»

ساسان پیش از آنکه هانه‌لوره مضمون گفت‌وگوی مینا با بهزاد را برای او شرح دهد، از سکوت آن‌ها و جو حاکم بر خانه متوجه شده بود که آن‌ها در غیابش درباره او صحبت کرده‌اند. روی خود را به سوی مینا برگرداند و گفت:

- تو که خودت می‌دانی چرا من با تغییر این خانه مخالفم.

آنگاه ابروانش را در هم کشید و چینی بر پیشانی خود انداخت، عینک خود را با دست روی بینی‌اش به سوی بالا سراند، لبخند تلخی زد و به بهزاد گفت:

- باید اعتراف کنم که حسابی باعث نگرانی همسرم و دخترم شده بودم. بیچاره فرناز! پشت تلفن حتی نتوانسته بود بفهمد که پدرش دچار چه نوع بیماری شده است. فقط از مادرش شنیده بود که من دچار بی‌خوابی شده‌ام. یک گوشه در آشپزخانه می‌نشینم و به نقطه‌ای از دیوار یا میز چوبی آشپزخانه زل می‌زنم.

ساسان جرعه‌ای شراب نوشید و لیوان شراب را روی میز گذاشت. پیکر خود را روی راحتی صاف کرد، نگاه معناداری به مینا انداخت و گفت: «مینا حتی به فرناز گفته بود که من دچار افسردگی شده‌ام.» مینا از شنیدن این موضوع یکه خورد. هیچگاه در این‌باره مستقیماً چیزی به او نگفته بود. او در تیزهوشی ساسان تردیدی نداشت. اما گمان می‌کرد که همچون بازیگری حرفه‌ای می‌تواند اندیشه‌ها و نگرانی‌های خود را از نگاه او پنهان کند. ساسان نگاه خود را به چشمان کنجکاو بهزاد دوخت و گفت:

- این موضوع را مینا هیچ‌گاه به من نگفته بود، اما من آن را از لابه‌لای حرف‌های دخترم متوجه شدم. شاید مینا از این واهمه داشت که صحبت کردن درباره‌ی افسردگی، باعث افسردگی بیشترم بشود.

ـ خُب من کمی نگرانت شده بودم. باید بهم حق بدهی. ولی هیچ‌وقت فکر نکرده بودم که افسرده شده‌ای.

بهزاد نگاه معناداری به مینا انداخت.

ـ حالا دچار افسردگی شده بودی؟

ـ سخت است کسی به این پرسش پاسخ دقیقی بدهد. افسردگی که یک شبه روی نمی‌دهد. در واقع خود آدم نمی‌داند در چه حال و روزی قرار دارد. مگر آنکه آنقدر افسرده شده باشد که دیگر حتی نتواند به خودش هم دروغ بگوید.

تتمه‌ی طعم شراب را در دهانش مزه‌مزه کرد و پس از مکث کوتاهی گفت:

ـ ما انسان‌ها در دروغ گفتن به خودمان استادیم. حتی صادق‌ترین و راست‌گوترین آدم‌ها هم بدشان نمی‌آید گاهی به خودشان دروغ بگویند.

گفت با خود خلوت کردن همان افسردگی نیست. «به باور خودم، من افسرده نبودم و نیستم. دیدن این سنگ‌ها من را بیشتر به یاد ایام زندان می‌انداخت. و همین موضوع باعث می‌شد بیشتر با خودم خلوت کنم. در خود و عوالم روحی خودم فرو بروم. این سنگ‌ها باعث شده بود که متوجه پیچیدگی‌های بازی سرنوشت بشوم.» گفت این نوع از خلوت کردن با خود را در ایام حبس در سلول انفرادی آموخته است. نوعی در خود غرق شدن است. «به محض تاریک شدن هوا، سلول انفرادی در تاریکی فرو می‌رود. چاره‌ی دیگری برای آدم نمی‌ماند. یا باید بخوابد یا باید با خودش خلوت کند. خوابیدن در چنین شرایطی سخت‌تر از خلوت کردن با خود است.»

گفت اگر فرد از بازجویی بازگشته باشد، درگیر این پرسش می‌شود که آیا پاسخ‌هایش به پرسش‌های بازجو، درست بوده‌اند یا نه؟ در آن خلوت شبانه آدم به ناگزیر دست به نوعی بازبینی لحظه به لحظه بازجویی خود می‌زند. «پس از آن هم، خودش را برای بازجویی بعدی آماده می‌کند. پرسش‌های احتمالی را در ذهنش سبک و سنگین می‌کند. برای این پرسش‌ها به دنبال پاسخ‌های مناسب می‌گردد.»

نگاه معصومانه‌ای به بهزاد انداخت و در ادامه گفت:

ـ من پس از دیدن عکس هانه‌لوره و یاکوب درگیر همان احساس شده بودم. این بار بازجویی در کار نبود، که بیاید و روبه‌روی آدم بنشیند و روح و روانش را با پرسش‌هایش بیازارد. دیدن این عکس باعث شده بود که وجدانم مثل همان بازجو، من را در برابر یک

پرسش مهم قرار بدهد.

بهزاد ابروانش را در هم کشید، لب‌هایش را بر هم فشرد.

- منظورت را متوجه نمی‌شوم. کدام پرسش؟

- ببین در بازجویی کافی است که بشکنی و همان چیزهایی را بگویی که انتظار دارند بشنوند. این یک تصمیم بزرگ و سرنوشت‌ساز در زندگی هر زندانی سیاسی است. همراهی با بازجو می‌تواند به فشارها و به شکنجه‌ها پایان بدهد و چه بسا باعث آزادی بشود. حتی همکاری با آن‌ها شاید راه را برای یک زندگی سعادتمند هموار کند.

گفت دیکتاتورها از افراد نادم خیلی خوش‌شان می‌آید. از شکستن و خرد کردن انسان‌ها لذت می‌برند. لذت می‌برند که آن‌ها را وادار کنند بر رخسار خود و همراهان‌شان چنگ بکشند. خود را نفی کنند. باورهایشان را کف زندان بیاندازند و لگدکوب کنند. افراد نادم برای چنین حکومت‌هایی بدل به آدم‌های بی‌آزاری می‌شوند. حتی برخی از آن‌ها تن به کارهایی می‌دهند که پیش از آن برای خودشان هم انزجارآور و نفرت‌برانگیز بوده است. برخی‌شان بازجو می‌شوند و برخی حتی شکنجه‌گر.

مینا مات و مبهوت به سخنان همسرش گوش داده بود. سکوت کرده بود. هیچ‌گاه موضوع را به این شکل از ساسان نشنیده بود. بهزاد پرسید:

- گفتی همراهی با بازجو باعث سعادت می‌شود؟ نمی‌فهمم.

ساسان جرعه دیگری شراب نوشید و آنگاه نیم‌خیز شد و در حین پر کردن لیوان‌ها گفت:

- آره. نامش را گذاشته‌ام یک خوش‌بختی آلوده. ممکن نیست که آدم تن به پذیرش یک خوش‌بختی آلوده بدهد و خودش آلوده و چندش‌آور نشود. حتی ستایش دیگران از موفقیت‌های بعدی آدم در زندگی نیز نمی‌تواند آن حس آلوده بودن را از ذهنش پاک کند. دیدن عکس یاکوب و هانه‌لوره مرا در برابر این دوراهی قرار داده بود. یا باید بی‌تفاوت از کنار این سنگ‌ها می‌گذشتم و به این خوشبختی آلوده پناه می‌بردم، یا باید در برابر سرنوشت هم‌خانه‌ای‌هایم احساس مسئولیت می‌کردم.

ساسان نگاهی به مینا انداخت.

- تا زمانی که راز این خانه، راز نشسته بر این سنگ‌ها را کشف نکرده بودم، این خانه برای من مثل هر خانه‌ی دیگری بود. اما پس از آنکه چهره‌ی بی‌گناه یاکوب و هانه‌لوره را

دیدم، پس از آنکه صدای شیون اریش را در اتاق خواب شنیدم، چگونه می‌توانستم خودم را به ندیدن و نشنیدن بزنم؟

مینا سکوت کرده بود. نفس خود را در سینه حبس کرده بود و چیزی نمی‌گفت. ساسان پرسید: «می‌دانی این خوشبختی آلوده با آدم چه می‌کند؟» منتظر پاسخ نماند. «باعث می‌شود که آدم روز به روز بیشتر در این کثافت، در این لجن‌زار روحی فرو برود. روز اول کافی است که به سنگ‌ها توجه نکنی، روز دوم خودت را به بی خیالی کامل بزنی، روز سوم حتی شاید موقع عبور از این خیابان پای‌ات را عامدانه یا حتی از سر تصادف روی یکی از این سنگ‌ها بگذاری و روز چهارم...» گفت حکایت روز چهارم و روزهای بعد از آن برای همه روشن است. پس از آن به گفتن این جمله بسنده کرد:

- این خوشبختی آلوده می‌تواند هیولا بزاید.

بهزاد در جهان سیاست با هیولاهای زیادی آشنا شده بود. آنچه اما نمی‌دانست چگونگی زایش هیولاها بود. ساسان گفت:

- باور کنید هیولاها هیولا زاده نمی‌شوند. هیولا می‌شوند.

جمله‌ای ساده که همه را به فکر کردن واداشت. سکوت کرده بودند. ساسان در ادامه گفت:

- وسوسه سر درآوردن از سرنوشت هم‌خانه‌های یهودی‌مان به جانم افتاده بود. می‌دانستم که حتی رفتن از این خانه هم نمی‌تواند باعث فراموشی این داستان بشود. به بهزاد نگاه کرد.

- بگذار موضوع را این جوری طرح کنم، من برای نجات خودم، برای آنکه بتوانم محو زیبایی یک غنچه بشوم، بتوانم نگاهم را در آینده به بدرقه‌ی پرندگان مهاجر بفرستم، برای آنکه بتوانم زندگی را دوست داشته باشم و برای آنکه بتوانم پاک‌باخته عشق بورزم به روایت این داستان نیاز داشتم. هانه‌لوره و یاکوب از من انتظار داشتند که صدای‌شان را به گوش دیگران برسانم. از آن جنایات، از آن بی‌عدالتی‌ها پرده برگیرم. درست عین زندانیان اوین و رجایی‌شهر. آن‌ها از من انتظار داشتند که پس از آزادی فراموش‌شان نکنم.

ساسان گفت روز آخر، در لحظه‌ی وداع از زندانیان بند چهار رجایی‌شهر، یک زندانی بهایی او را تنگ در آغوش گرفته و به او گفته بود که هرگز فراموش‌اش نمی‌کند.

- بهش گفتم من هم هرگز شما را فراموش نخواهم کرد. قول می‌دهم.

مینا قطره اشکی را که در گوشه‌ی چشمانش حلقه زده بود، با انگشتش پاک کرد. در برابر این پاسخ، چیزی برای گفتن نداشت. بهزاد نیز پس از شنیدن آن داستان نتوانسته بود در برابر وسوسه بازگویی‌اش مقاومت کند. نتوانسته بود فراموش‌اش کند.

«نظرتان درباره‌ی آقای نویسنده چیست؟» این نخستین چیزی بود که ساسان پس از تنها شدن از هانه‌لوره و یاکوب پرسید. مینا چند دقیقه پیش از آن به اتاق خواب رفته بود. هانه‌لوره گفته بود: «بگذار بخوابد. طفلکی خیلی خسته شده است!» ساسان به‌رغم میل خود به توصیه او گردن نهاده بود. او نیز خستگی را در چهره‌اش دیده بود. اما از خود می‌پرسید که چه چیزی باعث این خستگی بیش از حد او شده است؟ یک سال پیش، پس از آنکه مهمانان آن ضیافت بزرگ رفته بودند، مینا پیش‌بندش را پوشیده و شروع به شستن ظرف‌ها و تمیز کردن آشپزخانه کرده بود. می‌گفت تصور آشپزخانه کثیف آرامش او را برهم می‌زند و مانع از خواب آسوده‌اش می‌شود. اکنون باورش نمی‌شد که توان جسمی همسرش در این یک سال این چنین تحلیل رفته باشد.

یاکوب به او گفت: «دوست من! روح که خسته بشود، جسم را هم خسته می‌کند.» ساسان هم به‌شدت احساس خستگی می‌کرد. از نوع آن خستگی‌هایی که حتی یک خواب طولانی نیز تاثیری بر آن ندارند. می‌گفت صبح‌ها که از خواب بیدار می‌شود، احساس خستگی بیشتری می‌کند. نمی‌دانست کدام ملال‌آورتر است: خواب یا بیداری؟ سال‌ها بود که کابوس‌های شبانه‌اش در ساعات بیداری نیز او را رها نمی‌کردند. هر بار با چهره‌ای بزک کرده پا به صحنه می‌گذاشتند. هانه‌لوره به ساسان گفت مردگان برخلاف شما هیچ‌وقت احساس خستگی نمی‌کنند. گفت انرژی مردگان نه کم می‌شود و نه زیاد. «انسان‌ها پیر می‌شوند. پیرها می‌میرند. اما مرده‌ها پیرتر نمی‌شوند.» خودشان را می‌گفت. وقتی که مرگ به سراغ‌شان آمد، هنوز جوان بودند و تا ابد جوان ماندند.

آن شب ساسان از مینا نظرش را درباره‌ی بهزاد جویا شده بود. او نیز پاسخی کوتاه داده و گفته بود: «به نظر آدم صادق و خوبی می‌آید.» ادامه‌ی گفت‌وگوی‌شان را اما به بعد

موکول کرده بود. هانه‌لوره برخلاف او آنجا در اتاق پذیرایی مانده بود تا نظرش را بگوید. «آدم کم حرفی است. داوری درباره‌ی آدم‌های کم حرف خیلی دشوار است. اما همین که می‌گوید فکر کردن درباره‌ی این داستان باعث پریشان‌خوابی‌اش شده است، نشانه‌ی خوبی است.»

میل‌های بافتنی‌اش را مجدداً برداشت. «بدخوابی کسی باعث خوشحالی ما نمی‌شود. اما از بدخوابی‌اش می‌شود فهمید که اهمیت این داستان را متوجه شده و وظیفه نوشتن آن را جدی گرفته است. البته اگر در میانه‌ی راه پشیمان نشود و زمانی واقعاً همت کند، پشت میزش بنشیند و شروع به نوشتن بکند.»

ساسان سرش را به نشانه‌ی تایید تکان داد و روی خود را به سوی یاکوب برگرداند. با نگاه پرسشگرش به او فهماند که منتظر شنیدن نظر اوست. یاکوب برای لحظه‌ای نواختن ویولن را قطع کرد.

ـ برای من واکنش آقای نویسنده نسبت به فاش شدن راز خانه‌ی محنت مهم بود. همین که شنیدن این موضوع باعث تغییر رفتارش نشد، جالب بود. حتی گمان می‌کنم احترامش نسبت به تو بیشتر شده است. آن را در نوع نگاهش دیدم.

بهزاد آن روزی که ساسان توانسته بود عکس جشن روش هشانا را رنگی ببیند، در خلوت خود او را تحسین کرده بود. خود او به شال تیره‌رنگی که هانه‌لوره روی شانه‌های خود انداخته بود، نگاهی کرده و سعی کرده بود آن را قرمز ببیند. تلاشی که به ثمری به همراه نداشت.

ساسان خطاب به یاکوب گفت: «اگر بهزاد، همان روز اول، در همان دیدار نخست، راز خانه‌ی محنت را از زبان من می‌شنید، حتماً قضاوت دیگری درباره‌ام می‌کرد.» همچون شب‌های دیگر، در پرتوی کم‌رمق چراغ آشپزخانه که به درون اتاق پذیرایی می‌تابید، نشسته بود. بارها گفته بود که نور زیاد باعث آزارش می‌شود. مینا متوجه این تغییر او شده بود. آن را ناشی از سال‌های زندان و حبس در سلول انفرادی می‌دانست. ساسان پس از آزادی از زندان تغییرات زیادی کرده بود. این تغییرات را مینا در همان روزهای نخست پس از آزادی او حس کرده بود. در شب همان روز نخست پس از آزادی‌اش، همه‌ی چراغ‌ها را به استثنای یک آباژور خاموش کرده بود. «مرا ببخش! به تاریکی عادت کرده‌ام.» مینا در نخستین لحظه دیدارشان با چشمانی گریان او را در آغوش گرفته بود. سرش

را روی شانه او گذاشته و هق‌هق گریسته بود. اما ساسان بی‌حرکت و ساکت در آغوش‌اش مانده بود. مثل یک تکه سنگ. سرد و سخت! مینا از این رفتار او غافلگیر شده بود. از خود می‌پرسید که آیا همسرش نتوانسته آزادی خود را باور کند؟ آیا سال‌های زندان مانع از بازگشت او به یک زندگی عادی شده است؟ آیا بار رنج سال‌های زندان سنگین‌تر از وزن شادی لحظه‌ی آزادی است؟

ساسان در نشان دادن احساساتش خویشتن‌داری بیشتری از خود نشان می‌داد. کمتر از سابق حرف می‌زد. اشتهایش نیز کمتر شده بود. اغلب از روبه‌رو شدن با دیگران پرهیز می‌کرد. خوش داشت ساعت‌ها گوشه‌ای بنشیند و با خود خلوت کند. این آن ساسانی نبود که او سال‌ها می‌شناخت. ساسان پیش از زندان فردی اجتماعی بود. با شور و شیفتگی سخن می‌گفت. حتی چیزهای ولو کوچک باعث شادی او می‌شد. گاهی مثل یک کودک از هر چیزی لذت می‌برد.

مادر ساسان در همان روزهای نخست پس از ازدواجشان به مینا گفته بود: «دخترم! انسان‌ها دو دسته‌اند: یا اهل لذت هستند یا اهل رنج. پسرم اهل لذت است!» مینا لبخندی زده و ترجیح داده بود، چیزی درباره‌ی همسرش نگوید. اما هیچ‌گاه این جمله را فراموش نکرد. اکنون روزگار از همسرش فردی اهل رنج ساخته بود. سال‌های زندان فقط گرد پیری بر سر و روی او نیافشانده بود، روح او را زخمی کرده بود. احساساتش را جریحه‌دار کرده و رنجش داده بود. درد این زخم‌ها به مرور زمان تخفیف یافته بودند، بی‌آنکه آن زخم‌ها التیام بیابند. بی‌آنکه درمان بشوند. یاکوب یک بار، در آن روزهایی که مینا نگران ساسان شده بود، خطاب به او گفته بود: «هیچ‌کس نمی‌تواند زخم‌های روح را بخیه بزند. کسی نمی‌تواند آن‌ها را پانسمان کند. این زخم‌ها مدت‌ها، سال‌ها و گاهی به قامت همه‌ی عمر همراه آدم می‌مانند و گاه و بی‌گاه خون‌ریزی می‌کنند.» مینا مثل همیشه سخن یاکوب را نشنیده بود. اما بارها شاهد خون‌ریزی زخم‌های روح ساسان بود. ساسانی که از زندان بیرون آمد، همان ساسانی نبود که او پیش از آن می‌شناخت. هیچ‌کس این موضوع را به‌خوبی مینا نمی‌دانست.

ساسان دو دست خود را در دو سوی پیکرش ستون کرد و صاف‌تر نشست. آنگاه از یاکوب پرسید: «تو درباره توانایی آقای نویسنده در نوشتن این داستان تردید داشتی. حتی می‌خواستی بدانی که چرا به او اعتماد کرده‌ام و چنین وظیفه سنگینی را روی دوش او

گذاشته‌ام. خُب اکنون طبیعی است که بخواهم بدانم آیا پس از دیدن آقای نویسنده تردیدهایت برطرف شده‌اند یا نه؟»

– راستش را بخواهی نه! البته تقویت هم نشده‌اند. برای قضاوت کردن در این مورد خیلی زود است. صحبت زیادی بین شما ردوبدل نشد که آدم بتواند درباره‌ی توانایی او داوری کند.

برای لحظه‌ای سکوت کرد. آنگاه با لحنی غم‌زده گفت:

– امیدوارم که بتواند این داستان را بنویسد. ولی نباید فراموش کنیم که نوشتن داستان محنت، شرح ماجرای محنت است، اما پایان داستان محنت نیست.

ساسان سر خود را به نشانه تأیید تکان داد و گفت: «اینکه داستان رنج و محنت بشر پایانی ندارد را خودم هم خوب می‌دانم. اما شرح داستان محنت شاید بتواند از رنج آدم‌ها بکاهد. به چشمان‌شان بینایی بیشتری ببخشد. آدم‌ها در زندگی‌شان کارهایی می‌کنند، بی‌آنکه به پیامدش بیاندیشند. به نظر من نوشتن داستان محنت، دست‌کم می‌تواند پیامدهای برخی از اشتباه‌ها را پیش از آنکه مرتکب‌شان بشویم، به ما یادآوری کنند. به همین دلیل هم، صرف‌نظر از نتیجه کار، همین که آقای نویسنده پذیرفته است این داستان را بنویسد، خبر خوبی است.»

– خبر خوب!

یاکوب در حین ادای این دو کلمه نگاهی به هانه‌لوره انداخت و گفت: «از آخرین باری که کسی در این خانه به ما خبر خوبی داده بود، یک عمر می‌گذرد.» آگاهانه روی کلمه عمر تأکید نهاده بود. هانه‌لوره با تکان دادن سرش، سخن او را تأیید کرد. یاکوب تلگرام گوستاو را می‌گفت. این آخرین خبر خوبی بود که پیش از وزیدن طوفان، زیر سقف آن خانه طنین انداخته بود. گوستاو در آن تلگرام نوشته بود که تصمیم گرفته است ازدواج کند و آن‌ها را به جشن عروسی‌اش دعوت کرده بود. هانه‌لوره گفت:

– من هنوز لبخند آن روزت را خوب به یاد دارم. لبخندی که هنگام خواندن تلگرام گوستاو روی لبانت نشسته بود. چه لبخند شیرینی بود.

یاکوب آن روز نامه را با صدای بلند خوانده بود. لبخندی زده و گفته بود: «هانه بیا ببین گوستاو چِه نوشته است!» آنگاه قاه‌قاه خندیده و گفته بود: «عاقبت گوستاو ما هم به تله افتاد!» گوستاو برادر یاکوب بود. برادری که به سرنوشت مشابهی گرفتار آمد. «هفت

سال کوچک‌تر از من بود. ولی هر دو در یک سال از این دنیا کوچ کردیم و رفتیم.» هانه‌لوره گفت: «بیچاره هیچ‌وقت نتوانست طعم خوشبختی را بچشد!»

به یاد روزهایی افتاد که فارغ از هراس دائمی مرگ، کنار همسر دلبندش، شادمان و سعادتمند در آن خانه زندگی کرده بودند. شب‌ها، آنگاه که یاکوب از تمرین یا اجرا بازمی‌گشت، کنار هم روی مبل چرمی قرمزرنگ می‌نشستند و درباره‌ی برنامه‌های آینده‌شان با یکدیگر سخن می‌گفتند. تصمیم داشتند به خانه‌ی بزرگ‌تری اسباب‌کشی کنند. اما دست سرنوشت آن‌ها را تا ابد در آن خانه ماندگار کرد. یاکوب به هانه‌لوره گفت: «عزیزم، فراموش نکنیم که ایام خوشبختی ما هم خیلی طولانی‌تر نبود.»

ساسان آن شب درباره زمان شروع نوشتن داستان پرسیده بود. این پرسش را آگاهانه در حضور هانه‌لوره، یاکوب و مینا مطرح کرده بود. پرسیده بود: «حالا کی می‌خواهی آستین‌ها را بالا بزنی و شروع به نوشتن بکنی؟»

بهزاد در پاسخ گفته بود نوشتن این داستان چالش بزرگی است. گفته بود هیچ‌گاه پیش از آن فکر نمی‌کرده که نوشتن این داستان این چنین دشوار باشد.

- هر چه بیشتر گذشت، بیشتر به دشواری نوشتن این داستان پی بردم. باید خیلی مطالعه کنم. درباره آن دوران باید اطلاعات زیادی جمع کنم. باید با گونتر دمنیگ مصاحبه کنم. باید سری به مرکز اسناد ناسیونال‌سوسیالیسم در کلن بزنم.

گفته بود نمی‌داند نوشتن این داستان چقدر طول می‌کشد، اما به‌خوبی می‌داند که این آغاز یک سفر طولانی است. یاکوب نجوا کنان گفته بود: «و شاید آغاز یک سفر بی‌پایان!»

ساسان خطاب به هم‌خانه‌ای‌های خود گفت: «اگر کارش را جدی نمی‌گرفت، چنین چیزی را نمی‌گفت.» گفت که خود او نیز نمی‌داند آیا این سفر هرگز به مقصد می‌رسد یا نه؟ نمی‌داند که آیا آقای نویسنده دشواری‌های این راه سنگلاخ را تاب می‌آورد یا نه؟ اما آرزو می‌کند که شنیدن این داستان، شور نوشتن آن را همچون تبی علاج‌ناپذیر به تن او انداخته باشد. ساسان به هم‌خانه‌ای‌های خود گفت که آقای نویسنده موقع نوشتن این داستان، در یکی از آن روزهایی که بی‌خوابی به سراغش می‌آید، بی‌تردید متوجه می‌شود که این داستان از جنس داستان‌های دیگر نیست. نویسنده باید همراه با سطرسطر این داستان خشمگین شود، رنج ببرد، خشم خود را بگیرد و در آینه سرگذشت دردناک انسان، چهره خود و نسل خود را ببیند. این داستان بیش از آنکه احتیاج به راوی، نویسنده و

خواننده داشته باشد، نیاز به بازیگر دارد. ساسان نمی‌دانست که بهزاد نیز متوجه‌ی این موضوع شده است. فهمیده است که مرزی بین راوی، نویسنده، مخاطب و بازیگر در این داستان وجود ندارد. همه در هم ذوب شده‌اند.

ساسان احساس خستگی می‌کرد. یک شب طولانی را پشت سر گذاشته بود. اکنون هیجان پذیرایی از نخستین مهمان تبعید به پایان رسیده بود. از جای خود بلند شد. به طرف آشپزخانه رفت. چراغ آشپزخانه را خاموش کرد و آنگاه طبق عادت همیشگی‌اش پاورچین پاورچین راه خود را به سوی اتاق خواب ادامه داد. هانه‌لوره سر خود را به پشتی مبل چرمی قرمزرنگ تکیه داد و چشمانش را برای لحظه‌ای بست. یاکوب پرشورتر از همیشه ویولن می‌نواخت. قرار بر آن بود طنین مارش عزا خواب برخاسته از بی‌خیالی ساکنان آن خانه، خواب ساکنان خیابان محنت را برآشوبد.

حوالی ظهر بهزاد زنگ زد و از بابت پذیرایی گرم و صمیمانه شب پیش تشکر کرد. «چقدر مینا زحمت کشیده بود. حسابی مرا شرمنده کردید!» بر دیدار مجددشان اصرار ورزیده بود. ساسان هنوز خیلی چیزها را درباره دیدارهایش با گونتر دمنیگ و فیلیپ نگفته بود. درباره‌ی فرجام ماجرای عبورش از طوفان حرفی نزده بود. نگفته بود چگونه گفت‌وگو با فیلیپ توانسته نگاه و رویکردش را به زندگی تغییر دهد.

بهزاد پرسید: «کجا همدیگر را ببینیم؟» ساسان گفت که از شب گذشته غذا زیاد مانده و می‌توانند در خانه گفت‌وگوی‌شان را دنبال کنند. بهزاد اما مخالفت کرده بود. ساسان پس از چند بار اصرار عاقبت تسلیم شد و گفت: «انتخاب با توست. بگو کجا!»

بهزاد از پنجره غم‌زده اتاق خواب خود نگاهی به بیرون انداخت. آسمان نیمه ابری را دید و به ساسان پیشنهاد داد که نزدیک ایستگاه مرکزی قطار یکدیگر را ملاقات کنند. کمی در حاشیه رود راین قدم بزنند و هرگاه میل‌شان کشید، یا اگر آسمان ابری هوس باریدن کرد، به یکی از کافه‌های کنار راین پناه ببرند. ساسان گفت: «مثل همیشه مایلی اندیشه‌هایت را بدوی.» بهزاد در پاسخ گفت در روزهای تعطیل، خیابان‌های خالی، مغازه‌های بسته و خمیازه‌های ممتد دقیقه‌های کش‌دارِ ساعت مچی‌اش آزارش می‌دهند. گفت ترجیح می‌دهد، با هم کنار راین قدم بزنند و صحبت کنند. «کنار راین هیچ‌وقت هیچ‌چیز تعطیل نمی‌شود. زندگی مثل این رود همیشه جاری است.» ساسان هم پدیده دویدن اندیشه‌ها را کشف کرده و از این بابت خرسند بود.

- نمی‌دانی برای یک زندانی، به‌خصوص برای کسی که حبس انفرادی کشیده باشد، چقدر مهم است که گاهی بتواند اندیشه‌هایش را در یک فضای باز و آزاد بدود.

بهزاد شب گذشته، پس از بازگشت به خانه، مدتی بی‌حرکت روی راحتی اتاق پذیرایی نشسته و به مضمون گفت‌وگوهای آن روز خود با ساکنان خانه‌ی محنت اندیشیده بود. برای لحظه‌ای چشمان خود را بسته و بی‌اختیار به یاد تصویر تابلوی هرم جمجمه‌های پل سزان افتاده بود. او تصویر این تابلو را بارها دیده بود. تصویر این جمجمه‌های روی هم تلنبار شده نیز مثل خیلی از چیزهای دیگر که ذهن آدم را برای مدتی به خود مشغول می‌کنند و زمانی هم فراموش می‌شوند، از ذهن او پاک شده بود. دست‌کم او چنین می‌پنداشت. اما اکنون این داستان آن تصویر را از قعر صندوق‌خانه‌ی خاطرات فراموش شده بیرون کشیده و در برابر چشمان او به نمایش گذارده بود. آن شب، تصور این تصویر بار دیگر رعشه‌ای بر تنش انداخت.

در جهان پرآشوبی که می‌زیست نفرت گرده‌افشانی کرده بود. ساسان از او پرسیده بود: «تو روزنامه‌نگار هستی. ده‌ها سال است که با اخبار سروکار داری. بگو ببینم آیا اوضاع جهان همیشه این قدر بد بوده است؟ یا الان بدتر شده است؟»

- دقیقاً نمی‌دانم. همیشه جنگ و ترور این جا و آن جا روی داده است. اما حسم بهم می‌گوید که قبح و زشتی نفرت‌ورزیدن ریخته است. همین موضوع باعث وحشت بیشترم می‌شود. پیش از این‌ها جنگ در میدان جنگ بود. کسی با هواپیما به ساختمانی حمله نمی‌کرد. کمتر پیش می‌آمد که کسی در مسجد و کلیسا و کنیسه بمب منفجر کند. یا با ماشین عابران را زیر بگیرد، کمربند انتحاری ببندد و بین مردم در ایستگاه قطار و اتوبوس خود را منفجر کند.

ساسان چیزی نگفته بود. سکوت او اما مانع از آن نشده بود که این موضوع را با هم‌خانه‌ای‌های خود در میان نگذارد. از آن‌ها پرسیده بود: «آیا در آن ایامی که شما زندگی می‌کردید، مثل امروز، قبح و زشتی نفرت‌ورزیدن ریخته بود؟»

یاکوب پس از لحظه‌ای فکر پاسخ داده بود: «موضوع پرتاب سنگ به مغازه‌ها را برای نخستین بار از گوستاو شنیدیم.» هانه‌لوره ادامه داد: «خیلی خوب آن روز را به خاطر دارم. برادرش سراسیمه نزد ما آمده و خبر شکستن شیشه مغازه‌اش را به ما داده بود. وحشت کرده بود. عین یاکوب لکنت‌زبان گرفته بود. من سکوت کرده بودم. نمی‌دانستم چه باید

می‌گفتم. شاید من هم لکنت‌زبان گرفته بودم.»

یاکوب گفته بود:

- بیچاره یک خرازی کوچک داشت.

پس از لحظه‌ای سکوت ادامه داده بود:

- این موضوع به پیش از شب شیشه‌های شکسته برمی‌گردد. به پیش از آن شبی برمی‌گردد که سنگ‌های نفرت با شکستن شیشه‌ی خانه‌ها و مغازه‌ها دل بخش زیادی از شهروندان آلمان را هم شکستند.

هانه‌لوره گفته بود: «آن روز بود که برای نخستین بار به طور جدی متوجه شدیم، چه چیزی در انتظار ما یهودی‌هاست. پیش از آن، خیلی‌ها فکر می‌کردند که این یک وضعیت موقتی است و زود سپری می‌شود.» یاکوب در واکنش به سخن او گفته بود: «خیلی‌ها پس از آن هم فکر می‌کردند، که اوضاع تغییر می‌کند. چرا جای دور برویم، مگر نه آنکه اریش یک سال پس از شب شیشه‌های شکسته به دنیا آمد؟ آیا همین موضوع نشانه‌ی خوش‌خیالی خود ما نبود؟»

آنگاه روی خود را به سوی ساسان برگردانده و گفته بود زمانی که گذر جنون به کوچه و خیابان می‌رسد، شرم به پای غرور قربانی می‌شود.

- برای کسی که به شیشه‌ی خرازی گوستاو سنگ انداخته بود، قبح و زشتی نفرت‌ورزیدن ریخته بود. اما در شب شیشه‌های شکسته، نفرت همه‌جا را فرا گرفت. نفرتی که هیچ کس در کوچه و خیابان ما علتش را به درستی نمی‌دانست. هیچ‌کس نمی‌توانست باورش کند.

ساسان همان شب از یاکوب پرسیده بود: «می‌دانی مارک تواین درباره‌ی دیواری که آدم‌ها دور قبرستان‌ها می‌کشند، چه گفته است؟» بی‌آنکه منتظر پاسخ او بماند، گفته بود: «به باور او دیوار کشیدن دور قبرستان‌ها اصلاً کار عاقلانه‌ای نیست. گفته بود علت این کار را نمی‌تواند متوجه شود. چون کسانی که آن سوی دیوار هستند، حتی اگر بخواهند هم نمی‌توانند قبرستان را ترک کنند و کسانی که این سوی دیوار هستند نیز تمایلی به رفتن به آن سوی دیوار و زندگی کردن در آنجا ندارند. به همین علت پرسیده بود که چرا باید این قدر پول برای ساختن چنین دیوارهایی هزینه کرد؟»

ساسان گفته بود بی‌تردید مارک تواین تصوری از جنون دوران نازی‌ها نداشته است.

«شاید آن موقع‌ها هنوز قبح و زشتی نفرت ورزیدن نریخته بود.» خود او هفته پیش، برای دیدن سه گورستان یهودیان به شهر بورنهایم رفته بود و تخریب نوشته‌های حک شده روی سنگ قبرها و اهانت به گور یهودیان را با چشم خود دیده بود.

بهزاد پرسید:

- ساعت دو برایت مناسب است؟

نگاه ساسان بی‌اختیار از لای در نیمه باز آشپزخانه روی انبوه ظرف‌هایی متوقف ماند که مینا سرگرم شستن‌شان بود. منصفانه ندید او را با این همه کار تنها بگذارد. گفت: «اگر ایرادی نداشته باشد، ترجیح می‌دهم قرارمان را بگذاریم مثلاً برای ساعت چهار.»

- عالی است.

بهزاد بر آن بود تماس تلفنی‌شان را قطع کند، که ساسان با یک پرسش او را غافل‌گیر کرد. پرسید: «حقیقت دارد که شنیدن این داستان باعث بدخوابی تو شده است؟» بهزاد انتظار آن را نداشت که مینا ماجرای گفت‌وگوی آن شب‌شان را به ساسان بگوید.

مینا شب گذشته، پس از فاش کردن راز خانه‌ی محنت عذاب وجدان گرفته بود. از پیامدهای آن واهمه داشت. پس از رفتن بهزاد، دلش می‌خواست زودتر به اتاق خواب برود و درباره پیامدهای احتمالی عهدشکنی‌اش بیاندیشد. حال آنکه ساسان از او انتظار داشت، لحظه‌ای کنار او بماند و درباره‌ی گفت‌وگوهای آن شب با او صحبت کند. مینا نمی‌دانست چه باید بکند. آیا باید ماجرای فاش کردن راز خانه‌ی محنت را به او می‌گفت؟ آیا باید او را برای روبه‌رو شدن با پیامدهای احتمالی آن موضوع آماده می‌کرد؟ آیا از این بابت که به توصیه روز نخستش پایبند نمانده بود، باید از خود انتقاد می‌کرد و از عمل ناسنجیده‌اش پوزش می‌خواست؟

مینا صبح پس از بیدار شدن خود را با شستن ظرف‌ها مشغول کرده بود. شنیدن صدای زنگ تلفن بر نگرانی‌های او افزود. آرزو کرد فرناز باشد. اما بهزاد بود. علت تماس تلفنی بهزاد را نمی‌دانست و همین موضوع او را بیشتر نگران کرده بود. حس می‌کرد ضربان قلبش شتاب گرفته است. گوش تیز کرد. از آن واهمه داشت که فاش شدن راز خانه‌ی محنت باعث آن شده باشد که آقای نویسنده پیش از آنکه نوشتن داستان را شروع کند، بهانه‌ای بیاورد و پا پس بکشد. اگر چنین اتفاقی می‌افتاد، او خود را مقصر می‌دانست.

بهزاد خبر نداشت که مینا شب گذشته هیچ چیز درباره مضمون گفت‌وگوهایشان به

ساسان نگفته است. نمی‌دانست که ساسان این موضوع را از هانه‌لوره شنیده است. دست‌پاچه شده بود: «آره. گاهی فکر کردن درباره‌ی این داستان، در این چند روز باعث بی‌خوابی‌ام شده است.»

درنگی کرد و در ادامه گفت که این داستان همه جا حضور دارد. او را رها نمی‌کند. هم همراه لحظات پریشان‌خوابی او شده و هم در کمین لحظات فراغت او نشسته است. ساسان لبخندی زد و گفت: «راستش انتظار دیگری هم نداشتم. از اینکه می‌بینم نوشتن این داستان تبدیل به دغدغه‌ی شبانه‌روزی‌ات شده، حتی می‌توانم بگویم خوشحالم.» این موضوع را بی‌آنکه نامی از هانه‌لوره ببرد، به نقل از او گفته بود. بهزاد نتوانسته بود رابطه بین خوشحالی ساسان و پریشان‌خوابی خودش را متوجه شود.

- پریشان‌خوابی من که نباید باعث خوشحالی کسی بشود.

از پشت تلفن صدای خنده ساسان را شنید. مینا از خود پرسید که ساسان چگونه از موضوع پریشان‌خوابی بهزاد مطلع شده است. برای لحظه‌ای از شستن ظرف‌ها دست کشید. لیوان چای که در اثر غفلتش سرد شده بود، را برداشت و به اتاق پذیرایی آمد و کنار ساسان نشست. این طور بهتر می‌توانست گفت‌وگوی آن دو را دنبال کند. ساسان خطاب به بهزاد گفت:

- دیدار اول‌مان را حتماً به یاد داری.

مکثی کرد و در ادامه گفت:

- آن روز بهت گفته بودم که دلم می‌خواهد این داستان را مثل یک روزنامه‌نگار بنویسی.

- خوب یادم است.

- اگر می‌توانستی این داستان را مثل یک روزنامه‌نگار بنویسی، شاید هیچ‌وقت دچار پریشان‌خوابی نمی‌شدی.

- باور کن برنامه خودم هم همین بود. فکر می‌کردم می‌توانم مثل یک رپرتاژ بلند این داستان را بنویسم. اما، هر چه بیشتر گذشت و هر چه بیشتر درباره‌اش فکر کردم، هر چه بیشتر با تو صحبت کردم، هر چه بیشتر درباره‌ی آن خواندم، متوجه شدم که این داستان را نمی‌شود سرد و خالی از احساس نوشت. این داستان درباره زندگی آدم‌های مشخص است. داستانی است درباره‌ی تو و مینا، درباره‌ی هانه‌لوره و یاکوب. این داستان شرح زندگی

چند عدد نیست که هر روز پشت میز کارم درباره‌شان می‌نویسم. عددهایی که پس از انفجار بمبی در این یا آن گوشه از این جهان فلاکت‌زده کشته می‌شوند یا مثلاً در اثر یک طوفان مهلک یا یک سیل ویرانگر جان‌شان را از دست می‌دهند. این داستان شماهاست.

مینا لبخندی زد که پیامش از نگاه هانه‌لوره به دور نماند. لیوان چای خود را برداشت و به آشپزخانه رفت. نگرانی شبانه‌اش بی‌اساس بود. در حین رفتن به سوی آشپزخانه شنید که ساسان به بهزاد می‌گوید:

- قصدم اصلاً انتقاد از تو نبود. راستش را بخواهی من حتی همان روز اول هم مطمئن بودم که این داستان را نمی‌شود مثل یک روزنامه‌نگار نوشت. اما مایل بودم خودت به این نتیجه برسی. حالا متوجه می‌شوی که چرا من هم نتوانستم این داستان را بنویسم. نوشتن این داستان کار یک مورخ یا یک روزنامه‌نگار نیست. به یک روح شوریده نیاز دارد!

«می‌دانستی چه کسی شد باعث شد دستگیر بشوم؟» ساسان این را پرسید و نگاه خود را به عبور یک کشتی باری در میانه‌ی رود راین داد. کشتی ذغال‌سنگ می‌برد و از دور همچون کوه سیاه متحرکی به نظر می‌آمد. بهزاد نیز بی‌اختیار به همان نقطه نگاه کرد. ابری خاکستری بر چهره‌ی آسمان نقابی از غم کشیده بود. لحظه‌ای بین‌شان سکوت حاکم شد. بهزاد انتظار شنیدن چنین پرسشی را نداشت. گرچه بی‌صبرانه منتظر روایت حکایت زندان و علت دستگیری او بود، اما در این مدت هرگز تلاش نکرده بود، با طرح پرسش‌های خود واگویی چیزی را به ساسان تحمیل کند. در آن روزها توصیه راینر را نادیده گرفته بود. او نه به مانند یک روزنامه‌نگار که چون یک دوست پای صحبت ساسان نشسته بود. بر آن نبود او را در مصاحبه‌ای چالش‌برانگیز به گفتن ناگفته‌هایش وادار کند.

به یاد سال‌ها پیش افتاد. برای تهیه گزارش به سوریه سفر کرده بود. در بیمارستانی در حلب زخم‌هایی را بر پیکر زنان و کودکانی دیده بود، که مدت‌ها نتوانسته بود از ذهن خود پاک کند. آن شب تا سحر در اتاق خودش در هتل گریسته بود. بوی خون و باروت سایه به سایه همراه او آمده بودند. گرچه احساساتش بارها جریحه‌دار شده بود، اما عمق جراحت روح انسان‌ها را به‌درستی نمی‌شناخت. ساسان یک بار به او گفته بود: «دیدن زخم‌های روح شهامت می‌خواهد. بیش از شهامت دیدن زخمی که بر جسم و پیکر کسی نشسته باشد. زخم‌های روح اگر سر باز کنند، اگر شروع به خون‌ریزی کنند، ظرف آرامش ترک برمی‌دارد. خواب آسوده بدل به آرزو می‌شود.» گفته بود خون‌ریزی روح را نمی‌شود به سادگی دید. باید صدای شُرشُر ریزش خون را از فحوای کلام یک نفر شنید و زخم‌های عمیق روح را در عمق چشمانش دید.

بهزاد در آن لحظه یک روزنامه‌نگار نبود. باید همچون یک نویسنده به انتظار آن

لحظه‌ای می‌نشست که ساسان بری از هرگونه فشار، داوطلبانه لب به سخن می‌گشود و از آن ایامی می‌گفت که حکایتش همچنان باعث آزارش می‌شد. اکنون آن اسب سرکش عاقبت آرام و قرار گرفته و اجازه داده بود، کسی روح زخم‌خورده‌اش را لمس کند. بهزاد با لحنی توام با هیجان گفت:

- نه! نمی‌دانم. چه کسی تو را لو داده بود؟

ساسان سر خود را به حالت تاسف تکان داد.

- یکی از دانشجویان خودم بود.

نفس‌اش را با صدایی بلند بیرون داد و پس از مکث کوتاهی گفت:

- از همان شبی که ماموران سپاه به خانه‌مان ریخته و مرا با خود برده بودند تا روز آزادی‌ام نمی‌دانستم چه کسی باعث دستگیری‌ام شده است. من که فعالیت سیاسی نداشتم که لو رفته باشم. قطعاً همه چیز مربوط به کلاس‌های دانشگاه بوده است. دانشجویان زیادی در کلاس‌هایم حضور داشتند. پیش‌تر گفته بودم که این دانشجویان گاهی پرسش‌های عجیب و غریبی مطرح می‌کردند. پرسش‌هایی که چندان ربطی هم به موضوع درس‌هایم نداشتند. در همان روزهای نخستی که به زندان افتاده بودم، چهره تک تک این دانشجویان را در ذهنم مرور می‌کردم و از خودم می‌پرسیدم که کار کدام یکی از این‌ها می‌توانسته باشد؟ خُب خیلی از پاسخ‌هایی که من به این پرسش‌ها می‌دادم، پاسخ‌های نبود که باب میل انجمن اسلامی دانشگاه باشد. به‌رغم آن هیچ‌وقت سعی نکردم پرسشی را بی پاسخ بگذارم. حتی اگر پاسخ چیزی را نمی‌دانستم، دست‌کم همان را به شاگردانم می‌گفتم. اما یکی از دانشجویان مرتب به مسئولان دانشگاه و انجمن اسلامی گزارش می‌داده و خبرچینی می‌کرده است. بعدها متوجه شدم که فرد خبرچین اتفاقاً هیچ‌کدام از کسانی که حدس می‌زدم، نبوده است. کس دیگری بود. کسی که اصلاً فکرش را هم نمی‌کردم.

بهزاد نتوانست کنجکاوی خود را پنهان کند.

- چطور توانستی متوجه این موضوع بشوی؟

- باورت می‌شود؟ اصلاً باور کردنی نیست. آقای خبرچین یک روز با پای خودش به خانه‌ی ما آمد.

- به خانه‌ی شما؟

- آره. البته موقعی که آمد دیگر دانشجو نبود. در خلال سال‌هایی که زندان بودم، درسش را تمام کرده بود. دو سه ماهی از آزادی‌ام می‌گذشت. هنوز تصمیم جدی برای آمدن به آلمان نگرفته بودیم که سروکله‌اش در خانه‌مان پیدا شد.

ساسان نفسی را که در سینه حبس کرده بود، بیرون داد. سیگاری روشن کرد، پک عمیقی زد و همان‌طور که به دود سیگار زل زده بود، گفت: «آمده بود در خانه و زنگ زده بود. آن روز را هیچ‌وقت نمی‌توانم فراموش کنم.» پیش از ظهر بود.

- آن روز از همان اول صبح، حس عجیبی داشتم. از آن روزهایی بود که آدم غم‌باد می‌گیرد. پس از آزاد شدن از زندان، مدتی تلاش کرده بودم که کار جدیدی پیدا کنم. همان صبح با صدای تلفن از خواب بیدار شده بودم. یکی از دوستان قدیمی‌ام بود. روی دوستی‌اش خیلی حساب باز کرده بودم. بهم گفت که موفق نشده برایم کاری بکند و پوزش خواسته بود.

پس از مکث کوتاهی، لبخند تلخی زد و در ادامه گفت:

- آن روزها خیلی چیزها برایم بی‌ارزش شده بودند. بهش گفتم ناراحت نباشد. حتماً عاقبت کار مناسبی پیدا می‌کنم. گرچه خودم هیچ امیدی نداشتم. چه کسی حاضر است به یک استاد اخراجی کار بدهد؟

پک عمیق دیگری به سیگارش زد. صدایش به لرزه افتاده بود. پنداری چیزی در خفا روحش را می‌آزرد.

- آن روز حالم خیلی گرفته شده بود. احساس می‌کردم زمین و زمان دست‌به‌یکی کرده‌اند تا آزارم بدهند. در تختم وول می‌خوردم که صدای زنگ در آمد. مینا پرسیده بود کیست و با چه کسی کار دارد؟ او هم در پاسخ گفته بود که یکی از دانشجویان سابق من بوده است. پیش از آنکه مینا در را باز کند، خودم از پنجره‌ی اتاق خواب که مشرف به خیابان بود، نگاهی به پایین انداختم. پرسیدم شما؟ از شنیدن صدای من غافل‌گیر شد. سرش را بلند کرد، لبخندی مصنوعی زد، سلام کرد و نامش را گفت.

گارسون دو فنجان قهوه و دو لیوان آب روی میز گذاشت و روی زیرلیوانی مقوایی عددی نوشت و چند خط کوتاه کشید. ساسان گفت: «این خطها را که می‌بینم، بی‌اختیار به یاد چوب‌خطهای زندان می‌افتم.»

بهزاد به زیرلیوانی مقوایی و خطهایی که گارسون روی آن‌ها زده بود، نگاهی انداخت

و با تاثری در کلام گفت: «چه تشابه عجیب و دردناکی! اینجا برای شادنوشی چوب‌خط می‌زنند و آنجا برای سپری شدن یک روز دیگر از حبس. و شاید برای ثبت یک روز بیشتر در تقویم زندگی و زنده ماندن!» ساسان سر خود را به نشانه تایید تکان داد.

- چنین فردی را اصلاً به خاطر نمی‌آوردم، نه چهره‌اش را و نه نامش را. خُب چاره دیگری نداشتیم و باید در را باز می‌کردیم. پله‌ها را خیلی سریع بالا آمده بود. مثل کسی که عجله داشته باشد. آن قدر سریع پله‌ها را بالا آمده بود که وقتی به در آپارتمان‌مان رسید، به‌شدت نفس‌نفس می‌زد. خودش را مجدداً معرفی کرد و گفت که دانشجوی کدام کلاس و کدام‌ترم بوده است. با نشانه‌هایی که داد، عاقبت موفق شدم او را بشناسم. پرسیدم که با من چه کار دارد؟

ساسان آنگاه لبخند تلخی زد، سر خود را به نشانه‌ی تاسف به چپ و راست جنباند و گفت: «به جای آنکه پرسشم را پاسخ بدهد، یک‌دفعه زد زیر گریه. نیاز به توضیح بیشتری وجود نداشت. آن گریه همه چیز را می‌گفت. برای یک لحظه نمی‌دانستم چه باید بگویم و چه واکنشی از خود باید نشان بدهم. گیج‌ومنگ به او زل زده بودم. از خودم پرسیده بودم آیا این حرامزاده خجالت نمی‌کشد که با پای خودش به در خانه‌ی ما آمده است؟ تحمل صدای گریه‌اش را نداشتم. در زندان گریه و زاری خیلی‌ها را دیده بودم. جنس گریه‌هایشان با هم فرق می‌کرد. گریه‌های آن‌ها از درد بود، گریه‌ی او از حس پشیمانی، از حس تلخ ندامت. پرسیدم آمده‌ای خانه‌ی ما که مثلاً چه بشود؟ گفت می‌خواهم همه‌ی ماجرا را برای‌تان توضیح بدهم. خواهش کرد اجازه بدهم حرف بزند. گفت فقط ده دقیقه! خواهش می‌کنم.»

ساسان گفت دیدن و گفت‌وگو با این جوان در دلش آشوبی به پا کرده بود. «گفتم، کوتاه و مختصر بگو و برو!» گفت آن جوان آمده بود بگوید که از کاری که کرده سخت پشیمان است. گفته بود در همه‌ی آن سال‌ها خواب و آرامش خود را از دست داده است.

- فقط علیه من خبرچینی نکرده بود. بهم گفت که باعث دستگیری دو استاد و چند دانشجوی دیگر هم شده است. بی‌نوا گمان می‌کرد که به وظایف انقلابیش عمل می‌کند. گفت کور بوده و نتوانسته خیلی چیزها را ببیند!

- چه داستان تکان‌دهنده‌ای!

ساسان در حالیکه دود سیگار را بیرون می‌داد، گفت:

-باور کن به هر کسی می‌توانستم شک کنم، به غیر از آن دانشجوی ساکت و خجالتی. جوان متین و آرامی به نظر می‌رسید. سیه چرده با موهای سیاه پرکلاغی. اما روزی که برای دیدنم به خانه‌مان آمده بود، به نظرم رسید سال‌ها پیر شده است. به همین علت هم نتوانسته بودم او را بشناسم. یک عینک سیاه و بزرگ با شیشه‌های تیره زده بود. تقریباً مثل همان عینک‌هایی که نابینایان می‌زنند. شاید می‌خواست مانع از آن بشود که کسی زخم‌های روحش را ببیند. معلوم بود بد جوری عذاب وجدان گرفته است. کافی بود برای یک لحظه مستقیم در چشمانش نگاه کنم، تا مجدداً اشکش سرازیر بشود.

بار دیگر برای لحظه‌ای سکوت بین‌شان حاکم شد. قدرت گرمای بخاری کافه کمتر از آن سرمایی بود که سنگینی خود را روی شانه‌های بادی ملایم انداخته بود. سردشان شده بود. به‌رغم آن عطش روایت کردن و شنیدن این داستان در آن لحظه بر همه چیز سایه افکنده بود. بهزاد با دستپاچگی پرسشی را مطرح کرد که علتش را خودش هم متوجه نشد.

- می‌توانم اسم آن دانشجو را بدانم؟

ساسان با لحنی خشک پاسخ داد: «نه! دانستن اسم آن دانشجو چه کمکی می‌کند؟ آن بیچاره پشیمان شده بود. چشمانش را یک روز باز کرده و چیزهایی را دیده بود که پیش از آن یا نتوانسته یا نخواسته بود ببیند. آن موقع بود که متوجه شده بود، نابینایی‌اش چقدر برای دیگران و چقدر حتی برای خودش گران تمام شده است. آمده بود از من طلب بخشش کند. تمنا کرده بود که او را ببخشم! بهم گفت خواهش می‌کنم استاد، مرا ببخشید!»

- توانستی او را ببخشی؟

- نه!

سیگارش را خاموش کرد. بهزاد آثار خشم را در رفتارش دید. او هرگز سیگارش را این چنین با خشونت خاموش نمی‌کرد. ردپای آن تاثر و آن خشم در لابه‌لای واژه‌هایش دیده می‌شد. گفت: «چطوری می‌توانستم او را ببخشم. بخشش یک دروغ بیش نیست. لازم نکرده کسی بپرسد که آیا بخشیدن بهتر است یا انتقام گرفتن؟ این را خودم هم خیلی خوب می‌دانم. اما چه کسی گفته است فقط باید بین این دو انتخاب کرد؟ بخشش هیچ‌وقت نمی‌تواند عقربه‌های زمان را به عقب بازگرداند. ممکن است از خشم آدم کم کند،

ولی درمان هیچ زخمی نیست. بهش گفتم که او با این کار خودش سه سال و نیم از زندگی من را به آتش کشیده است، بدل به خاکستر کرده است. بهترین سال‌های زندگی چند استاد و دانشجوی دیگر را هم از آن‌ها گرفته است، بی‌آنکه چیزی نصیب خودش شده باشد.»

بهزاد نمی‌دانست لرزی که به جانش افتاده ناشی از شنیدن آن داستان است یا برخاسته از سوز سرما. کم پیش می‌آمد که در ماه‌های سرد سال بیرون کافه‌ای بنشیند. اما سیگاری بودن ساسان باعث شده بود، به تمایل او برای نشستن در فضای آزاد بیرون کافه تن بدهد. شنیدن داستان ساسان تنها چیزی بود که در آن لحظه برای او اهمیت داشت. پیکر خود را روی صندلی جمع کرد و پایین پالتویش را روی پاهای خود انداخت. در انتظار شنیدن مابقی ماجرا به ساسان نگاه کرد.

ـ چیزهایی البته نصیبش شده بود. مثل سرخوردگی، یاس و افسوسی جان‌کاه. پرسید حالا که نمی‌توانم او را ببخشم، آیا از او متنفرم؟ اگر به او می‌گفتم که از او متنفرم، شاید کمی راحت می‌شد. آن تنفر را هزینه‌ی اقدام خودش تلقی می‌کرد.

بهزاد سکوت کرده بود. چه می‌توانست بگوید؟ خیلی دلش می‌خواست از سخنان ساسان یادداشت بردارد. حتی تلفن همراه خود را در بیاورد و سخنان او را ضبط کند. اما لحظه برای چنین کارهایی اصلاً مناسب نبود. سعی داشت همه چیز را به خاطر بسپارد. منتظر ماند ساسان بقیه ماجرا را تعریف کند.

ـ گفتم نه او را می‌بخشم و نه از او متنفرم. گفتم که تنفر نه تنها کمکی به من نمی‌کند، بلکه باری را هم از روی دوش او برنمی‌دارد. فقط مشکل را بزرگ‌تر می‌کند. پرسیدم درباره‌ی ماجرای کتاب‌سوزان آلمان چیزی شنیده است؟ پاسخش مثبت بود. جالب اینجاست که گفت سر کلاس خود من از ماجرای کتاب‌سوزان آلمان مطلع شده است. بعد از او پرسیدم که آیا می‌داند چه کسانی کتاب‌سوزان روز ۱۰ مه سال ۱۹۳۳ را به راه انداخته بودند؟ پاسخ این پرسش را نمی‌دانست. با تکان سرش به من فهماند که فراموش کرده است. گفتم دانشجویان عضو انجمن دانشجویی نازی‌ها دست به چنین کاری زده بودند. پس از آن پرسیدم آیا می‌داند که بخش زیادی از اعضای همان انجمن پیش از آنکه شیفته‌ی اندیشه‌های فاشیستی بشوند، عضو انجمن دانشجویان دموکرات جمهوری وایمار بوده‌اند؟ یعنی دقیقاً همان کسانی که چند سال پیش از آن، از آزادی بیان و از آزادی

اندیشه دفاع می‌کردند؟

هیجان بازگویی این ماجرا باعث شده بود دهان ساسان کف کند. با دستش کناره‌ی لبانش را پاک کرد.

– به او گفتم، پسرم، بین آزاداندیشی و فاشیسم دیوار بلندی نکشیده‌اند. یک ذره جنون، یک ذره حسابگری، یک ذره نابینایی، یک ذره شور و هیجان، یک ذره عقده‌ی خود کم‌بینی، یک ذره حس تحقیر، یک ذره غرور کاذب برای عبور از آزادی‌خواهی به تفکر و گرایش فاشیستی کافی است. کافی است که آدم بر سر یک دو راهی، راه غلط را انتخاب کند. به او درباره‌ی پیام داهیانه هانا آرنت گفتم. پیامی که خیلی‌ها متاسفانه قادر به فهمش نیستند. گفتم اگر هیولاها هیولا زاده می‌شدند، مشکل بشر با خودش خیلی کمتر بود. می‌توانست هیولاها را بشناسد و به دست‌وپای‌شان زنجیر بزند. از او خواستم با هیولای خفته در وجودش مبارزه کند و دیگر هرگز تسلیم آن نشود.

– واکنشش چه بود؟

– سکوت کرده بود. در خودش فرو رفته بود. شاید حرفی برای گفتن پیدا نمی‌کرد. مینا برای ما چای آورده بود. دست به چای نزده بود. با دستمالی قطره‌های اشکی که هر از گاهی روی گونه‌هایش سرازیر می‌شد، را پاک می‌کرد. پشیمانی و ندامت را می‌شد در تک تک سلول‌های روح و جانش دید. در آن عرق سردی دید که روی پیشانی‌اش نشسته بود.

ساسان آنگاه چهره‌ی خود را به سوی بهزاد برگرداند و گفت:

– می‌دانی آخرین حرفی که پیش از خداحافظی به او زدم چه بود؟

بهزاد از کجا می‌توانست پاسخ این پرسش را بداند؟ او در آن چند روز، در جریان گفت‌وگوهایشان به طرح چنین پرسش‌هایی از سوی ساسان عادت کرده بود. ساسان ادامه داد:

– گفتم هر کس باید آمادگی آن را داشته باشد هزینه‌ی تصمیم‌های خودش را بپردازد. گفتم، پسرم، سال‌های زندان من و سال‌های زندان آن استادان و دانشجویان هزینه‌ی تصمیم تو بوده است. هزینه‌ای که هیچ‌وقت قادر به پرداختش نخواهی بود. هیچ‌وقت نمی‌توانی این سال‌ها را به من و به آن‌ها برگردانی. باید این هزینه هنگفت را بپذیری و با آن زندگی کنی. اما پذیرش شجاعانه این هزینه شاید بتواند مانع از آن بشود که یک روز

بیدار بشوی، نگاهی به خودت در آینه بیاندازی و ببینی که بدل به یک هیولا شده‌ای. بهزاد منقلب شده بود.

- موقع وداع، در کنار در ورودی بغلش کردم. سرش را مثل یک کودک روی شانه‌ام گذاشته بود و زار زار گریه می‌کرد.

ردپای اندوهی قدیمی در لحن ساسان مشهود بود. بهزاد پرسید:

- مینا کجا بود؟ آیا او هم متوجه گریه‌ی این دانشجو شده بود؟

گارسون فنجان‌های قهوه را برداشت و پرسید که آیا چیز دیگری می‌نوشند. ساسان دو لیوان شراب داغ سفارش داد و گفت این بار او مایل است میز را حساب کند. بهزاد سر خود را به نشانه‌ی موافقت تکان داد. ساسان منتظر ماند تا گارسون برود.

- مینا موقع خداحافظی، همین که صدای ما را شنید به اتاق پذیرایی آمد. از دیدن گریه‌ی کودکانه‌ی آن جوان غافلگیر شده بود. همان‌طور که من این جوان را در آغوش گرفته بودم، سرم را بلند کردم و نگاهم به چهره‌ی مینا افتاد. او بدون آنکه موضوع را بداند، از دیدن گریه‌ی آن جوان متاثر شده و خودش به گریه افتاده بود. دیدن چشمان خیس مینا باعث شد چند قطره اشک در چشمان خود من هم حلقه بزند. پس از رفتن آن دانشجو، از من درباره علت گریه‌ی آن جوان پرسید.

ساسان سیگار دیگری آتش زد و نفسی را که در سینه حبس کرده بود، همراه با دود سیگار بیرون داد.

- من آن روز به مینا دروغ گفتم. گفتم که یکی از همکلاسی‌هایش را اعدام کرده‌اند. یکی از نزدیک‌ترین دوستانش را.

- چه دلیلی داشت دروغ بگویی؟

- خودم هم درست نمی‌دانم. بی اختیار دروغ گفته بودم. نمی‌دانم. شاید وحشت داشتم. وحشت از اینکه مینا مرا بد بفهمد. رفتارم را با آن جوان خشن ارزیابی کند. شاید نمی‌خواستم فکر کند که ایام زندان باعث کدر شدن روح من شده است. از من فردی بی‌احساس و تلخ ساخته است. ما آن روز هر سه همزمان با هم گریه کرده بودیم. بی آنکه علت گریه کردن‌مان یکی باشد. عذاب وجدان باعث گریه آن جوان شده بود. مینا از روی همدردی گریه می‌کرد و من از مشاهده‌ی انسانیت در وجود مینا گریه‌ام گرفته بود. نمی‌دانم، شاید هم برای خودم گریه می‌کردم. برای آن سال‌هایی از زندگیم که بدون هیچ

دلیلی دود شده بود.

ساسان سیگارش را خاموش کرد.

ـ بعدها خیلی درباره این موضوع فکر کردم. درباره‌ی روح درهم‌شکسته‌ی آن جوان. چشمان گریانش هرگز از ذهنم پاک نشد.

ساسان آه بلند دیگری کشید و در ادامه گفت: «به آرامی او را از خودم جدا کردم. سرش را از روی شانه‌ی من برداشت. در خانه را باز کرد. من و مینا همانجا خشک‌مان زده بود. پیش از آنکه در پشت سرش بسته بشود، روی خودش را به طرف من برگرداند و با چشمان گریانش لحظه‌ای به من نگاه کرد. شاید قطره‌های اشک را در چشمانم دیده بود. شاید هق هق گریه‌ی مینا را شنیده بود. همچنان اشک می‌ریخت. در چشمان گریانش ردپای یک تمنا، ردپای یک خواهش بزرگ را دیدم. خیلی دلش می‌خواست از زبان من بشنود که او را می‌بخشم. دلش می‌خواست که به او بگویم برو پسرم، من کینه‌ای از تو در دل ندارم. برو و مراقب خودت باش. ولی من هیچ کدام از این‌ها را نتوانسته بودم بگویم. سکوت کرده بودم. با نگاهم بدرقه‌اش کردم تا عاقبت رفت. موقع پایین رفتن از پله‌ها پاهایش را روی زمین می‌کشید. صدای پاهایش خیلی از شب‌ها در گوشم می‌پیچد. پس از آن روز، او را هرگز ندیدم. اما تصویر آن روز، با آن چشمان گریانش، با آن تمنای جان‌کاهش، هیچ‌وقت از برابر چشمانم محو نشد.»

بهزاد منقلب شده بود. خود را سرگردان در آن تصویری می‌دید که ساسان در برابر او به نمایش گذارده بود. متوجه قطره اشکی شد که در چشمان ساسان حلقه زده بود. ساسان گفت: «پس از آنکه آن جوان رفت، مینا را تنگ در آغوش گرفتم. مینا همچنان گریه می‌کرد. در همان لحظه بود که به او دروغ گفتم. شاید در آن لحظه نمی‌توانستم واکنش‌اش را پیش‌بینی کنم. آیا از کسی که بخشی از سعادت خودش و همسرش را برای همیشه لگدمال کرده، متنفر می‌شد؟ مثلاً آیا پنجره‌ی اتاق خواب را باز می‌کرد و با صدای بلند به آن دانشجو دشنام می‌داد؟ لعن و نفرین‌اش می‌کرد؟ یا اینکه برای او دل می‌سوزاند؟ اگر می‌توانست حالت روحی آن جوان درهم‌شکسته را متوجه بشود، اگر نوعی حس هم‌دردی به او دست می‌داد، آیا مرا به علت برخورد سرد و بری از احساسم سرزنش می‌کرد؟»

ـ آیا بعدها واقعیت را به مینا گفتی؟

ـ نه! دلیلی وجود نداشت. خاطره آن جوان از ذهن مینا خیلی زود پاک شد. او برای

مینا غریبه‌ای بود رنجدیده، مثل خیلی‌های دیگر. لحظه‌ای آمده و پس از آن رفته بود. اما این خاطره از ذهن من هرگز پاک نشد. پس از آن بارها از خود پرسیده بودم که آیا رفتارم با این جوان درست بوده است؟ آیا باید او را می‌بخشیدم؟ خُب گفتن یکی دو کلمه‌ی زیبا که هزینه زیادی نداشت. اما آن روزها، حتی در ماه‌های اولی که به آلمان آمدیم، پاسخی برای این پرسش پیدا نکرده بودم. باید برای پیدا کردن پاسخ این پرسش دنبال اریش می‌گشتم. دلم می‌خواست پاسخ این پرسش را از زبان او بشنوم. می‌خواستم بدانم که آیا او توانسته کسانی را ببخشد که زمانی والدینش را در کوره‌های آدم‌سوزی کشته بودند؟

ساسان پول میز را حساب کرد. بهزاد نیز برای آنکه موجب رنجش دوست خود نشود، درباره‌ی پرداخت پول اصراری نکرده بود. ساسان نگاهی سطحی به صورت‌حساب انداخت، سخاوتمندانه انعام داد و مابقی پول را در کیف خود گذاشت. در همین حین، نگاهش مجدداً به تکه کاغذی افتاد که شماره تلفن‌های بهزاد و فیلیپ را روی آن نوشته بود. خطاب به بهزاد گفت:

– بیا دوست من کمی قدم بزنیم. باید درباره‌ی گفت‌وگوهایم با فیلیپ خیلی چیزها را به تو بگویم.

آن کشتی که ذغال‌سنگ می‌برد، با بار سیاهش در تاریکی غروب ناپدید شده بود.

«موضوعی را که آن دانشجو نمی‌دانست این بود که بین عشق به میهن و درغلتیدن به تبه‌کاری دیوار خیلی بلندی وجود ندارد. گاهی حتی یک پرش کوتاه برای جهیدن از فراز این دیوار کافی است. کافی است که غرورِ جمعی باعث نابینایی آدم بشود.» ساسان این را گفت و دستش را با مهر روی شانه بهزاد نهاد. لحظه‌ای سکوت کرد و آنگاه گفت: «اتفاقاً باید دیوار را بین عشق و نفرت کشید. باید همیشه مراقب بود که آن غرور جمعی در سایه‌ی آلزایمر اجتماعی آدم را از گلزار عشق به بیابان نفرت پرتاب نکند.»

در حاشیه‌ی راین قدم می‌زدند. بهزاد لبانش را بر هم فشرد و در حین بالا کشیدن یقه پالتوی خود گفت:

- آلزایمر اجتماعی را تا به حال نشنیده بودم. جالب است.

- متاسفانه انسان‌ها گاهی فراموش می‌کنند که موجوداتی هستند ذاتاً فراموشکار.

گفت فراموشی هم مرهم زخم‌های کهنه است و هم بستر مناسبی برای تکرار خطاها.

بهزاد سرش را به نشانه‌ی تایید تکان داد.

- درباره‌ی فراموشی خیلی فکر کرده‌ام. حتی این روزها بدل به دغدغه‌ی ذهنی‌ام شده است. اما مطمئن نیستم که سود فراموشی بیشتر است یا زیانش؟

لحظه‌ای مکث کرد و سپس در ادامه گفت: «اگر آدم نتواند خیلی چیزها را فراموش کند، زندگی دشوار می‌شود و چون خیلی چیزها را فراموش می‌کند، زندگی دشوار می‌شود.» سخنی که باعث خنده ساسان شد. ساسان طبق عادت با انگشتش عینکش را روی بینی به سمت بالا سراند و گفت:

- فراموشی فردی اما با فراموشی جمعی خیلی فرق می‌کند. می‌پرسم چگونه ممکن است که مغز یک جامعه دچار زوال بشود؟ این همه سند و مدرک وجود دارد. این همه

پژوهشگر سرگرم نوشتن تاریخ هستند. چطور ممکن است یک جامعه حافظه‌اش را کاملاً از دست بدهد؟ گیج‌ومنگ، پس از یک بیهوشی طولانی، چشمانش را باز کند و به ناگهان خودش را در قاب فصل جدیدی از تاریخ ببیند و از خودش بپرسد که کیست و اینجا چه می‌کند؟

بهزاد سکوت کرده بود. ساسان در ادامه گفت: «آلزایمر اجتماعی نوعی بیماری نیست. خوب که نگاه کنیم متوجه می‌شویم که این فراموشی ناشی از یک تصمیم است.» برای لحظه‌ای ایستاد و مستقیماً به چشمان بهزاد نگاه کرد.

ـ به باور من غرور جمعی اغلب از دل یک تحقیر تاریخی زاده می‌شود.

سخنی که تایید بهزاد را در پی داشت. جایی خوانده بود که تحقیر برخاسته از شکست آلمان در جنگ جهانی اول زمینه را برای پروار شدن غرور در سال‌های دهه سی آن کشور مهیا کرده بود. ساسان سیگاری آتش زد و در حین بیرون دادن دود آن گفت: «آدم‌ها گاهی بی‌آنکه بخواهند چیزهایی را فراموش می‌کنند. اما گاهی تصمیم می‌گیرند چیزهایی را فراموش کنند. دلیل آن را از من نپرس. شاید به فرمان غرورشان یا شاید برای فرار از رنج‌های روحی‌شان است که تصمیم به فراموشی می‌گیرند.»

غم بار دیگر به سراغ ساسان آمد. غمی که آشکارا در کلامش چنگ انداخت. به نشانه‌ی تاسف سر خود را تکان داد و گفت: «خیلی دلم می‌خواست چهره‌ی آن روز آن دانشجوی خبرچین را فراموش می‌کردم. اما هرگز نتوانستم. چه جوری می‌توانستم آن نگاه التماس‌آمیز را فراموش کنم؟ با پای خودش آمده بود در خانه‌ی ما که طلب بخشش بکند. خُب چنین کاری شجاعت می‌خواهد. ولی از دست من چه ساخته بود؟ چگونه می‌توانستم از بار فشارهای روحی‌اش کم کنم؟»

ساسان لحظه‌ای کنار نرده‌های حاشیه راین ایستاد. هوا گرگ‌ومیش شده بود. سر خود را برگرداند و چهره خود را از نگاه بهزاد پنهان کرد. برای لحظه‌ای چیزی نگفت. بهزاد نیاز او را به آرامش و سکوت حس می‌کرد. متوجه شد که یادآوری خاطره آن روز باعث آزار روحی‌اش شده است. ساسان شاید با برگرداندن چهره‌اش بر آن بود تا قطره اشکی که در چشمانش حلقه زده را از نگاه او و دیگران پنهان کند؟ سیگارش را خاموش کرد. بی‌آنکه به چهره بهزاد نگاه کند، گفت:

ـ آن روز نتوانستم از رنج روحی آن جوان کم کنم. ولی با نپذیرفتن درخواستش، با

راندنش از خانه‌ام، رنج خودم را دو برابر کردم.

گفت پس از آمدن به آلمان یک راه بیشتر نداشته است. باید برای آن پرسش پاسخی می‌یافت. از خودش ده‌ها بار، بلکه صدها بار پرسیده بود که آن روز چه باید می‌کرد. او آن جوان را در آغوش گرفته بود. شانه‌ی خود را برای گریستن در اختیار او قرار داده بود. آیا بخشیدن تنها به کلام است؟ آیا اصلاً باید او را می‌بخشید؟ «این پرسش دست از سرم برنمی‌داشت. به همین دلیل دربه‌در به دنبال اریش گشته بودم. چند ماه پیش از انتقال‌شان به آشویتس، هانه‌لوره و یاکوب موفق شده بودند، او را با کمک یک خانواده آلمانی نجات بدهند. اریش شاید می‌توانست در یافتن پاسخ برای این پرسش به من کمک کند. این دست‌کم آرزوی من بود.

ساسان گفت متاسفانه اطلاعات زیادی درباره‌ی اریش به دست نیاورده است. همین‌قدر می‌داند که یکی از همکاران یاکوب، یکی از نوازندگان ارکستر بزرگ شهر کلن، اریش را به سوئیس برده و او را در زوریخ به یک خانواده یهودی تحویل داده است. پس از آن، اریش که در آن ایام کودکی بیش نبوده، با کمک همان خانواده به آمریکا مهاجرت کرده است.

هانه‌لوره یک بار به ساسان گفته بود: «روزی که کارل و همسرش آمده بودند تا اریش را ببرند، منقلب شده بودم. مثل این بود که وجودم را تکه پاره کرده باشند. از وسط جر داده باشند. از یک‌سو، هیچ مادری نمی‌تواند زجر و آزار فرزندش را ببیند و از سوی دیگر، می‌دانستم که پس از جدایی از اریش، زندگیم معنای‌اش را از دست می‌دهد.» به گوشه‌ای از اتاق پذیرایی اشاره کرده و گفته بود: «درست آنجا ایستاده بودم. با یک چشم پر از خنده و با یک چشم پر از اشک.» از ساسان پرسیده بود که آیا قادر است حس آن لحظه‌ی او را متوجه شود؟ آن حسی را که از آمیزش شادی و غم پدید می‌آید؟ حسی ناشی از در هم آمیختن یکی از بزرگ‌ترین شادی‌های زندگی با شاید سنگین‌ترین غم جهان، غم جدایی ابدی از یک عزیز؟

یاکوب به ساسان گفته بود: «کارل مرد خوبی بود. یک هنرمند شریف آلمانی که حاضر نشد روح و هنرش را به آن پست‌فطرت‌ها بفروشد.» هانه‌لوره گفته بود: «ما پس از آن روز هیچ‌گاه متوجه نشدیم که چه به سر فرزندمان آمده است و کارل و خانواده‌اش چه سرنوشتی پیدا کرده‌اند. تا اینکه، در روز نصب سنگ‌ها اریش و ماکس به کلن آمدند. نمی‌دانی چقدر از دیدن پسرم خوشحال شدم. مثل این بود که دنیا را به من داده باشند.

آن روز بود که به یاکوب گفتم به خاطر وجود انسان‌هایی مثل کارل است که زندگی ارزش زیستن پیدا می‌کند.» آن روز هانه‌لوره و یاکوب دو پیرمرد را دیده بودند. ساسان همان شب در ذهن خود چهره جوان هانه‌لوره و چهره‌ی پیر اریش را متصور شده و از خود پرسیده بود که چقدر دشوار است که زنی جوان پیرمردی را بزاید؟

ـ هیچ تلاشی کردی با اریش تماس بگیری؟

ـ آره. چند بار سعی کردم. از همه‌ی امکاناتم برای پیدا کردنش استفاده کردم. ولی نتیجه‌ی چندانی نداشت. آخرین چیزی که درباره او پیدا کردم، مربوط به چند سال پیش می‌شود. دقیق‌تر گفته باشم به سال ۲۰۱۴. اریش در آن سال یک ایمیل برای مسئولان وقت آرشیو اسناد در کلن فرستاده و از آن‌ها خواسته بود از طرف او، هنگام نصب سنگ‌ها به بازماندگان یک خانواده یهودی تسلیت بگویند. حدس می‌زنم که در همان سال یا شاید کمی بعد از آن فوت کرده باشد. البته هرگز نتوانستم درباره حدس خودم چیزی به هانه‌لوره و یاکوب بگویم. گفتن چنین چیزی خیلی شهامت می‌خواهد.

مدتی را بدون ردوبدل کردن کلامی کنار هم به قدم زدن ادامه دادند. به نزدیکی ایستگاه قطار که رسیدند، بهزاد به ساسان گفت: «هوا سرد شده است. موافق باشی می‌توانیم در ایستگاه جایی بنشینیم و تو مابقی ماجرا را تعریف کنی.» ساسان نگاهی به ساعت مچی‌اش انداخت. به‌رغم تاریکی هوا، خیلی دیر نشده بود. با لبخندی بر لب گفت: «روزها این‌قدر کوتاه شده‌اند که آدم باورش نمی‌شود که ساعت هنوز شش هم نشده است.» از بین ازدحام ایستگاه راهی به سوی کافه‌ای یافتند که چندان پر نبود. پالتوهایشان را در آوردند و روی پشتی صندلی کنار خود گذاشتند. ساسان گفت: «پس از آنکه موفق به یافتن اریش نشدم به طور کاملاً تصادفی فیلیپ را پیدا کردم.»

ـ تصادفی؟

ـ با مسئول آرشیو شهر بورنهایم آشنا شده بودم. جوانی بود به نام ینس لوفلر. داستانم را خیلی فشرده برای او تعریف کرده بودم. دیدارم با فیلیپ به پیشنهاد او بود. آدرس ایمیل و شماره‌ی تلفنم را به فیلیپ داده بود. از او پرسیده بود که آیا حاضر است با یک پناهنده‌ی ایرانی گپ‌وگفتی داشته باشد. او هم موافقت کرده بود.

لبخندی بر لبان ساسان نشست. «فیلیپ از صحبت‌های آن جوان چیز زیادی متوجه نشده بود. تو خودت می‌دانی که این داستان را نمی‌شود در یک تماس تلفنی یا مثلاً در

یک ملاقات کوتاه شرح داد. علت موافقت فیلیپ با آن دیدار به انگیزه‌ی شخصی خود او برمی‌گشت. در همان آغاز دیدارمان گفت که از گفت‌وگو پیرامون تاریخ آلمان و به‌خصوص از گفت‌وگو درباره اردوگاه‌های مرگ و قربانیان هولوکاست استقبال می‌کند و به همین دلیل هم با دیدارمان موافقت کرده است.»

لحظه‌ای نگذشته بود که گارسون به سراغشان آمد. بهزاد گفت که در این هوای سرد هیچ چیز جای یک فنجان قهوه یا چای داغ را نمی‌گیرد. برای ساسان تفاوتی نمی‌کرد. منتظر ماند که گارسون برود. آنگاه در ادامه گفت:

- در همان ابتدای دیدارمان خیلی چیزها را به او گفتم، درباره‌ی خانه‌ی محنت، درباره‌ی هم‌خانه‌ای‌هایمان و همچنین درباره‌ی جست‌وجوی بی‌حاصلم برای پیدا کردن اریش. به من گفت که هر چه درباره‌ی قربانیان هولوکاست نوشته شود، باز هم کم است. منظورش کتاب‌های تاریخی نبود. بیشتر داستان زندگی آن‌ها را می‌گفت. پس از آن هم ابراز تاسف کرد که نمی‌تواند این داستان را به فارسی بخواند.

فیلیپ نوه‌ی یکی از قربانیان هولوکاست بود. پدربزرگش در اردوگاه آشویتس به قتل رسیده بود. «کسی چه می‌داند؟ شاید هم‌زمان با یاکوب و هانه‌لوره، شاید در همان کوره‌ی آدم‌سوزی.» ساسان در ادامه گفت که پدر و مادر فیلیپ موفق شده بودند همراه با او و خواهرش، پیش از دیر شدن، به آمریکا فرار کنند. «مادربزرگش همراه با یکی از خواهرانش حتی قبل از آن‌ها خودش را به آمریکا رسانده و منتظر مانده بود تا دخترش و نوه‌هایش به او بپیوندند.» ساسان گفت که فیلیپ در آن زمان کودکی دو ساله بوده است، کمابیش هم سن و سال اریش. اما پدربزرگ فیلیپ، به‌رغم اصرار همسر و دخترش حاضر به مهاجرت نشده بود. «گفته بود می‌خواهد در زادگاهش بماند و اگر قرار به مردن است، می‌خواهد در زادگاهش بمیرد.»

گارسون فنجان‌های قهوه و ظرف شیر را روی میز گذاشت. بهزاد به او گفت که آن‌ها قهوه را تلخ و سیاه می‌نوشند. گارسون لبخندی زد و ظرف شیر را مجدداً همراه خود برد.

- پس از دیدار با گونتر و پس از یک هفته جنگ و جدال روحی با خودم، عاقبت تصمیمم را گرفتم. آن تکه کاغذ را در آوردم به تو و بعد به فیلیپ زنگ زدم. تو برای هفته‌ی بعد به من وقت داده بودی، برای روز ۱۸ دسامبر. اما فیلیپ که بازنشسته بود، برای آخر همان هفته با من قرار دیدار گذاشت.

ساسان گفت که با فیلیپ به قبرستان‌های یهودیان در بورنهایم و روستاهای اطراف آن رفته است. «فیلیپ بهم گفت که هر چند وقت یک بار به قبرستان یهودی‌ها سری می‌زند. سه قبرستان متعلق به یهودیان در اطراف بورنهایم وجود دارد. ما آن روز به هر سه قبرستان رفتیم. این قبرستان‌ها قدیمی هستند. آن‌ها را در قرن نوزدهم ساخته‌اند. آخرین ردیف قبرها مربوط به درگذشتگان آخرین روزهای جمهوری وایمار می‌شود. به من گفت پس از آن، یهودیان خاک نشدند، خاکستر شدند. سال‌های حکومت نازی‌ها را می‌گفت.»

ساسان گفت فیلیپ او را به قبرستانی برده که فاصله‌ی بین قبرها و خانه‌های مردم کمتر از ده متر بود. «دستم را گرفت و مرا به دنبال خودش کشید تا رسیدیم به اولین ردیف قبرها. از من خواست که به دور و بر خودم خوب نگاه کنم. بچه‌ای را نشان داد که در باغچه خانه‌شان مشغول درست کردن یک آدم برفی بود. پیرزنی را پشت پنجره یکی از خانه‌ها نشان داد. پیرزن با دیدن ما پرده خانه‌اش را کشید. گفت پاسخ خیلی از پرسش‌هایت را می‌توانی همین‌جا پیدا کنی. درست در همین قبرستان!»

ـ از کجا می‌دانست تو دنبال پاسخی برای پرسش‌ات می‌گردی؟

ـ نمی‌دانم. با این جمله‌اش مرا هم غافل‌گیر کرد. شاید هم به طور کلی چنین چیزی را گفته بود. نگاهی به قبرها و به بالکن خانه‌هایی انداختم که مشرف به این قبرستان بودند. این قبرستان در زمین کوچکی در یک منطقه‌ی کاملاً مسکونی ساخته شده است. «در هر سه طرفش خانه وجود دارد. خانه‌هایی که بعضی از پنجره‌هایشان رو به این قبرستان باز می‌شوند.» گفت از خودش پرسیده بود که اهالی این محل چگونه می‌توانند کنار مردگان زندگی کنند؟ مثلاً چگونه می‌شود در بالکن یکی از این خانه‌ها نشست و نگاه در نگاه مردگان، جرعه‌ای شراب نوشید؟

ساسان گفت پاسخ پرسش‌اش را در راز همزیستی مردگان و زندگان یافته است. «آن‌ها با هم حضور داشتند. آنجا بود که فهمیدم زندگی و مرگ را نمی‌شود از هم جدا کرد. در همدیگر تنیده‌اند. آن روز بود که متوجه شدم شادی و غم در همسایگی هم زندگی می‌کنند و مرز عبور ناپذیری بین آرامش و بی‌قراری وجود ندارد.»

ساسان تلفنش را از جیب کتش درآورد و عکس‌هایی را که از گورستان‌های یهودیان گرفته بود، به بهزاد نشان داد. «فیلیپ جمله‌ای را گفت که حسابی تکانم داد. گفت پسرم نباید با دردها و با رنج‌ها زندگی کرد. باید به‌رغم دردها، به‌رغم رنج‌ها زندگی کرد.» دود

سیگارش را با تانی بیرون داد. «یک جمله‌ی ساده و بدیهی که درکش چقدر می‌تواند از بار گران هستی بکاهد. زندگی را تحمل‌پذیرتر بکند.»

به ساسان گفته بود که خاکستر تن سوخته‌ی پدربزرگش هیچ کجای جهان دفن نشده است. یک سنگ بر کف یک پیاده‌رو، در برابر خانه‌ای که در آن زندگی می‌کرد، تنها نشانه‌ای است که از او به یادگار مانده است. این سنگ نصب شده در دل خاک، سنگ آن قبری است که در هیچ گورستانی اثری از آن نیست. گفته بود گاهی که دلش می‌گیرد، به آن قبرستان می‌رود و برای مردگانی می‌گرید که هیچ‌گاه در زندگی خود آن‌ها را ندیده است. «گفت هر هفته به دیدن خانه‌ی پدربزرگش می‌رود. به نام حک شده روی آن سنگ زُل می‌زند. به تاریخ انتقال به آشویتس و به تاریخ مرگش نگاه می‌کند. خشمگین می‌شود و در دلش زارزار می‌گرید.»

ساسان جرعه‌ای قهوه نوشید. در حین گذاشتن فنجانش روی میز، روی خود را به سوی بهزاد برگرداند، نگاهش را در نگاه او گره زد و گفت: «پرسیدم چه احساسی نسبت به قاتلان پدربرزگش دارد؟ آیا توانسته آن‌ها را ببخشد؟ این همان پرسشی بود که پس از خداحافظی با آن دانشجو هرگز گریبانم را رها نکرده بود.»

– پاسخش چه بود؟

– پاسخ عجیبی داد. پاسخی که بیشتر به یک شوخی تلخ شباهت داشت. از نوع آن شوخی‌هایی که باعث خنده‌ی هیچ کسی نمی‌شوند.

– با یک شوخی تلخ؟

– آره. گفت من نه مسیح هستم که بتوانم کسی را ببخشم و نه آلزایمر دارم که باعث فراموشی‌ام بشود. گفت نه حاضر است ببخشد و نه حاضر است جنایاتی که نازی‌ها مرتکب شده‌اند را فراموش کند. گفت بین دو قطب عشق و نفرت، بین بخشیدن و انتقام‌گرفتن به اندازه‌ی یک دنیا فاصله وجود دارد. گفت اگر کسی واقعاً بخواهد، حتماً می‌تواند در این جهان طوفان‌زده، بین این دو قطب، بین تاریکی و روشنایی، بین بوسه و دشنه، بین غنچه و گلوله، نقطه‌ای را برای اطراق کردن پیدا کند. گفت دوست من، اگر ممکن نباشد که آدم در روشنایی زندگی کند، پناه بردن به تاریکی دردش را دوا نمی‌کند. حتی اگر بوسه‌ای در کار نباشد، باید بداند که دست به دشنه بردن هم راه‌حل نیست.

ساسان نفسی را که در سینه حبس کرده بود بیرون داد و گفت: «فیلیپ پس از این

کلمات تکان‌دهنده، لبخندی زد و به من گفت که اگر برای زندگی قرار به انتخاب بین گلستان و قبرستان باشد، زندگی کردن در گلستان را ترجیح می‌دهد. آن روز، در آن قبرستان، به فاصله‌ی کم بین قبرها و خانه‌ها اشاره کرد و گفت تا می‌توانی آن طرف زندگی کن.»

– چه پاسخ هوشمندانه و چه انتخاب ساده‌ای!

ساسان دست خود را با مهربانی روی شانه‌ی بهزاد گذاشت و گفت: «فیلیپ آدم روشن و باتجربه‌ای است. گفت انسان‌ها در زندگی‌شان همیشه دنبال چیزی می‌گردند. اما اکثرشان دقیقاً نمی‌دانند که به دنبال چه هستند. بسیاری از آن‌ها در جریان آن جست‌وجوی بی‌وقفه‌شان شاید چیزهایی را هم پیدا کنند. مثلاً یک کار خوب، یک خانه‌ی مجلل و هزار چیز کوچک و بزرگ دیگر. اما آن‌هایی که روح پرسشگری دارند، یک روز، وقتی که چشمان‌شان را باز می‌کنند، متوجه می‌شوند به‌رغم پیدا کردن چیزهایی در زندگی، خودشان را گم کرده‌اند. جایی در کوچه پس کوچه‌های زندگی گم شده‌اند.»

بهزاد از شنیدن این موضوع یکه خورد. چنین حسی این اواخر بارها به خود او نیز دست داده بود. حسی که با ورق خوردن تقویم زندگی‌اش تقویت شده بود. احساس می‌کرد که او نیز در کوچه پس کوچه‌های زندگی‌اش گم شده است. فصل‌های آخر زندگی‌اش را با چشمان بسته دویده بود. اکنون می‌دید که بیگانه‌ای بی‌آنکه او را دیده باشد، بی آنکه او را بشناسد، از بزرگ‌ترین دغدغه لحظه‌ی او، از این دغدغه انکار شده‌اش پرده برگرفته است. گفت: «گم شدن در کوچه پس کوچه‌های زندگی چقدر دردناک است.» پس از آن رعشه‌ای به جانش افتاد. رعشه‌ای که از نگاه ساسان به دور ماند.

– می‌دانی فیلیپ درباره من چه گفت؟

منتظر پاسخ بهزاد نماند.

– گفت آدم خوشبختی هستم. چون در زندگی دنبال پاسخی برای پرسشم می‌گردم. گفت کسی که به دنبال پاسخی می‌گردد، یا می‌خواهد خودش را پیدا کند یا می‌خواهد مانع از گم شدنش بشود. گفت هیچ تضمینی وجود ندارد که آدم بتواند در این راه خودش را پیدا کند یا خودش را حفظ کند. ولی کسی که به دنبال پاسخی برای پرسش‌هایش نباشد، حتماً گم می‌شود. شاید حتی پیش از این‌ها گم شده است.

فیلیپ آن روز به ساسان گفته بود گم‌شدن پدیده عجیبی نیست. همه‌ی انسان‌ها در

زندگی‌شان گاهی گم می‌شوند. «گفت اگر کسی در یک کشور غریبه گم بشود، باز قابل فهم است. اما بدتر از آن کسانی هستند که در مملکت خودشان، در خانه‌ی خودشان و در خلوت خودشان گم می‌شوند.»

ـ گفت که خود او هم گم شده بود. مدت‌ها گم شده بود. در بیشه‌زار نفرت گم شده بود. پرسیده بود که آیا می‌دانم بیشه‌زار نفرت چگونه جایی است و کجاست؟ گفت آنجایی است که نیزارهای بلند نفرت باعث می‌شوند آدم حتی نتواند جلوی پاهایش را ببیند. بینایی آدم را از او می‌گیرد. گفت همه از نفرت کور صحبت می‌کنند. نفرت کور نیست، اما می‌تواند خیلی راحت آدم را کور بکند.

ساسان گفت: «از او پرسیدم که آیا عاقبت توانست خودش را پیدا کند؟ گفت سعی خودش را کرده است.» به ساسان گفته بود پس از یک سرگردانی طولانی، کورمال کورمال در جغرافیای جهان به راه افتاده و سرانجام متوجه شده است که باید ریشه‌هایش را در آلمان پیدا کند. یعنی در کشوری که از آن به‌شدت متنفر بود.

فیلیپ تقریبا همه‌ی عمر خود را در آمریکا سپری کرده بود. گفته بود در سن بلوغ و حتی در سال‌های جوانی کینه‌ای شدید نسبت به آلمان در او پدید آمده بود. حس تنفری که فقط محدود به او نمی‌شد. در بین اکثر یهودیانی که اطرافش زندگی می‌کردند، شاهد همان حس تنفر بود. خرید کالاهای آلمانی را تحریم کرده بودند. به‌رغم آنکه حکومت آلمان تغییر کرده بود و این را آن‌ها خوب می‌دانستند، اما برای آن‌ها آلمان همچنان به حکومت نازی‌ها خلاصه می‌شد. گفته بود گرچه بسیاری از اقوام‌شان به زبان آلمانی با یکدیگر سخن می‌گفتند، اما او و هم‌بازی‌هایش کوچکترین تمایلی به یاد گرفتن این زبان در خود نمی‌دیدند. از هر آنچه بوی آلمان می‌داد، منزجر بودند.

ـ گفتم ولی تو که آلمانی را خیلی خوب صحبت می‌کنی. آلمانی را عالی صحبت می‌کرد. در پاسخ گفت که الان حدود سیزده سال است که به آلمان مهاجرت کرده و در این کشور زندگی می‌کند. گفت که خودش را در این جامعه پیدا کرده است. پس از یک سفر طولانی به کشورهای مختلف و حتی به خاوردور، متوجه شده برای رهایی از نفرت نباید انکارش کرد. باید در برابرش سینه جلو داد و با آن مقابله کرد. گفت باید نیزارهای نفرت را پس زد تا دیدن روشنایی ممکن شود.

بهزاد پرسید آیا می‌تواند از گفته‌های فیلیپ یادداشت بردارد؟ ساسان مخالفتی نداشت.

«اتفاقاً این مطابق خواست خود اوست. اصرار داشت که فقط از طریق شریک کردن دیگران در روایت چنین داستان‌هایی است که می‌شود مانع از تکرارشان شد.»

فیلیپ گفته بود نفرت او و جوانان هم‌سن و سالش به آلمان چنان زیاد بوده که هرگاه تیم ملی این کشور با تیم کشور دیگری بازی می‌کرده، با تمام وجود آرزوی باخت آلمان را می‌کردند. ساسان سرفه کوتاهی کرد، جرعه‌ای قهوه نوشید. سرد شده بود. در حین گذاشتن لیوان روی میز گفت: «پرسیدم آن موقع چند سالت بود؟ گفت که با پدیده‌ی تنفر از آلمان از همان کودکی آشنا شده و این حس ده‌ها سال او را تعقیب کرده است. حتی تا زمانی که پیر شده بود.»

ـ پس از آن چیزی گفت که باعث تعجبم شد. گفت حس تنفر گاهی از دل خاطرات برمی‌خیزد. پرسیدم کدام خاطرات؟ او که در آن ایام کودکی بیش نبود. پاسخی داد که منقلبم کرد. گفت دفترچه‌ی خاطراتش چند آلبوم عکس خانوادگی بوده است. گفت که علت اصلی شکل گرفتن نفرت و کینه در او به دیدن آلبوم عکس‌های خانوادگی‌شان برمی‌گردد.

مادربزرگ فیلیپ پس از شنیدن خبر کشته شدن همسرش افسرده شده بود. ساعت‌ها در روز می‌نشست و آلبوم‌های عکس را نگاه می‌کرد. فیلیپ در سنین کودکی و نوجوانی بارها کنار مادربزرگش نشسته و عکس‌ها را دیده بود. «گفت خاله‌اش و هر دو عمویش توسط نازی‌ها کشته شده بودند. دیدن عکس‌های پدربزرگش و دیگر اقوامش، باعث سرریز شدن خشم و نفرت در او شده بود. دیدن چهره‌ی آن‌ها، دیدن شادی ناشی از بی‌خبری و معصومیت‌شان در آن عکس‌ها، او را کلافه می‌کرده و آزار می‌داده است.»

فیلیپ شیفته پدربزرگش بود. «گفت مادربزرگش همیشه از شباهت زیاد او به پدربزرگش سخن می‌گفته است. شباهت‌شان ظاهراً به حدی بوده است که مادربزرگش هر بار که او را می‌دید، بی‌اختیار به یاد خاطرات جوانی‌شان می‌افتاد.»

بهزاد آن روز خیلی ساکت بود. افسار کلام را به ساسان سپرده بود. شنیده‌های آن روزش می‌توانست کمک بزرگی در روایت آن داستان باشد. اما گاهی چاره‌ای نبود و می‌بایست با طرح پرسشی سکوتش را می‌شکست. «خیلی دلم می‌خواهد بدانم که فیلیپ عاقبت چگونه توانست بر نفرتش غلبه کند.»

ـ من هم به دنبال دانستن پاسخ همین پرسش بودم. به همین دلیل هم با او تماس

گرفته بودم. آن روز به من گفت که رهایی از نفرت مثل به وجود آمدنش چیزی نیست که یک‌شبه اتفاق بیافتد. گاهی سال‌ها طول می‌کشد. برای خلاص شدن از دست نفرت باید همت داشت و اراده کرد. حتی به تاکید گفت که رهایی از نفرت دشوارتر از عشق ورزیدن و دوست داشتن است.

فیلیپ پزشک بود و سال‌ها در آمریکا طبابت کرده بود. «همیشه به بیمارانش می‌گفته است که تلاش برای سالم ماندن و بیمار نشدن سهل‌تر و کم‌هزینه‌تر از درمان بیماری‌ها است.» ساسان قهوه‌اش را به‌رغم سرد شدنش در جرعه‌ای پیوسته نوشید. «دیدار تصادفی و گپ‌وگفت فیلیپ با یک جوان باعث تغییر نگاهش به آلمان و آلمانی‌ها شده بود. گفت در لابی یک هتل کنار هم نشسته بودند. آن جوان سرصحبت را با او باز کرده بود. فیلیپ در آن لحظه نمی‌دانست که آن جوان آلمانی است. گفت قدبلند و خوش مشرب بود. کمتر از سی سال سن داشت، اما به علت حرفه‌اش به خیلی از کشورها سفر کرده بود. گویا پس از چند سفر طولانی احساس خستگی می‌کرده و به فیلیپ گفته است که دلش می‌خواهد به زادگاهش، به مونیخ برگردد و یک ماه تمام فقط استراحت کند.»

بهزاد سکوت کرده بود و چیزی نمی‌گفت. سرگرم نوشتن بود. از هر آنچه ساسان می‌گفت، یادداشت برمی‌داشت. گاهی برای لحظه‌ای نوشتن را قطع می‌کرد، نگاهی به ساسان می‌انداخت و سپس مجدداً به یادداشت برداشتن ادامه می‌داد. ساسان هم موقعی که بهزاد سرگرم نوشتن بود، ترجیح می‌داد، لحظه‌ای چیزی نگوید و به او امکان دهد تا یادداشتش را تکمیل کند.

ـ پس از دانستن آن موضوع، فیلیپ دستخوش حس عجیبی می‌شود. برای لحظه‌ای زبانش بند می‌آید. او در طول زندگی‌اش با آلمانی‌های زیادی در تماس بوده است. خود او نیز ریشه و تبار آلمانی داشته است. اما آن‌ها کسانی بودند که آلمانی بودن‌شان را انکار می‌کردند. خودشان را آمریکایی می‌دانستند. اما نگاه آن جوان به زادگاهش با آن‌ها تفاوت داشت. از بابت آلمانی بودنش شرمگین نبود. تصور گفت‌وگو با یک آلمانی باعث تردید فیلیپ شده بود. حتی وسوسه شده بود، روزنامه‌ای را که روی میز بوده، بردارد و سرگرم خواندنش بشود. به گفت‌وگوی‌شان پایان بدهد. اما کنجکاوی و شاید هم ادب مانع از آن می‌شود.

فیلیپ و آن جوان چند روز در آن هتل اقامت داشتند. در آن چند روز بارها با هم قرار

گذاشته و ساعت‌ها با یکدیگر صحبت کرده بودند. فیلیپ کنجکاو شده بود درباره زادگاهش بیشتر بداند. «به آن جوان گفته بود که خود او نیز متولد آلمان است.»

فیلیپ در آن چند روز متوجه اشتباه خودش می‌شود. متوجه می‌شود که آن جوان هیچ شباهتی به اشباحی که او در ذهن خود خلق کرده بود، ندارد. «گفت متوجه شده است که آن جوان هیولا نیست. یک فرد عادی است. درست مثل بقیه انسان‌ها. پس از آن از خودش پرسیده بود که چرا باید از آن جوان متنفر بود؟ و حق نفرت ورزیدن به کسانی که اصلاً نمی‌شناسد، را از کجا آورده است؟»

– پرسش خوبی است.

– گفت که اگر قرار است همه کنار هم زندگی کنیم، باید بیاموزیم که چشم در برابر چشم و دندان در برابر دندان، نسخه‌ی خوبی نیست. زندگی هیچ یک از ما را سهل‌تر نمی‌کند. گفت با نفرت ورزیدن فقط می‌شود قبرستان ساخت. قبرستانی پر از افراد نابینا و علیل.

آن روز این سخن فیلیپ باعث تعجب ساسان شده بود. احساس می‌کرد آن را قبلاً جایی شنیده است. با پیام نهفته در آن نوعی احساس قرابت ذهنی می‌کرد. نمی‌دانست که آیا پیش از گفت‌وگو با فیلیپ، آن را در خلوت خود اندیشیده است یا اینکه مشابه‌اش را از کسی، مثلاً از یاکوب شنیده است. یاکوب یک بار به او گفته بود که مرگ منطق زمان را به هم می‌ریزد و راه را برای حضور گذشته در حال و آینده هموار می‌کند. «مردگان چیزی به نام قبلاً و بعداً نمی‌شناسند. در آن سوی دیوار گورستان، زمان معنای خود را از دست می‌دهد. ساعت‌ها از کار می‌افتند. تقویم‌ها برای مردگان ورق نمی‌خورند.»

فیلیپ آن روز، در حین بازگشت از سومین قبرستان، از ساسان پرسیده بود که آیا حاضر است با او سری به خانه‌ی پدربزرگش بزند؟ «از پیشنهادش استقبال کردم. گفتم یک پناهنده چیزی که زیادی دارد، وقت است. مجدداً سوار ماشین‌اش شدیم. پس از نیم ساعت رانندگی جلوی یک خانه ایستاد. خانه‌ای چند طبقه و قدیمی بود. عین همان خانه‌ای که ما در آن زندگی می‌کنیم. شاید کمی بهتر. سه پلاک فلزی در پیاده‌رو جلوی آن خانه نصب شده بود. پرسیدم که آیا تا آن لحظه قدم به درون آن خانه گذاشته است؟ به درون همان آپارتمانی که پدربزرگش در آن زندگی می‌کرده است؟ پاسخش منفی بود. گفت ولی بعد از صحبت کردن با من وسوسه شده است روزی نه چندان دور این کار را

بکند. گفته بود ورود به چنین خانه‌ای شهامت زیادی می‌خواهد.»

ساسان گفت آن روز پس از آنکه چند دقیقه‌ای کنار آن خانه ایستاده بودند، فیلیپ از او خواهش کرده بود لحظه‌ای آنجا بماند. «پوزش خواسته و گفته بود که خیلی زود برمی‌گردد. پس از آن به طرف ماشینش رفت و از صندوق عقب چیزی برداشت. یک کوله‌پشتی نسبتاً کوچک بود. من آنجا بی‌حرکت ایستاده بودم و هاج‌وواج به او نگاه می‌کردم. از داخل آن کوله‌پشتی یک اسفنج ظرف‌شویی با یک شیشه پلاستیکی درآورد. کمی صابون روی اسفنج ریخت و سطح هر سه پلاک فلزی را شست. پس از آن با یک تکه پارچه پلاک‌ها را خشک کرد و برق انداخت. من همان‌طور بی‌حرکت به او زل زده بودم. گفت هر هفته یک بار برای تمیز کردن پلاک فلزی پدربزرگش و آن دو پلاک دیگر به آنجا می‌رود. گفت این کار حس خوبی به او می‌دهد. آن را داروی موثر بیماری فراموشی نامید.

ساسان گفت فردای آن روز خود او نیز با یک کاسه صابون و یک اسفنج پلاک‌های روبه‌روی خانه‌شان را تمیز کرده و برق انداخته است. «از آن روز به بعد تصمیم گرفته‌ام هر دو سه روز یک بار بروم و سنگ‌ها را تمیز کنم.» لحظه‌ای سکوت کرد و سپس گفت: «ای کاش همه همین کار را می‌کردند. پلاک‌های روبه‌روی خانه‌شان، پلاک‌های کوچه و خیابان‌شان را مرتب تمیز می‌کردند.»

لحظه‌ی وداع فرا رسیده بود. کنار ورودی ایستگاه قطار بهزاد دست او را به گرمی فشرد. ساسان دست او را بین دو دستش گرفت و مدتی نگه داشت. ترجیح داده بود سکوت کند. شاید در آن لحظه چیزی برای گفتن نداشت. شاید گفتنی‌هایش را گفته بود. شاید در آن لحظه خوش داشت پس از روایت داستانش بدل به یک شنونده شود. پای صحبت کسانی بنشیند که هنوز داستان‌های زیادی برای روایت دارند. دلش برای مینا، برای هم‌خانه‌ای‌های یهودی‌اش تنگ شده بود. دست بهزاد را رها کرد. لبانش را بر هم فشرد. سر خود را چند بار به بالا و پایین و به چپ و راست تکان داد. معنای این رفتارش شاید برای خود او نیز روشن نبود. آنگاه از بهزاد فاصله گرفت و به سمت خانه‌ی محنت به راه افتاد. بهزاد بی‌آنکه از او نگاه برگیرد، همان‌جا بی‌حرکت ماند. با صدایی آهسته، نجوا کنان گفت: «به امید دیدار!» ساسان سخنش را نشنید. اگر شنیده بود، حتماً روی خود را به سوی او برمی‌گرداند، لبخندی می‌زد و کلامی از سر مهر می‌گفت. اما او به راهش ادامه داد. رفت و

در ازدحام مردم ناپدید شد.

بهزاد چراغ مطالعه را روشن کرد. منتظر ماند کامپیوترش از خواب بیدار شود. همان کامپیوتری که این روزها مثل خود او به پریشان‌خوابی گرفتار شده بود. نیمه‌شب‌ها بی‌خوابی به سرش می‌زد و روزها به خماری می‌افتاد. بهزاد وزن نیم‌تنه‌ی خود را روی پشتی صندلی‌اش آوار کرد. عکس‌هایی را که از ساسان دریافت کرده بود، مجدداً روی صفحه مانیتور باز کرد. به چهره‌ی بشاش هانه‌لوره و یاکوب نگاهی انداخت. به یاد عشقی افتاد که در رابطه ساسان و مینا دیده بود. «ساسان اشتباه می‌کند. آنجا خانه‌ی محنت نیست، خانه‌ی عشق است! آن‌ها مثل هانه‌لوره و یاکوب در خانه‌ی عشق زندگی می‌کنند. خانه‌ای که متاسفانه در خیابان محنت، خیابانی که متاسفانه در جهان محنت قرار دارد.» نفس عمیقی کشید و بازدم خود را با صدایی بلند بیرون داد. آن روز ناگفته‌های زیادی را شنیده بود. آن اسب سرکش عاقبت آرام و قرار گرفته بود. به او اجازه داده بود، برای لحظه‌ای یالش را کنار بزند و به زخم‌های نشسته بر روحش نگاهی بیاندازد. خون لخته‌بسته‌ی ناشی از آن پرسش قدیمی را در حاشیه زخم‌ها دیده بود. توانسته بود سنگینی بار آن پرسش را حس کند. ساسان آن روز از راز همزیستی با مردگان گفته بود. گفته بود پاسخ بسیاری از پرسش‌های زندگی را می‌شود از دهان مردگان شنید. گفته بود یکی از بزرگ‌ترین اشتباهاتی که انسان‌ها مرتکب می‌شوند، محروم کردن خودشان از دیالوگ با مردگان است.

آن شب به محض عبور از کنار آشپزخانه، نگاهش از سر تصادف برای لحظه‌ای روی تقویم دیواری خانه‌اش متوقف ماند. لبخند تلخی بر لبانش نشست. تقویم بار دیگر از تاریخ عقب افتاده بود. تقویم خانه‌اش مثل تقویم خانه‌ی خیلی‌ها، مسیرش را از مسیر تاریخ جدا کرده بود. فقط روزهایِ بی‌تفاوتی را ثبت می‌کرد. روزهای ملال ناشی از سرگردانی در کوچه پس کوچه‌های زندگی را. اما آنچه ساسان به نقل از فیلیپ گفته بود، در حافظه‌ی کم‌دوام تقویم نمی‌گنجید. اراده نوشتن آن داستان، حال او را وادار ساخته بود از زندگی در تقویم فاصله بگیرد.

عکس مراسم روش هشانا را روی مانیتورش بزرگ کرد. طراوت زندگی را در نگاه مهمانان دید. آن شب، در مسیر بازگشت به خانه، حس عجیبی به او دست داده بود. حسی که او را واداشته بود، به محض ورود به خانه پشت میزکارش بنشیند. احساس می‌کرد

لحظه‌ی نوشتن داستان فرارسیده است. احساس کسی را داشت که زیر رگبار تند واژه‌ها ایستاده است. واژه‌هایی که می‌توانستند روح را بیازارند، می‌توانستند روح را بنوازند. همه‌ی این واژه‌ها، چه واژه‌های فرح‌بخش و چه آن‌هایی که برای غم‌افزایی به میدان آمده بودند، مجالی به بی‌تفاوتی نمی‌دادند. «همه چیز از جنس واژه است. اندیشه، کلام، حقیقت و دروغ.» درستی این موضوع را کتاب‌هایی که در گوشه میز کارش روی هم نهاده بود، تایید می‌کردند. کتاب‌هایی که برخی‌شان از سرنوشت دردناک قربانیان هولوکاست می‌گفتند و برخی‌شان بذر نفرت می‌پراکندند. کتاب‌هایی که با برانگیختن حس شرم بر آن بودند تا مانع از یکه‌تازی جنون شوند و کتاب‌هایی که سطر به سطر با مرکب نفرت نوشته شده بودند.

آن شب برای نخستین بار متوجه‌ی نیرویی شد که در هم‌نشینی واژه‌ها وجود دارد. واژه‌هایی که هم از جنس ایزدبانوی عشق بودند و هم چیزی اهریمنی در وجودشان نهفته بود. به خود گفت مهرورزیدن و دشنه‌کشیدن هر دو نیروی‌شان را از واژه‌ها می‌گیرند. دریافته بود که واژه می‌تواند درمان کند، می‌تواند بیمار کند. واژه می‌تواند بیافریند، می‌تواند ویران کند. قدرت نهفته در دل واژه‌ها می‌تواند تخم اسارت بکارد، می‌تواند بندها را بگسلد، می‌تواند انسان را از هر نوع اسارتی رها کند.

«نبرد عشق و نفرت، در فرجامین نگاه، نبرد واژه‌ها است. نبردی که به دست کسی شاخه گلی می‌دهد و به دست کسی دشنه‌ای.» داستانی که روایت آن را برعهده گرفته بود، فراخوانی بود برای این نبرد. نبرد با پلشتی‌های پنهان، با شرارت‌هایی که پشت دیوار غرور پنهان شده‌اند. ساسان از او خواسته بود پرده ضخیمی را که روی مرداب تمدن کشیده‌اند، کنار بزند. «باید بوی تعفن آن قدر آزارت بدهد تا دیگر نتوانی انکارش بکنی!» برای شروع این داستان نیاز به یک تصویر داشت. می‌پرسید کدام تصویر؟ کدام واژه؟ کدام جمله؟ از جای خود بلند شد و به طرف پنجره رفت. با کف دست بخار نشسته بر شیشه را کنار زد. سر خود را به شیشه چسباند و لحظه‌ای به آن جنبشی نگریست که باد به جان شاخ و برگ درختان باغ انداخته بود. باغ در تاریکی و سرما فرو رفته بود. سرمای آن سوی شیشه با گرمای نشسته بر پیشانی تب‌دارش در هم آمیخت و یکی شد. اما تبی که به جانش افتاده بود، برخاسته از آن ناخوشی مانای ایام سالخوردگی نبود. از آن شور و شیفتگی برمی‌خاست که اکنون وجودش را در بر گرفته بود. در خود نوعی نشاط می‌دید.

نوعی سرزندگی که سال‌ها پیش فراموش‌اش کرده بود. آن حس را بازنمی‌شناخت. آن حسی که به سراغش آمده بود تا غبارِ اندوه نشسته بر روان خسته‌اش را بتکاند. یک حس جادویی که همچون اخگریِ سوزان شور خفته زیر خاکستر ملال را دگر بار فروزان می‌ساخت.

هیچ‌گاه تصورش را نیز نمی‌کرد که در ایام سال‌خوردگی بتواند عشق را تجربه کند. عشق به زندگی را. زمانی عشق به زندگی را کشف کرد که از تکه‌های بزرگی از دفترچه‌ی عمر خود خاطره ساخته بود. شادی کودکانه‌ای که در واپسین روزهای ایام سال‌خوردگی در خود می‌دید از حسرت عمر به گمان خود تباه شده‌اش بیشتر بود. او برای خود جهان جدیدی آفریده بود و این جهان جدید باید از او فرد دیگری می‌ساخت. او اکنون همچون هر آفریدگار دیگری، آفریدگاری بود آفریده‌ی خود. به‌پا خاسته بود تا ترانه‌سرود هستی را، حکایت این آفرینش شکوهمند را به گوش آنانی برساند که شیون و پرستش مرگ را از شادی و ستایش زندگی برتر می‌دانند.

آن غریبه با داستانش چشمان او را روی زشتی‌ها و زیبایی‌های زندگی گشوده بود. از لابه‌لای آن داستان فهمیده بود که مفهوم زندگی و زیبایی در بیان کلی و فلسفی‌اش نمی‌تواند دارویی برای درمان زخم‌های روح کدر شده‌ی انسان باشد. دریافته بود که زیبایی و واژه‌ی زیبایی شباهتی به هم ندارند. زیبایی اگر زیبایی یک غنچه نباشد، زیبایی یک بوسه نباشد، زیبایی یک لبخند نباشد، اگر حس‌اش از دل برنخیزد و بر دل ننشیند، فقط یک واژه است. دریافته بود این پرواز یک پروانه است که می‌تواند زندگی را خواستنی کند. عشق ورزیدن، گم شدن در تاب و پیچ گیسو، شناور شدن در رایحه‌ی سرمست کننده هستی است که می‌تواند به زندگی معنا ببخشد. دریافته بود که عشق به زندگی بدون عشق به زندگان توهمی بیش نیست.

«قرار نیست همه را دوست بداریم، اما قرار هم نیست که به کسی نفرت بورزیم.» این را از ساسان شنیده بود. نمی‌دانست ساسان این جمله را به نقل از هانه‌لوره می‌گوید یا از فیلیپ شنیده است.

از پشت پنجره بخار گرفته به رقص و پایکوبی درختان نگریست. هیجان افسار لحظه را به‌دست گرفته بود. شور هستی طعم زمان را شیرین کرده بود. دانه‌های آب و عرق نشسته بر پیشانی‌اش را با پشت دستش پاک کرد. همه چیز برای زایشی دیگر مهیا شده

بود. واپسین نفس‌های تردید را از سینه بیرون داد، پشت میزش نشست و خود را برای روایت داستان آماده کرد.

ساسان در همان روزهای نخست آشنایی‌شان به او گفته بود که جهان یک موزه است. «ما در یک موزه‌ی بزرگ زندگی می‌کنیم. همه چیز را برای دیدن ما چیده‌اند. فقط باید شجاعت داشت و دید.» به او گفته بود مسئله اصلی زندگی تصمیم گرفتن بین دیدن و ندیدن است. بی‌اختیار به یاد جمله‌ای از سارتر افتاد. سارتر زمانی گفته بود که کسی که از چشمانش برای دیدن استفاده نکند، ناگزیر زمانی برای گریه کردن از آن‌ها استفاده خواهد کرد. بهزاد نخستین جمله داستان را در ذهن خود نوشت: «نگریستن یا گریستن، پرسش اینجاست!» او اکنون به یک تصویر برای شروع داستانش احتیاج داشت. چشمانش را بست. پرنده‌ی تخیلش را به پرواز فراخواند.

ساسان را دید که در سلول انفرادی نشسته است. سلول تاریک بود. زندان در سکوتی مرگبار فرو رفته بود. از زیر در نوری قرمزرنگ به درون می‌تابید. قرمز همچون رنگ خون. قلبش تند و تندتر می‌زد. صدای تاپ‌تاپ قلبش آن چنان بلند بود که پنداری کسی با مشت روی در می‌کوبد. با دست در تاریکی به دنبال چیزی می‌گشت. کاسه‌ی صابون و یک تکه اسفنج پیدا کرد. وسوسه‌ای به جان ساسان افتاده بود. حسی که پیش از آن نمی‌شناخت. از جای خود برخاست. دست بر دیوار سلول کشید. دستش چوب‌خط‌هایی را لمس کرد که در تب روایت خود می‌سوختند. کورمال‌کورمال به سوی نور قرمزرنگ رفت. به در که رسید، نفس‌اش را همراه با آهی بلند بیرون داد. در آن لحظه بود که در سلول به‌ناگهان باز شد. پیرمردی را دید که با دست مانع از بسته شدن در شده است.

به چهره‌ی پیرمرد نگریست. پیرمرد همسایه‌شان بود. دیوانه‌وار می‌خندید، بی‌آنکه صدای خنده‌اش شنیده شود. همان‌طور که قهقهه می‌زد، از جلوی چشمان ساسان کنار رفت. بیشه‌زار نفرت را دید. با نی‌هایی بلندتر از قامت خودش. با دستانش نیزار را شکافت. صدای شکستن ساقه‌های تُرد در فضا پیچید. بر باریکه‌ی میان نیزارها به راه خود ادامه داد. در سمت چپ خود کوهی از عینک را دید و در سمت دیگر انبوهی کفش. کفش‌های بزرگ، کفش‌های کوچک. نفسش را در سینه حبس کرد. به رفتن ادامه داد.

بادی ملایم از روبه‌رو بر سر و سینه‌اش می‌وزید. بادی که هر لحظه شدیدتر می‌شد. در آن سوی بیشه‌زار نفرت، مردابی را دید پوشیده از نیلوفر آبی. زیبا اما متعفن. چاره‌ای

نبود. باید از مرداب می‌گذشت. کاسه را بالای سر خود گرفت و تا سینه در مرداب فرو رفت. بوی لجن فضا را از خود انباشته بود. خسته و درمانده، لحظه‌ای ایستاد. نگاهی به پشت سر خود انداخت. کوه عینک‌ها و کفش‌ها را دید. پیرمردی را دید که با دست مانع از بسته شدن در شده است. همچنان می‌خندید. قهقهه می‌زد. بازگشت ممکن نبود. باید آن‌قدر می‌رفت تا مرداب عاقبت به پایان می‌رسید. بادِ ملایم لحظه‌ی پیش حال بدل به طوفان شده بود. طوفان ابر سیاه نشسته بر آسمان را شکافت. پرتوی از شکاف آن ابر دوپاره، پیاده‌رو مقابل خانه‌اش را روشن می‌کرد. پلاک‌های نصب شده مقابل خانه‌اش را دید.

کنار سنگ‌ها زانو زد. نام‌های حک شده روی آن‌ها را با صدایی بلند فریاد کرد. آنگاه اسفنج را در کاسه فرو برد و بر سطح سنگ‌ها کشید. صدایی در آسمان پیچید. بی‌اختیار به بالای سر خود نگریست. دسته‌ی پرندگان مهاجر را دید که در خلاف جهت طوفان پرواز می‌کردند. از خود پرسید که آیا این پرندگان زایش خورشید را دیده‌اند؟

بهزاد چشمان خود را گشود. نگاهش روی صفحه مانیتور متوقف ماند. دهانش از حیرت باز مانده بود. برای نخستین بار می‌توانست عکس روش هشانا را رنگی ببیند.

آلمان، سپتامبر ۲۰۲۳

گونتر دمنیگ در حال نصب "اشتولپراشتاینه"

مراسم نصب سنگ‌ها، کلن، مارس ۲۰۱۹

ماشین کار گونتر دمنیگ

بورنهایم، چهارم دسامبر ۲۰۱۸

ابراهیم باسالاما، مسئول آرشیو مرکز اسناد ناسیونال‌سوسیالیسم در کلن در کنار گونتر دمنیگ

زندان سابق گشتاپو و مرکز کنونی اسناد ناسیونال‌سوسیالیسم در کلن (عکس‌ها از آرشیو مرکز اسناد ناسیونال‌سوسیالیسم در کلن)

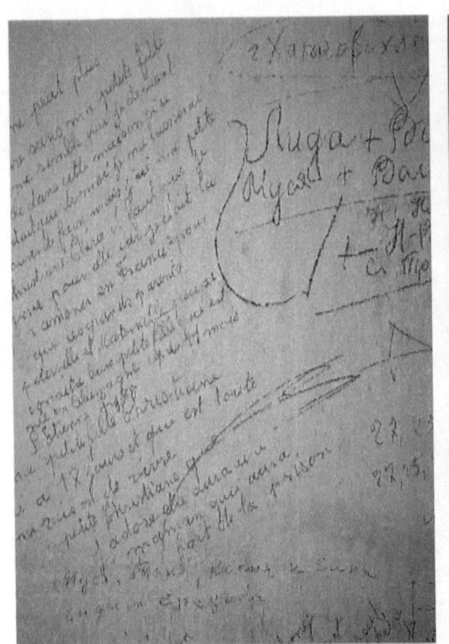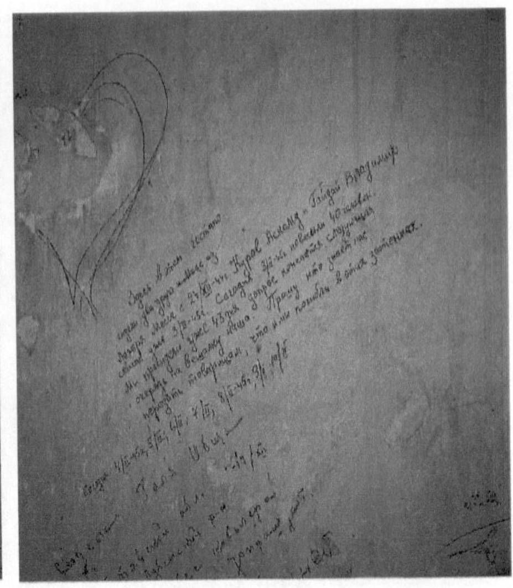

یادنوشته‌های زندان گشتاپو در کلن (عکس‌ها از آرشیو مرکز اسناد ناسیونال‌سوسیالیسم در کلن)

در انتظار روایت...

ینس لوفلر، مسئول آرشیو شهر بورنهایم، قبرستان یهودیان

انتظار کی به پایان می‌رسد؟

همزیستی مردگان و زندگان، حومه شهر بورنهایم

بدرود...

درباره‌ی نویسنده

جمشید فاروقی دانش‌آموخته‌ی رشته‌ی اقتصاد از دانشگاه ملی ایران است. او پس از مهاجرت به آلمان در رشته‌های فلسفه، تاریخ اروپا و اسلام‌شناسی تحصیلات خود را در دانشگاه کلن (آلمان) دنبال کرد و پس از کسب مدرک فوق‌لیسانس از این دانشگاه، با نوشتن پایان‌نامه‌ای درباره‌ی "دولت، مشروعیت و کاریسما در ایران مدرن"، موفق به اخذ مدرک دکتری از دانشگاه اوترخت (هلند) شد .

فاروقی کار خبرنگاری و نویسندگی را از همان دوران جوانی آغاز کرد. کتاب‌های "کلاس درس ما" و "خون پای نخل" در شمار نخستین تجربه‌های ادبی او در ایران است. او سپس با نام مستعار "جمشید مساوات" چند کتاب سیاسی و از جمله یک کتاب دو جلدی پیرامون علل ناظر بر وقوع انقلاب اسلامی منتشر کر د.

در مهاجرت نیز به نوشتن مقالات سیاسی و ادبی ادامه داد. سلسله مقالاتی درباره‌ی "بازخوانی انقلاب اسلامی" و همچنین "انقلاب و سیاست‌زدگی" از جمله کارهای او در دوران مهاجرت به‌شمار می‌آید. فاروقی از سال ۱۳۷۵ کار خود را رسماً با رادیو دویچه وله آغاز کرد و سال‌ها مدیریت بخش رادیو و آنلاین این فرستنده بین‌المللی را بر عهده داشت .

آخرین کار ادبی او، رمان "انقلاب و کیک توت فرنگی" است که در سال ۲۰۱۸ توسط نشر فروغ در شهر کلن منتشر شده است. پیش از آن نیز از او، داستان بلند "ویواه، یک ازدواج کاغذی" در سال ۱۳۸۶ توسط نشر ثالث در ایران منتشر شده بو د.

تماس مستقیم با نویسنده:

Jamsheed.faroughi@outlook.de

از دیگر آثار ادبی این نویسنده:

کلاس درس ما، نشر نیما، تهران، ۱۳۵۸

خون پای نخل، نشر شباهنگ، تهران، ۱۳۵۸

ویواه، ازدواج کاغذی، نشر ثالث، تهران ۱۳۸۶

انقلاب و کیک توت فرنگی، نشر فروغ، کلن، ۲۰۱۸

ملاقات با یک معما، نشر فروغ، کلن، ۲۰۱۹

9 781917 054430